SUEÑOS EN LAS MONTAÑAS HUMEANTES

Leta Blake

Sueños en las Montañas Humeantes

Por Leta Blake

Publicado por Leta Blake Books en Smashwords

Copyright © 2014 Leta Blake

Edición en Papel ISBN: 979-8-88841-068-4
Digital ISBN: 9781626227255

Diseño de Portada Copyright © 2014 por Dar Albert
en Wicked Smart Designs
www.wickedsmartdesigns.com

Editado por Keira Andrews
www.keiraandrews.com

Formateado por Annie Pearson, Jugum Press
www.jugumPress.com

Publicado por Leta Blake Books

Contacto: leta.blake.author@gmail.com
http:/letablake.wordpress.com/

Algunas veces, aferrarse a algo significa dejarlo ir

Después de renunciar a su carrera como cantante de música country en Nashville, Christopher Ryder es feliz actuando en el parque temático Sueños en las Montañas Humeantes de Tennessee. Pero mientras que su querida Nana lo quiere tal y como es, Christopher se siente dolorosamente invisible para el resto del mundo. Incluso cuando está en el centro del escenario, anhela que alguien vea quién realmente es.

El joven bisexual Jesse Birch no tiene tiempo en su vida para salir con nadie. Centrado en la educación de dos niños y peleando constantemente con la familia después de que un trágico accidente le arrebatara a la madre de sus hijos, no siente interés por nada más allá de un polvo ocasional. Entre sus planes no se encuentra de ningún modo enamorarse de su cantante local favorito, pero cuando Christopher entra en su taller de joyería, Jesse escucha una nueva canción en su corazón.

A mi Alice Springs

Por amar esta historia desde el principio y traerme de vuelta a ella después de haberla dejado dormir durante tanto tiempo

PARTE I

Capítulo Uno

"¡RYDER!"

Christopher se apartó del gran escenario al aire libre en el que había estado apoyado, admirando los alegres colores otoñales que lentamente se iban asentado sobre las montañas. El parque de los Sueños en las Montañas Humeantes de Melissa Mundy estaba abarrotado incluso un viernes por la tarde, lleno de turistas de todo el mundo. Con un descanso de varias horas antes de que la próxima actuación de música camorrista honky-tonk, siemple y corriente bluegrass, y buena música country comenzara, todos se dirigían fuera del Humeante Show Village y hacia las emocionantes atracciones del área del parque conocida como Starlight City.

A Christopher siempre le había gustado ver a los clientes marchar. Su éxodo masivo y ordenado tendía a restaurar su fe en la decencia básica de la humanidad, pero en este momento, desvió su atención de ellos. "¿Qué sucede, jefe?" Dijo, sonriendo mientras que el viejo y escuálido Rupert Looney se acercaba desde el backstage, apuntando hacia su portapapeles de gestiones.

"Hinkins ha aparecido al final, así que puedes largarte." Él señaló con el pulgar por encima de su hombro.

"Pensé que se había quedado sin voz."

"Parece que la ha recuperado," dijo Rupert, rascándose su larga barba con un par de nudosos dedos.

Había una pequeña pero cuantiosa bonificación extra para los empleados de los Sueños en las Montañas Humeantes—o SMH como el personal lo llamaba—para todos aquellos que se dejaban crecer la barba para emular, del modo más fiel posible, la temática de los viejos Apalaches del parque. La regla excluía a todos los artistas, sin embargo— solo se aplicaba a los operadores de las atracciones, empleados de las tiendas, herreros y artistas con su motosierra. Esa orden venía directamente de arriba: Melissa Mundy quería que la apariencia de los cantantes sobre su escenario fuera tan absolutamente impoluta como la suya, y era mejor no discutir con una mujer que había sido disco de platino alrededor de todo el mundo y había encabezado las listas de los mayores éxitos incluso antes de haber nacido.

A Christopher no le importaba la restricción de su norma ya que a su rostro de niño no le sentaba bien el vello facial de todos modos. Puede que no fuera el epítome de lo absolutamente pulcro, con ese pelo rubio ligeramente despeinado colgando un poco sobre su cara, pero era delgado, bastante limpio, y sus grandes ojos verdes le hacían parecer mucho más inocente de lo que en realidad había sido en mucho tiempo.

Rupert bufó, obviamente pensando en la milagrosa recuperación de Látigo Hinkins.

"¿Su esposa lo ha espabilado?" Preguntó Christopher.

"Sí, ella llamó justo después de su indescifrable excusa y me aseguró que se encargaría de obligarle a presentarse aquí en breve. Al principio no me lo creí, pero parece que estaba equivocado. Ha llegado hace unos diez minutos y su aspecto no es excesivamente lamentable." Rupert hizo una mueca. "Es un completo idiota. Podría haber sido toda una estrella. Demonios, *es* una estrella, y ni siquiera lo sabe. La gente viene de todas partes solo para oírlo cantar."

Christopher se preguntó, no por primera vez, cómo sería poseer ese tipo de talento. Siempre sentía la decepción de la audiencia cuando salía al escenario a tocar las partes más importantes en vez de Látigo. Al final, por lo general, se la metía en el bolsillo y la gente disfrutaba de su actuación—no era el sustituto de Látigo por nada—pero deseaba saber lo que era salir ahí y ver aunque solo fuera un par de ojos iluminarse.

Desvió la mirada de Rupert de nuevo hacia las montañas por un momento, bebiendo de la profunda riqueza de las hojas naranjas, rojas y amarillas de los árboles más altos. El parque estaría precioso la próxima semana, cuando la máxima explosión de colorido las alcanzase.

"Es una auténtica lástima que sea un maldito borracho," continuó Rupert, moviendo la cabeza y entornando los ojos hacia las espaldas de la multitud en retirada. "Y todas esas llamadas señoritas con las que sale no le ayudan nada. Al menos a su mujer parece no importarle cuidar de él, ni limpiar sus pises y vómitos. Sin duda hace que mi trabajo sea mucho más fácil. Pero, joder, ¿cómo puede soportarlo? ¿Cómo puede soportar que vaya con todas esas fulanas y beba tanto? Mi esposa me dejaría el culo en carne viva."

"Su mujer sabe con lo que está tratando," dijo Christopher, saludando a una chica que pasaba por su lado y había señalado hacia él con entusiasmo. Debía haberle reconocido. "Supongo que lo quiere, al fin y al cabo."

Rupert suspiró. "Puede que no tengas el talento de Látigo, pero eres mucho mejor hombre que él, Ryder. No lo dudes nunca."

La envidia hacía que a veces fuera difícil para Christopher ver el lado positivo de su falta de aptitud. No era la estrella de nadie. Aun así, estaba sobrio, sano, y era lo suficientemente bueno como para ser el suplente de Látigo. Había hecho las paces hacía mucho tiempo con su suerte en la vida y, en su mayor parte, estaba contento con su carrera. Podía cantar sobre un escenario y sentir la emoción de la audiencia correr a través de sus venas. Era muy afortunado. Había un montón de artistas de música country fracasados por ahí que *nunca* tenían la oportunidad de ponerse delante de un público cada noche y ganarse algunos maravillosos aplausos.

"¿Estás seguro de que no debería quedarme?" Preguntó Christopher a Rupert, quien todavía estaba frunciendo el ceño enigmáticamente hacia su portapapeles. "¿No quieres asegurarte antes de que realmente está en condiciones para actuar?"

Rupert negó con la cabeza y le hizo un gesto de desdén con la mano. "No, lárgate de aquí. Lo tengo todo controlado y además, ya te he quitado de la plantilla de esta noche."

Christopher se dirigió al vestuario para salir de su disfraz de camisa a cuadros y mono vaquero y ponerse una ropa más normal: unos pantalones vaqueros y una camisa de manga corta color verde. Después de mirarse en el espejo, recuperó su mochila y las llaves. Al pasar a través de la puerta que era exclusiva para empleados, hizo una pausa para disfrutar de los persistentes y profundos rojos de los árboles de goma negra, los zumaques y cerezos silvestres, y la siempre presente niebla que flotaba alrededor de las montañas, lo que hizo que se hubieran ganado el hombre de Humeantes. Luego su atención recayó en la fragua del herrero. El resplandor del fuego y el ruido del metal chocando le indicaron que Gareth estaba allí con su grueso, cabello castaño claro, su barba, sus musculosos brazos tatuados y su culo apretado, trabajando el metal y sudando a pleno calor.

Christopher se quedó estudiándolo durante unos minutos. Siempre había disfrutado de esa vista, pero después de la noche que pasaron juntos a finales del verano, retorciéndose en los brazos del otro, chupando, follando y corriéndose, las cosas entre ellos se habían puesto muy raras. A pesar de que había estado genial. Realmente genial, al menos para Christopher. Y, si las palabrotas, los gruñidos desesperados, y una erección constante durante toda la noche eran prueba de ello, pensaba que también había sido memorable para Gareth.

Por desgracia, la vida se puso en miedo e impidió que se convirtiera en algo más que una aventura de una sola noche. Trabajaban juntos, e iba en contra de la política del SMH que los miembros del reparto se involucraran entre sí. Incluso si hubieran conseguido zafarse de esa regla, ya que Gareth no era técnicamente músico y la fotografía de Melissa Mundy aparecía al lado de las palabras "romántica empedernida" en el diccionario, no hubiera sido algo demasiado fructífero. No, todo resultó estar más que muerto entre ellos cuando el ex de Gareth llamó desde Afganistán para decirle que iba a volver a casa. Y, más concretamente, que quería recuperarlo.

"Tengo que darle otra oportunidad," le había dicho a Christopher mientras que bebían cerveza y se retorcían incómodamente en los taburetes del bar Puckers. "Eres un buen tío, pero…" Sus ojos parecían suplicarle que lo entendiera, o tal vez que simplemente no montara una escena. "Rick y yo tenemos una historia juntos y todavía me preocupo por él. Ha resultado herido en la guerra, y demonios, me necesita."

"Lo entiendo." Christopher había mantenido conscientemente una compresiva sonrisa en su rostro todo el tiempo. "Nos pasamos un poco bebiendo y terminamos en la cama. Son cosas que pasan."

No importaba que Christopher hubiera estado prácticamente sobrio y que a su forma de ver, esas cosas *no* pasaran así como así. Bueno, no muy a menudo y no a él, de todos modos. No era que se *opusiera* a los rollos de una sola noche; él también recurría a ellos cuando necesitaba un poco de contacto físico y su mano no era capaz de complacerle, pero no era su lema habitual. Tal vez era un poco carca, o estaba pasado de moda, pero prefería que hubiera algún tipo de actividad emocional ligada a sus relaciones sexuales, lo cual era parte de la razón por la cual la decisión de Gareth le había dolido tanto. Habían sido amigos para empezar, y aunque no podía decir que se hubiera enamorado del chico, ser rechazado por alguien que realmente te importaba era una auténtica mierda.

En Puckers, Gareth había proseguido, con un evidente alivio en su rostro, "No lamento lo que pasó entre nosotros. Estuviste alucinante.

¿Quién iba a saber que eras todo un salvaje en la cama?"

"Soy más enérgico de lo que parezco."

"Totalmente cierto." Gareth había engullido otro trago de cerveza y había lanzado unos cuantos billetes sobre la barra para dejar a Christopher solo con su dilema.

Justo en ese momento, Gareth apareció en la entrada de la fragua, visiblemente tenso cuando vio a Christopher. Con sus mejillas ardiendo, este último se dio la vuelta rápidamente. Últimamente, parecía que Gareth interpretaba cada interacción o cada mirada casual como si Christopher estuviera tratando de propiciar un segundo encuentro. Su amigo había llevado las cosas un poco lejos un par de veces, acorralándole en la esquina más apartada del vestuario de los músicos para decirle que dejara de pensar que iba a suceder de nuevo. Nada lo que Christopher pudiera decirle sobre que estaba malinterpretando las cosas había ayudado a calmarlo.

Después de eso, *Christopher* deseaba que su breve aventura jamás hubiera sucedido.

Una vez que giró por la esquina, comenzó a pasear con las manos metidas en los bolsillos de su chaqueta hacia la pequeña casa encantada recientemente instalada en Smoky Village Square. Eran mediados de septiembre y todo el parque se estaba vistiendo de gala para celebrar Halloween—luces naranjas y negras, fantasmas, demonios y duendes adornaban las ventanas, y los espantapájaros cubrían la mayor parte de las aceras.

Cuando llegaba la madrugada del uno de noviembre, los trabajadores del parque se tiraban toda la noche preparándolo todo para Navidad. Luces multicolores sustituían a las naranjas y negras; un árbol de Navidad ocupaba el lugar de la casa encantada, y miles de flores de pascua eran cargadas en los camiones para rellenar las camas de flores.

Christopher podía oír a su Nana quejarse sin parar por querer "apresurar el curso de los acontecimientos."

La Navidad no consiste en hacer negocios. La Navidad trata de Jesucris-

to, nuestro Señor.

De alguna manera, nunca le parecía ofensivo cuando era *ella* quien decía eso, a diferencia de cuando lo decían sus padres.

Después de la larga caminata hasta el parking de empleados, Christopher se subió a su Toyota Yaris rojo, comprado con un pago inicial que fue su paga extra el año anterior. Todavía se sentía orgulloso de haber alcanzado finalmente una posición financiera que le permitiera comprarse un coche nuevo, lo cual era probablemente un poco triste teniendo en cuenta que tenía veintiocho años. Ganarse la vida como artista no era nada fácil.

Mientras que salía a la autopista, atravesando el corazón de Sevierville y Pigeon Forge, el atardecer de otoño cayó con fuerza sobre las curvas suaves, grises y borrosas de las montañas que lo rodeaban. El indicador de temperatura en el tablero del coche marcaba veintiún grados, y se preguntó cuántos días más duraría el buen tiempo. Una ola de frío podría azotarles en cualquier momento.

El ascenso por la montaña hacia Gatlinburg fue lento debido a los turistas que obstruían la avenida mientras que se alejaban de los Sueños en las Montañas Humeantes y entraban en los acogedores brazos de los hoteles, restaurantes y tiendas. Cuando Christopher salió de la carretera principal para tomar un atajo, estaba cansado y sus pies le dolían de haber estado de pie en el escenario al aire libre durante todo el día. Estaba más que listo para llegar a casa, poner un poco de música honky-tonk y rascar el chile de la olla para la cena.

Mientras que subía por la colina hacia su pequeña casa, se dio cuenta de las brillantes luces blancas y centelleantes que venían del taller de joyería de Jesse Birch. Frenó suavemente y estiró la cabeza para leer el letrero de la tienda. *Diseños personalizados solo con reserva previa.* Repitió cada dígito del número que figuraba en el anuncio una y otra vez mientras que seguía adelante. Una vez que llegó a casa y sacudió los pies sobre el felpudo que le dio la bienvenida, fue corriendo a anotar el número en el bloc de post-its sobre el mostrador de la cocina.

Había querido hacer esa llamada durante mucho tiempo, pero simplemente no había tenido suficiente dinero. Su próximo aguinaldo de SMH sería una buena suma ahora que había estado trabajando allí tres años. Sería capaz de solventar otro pago mensual de su Yaris y todavía le quedaría algo extra para el regalo que había pensado hacerle a Nana. A pesar de que no iba a recibir la paga hasta que no le llegara su primer cheque en enero, podría pagarlo mientras tanto con su tarjeta de crédito. Ahora era un momento tan bueno como cualquier otro para hacerlo.

Christopher apretó el botón de mensajes en su viejo contestador y suspiró cuando la voz de su madre llenó la habitación.

"Christopher, me encantaría que te hicieras con un móvil, cariño. No puedo llegar a ti cuando te necesito. Mañana es el cumpleaños de la abuela. Tu hermana ha acordado estar en casa con los niños a las cuatro. ¿Podrías pasarte por la residencia de ancianos para recoger a la abuela y estar por aquí a esa hora? Hay que coordinar a muchas personas ahora que Jackie se ha casado con Joe. Tenemos que tener en cuenta también los planes de la madre de sus hijos. Es demasiado complicado."

"Y por eso estás encantada, porque también es demasiado heterosexual," murmuró Christopher, sirviéndose un plato de chile con carne mientras que escuchaba.

"Hazme saber cuanto antes si podrás pasarte a por Nana, porque si no tendremos que organizarnos de otra manera. Oh—y… Christopher, cariño, si te estás viendo con alguien, será mejor que esa persona no venga, ¿de acuerdo? Bob y yo… bueno, te queremos mucho y… ya sabes las ganas que tenemos de verte. Sé que no querrás estropear la fiesta de Nana. Y por favor, cielo, cómprate un teléfono móvil."

Christopher agarró un paquete de galletitas saladas de la alacena, se lo metió bajo el brazo y entreabrió una botella de agua de la despensa. Cuando dejó la comida sobre la mesa de café, el mensaje de su madre pesaba sobre él. Echando un vistazo alrededor de su pequeña casa, que le había parecido tan acogedora y cálida cuando entró por primera vez en ella, no podía evitar sentir el vacío de sus antiguas paredes. No era nada más que la vieja casa de la abuela convertida en un piso de soltero.

Puso un disco de vinilo de Knuckles O'Toole para dejar que el piano honky-tonk llenara el espacio con el brío y la energía que el mensaje de su madre había succionado de la sala. *Bob y yo te queremos mucho.* Christopher bufó. A veces se preguntaba cómo habrían sido sus años de adolescencia si su padre no hubiera tenido una aventura que los llevó a todos a asistir a la Luz de Cristo, en un intento desesperado por "salvar a la familia" a través de un estricto apego a la fe religiosa.

Por supuesto que no había funcionado como lo habían planeado. Poco después de unirse a la iglesia, su padre se largó para iniciar una nueva familia con una mujer que había conocido en misa. Un año más tarde, su madre se volvió a casar a Bob Jenkins, un predicador imbécil de la iglesia que daba sermones sobre el fuego del infierno y las condenas. Christopher temía ver a Bob, pero sabía que aguantaría cualquier cosa por Nana.

Se recostó contra su suave sofá, puso los pies sobre la mesa de café y rompió con ímpetu las galletas en su chile. Le satisfacía el hecho de encontrarse entre las fauces de la vergüenza. Su madre y su odioso marido no se merecían tener ese poder sobre él.

Y sin embargo, mientras comía, su atención se deslizó sobre las gruesas cortinas marrones que cubrían las ventanas orientadas al sur y aterrizó en el tablón de notas gigante junto a la chimenea. Era una mezcla de recuerdos de su vida: fotos de Jackie y Nana en el teleférico de Gatlinburg la Navidad de 1997, cuando le regalaron su primera guitarra; él con un esmoquin y su brazo alrededor de Nana en la boda de Jackie y Joe unos años antes, y varias de varios conciertos que había dado en Nashville tiempo atrás. También había una gran cantidad de postales navideñas de años pasados.

Se comió su chile con carne lentamente mientras que miraba los rostros sonrientes de sus medio-sobrina y medio-sobrinos, las felices familias de sus primos, y todas las dulces y pequeñas familias de sus compañeros de trabajo. Todos sonreían al lado de árboles hogareños de

Navidad o posaban vestidos de blanco en hermosas playas. Él, en cambio, había comprado sus tarjetas en un paquete de veinte en Hallmark.

Dejó el chile y se frotó la cara. No era un pack heteronormativo lo que quería, sino a *alguien* a quien abrazar y que lo abrazara. Quería un hombre dispuesto a enfrentarse voluntariamente a un evento familiar Ryder-Jenkins, incluso si eso hacía que Christopher fuera repudiado de por vida. Quería un chico a quien poder presentarle a Nana antes de que esta se muriera para que se fuera sabiendo que era feliz; que no había sido en vano su apoyo a lo largo de todos estos años en contra de sus padres.

Quería a alguien fuerte, con los ojos verdes, azules, marrones o de color miel. No le importaba. Pero si sus deseos podían ser tenidos un poco en cuenta, le encantaría un hombre con un mentón prominente cubierto de una barba que raspara su cuello cuando se besaran. Quería discusiones, complicaciones, vacaciones y facturas compartidas.

Cuando eres feliz es cuando las moscas comienzan a zumbar, Christopher. Pueden oler tu miel.

Él volteó los ojos y se preguntó si alguna vez dejaría de oír a Nana en su cabeza, siempre tratando de mostrarle algún tipo de luz. Esperaba que no, porque una vez que se hubiera ido del plano mortal, iba a seguir necesitándola para mantenerse cuerdo.

"Miel, ¿eh?" Se preguntó en voz alta. "No estoy tan seguro de que la clase de hombres que me interesan estén buscando eso."

Era estúpido lo mucho que el mensaje de su madre se había desviado de su objetivo. Ella había querido recordarle que lo que era y quién era estaba mal. En su lugar, solo había hecho que anhelara encontrar al hombre que ella ya imaginaba que estaba con él. El hombre que sería todo en lo que había jurado no volver a fijarse. La verdad era que el hombre perfecto no existía. Y si lo hacía, probablemente estaría en Canadá, Argentina, o China. Christopher no iba a marcharse de Tennessee en un período corto de tiempo, por lo que ya era hora de enfrentarse a la realidad.

"Es hora de comprarme un gato," se dijo antes de echarse a reír. Sabía exactamente lo que Nana diría también respecto a eso.

No te corresponde a ti encontrar un gato, Christopher—el gato te encontrará a ti.

Por lo que él sabía, no había ningún gato que lo estuviera buscando.

El ritmo del piano ragtime no estaba muy en consonancia con su estado de ánimo. Se levantó y cambió el disco por un viejo recurso para estos casos: Waylon Jennings. Lo escuchó mucho por primera vez tras el divorcio de sus padres, y siempre lo llevaba de vuelta a ese momento en el que aprendió cómo las circunstancias de la vida podían destrozar a una persona. Mientras que Waylon cantaba, abrió las cortinas para permitir que entrara el resplandor de la puesta de sol rebotando en las montañas. Luego se trasladó a las ventanas que daban al sur e hizo lo mismo.

Por la pendiente, a través de la acumulación de árboles, vio una luz roja y difusa. Solo cuando parpadeó se dio cuenta de que era la señal de neón en la parte posterior del estudio de joyería de Jesse Birch. Volviendo a su sofá y su chile con carne, Christopher se preparó para otra noche en solitario.

Capítulo Dos

JESSE SE DETUVO EN LA CALZADA DE SUS SUEGROS y aparcó delante de la casa de madera azul grisácea a las siete y seis minutos. Buscó entre las llaves de su llavero hasta que encontró la correcta y entró. No era una casa enorme, pero era el único lugar del mundo en el que se sentía como en su propio hogar. Aparte de alguna baratija ocasional o alguna creación de arcilla de Nova, no había cambiado mucho desde la primera vez que puso un pie en ella cuando tenía quince años. Era muy difícil creer que hubieran pasado ya diecisiete años de eso. El mobiliario de treinta años de antigüedad, las fotos de la familia en la pared, y la sensación de paz que parecía irradiar del techo hasta el suelo, habían permanecido inquebrantables.

El aroma a espaguetis y pan de ajo llenaba el aire, y su estómago gruñó. No había tenido intención de saltarse el almuerzo, pero había estado tan absorto en el delicado trenzado que había añadido a la alianza de boda que estaba elaborando, que había perdido toda la noción del tiempo. También había empezado a intrincar las flores en la banda, añadiendo diminutos diamantes y amatistas. Había planeado hacer una sola, pero las había completado todas antes de que siquiera se diera cuenta de ello.

"Papá, llegas tarde," dijo Brigid con frialdad mientras que entraba en la cocina de sus suegros.

Él cruzó el suelo de madera tosca para pasar la mano sobre su brillante y denso cabello castaño. Tenía el mismo color que el suyo y la misma textura que el de su madre. La pequeña se escabulló de él y se alejó, parpadeando sus oscuros ojos con indignación. "¿Por lo menos tienes alguna excusa?" Preguntó con aspereza, sus labios temblando y su expresión tan parecida a la que solía poner Marcy cuando estaba enfadada.

Por un instante, Jesse vio sin que sus ojos se nublaran con los recuerdos del pasado, al bebé que su esposa había sostenido en sus brazos. La claridad le mostró lo mucho que había crecido en este último año, dando un buen estirón de piernas y de brazos que ahora colgaban desgarbados a ambos lados de su figura. Su nariz y boca parecían estar a punto de salirse de su cara. No podía creer que ya tuviera doce años, a pesar de que no podía recordar cómo era su vida sin ella y Will.

"Lo sé, Brigid. Lo siento," dijo. "Perdí la noción del tiempo. Lo siento de veras."

Brigid no parecía impresionada con su disculpa, y él no podía culparla.

"Papá, dijo Will con la boca llena de espaguetis, ¡he sacado un bien en el examen de matemáticas!"

"¡Genial!" Respondió Jesse.

Era genial. A sus nueve años, Will era bueno en muchas cosas, pero el colegio no era una de ellas. Tal como Jesse lo veía, a Will se le daba bien, bueno, solo ser Will. Jesse no estaba seguro de qué tipo de carrera elegiría cuando fuera mayor, pero no estaba excesivamente preocupado al respecto. El chico era bueno con la gente y sabía cómo hacer que las personas se abrieran a él. Le iría bien.

Trató de ver a su hijo con la misma distancia inesperada que había experimentado con Brigid, pero no pudo lograrlo. Will aún era un chico regordete de pelo castaño claro y descuidado, centelleantes ojos color avellana, y un aire rudo apenas disimulado. Marcy siempre decía que se parecía a la abuela fallecida de Jesse. Pero cuando Jesse miraba al niño, solo podía ver a alguien a quien había querido más de lo que jamás había creído posible.

"¿Qué has hecho hoy?" Preguntó, señalando hacia la camiseta de los Steelers de Will que estaba prácticamente limpia a no ser por un manchurrón de barro en su hombro.

"He ido al colegio. Después, jugué un poco al rugby con FJ en su casa. La abuela me recogió. ¡Ahora espaguetis!"

"Un buen día entonces."

Will asintió y empujó más fideos en su boca, feliz y relajado como siempre.

"¿Un cliente de último minuto?" Preguntó Nova, haciendo un gesto para que tomara asiento. La mujer se limpió la boca con una servilleta y sonrió. Siempre le habían encantado los alegres ojos marrones de su suegra—no solo porque Marcy los hubiera heredado, y luego posteriormente Brigid, sino porque siempre le habían hecho sentir querido y bienvenido.

Jesse se encogió de hombros y sonrió mientras sacaba una silla de madera y se sentaba junto a su hija. Normalmente, le habría hablado felizmente a Nova sobre el diseño en el que estaba trabajando, pero no tenía muchas ganas ya que había algo en esa pareja en particular y esos anillos en concreto que le traían recuerdos de un día de abril hace doce años.

Los cerezos silvestres habían estado en plena floración, blancos como el vestido de seda que Marcy llevaba cuando había bajado por el sendero de las montañas donde habían decidido casarse solo un mes antes. Ese día estaban todavía en Italia, mirando la prueba de embarazo con el azul más brillante que declaraba que la falta de Marcy era, en efecto, la creación de una nueva vida.

Ese día, rodeado de su familia, con la vegetación en torno a ellos, se había sentido como si Marcy y las montañas se estuvieran casando con él. Había sido el comienzo perfecto. Un nuevo comienzo para una nueva vida juntos. Parecía que había sucedido hace mucho tiempo y ayer al mismo tiempo.

"¿No tienes hambre, hijo?" Preguntó Tim. Tenía el pelo trenzado en una larga trenza rubia platina que colgaba por la parte frontal de su camiseta desgastada, y llevaba las gafas de ver en la parte superior de la cabeza. "Toma un plato. Comparte la comida con nosotros."

Comparte la comida con nosotros.

Jesse sonrió. "Recuerdo la primera vez que me dijiste eso."

"Yo también." Tim sonrió con cariño y le guiñó un ojo. "Eras solo un niño escuálido por aquel entonces."

"Totalmente cierto." Jesse se sirvió un poco de espaguetis mientras que Will empezaba a hablar sobre el pase sobrehumano que su amigo FJ, abreviatura de Frankie-Jones, había lanzado al principio del día.

"¡Por lo menos recorrió un kilómetro!" Declaró. "¡No, tres!"

Todo el patio trasero de Frankie-Jones no tendría más de treinta metros, si Jesse no recordaba mal.

"Menudo pase," dijo Tim con un guiño.

"En serio, abuelo, pensé que se iba a caer por el barranco y habríamos perdido otra pelota."

Jesse sonrió mientras que su suegro le recordaba a Will la importancia de no acercarse a los barrancos por muchas pelotas que se perdieran.

"Son más pronunciados de lo que parecen. Además, en esta época del año los osos están engordando gracias al cultivo de hayucos. No hace falta que le ofrezcas algo mucho más apetitoso que comerse." El hombre extendió la mano y alborotó el pelo de Will. "Siempre podemos conseguir un nuevo balón, pero solo tenemos un Will."

Los ojos del muchacho se iluminaron con interés ante la mención de los osos, y Jesse suspiró, casi seguro de que tendría que volver a hablarle a su hijo sobre el real peligro de tratar de interactuar con ese tipo de bestias.

Nova eligió ese momento para preguntarle a Brigid sobre su amiga Charity. "No hemos oído hablar mucho de ella últimamente. ¿Cómo está?"

Brigid se encogió de hombros. "Ocupada. Ya apenas nos vemos."

Nova frunció el ceño y llamó la atención de Jesse, quien sintió una pequeña punzada de culpabilidad en su corazón. Obviamente se suponía que debía saber lo que estaba pasando y, como de costumbre, se había perdido algo importante en la vida de su hija. La verdad es que aunque quería muchísimo a Brigid, más de lo que las palabras podrían expresar nunca, no la entendía muy bien. No se parecía nada a Marcy ni a él tampoco. Peor aún, en su mayor parte, las chicas siempre habían sido un misterio para él, uno que nunca se había preocupado por desentrañar.

"¿Con qué está ocupada Charity?" Preguntó.

Los hombros de Brigid se levantaron y cayeron de nuevo. "Otras amigas."

"¿Os habéis peleado?"

"No. Es solo que no lo entiende."

"¿Qué no entiende?" Preguntó Jesse.

"Las pajaritas. Dice que está cansada de hacer pajaritas de papel, lo cual me parece bien. Puede hacer cualquier otra cosa durante el recreo. No me importa."

Jesse se detuvo con el tenedor cerca de su boca y luego reaccionó y le dio un mordisco. Pensó en las palabras de Brigid mientras masticaba, sin olvidarse de las cinto cuarenta y siete pajaritas de papel guardadas en una caja en el pasillo fuera de la habitación de Brigid.

"Cariño, ¿no crees que te divertirías aún más si jugaras con Charity en vez de hacer pajaritas de papel?" Preguntó Nova.

"No."

Jesse llamó la atención de Nova y se encogió de hombros. Brigid se había fijado el objetivo de hacer dos mil pajaritas de papel antes de Navidad, y se sentía contrariado entre decirle que su obsesión no era sana y aplaudir su determinación, incluso cuando las cosas se ponían difíciles. Cada pajarita que hacía con sus pequeñas manos le llevaba unos dos minutos, y Jesse había hecho algunos cálculos—para completar su objetivo, tendría que pasar cien horas plegando papel. Teniendo en cuenta que quedaban menos de cien días para Navidad, eso significaba pasar al menos una hora al día en su proyecto. No era exactamente normal que su hija estuviera tan centrada en algo tan efímero, ¿verdad? Sobre todo a expensas del tiempo que podía estar empleando jugando con su amiga.

Tal vez debería preguntarle al doctor Charles.

Pero aun así, solo eran pajaritas. Seguramente ser trabajadora y tenaz no era realmente un problema. Sus notas eran buenas, y el doctor Charles le había dicho que no la agobiara demasiado. La niña estaba creciendo y necesitaba ser su propia persona. Jesse pensó que tal vez las pajaritas no eran nada más que una parte de todo ese proceso que no entendía.

"Es una práctica meditativa maravillosa," dijo Tim. "Cada uno hicimos tres antes y me sentí muy relajado después."

Nova parecía un poco escéptica, pero cuando Jesse se sirvió más espaguetis, la mujer cambió de tema. "¿Mucho trabajo hoy en la tienda?"

"Bastante. ¿Por qué?"

"Me ha dicho Howard que había hoy muchos turistas por ahí. Me lo he encontrado cuando salí a recoger el correo."

"Yo me lo encontré ayer en la oficina de correos," dijo Tim, mojando una rebanada de pan de ajo en el exceso de salsa de tomate. "Dice que el negocio va tan bien que está pensando abrir una segunda tienda en Knoxville."

"Va a quedarse consumido," declaró Jesse, preguntándose por qué un hombre que tenía un comercio floreciente, y ganaba más dinero engañando a los turistas del que jamás necesitaría para vivir, todavía querría más. "No sé de dónde va a sacar tanto tiempo."

"Bueno, no tiene mujer ni hijos que ocupen su tiempo," dijo Nova suavemente.

Jesse pensó en Marcy recostada contra la hierba de invierno en la ensenada de Cades Cove, con sus ojos fijos en la línea donde las montañas se juntaban con el cielo. Recordó la curva de sus labios, el brillo de sus dientes y la forma en que su risa hacía eco en las colinas. Empujó otro bocado de espaguetis en su boca y tragó saliva.

Cuando Tim comenzó a recitar poemas de Shel Silverstein, indicando que se avecinaba el final de la cena, Will se echó a reír, Brigid volteó los ojos, y ambos juguetearon con los últimos giros de sus espaguetis. Jesse solo escuchó la mitad, entregándose a sus viejos recuerdos.

Aquella noche de octubre que llegó por primera vez a casa de los McMillan para cenar había cambiado su vida. Todo había empezado en su propia casa, sin embargo—en el sótano, con su lengua en la boca de Dean Scarborough, y su padre excesivamente cabreado, interrumpiéndolos. Jesse todavía podía oír en su mente el eco de su voz a día de hoy.

"¿Qué demonios está pasando aquí?" Su padre trató de alcanzarlos a ambos persiguiéndolos por la sala de recreativos, esquivando las mesas de ping-pong y futbolín, pateando la máquina de pinball que Jesse le había comprado a su hermana para Navidad, y maldiciendo más fuerte de lo que Jesse había escuchado jamás.

"¡¿Qué está pasando?!" La temblorosa voz de su madre llegó por las escaleras.

"¡Si piensas que vas a avergonzarme de esta manera!" Gritó su padre con el rostro totalmente morado y escupiendo un arco de saliva que los ojos de Jesse siguieron en estado de shock.

Dean había salido corriendo, pero Jesse no había sido capaz de escapar. Se había torcido el tobillo y arañado las palmas de las manos tratando de librarse de las garras de su padre, y aún podía recordar el terror gélido que lo atrapó cuando vio las luces traseras del coche de Dean desaparecer en la luz dorada de un atardecer de octubre.

Volvió a mirar hacia la monstruosa cabaña que sus padres habían construido con el dinero de la familia. Miró hacia la ventana de su hermana menor y la vio mirándolo con los ojos muy abiertos. Cuando levantó las manos para indicarle que se fuera y pronunció un: "Vete," Jesse salió huyendo.

Respiró hondo e hizo un balance de la noche descendente que tenía ante sus ojos. Las capas de aroma a montaña se acumulaban sobre la capa húmeda de la omnipresente niebla en las montañas humeantes. El hedor de su propio sudor lo aterró. El frío de la niebla lo rodeaba. Se estremeció. No era como si el hecho de que lo hubieran pillado besándose con Dean fuera una sorpresa. Jesse les había dicho a sus padres que era gay desde que tenía trece años, lástima que no quisieran creerle.

Cuando Tim empezó a recitar un segundo poema y Brigid volteó los ojos con más fuerza, Jesse sonrió suavemente, sin saber muy bien por qué se estaba acordando de aquella noche. Había estado seguro de que iba a terminar muerto en el barranco cuando la pegatina azul del parachoques de la auto-caravana Volkswagen de Tim McMillan se detuvo a recogerlo.

"Te diré algo," dijo Tim mientras conducía por la montaña. "Nova hace una sopa de pollo riquísima todos los jueves y Marcy ya estará en casa. Ronnie tenía hoy ensayo con las cheerleaders pero no tardará mucho en volver. Podrás pasar un rato con ellas y compartir una buena comida. Después, podrás llamar a tus padres y decirles dónde estás. Y después de eso, podríamos hablar un poco."

Marcy no era su enemiga exactamente, pero tampoco era su amiga; eso seguro. Había sido testigo de muchos acosos y humillaciones por parte de los demás chicos. Ella no los había incitado, pero tampoco había hecho nada por evitarlo. En cuanto a Ronnie, bueno, la chica era todo un enigma—con ese pelo rojizo y rizado, sus ojos grises, y siempre envuelta en su uniforme de porrista, rezumaba popularidad. Jesse dudaba de que ni siquiera fuera a molestarse en darle la hora. Un poco de sopa de pollo parecía algo increíble, sin embargo, después de haber caminado más de un kilómetro con el tobillo lastimado.

"Es una gran sopa, Jesse, y, bueno, hay algo más. Iré al grano. Quiero ayudarte."

"¿Disculpe, señor?"

"Cuando yo tenía tu edad, también era un poco maricón."

Jesse escuchó el verbo en pasado y el insulto. Marcy y Ronnie debían haberle hablado sobre los rumores que corrían por el colegio sobre él. Su aliento se quedó atascado en la garganta. "Déjeme salir por favor. Todo está bien."

"Espera," dijo Tim, deteniendo el coche a un lado de la carretera. "No me he expresado bien. Quiero decir que todavía soy maricón, Jesse."

Su corazón tronó. Tim McMillan era un pervertido, y él había sido un completo idiota por haberse subido a su coche sin más. Solo Dios sabía lo que querría hacer con él. Jesse tiró de la manija de la puerta, y esta comenzó a abrirse antes de que el vehículo se hubiera detenido por completo. Se dio cuenta de que no se había quitado el cinturón de seguridad, y rápidamente se desató.

"¡Espera! ¡He vuelto a explicarme mal!" Gritó Tim, agarrando su brazo y luego soltándolo rápidamente. "Solo quiero decir que entiendo por lo que estás pasando."

Jesse lo miró fijamente mientras que su palpitante pie colgaba por la puerta abierta.

"Antes de que Nova y yo empezáramos a salir, se podría decir que yo también era una espíritu libre, y tuve varias experiencias con chicos y chicas. No voy a hacerte nada, hijo, cálmate. Solo quiero decirte que no eres el único chico por ahí al que le gustan ese tipo de cosas, y que todo se solucionará con el tiempo."

"¿Lo sabe la señora McMillan?"

"¡Claro! Ella estuvo al tanto de todo en su día."

"¿Al tanto de todo?"

Tim hizo un gesto con la mano. "Ahora no es más que una cuestión discutible. He estado felizmente casado durante veinte años, tengo dos hermosas hijas y todo eso. Te prometo que no estoy tratando de flirtear contigo."

Jesse parpadeó, confuso. "Entonces… ¿es gay? ¿Y está viviendo una men-

tira?"

"No, no. Por supuesto que no. Si no eres honesto contigo mismo, entonces no eres nada en este mundo, hijo. Aprende esa lección ahora mismo y nunca te arrepentirás. Soy bisexual. Y monógamo."

Jesse parpadeó un poco más.

"Me enamoré de Nova y renuncié a mi relajada existencia en la que lo probaba todo. Sucede. La vida sigue."

Jesse volvió a meter la pierna y cerró la puerta del coche. Se quedó mirando a Tim, fijándose en sus gafas excesivamente grandes y su larga coleta, acordándose de cuándo escuchó a Marcy contar en la mesa del almuerzo de la clase de octavo una larga historia sobre su padre lanzando ácido y creando ríos en las grietas de las aceras.

"Bisexual," dijo Jesse. La palabra le sonó importante, por lo que la dijo de nuevo. "Bisexual."

"¿Qué dices? ¿Compartes la comida con nosotros?"

Tim terminó de recitar su último poema, y Nova les pidió a Brigid y Will que se levantaran de la mesa.

"Id a buscar vuestras mochilas y zapatos, preciosos, para que vuestro padre os pueda llevar a casa." En cuanto los pequeños echaron a correr, Nova se volvió hacia Jesse con unos ojos tiernos y tristes, lo que hizo que su estómago se desplomara. "El hospital ha llamado a Ronnie hoy. Y, por supuesto, Ronnie me ha llamado."

Jesse se pasó la servilleta por la boca y se levantó. Ronnie solo llamaba a Nova cuando las noticias del hospital apoyaban su causa. Se preguntó de qué se trataría esta vez. ¿Habría abierto Marcy los ojos *y* verbalizado algo? Eso no era demasiado inusual. Le habían dicho hace mucho tiempo que esas conductas eran solo reflejos y no significaban ningún indicativo de que hubiera conciencia. Ni siquiera quedaba un poco de Marcy dentro de su cuerpo.

"¿Y?" Su corazón latía desenfrenadamente.

"Bueno, más de lo mismo," dijo Nova significativamente. "Lo cual alentó a Ronnie, por supuesto."

"Mierda."

"Jesse, habrán pasado cinco años el próximo mes. Sé que no es el mejor momento para hablar de esto—"

"Nos vamos, Nova." Él empujó su silla, se levantó y puso su plato en el fregadero.

"Tendremos que hablar de ello más tarde o más temprano."

"¿Por qué? Tenemos cita para llegar a un acuerdo y—"

"No se trata de un acuerdo. No estoy hablando de eso. Cariño, ya va siendo *hora*."

"Era hora hace ya mucho tiempo," dijo Tim, agarrando el codo de Jesse. "Mucho tiempo, hijo."

Jesse los ignoró a ambos y se dirigió hacia la puerta principal mientras que los espaguetis se le repetían con un sabor ácido en el fondo de su garganta.

"Sé que es difícil, Jesse, pero por favor, deja que te quitemos esta carga de encima," declaró Nova mientras lo seguía. "Se trata de nuestra niña y si alguien debería—"

Jesse abrió la puerta y levantó la mano para detenerla. Todos se miraron entre sí. Las palabras que habían hablado una y otra vez abarrotaban el aire entre ellos. La tensión se rompió cuando los niños aparecieron corriendo, mochilas al hombro, y sus zapatos crujiendo en la grava de la entrada.

"¿Los tenéis todo?" Preguntó.

"Sí, papá," contestaron al unísono a la vez que volteaban sus ojos. Brigid empujó a Will y él se echó a reír antes de devolverle el empujón.

"Ya basta," ordenó Jesse.

"Conduce con cuidado," dijo Tim.

Jesse sabía que no había sido intencional, pero esas palabras lo golpearon lo suficientemente fuerte como para detenerlo en seco. Fue solo un momento, sin embargo, antes de que irguiera los hombros y acompañara a los niños hasta el coche.

Capítulo Tres

GATLINBURG UN LUNES POR LA MAÑANA TEMPRANO no era tan malo. Redondeadas y reconfortantes montañas se levantaban a ambos lados de la estrecha hendidura en la que se encontraba la ciudad. El explosivo color de hojas de otoño continuaba descendiendo desde las elevaciones más altas, embelleciendo el lugar. La basura había sido retirada y las calles estaban impregnadas del dulce aroma a tortitas, azúcar y sirope. La mayoría de los turistas habían partido el domingo o todavía estaban en sus hoteles. Las únicas personas alrededor eran los tenderos que se estaban preparando para el momento álgido del día.

El taller de joyería de Jesse Birch no estaba en la avenida principal, pero Christopher había salido de su casa un poco antes de tiempo, así que había subido y bajado por la calle principal, fijándose en los cambios más recientes de la pequeña ciudad turística que se había convertido en su hogar. Como siempre, el barrio era de lo más colorido con sus señales luminosas para atraer a los turistas, pero todavía había un vacío en su corazón cuando pasaba por el lugar donde solía estar la tienda de Nana. Ahora había una tienda de camisetas hechas con aerógrafo.

Se detuvo frente a la antigua Cocina de Caramelos en las Montañas Humeantes para mirar el rollo chicloso. Admiraba la madera suave y las curvas de la máquina, recordando cuando solía detenerse de la mano de Nana frente al escaparate, viendo estupefacto cómo la maquina trabajaba la masa de caramelo para posteriormente ofrecerlos terminados. Ella siempre le había comprado una caja cuando estaba de visita, y él solía hacer todo lo posible por comérselos todos antes de que su abuela tuviera que volver a Knoxville. Cuando Nana estaba cerca, su madre no se atrevía a decirle que no podía llenarse la boca de ese "azúcar hecho por el diablo," ni hacer cualquier otra cosa que le gustara hacer, para el caso. Nana era su defensora incluso ya por aquel entonces.

Christopher miró su reloj mientras se volvía por la empinada carretera que llevaba tanto al estudio de joyería como a su propia casa. El estudio estaba en una casa de campo reformada y decorada con barras protectoras de hierro forjado en las ventanas. Nunca había estado en su interior, pero había visto algunas piezas realmente bonitas en sus ventanas en los últimos años. Por no hablar de que su amiga Holly, quien se encargaba de la caseta de los Sombreros Locos en SMH, le había dicho que si quería encargar una buena joya, entonces, Jesse Birch era definitivamente el hombre al que acudir, el más digno de confianza para hacerlo.

"No es ningún hortera," le había dicho en voz baja, para que nadie más pudiera escucharlo, mientras que se apartaba un mechón de su cabello moreno detrás de su oreja, y entrecerraba sus ojos marrones y excesivamente maquillados con complicidad. "No tiene nada que ver con este parque temático ni esta ciudad. Es como si hubiera venido directamente de París o Nueva York, o algo así."

Christopher había sido un poco escéptico. Después de todo, Holly era de Friendsville y no sabía siquiera ubicar París en el mapa. Tampoco se podía decir que tuviera un fuerte sentido de la moda en sí misma. Él le había visto vestida para salir de fiesta, e incluso si se hubiera tratado de un mal caso de extravagancia juvenil, su ropa normal de ir por la calle también hacía que le sangrara el cerebro.

"¿Qué? ¿Acaso no confías en mí?" Le había preguntado, volteando los ojos. "Digámoslos de esta manera, ¿de acuerdo? No creo que me pillaras nunca en el taller de Jesse Birch. No es lo suficientemente llamativo para mí. *¿Capiche?*"

"Capiche," repitió él, riendo mientras que ella le ponía un gorro multicolor en la cabeza y hacía girar su hélice con el dedo índice.

El exterior del estudio de Birch era de color blanco cremoso, con camas bien cuidadas de lustrosas azaleas a ambos lados de la acera, brillantes y de hoja perenne. En primavera, crecían unas flores de color rosa-púrpura que se veían preciosas en contraste con el pálido edificio.

Christopher descubrió que el interior del estudio no tenía nada que ver con las joyerías que había visto en los centros comerciales mientras crecía. Ofrecía un ambiente tranquilo, casi majestuoso, con pequeños muestrarios de vidrio que exhibían solo unas cuantas piezas en cada uno.

"Hola," una joven morena le saludó desde detrás de un escritorio de cristal prístino sobre el que solo había una tablet y una impresora diminuta. Sus ojos marrón oscuro brillaban con calidez. La chica era un poco regordeta, pero de un modo tan natural que le hacía bella y atractiva. Christopher miró su dedo anular, recordando la conversación que había tenido la semana anterior con su amigo soltero, Dave, quien había comentado que prefería las mujeres que parecían "seres humanos de verdad en vez de palos." Desgraciadamente para David, parecía que esta encantadora dama ya estaba pillada.

"Usted debe ser el señor Ryder," continuó. "Ha llegado justo a tiempo para su cita."

"Así es, pero por favor, llámeme Christopher."

"Nos alegramos de que estés aquí, Christopher. Jesse está deseando conocerte. Soy Amanda, por cierto. Ayudo a Jesse en la tienda un par de veces por semana."

Christopher se acercó para estrechar su mano. "Encantado de conocerte."

"Bueno, ¿te gustaría echar un vistazo para familiarizarte con algunas de las obras de Jesse?"

"No quiero hacerle esperar."

"Oh, tonterías. No tiene ninguna prisa. Te diré algo—tengo que cerrar la sala de exposición ahora que has llegado. ¿Por qué no vas echando un rápido vistazo mientras? Si ves alguna pieza que te guste, no dudes en hacérmelo saber."

Christopher cruzó las vitrinas, pensativo. Holly estaba en lo cierto. No había absolutamente nada hecho con mal gusto. Incluso el brazalete con más joyas incrustadas presentaba una exquisita finura en su mezcla de colores; y algunos de los trabajos eran tan delicados y complejos que por un momento, Christopher fue presa de un sentimiento de culpa por estar a punto de pedirle a un hombre con un talento tan evidente que le realizara una pieza tan simple.

"Entiendo que ya tienes una idea de lo que quieres," dijo Amanda mientras que tomaba un juego de llaves y se dirigía a la puerta principal. "Pero si no estás del todo seguro, a Jesse le encanta intercambiar sus propias ideas con los clientes."

Christopher se detuvo en el muestrario de anillos de boda y compromiso mientras que Amanda cerraba la sala. Había una gran variedad de estilos y tamaños, pero todos tenían su sello de elegancia. Se inclinó para mirar más de cerca uno que le llamó la atención. Debería ser demasiado ostentoso para el dedo de cualquiera, pero de alguna manera, era simplemente perfecto.

"Ese es un anillo de platino con corte mixto y un racimo de diamantes," dijo Amanda, apareciendo a su lado y siguiendo la dirección de su mirada con un ojo audaz. "Es una pieza única. Una pieza hermosa."

"Es preciosa," dijo Christopher suavemente. Le recordaba a su madre. Bueno, a la madre que había conocido en su juventud. Le recordaba a las joyas que se había puesto cuando ella y su padre solían ir al club de campo. De sus padres, él siempre había tirado más por su madre—la mujer que siempre llevaba perfume, se reía con la boca abierta, y bailaba con su padre en la sala de estar por las noches cuando se suponía que él y su hermana estaban ya dormidos.

Mirando las piedras brillantes, Christopher no estaba seguro de si lo detestaba o le encantaba, así como todos los recuerdos que había traído consigo.

"¿Te gustaría verlo fuera de la caja?" Preguntó Amanda.

"No. No, gracias."

El pasillo de la sala que daba a la oficina trasera estaba lleno de fotografías enmarcadas que relataban el viaje de una mano de mujer por toda Europa. En la primera foto, la torre Eiffel se alzaba en el cielo azul mientras que el antebrazo y una extendida mano de mujer aparecían en primer plano con un brazalete de brillantes piedras púrpuras y verdes. Parecía menos refinado que los trabajos a nivel general del expositor, pero aun así, llevaba el inconfundible sello Birch.

Otra foto mostraba la mano de la misma mujer con el Coliseo como telón de fondo, solo que esta vez sus dedos estaban envueltos alrededor de un cono de helado, y uno lucía un anillo con un racimo de perlas y ópalos. La mano, siempre con diferentes joyas, llegó hasta la Catedral de San Basilio en Moscú, el Big Ben y el conjunto megalítico de Stonehenge antes de que Amanda se detuviera al lado de una puerta entreabierta y llamara suavemente.

"Jesse, Christopher Ryder ha venido a verte."

Jesse Birch no cumplía con las expectativas de Christopher, aunque realmente en ese momento se dio cuenta de que no tenía ninguna. Jesse no era un hombre viejo, engalanado con sus propias piezas de joyería, ni ojos caídos de mirar diminutas gemas durante todo el día. Tenía un pelo ondulado y oscuro, un rastrojo de barba, una exuberante boca y unos conmovedores ojos negros. Hasta donde Christopher podía ver, no llevaba ninguna joya, y sus manos, las cuales sostenían un anillo de platino y diamantes bajo la brillante lámpara en su escritorio, estaban muy bien formadas con dedos largos y elegantes.

"Señor Ryder—Christopher—este es Jesse."

La sonrisa de Jesse era cálida, y revelaba incluso unos dientes perfectamente alineados, a excepción de un rezagado—un canino que destacaba un poco bruscamente del resto. Se puso de pie y extendió su mano. Su camisa, desabrochada en la parte superior, mostraba un remolino de vello en su pecho. Los ojos de Christopher lo recorrieron de arriba a abajo, siguiendo la línea de botones sobre su estómago hasta donde sus pantalones vaqueros se ceñían a sus delgadas caderas.

Christopher sacudió la mano de Jesse, completamente consciente de su cuerpo excesivamente delgado y en baja forma; de cómo ambos se quedaron allí parados, y cuánto tiempo sostuvo la mano del joyero. Entonces, terminó el apretón rápidamente, apartó la mirada, y deseó no haberse sonrojado tanto como pensaba.

"Por favor, llámame Christopher."

"Genial," dijo Jesse. Su voz era sosegada y tranquila.

Christopher tuvo la tentación de inclinarse más cerca aunque solo fuera para oírle mejor.

"Tenía muchas ganas de conocerte," añadió Jesse.

Amanda los miró, y pasó de mostrarse amistosa a un poco recelosa, y luego con la misma rapidez, sonrió resplandecientemente.

Jesse se humedeció los labios y asintió hacia Amanda. "Ya sigo yo. Gracias."

Christopher se volvió con una gran sonrisa hacia la mujer, agradecido por la amabilidad propia del sur y en un intento por aliviar el flujo de sangre en sus mejillas. No se había encontrado tan innecesariamente incómodo tras haberse sentido atraído por alguien tan de imprevisto desde que estaba en el instituto y Rick Caddy le pilló mirándole el culo en clase de álgebra. Por lo menos no pensaba que necesitara preocuparse porque Jesse fuera a darle un puñetazo en este caso.

"Gracias, Amanda, has sido de gran ayuda. Increíblemente amable."

La propia satisfacción de la mujer dibujó unos hoyuelos en sus mejillas. "Gracias, Christopher. Me alegro de haber podido ayudarte."

Jesse se sentó de nuevo y le indicó que tomara una silla de madera de respaldo recto frente a su escritorio. "Por favor, toma asiento, ponte cómodo. ¿Te ha ofrecido Amanda algo de beber?"

"Estoy bien, gracias."

Jesse sonrió y asintió con la cabeza, hojeando algunas notas mientras que Christopher se dejaba caer en la silla que le había ofrecido. Él pudo ver su nombre en la parte superior de las hojas, y reconoció algunas palabras garabateadas al revés como parte del mensaje de voz que había dejado en el contestador del estudio el pasado fin de semana.

Entonces se concentró en la mano izquierda de Jesse. *No lleva anillo de matrimonio.* Christopher miró alrededor de la habitación rápidamente y vio una foto de dos niños que se parecían muchísimo a él con sus brazos alrededor de una mujer con el pelo largo, rubio y liso y ojos marrones oscuros. *Maldita sea.*

"Es todo un placer conocerte," dijo Jesse cuando Amanda cerró la puerta discretamente detrás de ella. Levantó la vista de las notas y sonrió cálidamente. "Me alegré muchísimo cuando vi tu nombre en la agenda. He sido fan tuyo desde hace bastante tiempo."

"¿Disculpa?" Christopher lo miró directamente a los ojos. Tenían unas motitas doradas cerca de la pupila. "Creo que me has confundido con otra persona."

"Tú tocas en los Sueños en las Montañas Humeantes, ¿no es así? Te he visto un montón de veces."

"*¿En serio?*" Christopher sabía que estaba quedando muy poco profesional y que al menos debía intentar actuar de un modo un poco indiferente en lugar de absolutamente escéptico, pero no podía evitarlo. Nunca nadie le había dicho algo así.

Jesse se encogió de hombros. "Claro. Tocaste *Summertime in the Holl'er* el pasado verano y *Christmas Joy* en invierno, ¿verdad?"

"Oh, guau. Eso es genial. No sé qué decir." Él se rio y se apartó el pelo de los ojos.

"Creo que te vi por primera vez hace dos años. Tocaste ese solo en 'O Come All Ye Faithful' y pensé que estuviste bastante bien. Miré tu nombre en el programa y todo." Jesse inclinó la cabeza. "Vamos, no seas modesto. Debes tener un montón de fans."

"No, la verdad es que no." Christopher no sabía dónde mirar, frotándose las manos en sus pantalones vaqueros, y sonriendo sin poder hacer nada. "Me gusta mucho todo lo relacionado con mi trabajo, pero, sinceramente, no suelo atraer mucho a los fans. ¿Seguro que no estás pensando en Látigo?"

El rostro de Jesse se contorsionó en una expresión frustrantemente adorable de pura perplejidad. "¡Tú no tienes nada que ver con Látigo Hinkins! ¿De verdad piensas que os confundiría?"

Christopher sintió cómo su cuello se ponía aún más caliente. Su rubor todavía no se había sosegado por culpa de la chispa de atracción que había sentido la primera vez que entró en aquel despacho, y ahora estaba de vuelta en plena vigencia. "Supongo que no. Es solo que estoy sorprendido. Pero gracias. Quiero decir que es muy amable por tu parte que digas algo así. Realmente generoso. Y amable."

"No hay nada generoso al respecto. Me encanta tu voz. Tiene un tono tan especial y hay tanta sinceridad en ella que lo admiro. Por no mencionar, que cobras vida en el escenario, y eso también me gusta. Se ve que estás muy feliz cada vez que estás ahí arriba; que no es algo que des por sentado." Jesse vaciló y luego dijo un poco tímidamente, "Brillas."

"¿Brillar?" Christopher no pudo evitar echarse a reír. "¿Yo? ¡Ja! Yo… vaya, bueno, no sé qué decir."

"Ya veo." Las comisuras de la boca de Jesse se torcieron un poco. Él negó con la cabeza. "Será mejor que cambiemos de tema. Me siento como un idiota, hablando sin parar como si fuera un fan obsesionado. ¿Qué tal si recupero un poco de dignidad y hablamos sobre las joyas por un momento?"

"No, no, ¡eres genial! Yo soy el idiota que no puede aceptar un cumplido."

"Tienes razón," dijo Jesse. Sus ojos oscuros eran suaves y cálidos.

Christopher se inclinó un poco más, atraído por su franqueza. "Tal vez deberías tratar de cambiar eso. Pero, mientras tanto, me parece que está muy bien que alguien sea tan autocrítico en esta era de selfies e implacable vanidad."

Los ojos de Christopher se desviaron hacia la foto de la mujer y los niños.

"Así que," continuó Jesse, cruzando las manos sobre la mesa mientras que se inclinaba hacia adelante. "En tu mensaje de voz decías que querías que realizara una pieza especial para tu abuela, si no he entendido mal."

Christopher se aclaró la garganta. "Sí. Aunque tengo que admitir que, después de ver tu trabajo, me siento un poco avergonzado por la idea que tengo en mente. Me temo que será un desperdicio de tu talento. Puede que no sea siquiera digno de tu tiempo."

"Las abuelas siempre hacen que mi tiempo merezca la pena. Adoro a las abuelas." Jesse se rio un poco.

Christopher notó los dedos de Jesse entrelazados con elegancia. Admiraba su longitud y forma, y en un instante se preguntó cómo sería sentirlos por su cuerpo. Y luego su atención se volvió hacia el golpeteo suave e incesante del pulso en su garganta, y se imaginó qué podría sentir pasando su lengua por ahí.

¡Christopher Ryder, esos pensamientos son totalmente impuros, jovencito!

Pero Nana en su cabeza estaba riéndose mientras le regañaba.

"Cuéntame sobre el relicario," le pidió Jesse. "¿Necesito recurrir al tratamiento adecuado para el novio nervioso?"

"¿El qué?"

"Bueno, los novios están siempre muy ansiosos por complacer a sus novias. A veces tengo que ofrecerles un poco de apoyo extra."

El aliento de Christopher abandonó sus pulmones rápidamente. "¿Perdona?"

"Déjame que te cuente lo que siempre les digo. Cambiaré la palabra novia por abuela." Le guiñó un ojo y Christopher tragó saliva. "Te aseguro que la felicidad de tu abuela es lo más importante para mí. Me importa más eso que tratar de hacer una buena pieza que alimente mi ego."

"¿De veras?"

"¿Te ayuda eso a sentirte mejor?"

Christopher sintió una oleada de rubor que lo recorrió de la cabeza a los pies, y se preguntó si se vería sudoroso. "Nunca he hecho esto antes." Agitó una mano alrededor de la tienda para abarcarla en su totalidad. "Lo siento. Solo quiero que sea perfecto. El relicario, quiero decir. Para mi abuela."

"Por supuesto que sí. Y lo será. Te lo prometo. Vamos a ver…" Jesse consultó las notas. "Mencionaste que querías un medallón de oro que llevara cuatro fotos. Una de cada uno de sus cuatro nietos, ¿supongo?"

"Correcto," dijo Christopher.

"Y en la parte posterior quieres grabar una dedicatoria."

"Sí." No había dejado dicho en el mensaje qué era lo que quería poner exactamente, ya que le había dado vergüenza, sobre todo al pensar en Jesse Birch como un anciano. Ahora, mientras se fijaba en las gruesas pestañas y la sexy boca de Jesse, le resultaba aún más difícil. "Es una canción que solía cantarme. Bueno, nos la cantaba a todos."

Christopher recordaba vívidamente la forma en que se sentía cuando tenía cinco años y se recostaba junto a su abuela mientras que ella lo mecía, cantando en voz baja hasta que se quedaba dormido en la seguridad de sus brazos.

"Pero cuando la cantaba, ¿te sentías como si solo te la estuviera cantando a ti?" Preguntó Jesse en voz baja.

"Sí. ¿Cómo lo sabes?"

Jesse lo miró fijamente, bajando los ojos hacia la boca de Christopher, y luego subiéndolos poco a poco. La sangre de Christopher se agolpó en su entrepierna, y se mordió la mejilla ante el repentino miedo de que fuera a ponerse duro si Jesse lo seguía mirando de esa manera.

"Yo también me he sentido así antes, escuchando a alguien cantar." Jesse hizo un gesto con la cabeza hacia abajo y tomó un bolígrafo. "¿Cuál es la frase?"

Christopher se aclaró la garganta, pero aun así la letra de "Tú eres mi luz del sol" salió en un susurro.

Jesse lo miró mientras que el calor se propagaba por su rostro, y luego volvió su atención de nuevo a sus notas. Christopher observó cómo escribía las letras en un cuadrado pequeño, en una caligrafía muy diferente a la que había usado para transcribir el mensaje de voz que él le había dejado.

"Es un poco cursi, lo sé," dijo, con ganas de quitarse la vergüenza de encima y olvidarse de su excitación, excusándose de algún modo.

Jesse cantó las primeras frases de la canción en un barítono suave y agradable. Sus ojos brillaban cuando se detuvo y preguntó, "¿No vas a cantarla? ¿Para un fan?"

¿Habrá una cámara oculta por aquí? Christopher sintió cómo las palmas de sus manos se humedecían. "Yo no…"

"Olvídalo. No era mi intención hacerte sentir incómodo."

"No, no, por supuesto que no. Quiero decir que es algo que solo hago para ganarme la vida—"

"Estoy dispuesto a pagarte." Jesse trató de aguantarse las ganas de reír.

"¿Te estás burlando de mí?"

"Un poco, pero lo de que soy tu fan es completamente cierto. No te preocupes." Jesse volvió su atención a su papel, y Christopher deseó haber cantado la canción porque ahora no solo se sentía como si hubiera decepcionado a Jesse, sino también como si de alguna manera, no hubiera superado algún tipo de prueba. "La medalla. Has mencionado que no tenías mucha idea sobre cómo querías que fuera su decorado frontal. ¿Estabas pensando en algo con piedras preciosas o filigrana de oro? ¿Tal vez un trenzado?"

Christopher entrelazó sus dedos y quiso detener su salvaje torrente sanguíneo. "La verdad es que no tengo ni idea. Quiero algo bonito pero que no sea demasiado delicado. Es una mujer fuerte y quiero que refleje eso."

"¿No demasiado elegante?"

"Eso es. Nada exagerado. Tiene ochenta años y probablemente vaya a enfadarse porque haya hecho una cosa así para ella. Me dirá que es una pérdida de dinero, que el siguiente paso es la tumba y no va a necesitar ningún medallón en el cielo. Ella es así."

"Tal vez esta no sea una pregunta muy profesional pero aun así, tengo curiosidad. ¿Por qué se lo vas a regalar, entonces?"

"Porque esa es la clase de nieto que soy," dijo Christopher, encogiéndose de hombros.

"Porque quieres que lo tenga." Jesse lo estudió un poco más y añadió, "Porque sientes que le debes algo y que no vas a tener nunca tiempo suficiente para pagárselo y quieres que sepa que estás muy agradecido y que la quieres." Jesse golpeó su bolígrafo a la ligera en el papel. "Hago muchas joyas para muchísima gente, y cada una tiene sus razones. Muchos comparten la misma razón."

"¿Así que tienes muchos clientes como yo?"

"En realidad no. Pero tengo mucho clientes que tienen muchas más ganas de regalar una joya que las ganas que tiene la otra parte de recibirla. Es algo muy interesante." Jesse se mordió el labio inferior y, por primera vez, parecía incómodo. "Pero volviendo a tu abuela…"

Una parte de Christopher quería desafiar a Jesse y preguntarle qué había de interesante al respecto, pero entonces, una pequeña arruga apareció entre sus ojos y decidió dejarlo estar.

"De acuerdo, veamos," dijo Jesse. "¿Sabes si tu abuela tiene preferencia por alguna gema en particular? ¿O tiene alguna joya favorita propia?"

"No… bueno, sí. Lleva un anillo que le trajo mi abuelo de Alemania después de la guerra. Y eso es todo."

"Háblame sobre él."

"Es de oro. Tiene unas pequeñas hojas de roble que han sido incrustadas una a una y dos dientes de cervatillo. Mucha gente piensa que son piedras lunares brillantes o algo así si no lo saben pero no, en realidad son dientes de ciervo."

"Dientes de ciervo," murmuró Jesse mientras que tomaba notas.

"Mi abuelo le dejó el anillo de oro a un joyero alemán y le dijo que se pasaría a por él en unos meses si sobrevivía, y que hiciera algo hermoso con él para la mujer que le estaba esperando de vuelta en casa."

Jesse miró hacia arriba, centrándose intensamente en Christopher.

"Y cuando volvió, el hombre le había hecho ese anillo. Llevaba dientes de ciervo."

"Para que le diera suerte," dijo Jesse. "Se llama *Jagdschmuck*. Joyas embrujadas. Es una antigua leyenda alemana que dice que poner dientes—colmillos, huesos o pelo—de un animal que un cazador haya cazado en una pieza de joyería le traerá suerte en su próxima cacería. Un simbolismo muy interesante dado que tu abuelo era soldado y había partido para la guerra."

"¿Crees que le estaba pasando la suerte del cazador a mi abuelo?"

Jesse se encogió de hombros. "Puede ser. O tal vez solo pensó que tu abuelo no volvería y se estaba haciendo el anillo para él mismo."

"Es una pieza indiscutiblemente femenina," dijo Christopher, pensando en el anillo tan único que siempre había visto en la mano de su abuela.

"Entonces tal vez quería desearle buena suerte a tu abuela en la caza de la bestia salvaje que tenía como soldado a su regreso."

Christopher se rio entre dientes y su corazón dio un vuelco cuando se fijó en las gruesas pestañas de Jesse descansando sobre sus mejillas mientras que bajaba la mirada y se concentraba en sus notas. "Supongo que nunca lo sabremos."

"Cada pieza tiene una historia secreta. Pero la pieza nunca podrá decir de qué se trata," dijo Jesse, mirando hacia abajo mientras que escribía. "Creo que tengo una idea de cómo quiero que quede la parte frontal, pero necesito pasar algo de tiempo trabajando en ella. ¿Podríamos volver a vernos el…" Consultó un calendario sobre su escritorio. "¿Miércoles? Tendré un boceto hecho para que puedas hacerte una idea."

"Solo podría pasarme por la tarde," dijo Christopher. "Tengo actuaciones programadas durante todo el día."

"De acuerdo. ¿Qué te parece a las seis?"

"Está bien, pero a veces tengo que cubrir actuaciones a última hora. Depende de… varias cosas."

"Déjame adivinar, depende de si Látigo está lo suficientemente sobrio como para subir al escenario, pero lo suficientemente borracho como para montar un espectáculo," dijo Jesse. "No te sorprendas. Conozco a Látigo desde que era niño. Me atrevería a afirmar que ya bebía por aquel entonces."

"Oh, ¿así que eres de por aquí?"

De alguna manera, había asumido simplemente que Jesse debía ser de otro lugar. No tenía un acento muy marcado, pero sí muy buen gusto y mucha habilidad con las manos. A Christopher le parecía imposible que también pudiera ser de Tennessee.

Bueno, ¿no te convierte eso en un auto-despreciativo cateto? Nana lo regañó en su mente. Tú eres de los Apalaches, muchacho. Siéntete orgulloso de ello porque nunca vas a ser ninguna otra cosa.

Jesse abrió los brazos, abarcando la habitación, la ciudad y las montañas en sus siguientes palabras. "Gatlinburg. Nacido y criado. No me iría a vivir a ningún otro sitio."

"¿En serio?"

"Absolutamente. Bueno, digamos que vamos a reunirnos de nuevo la noche del miércoles. Llámame si surge algún problema y ya se nos ocurrirá algo. Me hace mucha ilusión trabajar contigo, Christopher."

Jesse se humedeció los labios. Eran brillantes y perfectos, y Christopher podía imaginar muy claramente lo resbaladizos que se sentirían contra los suyos. Una sensación de puro deseo se apoderó de él, haciendo que se quedara mudo; incapaz de responder, incluso de mirar para cualquier otro lado.

La lengua de Jesse asomó de nuevo entre sus labios, y sus ojos se deslizaron hasta la boca de Christopher. Luego se aclaró la garganta. "Te acompañaré a la salida."

En su experiencia ciertamente limitada, Christopher nunca había estado equivocado acerca de si un hombre lo deseaba o no, pero esta vez no podía estar más confundido. A menos que Jesse Birch no hubiera salido del armario, o fuera uno de esos hombres que engañaban a su esposa, la única opción que quedaba era que fuera uno de esos chicos que se negaban a admitir hasta para sí mismos que eran gay. No obstante, a ojos de Christopher, Jesse no encajaba en ninguna de esas categorías. Parecía demasiado cómodo en su propia piel, y cuando lo miraba a los ojos, no parecía estar poseído por la vergüenza ni ningún otro sentimiento de culpa.

Cuando Christopher se levantó para seguir a Jesse fuera de su despacho, volvió a mirar la fotografía en la pared. *Tal vez no sean sus hijos y su esposa. Tal vez sean sus sobrinos y su hermana, ¿o tal vez una cuñada?*

"Nos vemos el miércoles a menos que Látigo esté demasiado borracho como para tocar," dijo Jesse mientras que entraban en la sala de exposición de nuevo. Tomó las llaves de Amanda, quien se las ofreció con una cálida sonrisa.

Christopher lo siguió hasta la puerta de salida con sus errantes ojos fijos todo el tiempo en el trasero de Jesse, muy bien acentuado gracias a sus ceñidos pantalones vaqueros.

"De acuerdo, bueno…" Christopher quería quedarse y salir corriendo al mismo tiempo.

A veces deseaba que la gente llevara carteles que declarasen: *hetero y disponible, gay y en el mercado, bi y pillado.* Pero tal vez eso sería demasiado complicado. Después de todo, también existía la posibilidad de *trans y hetero*, o *trans y gay* y *trans y bisexual*, y ¿qué pasaba con *asexual?* Era alucinante las combinaciones de sexo y género que podía haber, que casi ninguna fuera identificable a primera vista, y sin embargo, lo difícil que muchas personas hacían que fuera descubrir su propia combinación.

"Nos vemos el miércoles," dijo Jesse otra vez, abriendo la puerta.

Una ráfaga de aire lavó el rostro de Christopher, recordándole a un nuevo comienzo, como el de la etapa escolar o la temporada de fútbol. No se movió—simplemente dejó que la luz otoñal brillara sobre él y Jesse, creando un halo de luz alrededor de su cabello y oscureciendo las motas de oro en sus ojos.

"El miércoles," repitió Christopher finalmente. "Gracias por tu tiempo."

"No hay problema." La sonrisa de Jesse era cálida y fascinante.

"Entonces… adiós."

"Adiós," contestó Jesse sin soltar la puerta. La luz pareció aumentar a su alrededor, destacando las partículas de polvo, y el corazón de Christopher se apretó con fuerza. Quería tocarlo, o tocar la luz, o ambas cosas a la vez. Quería hacer que el momento no acabase nunca.

"Adiós, Amanda," dijo por encima del hombro.

"Señor Ryder," respondió ella.

Era hora de irse, pero sus pies no se movían, la luz no cambiaba, y Jesse no era menos agradable a la vista de lo que había sido segundos antes.

"¿Quieres, eh, te gustaría tal vez tomar un café conmigo?" Las palabras colgaban en el aire como las motas de polvo que brillaban intensamente, y Christopher sintió como se ponía rojo escarlata cuando un brote de sudor estalló sobre su piel.

"¿Ahora?" Preguntó Jesse.

"Claro. Tengo todo el día." Era su día libre. Había planeado ir en coche a Knoxville para visitar a Nana y llevarla a disfrutar del buen tiempo, pero podría cancelarlo por tener en cambio una cita con Jesse. "O… ¿tal vez más tarde? Esta noche. Cuando a ti te parezca bien."

"Me gustaría, pero no puedo." Los ojos de Jesse se sombrearon ligeramente y todo su cuerpo se alejó del anillo de luz. "Tal vez en otro momento. Otro día."

Las mejillas de Christopher ardían, pero él sonrió y se encogió de hombros. "Claro, por supuesto. Adiós."

La decepción rompió toda su esperanza en pedazos. Cuando dejó de sentirse como si hubiera abandonado su cuerpo, Christopher se dio cuenta de que había tomado la dirección equivocada. Dio marcha atrás y tomó un atajo por una calle que lo llevaría hasta casa sin tener que pasar de nuevo por el estudio de Jesse Birch.

"Es muy mono," dijo Amanda mientras que seguía a Jesse hasta su oficina.

Jesse no dijo nada, ignorando por elección su insinuante tono. La verdad era que los ojos verdes de Christopher y su piel lechosa eran preciosos, y la columna de su cuello rogaba ser besada. Por no hablar de que había estado completamente distraído durante la reunión por la suavidad de su delgado cuerpo bajo su ropa. Tenía el cuerpo que a Jesse siempre le había gustado en un chico. Delgado pero no demasiado huesudo, no demasiado grande, y definitivamente, no demasiado musculoso. Era perfecto; el tipo de cuerpo que ofrecía la posibilidad de estar abrazado a él cómodamente durante horas.

Así que sí, Christopher era mono. Más que mono.

Amanda no se detuvo ahí, sin embargo. "No tienes nada más programado para el día de hoy."

Jesse se encogió de hombros. "Alguien tiene ir a buscar a Brigid y Will al colegio. Nova tiene cita con el médico."

En realidad, tenía cita con el médico de Marcy. Sin embargo, lo único que sacarían en claro era que tanto ella como Tim querrían volver a hablar con él sobre "la situación" y "la liberación de su carga." Como si la presión de las reuniones para buscar una solución con Ronnie no fuera lo suficientemente horrible.

"Yo podría recoger a los niños."

"Sí, podrías," dijo Jesse, haciendo que estaba ordenando su escritorio, aunque en realidad no hubiera mucho que guardar. "Pero lo haré yo."

Los ojos marrones de Amanda lo siguieron sin descanso. Jesse casi podía sentir su cerebro catalogando y buscándole sentido a cada una de sus contracciones musculares. "Vamos, ¿no te ha parecido mono?"

"Claro que sí."

Amanda se sentó a un lado del escritorio y permaneció felizmente en silencio durante unos preciosos segundos; pero cuando Jesse sacó la pulsera que estaba reparando de su rollo de terciopelo, comenzó a hablar de nuevo.

"Quiero decir que era gay, ¿no? Porque parecía un poco gay."

Jesse se llevó la lupa hasta uno de sus ojos e inspeccionó el diamante que estaba suelto al lado del cierre. Ahora podía ver que podría haberlo colocado un poco más arriba para evitar precisamente este problema. Ahora no tenía más remedio que arreglarlo.

"¿Qué significa que parecía un poco gay?"

"Significa que parecía… no sé. No me ha mirado en ningún momento como los hombres a los que les gustan las mujeres suelen mirarme."

"Por lo tanto, estás asumiendo que solo porque no te ha mirado tus encantadoras tetas, ya le gustan los hombres."

"Sí. Bueno, eso y por la forma en que te miraba a ti en su lugar."

Jesse agarró los alicates y tiró suavemente de los bordes de la llanta de oro que sostenían el diamante en su lugar. Habría sido mejor haber hecho la pulsera de platino, pero el cliente había solicitado veinticuatro quilates. Eso también era parte del problema. El oro era demasiado blando, y se abollaba muy fácilmente al chocarse accidentalmente contra paredes y puertas. No era su mejor trabajo.

"Es gay," dijo Jesse.

"Y lo que te estaba pidiendo en la puerta era una cita; nada de una salida amigable entre colegas. ¿Cuándo fue la última vez que tuviste una cita?"

"Los colegas no invitan a sus amigos a tomar café, Amanda. Los invitan a jugar al fútbol, o se presentan en tu casa para comer pizza y ver el fútbol. Y no todos los hombres heterosexuales son colegas. Y, lo creas o no, algunos chicos gays también *son* colegas. Estás estereotipando de nuevo."

"¿Qué sabes tú sobre los hombres heterosexuales?"

"Me acojo a la quinta enmienda."

"Vamos, sabes de sobra que me estás vacilando. Si te has acostado con ellos, entonces es que no son heterosexuales."

"No puedes encasillar a todo el mundo de esa manera." Jesse dejó su trabajo y se recostó en su asiento. "No todo el mundo se excita solo con un tipo de cuerpo o un tipo de persona. Un hombre puede ser hetero completamente, acostarse con mujeres, y aún así, cerrar los ojos algunas veces cuando se deja hacer una mamada por otro chico. O un hombre al que le gusten los chicos puede enamorarse de una mujer y disfrutar del sexo también con ella. La vida es complicada, ¿de acuerdo? Deja de hacer que parezca tan fácil todo el tiempo."

Amanda permaneció en silencio durante unos minutos, y Jesse retomó el trabajo. Rascó el extremo de la pieza, sacando el diamante con cuidado. Había mejores formas de hacerlo. Estaba empeorándolo en lugar de arreglarlo, pero una parte de él quería tirar el brazalete y empezar de nuevo desde cero, y su frustración estaba sobrepasando sus límites.

"¿Tú has sido hetero entonces? ¿Mientras que has estado con Marcy durante todos estos años? ¿Te has considerado hetero?"

Jesse apretó la mandíbula a la vez que el sudor brotaba de su frente y un dolor se anudaba en su pecho.

Amanda continuó, "Porque desde… bueno, desde entonces solo has estado con hombres y no he podido evitar preguntármelo."

"No es de tu incumbencia. Tú eres mi empleada y yo soy tu jefe. Esta conversación es completamente inapropiada."

"Soy tu *hermana*," dijo Amanda, volteando los ojos.

"Lo cual hace que sea aún más inapropiada."

"Querías mucho a Marcy. Lo sé. No estoy diciendo lo contrario, Jesse."

"Sal de aquí," dijo; aunque su voz carecía de ira, no podía sentirse más resignado. "Estoy muy ocupado."

Amanda se levantó, y por un momento, Jesse tuvo la esperanza de que la conversación hubiera acabado y ella se fuera a ir realmente sin decir una palabra más. Pero nunca había sido propio de Amanda retirarse sin una despedida en condiciones.

"Era muy mono. Deberías haber salido con él. ¿Cuándo fue la última vez que tuviste una cita real con una persona real que de verdad hubiera estado interesado en ti? Todo lo que haces son cosas sucias y secretas de las que te avergüenzas más tarde."

Jesse se mordió el interior de la mejilla para no decir algo que pudiera lamentar posteriormente. Además, estaba equivocada. No se *avergonzaba*. Solo era realista. Un hombre que le hacía una mamada en el cuarto de baño de un bar no era el tipo de hombre que metería en casa con sus hijos, ni que presentaría a sus amigos o a Tim y Nova.

Ella continuó, "Te *mereces* ser feliz, Jesse. Lo que le pasó a Marcy… no fue culpa tuya."

Jesse se abstuvo de lanzarle los alicates, y logró mantener la calma hasta que ella cerró la puerta. Entonces, dejó caer la cabeza sobre su escritorio. Su estómago se revolvió con tristeza y culpabilidad, junto con algo más—algo maduro, brillante y atractivo que tenía que ver con la forma en que las mejillas de Christopher Ryder habían adquirido un tono rojo resplandeciente mientras que habían estado hablando. Quizás la próxima vez, Jesse tendría agallas suficientes para decir que sí.

Capítulo Cuatro

LOS SUEÑOS EN LAS MONTAÑAS HUMEANTES TENÍA UN DISTINTIVO OLOR que Christopher adoraba exageradamente. Era una mezcla de churros, frijoles horneados y café—así como el mejor pan de jengibre helado del mundo, cuya harina era elaborada en el mismo parque. Cada vez que esa mezcla olfativa en particular golpeaba su nariz, Christopher sabía que su momento de salir a actuar se aproximaba.

El vestuario siempre era un bullicio de gente antes de que comenzara la actuación, y Christopher tuvo que esquivar varios codazos de una de las chicas del espectáculo sobre hielo para hacerse con un hueco frente al espejo. Se pasó un peine por el pelo, y utilizó un poco de gomina para atusarse el flequillo. Buscó en el interior del neceser hasta que encontró su base de cara y una esponja de maquillaje para disimular las imperfecciones de su piel. No es que tuviera muchas. Siempre había tenido una buena piel y una cara que no requería de muchos cuidados.

Te ha dicho que brillas, chico. Eso significa algo.

No, no es verdad, Nana.

Claro que sí. Significa que te ha visto; que ha visto tu verdadero yo.

Christopher se miró en el espejo mientras que esperaba a que el maquillaje se secara. Había cancelado su cita con Jesse unas horas antes, cuando fue evidente que Látigo no tenía ninguna intención de recuperar su sobriedad lo suficiente como para tocar.

Sacando su barra de labios de color suave y pasándola sobre sus carnosos labios, Christopher trató de ordenar el lío en su cabeza sobre las sensaciones que el transcurso de las últimas horas había despertado en él. Una parte de él estaba decepcionado porque quería ver lo que Jesse había diseñado para la medalla de Nana, pero en su mayor parte se sentía aliviado. Había revivido repetidamente en su mente su decisión impulsiva de pedirle una cita a Jesse. Al principio, se había sentido alentado cuando él le había sugerido que tal vez podrían salir otro día, pero más tarde había empezado a pensar que tal vez solo le había dicho eso por lástima.

O quizá Jesse *era* heterosexual, y no sabía cómo asimilar que otro chico le hubiera tirado los tejos. Él le había dicho que era su fan—y Christopher no sabía nada acerca de tener fans. Tal vez Jesse no quería tener una relación personal con un intérprete al que admiraba.

¿Y qué va a conseguir entonces por hacerte la pelota? ¿Un concierto improvisado? No seas tonto, Christopher.

"Vaya, gracias, Nana. Siempre tan útil," susurró en voz baja. Sacó el delineador de ojos marrón. No solía ponerse mucho, pero ayudaba a que sus ojos verdes destacasen bajo las luces del escenario.

En la esquina de su reflejo, Christopher pudo ver al grupo de bailarines sobre hielo de sexo masculino competir por un lugar privilegiado frente al espejo al otro lado de la habitación. Sus culos apretados y piernas firmes estaban envueltos en mallas de licra. Los muchachos habían sido importados de Nueva York o Europa para el espectáculo sobre hielo estacional, y la mayoría sabía actuar como princesas mucho mejor que cualquiera de las otras chicas cuando se trataba de mejorar su apariencia y mostrar sus cuerpos.

"Hace que quieras ponerte a dieta, ¿no te parece?" Dijo Shannon. Su habitual compañera de canto apareció junto a su reflejo. Ella se inclinó hacia delante para pasarse el dedo meñique por el contorno de sus labios pintados, y luego comprobó su rostro de piel oscura absolutamente perfecto. Se pasó los dedos por su pelo recién alisado y asintió felizmente hacia sí misma. Christopher prefería su pelo a lo afro, pero Shannon estaba convencida de que conseguiría más partes como solista si abandonaba su "estética afro-americana." Christopher no solo no sabía exactamente lo que eso quería decir, sino que no le gustaban sus posibles implicaciones. Aun así, era evidente que no era asunto suyo cuestionar su lógica.

"¿No te parece?" Preguntó de nuevo.

"¿Qué? ¿Mi cara?" Preguntó él. No tenía pómulos cincelados, pero su rostro era lo suficientemente atractivo, en su opinión. Era ovalado con forma de corazón, según su estilista; sus labios eran bonitos y tenía unos agradables ojos claros. Sin embargo, se preparó para la ofensa que se avecinaba.

"No. Esos tipos. Mira cómo se acicalan y agitan sus flacuchentos cuerpecillos como si se tratara del más refinado pañuelo de abuela; nada más que polvo de hadas plagado de delicadeza."

"No son delicados. Son atletas. Y queman un montón de calorías, por lo que por supuesto que están delgados." Christopher se encogió de hombros. "A mí no me atraen, sin embargo."

Shannon volteó los ojos. "No *son* tu tipo, eso ya lo sé. A ti te gustan los hombres, hombres. Pero los estabas mirando con los ojos desorbitados, tal y como miras cuando deseas algo. Explica eso."

La verdad era que a veces Christopher se preguntaba si *debería* ponerse a dieta o hacer *algo*. No estaba gordo ni mucho menos. Su cuerpo era bastante delgado, pero no tenía nada de músculo. Nunca los tendría. Había desarrollado una aversión extrema a los gimnasios desde que estaba en el instituto. No importaba lo mucho que lo hubiera intentado, nunca había sido capaz de *no* mirar a los tíos buenos de su clase mientras que sus músculos se flexionaban cuando levantaban pesas, lanzaban pelotas de baloncesto o trotaban alrededor de la pista. Y el no poder controlar una erección constante durante las clases de educación física, había hecho que toda su vida fuera un aterrador infierno durante todos los días de su época escolar. Los gimnasios todavía le hacían sentir como si pudiera sufrir de algún trastorno de estrés postraumático.

"No ha sido nada."

"Claro. Nada en absoluto." Shannon volteó los ojos. "Está bien, lo admitiré. Me gustaría ser quince centímetros más baja y que me quedaran así de bien unos pares de leotardos."

Shannon no era una mujer pequeña. Era más alta que él, casi un metro ochenta y cinco frente a su metro setenta y cinco, y su voz era aún más exagerada que ella. Christopher se alegraba de que les hubieran asignado espectáculos diferentes esta temporada, porque así no tendría que tratar de mantener su ritmo. Siempre dejaba sus cuerdas vocales ardiendo en carne viva.

"Bueno, supongo que a mí también me hacen sentir así," admitió. Y tal vez si fuera más *ese* tipo de gay, Jesse hubiera dicho que sí a su proposición de ir a tomar un café juntos. Tal vez le gustaban los hombres bonitos.

¡Ni siquiera sabes si le gustan los hombres en absoluto, Christopher! Caballos. Coches. ¿Qué te he dicho sobre cómo actúan, jovencito? Hay un orden natural de las cosas y tú no paras de romperla. ¡Y no porque seas gay!

"Cállate, Nana," murmuró Christopher.

"¿Disculpa?" Shannon parecía un poco ofendida.

"Solo estaba hablando conmigo mismo. No me hagas caso. Estoy un poco loco hoy. Eso es todo."

"Ah, gracias por avisarme. No te preocupes por eso—a todos nos pasa de vez en cuando," contestó la chica. "Hablando de locos, Drew y yo vamos a celebrar una fiesta de Halloween en la cabaña. Date por invitado y trae a alguien más si quieres." Entonces se alejó, ocupando un espacio vacío en el espejo de al lado.

Era agradable que Shannon pensara que podría tener a alguien a quien invitar. Nunca había tenido a nadie en los tres años que hacía que se conocían, pero ella nunca dejaba de actuar como si las cosas pudieran cambiar en cualquier momento.

Christopher se inspeccionó en el espejo durante un buen rato, satisfecho con lo que vio, y luego fue hacia su taquilla. Solo quedaban diez minutos. Ahora era cuando sus manos empezaban a temblar y sus rodillas se volvían de goma, hasta que el bendito alivio de estar en el centro de mira caía finalmente sobre él, y todo se convertía en canciones y aplausos. En esos momentos, ni siquiera el murmullo decepcionante que siempre lo saludaba cuando las personas que estaban esperando a Látigo lo veían salir al escenario, podía afectarle.

Entre bastidores, alejado del bullicio de los tramoyistas y la ansiedad de los otros intérpretes, Christopher echó un vistazo a través del telón. Las gradas al aire libre estaban a rebosar; los asientos estaban repletos, incluso había algunas personas de pie detrás de la última fila. La temperatura había bajado bastante ahora que el sol se había puesto, por lo que habían encendido lámparas de calor para mantener a la multitud caliente.

Las primeras notas de la banda llegaron a sus oídos. Lucy, Austin, y María ya habían ocupado sus lugares. Christopher se frotó las manos mientras que con sus ojos escaneaba la embelesada audiencia y esperaba a escuchar su señal para salir. Entonces, su corazón pareció detenerse y constreñirse en su pecho. Sintió una ráfaga de adrenalina tan intensa que parecía como si una luz pudiera dispararse a través de su cráneo y perforar el cielo nocturno.

Jesse estaba entre el público. Allí sentado, feliz, comiendo palomitas de maíz en la primera fila de la segunda grada, con los ojos fijos en el escenario. Llevaba una chaqueta de cuero de color marrón claro y una bufanda multicolor, y tenía un aspecto delicioso.

La señal de Christopher sonó y no tuvo tiempo para seguir pensando en la presencia de Jesse. Caminó hacia el escenario con las manos en alto y una gran sonrisa en su rostro. Luego cantó y su corazón comenzó a elevarse cuando llegaron las partes más álgidas de la canción. El soprano de María llevó la canción a una dimensión superior en la que Jesse se sintió como si pudiera echar a volar.

Si hubo algún gemido de frustración, no pudo oírlo, y si la mayoría de la gente en la audiencia tenía el ceño fruncido por la ausencia de Látigo, tampoco pudo verlo, porque sus ojos seguían dirigiéndose una y otra vez hacia donde Jesse estaba sentado.

Después del espectáculo, Christopher no siguió al resto de la banda de nuevo a los vestuarios. Salió corriendo desde detrás del telón cuando el teatro comenzó a vaciarse, con la esperanza de que Jesse todavía estuviera allí. Mientras que trotaba por el pasillo central, asintió y estrechó varias manos, mostrando su agradecimiento a las personas que se alegraban de verle después de la actuación.

Para cuando fue capaz de llegar a la multitud de la segunda grada, estaba seguro de que Jesse ya se habría marchado, pero se equivocó. Magnífico y sonriendo, Jesse estaba sentado en su asiento, con una pierna cruzada sobre su rodilla, y sin parar de comer de su pequeño cubo de palomitas de maíz. Parecía tranquilo y compuesto, mientras que Christopher era un desastre sudoroso.

"Hola." Los ojos oscuros de Jesse brillaban con diversión. Entonces, hizo un gesto hacia la gente que había logrado evitar. "Y decías que no tenías fans."

Christopher se echó a reír. "No los tengo; solo eran personas que estaban siendo un poco generosas conmigo después de habérselo pasado mejor de lo que esperaban cuando me vieron salir al escenario a mí en vez de a Látigo."

"Apretones de manos. Autógrafos. Sin duda, a mí me parecían más bien fans."

Christopher volteó los ojos, pero una sonrisa de satisfacción estalló en su cara. Si no hubiera estado tan preocupado por perder a Jesse, el hecho de que hubiera gente clamando su atención *hubiera* estado genial. "¿Qué estás haciendo aquí?"

"Tengo un bono para la temporada," respondió Jesse, sonriendo mientras que seguía comiendo palomitas.

"¿Y has pensado que esta noche sería un buen momento para usarlo?"

"Sí."

"Una gran coincidencia, ¿no te pare—" Christopher se detuvo. Un hombre mayor, cerca de los setenta años probablemente, se había detenido a su lado con su mano extendida.

"Un buen espectáculo, joven," dijo mientras que Christopher sacudía la endeble mano del hombre. "No eres Látigo Hinkins pero no estás nada mal. No, nada mal."

"Gracias, señor," dijo Christopher. "Me alegra escuchar eso."

"Siempre le agrada mucho hacer nuevos fans," añadió Jesse con una sonrisa de listillo que hizo que Christopher desviara la mirada antes de disolverse en carcajadas.

"Bueno, ya me puede considerar uno más de ellos," dijo el hombre, acariciando el hombro de Christopher. "Y a mi esposa también. Me ha dicho que le parecías mono. Muy mono."

Jesse levantó y bajó las cejas, y Christopher tuvo que morderse el interior de la mejilla para que su sonrisa no mutara en una carcajada.

"Es realmente mono," añadió Jesse.

Christopher sintió que su estómago se retorcía ante tal evidente y descarado piropo. El hombre pareció momentáneamente confundido por el comentario, pero luego se volvió hacia la salida, murmurando a su paso, "Lo dicho, ¡buen trabajo, joven!"

"Ya tengo dos fans confirmados," dijo Christopher, secándose el sudor de su labio superior, esperando que no estuviera brillando *demasiado* por su pesada transpiración. "Tú y el."

"Tres. No te olvides de su esposa."

Christopher se rio suavemente y sacudió la cabeza. La multitud se había dispersado casi en su totalidad, concentrándose en pequeños grupos que se dirigían hacia las salidas. "En serio, ¿has venido aquí solo porque tienes un bono para toda la temporada? ¿No tenías nada mejor que hacer esta noche?"

"Más o menos. Un tipo me ha plantado hace unas horas. Quiero decir, era simplemente una reunión de trabajo, pero esperaba que pudiéramos ir a tomar café una vez que hubiéramos terminado. Había cancelado el resto de mis planes y todo. Pero cuando llamó para decirme que no podía ser, me dije a mí mismo que tenía un bono para entrar a los Sueños en las Montañas Humeantes que apenas estaba usando." Él se encogió de hombros. "Me gusta sacarle rendimiento a las cosas en las que invierto mi dinero, ya sabes."

"¿Cancelaste el resto de tus planes?"

Jesse sonrió. "Amanda me lo puso muy fácil. Se le da muy bien borrar el resto de los compromisos en mi agenda."

"¿Para tomar café? ¿Conmigo?"

"Sip. Pero he tenido que conformarme con un espectáculo protagonizado por ti en su lugar. Supongo que ha sido un intercambio justo. Me gusta verte en el escenario. Lo malo es que no he descubierto nada realmente sobre ti que no supiera de antemano." Entornó los ojos, mirando a Christopher estrechamente. "Excepto que te queda muy bien el delineador de ojos."

Christopher levantó una mano para frotarse la cara. "Debería lavármelos."

"O no," Jesse se encogió de hombros y se levantó, arrojando su bolsa de palomitas de maíz en un cubo de basura cercano. "Entonces, ¿qué es lo que tienes que hacer ahora? ¿Tienes algún otro espectáculo o…"

Christopher se dio cuenta de que eran casi de la misma altura, y trató de concentrarse mientras que miraba fijamente a los cálidos ojos de Jesse. "Ya he terminado por hoy. Por lo general, me lavo la cara y me voy a casa. Pero…" Christopher notó el lento parpadeo y las dudas en la mirada de Jesse.

No estaba seguro de si era preocupación porque tal vez Christopher no estuviera tan interesado como Jesse había pensado, o temor de que

Christopher hubiera interpretado mal sus intenciones, viendo una oportunidad romántica en un simple gesto amistoso.

Christopher dio el paso de todos modos. "Tengo un poco de hambre. Supongo que no querrás más comida basura de un parque de atracciones. Yo siempre como gratis aquí, lo que implica que tú también podrías hacerlo si jugamos bien nuestras cartas."

Jesse se metió las manos en los bolsillos de la chaqueta y asintió con decisión. "Cuenta conmigo."

El Calambre era seguramente el lugar más probable donde comer cuando todos los espectáculos nocturnos habían terminado. Estaba cerca de la parte trasera del parque, y la mayoría de los clientes habían comenzado a dirigirse hacia la salida frontal. También era el favorito de Christopher porque servía comía de verdad—frijoles horneados, pan de maíz, pavo y puré de patatas con su piel—en lugar de hamburguesas, perritos calientes y nuggets de pollo frito.

"¡Oye, Darla!" Gritó Christopher, guiando a Jesse hacia las bandejas. "¿Seguís abiertos?" Darla había estado trabajando en El Calambre durante años, y ni una sola vez había cerrado temprano, no importaba cuán vacío estuviera. La pregunta era fundamentalmente un acto de cortesía, y un gesto de agradecimiento.

"¡Por supuesto! ¿Qué va a ser? ¿Lo de siempre?" Preguntó mientras que empezaba a teclear en la caja y a poner todos los alimentos preferidos de Christopher en el código de comida gratis para empleados.

"Bueno, creo que hoy voy a comer un poco más," respondió, agitando la mano hacia Jesse.

Darla se mordió el labio, miró a Jesse de arriba abajo y asintió. "Bien. Él le da suficiente dinero al parque de todos modos. Una comida gratis es una justa recompensa."

Christopher miró a Jesse, sorprendido mientras que este comenzaba a llenar sus platos bajo la supervisión de Darla. "¿Vienes tanto por aquí que hasta Darla te conoce? Sin duda le estás sacando muy buen provecho a ese bono para la temporada."

"No," contestó Darla. "Viene de vez en cuando, pero no es por eso por lo que le conozco." Jesse estaba sonriendo a Darla con una amplia sonrisa, y la chica prosiguió, "Conozco a Jesse desde que era un renacuajo. Mi hermana gemela solía cuidarle. ¿Te acuerdas, Jesse? ¿Cómo eran esos días?"

"Claro que sí," contestó Jesse, llenando un plato de batata. "Marla era mi niñera favorita. Nos daba caramelos para cenar."

"Tu padre le pagaba bien, y a ella le gustaba mucho cuidar de ti y de tu hermana pequeña. ¿Cómo está Amanda por cierto?"

"Está muy bien. Feliz, sana, y todo eso."

Christopher le detuvo. "Espera—Amanda, la chica que trabaja en tu estudio, ¿es tu hermana?"

"Durante los últimos veintisiete años;" sonrió. "Tuve cinco años para mí solo antes de que ella apareciera."

"Oh." Christopher pensó en la foto que había visto en la oficina de Jesse. *Entonces no es su hermana.* "¿Por qué no me lo dijo el otro día?"

Jesse se encogió de hombros. "Probablemente pensó que lo sabías. Todo el mundo por aquí lo sabe. No es algo que tratemos de ocultar."

"Pero la gente de por aquí te conoce un poco mejor que la mayoría, ¿no es así, Jesse?" Darla sonrió.

Christopher no estaba seguro de si se trataba de una sonrisa amable o una malvada. Echó un vistazo a Jesse, pero no parecía incómodo.

"Supongo que tienes razón," respondió.

Christopher se dedicó a llenar su plato con sus opciones habituales, mientras que Jesse añadía pavo, cazuela de boniato, y pastel de limón a su bandeja.

Darla tecleó todo, apuntó el código, y se puso a limpiar de nuevo, pero no antes de agarrar a Christopher de la manga y susurrar, "Has cazado al partido del siglo. Te lo digo en serio. Pero ten cuidado, las desgracias lo acechan."

Christopher no estaba seguro de qué hacer con esa mezcla de aliento y advertencia. Darla nunca le había parecido especialmente homoamigable, así que no era sorprendente que estuviera actuando de un modo un poco extraño después de haberle visto con otro hombre en lo que podría interpretarse como una cita.

Una cita.

Christopher se preguntó de repente si era eso lo que estaban teniendo. Sería de gran ayuda averiguar a ciencia cierta si Jesse bateaba en su equipo. El comentario de Darla hizo que pareciera querer inclinarse hacia el sí, y también el hecho de que Jesse se hubiera referido a la cancelación de su reunión como "haberle plantado," y la coqueta mirada que parecía haberle lanzado. *Y* también había dicho que le parecía mono—¿no? O algo parecido.

Aun así, también estaba la foto que había visto en su oficina. No podía olvidarse de ella. El hecho de que los niños se parecieran tanto a él—uno tenía la misma nariz, y el otro la misma forma de la cara—era bastante preocupante. Christopher se preguntaba si habría alguna manera casual de preguntarle al respecto. *Bueno, entonces, ¿tienes hijos? Más importante aún, ¿qué hay de una esposa?*

Porque, ¿niños? Los niños no serían un problema. ¿Una esposa, en cambio? Estaría totalmente fuera de la cuestión.

"¿Te parece bien ahí?" Jesse le indicó una mesa apartada de la caja registradora y el potencial espionaje de Darla, y con vistas a las luces naranjas y moradas de Halloween, ensartadas en torno a los diversos edificios a lo largo Starlight Way, reflejando su luz en el espumoso lago.

Mientras se acomodaban, Christopher captó el aroma picante y caliente de la colonia de Jesse, y se fijó en su mano de nuevo. No llevaba anillo ni tampoco había una marca alrededor de su dedo anular donde una alianza pudiera haber estado durante algún tiempo.

"Crecí en Knoxville," dijo Christopher lo suficientemente bajo para que Darla no lo escuchara. "No es tan pequeño como Gatlinburg, pero es lo suficientemente pequeño. Sé lo que se siente al toparte con gente que conoces siempre que sales a la calle."

Eso era un poco exagerado. No se topaba con sus compañeros de instituto *cada* vez que salía—solo siempre que se sentía especialmente miserable o tenía un enorme grano en la cara. Era como un reloj.

"Sí. Tiene sus cosas buenas y sus cosas malas," dijo Jesse. "Las cosas buenas es que acabo de recibir un almuerzo gratis."

Christopher sonrió y asintió con la cabeza, removiendo sus frijoles. Siempre estaba demasiado nervioso para comer antes de una actuación, pero después se ponía hasta arriba para celebrar que todo había salido bien.

"Lo malo es que…" Jesse se encogió de hombros. "Bueno, no merece la pena hablar de lo malo."

"¿Cómo está el pavo?" Preguntó Christopher.

"No está mal."

Christopher sonrió de nuevo, bebiendo de los ojos marrones y cálidos de Jesse y la pizca de vello suave en su pecho asomando por encima de su camisa abotonada. Incluso si no era gay y no sacaba nada de esto, estar sentado con él no era una mala manera de pasar el tiempo. Sin duda, era muy agradable a la vista.

"¿Cómo terminaste aquí?" Preguntó Jesse.

"¿Dónde? ¿Gatlinburg? ¿O SMH?"

"¿Deduzco que SMH es la abreviatura de Sueños en las Montañas Humeantes?"

"Sí. SMH es más fácil, especialmente durante largas reuniones en las que la gente opina sobre los cambios en las normas y los reglamentos. Ya sabes cómo funcionan esas cosas." Christopher imitó un pequeño bostezo. "Cualquier cosa para salir de allí incluso unos segundos antes."

"Entiendo." Jesse tomó otro bocado de pavo.

"Bueno, es una larga historia," dijo Christopher, sin querer entrar en sus fracasos y humillaciones tan pronto. No en la primera… lo que fuera que esto fuese. Fuera su amigo o tal vez llegase a ser algo más, Jesse tenía éxito, había recorrido mundo y era muy guapo. Christopher no quería admitir que nunca había logrado realmente salir de Tennessee. Unas vacaciones en la playa no contaban—no cuando estaba sentado a la mesa con un hombre que había, de acuerdo con las fotos en su estudio, recorrido medio mundo.

Por otra parte, no estaba seguro de lo que era peor—si la historia en la que los Sueños en las Montañas Humeantes era el paradigma de toda su ambición, o la historia en la que había tratado de aspirar a algo más solo para acabar cayéndose de culo y volviendo a casa. Al menos a su favor, había que decir que fracasar en Nashville no era realmente fracasar. *Todo el mundo* fracasaba en Nashville al menos una vez en la vida. El hecho de que no quisiera intentarlo una segunda vez, no quería decir que fuera un perdedor total, ¿verdad?

"La familia de mi madre es de Gatlinburg. Su madre es mi abuela. Ella y yo siempre hemos estado muy unidos, supongo que te habrás dado cuenta."

"El relicario," dijo Jesse, asintiendo.

"Sí. Hubo un tiempo en mi vida en el que las cosas estuvieron muy mal. Y mi Nana sugirió que me mudara a vivir con ella. Pero antes de que pudiera, se cayó y se rompió las dos caderas. Terminé viviendo en su casa de todos modos cuando me dieron el trabajo en SMH. Ahora ella está en una residencia en Knoxville."

"¿Es eso por lo que nunca podrás llegar a recompensarle?"

"Por eso y mucho más, a decir verdad. Ella siempre me ha protegido," dijo Christopher, mirando hacia abajo, sin querer mirar a los ojos de Jesse cuando prosiguió, "De mi padrastro. De mi madre. Quiero decir, jamás me han hecho daño, físicamente hablando, pero ya sabes cómo pueden ser algunas personas del sur."

"¿Cristianos conservadores?"

"Esa es una forma muy educada de decirlo. Teniendo en cuenta sus creencias, yo tiendo a llamarlos locos de mierda."

"Oh," dijo Jesse en voz baja. "Eso apesta. Bastante."

Christopher se preguntó si Jesse sabría exactamente de lo que estaba hablando, o si solo estaba suponiendo que se estaba refiriendo a posturas irreconciliables en sus creencias religiosas y nada más que eso.

"De todos modos, cuando volví de Nashville—"

"¿Fuiste a Nashville?"

"¿Qué chico no ha ido a Nashville?"

Jesse pareció oír el dolor en la voz de Christopher y ladeó un poco la cabeza; sus ojos suaves y empáticos cuando extendió la mano para tocar la de Christopher.

Una chispa eléctrica sacudió a este último antes de que se apartara, tanto avergonzado como con ganas de más. "De todos modos, cuando regresé, necesitaba ingresos y un lugar para vivir. Mi Nana sugirió que presentara mi solitud para un puesto aquí en SMH. Me dieron el trabajo y ella se ofreció para que me quedara en su casa. Luego se cayó, y el resto es historia."

"¿Eres feliz aquí?" Preguntó Jesse.

"Mierda, hombre. Esa es una pregunta muy difícil."

"Lo siento."

"No, está bien. No lo sientas." Christopher deseó no haber apartado su mano. Se aclaró la garganta. "No lo sé. Me gusta mi trabajo. Me encanta cantar y actuar. Supongo que soy feliz, sí. Podría estar trabajando detrás de una caja registradora en su lugar como Darla, por lo que podría ser mucho peor. ¿Qué hay de ti? ¿La joyería te hace feliz?"

Jesse sonrió y bajó su mirada. "No tanto como solía hacerlo. Pero hablando de joyas—he traído el diseño para el medallón de tu abuela. Pensé que si me las arreglaba para que me concedieras un poco de tu tiempo esta noche, tal vez podrías darme el visto bueno para que pudiera seguir adelante.

Christopher sintió que se le encogía el corazón. No era una cita. Era una reunión de negocios. "Claro, por supuesto. Vamos a verlo."

Jesse metió la mano en el bolsillo interior de su chaqueta y sacó un pedazo de papel doblado. Lo alisó sobre la mesa entre ellos y lo volvió para que Christopher pudiera verlo.

El dibujo había sido hecho en tinta, detallado y meticuloso. Un medallón oval, como de siete centímetros y medio de alto por cinco de ancho, había sido dibujado con tres piedras en el medio de modo que formaban un corazón. Alrededor de las piedras y en los laterales, habían sido diseñadas unas bellotas y hojas de robles, como si estuvieran sujetando las piedras en su lugar.

"Mi amigo Matt Crowe vive en Qualla Boundary—ya sabes, ¿la tierra de los indios Cherokee? Ya le he enviado un correo electrónico acerca de los dientes de ciervo que quiero usar aquí," dijo Jesse, señalando los tres óvalos blancos en el dibujo. "Obviamente los dientes varían naturalmente, y no son tan fáciles de moldear y pulir sin dañarlos, así que tendremos que ver si los dientes que pueda facilitarme se prestan a hacer con ellos una forma de corazón; en todo caso, siempre podremos encontrar otra manera de usarlos."

"El corazón es un poco cursi de todos modos," dijo Christopher. Estaba sorprendido por lo contento que estaba con el diseño, aunque no entendía por qué. Jesse se había ganado su reputación con creces, y escuchar a sus clientes seguro que era la clave para hacerlos felices.

"Puedo quitarlo."

"No. A Nana le gusta lo cursi."

Jesse se rio entre dientes. "Les sucede a la mayoría de las abuelas. Pero si piensas que es demasiado…"

"No. Me gusta de verdad. Supongo que ya veremos si los dientes funcionan. Si no, estoy seguro que me va a gustar el diseño igualmente, con corazón o sin él."

Jesse pareció medir su sinceridad por un momento, y luego asintió. "Como puedes ver, habrá cuatro marcos para las fotos en el interior del relicario, y estaba pensando que una pequeña bellota encima de cada uno sería un bonito detalle."

Jesse le explicó el dibujo un poco más, sus finos dedos señalando los diversos elementos del diseño y sus características. Christopher comía mientras escuchaba, asintiendo con la cabeza y haciendo preguntas que parecían pertinentes pero que realmente estaban pensadas para que Jesse no dejara de hablar. Incluso si esto no era más que una reunión de negocios, Christopher no quería que terminara.

Finalmente, no hubo modo de evitarlo. No había nada más que decir sobre el medallón, y era solo cuestión de darle el visto bueno, lo que Christopher hizo con entusiasmo. Cuando Jesse dobló el papel de nuevo, Christopher le dio un mordisco final a su galleta y suspiró. Supuso que ahora sería el momento en el que Jesse se despediría.

En cambio, sonrió. "¿Tienes que irte a casa ahora, o…" sus ojos cayeron sobre la boca de Christopher y se quedaron allí. "Tienes, espera—deja solo que—" Jesse se inclinó y limpió las migas de la comisura de su labio inferior.

Christopher se lamió el lugar que Jesse apenas había tocado, y observó cómo los ojos de este seguían su lengua. Era gay. Tenía que serlo. Otros chicos le hubieran dicho simplemente: "Tío, tienes algo en la cara;" si es que decían algo en absoluto. No le hubieran tocado. No le estarían mirando *así*.

"¿Quieres un postre?" Preguntó Christopher, y su estómago se agitó cuando Jesse sonrió y asintió con la cabeza.

Capítulo Cinco

JESSE ABRIÓ LA BOCA, PERO Christopher se llevó un dedo a los labios. "Shh, no hables. Espera un minuto."

Jesse no estaba seguro de a dónde iban, o por qué tenían que estar en silencio, pero después de que Christopher comprobara los dos lados del camino lateral hacia el molino harinero vacío, agarró su mano y tiró de él a través de los arbustos de rododendros. Jesse se agachó para que las ramas no golpearan su cara mientras que Christopher avanzaba hacia adelante.

Por otro lado, Jesse encontraba algo íntimo y personal en ese molino. La madera gris parecía casi difusa a la luz de la luna, y el sonido de las bofetadas en el agua mientras que la rueda daba vueltas le parecía de algún modo sensual.

"¿Qué estamos—"

Christopher le hizo callar de nuevo y susurró, "Confía en mí."

Jesse viajó de vuelta entonces a una época en Praga cuando había seguido a un chico que había conocido en un club a través de las sinuosas calles de la ciudad, sin poder comunicarse con él, ya que no hablaba checo y el hombre tampoco hablaba su idioma. Al final, se había encontrado de rodillas en un callejón al lado de una iglesia, chupando la polla del tío como si su vida dependiera de ello mientras que el hombre susurraba una palabra extranjera que sonaba como, "confía, confía…" una y otra vez.

Jesse recordó la emoción que sintió al tragarse el semen del hombre y al depositar el suyo en su mano cuando se había masturbado, y el suave beso que el tipo le dio cuando lo había llevado de vuelta a las afueras del club esa noche antes de alejarse. Marcy se había enfadado mucho cuando se enteró de que se había ido por ahí con un desconocido. Brent, su novio por aquel entonces, también se había mostrado bastante impresionado.

Jesse tragó saliva, recordando aquellos días tan extraordinariamente fáciles. Poco tiempo después de eso, Marcy hizo las maletas de Brent, y poco tiempo después, las cosas cambiaron entre los dos. Pero no iba a pensar en Marcy ahora. Esta noche no. No aquí con Christopher.

"Por aquí," susurró Christopher.

Lideró el camino hacia la noria girando lentamente. El molino había sido parte de los Sueños en las Montañas Humeantes desde que podía recordar. El pan y las galletas de jengibre habían sido uno de los grandes atractivos del parque cuando era niño, en la época en la que había sido en su mayor parte, una feria de artesanía más que el parque de atracciones en toda regla en que se había convertido ahora. Como adulto, Christopher rara vez salía de los Sueños en las Montañas Humeantes sin llevarse a casa una hogaza de pan de jengibre para disfrutar más de su café de la mañana.

"Aquí abajo," dijo, agachándose detrás de la rueda y escabulléndose por una puerta bien escondida bajo del molino.

Jesse lo siguió, guardando silencio como le había indicado, ya que claramente se suponía que no debían estar allí. Por debajo del molino harinero, todo estaba sorprendentemente seco teniendo en cuenta lo cerca que estaba del lago y el chapoteo de la rueda. También era lo suficientemente alto como para poder esconderse completamente erguidos, aunque estaba demasiado oscuro, y no podía ver a Christopher entre tanta negritud.

De repente hubo una pequeña explosión de brillo, y la cara de Christopher se hizo visible por encima de la linterna de un llavero. "El postre está a punto de ser servido," dijo, haciendo un gesto hacia el conjunto de escaleras de madera que obviamente llevaba hasta la puerta que daba al molino y a la panadería interior.

Con cuidado, Jesse siguió a Christopher por las escaleras, dándose cuenta de que cada escalón era más alto que el anterior. "¿Han dejado la puerta abierta?" Preguntó.

"Nop. Pero tengo la llave."

"¿Por qué?" Preguntó Jesse.

"Porque la pedí amablemente."

Jesse se burló, pero Christopher giró la llave en la cerradura y abrió la puerta. Jesse lo siguió adentro.

"Espera un momento…" Christopher alcanzó por detrás de Jesse, y una pequeña luz se agitó a la vida, lo suficiente como para que fuera seguro atravesar la habitación. Todavía había demasiadas sombras. Christopher cerró la puerta de nuevo detrás de ellos.

Habían entrado en el mismo molino, y Jesse se tomó un momento para estudiar los viejos engranajes y ejes, y admirar el equipo de metal que clasificaba y vertía la harina una vez que había sido molida.

"Bonito, ¿eh?"

"Precioso," contestó Jesse.

"Pensé que te gustaría. Mi Nana solía trabajar aquí cuando era una adolescente. Empezó cuando tenía catorce años. Pasó mucho tiempo antes de que los Sueños en las Montañas Humeantes comprara la propiedad, obviamente." Christopher pasó la mano por la madera pulida de la barandilla que había sido erigida para mantener a los turistas lejos del equipo cuando estaba en marcha. "Bueno, mejor dicho, estaba casada con el dueño."

"Guau. Es difícil creer lo *joven* que la gente se casaba por aquel entonces."

Christopher se quedó pensando. "Sí. Mi abuela se vio obligada por razones de dinero. Él tenía cincuenta años."

"Oh," dijo Jesse mientras que una sensación de repulsa lo atravesaba. Había conocido varios hombres así cuando era más joven. Halcones de pollo, los llamaba la gente; y una vez había dejado que uno lo acompañara hasta casa cuando había estado desesperado y lleno de una imprudencia autodestructiva.

"Ella me dijo, no obstante, que trabajar en el molino salvó su cordura. Le encantaba. Mantuvo su mente apartada del resto de su vida. Y cuando su marido murió de escarlatina cuando Nana tenía diecisiete años y estaba embarazada del tío Rodney, lo vendió por una cantidad de dinero suficiente para poder empezar una vida en Gatlinburg."

"Guau. Es una historia un poco triste de algún modo."

"Es aún más triste si tenemos en cuenta que Rodney murió en Vietnam."

"Tu pobre abuela."

"Sí. Los Apalaches están llenos de historias tristes. Y de historias grandiosas, también. El triunfo sobre la adversidad y todas esas cosas. Al igual que este parque y lo que Melissa Mundy ha hecho por la gente de por aquí. Pero tú eres de la zona, así que ya lo sabes."

Jesse estaba de acuerdo. Su propia familia era un ejemplo perfecto. Habían sido gente de la montaña, y cuando era muy pequeño, su abuelo le había contado historias de la primera vez que había visto las luces eléctricas, alimentadas por la energía de la corporación eléctrica TVA, iluminando el valle de Tennessee. Había sido precioso, y le había dejado sin palabras.

Christopher continuó, "Supongo que su vida terminó siendo feliz. Conoció a mi abuelo cuando tenía veinticuatro años y tuvo una buena vida con él. Empleó el dinero que había ganado de la venta de este molino en abrir una tienda. Vendía caramelos de dulce de leche... y libros, porque, bueno, ¿por qué no?"

"No puede ser. ¿Era la dueña de Libros y Caramelos de Dulce de Leche? Me encantaba esa tienda cuando era niño." Jesse sonrió. "Quiero decir que, ¿en otra parte del mundo puedes comprar libros y *caramelos de dulce de leche*?"

Christopher se echó a reír. "Tú lo sabrás mejor que yo."

"Supongo que conozco a tu abuela. Estaba allí todos los días, ¿no? Una mujer muy dulce. Solía ayudarnos a mi hermana y a mí a escoger libros interesantes en la sección infantil, y luego nos daba un pedazo de caramelo gratis para que lo compartiéramos. No sé por qué lo hacía, la verdad. Estoy seguro de que sabía que podíamos darnos el lujo de comprarlo."

"A Nana le gustaba ver a los niños sonreír. Tal vez pensó que no sonreíais lo suficiente."

"Probablemente. Infierno, estoy convencido de ello." Jesse se quedó pensativo. "Mi hermana lloró cuando Libros y Caramelos de Dulce de Leche cerró."

Christopher bajó la mirada; sus pestañas crearon una sombra alargada sobre sus mejillas. "Sí. Eso fue culpa mía. Lo siento mucho."

Jesse no podía imaginar cómo algo así podía ser su culpa. El lugar había cerrado hace mucho tiempo, cuando Jesse tenía dieciocho años, y aunque Christopher parecía un poco más joven que él, no tendría ni catorce años por aquel entonces, como mucho. "¿Cómo podría haber sido el responsable del cierre de un negocio?"

"Es una larga historia." Christopher se encogió de hombros. "Vamos, vayamos a por algunas galletas. Libby deja las que están a punto de echarse a perder en una bandeja en la cocina para que la gente pueda cogerlas, si le gustas tanto como para prestarte la llave, quiero decir."

Jesse siguió a Christopher por el piso de madera recién barrido hasta la cocina con poca luz que había sido construida dentro del molino. Estaba impecablemente limpia. Efectivamente, había una bandeja de pan de jengibre con formas de hombres, mujeres y águilas—la mascota de los

Sueños en las Montañas Humeantes—cubierta con una envoltura de plástico sobre una mesa.

Christopher escribió en una libreta en el mostrador bajo una breve lista de otros nombres: *Christopher Ryder—4*

Luego desprendió el papel de plástico, le entregó dos hombres de pan de jengibre a Jesse, y tomó otros dos para sí mismo antes de girarse hacia la pila de vasos de papel junto al fregadero y servir un poco de agua para ambos.

Las galletas no estaban rancias y, cuando Jesse le dio el primer bocado, gimió ante la mezcla perfecta de hielo dulce, nuez moscada, melaza y jengibre. Estaba verdaderamente deliciosa. La reacción de Christopher al escuchar el gemido de placer de Jesse fue inmediata. Jesse sintió una oleada de calor interno al ver cómo las mejillas de Christopher se ruborizaban y sus pupilas se dilataban. Era como si quisiera devorarlo en todos los sentidos.

"Entonces…" la voz de Christopher era áspera, y se aclaró la garganta. "¿Tu familia es de por aquí?"

"Mm-hmm." Jesse sintió la agitación tan familiar que siempre experimentaba al hablarle de su familia a alguien que no conociera ya toda la historia. Era algo que no sucedía muy a menudo ahora que estaba de vuelta en Gatlinburg, pero cuando comenzó a viajar al poco de cumplir sus veinte años, escapar de la realidad de su apellido no había sido tan fácil como había esperado. "Así es."

"Supongo que no estáis muy unidos."

"No lo sé. Estamos tan unidos como podemos estar en estos momentos de nuestras vidas. Mis padres viven en Florida. Diría que están jubilados pero en realidad mi madre nunca ha trabajado y mi padre no *dejaría* de trabajar ni aunque le pusieran una pistola en la cabeza."

Christopher hizo un gesto con la barbilla, indicándole a Jesse que lo siguiera. Fueron hasta una esquina, y se sentaron en el suelo frente a la pared del molino. "Es el lugar más cálido," explicó. "Los hornos están en el lado opuesto de esta pared, y aún no están fríos."

Jesse se sorprendió al descubrir que Christopher estaba en lo cierto, y se apoyó contra la pared caliente, sentados en las sombras con las rodillas dobladas mientras que se comían sus galletas. Podía oír el ruido del parque a lo lejos, las risas que resonaban sobre el estanque, el estruendo de los cochecitos de bebé y las voces, y fundamentalmente y mucho más cercano, el ruido de la rueda golpeando el agua. Era un sonido húmedo, rítmico, que le recordaba al ruido de sus sudorosas pelotas cuando golpeaban el culo de un hombre mientras se lo follaba. Un sonido lujurioso y satisfactorio.

Jesse se aclaró la garganta mientras que su polla respondía ante tal idea. Había pasado mucho tiempo, demasiado tiempo desde que había ido tan lejos con un hombre. Doce años, once meses y veintitantos días si sus cálculos rápidos no fallaban. Desde Edoardo e Italia, y esa semana que lo cambió todo.

"No tenía intención de abrir una vieja herida sacando el tema de tu familia."

Jesse miró a Christopher y se dio cuenta de que sus ojos verdes estaban salpicados de un marrón profundo y dorado que le recordaba al cargamento de gaspaíta que había recibido el otro día.

"No pasa nada. Mi padre y yo hemos superado ya el peor de nuestros problemas. Digamos que no le hizo mucha gracia el modo que elegí para salir del armario, pero ya ha hecho las paces con todo aquello."

Al oír sus palabras, Christopher se relajó junto a él, y Jesse dio cuenta de que a pesar de su flirteo, no le había dejado absolutamente claro que le gustaban los hombres hasta ese momento. Recordaba demasiado bien sus propios días inexpertos, cuando solía buscar miles de formas para convencerse a sí mismo de que el chico en cuestión que le atraía en ese momento no era maricón como él.

Los labios de Christopher eran exuberantes y muy rojos. Jesse observó cómo Christopher se los lamía a la vez que bajaba los ojos a los suyos. Jesse se deslizó un poco para que sus muslos se tocaran. No sabía a ciencia cierta lo que estaba transmitiendo con eso, pero quería ser totalmente claro. Planeaba besar a Christopher tan pronto como no pudiera aguantar más, y estaba listo y dispuesto a seguir cualquier respuesta que este tuviese; a ir tan lejos como Christopher quisiera. Había pasado demasiado tiempo desde que se había permitido dejarse llevar por completo.

"¿Era religiosos o solo un poco intolerantes?" Preguntó Christopher, y Jesse tuvo dificultades para centrar su mente de nuevo en la conversación y alejarla de donde quería que acabara la noche.

"Mi padre estaba más preocupado por lo que iba a pensar la gente sobre que fuera maricón que del simple hecho de que fuera maricón en sí. Durante mucho tiempo, pensó que me estaba revelando o algo así para poder humillarle. Una especie de 'pobre niño rico' tratando de llamar la atención."

Jesse se preparó para la pregunta, y tuvo la tentación de desviarla rápidamente preguntándole a Christopher sobre la reacción de *su* familia cuando salió del armario—si es que había salido. Pero decidió no hacerlo.

"¿Pobre niño rico? Deduzco que tu padre tenía dinero y pensó que estabas haciendo… ¿qué? ¿Sentirte atraído hacia los hombres solo para avergonzarlo? No lo entiendo."

"Yo tampoco, pero como el fundador de Galletas y Panaderías Birch, mi padre sentía que tener un maricón en la familia no cumplía con la imagen sana y hogareña que quería cultivar como parte de su plan de marketing. Y tal vez estaba en lo cierto, porque digamos que no llevé muy en silencio mi pasión por las pollas durante mi adolescencia."

Jesse lanzó la última pieza del hombre de pan de jengibre en su boca, recordando la forma en que había desafiado a su padre de muchas maneras. Se había teñido sus mechas rubias de rosa fosforito, declarando a todos los que quisieran escucharle lo mucho que quería tirarse a los tíos buenos, y—a diferencia de muchos hombres que eran naturalmente amanerados—él había añadido deliberadamente un exagerado contoneo a sus caderas en su paseo y un alocado movimiento de muñeca, los cuales se habían desvanecido según se había ido sintiendo más seguro con su identidad sexual. "Diablos, lo admitiré. Creo que le empujé hasta sus límites intencionadamente en varias ocasiones. Teniendo en cuenta el lugar donde vivimos, tengo suerte de que no me diera una paliza."

"Espera un momento, volvamos a la conversación de antes. Tu padre es dueño de… ¿en serio? ¿El gran usurpador de la corona que previamente perteneció a Lirios Blancos y Bisquick? ¿Tu padre es el rey de la mezcla para hornear en el mundo?"

Jesse tarareó la canción del anuncio. "'Tenemos pasteles y galletas, magdalenas y pan, ¡simplemente abre el paquete y verás la de sonrisas que repartirás! Galletas y Panaderías Birch—¡mucho más que una simple galleta!'"

"Guau."

"Sí." Jesse trató de evaluar la reacción de Christopher. "Yo no lo consideraría un rey. Más bien un barón. O un duque. O un magnate. Sí, me quedo con magnate. Un magnate de las galletas. Sería gracioso si no fuera verdad."

"Pobre niño rico pobre. No estabas bromeando. Sobre la parte rica, quiero decir. No sobre la parte pobre. De eso no sé nada. Quiero decir que sí sé lo que es ser pobre, pero no en el sentido lamentable de la palabra. Vaya, no paro de decir cosas sin sentido. Debo parecer un idiota."

Jesse se rio entre dientes. "Estoy acostumbrado. La gente se sorprende demasiado con tal reveladora noticia. ¡Ey! ¡Sorpresa! ¡Soy inmensamente rico! ¡Espero seguir gustándote!"

Christopher se echó a reír. "¿De veras dejarías de gustar a alguien por eso?"

"Te sorprenderías."

"Bueno, la gente *es* realmente sorprendente. Eso es algo con lo que siempre puedes contar." Christopher se relajó y parecía como si estuviera pensando en otra cosa. "Cuando Darla dijo que le dabas suficiente dinero al parque…"

"Se refería a mi familia."

"El Santuario del Águila Americana de la Familia Birch en los Sueños en las Montañas Humeantes."

Jesse asintió.

"Supongo que al menos debería haberos relacionado, pero nunca se me pasó por la mente."

"¿Por qué habría de hacerlo? Me alegro de que no fuera así."

Christopher siguió comiéndose su galleta. "Así que tú no trabajas para tu padre y tu hermana tampoco. Supongo que el gen de la empresa familiar no siguió la tradición con vosotros, ¿no es cierto?"

"Mi hermana se casó con el hijo del director de finanzas de mi padre. Un buen tipo. Paul Newton. ¿Has oído hablar de él? ¿No? Bueno, eso es porque ella está todavía bastante metida en los asuntos de mi padre. Yo fui el que no quiso saber nada de su trabajo, y a mi padre le pareció bien mi elección. Creo que en el fondo se alegró de que me mantuviera apartado después de todo el dolor que le había causado durante tantos años."

"¿Por la forma en que saliste del armario?"

"Por lo que soy," contestó Jesse, recordando las peleas, las recriminaciones, el sentido interminable de no ser lo que quería su padre, y la rabia interior ante la idea de que tal vez era realmente él quien tenía que cambiar. "Vender mis acciones y futura posición en la empresa a Paul a cambio de una anualidad de por vida es la mejor cosa que he hecho en mi vida, aunque mi padre se ofendiera inicialmente. Valió la pena con tal de salir de debajo de su ala. Tengo más dinero del que realmente voy a necesitar, de todos modos."

"Entonces…" Christopher hizo una pausa. "Supongo que ambos venimos de familias que empezaron a trabajar la harina, en cierto modo."

Jesse sonrió. "Parece que tenemos mucho más en común de lo que pensamos."

Bajo la poca luz de la habitación, Jesse podía ver el calor en los ojos de Christopher, lo que hizo que su pene se engrosara en los confines de sus pantalones vaqueros. Quería agarrarlo del pelo y tirar de su boca sobre la suya. Probar su lengua, lamer sus dientes blancos y besarlo a lo largo de su cuello pálido y esbelto hasta que pudiera sumergir las manos bajo su camiseta y tocar sus pezones. No había mejor momento que este.

Los ojos de Christopher se detuvieron en los labios de Jesse, y a pesar de la emoción que sentía, este último no pudo evitar decir, "La riqueza de mi familia y el deseo de evitar un escándalo—sobre todo porque mi padre es lo bastante mayor ahora como para que un ataque al corazón deje de ser lo divertido que solía ser—tendré que pedirte que firmes un contrato en el que reconozcas que estás sobrio y que este beso es consentido."

"Espera—¿qué? Firmar un—¿vas a besarme?"

"Estoy bromeando," dijo Jesse, y casi se echó a reír al ver la expresión abatida de Christopher. "Sobre el contrato," susurró, y luego se inclinó.

Los labios de Christopher eran suaves, y él respondió con entusiasmo, profundizando el beso. El sabor a jengibre y a hielo mezclado con el propio sabor de Christopher hizo que Jesse se inclinara más hacia él. No sabía si era el hecho de que por fin los hornos hubieran empezado a enfriarse, o el hecho de que no había mantenido relaciones sexuales en más de dos meses, pero el fuego se despertó entre ellos, y él lo besó y mordió frenéticamente. Bajó por su cuello, chupando con tanta fuerza que Christopher se quedó sin aliento y se arqueó antes de buscar su boca de nuevo. Jesse metió las manos bajo su chaqueta y camiseta, deslizando los dedos sobre su suave piel y la escasa mata de vello en su pecho.

Christopher jadeaba y se retorcía, rozándose contra él con urgencia. Jesse pensó que tal vez también había pasado mucho tiempo para él porque no paraba de gemir en su oído y de agarrar puñados de su cabello para tirar de él y darle otro beso abrasador. Sus respectivos alientos se mezclaron y flotaron a su alrededor como una humedad caliente que pareció asentarse en la nariz y las pestañas de Jesse. Él gruñó un poco, clavó los dientes en el lóbulo de Christopher, y luego lo mordió suavemente mientras que volvía a abrirse paso por su cuello.

"Dios," gimió Christopher.

Jesse encontró sus pezones y jugueteó con ellos antes de volver a chupar su labio inferior y sumergirse en su boca para volver a saborear su lengua. Christopher empujó sus hombros, y Jesse bajó al suelo, arrastrando a este primero encima de él, con su peso golpeándolo en todos los lugares necesarios, especialmente su pene duro, que presionaba desesperadamente contra su entrepierna.

"Mmm." Jesse pasó los dedos por el cabello de Christopher, deleitándose con la sensación suave y sedosa, y la forma en que sus dedos se deslizaban por él.

Christopher se movió contra él; el sonido de sus pantalones vaqueros rozándose llenó el molino. Jesse bajó las manos por la espalda de Christopher hasta llegar a sus vaqueros, donde le estrujó el culo, y luego las deslizó por dentro de su ropa interior de algodón para poder agarrar su carne. Christopher se resistió contra él, cerrando los ojos bajo la tenue luz. Echó la cabeza hacia atrás, dejando al descubierto su cuello, y Jesse se alzó un poco para chuparlo y mordisquearlo mientras que daban vueltas por el suelo del molino.

"¿Puedo? Yo solo…" jadeó Christopher, alcanzando entre ellos y preparándose para bajar la cremallera de Jesse.

Habían ido de cero a donde quiera que estuvieran en cuestión de minutos, y Jesse no quería que nada les detuviese. Era emocionante y divertido. Hacía calor, y la boca de Christopher era maravillosa; sus manos eran firmes, y parecía saber exactamente lo que quería y lo que estaba haciendo. A Jesse le encantaba el sexo sin preámbulos. Le encantaba el sexo que no se andaba con rodeos.

Él asintió y se agachó también, apartando la mano de Christopher para poder bajar su propia cremallera mientras que este hacía lo mismo. Jesse gimió tan pronto como vio su polla—una gran cabeza rosada con una perla de líquido preseminal en la ranura, lo suficientemente grande como para estar impresionado, pero no tan gruesa como para sentir piedad por cualquier chico al que Christopher quisiera metérsela.

Ambos se bajaron sus respectivos pantalones hasta las caderas, lo suficiente para que sus pollas y pelotas pudieran recibir toda la atención del otro justo donde más la requerían. En otras circunstancias, el aire frío del ambiente en su pene podría haberlo encogido, pero Jesse estaba demasiado cachondo—demasiado ansioso por conseguir todo lo que pudiera de este chico tan mono, dulce, que parecía completamente entregado a lo mismo que él. Gracias a Dios.

Christopher se humedeció los labios. Jadeante, su lengua tocó suavemente el centro de su labio superior mientras que su rostro reflejaba la habitual mezcla de deseo y miedo que Jesse estaba acostumbrado a ver en la cara de un hombre una vez que le echaba un buen vistazo a su polla. No era demasiado larga, pero sí muy gruesa, y sabía que la mayoría de los chicos se debatían entre la emoción y el miedo. A Christopher pareció entusiasmarle porque hizo un ruido gutural en la parte posterior de su garganta y se dejó caer sobre ella como un muerto de hambre, chupándola como si estuviera desesperado.

Las caderas de Jesse se sacudieron cuando este sintió la húmeda boca de Christopher descendiendo sobre su miembro y de vuelta a su cabeza. "Dios bendito," murmuró. "No pierdes el tiempo ¿verdad?"

La respuesta de Christopher fue succionar su prepucio, y luego, en su intento de llevarlo más profundamente dentro de su boca, se amordazó un poco, lo que hizo que los pezones de Jesse comenzaran a dolerle bajo su camiseta. Agarró el pelo en la nuca de Christopher y no lo empujó sobre él, sino que lo mantuvo firmemente donde estaba. Christopher protestó, devorando su pene todo lo que pudo y dejando que se deslizara lentamente por su garganta. Jesse puso los ojos en blanco cuando sintió la esponjosidad de su paladar, lo que hizo que no pudiera evitar arquearse hacia él.

Christopher respondió a su movimiento agarrándose su propio pene y masturbándose, y Jesse sintió ansias de probar el líquido preseminal que podía ver brillando en un hilacho por el tronco de su miembro.

"Ven aquí, tú." Apartó a Christopher de su eje con un pop que le hizo estremecer. Quería agarrar su cabeza y guiarlo de nuevo sobre él. En cambio, le instó a que se sentara a horcajadas sobre su pecho con su largo pene apuntando hacia su boca. Jesse lamió la punta, probó la cabeza pulida, y la mantuvo dentro de su boca, pasando la lengua por ella en todas las direcciones.

Christopher se dejó caer hacia adelante, follando la boca de Jesse al canto de: "¡Oh, oh, oh, Dios mío, oh, mi jodido *Dios*!"

Jesse no pudo resistirse. Agarró el culo de Christopher, sintiendo sus exuberantes y regordetas mejillas en movimiento, y las separó todo lo que pudo para encontrar su orificio con los dedos. Tal como sospechaba, Christopher reaccionó con un *hambre* descarado.

Christopher sacó el pene de su boca, se tiró de sus propias pelotas y dijo, "Joder, me voy a correr."

Jesse agarró su culo y lo chupó de nuevo mientras que metía un dedo por el agujero, sintiendo el apretado y espasmódico anillo.

Christopher se retorció contra él, gimiendo, "Me voy, me voy," pero Jesse lo mantuvo apretado, con su pene alojado en su boca, y se tragó el semen que vino acompañado de una explosión de gritos y jadeos. "*Joder*," gimió, estremeciéndose y todavía palpitando en la boca de Jesse como este lo chupaba hasta dejarlo limpio, deleitándose con el sabor de su semen, el peso de su pene en su lengua y sus escalofríos alrededor de su dedo.

Entonces, se echó mano a su propio miembro, pero Christopher lo detuvo. "Déjame que te chupe. Quiero hacerlo. Tienes una polla enorme."

Jesse no pensaba declinar su oferta y dejó escapar su pene de entre sus labios, besando la punta un poco en broma, aunque Christopher estaba empeñado en volver a sentir el pene de Jesse en su boca. Se deslizó por su cuerpo hasta que su aliento caliente y húmedo rozó su polla. Entonces, comenzó a chupar, lamer y tirar de ella, y joder, era todo un experto. Su lengua era demasiado talentosa en todos los lugares correctos.

"*Mierda.*" Jesse agarró el pelo de Christopher y tiró con la esperanza de advertirle. No podía ver nada salvo puntos azules, y nada salió de su boca excepto un fuerte gemido cuando disparó una carga de leche tan grande que rebosó la boca de Christopher y se deslizó por su polla y sus pelotas, manchándolo todo hasta que Christopher lo lamió ansiosamente momentos después de haberse tragado la mayor parte. Jesse se sacudió con los efectos de su liberación.

"*Maldita sea*, eres muy bueno," logró decir después de un tiempo. "Yo… *maldita sea.*"

Jesse se dio cuenta de que Christopher se estaba aún retorciendo con sus propios espasmos, y cuando se desplomó sobre él, pasó un brazo a su alrededor; los dos temblando mientras que sus penes mojados se frotaban entre sí.

"Gracias," murmuró Jesse.

"Cuando quieras."

Cuando quieras, pensó Jesse a la vez que un escalofrío lo recorría con fuerza. *Cuando quieras.*

Los dos consiguieron subirse sus pantalones vaqueros, sonriendo y riendo en la oscuridad.

"Gracias," dijo Christopher. "Digamos que lo necesitaba."

Jesse lo agarró de la parte posterior del cuello y tiró de él para darle un beso rápido. "Yo también. Bueno, no sé tú pero yo me estoy quedando un poco frío."

"Sip. Y de todos modos, deberíamos irnos yendo. El parque cierra a las—" miró el reloj. "Mierda. Tenemos que darnos prisa."

"¿Qué hora es?"

"Casi medianoche. Si los empleados no están fuera del parque para ese entonces, nos convertimos en calabazas o algo así."

Jesse se puso de pie, buscó sus guantes y se los puso rápidamente. "Nabos," dijo. "Si se supone que la temática de este parque son los Apalaches, tendrían que ser nabos. O remolacha. O patatas. Las calabazas aparecieron después."

Christopher aceptó la mano de Jesse y se palpó los bolsillos hasta que encontró el pequeño llavero. "Si tengo que elegir, me quedo con la remolacha. Tiene bastante estilo."

"Un color muy bonito," añadió Jesse. Sus ojos se posaron en la barbilla de Christopher. "Espera, tienes—" se inclinó y lamió un poco de semen reseco.

De alguna manera, eso los llevó a más besos para los que no tenían tiempo en este momento y Christopher finalmente puso fin al momento empujando a Jesse suavemente en el pecho. "Tenemos que darnos prisa."

Utilizó su linterna para conducir a Jesse hasta la parte delantera del molino y por la puerta principal de la tienda por la que accedían los clientes en el horario en el que la panadería permanecía abierta.

Jesse frunció el ceño. "¿No vamos a salir por donde hemos entrado?"

"Oh, no. Iremos por la parte frontal."

"¿Y si nos ve alguien?"

"No pasa nada." Christopher abrió la puerta de par en par y la sostuvo unos segundos, saludando a varios otros empleados que pasaron por delante.

"¿Por qué venimos por aquí, entonces?" Jesse observó a Christopher mientras que este cerraba el lugar con llave.

Christopher sonrió descaradamente. "Estaba tratando de impresionarte. ¿Ha funcionado?"

"¡Y tanto que sí!" Jesse se encontró riendo mientras que seguía a Christopher bajo las brillantes luces de los Sueños en las Montañas Humeantes y las incipientes hojas que se habían desprendido de las ramas de los árboles crujían bajo sus pies.

En el parking del personal, Christopher se ofreció a llevar a Jesse hasta su coche, con la esperanza de ser capaz de conducir el vehículo con seguridad pese a que aún estaba tembloroso tras su alucinante sesión de sexo. Estar con Jesse había sido mejor de lo que podía haber imaginado. "El estacionamiento de los empleados no está lejos y los músicos tenemos los puestos más cercanos."

"¿A qué se debe eso?"

"Por si acaso llegamos tarde; para que no tengamos que llegar al escenario corriendo."

"Una medida inteligente."

"Más bien necesaria. Para algunos más que para otros."

"¿Llegas tarde muchas veces?"

"Nunca. Me gusta mi trabajo, pero fundamentalmente sé que mi voz vale menos que una moneda de diez centavos. Llego temprano. Siempre. No quiero darles ningún motivo para reemplazarme."

"Estás subestimando tus méritos. Una vez más."

"Si tú lo dices…" Christopher hizo un gesto hacia su Yaris, de repente muy consciente de las pequeñas dimensiones de su coche. Seguro que Jesse conducía algo espectacular. Había visto un BMW y un Mercedes aparcados en su tienda antes. "Este es mi coche."

Jesse no dijo nada en absoluto, y Christopher se alegró de haberlo lavado meticulosamente una semana antes de su cita con Nana. Siempre le gustaba invitarla a comer cuando iba a visitarla, y ella siempre se quejaba de que había bolsas de comida rápida esparcidas por el suelo.

"Echa el asiento hacia atrás todo lo que quieras," dijo Christopher mientras que veía cómo Jesse se doblaba en el asiento; sus largas piernas casi golpeando su barbilla. "Sepáralo todo lo que necesites."

Jesse ajustó el asiento hasta que se encontró cómodo y se puso el cinturón de seguridad a la vez que Christopher encendía el calentador del coche y su brisa resoplaba entre ellos.

"¿En qué letra has aparcado?"

"F."

Christopher salió de su hueco y se dirigió lentamente hacia el garaje

F, quedándose atrapado detrás de otros coches saliendo del parque, y con cuidado de que no hubiera ningún adolescente entre los garajes A y E, pululando por ahí como siempre horas después de que el parque hubiera cerrado.

"Ha sido una noche muy agradable," dijo Jesse, hablando por encima del ruido de los conductos de la calefacción. "Gracias por la cena. Y el postre."

"Ha sido un placer." *Sin duda alguna.*

Jesse se retorció en su asiento. "Me gustaría llamarte. Volver a verte."

"Bueno, volveremos a vernos cuando quedemos para hablar sobre el medallón."

"Me gustaría verte, pero no tiene nada que ver con el medallón."

Christopher sintió cómo su estómago daba un vuelco, pero se aclaró la garganta y respondió de manera casual, "Eso sería genial. Claro."

Jesse señaló hacia adelante. "Ese es mi coche. El Nissan Quest."

Era el coche más familiar que Christopher había visto en su vida. Una *minivan* para ser exactos. Se dijo a sí mismo que no sacara conclusiones precipitadas. "¿Quién conduce el Mercedes? ¿O el BMW?"

Jesse levantó las cejas. "Mi hermana es la amante de los BMW. Yo conduzco un Mercedes de vez en cuando."

Christopher se empezó a ruborizar un poco, pero se encogió de hombros. "Paso por tu tienda de camino a casa todos los días. Nunca he visto este coche aparcado allí antes."

"Sí, no suelo llevármelo a trabajar," contestó mientras que miraba la minivan con el ceño fruncido. "Parece excesivo que un hombre tenga dos coches, pero tengo que admitir que la minivan sirve principalmente para otros propósitos más divertidos. No es la impresión elegante que normalmente me gusta hacer."

"Ah."

Jesse sonrió y se encogió de hombros. "De acuerdo. Supongo que ya me he desecho de mi misteriosa y sexy portada, de todos modos."

"No lo sé. Parece que todavía hay mucho sobre ti que no sé." Christopher pensó en la fotografía de la mujer y los niños de vuelta en su oficina y se sintió un poco mal. Debía preguntarle al respecto, pero de alguna manera las palabras permanecieron tercamente alojadas en su garganta.

Jesse sacó su iPhone y se detuvo para teclear el nombre de Christopher. "¿Cuál es tu número de teléfono? Te mandaré un mensaje de texto para que tengas el mío. Así podremos quedar y podrás averiguar más sobre mí."

"No tengo móvil."

Jesse lo miró con una ceja arqueada y se guardó el teléfono en su bolsillo, un poco decepcionado. "Una lástima."

Christopher abrió la guantera, rozando las rodillas de Jesse en el estrecho espacio. "Tengo que tener algún bolígrafo por aquí. Déjame apuntado tu número y te llamaré." Sacó un boli y un viejo recibo.

Jesse escribió su número en letras claras y precisas, y se lo entregó. "¿Qué hay de tu teléfono fijo, entonces?" Preguntó.

"Lo tienes en mi ficha de cliente."

Jesse se aclaró la garganta. "Me gustaría volver a hacer lo que hemos hecho en el molino—bueno, en realidad me gustaría volverte a ver algún día de estos. Ese otro tipo de diversión es opcional."

"A mí también me gustaría."

"De acuerdo entonces."

Jesse abrió la puerta y salió antes de que Christopher pudiera besarlo de nuevo o hacer cualquier otra cosa que no fuera despedirse con la mano. Esperó hasta que Jesse estuvo dentro de su camioneta—en serio, ¿por qué una *minivan*?—antes de alejarse.

En el corto camino hacia la montaña, su mente no cesaba de girar sobre los mismos fragmentos de información que había recibido hoy; aunque todavía no podía sacar ningún tipo de conclusión. Pero si Jesse quería conocerlo mejor, Christopher iba a ponérselo muy fácil. Sonrió para sí mismo.

Después de todo, Jesse era la primera abeja que venía zumbando alrededor de su miel en un período muy largo de tiempo.

CAPÍTULO SEIS

JESSE NO HABÍA PREVISTO que su atracción por Christopher pudiera llegar a convertirse en *algo*. Ni siquiera después del momento que habían compartido en el molino harinero. Se supone que, como la mayoría de sus encuentros con otros hombres, la cosa debía haberse quedado ahí.

Pero al día siguiente mientras que trabajaba en el diseño de la abuela de Christopher, Jesse se encontró pensando en algo más que la colocación de las bellotas y las hojas de roble. Los vivos recuerdos de la boca abierta de Christopher en el instante en que había llegado al orgasmo y sus ojos verdes ardiendo de lujuria cuando lo había chupado dentro de su boca, no dejaban de acosarlo.

Había sido un sexo magnífico. Mejor del que había mantenido en mucho tiempo. Probablemente porque le *gustaba* Christopher. Era un buen tipo, y había disfrutado mucho de su compañía. La mayoría de las veces no se molestaba siquiera en averiguar más que el hombre de un hombre, o tal vez se veía obligado a fingir su "pasión" respecto algún deporte en la televisión de un bar antes de preguntarle al chico en cuestión si quería acompañarlo a su coche o ir juntos al servicio.

Christopher era el primer hombre con el que había mantenido relaciones sexuales en casi un año con el que había tenido más de una conversación real, y el afecto amistoso que había desarrollado hacia él, por no hablar de la admiración que ya sentía previamente como fan, estaba empañando las cosas. ¿Acaso no había aprendido de Marcy los peligros que conllevaban mantener relaciones sexuales con alguien que realmente le importaba?

"Hola," dijo Amanda desde la puerta de su despacho, apoyada en el umbral. Su pelo oscuro, que brillaba casi tanto como sus ojos, estaba recogido en una coleta alta en la parte posterior de su cabeza. Llevaba un chándal de licra y una expresión determinada.

"¿Vas a salir a correr?" Preguntó él.

"En realidad, voy a hacer de hámster."

Jesse levantó las cejas y volvió su atención a la bellota de oro en la que estaba trabajando. "¿Es algo así como Pilates?"

Amanda resopló. "Lo dudo. Voy a correr en la cinta del gimnasio."

"Ah, guay. Vete. Nova está cuidando a los niños y yo casi he acabado por hoy. Voy a terminar esto y cerraré la tienda."

"¿Cómo ha ido tu reunión con Christopher Ryder?"

"Bien."

"Claro," contestó ella, y había algo en su voz que hizo que él levantara los ojos y la mirase. Tenía los brazos cruzados y los ojos entornados.

"¿Qué?"

"Es solo que me he enterado de que llamó para cancelarla."

"No es nada atractivo ser tan curiosa, Amanda."

"¿Has olvidado que transcribo los mensajes de voz?"

"Me refiero a ahora. En este preciso instante."

"¿Por qué me has dicho que ha estado bien si ni siquiera te has reunido con él?"

"¿Por qué me has preguntado si sabías que había llamado para cancelarlo?"

"Solo quería saber si estabas molesto al respecto. Es muy mono y dijiste que era gay. Vi cómo os mirabais. Admito que esperaba que expresases una cierta decepción, pero ahora creo que me estás ocultando algo. Así que, desembucha."

Jesse gruñó. No había manera de librarse de esto. Su hermana no dejaría de acosarlo, algo que se le había dado muy bien desde que eran niños. "Fui a los Sueños en las Montañas Humeantes y lo pillé después de su actuación."

Los labios de Amanda se curvaron en una sonrisa y sus ojos lanzaban destellos. "¿Qué hiciste qué?"

"Ya me has oído."

"¿Y? ¿Pudiste verlo? ¿Le gustó el diseño del medallón? Y más importante aún, ¿le gustaste *tú*?"

Jesse dejó a un lado su trabajo. "No soy una niña de doce años que sienta la imperiosa necesidad de hablar sobre su último flechazo. Sobre todo con mi hermana."

Amanda avanzó desde la puerta y se dejó caer en la silla frente a él. "Eres el peor guardando secretos. Hay algo en ti que simplemente lo *revela todo*. Creo que me aventuraría a decir que le gustó el medallón y *¡te acostaste con él!*"

Jesse se aclaró la garganta y se frotó los ojos. "Le gustó el diseño del medallón, en efecto. Y… sucedieron ciertos eventos."

"Eres un *idiota*. 'Sucedieron ciertos eventos.' Puff. ¿Incluyen orgasmos esos eventos?"

"¿Por qué quieres saberlo? Eres mi hermana. Yo no quiero oír hablar de *tu* vida sexual."

"No quiero que entres en detalles. Solo quiero saber si estás… ya sabes, interesado en él. Porque ya es hora de que sientas interés por alguien, Jesse. Hombre, mujer, a nadie le importa—solo interésate por *alguien*. Sé feliz de nuevo."

Jesse no pudo evitar esbozar una sonrisa para después susurrar por lo bajo. "Haces que parezca fácil. 'Sé feliz de nuevo.' Como si se tratara de una elección propia."

"Lo *es*."

"Claro. Vale, a Christopher le gustó el medallón. Pero, obviamente, pensé que podría mejorarlo un poco y por eso mismo estoy trabajando en él en este preciso momento, Miss Observadora."

Amanda agitó la mano. "Hace mucho tiempo que no le presto atención a tu trabajo. Solo me invento mierdas sobre él para poder venderlo."

Jesse la miró. Sabía que su hermana estaba familiarizada con todos y cada uno de los detalles de cada pieza. Solo estaba tratando de tirar del hilo.

Amanda continuó estudiándolo. "¿Y? ¿Ha sido una cosa de una sola vez o…?"

Jesse deseaba saberlo. El sexo había sido increíble. El puro entusiasmo de Christopher era algo a lo que ya estaba acostumbrado—la mayoría de los chicos estaban ansiosos por pasar un buen rato—pero de alguna manera, había habido una dulzura en su urgencia que hacía que Jesse quisiera probarlo de nuevo. Incluso si probablemente era una mala idea.

"En realidad, nunca he estado en una relación con un chico, Amanda. He tenido relaciones sexuales con un montón, pero…" Él se encogió de hombros. "Como mucho, he tenido encuentros esporádicos en repetidas ocasiones con amigos. Nunca he estado enamorado de nadie que no fuera Marcy. No sabría por dónde empezar."

Pero eso era lo que había querido en el fondo, ¿no? Había querido averiguarlo, y ese había sido el problema. Había sido demasiado gallina como para buscarlo, y además era algo que Marcy no habría tolerado. De hecho, lo habría empujado por un acantilado. Diablos, ella había estado *a punto* de hacerlo cuando se cayó por su propio precipicio.

"¡Vamos! Por supuesto que sabes por dónde empezar. Has visto películas, la televisión y has leído algún que otro libro. Pídele una cita."

"Escucha, creo que ya di primer paso acechándole en su lugar de trabajo. Ahora es su turno."

"Y una mierda su turno. ¿Quién cumple ese tipo de reglas hoy en día? Y yo pensaba que eras gay—¿es que acaso *tenéis* las mismas reglas? ¿No se basa todo en la manera más rápida de meter vuestras pollas en—"

"Para. Me estás ofendiendo. Ya basta." El teléfono de Jesse vibró, y este lo sacó de su bolsillo para leer en mensaje de texto.

"Salvados por la campana," suspiró Amanda.

¡Mira quién tiene móvil! Soy yo, Christopher Ryder. Ahora tienes mi número. Úsalo siempre que quieras.

Jesse se rio entre dientes. Hablando del rey de Roma.

"¿Qué? ¿Es él? No puede ser—¡es él! Qué mono. Y tu sonrisa. Dios mío."

"Cállate, Amanda."

Jesse tuvo que admitir que su corazón latía muy rápido. Se sentía con ganas de reír, vertiginoso con una emoción que no había sentido en mucho tiempo.

"¿Qué es lo que quiere?"

"Después de que hiciéramos… después de que nos reuniéramos para hablar sobre el medallón—"

Amanda resopló.

"Yo le pedí su número de teléfono para que pudiera escribirle y él me dijo que no tenía móvil. Pensé que podría tratarse de una excusa. Ya sabes, que tal vez no estaba interesado en que nos volviéramos a ver. Pero le di mi número de todos modos. Y ahora parece que se ha comprado un teléfono."

Los ojos de Amanda se iluminaron. "Respóndele," dijo entre dientes. "¡Vamos!"

Su hermana era peor que un dolor de muelas, pero el mensaje había desencadenado esa vieja y conocida euforia en su interior que en el pasado solía aparecer justo antes de que hiciera algo verdaderamente irresponsable. La última vez que había sentido una alegría tan pura fue cuando había saltado con Marcy en el agua azul de una cantera, hacía seis años.

Jesse se concedió varios segundos para ordenar sus pensamientos y elaborar una buena respuesta, decidiendo ir por la vía del flirteo. No estaría de más ver a dónde le llevaba.

¿Debo interpretar el hecho de que te hayas comprado un móvil como una especie de declaración de intenciones?

Amanda se echó hacia adelante, tratando de ver la pantalla. "¿Qué le has dicho?"

"No es asunto tuyo."

Ambos esperaron mientras que la rodilla de Jesse se sacudía incontrolablemente.

Mi madre me ha estado dando el coñazo para que me compre uno. El hecho de no tenerlo aún cuando me pediste mi número fue la gota que colmó el vaso. Respecto a mi declaración de intenciones—interprétalo como quieras.

Jesse sonrió.

"Invítale a salir," dijo Amanda.

Jesse la miró, y luego bajó los ojos al teléfono. ¿Por qué no? Christopher era totalmente su tipo, cantaba de una manera que le llegaba al alma, era muy guapo y tenía un cuerpazo. Por no hablar de que era muy amable, se divertía mucho con él, adoraba a su abuela, y hacía unas *mamadas increíbles*. ¿A qué estaba esperando?

¿Cenamos mañana?

La respuesta no se hizo esperar.

Por suerte para ti, no tengo actuación.

"¿Qué te ha dicho?" Amanda se inclinó tanto hacia adelante que parecía como si fuera a caerse de la silla de un momento a otro.

Jesse volteó los ojos y escribió su respuesta.

¿Eso es un sí?

"Vamos, ¡comparte algo!" Instó Amanda.

Di hora y sitio y allí estaré.

Jesse tecleó el nombre de un restaurante mexicano semi-elegante por la autopista. Sería un hervidero de turistas, pero contaba con un bar al aire libre en la azotea, donde se podía estar cómodamente en las frías noches de otoño gracias al pequeño fogón de gas en el centro de cada mesa. Tenía también la ventaja añadida del toro mecánico en el restaurante principal de la planta baja. Si Christopher bebía lo suficiente como para atreverse a montar, a Jesse no le importaría verle intentarlo. Ver como sus caderas se apretaban y deslizaban por el animal de plástico sin duda sería un excelente preludio de lo que conseguiría cuando Christopher lo montara a *él*, y si todo salía bien, Jesse esperaba que ese fuera un resultado más que probable.

Genial. A las siete de la tarde entonces. Hasta mañana.

"He quedado con él. ¿Contenta?"
Amanda sonrió tanto que casi se le desquebrajaron las mejillas. "¡Sí!"
"Bien, porque vas a tener que cuidar a los niños."
Una hora más tarde, Amanda se había marchado para hacer de "hámster," y Jesse miró el reloj. Era la hora.
Mientras conducía hacia Sevierville, su estómago se anudó, como siempre. Odiaba los jueves. Con el tiempo se volvía más fácil, pero nunca era fácil. Aun así, nada haría que dejara de ir. "En la enfermedad y en la salud hasta que la muerte nos separe," había jurado, y a pesar de lo cerca que había estado de romper ese voto antes del accidente, Jesse no estaba preparado para romperlo ahora.
El hogar de enfermos terminales era el sitio que más odiaba en todo el mundo. Estaba lleno de malos recuerdos y un sentido interminable de desesperanza—un lugar con un antiséptico en el aire, papeles de flores

desvanecidos en las paredes, y zapatos de goma chirriantes en un linóleo desgastado. Pero él siempre iba a cuidar de Marcy y hacer las pequeñas cosas que Ronnie, que vivía tan solo a dos horas de distancia con su esposo e hijos en Johnson City, nunca hacía, tal como recoger la ropa sucia y llevarle pijamas frescos y suaves. En cierto modo, estas tareas eran inútiles, y en otro modo—un modo personal e íntimo—muy necesarias.

Al pasar junto a la estación de enfermería, saludó a Natalie y Jason con el ramo de flores que solía comprar siempre en un supermercado y que traía cada vez que venía de visita. Antes se había decantado por ramos más caros, pero en algún momento durante los últimos cinco años, había admitido que regalarle flores a la nada era acrecentar una fantasía que alimentaba el fuego de Ronnie. Había dejado de traer las flores más bonitas y de mayor calidad porque sabía que Marcy no podía verlas, ni olerlas, ni tan siquiera saber que estaban allí.

Pero Jesse no quería venir con las manos vacías, aunque Marcy ya no estuviera siquiera en la fiesta. Había dejado de estarlo muchos años atrás, aunque seguía siendo su esposa.

"Hola, Mar-mar," dijo, entrando en la habitación de Marcy y dejando las flores sobre la mesita de noche.

Acurrucada de lado, ella estaba despierta—o al menos sus ojos estaban abiertos. Él se sentó en la silla junto a la cama y se dio cuenta de que estaba caliente. Alguien debía haber estado allí con ella no mucho tiempo antes. Tim o Nova debían haber estado de visita. Dios sabía que no habría sido Ronnie, ya que ella solo se acercaba a ver a su hermana si sabía que iba a estar rodeada de cámaras, y las cosas entre ellos se habían puesto bastante feas desde que el juez dictó su veredicto.

Tal vez había sido uno de los voluntarios locales de la iglesia que leían a los pacientes. Marcy no podía oírlos, sin embargo. Ni siquiera un poco. Los escáneres cerebrales así lo habían demostrado fehacientemente.

"Los niños están muy bien," dijo Jesse, como siempre hacía. Siempre hablaba con ella como si pudiera entenderlo, aunque Ronnie había utilizado esa costumbre en su contra durante su última batalla en los tribunales.

Al recordar la forma en que había visto a sus propios hijos con ojos renovados solo un día antes, Jesse prosiguió, "Brigid está pasando por una etapa un poco difícil, pero sé que va a salir de ella más madura que nunca." No quería mencionar nada sobre su preocupación por la solemnidad de su hija y su incapacidad para comprenderla. "Y Will sigue siendo como la luz del sol. El niño más feliz del mundo. Te encantaría su sonrisa. Ojalá pudieras haberle visto sonreír más antes… antes de esto."

La piel de Marcy era excesivamente blanca, casi transparente por la falta de exposición al sol, y su pelo rubio y opaco parecía frágil, nada como el halo brillante en el que él había enredado los dedos durante su viaje de novios, besando su color miel mientras que lo giraba alrededor de sus nudillos. Ella había estado embarazada de Brigid por aquel entonces y siempre estaba muy hambrienta. Había comido tanto en su primera noche en la suite nupcial que él le había dicho en broma que iban a gastarse todos sus ahorros en el servicio de habitaciones si no tenían cuidado.

Tragó su espesa saliva. Recordaba demasiadas cosas cuando estaba tan cerca de ella, y detestaba que no fueran recuerdos de una alegría compartida, sino recuerdos que evocaban lo cambiada que estaba ahora. Como si estuviera rota y vacía. No, los recordaba por lo diferente que *ambos* eran ahora. Jesse vivía en un mundo muy lejos de la vida que habían planeado juntos.

"Así que… tengo una cita."

Marcy permaneció acurrucada a su lado, con una mano nudosa al lado de su cara, y la otra apretándose y relajándose rítmicamente al lado de su muslo—reflejos que solían crear muchas esperanzas en él, aunque no después de la última exploración de su cerebro que él mismo había solicitado. Su corteza cerebral había sido sustituida casi en su totalidad por el líquido cefalorraquídeo. No es que jamás fuera a ser capaz de convencer a Ronnie o a su pastor de eso. Trucos del diablo, decían. Mentiras.

"¿Te acuerdas de cuándo me conociste?" Jesse se inclinó hacia delante, metiendo la manta alrededor de su cuerpo, y pasó una mano por su frente. No hubo respuesta a su toque. Ella no gimió ni se apoyó contra él, y su mirada seguía vacía. "Pensábamos que era un gay de manual, y luego… bueno, ¿resultó que era bisexual?" No estaba seguro de por qué estaba pensando en todo esto ahora, pero los recuerdos invadieron su mente.

Había pasado en Italia. Él había estado follando con Edoardo durante unas tres semanas, y Marcy acababa de darle la patada a Brent. Ella estaba amenazando con volver a casa, y Jesse había estado desesperado porque se quedara.

"No sería lo mismo sin ti, mar-mar," le había dicho, dejándose caer de rodillas dramáticamente. "Por favor, quédate. Por Favor."

Habían estado en todas partes—y habían hecho casi todo juntos— desde que Tim trajo a Jesse a casa para que *compartiera su comida* por primera vez. Solo se habían separado cuando Marcy empezó a salir con Brent. Ella se había negado a abandonar Gatlinburg sin el muy idiota. Jesse llevaba viajando solo una semana cuando le envió a Brent una tarjeta pre-pago y un par de billetes de avión para que sorprendiera a Marcy con ellos y los dos se reunieran con él en Grecia. Y a partir de ahí, habían seguido viajando juntos, los tres, hasta que Marcy se hartó de las estúpidas bromas de Brent y sus mediocres actuaciones en la cama.

"Quédate," le había rogado Jesse.

"¿Y qué? ¿Ver cómo te follas a cada chico que crees que merece la pena? ¿Irme a la cama sola para despertarme con resaca y miserable? Estoy cansada de todo esto. Echo de menos a mis padres, Jesse. Echo de menos mi casa."

"Yo también, Marcy," le había dicho. "Pero no estoy preparado aún."

"Porque no estás listo para enfrentarte a tu padre. Incluso ahora que has vendido tu parte de la empresa."

"Yo no—"

"Puedes decir que aún tienes cosas que hacer por aquí, y puedes alegar que se debe a que Edoardo no te aburre todavía, pero en realidad todo se resume a tu miedo de decirle a ese viejo bastardo que no tiene derecho a decirte quién debes ser o qué debes hacer. Pero, ¿cuánto tiempo va a durar todo esto? ¿Qué sentido tiene todo esto, Jesse? Se suponía que debías estar formándote con esos grandes joyeros internacionales y aprendiendo tu oficio."

"¡Y lo estoy haciendo!" Había insistido. Había hecho una nueva pieza como aprendiz en todas las ciudades en las que habían estado, y tenía las fotografías de Marcy llevando los anillos y las pulseras que lo atestiguaban.

"Lo que tú digas, Jesse. Los dos sabemos que has estado de fiesta y actuando como si nunca tuvieras que pagar los platos rotos; como si ninguno tuviéramos que hacerlo jamás." La furia le había arrebatado todo el rubor de su cara. "Y nunca pensé que diría esto, pero estoy harta de toda esta incertidumbre. ¿Es que tú no lo estás? ¿Aunque sea solo un poco?"

Jesse *había* estado harto, pero su orgullo le había impedido admitirlo. Marcy, sin embargo, estaba deseando volver a casa, por lo que salieron una última noche de marcha, bebiendo y bailando con Edoardo. Después de regresar al hotel, los tres se tiraron en la cama juntos en un estallido de risas absurdas que había derivado en un juego muy borracho de verdad o atrevimiento.

Diez vueltas a la botella más tarde, Marcy eligió atrevimiento, y Edoardo señaló entre ellos. "Tenéis que follar juntos."

Había sido ridículo, risorio. Jesse era gay. Todos lo sabían. Edoardo lo había podido comprobar esa misma mañana cuando echaron un polvo de lo más salvaje.

"Sí, claro," dijo Jesse.

Marcy había resoplado y había puesto los ojos en blanco, volviendo a girar la botella vacía de ginebra que yacía entre ellos. "Olvídalo. Elijo verdad."

"No. Has elegido atrevimiento."

Marcy miró a Jesse, y cuando se lamió los labios y soltó una gran carcajada, algo nuevo y desafiante apareció en ella. Jesse había visto esa mirada en el pasado—justo antes de que Marcy sugiriese que hicieran algo alocado, como bucear en los acantilados o meterse una ralla. El estómago de Jesse se había revuelto, y sorprendentemente, su polla se había hinchado.

"He visto cómo la miras," le dijo Edoardo a Jesse. "Te fijas en su pecho, en sus caderas."

Jesse no podía negarlo. Por supuesto que se había fijado en el cuerpo de Marcy. Lo había encontrado atractivo, incluso había habido veces en las que se había imaginado tocándola. Pero… siempre se había sentido atraído por los hombres. Le encantaba la sensación de unos músculos fuertes y unas piernas peludas. Las mujeres nunca lo habían sacudido sexualmente como el pensamiento de un hombre hacía.

"Somos mejores amigos," había dicho Jesse, volteando los ojos. "Esto es ridículo."

"¿Mejores amigos? Sois *pareja*. Y, además, los mejores amigos sobreviven a todo, ¿no es cierto?"

Jesse recordó cómo eso había cobrado sentido para él en la ebriedad del momento. Tocó el cabello sin vida de Marcy y su frágil mejilla, y bajó la cabeza para descansar sobre la cama del hospital, respirando el olor tan familiar a antiséptico de sus sábanas, mientras que el recuerdo de aquella noche se apoderaba de él.

La insistencia de Edoardo había sido infantil pero eficaz. "Vamos. Pensaba que eras una chica atrevida. Saltas desde acantilados. Folla con él." La cara de Edoardo había sido una mezcla extraña de arrogancia y lujuria. "¿Tienes miedo? ¿Acaso eres—cómo se dice—una gallina?"

Los ojos borrachos de Marcy se habían endurecido, y ella se había puesto de pie. "Está bien."

Marcy se había desatado el nudo que sujetaba su vestido alrededor de su cuello y se había liberado de él. Cuando la prenda se deslizó por su cuerpo, la polla de Jesse vibró a la vida. Ella se quitó entonces la ropa interior y después se irguió, empujando sus pechos un poco hacia adelante y levantando la barbilla desafiantemente. Su vello púbico era más oscuro que su pelo, y sus pechos eran pequeños pero muy bien formados, con los pezones del mismo color que los pétalos de las rosas preferidas de la madre de Jesse.

Jesse se había puesto de pie entonces y había empezado a desabrocharse el cinturón, sorprendido al darse cuenta de que estaba duro. *Es el alcohol y el torrente de malas decisiones*, recordó que había pensado. Pero cuando se había tumbado en la cama junto a Marcy, y se habían mirado desnudos por primera vez, sus labios se habían acercado a ella con las ganas de probar un beso muy diferente a todos los que le había dado hasta el momento, lo que hizo que le resultara muy difícil mantener la compostura. Estaba temblando, vibrando.

Incluso en ese momento, Jesse no había sido capaz de creer lo que estaba sucediendo, y sin embargo, había sido como una fuerza de la naturaleza, que siempre había estado ahí, siempre latente, esperando el momento más inoportuno para manifestarse.

Ellos se habían besado y él se había posicionado encima de ella, tocando sus labios húmedos y pegajosos con la lengua. Había sido un shock para Jesse la forma en que se había colocado entre sus muslos y ella había enganchado las piernas alrededor de su espalda a la par que él la penetraba—sin protección, sin condón, en contra de todas las reglas—embistiendo el calor húmedo y resbaladizo con su palpitante polla, respirando besos contra su boca, aterrorizado de los sentimientos que se estaban despertando en él. Algo estaba mal, algo estaba bien, algo era *diferente*, y no era porque ella fuera una chica—no, sino porque era *Marcy*.

"¿Qué estamos haciendo?" Le había susurrado ella, y Jesse había sacudido la cabeza con incredulidad, mirándola a los ojos y moviéndose lentamente, poco a poco, como si su corazón estuviera dentro de ella y si saliese de su cuerpo, pudiera perderlo para siempre.

Jesse recordaba vagamente a Edoardo alardeando sobre el hecho de que lo había sabido todo el tiempo; que se había dado cuenta de la forma en que se miraban. Todavía le dolía recordar aquella noche en algunos aspectos; cómo la belleza de haberse dado cuenta de que se gustaban había sido empañada por las groseras circunstancias. Jesse recordaba haber pensado que su coño no estaba tan apretado y *vivo* como un culo, pero era jodidamente genial. Al final, habían dejado de lado todas sus inhibiciones y Marcy se había corrido varias veces, retorciéndose debajo de Jesse y aplastando su polla mientras que Edoardo los miraba y se masturbaba.

"Esa noche con Edoardo cuando nos enteramos de que estábamos…" susurró Jesse junto a la oreja de Marcy, sabiendo incluso mientras lo hacía que sus palabras no podrían perforar su estado de inconsciencia. "Supongo que desde fuera parecía tan obvio—qué gran error, ¿verdad? Menuda estupidez. Pero yo no lo cambiaría. A pesar de que las cosas fueron un poco desagradables… al final…" Él se pasó una mano por la cara. "No cambiaría nada, Marcy. Fue muy crudo y vulgar, pero fue nuestro, ¿no te parece? ¿Quién más podría afirmar tener un comienzo así?"

Jesse tocó sus labios con la punta de sus dedos y recordó cuando no estaban secos y pálidos, cuando habían sido exuberantes y flexibles, y cómo su boca se había convertido en sonrisas. "Quise mucho más de ti tan pronto como estuve dentro de ti. ¿Te acuerdas de cómo Edoardo se limpió y se quedó dormido pero yo no podía dejar de follarte?"

Marcy no respondió—no podía y nunca lo haría, pero Jesse todavía recordaba cómo le había mirado a la cara esa noche, llevándola hasta otro estremecedor orgasmo, y besándola a través de sus espasmos.

Habían echado a Edoardo a patadas de la habitación del hotel a la mañana siguiente, y Marcy había cancelado su vuelo a casa. Habían pasado las próximas tres semanas encerrados en una cabaña en Sanremo, explorando el cuerpo del otro. Jesse había descubierto que el sexo con alguien a quien querías era bastante increíble, y Marcy había descubierto que Jesse estaba más que dispuesto a satisfacerla en la cama. Ambos habían descubierto que la palabra "bisexual" no era solo algo sobre lo que Tim divagaba vergonzosamente, sino algo que también se aplicaba a Jesse.

"Y entonces sucedió Brigid. Otra gran sorpresa," dijo Jesse, pensando en su hija de cabello y ojos oscuros. En ese momento, parecía que sería como una especie de bendición del cielo, una prueba de que Marcy y él pertenecían juntos para siempre.

El hecho de que su primera vez hubiera sido un trío con otro chico era algo sobre lo que a veces habían bromeado, pero él siempre había pensado que era algo que a Marcy le molestaba. No fue un comienzo romántico de su relación, nada que recordar cuando mirasen al pasado con una sensación de alegría inocente.

En su luna de miel, Jesse había querido asegurarse de que su primera noche de sexo conyugal fuera especial, íntima y romántica. Todo lo que una mujer podría desear de su amante. Cuando entró en su cuerpo, le había dicho, "Esta es nuestra verdadera primera vez. La tuya y la mía. Ahora somos solo uno." Él le había tocado donde estaban pegados, y había pensado en el bebé creciendo en su vientre que, literalmente, los mantenía unidos. "Recuerda que será así para siempre."

En la sala del hospital, Jesse acarició la frente de Marcy con los dedos, fijándose en su mirada perdida. Parecía estúpido ahora que alguna vez hubiera pensado que debía reemplazar los recuerdos de su primera vez juntos por algo más tradicional. Cuando pensaba en su brutal final, prefería recordarlo todo.

Más que nada, quería recordar las lágrimas en los ojos de Marcy cuando descubrieron que habían encontrado algo mucho más importante y especial que un estúpido y peligroso desafío.

Una alarma junto a la cama de Marcy comenzó a sonar. Jesse echó un vistazo a sus niveles de oxígeno, y escuchó cómo la maquina a su lado comenzó a dispensar la medicina, una de las muchas que la mantenían con vida. El pitido se detuvo de inmediato y sus niveles de oxígeno volvieron a elevarse, equiparándose con los de su presión arterial.

"¿Por qué se supone que me he puesto a recordar todo esto? ¿Te acuerdas?" *Por supuesto que no.* "Ah, sí. Te he dicho que tengo una cita, y, bueno… es un chico. Es muy guapo. Rubio. Supongo que tengo una debilidad por la gente rubia."

Los ojos de Marcy se cerraron. Jesse esperó a ver si se abrían de nuevo, pero no lo hicieron. Debía ser su hora interna de dormir, según su hipotálamo, el cual todavía seguía funcionando.

"Es cantante. Artista, en realidad, en los Sueños en las Montañas Humeantes. Su voz me da escalofríos. Siempre lo ha hecho."

Jesse no sabía por qué le estaba contando nada de esto. Marcy estaba muerta. No era que se sintiera culpable ni necesitara su consentimiento. Había tenido relaciones sexuales con chicos durante los años que siguieron a su accidente y nunca le había contado nada sobre ninguno de ellos. No sabía por qué salir a cenar con Christopher sería diferente, aunque terminaran yéndose a casa juntos. No era como si se hubiera enamorado. Eso solo lo había hecho una vez en la vida.

"Supongo que eras la única chica para mí," murmuró.

Jesse recordó en un instante enfermizo la única vez que se había acostado con una mujer después de que el coche de Marcy se hubiera caído por la ladera de una montaña en la I-40. En ese momento, había querido algo más profundo de lo que normalmente obtenía con los hombres. Y, si era honesto, una parte de él había albergado la esperanza de que tal vez hubiera podido volver a enamorarse.

Había conocido a Esperanza en la reunión del colegio de padres y profesores de Will un par de años después del accidente, cuando por fin había aceptado que Marcy se había ido y que no iba a suceder ningún tipo de milagro. Había notado las chispas que habían saltado entre ellos, pero no había hecho nada al respecto hasta que llegó el verano y Esperanza dejó de ser la profesora de su hijo. No había ninguna duda en su mente qué su dinero y la tragedia de su historia le habían ayudado a que ella aceptara cuando le había invitado a salir.

Jesse la llevó a un picnic en la ensenada de Cades Cove, y ella se había mostrado muy dispuesta en todo momento. Un vaso de vino y un beso fue todo lo que hizo falta antes de que le levantara la falda y bajara sus bragas. Con las prisas, Jesse solo se había bajado los pantalones lo suficiente para poder sacar la polla y deslizar el condón sobre ella. Ella había estado más apretada que Marcy después de que nacieran los niños, y sus muslos habían estrujado sus caderas. Había sido un polvo bastante dulce—hasta que llegó al orgasmo y rompió a llorar. Había sido tan parecido y sin embargo, tan diferente a lo que era estar con Marcy.

"Lo siento mucho," le había dicho con la garganta apretada y las lágrimas corriendo por su rostro mientras que su polla latía en su interior.

"Shh, no te preocupes." Ella le había tranquilizado y había frotado su espalda. "Lo sé. No pasa nada. Lo sé."

Ella había sido la maestra de Will, así que por supuesto que lo había sabido. Pero no era solo eso—todo el mundo sabía lo que le había sucedido a Marcy. Su tragedia había sido una gran noticia en Gatlinburg. Jesse mismo había sido incapaz de escapar de los ojos tristes y las palabras de condolencias de todos durante tanto tiempo que ni siquiera podía recordar el momento en que esas interminables simpatías comenzaron a desvanecerse.

Si iba a confesarle a algo al cuerpo sin vida de Marcy, entonces debería hablarle sobre Esperanza. Pero tenía la sensación de que a Marcy no le importaría. En todo caso, seguramente que habría estado aquel día en la ensenada de Cades Cove, acariciando su cabello con su mano espiritual y sosegándolo mientras que él lloraba y disparaba su semen en el cuerpo de una amable mujer. Ella nunca había sido una chica celosa.

Jesse no había vuelto a salir nunca con Esperanza, lo cual hacía que se sintiera un poco culpable. Pero nada de eso tenía que ver ahora con Christopher. No entendía por qué le estaba hablando a Marcy al respecto.

"Es solo una cita," dijo, tomando su mano y apartándola de su cara.

Se suponía que la terapia física debía ayudar a disminuir el efecto "garra" de sus músculos, pero a veces sus manos seguían contrayéndose. Tendría que preguntarle a la enfermera si no necesitaría un poco de potasio extra. Había leído que podría ser beneficioso en estos casos.

Jesse sacó un jarrón del armario, puso las flores en agua y las colocó donde las enfermeras pudieran disfrutar de ellas desde el pasillo. Abrió las persianas para dejar que entrara un poco de la luz del sol, maravillado por su continua obsesión por realizar esos pequeños rituales a pesar de que sabía que Marcy jamás podría apreciarlos.

A veces en la noche pensaba en ella en la cama, y se imaginaba las estrellas visibles desde su ventana. Pensaba en sus distantes ojos marrones que nunca más volverían a verle, y deseaba poder olvidar todo acerca de cómo ella era ahora y solo recordar todo acerca de la forma en que una vez había sido—brillante, vivaz, inteligente, ingeniosa, malcriada, divertida, a veces frágil, y siempre tan viva.

Jesse se inclinó y le dio un beso en la frente. Sus ojos seguían cerrados. "Nos vemos la próxima semana, Mar-mar."

A menos que algo cambie. A menos que por fin seas libre.

Jesse estaba a punto de salir cuando se detuvo. Él se dio la vuelta, miró a la mujer con la que una vez pensó que iba a envejecer, y consideró la pesadez demasiado familiar instalada en su pecho.

"Se llama Christopher," dijo desde la puerta. Y se sorprendió al añadir, "De algún modo, me recuerda mucho a ti."

Jesse salió de la habitación y se despidió de los enfermeros distraídamente, ansioso por ir a recoger a Brigid y Will de casa de Nova y Tim. Esperaba que a sus suegros no les importara que se quedara a compartir la comida con ellos y lavar así el sabor de la tristeza en su boca.

CAPÍTULO SIETE

CHRISTOPHER LLEGÓ AL RESTAURANTE un poco más temprano, sin dejar de cantar por lo bajo algo en lo que estaba trabajando. No había escrito una canción propia desde que se marchó de Nashville, pero después de haber visto a Jesse de pie en el parking de los Sueños en las Montañas Humeantes, había vuelto a casa y había agarrado su guitarra, con la intención de improvisar algo hasta que se calmara lo suficiente como para irse a dormir.

En cambio, se había encontrado a sí mismo creando una nueva canción, tarareando una melodía en voz baja, y tratando de pensar en una palabra que rimase con "aurora." No la había encontrado todavía, y por alguna razón que no entendía, mientras que iba caminando hacia el restaurante donde iba a reunirse con Jesse, se le ocurrió que podría cambiar esa palabra por "amanecer," lo que le abriría todo un nuevo abanico de posibilidades.

La decisión de pedir su mesa favorita en la azotea tal vez haría que no fuera tan obvio que estaba desesperado. Pidió una margarita y cantó en voz baja.

*"El cielo que veo a través de mi ventana
está floreciendo con el amanecer
y eres tú sobre quien respiro cuando me despierto
y Dios, ha pasado demasiado tiempo."*

Hizo una pausa. No terminaba de convencerle.

"… hueles a hierba de huerto."

No. Suspiró. Ya le vendría algo. No importaba qué, o incluso si nunca veía la luz. Se sentía bien solo ante la idea de volver a componer. No quería preocuparse mucho al respecto. Quería experimentar el *flujo* de la música.

"Hola."

Christopher miró a Jesse, quien tenía un aspecto increíble. Se había arreglado la barba, y llevaba una camisa de color morado profundo que de algún modo hacía que sus labios parecieran más besables y sus ojos, más marrones. Christopher se alegró de haber elegido su jersey verde que resaltaba sus ojos. Lo había llevado puesto la noche en que Gareth había sido incapaz de apartar sus manos de él, así que estaba bastante seguro de que le sentaba bien.

"Hola. Me alegro de verte."

"No he llegado tarde, ¿no?" Jesse miró su reloj. "Dijimos a las siete, ¿no?"

"Yo he llegado antes de la hora. Quería pedir esta mesa. Es mi favorita."

Jesse miró a su alrededor, estudiando sus vistas a las montañas salpicadas de color y la distancia a la que estaban de los demás comensales, y pareció darle el visto bueno.

La camarera apareció mientras que Jesse tomaba asiento y sonrió cuando lo vio. "¿Sidra de manzana, señor Birch? ¿Woodpecker?"

Jesse tocó su brazo y dijo, "Por supuesto, Sarah."

"Ya mismo vuelvo." Y luego después de solo un par de pasos, ella se dio la vuelta para decir, "Oh, y Ricky está aquí esta noche, así que…" le lanzó una mirada de advertencia, y Jesse volteó los ojos.

"Gracias por avisarme."

"Por supuesto." Sarah se acercó a otra mesa, dejando la cuenta sobre ella.

"¿Ricky?" Preguntó Christopher, reprimiendo una broma acerca de lo evidente que era lo mucho que Jesse frecuentaba ese lugar.

"Un error que cometí hace un año," dijo Jesse. "Te daré un consejo: los chicos de veinte años son siempre un error."

Christopher levantó las cejas.

Jesse gimió y se frotó los ojos con las palmas de sus manos. "Yo no… yo estaba… Diablos, no. No hay excusas posibles. Fue un error, puro y simple, pero fue mi culpa. Dicen que siempre cosechas lo que siembras, ¿no es así? Y Ricky es un poco impredecible. A veces le gusta fingir que no estoy aquí. A veces le gusta venir y sentarse en mi regazo. A veces probablemente soborna a los cocineros para que le echen un escupitinajo a mi comida. No lo sé. Probablemente optará por esto último cuando vea que estoy aquí contigo."

"Escupitinajo—algo muy bueno para la salud."

"Tanto como la leche materna."

Christopher se echó hacia atrás y sonrió. "No puedo creer que estuviera preocupado porque no hubieras salido realmente del armario."

"¿Yo? Diablos, he estado más fuera que dentro. ¿Por qué lo dices?"

"Puede parecer una tontería pero…"

Sarah le entregó la copa de sidra Woodpecker a Jesse en la mano y él brindo hacia ella antes de volver su atención a Christopher.

"Bueno, no pude evitar fijarme en la fotografía de tu oficina. Dos niños pequeños y una mujer. Los niños se parecen mucho a ti."

La expresión de Jesse se volvió cautelosa antes de inclinarse para tomar un sorbo de sidra. "No lo sabes." Parecía un poco desconcertado.

"¿Saber qué?" El estómago se Christopher se revolvió mientras que su corazón latía galopantemente.

"Bueno, para empezar, esos *son* mis hijos. Y ella es su madre."

La garganta de Christopher se secó de repente, por lo que le dio un trago a su margarita. "Bueno. ¿Y qué? ¿Estás divorciado?" *Por favor que esté divorciado.*

"No. No exactamente."

"Entonces, ¿cómo es exactamente?" Christopher sintió que su vello se erizaba. Había besado a este hombre, le había hecho una mamada, se reía con él—infierno, había empezado a *ilusionarse* con él. ¡Incluso se había comprado un *móvil,* por el amor de Dios! Y él por su parte estaba, ¿qué? ¿En una especie de matrimonio abierto? ¿Engañando a su esposa?

Jesse pareció sentir el cambio en la actitud de Christopher. "No, no es lo que te imaginas. Deja que me explique. Dame un segundo." Él tomó otro largo trago de sidra. "Ha pasado mucho tiempo desde la última vez que tuve que ponerlo en palabras. Mi esposa—Marcy— está… tuvo un accidente."

"Oh. Oh, Dios," Christopher sintió que su rostro se relajaba con simpatía. Quería extender el brazo y tocar su mano, pero no sabía si sería lo más idóneo en este momento, por lo que le dio otro sorbo a su bebida.

Jesse asintió. "Sí. El pasado mes de abril hizo cinco años. Un motorista se despistó y empezó a conducir por la línea central. Ella se salió de la carretera con tal de esquivarlo. Entonces se le pinchó una rueda y perdió el control del coche. Cayó por un terraplén."

"Dios, lo siento mucho."

"Sufrió una conmoción cerebral. Los niños…"

"¡¿Los niños?!" Exclamó Christopher, sintiendo cómo su estómago trepaba hasta su garganta. No podía haber perdido a su esposa e hijos— hubiera sido demasiado para poder soportarlo. Y Christopher se sentía como un imbécil por haber sacado el tema en una cita que se suponía que tenía que ser divertida.

"No estaban con ella. Pero ha sido muy difícil para ellos, obviamente, perder a su madre de esa manera."

"Claro. Y para ti también."

"Sí." Jesse se quedó mirando hacia las montañas, tragando con fuerza.

Sus ojos mostraban su tristeza, lo que hizo que Christopher sintiera una punzada de dolor en su corazón y el estómago se le revolviera. "Oye, no tenemos por qué hablar de esto."

"Tienes que saberlo," Jesse parecía un poco dolido y sorprendido. "Prefiero que lo escuches de mí antes de que te lo cuente otra persona. Su cerebro quedó dañado—demasiado. Ella entró en un estado vegetativo permanente. No se puede hacer nada cuando sucede una cosa así, así que está—"

"Está bien," le interrumpió Christopher. Dios, no podía imaginar lo que tenía que ser ver a alguien tan querido morir de esa manera. Entonces, levantó la mano cuando Jesse hizo intención de continuar. "Podemos seguir hablando de esto en otro momento. Es nuestra primera cita de verdad. El principio de nuestra primera cita. No necesitamos profundizar en algo tan doloroso tan rápido. Vamos a, no sé, vamos a tratar de pensar en algo más feliz. Estamos aquí juntos y es una noche preciosa. Disfrutemos de ella y ya veremos qué nos depara."

Jesse lo estudió por un momento y luego afirmó tajantemente, relajándose en su silla. "Supongo que tiene sentido."

"Por supuesto que sí. Siempre tiene sentido. Soy una persona con mucho sentido." Los ojos de Jesse brillaron. Una sensación de alivio inundó a Christopher. Estaba ansioso por averiguar si Jesse era bi, o si era de esos chicos que se casaban muy jóvenes antes de descubrir cuál era su verdadera identidad sexual, pero fundamentalmente, quería aligerar el ambiente—ya habría tiempo para conversaciones serias más tarde. Sí, más tarde sonaba bien. Se mordió el labio inferior y le miró a través de sus pestañas. "Y pienso que te gusta. Pienso que es algo sobre mí que encuentras atractivo."

Jesse levantó las cejas. "Me gusta la forma en que coqueteas."

Christopher tomó un sorbo de su bebida, complacido tras haber dejado de lado un tema tan terrible. "Saqué un Notable en clase de flirteo cuando estaba en la universidad. Al parecer, mi estilo es un poco ridículo y excesivamente descarado."

"¿Dónde tomaste ese curso?"

"En la Universidad de los Desesperados y Cachondos por echar un Polvo. Su admisión es muy selectiva y casi nadie puede acceder al postgrado de Follado y Satisfecho. Es una escuela para perdedores."

"Estás demasiado bueno para ser un perdedor."

"Oh, definitivamente te pondrían un Bien por ese comentario. Muy poco sutil, pero me gusta." El estómago de Christopher revoloteaba como un loco, y esperaba que esta noche, por una vez al menos, terminara graduándose de Follado y Satisfecho.

Sarah se acercó para tomar su pedido, y Christopher sonrió mientras que Jesse le devolvía el menú diciendo, "Ya sabes lo que quiero. Dile a Miguel que mantenga el nivel de especias a un cinco esta noche, por favor."

Christopher pidió la ensalada de guacamole y otra margarita, seguro de que su elección de alimentos, además de las patatas fritas con salsa, sería suficiente para garantizar su sobriedad. No quería que tomar demasiado alcohol pudiese arruinar sus posibilidades de triunfar esta noche. Se inclinó hacia delante. Si hay algo que sabía sobre padres, era la manera de hacerles sonreír. "Háblame de tus hijos."

Efectivamente, Jesse esbozó una sonrisa y sus ojos lanzaron destellos de luz. "¿De verdad quieres saber de ellos o simplemente estás tratando d ser educado?"

"Me encantaría oír hablar de ellos. Me gustan mucho los niños." Christopher pensó que esa era la respuesta más idónea; un modo de decir: *¡Tus hijos no son ningún impedimento para mí!* "Mis sobrinos son alucinantes, y me encanta ver a todos los niños correteando por SMH. Siempre se muestran muy emocionados. Hacen que todo sea mucho más divertido."

"Sí, eso es cierto," dijo Jesse. "Pero los niños también hacen que las cosas difíciles sean aún más difíciles, y que las cosas dolorosas sean aún más dolorosas, porque tú también tienes que verlos sufrir. Por supuesto, también te dan muchas razones de peso para querer pasar por todo eso."

"Supongo que nunca lo había pensado así."

Jesse tomó un sorbo de sidra. "Es algo que se aprende cuando estás metido en materia, por así decirlo." Se encogió de hombros y miró hacia las montañas de nuevo. "Se aprende muy rápido a cómo ser fuerte para alguien más. Tú tienes que ser su pilar."

"Debías ser muy joven cuando los tuvisteis."

"Veinte cuando nació Brigid. Veintitrés, casi veinticuatro, con Will, pero sí, cuando miro hacia atrás pienso que éramos demasiado jóvenes. Los niños te hacen crecer muy rápido, eso seguro."

Jesse parecía melancólico de nuevo, lo cual no había sido la intención de Christopher. Él había querido animarlo, hacerle reír, y achisparle un poco para que quisiera volver a casa con él. Pero… oh, espera. Los niños complicaban las cosas.

"Brigid y Will—¿dónde están esta noche?" Preguntó Christopher. "Podías habértelos traído."

Jesse le miró como si estuviera loco, y Christopher se dio cuenta de que Jesse no querría presentarles a sus hijos a todos los hombres con los que saliera de vez en cuando. Era un chico guapo, adinerado, y muy conocido; probablemente tendría un montón de citas.

"Bueno, tal vez no. Puedo entender por qué no querrías traértelos," dijo Christopher, sintiendo una oleada de calor en su cara.

"Están pasando la noche en casa de mi hermana. Amanda los llevará al colegio por la mañana. Le gusta mucho cuidar de ellos."

"Es estupendo que tengas gente de confianza con quien poder contar."

"Sí." Jesse se humedeció los labios, sonriendo un poco. "¿Sabes? Hay más de una razón por la que no quería que estuvieran aquí esta noche. Me lo pasé muy bien la otra noche contigo en el molino, y tenía la esperanza de que…" Miró a Christopher con ojos de deseo, y dejó la frase colgando en el aire.

"¡Oh! ¡Genial!" Christopher no podía creer que hubiera dicho eso. Su cara comenzó a arder aún más. "Quiero decir, claro, bien. Me parece bien. Oh, infierno—lo admito—nunca he sido tan recatado y no puedo empezar a serlo ahora. Solo te diré que yo estaba esperando lo mismo y que me alegro de que los dos estemos en la misma página."

Jesse se rio y tragó más de su sidra. "Eres una monada."

"Vaya, gracias. Tú también."

La risa de Jesse continuó en voz baja, y luego le preguntó a Christopher sobre cuándo había comenzado a cantar. "¿Es algo que siempre has hecho? ¿O algo que vino después?"

"Oh Dios, ¿por dónde empiezo?"

"¿Por el principio?"

Christopher le habló de sus abuelos—su abuelo por parte de padre, el que tocaba la mandolina y bailaba claqué; y su abuelo por parte de madre, quien tocaba el violín en el porche de atrás mientras que Nana los metía a él y a Jackie en la cama cuando venían de visita y la dulce melodía les ayudaba a dormir.

"Mi abuelo por parte de madre murió cuando yo tenía ocho años, y yo solía cantar algunas de las viejas canciones que él tocaba solo para sentirme más cerca de él. Y entonces empecé a escribir mis propias canciones."

Jesse levantó las cejas. "¿Tocas un instrumento?"

"Solo la guitarra y un poco el piano, pero no sé mucho. Lo suficiente como para tocar mis propias melodías y algunas de otras personas. Al final, nunca tuve lo que hacía falta. Eso es lo que he oído una y otra vez en Nashville de todos modos."

Ya está. Estaba sobre la mesa. Su mayor humillación, su vanidad y esperanza que había sido aplastada tan fácilmente bajo los tacones de las botas de vaquero de Nashville y luego destrozada entre los dientes de las falsas sonrisas de los sureños. Christopher exhaló, sintiendo como el peso que había soportado durante todo este tiempo sobre su pecho se elevaba. Siempre se sentía mejor una vez que confesaba una cosa así, aunque todavía no estaba seguro de cuál iba a ser su resultado. Esperaba que algún día no le avergonzara tanto. Hoy no iba a ser ese día, pero si Jesse podía hablarle sobre la muerte de su esposa, entonces Christopher también podía compartir algo que lo hiciera igual de vulnerable. Era solo justo.

"¿Qué sabrán ellos?" Dijo Jesse, haciéndole un gesto a Sarah para que le trajera otra sidra.

"Mucho, al parecer. O lo suficiente. Pero no pasa nada. Estoy contento con mi destino. Me encanta Gatlinburg, y SMH se ha portado muy bien conmigo. No todo el mundo puede ser Ryan Adams, o demonios, Látigo Hinkins para el caso."

Jesse lo estudió un momento con una expresión suave en su rostro. "Tienes razón. Nunca serás Ryan Adams o Látigo Hinkins, ni cualquier otra persona en absoluto."

Christopher se humedeció los labios, tomó otro sorbo de su margarita, y pensó por un momento. "¿Es aquí donde se supone que debo captar el mensaje de que soy único y especial y *Christopher Ryder*, y que debería estar orgulloso de eso?"

"Yo nunca le he dicho a Látigo Hinkins que sea su fan. Ryan Adams, sin embargo… es bastante bueno. Pero, ¿y qué?" Jesse tomó otro largo trago. "Me gustaría escuchar tus canciones, Chris. Tengo la sensación de que me encantarían."

Chris. Christopher insistía por lo general en que le llamaran por su nombre completo, pero escuchar la versión abreviada de la boca de Jesse fue como algo íntimo, y no incómodo precisamente.

"Gracias. Me haces sentir como si… algún día me gustase compartirlas contigo."

Cuando la cena fue servida, ambos continuaron hablando y bebiendo, mientras que Jesse seguía llamando a la camarera para pedir un par de sidras más. Christopher se sentía bastante suelto y alegre cuando Jesse terminó de comer y se reclinó en su silla.

"A riesgo de sonar como un imbécil, tengo que decirte que eres una auténtica monada, y que probablemente he bebido más alcohol del que debería, lo cual creo que ha quedado en evidencia cuando he dicho que eres una 'auténtica monada,'" dijo Jesse. "Pero me encantaría salir corriendo de aquí ahora mismo para hacer algo respecto a la auténtica monada que eres."

Christopher se mordió el labio inferior mientras que una ola salvaje de lujuria se apoderaba de su entrepierna, y buscó su cartera. "Mensaje recibido. Sugerencia aceptada."

"Bien." Jesse llamo a Sarah con la mano.

Mientras que esperaban a que la camarera les cobrara, Christopher recordó algo que había querido preguntarle a Jesse. "Dijiste que conoces a Látigo desde hace mucho tiempo, así que tal vez puedas responderme a algo que no he dejado de preguntarme. ¿Por qué lo llaman Látigo?"

Jesse se limpió los labios con la servilleta y miró a su alrededor como si quisiera comprobar que nadie iba a ser capaz de escucharlos, a pesar de que todos los demás comensales seguían bastante apartados de su mesa en la esquina del restaurante.

"Cuando éramos niños, siempre le llamábamos por su nombre—que es Ashley, por cierto."

"Vaya. ¿Se metían con él por eso?"

"No. Siempre fue un chico un poco temible. Pero cuando era adolescente se ganó una reputación entre las chicas fáciles sobre… bueno, ¿cómo podría decirlo suavemente?"

"Vamos. Ni siquiera te molestes en intentarlo." Christopher volteó los ojos. Se habían hecho una mamada mutuamente en el suelo de un molino harinero; parecía un poco tonto actuar ahora como si fueran de porcelana.

"Bueno. Al parecer su boca se abría paso entre las piernas de las chicas con mucho entusiasmo y no salía de allí hasta que les hacía llegar hasta la cumbre más álgida y cremosa de su placer."

"No puede ser verdad."

"Sí. Eso dicen. Le llamaban Látigo de Lengua Ash. Y yo, dado que me marginaron y despreciaron en la escuela secundaria por ser un maricón obvio, salía sobre todo con las chicas fáciles, las que no juzgaban, así que lo escuché directamente de la boca de los caballos, por así decirlo. No es que ninguna de ellas pareciera un caballo en lo más mínimo."

"Guau. Creo que podría haber vivido perfectamente sin ese conocimiento." Y hmm, ¿Jesse había sido un "maricón obvio" en la escuela secundaria? ¿Cómo había terminado casado con una mujer?

Jesse se rio y levantó las manos, indicando que no era su culpa que se hubiera enterado. "Con el tiempo, el nombre fue acortado a Látigo. Y el resto es historia."

Christopher se bebió el resto de su margarita. "Así que al parecer sabe hacer tres cosas bien."

"Sí. Sabe cantar. Sabe beber. Y sabe dar unos latigazos con su lengua inmejorables."

"Rumores, por supuesto."

"Todo habladurías." Jesse se había estado riendo entre dientes todo el tiempo, pero tras ese comentario, soltó una carcajada.

"Nunca voy a ser capaz de escuchar a alguien decir su nombre sin obtener una imagen mental muy distinta ahora."

"¡Oye! ¡Tú has preguntado!"

Christopher se echó a reír de nuevo.

Justo cuando Christopher abrió la puerta de entrada se dio cuenta de que estaba trayendo a Jesse Birch, de Galletas y Panaderías Birch, a la pequeña casa de cuatro habitaciones de Nana, y al menos se alegró al pensar que la había limpiado a fondo con la esperanza de poder echar un polvo. El lugar podía ser pequeño y enjuto, pero todo estaba resplandeciente y olía muy bien, por lo que no tenía nada de qué avergonzarse.

Tiró las llaves sobre la mesa de café y tomó el abrigo de Jesse. Después de colgar sus chaquetas en el perchero, se giró y encontró a Jesse de pie con las manos en los bolsillos mirando hacia su habitación.

"¿Quieres que te haga un pequeño tour?" Preguntó Christopher. "Es rápido. Esta es la sala de estar." Él abrió los brazos para abarcar donde estaban parados, y luego señaló la habitación contigua a la izquierda, separada por una pared con una abertura tan ancha que casi parecía una prolongación del salón. "Esa es la cocina."

Hizo un gesto hacia el pequeño recoveco al fondo de la habitación que él y su Nana siempre llamaban "el recibidor," a pesar de que no era más que un hueco de dos pasos de ancho por dos pasos y medio de largo. "Eso de allí es una especie de rincón para tender ropa y la salida al porche." Señaló hacia la puerta en el centro de la habitación. "El cuarto de baño." Y entonces señaló hacia la derecha. "Nuestro destino. También conocido como el dormitorio."

Jesse se detuvo cómodamente en la alfombra al lado de la mesa de café, asintiendo con la cabeza. "Me gusta."

"Es pequeña pero es mi casa."

"Es muy acogedora," dijo Jesse. "Parece que la gente que ha vivido aquí sabía cómo quererse mucho. Es muy agradable. Aunque… ahora mismo," dijo moviendo la mano con la palma hacia abajo. "Presiento un poco de soledad en ella. Creo que podrías ser tú."

Christopher lo miró. "De acuerdo. ¿Eres una especie de médium o algo así?"

Jesse se rio. "No. Solo digo cosas que ni siquiera sé si debería decirlas."

Christopher entró en la cocina y le indicó a Jesse que le siguiera. "¿quieres un poco de agua?"

"No, gracias. Estoy bien."

"¿Por qué no deberías hablar de esas cosas?" Preguntó Christopher, agarrando dos botellas de agua de la despensa. Cuando se giró, Jesse estaba echado hacia adelante, mirando las estanterías llenas de discos de vinilo que Christopher guardaba en el hueco entre la cocina y el salón.

"Porque ni siquiera sé si son cosas en las que creo." Jesse tocó el canto de uno de los álbumes y tiró de él suavemente para echarle un buen vistazo a la portada. "¿Eres consciente de que se suponía que los CDs iban a acabar con los LPs? No has tenido móvil hasta esta semana. No tienes CDs y me apostaría lo que fuera a que tampoco tienes archivos MP3. Ya veo que la innovación no va contigo. Déjame adivinar, ¿eres de los que piensan que se trata solo de una fase pasajera?"

"¡Ja!" Dijo Christopher. "Estamos en el siglo XXI. Yo no soy un ludita completo. Tengo un iPod Touch. Mi hermana me lo regaló el año pasado por Navidad. Lo uso para escuchar música en MP3 y para conocer chicos por Internet."

Jesse se rio entre dientes.

Christopher bebió agua con vehemencia, con la esperanza de que no le entraran ganas de hacer pis una vez que se pusiera duro, lo cual podría ser muy incómodo. Pero ahora mismo no podía evitarlo; tenía la boca demasiado seca. No sabía si eran nervios o anticipación, pero tomó otro largo trago para aliviar su sed.

"Cuando yo era niño," dijo Jesse, agachándose y navegando un poco más por los discos de vinilo, "mi madre me obligaba a salir al porche por las noches cuando me portaba mal. Me daba muchísimo miedo la oscuridad, los fantasmas y las cosas que me imaginaba en mi cabeza, por lo que si no me terminaba la cena o no recogía mis juguetes, ella me sacaba a la parte de atrás y me encerraba."

Los ojos de Christopher se abrieron como platos cuando tomó otro sorbo de agua para evitar decir algo grosero sobre la madre de Jesse.

"Siempre me sentaba allí, tan quieto como podía, y *sentía* el aire a mi alrededor. Siempre pensaba que en cualquier momento podría ser engullido por un lince, raptado por un oso o confrontado por un fantasma. Y un día, para mantener la calma, empecé a nombrar las cosas que sentía a mi alrededor; las sensaciones y la información que percibía."

Jesse seguía examinando los álbumes mientras que hablaba, concentrado en la colección de Christopher. "Entonces empecé a hacer eso todo el tiempo—en la escuela, en la iglesia, en la oficina de mi padre. Cada lugar tenía un sabor o un olor, como un perfume. La oficina de mi padre olía fundamentalmente a papel, levadura, azúcar, harina, colonia, ambición y una pizca de miedo. El dormitorio de mi madre olía a lágrimas, decepción y moho.

"Esta lugar—" Jesse se detuvo y empezó a mirar a su alrededor de nuevo con una sonrisa en su rostro. "Huele a amor, bondad y un montón de acogedoras sonrisas. Estoy bastante seguro de que aquí se ha horneado un montón de galletas de azúcar, y…" olfateó. "Chili."

Christopher sacudió la cabeza con desconcierto.

Jesse se volvió hacia los álbumes. "Y sobre todo percibo una capa de soledad. Y eso hace que por un lado me encante el lugar pero que por otro me sienta triste porque creo que no deberías sentirte solo." Jesse lo miró a los ojos, y luego volvió a centrarse rápidamente en la música que estaba clasificando.

"¿Es esto como las joyas? ¿Lo que me dijiste sobre que cada una tiene una historia?"

"Sí, pero los edificios hablan. Las joyas—están llenas de magia que mantienen tus secretos a salvo. *Y*, este es el aspecto más importante de ellas—cualquier pieza puede cambiar y transformar a la persona que la lleva."

"Estás un poco chiflado," dijo Christopher, sacudiendo la cabeza con un repentino estallido de pasión por este hombre al que estaba empezando a conocer. Jesse no dejaba de sorprenderlo, y no sabía si algún día se cansaría de descubrir lo que el chico había escondido detrás de su encantadora y buena apariencia y su tolerante actitud.

¿Quién iba a haber sabido que iba a sentirse atraído por un hombre de pelo oscuro que hablaba con total naturalidad sobre los mensajes secretos de las casas y la magia de las joyas? Era algo novedoso para él, pero nada de lo que Jesse hubiera dicho hasta el momento había activado su alarma para echar marcha atrás y renunciar a lo que habían venido a hacer aquí. En todo caso, solo hacía que lo deseara mucho más.

"Chiflado, ¿eh?" Preguntó Jesse.

"Pero muy caliente."

"Bien. Esa era exactamente la imagen que quería dar. De todos modos, quiero dejar claro que jamás se me ha pasado por la mente hacerles a mis hijos lo que mi madre hacía conmigo. No hay necesidad de llamar a los servicios sociales." Jesse sacó un álbum. "Del McCoury. 'La soledad y la desesperación,'" leyó en voz baja y luego cantó algunos compases de la canción. "Me encanta. Y parece muy apropiada dada nuestra conversación."

"Puedo ponerla si quieres."

"No," Jesse devolvió el disco a su estante y se levantó. "No obstante, podrías cantarla para mí. Alimenta mi fantasía de acostarme con una estrella de la música, Chris."

"Solo si tú alimentas mi fantasía de ser una estrella de la música."

Jesse sonrió. "Trato hecho."

Christopher dejó su botella de agua sobre el mostrador y comenzó a cantar en voz baja mientras que se acercaba a Jesse y comenzaba a sacar la camisa de sus pantalones y a desabrocharle el cinturón.

Jesse puso un dedo bajo su barbilla para alinear sus miradas, tragó saliva visiblemente, y luego cerró los ojos. "Me encanta tu voz. No necesitas ser Látigo Hinkins. Tu voz me afecta de un modo inimaginable."

"Ven a mi dormitorio. Allí podré hacerte cosas que te afectarán mucho más."

Capítulo Ocho

CHRISTOPHER ERA DELGADO Y NO PARABA DE RETOR-
CERSE bajo las manos de Jesse. Su vello corporal era de un dorado más
oscuro que el pelo de su cabeza; era bastante pálido y—no había otra
palabra para definirlo—*precioso* mientras se movía bajo el cuerpo de Jesse
en la cama, jadeando con cada toque de la boca de este sobre su piel,
haciendo alarde de un desvergonzado hambre.

Ambos habían estado prácticamente desnudos para el momento en
que habían llegado a la habitación. Se habían quitado sus respectivas
camisas en la sala de estar, donde se habían detenido para besarse y
manosearse; y sus pantalones vaqueros y bóxers se habían quedado
atrapados en sus rodillas cuando se los habían quitado desesperadamente
en el pasillo, golpeándose contra la pared y frotando sus caderas entre sí.
Sus pollas se habían rozado juntas, con toda su dureza y aterciopelada
piel, y Christopher había probado en su cuello la deliciosa lengua de
Jesse, lo que hizo que su pulso se acelerara violentamente y que sus
manos agarrasen firmemente su culo, tirando de él.

Ahora Christopher estaba desnudo sobre la cama, retorciéndose para tratar de quitarse los calcetines mientras que Jesse lo distraía lamiendo sus pequeños y apretados pezones, y mordiendo su carne hasta llegar a su mentón. Christopher enredó sus dedos en mechones del cabello de Jesse, gimiendo mientras que este le hacía un gran chupetón en su blanca piel. Jesse succionó en él, haciéndolo aún más grande. Christopher se sacudió debajo, y Jesse frotó su pene contra el suave colchón, desesperado por un poco de fricción.

Ni siquiera había tenido tiempo de fijarse en los detalles de la habitación—solo había estado pensando en saciar su galopante necesidad de estar con Christopher. Porque *joder*, él ya estaba temblando y lanzando los gritos más sexuales y cachondos posibles cuando ni siquiera le había chupado todavía la polla, lo cual era una de las cosas más excitantes que había visto en mucho tiempo.

Christopher tiró de su cabello, y Jesse subió su boca para darle otro beso, húmedo y profundo, que los dejó a ambos respirando como caballos de carreras mientras que se aferraban al otro y rodaban por la cama, alineando sus cuerpos para poder frotar sus pollas. Jesse podía sentir sus corazones tronando en sus respectivos pechos.

Jesse se agachó y agarró sus pollas, apretándolas juntas, y Christopher gimió cuando una gota de líquido preseminal se deslizó por el tronco de su miembro, deteniéndose en un pequeño charco en la mano de Jesse, quien no sabía si el liquidillo era de él, de Christopher o de ambos.

"Condón," murmuró Christopher. "Lubricante." Hizo un gesto con la mano hacia la izquierda, y Jesse levantó la vista para ver un rollo de preservativos y una botella de lubricante en la mesilla de noche.

Soltó una carcajada y lo besó en la boca. "Ya veo que te sentías bastante seguro de ti mismo cuando saliste esta noche para reunirte conmigo, ¿no es así?"

Jesse quería bromear un poco más al respecto, pero no podía, porque le dolía la polla y sus pelotas estaban cargadas y calientes, como si estuviera a punto de llorar de codiciosa necesidad si no conseguía estar dentro de Christopher en los próximos diez minutos. Pero también quería volver a sentir su boca en él.

Christopher pareció sentir su dilema. "¿Tienes toda la noche? ¿O te he entendido mal?"

Jesse escuchó la súplica silenciosa: *Dime que vas a quedarte y que podremos volver a hacerlo todo más lento.* No estaba acostumbrado a desear una cosa así. En los últimos años, había sido más bien un chico del tipo "desfógate a gusto y lárgate," pero si iba a follar con Christopher, quería tener el tiempo suficiente para hacerlo bien.

Por eso los niños están con Amanda, idiota. ¡Fóllatelo! ¡Fóllatelo de una vez, por el amor de Dios!

Jesse no podía ignorar la lógica suprema del grito en su cerebro cuando extendió la mano para agarrar el lubricante y arrancó un preservativo del rollo.

"Oh, gracias a Dios," jadeó Christopher, y luego añadió, "¿Quieres follarme tú a mí? ¿O prefieres que yo—?"

"Yo te follaré," murmuró Jesse, poniéndose el condón y echándose el lubricante.

"*Joder*, gracias. No hay nada peor que llegar hasta aquí para comprobar que nadie va a darte por culo. Vamos."

Jesse se echó a reír cuando Christopher se puso de rodillas y se apoyó sobre sus hombros, de modo que su culo quedó suspendido en el aire y su polla colgando, un hilillo de líquido preseminal cayendo como si fuera miel sobre el colchón. Christopher se agarró sus propios cachetes de su precioso culo y los separó perversamente, mostrando su apretado agujero que se contraía y relajaba mientras que esperaba a Jesse, y *Dios*, este no se había esperado una cosa así. Jesse se agarró las pelotas y tiró un poco de ellas. Era una vista *jodidamente* excitante.

Pensó en los suministros en la mesita de noche. El rollo de preservativos no era nuevo, y no pudo evitar preguntarse con qué frecuencia haría Christopher una cosa así. Sintió una punzada de envidia—*o algo similar*—al darse cuenta de que en realidad, era seguro que echaba muchos polvos, a pesar de sus comentarios en el restaurante. Entonces se sintió jodidamente agradecido de ser *él* el que iba a meter su *polla* en ese delicioso *agujero* de aspecto tan dulce.

El hecho de que le perteneciera a alguien como Christopher—exactamente su tipo: no demasiado musculoso, guapo y con una boca que le había hecho imaginarse todo tipo de cosas guarras desde el principio—y que lo hacía reír, y que tenía esa voz, y parecía tan *decente*… bueno, todo eso en realidad no debería importar.

Pero a medida que se posicionaba detrás de él y ponía sus manos sobre las suyas para abrir aún más su culo, y cuando se inclinó hacia adelante y pasó la lengua por su agujero y escuchó su grito de placer, Jesse tuvo que admitir que eran cosas que simplemente no podía ignorar. Luego apagó su mente cuando su instinto se hizo cargo.

A Jesse le encantaba comer culos. Era algo en lo que destacaba y que le gustaba mucho hacer. Y a Christopher sin duda le encantaba que se lo comieran a juzgar por la forma en que liberó sus manos de las de Jesse, se aferró a las sábanas, y se retorció y vibró tanto que Jesse tuvo que pasar un brazo alrededor de sus caderas. La longitud de su dura polla sobresalía por encima de su antebrazo.

Christopher no cesaba de emitir *lamentos* de placer hasta que se quedó congelado y los espasmos de su ano comenzaron a estrangular la lengua de Jesse, que seguía atrapada en su interior.

"¡Para!" Gritó, alejándose de Jesse tan pronto como este lo soltó. "Voy a correrme. Si sigues haciendo—" jadeó cuando un escalofrío lo recorrió. "Voy a correrme."

"Espera, deja que—" Jesse tomó el lubricante y roció el culo de Christopher con él. No puedo evitar admitir lo estrecho que se veía, pero cuando introdujo la yema del dedo en el agujero, el músculo se aplastó y ensanchó contra la presión.

"Lo necesito ahora," dijo Christopher, apoyándose sobre sus manos para poder mirar a Jesse por encima del hombro. Sus pupilas estaban completamente dilatadas; sus mejillas, sonrosadas; y sus labios, rojos e hinchados de los besos que habían compartido. "Lo siento," dijo.

"Normalmente no… bueno no soy siempre tan fácil," admitió con voz temblorosa. "Pero esto es ridículo." Él empujó su cara hacia abajo en el colchón y la frotó de un lado a otro. Luego volvió la cabeza. "Solo dámelo de una vez. No puedo soportarlo. Lo deseo."

Jesse vaciló. Su polla era demasiado gruesa, y cuando había hecho esto, sobre todo en su adolescencia, había preparado al otro chico durante mucho tiempo antes. Claro que no siempre. A algunos chicos les gustaba que fuera tan salvaje que solo les echaba un poco de lubricante, y los que estaban acostumbrados a follar con él—habiendo pasado de una sola noche a "follamigos de una sola semana o dos," podían llegar al punto en el que confiaran tanto en él que simplemente se *abrían* para él, pero Christopher no estaba acostumbrado a follar con él. Aunque Jesse sabía que tenía un consolador que podría dejar su polla en ridículo.

"¿Estás—?" Comenzó Jesse, vertiendo grandes cantidades de lubricante en el condón que recubría su polla.

"¡Sí! ¡Sí, estoy jodidamente seguro! Solo—¡fóllame!" Christopher volvió a apoyarse sobre su cabeza y hombros, volviendo a alcanzar los cachetes de su culo para separarlos.

Gimiendo, Jesse se puso en posición y jugó un poco con el agujero de Christopher, empujando la cabeza de su palpitante polla contra el anillo de músculo, probando su resistencia. Estaba muy apretado, pero Christopher parecía saber lo que estaba haciendo. "Toma aire profundamente."

Christopher aspiró, y mientras que dejaba salir el aire lentamente, Jesse empujó.

¡Oh, Santo Dios! Jesse no estaba seguro de si había dicho esas palabras en voz alta o solo lo había imaginado cuando la gruesa cabeza de su polla pasó por el *tan jodidamente apretado* esfínter de Christopher y después se quedó inmóvil, dentro de él, abrumado por una aguda satisfacción, casi enfadado, como si finalmente se estuviera concediendo algo que se había negado durante demasiado tiempo. Los recuerdos pasaron por su mente—el apretado culo de Edoardo en Italia y aquel estúpido juego que

lo cambió todo—

El ano de Christopher se cerró por completo, irrumpiendo en el momento y trayendo a Jesse de nuevo al presente cuando este primero gimió de dolor. "Lo siento," dijo entre dientes. Debería haberle preparado mejor. Debería haber insistido. Pero Dios, se sentía tan bien.

"*No passa nad,*" logró responder Christopher, mordiendo un fajo de sábanas mientras que Jesse trataba de sacar agresivamente la polla de sus músculos anales para que el esfínter dejara de estrangularlo.

Jesse se quedó muy quieto durante un par de segundos hasta que estuvo seguro de que Christopher estaba tan abierto como era posible. Luego liberó su polla y roció aún más lubricante en el agujero entreabierto de Christopher y en su condón. "¿Listo?"

Christopher asintió con su cabeza todavía apoyada contra el colchón y sus dientes cerrados con fuerza alrededor de las sábanas. Jesse empujó de nuevo. Esta vez fue una larga y profunda embestida. Christopher se apoyó sobre sus manos y se apretó contra la polla de Jesse; su agujero dándole la bienvenida a toda su longitud, lisa y suavemente, con unas cachetadas que iban al ritmo del corazón de Jesse. Él echó la cabeza para atrás, tomó aire, y heroicamente se las apañó para *no* correrse en ese preciso instante.

Pero Christopher no parecía tener intención de esperarle, y Jesse se apoderó de la curva del hueso de su cadera con fuerza, secándose el sudor de sus propios ojos mientras que Christopher empezaba a balancearse entusiastamente y cada vez más rápido. Jesse gruñó; sus pezones estaban doloridos y duros, y los músculos de su estómago temblorosos mientras que se concentraba para no dejarse llevar. Sus bolas ardían con la necesidad de liberar su carga.

"Chris," dijo, agarrándole de los hombros para tratar de detenerlo, pero sus caderas tenían mente propia y seguían chocándose contra su pelvis. Christopher lo montó con entusiasmo, dejando caer la parte superior de su cuerpo de nuevo sobre el colchón y enterrando el rostro en las sábanas que había estado mordiendo mientras que la piel de su espalda se erizaba desde sus nalgas hacia arriba con cada embestida.

"Voy a correrme," gimió, y Jesse se dio cuenta entonces de que había enterrado las manos entre sus piernas y se estaba masturbándose con urgencia. Jesse se derrumbó sobre Christopher, encorvándose y sacudiéndose frenéticamente antes de lanzar el potente chorro de su semen en su culo mientras que Christopher gritaba debajo de él y su culo lo ordeñaba a la vez que vertía su propia carga sobre el colchón. Christopher se dejó caer por completo sobre las sábanas mientras que la polla de Jesse seguía enterrada profundamente en su interior, pulsando y expulsando otra sorprendente carga de semen.

"Jooooder," jadeó Christopher con su sudorosa espalda pegada al cuerpo de Jesse.

Jesse podía sentir su atronador corazón hasta el punto de que su cuerpo parecía sacudirse con cada latido. "Sí." Jesse comenzó a retirarse, pero Christopher agarró rápidamente una de sus nalgas.

"Solo un segundo más, por favor."

No podía quedarse dentro mucho tiempo; necesitaba salir de su cuerpo antes de que su polla se quedara flácida y el contenido del condón empezara a gotear. "Claro," dijo. "Está bien." Y se hundió de nuevo en su ano, sintiendo cómo se relajaba por completo debajo de él.

Agarrando la nalga de Jesse en una mano y su propia polla aún pulsante con la otra, Christopher suspiró. Era un momento íntimo, probablemente más íntimo de lo que le gustaría a la mayoría de los chicos, pero Christopher no follaba con demasiada frecuencia como para dejar salir de su trasero a esa magnífica polla tan rápido.

Aun así, estaba totalmente desgastado. Había sido… impresionante. En su limitada experiencia de rollos de una sola noche, solo había habido una ocasión más en la que había mantenido un sexo tan alucinante como este, y había sido con Gareth. Si la noche no terminaba en este momento, y seguía siendo la mitad de buena de lo que había sido con Gareth y tan increíble como este polvo que acababan de echar, Christopher esperaba no terminar metido en otro embarazoso lío. No le gustaba la idea de ir a recoger el medallón que Jesse estaba haciendo para Nana y tener la típica conversación que aclarase que lo que acababan de hacer había sido solo sexo—aunque eso era *todo* lo que había sido—y que no iba a volver a suceder nunca más.

"No tendrás un novio en Afganistán o algo así, ¿verdad?" Preguntó Christopher cuando finalmente soltó el culo de Jesse y le permitió sacar la polla. Suspiró ante el vacío que sintió y su ano se estremeció un poco incómodamente, después de haber sido llenado por completo. Él se tumbó sobre su espalda, donde la mancha húmeda de su propio semen en las sábanas se frotó contra su acalorada y sudorosa piel.

"¿Qué?" Murmuró Jesse, acostándose a su lado de un modo sorprendentemente íntimo para alguien que no era su novio, y luego dejándolo aún más atónito cuando alcanzó entre sus cuerpos e introdujo dos dedos en el agujero aún lubricado de Christopher. "¿Un novio? ¿En Afganistán? No lo pillo."

"Olvídalo. Es solo un chiste viejo," murmuró Christopher, centrándose exclusivamente en los dedos que Jesse había enganchado en él, sintiéndose completo pero cómodo al mismo tiempo, aliviando así esa sensación de vacío. ¿Cómo podía haber sabido Jesse que eso era justo lo que necesitaba?

"¿Te gusta esto?" Preguntó Jesse, levantando los dedos un poco para aplicar presión en la próstata de Christopher.

Christopher asintió, temblando. "Sí, me gusta mucho. Es solo que…" Empezó a decir, tratando de hacerle ver que su ano estaba demasiado sobre-estimulado en este momento, a lo que Jesse asintió, sabiendo exactamente lo que quería decir. Después, se acercó más a él y se quedó mirando su boca fijamente.

"¿Te ha gustado?" Preguntó Christopher. Su polla se sacudió ante el recuerdo de lo que había ocurrido hacía solo minutos.

"Sí." La voz de Jesse sonaba áspera, como si estuviera teniendo dificultades para hablar. "Ha sido alucinante. Realmente alucinante."

Christopher sintió cómo uno de los dedos de Jesse se deslizaba fuera de su culo, dejando al otro solo, que posteriormente siguió al anterior, frotando suavemente los alrededores de la entrada del agujero para calmarlo. Christopher esperaba que Jesse optara ahora por apartarse completamente, ir al baño y limpiarse—incluso que le dijera que había sido tan espectacular que tenía que irse a casa en este preciso momento. Pero en cambio, deslizó la mano por su cuerpo y la dejó descansar en su cadera.

"¿Y a ti?" Preguntó Jesse. "¿Te ha gustado?"

"¿Estás hablando en serio?" Christopher se retorció y sus pezones comenzaron a vibrar. "He sido un poco rápido e impulsivo. Lo siento. Sabía que iba a durar muy poco y quería probarlo todo, sobre todo por si tenías que marcharte corriendo después."

Jesse frunció el ceño mientras que seguía observando cómo cada palabra se formaba en sus labios. "A decir verdad, sí que suelo salir corriendo. Bueno, por lo general no hago nada de esto en absoluto."

"¿Hacer esto? No entiendo. Quiero decir, eres bisexual, ¿verdad? Pensé—"

"Sí, pero no me he acostado con ningún tío en años. Como mucho, he hecho mamadas y pajas y algún que otro magreo. Ha pasado mucho tiempo y ha sido increíble, por cierto. Tu culo es… Dios Santo." Jesse se movió y se rio suavemente. "Me estoy poniendo duro otra vez. Así de bueno ha sido."

Christopher se mordió el labio, sintiéndose extrañamente incómodo tras haberse enterado de que Jesse no había hecho *esto* en años. Ni siquiera estaba seguro de querer preguntarle cuánto tiempo había pasado exactamente, o cómo había terminado casado con una mujer, a pesar de que se suponía que su lado bisexual podría contestar perfectamente a eso, por mucho que no pudiera dejar de darle vueltas en la cabeza. Aun así, se sentía como si acabara de descubrir que Jesse era virgen o algo así, aunque no sabía muy bien por qué.

Ahora mismo, con su propia polla semi-erecta, no estaba seguro de lo que quería saber. Lo único que importaba es que estaban aquí ahora, y que Jesse sin duda iba a hacer que se corriera de nuevo. ¿Y eso? Eso era bestial; muchísimo mejor de lo que podía haber imaginado.

La nublada mañana llegó demasiado pronto. Christopher tomó un sorbo de café en el porche de atrás, fijándose en la neblina del bosque que asomaba por detrás de la casa, preguntándose si el movimiento que acababa de ver por la pendiente sería un ciervo o posiblemente un oso. Una madre y su cría habían estado investigando los contenedores de basura del vecino la otra mañana. Se esforzó por ver mejor mientras que la sombra cruzaba de un árbol a otro. Sin duda, un oso.

El sonido de la puerta trajo su atención en torno a Jesse, quien tenía un aspecto adorable con un ropa arrugada del día anterior, el pelo todavía mojado de la ducha, y un rastro de somnolencia todavía en su rostro.

"Te he estado esperando," dijo con una voz ronca que hizo que los dedos de sus pies se doblaran.

"Pensé que si me unía a ti en la ducha, tendríamos sexo, y si teníamos sexo, entonces no haría café, y si no hacía café, entonces caería en coma por el agotamiento de una noche de pasión sin fin, y si caía en coma, me perdería el ensayo de esta mañana, y si me perdía el ensaño de esta mañana, le darían mi parte a algún jovencito engreído—"

"Así que, ¿estás diciendo básicamente que un orgasmo más conmigo te habría hecho perder el trabajo?"

"Sí, y eventualmente también habría perdido la casa y posteriormente se habría desatado otra guerra mundial."

Jesse se rio en voz baja. "Creo que son razones bastante comprensibles."

"Deja que te traiga una taza de café," dijo Christopher, desapareciendo por la cocina mientras que Jesse le seguía. "Tengo cereales y, eh, realmente tengo que ir a comprar así que cereales y restos de chili con carne es todo lo que puedo ofrecerte en este momento."

Tendría que haberlo pensado antes. Había tenido la esperanza de echar un polvo, pero no había considerado la posibilidad de tener que alimentar a alguien a la mañana siguiente. Por lo general, los hombres no solían quedarse para una segunda parte, (o tercera, o cuarta, o sorprendentemente intensa quinta), ¿por qué iba a asegurarse de tener algo para el desayuno?

"Cereales me parece bien. Puedo comer de lo que tengas."

"Chex." Christopher agitó una mano hacia los armarios y la caja sobre la mesa de la cocina. "Toma un cuenco y sírvete tú mismo. La leche está en la nevera."

"No te molestes para más tarde."

"¿Qué quieres decir?" Preguntó Christopher, entregándole una humeante taza de café. Entonces lamentó no haberse metido con él en la ducha cuando lo vio darle un trago y lamer sus labios con su húmeda lengua.

"Quiero decir que, ayer por la noche en el restaurante, dijiste que era nuestra primera cita. ¿Habrá otra?"

Christopher sintió un extraño y cálido resplandor poco familiar dentro de su pecho que parecía una mezcla de asombro y alegría. "Sí."

Los ojos de Jesse lanzaron destellos. Luego se volvió y abrió la nevera, diciendo por encima del hombro, "Chex estará bien también para desayunar la próxima vez."

La próxima vez. Habrá una próxima vez.

"Genial." Tratando de no sonreír como un idiota, Christopher miró la hora en el reloj sobre el fregadero. "Llenaré todos los armarios de cajas."

Jesse se sentó con la taza y la leche y sonrió ampliamente. "Me parece bien."

Tal vez, solo tal vez, habría muchas más veces. Christopher le dio un rápido sorbo a su café y se alegró cuando el líquido abrasó su lengua porque ese tipo de cosas nunca ocurrían en los sueños. Y la perspectiva de tener otra noche o *aún más* con Jesse le hacía sentir demasiado bien para ser verdad.

Capítulo Nueve

DESPUÉS DEL SEXO INCREÍBLE DEL viernes por la noche, Christopher y Jesse habían estado intercambiándose mensajes constantemente. Solo una hora después de haberse separado después de su gran noche juntos, Christopher había recibido el primero:

Lo de anoche fue increíble. No puedo dejar de pensar en ello. Gracias por invitarme a pasar la noche en tu casa.

Christopher había respondido:

Para mí también fue magnífico. Y de nada. ¿Quieres que volvamos a repetirlo pronto?

Pasaron cuarenta y cinco angustiosos minutos antes de que la respuesta de Jesse apareciera en pantalla.

Por supuesto. Me pongo muy cachondo solo con la idea de volver a verte.

Christopher había estado en los vestuarios, y también se había puesto palote instantáneamente. Había tratado de enmascararlo poniendo el neceser del maquillaje sobre su regazo, pero la despreciativa mirada que le había lanzado el patinador sobre hielo masculino con el que había estado compartiendo espejo, le había dejado claro que no había pasado desapercibido en lo más mínimo.

Tengo que salir al escenario en quince minutos. Tu último mensaje me ha complicado un poco las cosas.

Christopher había sonreído ante la respuesta de Jesse:

No puedo decir que lo sienta.

Christopher se había dirigido hacia el escenario con su estómago dando volteretas de alegría y una sonrisa tan amplia como todo Tennessee en su cara.

Ahora era sábado por la noche y había releído todos los mensajes de texto que se habían mandado unas cincuenta veces, lo cual no impidió que volviera a leerlos mientras cenaba. Había lavado las sábanas esa tarde y se sentía un poco triste por haber eliminado la evidencia física de lo que habían hecho la noche anterior. Mientras que terminaba el pedazo de pollo asado y la ensalada de patata, trató de redactar varios mensajes distintos, con la esperanza de iniciar otra conversación, pero solo consiguió escribirlos y borrarlos.

Estaba masticando su último bocado, mirando su teléfono y todavía tratando de pensar en algo inteligente que decir cuando el dispositivo vibró en su mano.

¿Cómo han ido tus espectáculos de hoy? ¿Has dejado a tus fans gritando con ganas de más?

Christopher resopló.

Los espectáculos han ido bien. El público pareció disfrutar de ellos, lo que siempre me hace feliz. Pero como ya sabes, mi mayor fan no estaba allí. No obstante, tengo la impresión de que definitivamente se ha quedado con ganas de más.

Jesse respondió:

Tu impresión es absolutamente cierta.

Christopher vaciló. ¿Le haría parecer muy desesperado si le preguntaba cuándo querría exactamente lo que estaba dispuesto a ofrecerle? Jesse volvió a escribirle.

Mañana es el cumpleaños de mi suegra. No estoy seguro de cuál es el plan, pero de ninguna manera voy a poder zafarme de él.

El corazón de Christopher se hundió a su pesar. Tuvo que escribir las próximas palabras tres veces dado que sus pulgares todavía no estaban acostumbrados a teclear.

¿Te apetece ir o no tienes más remedio?

Tres puntos aparecieron en pantalla, indicando que Jesse estaba respondiendo.

Me apetece Y no tengo más remedio porque en el fondo me gustaría verte y demostrarte lo mucho que tu fan número uno aprecia tus talentos.

Christopher sonrió y sintió que sus mejillas se calentaban. Entonces, le envió un comentario menos sugerente de lo que esperaba.

Es genial que te lleves bien con tus suegros.

Se quedó mirando los puntos, a la espera.

Sí. Son estupendos. Al menos he tenido suerte en ese aspecto.

Christopher supo que en ese momento que Jesse se estaba refiriendo a la mala suerte que había tenido en su matrimonio. Las esposas muertas eran prácticamente el epítome de una suerte de mierda. Tenía demasiadas preguntas al respecto, pero era demasiado pronto en lo que quiera que se estuviera fraguando entre ellos para preguntar. Apenas se conocían.

Jesse le envió otro mensaje.

El lunes por la mañana tengo que reunirme con un montón de clientes pero podría estar libre por la tarde o por la noche.

Christopher suspiró.

Mierda. Tengo que actuar por la noche.

El siguiente mensaje de Jesse tardó un rato en aparecer, lo que hizo que el corazón de Christopher se acelerara demasiado.

El martes por la noche Will tiene entrenamiento de baloncesto. El miércoles es la clase de hip-hop de Brigid pero podría pedirle a Amanda o a mi suegra que la llevaran. Ver a chicas blancas descoyuntándose mientras bailan hace que me cuestione toda nuestra apropiación cultural.

¿Estaba el mundo conspirando en su contra para impedir que volvieran a tener un sexo increíble? Christopher estaba cada vez más seguro de ello.

Tengo que actuar dos veces el miércoles por la noche, pero después seré libre. La última actuación terminará a las nueve de la noche, igual que la semana pasada. ¿Crees que podrías quedarte a pasar la noche en casa?

Jesse incluyó varios emoticonos frunciendo el ceño al final de su siguiente mensaje.

Muy tentador, pero no puedo ausentarme de casa dos noches tan seguidas por varias razones, y la hora de dormir de los niños es a las ocho y media.

Christopher frunció el ceño mientras que miraba fijamente su teléfono. Jamás había caído en la cuenta de que los niños podían ser tan aguafiestas. Todos los chavales que estaba acostumbrado a ver correteando por ahí con sus amigos y hermanos en los Sueños en las Montañas Humeantes parecían indicar todo lo contrario. Jesse volvió a mandarle otro mensaje mientras que él seguía pensando cómo responderle.

¿Qué te parece si comemos juntos algún día de esta semana? Al menos podríamos estar juntos.

Infierno, sí, Christopher estaba más que dispuesto a ello.

¿Qué tal si desayunamos juntos el martes en su lugar? Podría reunirme contigo en tu oficina antes de ir a SMH. Yo llevaré la comida.

Christopher esperó, tamborileando los dedos sobre la mesa.

Perfecto.

Era una mañana ajetreada de domingo en los Sueños en las Montañas Humeantes, y Christopher tenía dos horas libres antes de su próxima actuación. La multitud de personas iba y venía entre Smoky Show Village y Starlight City, y Christopher se fundió con ella. Se detuvo junto a la pizzería Old Country Jack's para tomar una porción y un refresco de cola antes de dirigirse al puesto de sombreros locos de su amiga Holly para charlar con ella mientras comía.

"Me gusta tu pelo," dijo mientras mordía la pizza, analizando el nuevo cambio de look de la chica. El moreno había desaparecido y había sido reemplazado por un azul vibrante, que él sospechaba que se desvanecería rápidamente, pero que ahora era absolutamente precioso. Contrastaba mucho con su pálida piel, haciéndole parecer como una sirena excepcionalmente voluptuosa de las montañas.

"Gracias. He decidido probar algo nuevo. Espero que a más de un chico le guste y se dé cuenta por fin de que existo."

"Oh, sin duda ya no podrás pasar desapercibida."

Holly le dio un puñetazo en el brazo y él se echó a reír, sentándose en la silla al lado de la caja. Los niños se paraban a juguetear con los sombreros, y sus padres les tiraban fotos con ellos antes de seguir adelante. Algunos otros miraban los precios, ponían una expresión de horror ante lo que veían—en serio, ¿qué esperaban de un parque temático?—antes de sacudir la cabeza con indignación y llevarse a sus hijos lejos.

"¿Y?"

"¿Y qué?" Dijo Christopher mientras que le daba un bocado a su masa cubierta de pepperoni, queso y salsa. No era la mejor pizza del mundo, pero tampoco era la peor. Estaba caliente, lo cual era mucho pedir en el frío aire de otoño.

Ella se inclinó más cerca y susurró con voz sugerente, "¿Cómo es el señor Jesse Birch?"

Christopher tosió y tomó un trago rápido de refresco de cola. "*¿Qué?*"

Holly arqueó una ceja, lo cual siempre era algo peligroso. Sus labios se torcieron en una sonrisa que hizo que las palmas de Christopher empezaran a sudar a pesar del frío de la mañana. "Bueno, me estaba preguntando cómo habría ido tu reunión con él sobre la medalla que quieres regalarle a tu abuela, pero *ahora* creo que quiero saber muchísimo más."

Christopher hizo una mueca y sacudió la cabeza. "¿Qué? Yo no… el medallón va muy bien. Es precioso. Tenías razón. Sabe hacer cosas muy bonitas." Tomó otro sorbo de su refresco y se fijó en un niño que estaba retorciendo los cuernos de tela de una gorra de béisbol que proclamaba que la persona que la llevara sería un Vikingo Pueblerino—el título de uno de los éxitos de Melissa Mundy. "Va a arrancárselas de cuajo."

"No, no lo hará," dijo Holly. "La última vez que te pusiste tan nervioso fue cuando te mencioné la mierda de lío que tuviste con Gareth, quien, por cierto, aún no lo ha superado."

"No empieces de nuevo."

"¿Qué?"

"Ya lo sabes. Gareth ha pasado página totalmente," dijo Christopher. "No sé por qué piensas lo contrario."

Normalmente Christopher odiaba hablar de lo que había tenido con Gareth, pero esta vez, saltó sobre ello como un lobo muerto de hambre sobre un ciervo indefenso. No estaba dispuesto a hablar de Jesse todavía. No hasta que descubriera si iba a ser algo más que un simple intento en una interminable lista de tener algo más que sexo. El asunto con Gareth era bastante peliagudo. No quería seguir dándoles razones a sus amigos para pensar que iba a quedarse solo y miserable.

"Entonces, ¿por qué te mira todo el tiempo con una expresión ensoñadora pero cuando tú le devuelves la mirada se cabrea tanto?"

"No, no, y no." Christopher sacudió la cabeza. "Para nada me mira con una expresión ensoñadora. Solo con una expresión de odio. Puro odio. ¿Quién iba a saber que mantener una increíble relación sexual con alguien podría hacer que te odiase tanto?" Volteó los ojos.

"Eso es porque aún te desea, idiota."

"Fue él quien puso fin a todo. Muy tajantemente. Y quien sigue terminándolo una y otra vez, como si me considerase un masoquista que disfruta de la humillación de un rechazo continuo."

"¿No es esa la frase de Macbeth? ¿'La dama protesta demasiado?'"

"Eso lo dice Hamlet, idiota."

"Lo que tú digas; algunos de nosotros no hemos tenido la suerte de ir a una escuela privada tan puritana como la tuya. Eso no cambia el hecho de que él solo quiera alejarte de su vida porque en el fondo solo desea tenerte más cerca y morrease con tu boquita de piñón."

"Tiene novio y vive con él."

"Sí, sí, el ex que regresó de Afganistán. Lo sé, lo sé." Holly rodó los ojos y se giró hacia donde el niño seguía retorciendo los cuernos de la gorra de béisbol. "Oye, cariño, si vas a comprar esa gorra, llévala a la caja registradora, por favor. De lo contrario, ten un poco más de cuidado, ¿de acuerdo? Gracias, cielo."

El muchacho dejó el sombrero y se trasladó a uno diferente.

"¿Ves cómo lo he hecho? Los cariños y cielos no fallan nunca. Funcionan también con los norteños. Almas cándidas."

"Que Dios los bendiga."

"De todos modos, vi a Gareth la otra noche en uno de tus espectáculos. Me detuve a escucharte antes de irme a casa. Estuviste magnífico, cariño, que lo sepas."

"Gracias." Christopher sonrió y pensó en Jesse. "Mucha gente parece pensar lo mismo últimamente."

"Porque es verdad. Si alguna vez Látigo se sobrexcede en sus vicios, creo que serías el sustituto perfecto."

"Nah."

"¿Por qué no? La gente se acostumbrará eventualmente a un solista que no está lloriqueando todo el tiempo."

Christopher se encogió de hombros. Lo dudaba. Nunca tendría una voz tan rasgada como la de Látigo, ni una presencia en el escenario que le hiciera parecer el dueño de todo. Oh, Dios, *Látigo*. Casi había olvidado lo que Jesse le había contado sobre él. Christopher se aguantó las ganas de reír. No quería que Holly se entrometiera en *eso* precisamente. Tendría que explicarle muchas cosas antes de llegar ahí.

"*En fin*, no creas que te va a resultar tan fácil cambiar de tema conmigo."

Christopher la miró, bebiéndose el resto de su refresco, y trató de parecer inocente mientras que cavilaba frenéticamente sobre cómo podría convencer a su amiga de que solo se había reunido con Jesse para hablar del medallón de Nana y que no había sucedido *nada más*.

"Gareth estaba allí observándote—"

Oh, gracias a Dios, Gareth de nuevo. Él se aclaró la garganta y asintió, aliviado y un poco curioso por lo que podría estar haciendo allí. ¿Sería cierto? ¿Estaría todavía interesado en él?

Ni se te ocurra pensar en eso, colega, dijo Nana en su cabeza. *Ese hombre es un sinvergüenza y Jesse vale más que diez tíos como él. Y no me refiero solo porque sea asquerosamente rico.*

"Y te estaba mirando como si fueras la cosa más deliciosa que jamás hubiera visto en toda su *vida.*"

Unas mariposas revolotearon en su estómago. "Tonterías, Holls. Solo viste lo que querías ver. Probablemente se quedó porque le gustaba la canción."

"¡No! Eres *tú* quien le gusta. Esa es mi forma de verlo y nadie va a hacer que cambiar de opinión."

"No es nada más que un cuento de hadas protagonizado por un príncipe azul muy dudoso, amiga mía."

"Más palabras de escuelas privadas puritanas, amigo mío. Jamás vas a convencerme de que los cuentos de hadas no se hacen realidad."

"Este no."

"¿Por qué no? Tal vez deberías volver a hablar con él. Ver si—"

"No, Holls. No estoy interesado en alguien que no puede comprometerse al cien por cien conmigo o al que hay que mendigarle un poco de cariño. Además, yo—" Christopher se detuvo en seco.

"¿Además, qué? ¿Te gusta estar solo?"

"Por supuesto que no." Los ojos de Christopher vagaron por la multitud, pensando en la sonrisa de Jesse y la intensa atención que había demostrado en la cama; las revelaciones tan vulnerables sobre su esposa y la forma tan extraña en que había analizado su casa. *Presiento un poco de soledad en ella. Creo que podrías ser tú.* Sí, *era* él. Y no quería estar solo nunca más. Con Gareth solo había tenido un sexo espectacular, pero lo había dejado solo y muy herido. ¿Por qué iba a querer volver a tropezar sobre la misma piedra?

"Espera, pequeño diablo," dijo Holly. "Has conseguido cambiar de tema sin que ni siquiera me haya dado cuenta. Oh, Dios mío, ¡tienes que contarme todo sobre Jesse Birch!"

Christopher fingió estar confundido. "Está haciendo un medallón para mi abuela. ¿Qué más quieres saber?"

"Mierda, no. No creas que puedes mentirme tan fácilmente. Te conozco demasiado bien para eso. Y eres un mentiroso malísimo."

"¿Ah sí?"

Holly parecía a punto de ir a decir algo más, pero por fin alguien se había decidido a comprar el sombrero *"Manzanar, Baby"* que llevaba escrito dos frases de la canción de Melissa Mundy justo debajo de un árbol de unos quince centímetros con manzanas extraíbles en la parte superior. Mientras que le cobraba a la rubia con unas tetas muy probablemente falsas, Christopher aprovechó para huir, exclamando por encima del hombro, "¡Nos vemos más tarde, Holls!"

"¡No voy a olvidarme, Christopher Ryder! ¡Te lo sacaré a la fuerza si es necesario!" Gritó tras él, sacudiendo la cabeza y, a continuación, sonriendo graciosamente a la clienta mientras que esta le entregaba el dinero.

Christopher se alejó entre la corriente de los clientes de SMH y decidió buscar algo especial para Nana en una de las tiendas de regalos. Tenía pensado ir a verla el viernes, su día de descanso, y no le gustaba aparecer por la residencia de ancianos con las manos vacías. Mientras caminaba, sacó su teléfono, avergonzándose de su propia obsesión por comprobar si Jesse le habría mandado algún otro mensaje de texto.

Al doblar la tienda de mermeladas y dulces, pensó en entrar al recordar lo mucho que a su abuela le había gustado la confitura de mora que le había llevado el verano pasado. Levantó la vista y vio a Jesse parado junto a un puesto de palomitas a menos de seis metros de distancia.

Sus gafas de sol no podían disimular su mentón, nariz estrecha, la longitud de su cuello o la confianza de su postura—todo lo que Christopher ya había memorizado muy a fondo. Incluso desde la distancia, sus ojos no pudieron evitar sentirse atraídos por sus hermosas manos y sus finos y largos dedos.

Jesse se rascó la mejilla sin afeitar, y luego metió la mano en el bolsillo de sus vaqueros desgastados. Christopher sintió la punzada de un gélido escalofrío bajo su piel y dio un paso adelante. Justo cuando estaba a punto de nombrarle, se dio cuenta de que no estaba solo. No, estaba allí parado con un aspecto delicioso en su chaqueta de cuero y ambas manos metidas ahora en sus vaqueros mientras que miraba a dos niños que estaban hablando y gesticulando animosamente.

Will y Brigid, recordó Christopher, y se detuvo a medio paso, la vacilación templando su entusiasmo. Jesse se colocó las gafas de sol en la cabeza, sobre su gorro de lana, antes de aceptar la bolsa de plástico de palomitas amarillas de una mujer mayor y delgada con pelo largo y cano mientras que un anciano con una trenza de pelo gris las pagaba.

Es una salida familiar. Christopher miró a los niños más de cerca, tratando de decidir si debía saludarles o no. Obviamente, Jesse no había venido hasta aquí para verlo, pero, ¿le importaría toparse con él? ¿Y cómo se lo presentaría a su familia? No eran amigos, ¿o sí?

Christopher se humedeció los labios y estudió la estampa familiar un rato más. El hombre mayor pasó el brazo alrededor de la mujer—los suegros, supuso—y todos centraron su atención en los niños, los cuales seguían hablando sin parar.

Will parecía un niño robusto de pelo castaño claro y una sonrisa fácil en su rostro. No paraba de dar saltos y parecía tener la misma seguridad física que su padre, expresándose con total libertad. Llevaba una sudadera larga de los Voluntarios de la Universidad de Tennessee e iba sin abrigo, aunque Christopher se dio cuenta de que la anciana llevaba uno colgando del brazo que sin duda debía ser suyo.

Brigid tenía el pelo largo y oscuro, apartado de una cara propia de una adolescente con un pasador muy brillante y bien colocado. Llevaba un abrigo hinchado de color plata y púrpura, y en su postura y movimientos, daba la impresión de ser más comedida que Will. Christopher observó cómo la niña negaba con la cabeza, suspiraba dramáticamente y sacaba lo que parecía ser una pajarita de papel aplastada de su bolsillo. Se la entregó a su padre y posteriormente, levantó siete dedos.

Jesse asintió a lo que la joven le estaba diciendo mientras que abría la bolsa de plástico de palomitas de maíz y se la entregaba a Will, quien tomó un puñado y se lo metió de golpe en la boca. Jesse se rio y pasó la mano por la cabeza de su hijo mientras que la tenue luz de otoño se quedaba atrapada en las ondas de su pelo e iluminaba el ángulo de su mandíbula ligeramente cubierta de barba. Christopher tragó saliva con fuerza y su corazón se calentó en su pecho. ¿Cómo se las había arreglado para dormir con alguien tan sexy no solo una sino *dos veces*?

Jesse giró la cabeza ligeramente y sus oscuros ojos aterrizaron sobre Christopher. La sonrisa que se quebró en el rostro de este fue instintiva. No era algo que hubiese planeado, pero ahora que Jesse le había atrapado mirándole, desarrolló uno de los comportamientos sociales y corteses que le habían inculcado desde la infancia.

Cuando veas a alguien que conoces, Christopher, sonríe, levanta la mano y saluda.

Pero Christopher no tuvo oportunidad de hacer precisamente eso porque Jesse le dio la espalda y le dijo algo al hombre de pelo largo. La familia empezó a alejarse.

Christopher tragó saliva, sintiendo la humillación como una bofetada en toda la cara. Se volvió torpemente hacia la tienda de mermelada y entró mientras que algo caliente y desagradable se fraguaba en su pecho. ¿Y qué si Jesse no quería presentarle a su familia? ¿Por qué habría de hacerlo?

No tienes nada de qué avergonzarte, cariño. Nada de nada.

"Ya lo sé, Nana," murmuró para sí mismo.

Y con la conversación que había mantenido con Holly tan reciente, el rechazo de Jesse lo golpeó con demasiada fuerza después de haber estado hablando sobre Gareth.

Era solo el lugar equivocado en el momento equivocado; es todo, jovencito. Levanta la barbilla. Dale una oportunidad de explicarse.

Christopher se preguntaba por qué la Nana de su cabeza sería una defensora tan a ultranza de Jesse. ¿Qué decía eso sobre sí mismo y su autoestima? Levantó la mano distraídamente a Sherrilyn detrás del mostrador, y se movió por los pasillos hacia la parte posterior de la tienda donde los tarros de mermelada de mora estaban ordenadamente almacenados en los estantes de una chimenea apagada.

Mientras que contemplaba las etiquetas, trató de centrase en tomar una decisión—¿preferiría Nana el sabor de varias frutas mezcladas en vez de la simple mora en esta ocasión? Rodó los hombros y se frotó su tensa mandíbula, mientras que le seguía doliendo la tripa al recordar todas las mofas que había tenido que soportar durante la secundaria de todos aquellos que solían llamarle marica. Parpadeó, sacudió la cabeza, y trató de concentrarse en los botes de mermelada. Se había acostado con Jesse un par de veces, habían hablado en varias ocasiones, y habían flirteado un poco por mensaje. ¿Y qué si no estaba listo para presentarles a sus hijos? Los niños eran un asunto muy serio.

Y sus suegros también estaban allí. ¿Qué incómodo sería eso? "Padres de mi esposa muerta, permitidme que os presente a Christopher Ryder, el chico al que me tiré la otra noche mientras que cuidabais de mis hijos." Christopher rodó los ojos. Era hora de actuar como un adulto y pasar página.

¡Como que tú le hubieras presentado a tu madre! ¿A quién crees que estás tratando de engañar, muchacho?

Lo habría hecho, sin embargo. Se lo habría presentado a su madre y a Bob, aunque solo fuera para ver cómo la cabeza de este último daba vueltas mientras que vomitaba citas de la Biblia. Una situación como esa sería la única vez que Christopher podría disfrutar de ver a Bob perder su religiosa mente. Era una teoría aún por comprobar, ya que nunca había traído a ningún chico a casa. Había tenido que soportar charlas de Bob sobre el pecado y la redención, con el desdén y la autoestima que Nana había inculcado en él como sus únicas armas arrojadizas.

La relación de Jesse con sus suegros no tendría nada que ver muy probablemente.

Tan pronto como se decidió por un tarro al azar y se dirigió hacia la parte delantera de la tienda para pagar, su teléfono vibró en su bolsillo. Solo podía ser Jesse. Nadie más tenía su número todavía. Regresó a la esquina trasera de la tienda antes de leerlo.

Dios, lo siento mucho.

Christopher miró a Sherrilyn, quien estaba muy ocupada atando pequeñas cintas alrededor de algunas tapas de los tarros de mermelada que había colocado en la parte delantera de los estantes. Christopher sopesó la idea de mandarle una respuesta burlona del tipo, "Estás perdonado, hijo mío. Reza dos Avemarías y no peques más," cuando Jesse le envió otro mensaje.

Me ha entrado un ataque de pánico. Ha sido una estupidez. Me gustaría que me dejaras hacer algo para compensártelo. Estamos en la herrería. ¿Por qué no vienes y te unes a nosotros? Quiero presentarte a mis suegros, si te parece bien.

Christopher respondió.

No te preocupes. Lo entiendo.

Jesse respondió a eso con una carita triste y:

Pues yo no. Normalmente no soy tan idiota y ya sabes que me gustas mucho. Deja que te los presente. Ven y únete a nosotros, por favor. ¿O prefieres que vaya yo?

Christopher vaciló un segundo, con las manos temblando un poco. Sus mejillas se calentaron. ¿Quién iba a saber que esto podría significar tanto para él?

¿Estás seguro de que quieres que vaya? No pasa nada, de verdad. Lo entiendo.

La respuesta de Jesse tardó varios minutos, dejando a Christopher a caballo entre una esperanza naciente y un miserable sentimiento de vacío.

Por supuesto. Me he pasado toda la tarde tratando de verte por el rabillo del ojo, esperando toparme contigo como un loco, y cuando por fin ha sucedido, me he comportado como un verdadero imbécil. Es vergonzoso. ¿Me das una segunda oportunidad?

Christopher escribió lo más rápido que sus torpes pulgares se lo permitieron.

No tienes nada de qué avergonzarte. Me encantaría conocer a tu familia si eso es lo que realmente quieres, pero lo entendería perfectamente si quisieras seguir adelante con tu día.

Mientras esperaba una respuesta, Christopher pagó la mermelada de Nana.

Ven con nosotros.

Mientras que Christopher caminaba hacia la fragua, no podía ignorar la sensación de ahogo en su estómago. No era necesariamente mala, pero tampoco era una maravilla. Le hizo recordar aquella única vez que montón en la montaña rusa de fuego en Starlight City.

La sensación que estar dando vueltas sin parar a toda velocidad solo disminuyó cuando pasó por debajo del alero y Jesse esbozó una amplia sonrisa y exclamó, "¡Hola, Christopher! ¡Me alegro de verte!"

Tan pronto como Christopher estuvo lo suficientemente cerca, Jesse le dio una palmadita en la espalda como un gesto amistoso.

"Yo también me alegro," murmuró, sonriendo con los labios extrañamente temblorosos. Por el rabillo del ojo pudo ver a Gareth trabajando duramente en las llamas de la fragua, golpeando el hierro al rojo vivo mientras que los turistas lo observaban ávidamente.

Christopher se sintió avergonzado cuando Jesse le extendió la mano y él se la sacudió más agitado de lo que pretendía. ¿Qué le estaba pasando?

Había estado mucho más calmado la otra noche cuando estuvieron juntos. Tenía que recuperar la compostura. Los suegros de Jesse lo miraron con una sonrisa amable y un aparente escaso interés.

Jesse se volvió hacia ellos. "Nova, Tim, este es mi amigo Christopher. Actúa aquí en los Sueños en las Montañas Humeantes. Chris, estos son Nova y Tim, mis suegros."

"¡Es un placer conocerte, Christopher!" Nova estrechó la mano de Christopher y lo recorrió de arriba abajo con lo que parecía ser una mirada de aprobación. "¿Cantas aquí? ¿Cuánto tiempo llevas trabajando en el parque?"

"Acabo de cumplir tres años, señora."

"Llámame Nova, por favor." Sonrió. "Me resultas familiar. Seguro que te hemos visto—solemos venir a todos los espectáculos."

"Bonos para la temporada," añadió el hombre al que Jesse había llamado Tim, bombeando con fuerza la mano de Christopher entre las suyas y sonriendo cálidamente. "Jesse los consigue para nosotros. Nos encantan los programas de vacaciones. No es Navidad hasta que hemos venido a ver los espectáculos de invierno en los Sueños en las Montañas Humeantes."

"Todos vimos a Christopher cuando vinimos juntos la Navidad pasada," dijo Jesse. "Él era quien cantó todas las partes principales."

"¡Es verdad!" Los ojos de Nova brillaron de repente con picardía. "Oh, a Jesse le maravilló tu voz. ¿Te acuerdas, Tim? Hasta buscó su nombre en el programa."

Hubo un destello de vergüenza en la cara de Jesse, pero luego sonrió ampliamente. "¿Ves? Ya te lo dije, Chris. Soy un gran fan." Se volvió hacia Nova y Tim y continuó, "No fui solo yo. Vosotros también pensasteis que estuvo genial."

"Sin duda te comías el escenario ahí arriba," dijo Nova.

"Se te veía en tu salsa."

"Y tiene una gran voz." Jesse sonrió cálidamente.

Christopher sintió cómo el calor se extendía por su cuello y las orejas. "Creo que Jesse es mi fan número uno. Es halagador y hace que deseara que mi abuela estuviera aquí para escucharlo. Seguro que le haría sentir muy orgullosa de mí."

"Apuesto a que ya se siente así," dijo Nova, mirando entre ellos. Sus labios se curvaron ligeramente en las comisuras, como si estuviera comprendiendo lo que había entre ellos. ¿Era tan obvio? ¿Sabría que habían tenido relaciones sexuales? ¿Y muchas, además? Mierda.

"Eso espero."

"Brigid, Will," dijo Jesse para llamar su atención. "Este es mi amigo, el señor Ryder." Sus ojos se iluminaron con orgullo cuando puso las manos sobre los hombros de su hija y asintió con la cabeza hacia su hijo. "Chris, estos son mis hijos, Will y Brigid."

Will no apartó los ojos de Gareth ni del fuego, solo se limitó a levantar la mano y dejarla caer con un alegre, "Hola, señor, ¡encantado de conocerle!"

"Podéis llamarme Christopher," dijo con su voy más guay de tío enrollado que había usado con los nuevos hijastros de su hermana. Todo había marchado de maravilla entre ellos hasta que Bob les había dejado claro que Christopher era un pecador reconocido al que era mejor evitar. Aunque Lee, el más mayor de los tres, como un adolescente rebelde de quince años, parecía pensar que era incluso más *guay* después de eso. Christopher se había deleitado en grande con ese momento. Pero sin duda esperaba que el chico no fuera gay, porque muy probablemente acabaría recluido en alguna parte.

"Me alegro mucho de conoceros a los dos," añadió con una amplia sonrisa.

Brigid, que también había estado observando cómo Gareth trabajaba el metal, volvió la cabeza tajantemente y se le quedó mirando con los ojos entornados y una expresión sospechosa. No dijo nada en absoluto.

Christopher se aclaró la garganta y le sonrió. "¿Te estás divirtiendo hoy?" Una de sus cejas se arqueó, recordándole a la mirada de listilla de Holly.

Ella contestó, extrañada y distante, "Sí, ¿y tú?"

Christopher se puso en cuclillas para estar más próximo a su altura, pero ella era ahora más alta, alzándose por encima de él con arrogancia. "Sin duda, estoy teniendo un buen día. No obstante, trabajo aquí, así que supongo que *diversión* no es la palabra. ¿Qué hay de ti? ¿Has montado ya en alguna atracción?"

Brigid se encogió de hombros. "Solo en los rápidos. Las mejores atracciones están cerradas hasta la primavera."

"La montaña rusa de fuego está abierta."

"Nadie quiere montarse conmigo."

"¿Ah, no?" Miró a Jesse. "¿Tan miedica eres?"

"Papá vomita en todas las atracciones de ese estilo." Ella volteó los ojos. "Solo viene aquí para ver los espectáculos. Yo odio a los espectáculos."

"Brigid," comenzó Jesse, pero Christopher le interrumpió.

"¿Cuáles son las atracciones que más te gustan?"

"Las de agua. Venir aquí en otoño e invierno es muy aburrido."

"No es aburrido," dijo Will con calma, sin apartar la mirada de Gareth. "A papá le gusta ver a ese chico que canta, ya sabes a quién me refiero."

"Will, presta atención. Este es el chico que canta," dijo Brigid, mientras que sus fríos ojos rastreaban a Christopher, haciendo que las palmas de sus manos se humedecieran.

Will no le hizo caso. "Además, te equivocas. La música es buena. Me dan ganas de bailar." Desvió su atención de Gareth y con una brillante mirada, hizo una exhibición de sus movimientos de baile claramente diseñados para mortificar a su hermana.

"Eres tan… ¡odioso!" Brigid cruzó los brazos sobre su pecho.

Christopher levantó la vista para ver la luz del fuego que brillaba en los sudorosos antebrazos de Gareth y su hermoso rostro cubierto de barba. Parecía ajeno a la presencia de Christopher, absorto en su trabajo de calentamiento y martilleo. Sin duda, un cambio agradable en la actitud sarcástica que había mantenido con él en los últimos tiempos. Por lo menos sabía cuándo tenía que ser discreto.

"Los espectáculos son muy aburridos," insistió Brigid.

"No, eso no es verdad," contestó Will, alegremente, dejando de bailar tontamente y sonriendo a Christopher. "Eres un buen cantante, Christopher."

Brigid hizo un suave sonido que más bien sonó un bufido, pero la mano de Jesse cayó sobre su hombro, y ella lo miró y suspiró antes de fruncir el ceño y volver a centrarse en el fuego de la fragua.

"Gracias, Will."

"Me gustan los espectáculos. Y en Navidad me gustan las luces y los árboles, y siempre me gusta toma ese increíble pan de jengibre."

"También te gustan las cabalgatas para bebés," murmuró Brigid. Jesse le apretó el hombro pero ella no se inmutó.

"No son para bebés."

"Sí lo son. Y los malabaristas también."

"Los malabaristas necesitan tener grandes habilidades, Brigid," dijo Jesse.

Ella resopló.

"Oh, ¿sabes qué es lo que más me gusta? Ese hombre que talla las grandes águilas de madera con una motosierra," dijo Will.

"Harry Jones," aclaró Christopher, pero Will ya estaba pensando en otra cosa.

"¡Oh! ¡*Y las águilas reales*! En el santuario. Las águilas del abuelo. Son geniales."

Brigid se encogió de hombros como si ninguna de esas cosas le impresionara realmente.

Christopher intentó una táctica diferente con ella. "Me gusta tu abrigo, Brigid. El morado es mi color favorito."

Sus ojos se estrecharon aún más. "El mío es el amarillo."

"Brigid, la respuesta correcta sería: 'gracias,'" dijo Jesse, suspirando y pasándose la mano por su pelo oscuro.

La niña se volvió hacia Nova, alejándose de su padre, y se abrazó a su abuela. Entonces, casi contradiciendo su declaración anterior, dijo, "Abuela, ¿podemos ir a ver las águilas pronto, por favor? Es mi espectáculo favorito. Quiero ver si la pata de Febrero está ya curada."

Nova deslizó los dedos por el cabello de su nieta, se inclinó y le susurró algo al oído. Brigid suspiró y se aferró a su abuela con más fuerza, resignada y frustrada. Entonces, repentinamente la soltó, volvió a sacar la pajarita de su bolsillo y comenzó a alisarla muy concentradamente.

Cuando Christopher se irguió y se limpió sus sudorosas manos en el pantalón, se encontró con la mirada de Gareth en la pared estrecha y abierta de la fragua. Christopher pudo ver un interés hostil en sus ojos, y se volvió hacia Jesse y Tim. "Bueno, ¿qué os ha traído hoy a todos a los Sueños en las Montañas Humeantes?" Preguntó, aunque ya lo sabía.

"Estamos celebrando el sexagésimo quinto cumpleaños de Nana," dijo Jesse. "Tim pensó que pasar un día en familia en el parque sería un bonito regalo."

"Y barato," añadió el hombre mayor. "Tenemos pases para la temporada, lo que significa que solo tenemos que pagar los aperitivos y la cena. Aunque, no me interpretes mal, los precios son un poco exagerados. Melissa Mundy debe sacarle mucho rendimiento a esos perritos calientes y bolsas de palomitas."

Nova sonrió con cariño y dijo, "Cariño, por favor, no avergüences a Jesse."

"Oh, no, no pasa nada. Lo entiendo," dijo Christopher. "Si yo no pudiera comer gratis por trabajar aquí, tampoco podría permitírmelo."

Christopher se sintió un poco incómodo al reconocer que los precios del parque temático eran un poco elevados. Sabía que Melissa Mundy ganaba bastante gracias a los Sueños en las Montañas Humeantes, pero también sabía que les pagaba a todos sus empleados un salario digno, que era bastante justa con las pagas extras, y que empleaba un gran porcentaje de las ganancias de SMH en áreas en expansión—creando y ampliando nuevos puestos de trabajo en zonas pobres y necesitadas de oportunidades. Estaba a punto de decir algo en defensa de Melissa cuando Jesse lo hizo por él.

"Lo que este lugar ha hecho por la comunidad hace que todos esos gastos merezcan la pena. Si los perritos calientes cuestan cuatro dólares con cincuenta, es dinero bien gastado, y a los turistas no parece importarle una mierda."

"Has dicho 'mierda' papá," dijo Will alegremente, alejándose finalmente de Gareth.

Christopher miró hacia Gareth y vio que la parte más interesante de la herrería ya había terminado y que ahora estaba limpiando su obra. ¿Estaría escuchando la conversación? Christopher no podía saberlo con seguridad, pero la rigidez de su cuerpo indicaba que así era.

"Puedo decirlo si quiero, Will."

"¿Por qué?"

"Porque ya no tengo nueve años y no tengo ninguna profesora que vaya a castigarme sin recreo por haberlo dicho delante de todos mis compañeros."

Will se rio. "Va a ser genial ser adulto. Pienso decir mierda y otro tipo de cosas todo el tiempo. Estoy ansioso."

Jesse pasó la mano por el hombro de Will y lo abrazó contra su cadera. "¿Sí? Bueno, *yo* puedo esperar. Tú y Brigid podéis tomaros todo el tiempo del mundo. No hay ninguna prisa, enano."

"¿Qué quieres ser cuando seas mayor?" Preguntó Christopher a Will.

"Jugador de béisbol."

"No puedes ser jugador de béisbol," dijo Brigid con una voz llena de desprecio. Entonces, volvió a guardarse la pajarita de papel en su bolsillo. "Ya hemos hablado sobre eso, Will."

El niño se encogió de hombros. "¿Por qué no?"

"Porque no eres tan bueno," respondió Brigid, alzando la barbilla y cruzándose de brazos.

"Soy lo suficientemente bueno."

Brigid se llevó las manos a la cara y se alejó de ellos. "Olvídalo. Quiero ver las águilas."

Will corrió por debajo de los aleros, gritando en voz alta, "¡Tal vez entonces sea un entrenador de águilas, B! ¡Seré el mejor entrenador de águilas del mundo entero!"

"Sí, B," dijo Jesse. "El mejor entrenador de águilas del mundo entero."

Brigid se volvió hacia su padre y dijo en voz baja, "No le animes, papá. Es vergonzoso." Luego siguió a su hermano con una extrema dignidad y una gran irritación propia de una hermana mayor.

"Me recuerda a Jackie," dijo Christopher. Cuando Jesse levantó una inquisitiva ceja, añadió, "Mi hermana. Es mayor que yo y pensaba que cada idea que tenía era de lo más estúpido."

"¿Alguna vez superó esa fase?" Preguntó Jesse un poco desesperado.

"No. Aún a día de hoy piensa que soy un idiota."

Nova y Tim salieron detrás de los niños, corriendo antes de que desaparecieran entre la multitud. Jesse gritó tras ellos, "¡Enseguida voy, chicos!"

Nova miró a Christopher y luego otra vez a Jesse, asintió con la cabeza, y luego siguió a los pequeños. Tim gritó, "¡Encantado de conocerte, Christopher! Vente a comer con nosotros algún día. Los amigos de Jesse son nuestros amigos."

Jesse sonrió ante eso y pasó el brazo por los hombros de Christopher mientras que su familia desaparecía entre la multitud. "Bueno, no ha ido del todo mal, ¿no crees?"

"¿Tú crees?"

"Así es." Jesse lo sacudió con suavidad.

El estómago de Christopher dio otro emocionante vuelco mientras que su corazón se preparaba para la bajada más empinada de la montaña rusa de fuego. "Genial."

Hubo un gran estruendo y golpes detrás de ellos, y los dos miraron hacia Gareth, quien estaba cerrando la puerta del otro lado de la fragua, alejándose sin mirarlos con la espalda rígida y un culo magnífico en sus pantalones vaqueros agujereados.

"Guau," dijo Jesse. "¿Qué sucede?"

"¿Qué quieres decir?" Christopher frunció el ceño, mirando cómo Gareth se dirigía a la Pastelería Maybelle, subía con rabia los escalones y entraba en la pequeña tienda.

"¡Vamos! Ese tipo me estaba echando un mal de ojo y deseando verme muerto desde el segundo que apareciste."

"¿En serio?"

"Dios, sí. Siempre que estabas distraído, te estaba mirando fijamente. Me sorprende que no se haya mutilado con la poca atención que le estaba prestando a su trabajo."

Christopher resopló.

"¿Debería estar celoso?" Susurró Jesse en su oído, haciéndole temblar.

"¿Recuerdas lo que me dijiste sobre Ricky? Bueno, resulta que los herreros de treinta años también son siempre un error. ¿Quién iba a saberlo?"

Jesse se alejó, dejando su mano en la nuca de Christopher un rato más de lo necesario antes de soltarle completamente. "¿Un error? ¿Estás seguro?"

"Completamente."

Los ojos de Jesse siguieron el camino que Gareth había tomado. "Tiene un culo espectacular."

"Si te soy sincero, me ponen más sus antebrazos."

Jesse se echó a reír. "Jamás hubiera imaginado que pudieran irte ese tipo de cosas. ¿Antebrazos? ¿En serio?" Él empujó su puño en el agujero que creó con sus dedos ligeramente curvados y simuló un fisting.

"¡Oh, Dios mío!" Jadeó, sintiendo cómo sus mejillas se calentaban. "Quería decir que me gustaba mirarlos."

"Entonces… ¿estuvo bien?"

Christopher se rio. "No lo sé. Supongo. Pero ha sido eclipsado recientemente." Si Jesse no se había dado cuenta del aprieto en el que se había encontrado anteriormente, sin duda, ahora lo haría. Su cuerpo se puso tan caliente que empezó a sudar. "No quiero qué me malinterpretes. Sé que acabamos de empezar lo que… lo que quiera que estemos haciendo… y no estoy diciendo que—"

"¿No estás diciendo que mi forma de follar tu delicioso culo la otra noche fue mejor que lo que tuviste con ese tipo?"

"No. Quiero decir, sí. Fue mejor."

"Bien, porque fue bastante increíble también para mí." Jesse puso una expresión burlona como si estuviera bromeando, pero Christopher vio una arruga de preocupación en su frente mientras que miraba hacia la pastelería. "No tienes por qué decir eso si no lo sientes así, ya lo sabes. Como bien has dicho, no estamos comprometidos ni nada por el estilo. Ve a por el herrero si es lo que quieres."

"Prefiero no hacerlo, para ser honestos. Como he dicho, no fue más que un error."

Jesse estudió a Christopher por un momento y luego asintió. "¿Sigue en pie lo del martes por la mañana?"

"Por supuesto. ¿Qué te gustaría desayunar?"

"Condones," contestó Jesse. "Y lubricante."

Christopher miró a su alrededor, pero no había nadie lo suficientemente cerca como para haberlo oído. "¿Hablas en serio?"

"¿Que si me gustan los muffins de arándanos y el bacon del Sombrero del Viajero? Sí, por supuesto que hablo en serio."

Christopher se echó a reír. "Ya sabes a lo que me refiero."

"Sí, lo sé, pero probablemente no deberíamos. Amanda suele llegar temprano."

"Entonces no me pongas la miel en los labios."

"¿De veras lo harías? ¿Ahí en mi oficina? ¿Sobre mi escritorio?"

"Claro que sí."

"Me gusta eso de ti, Christopher Ryder."

"Como ya dije, no soy siempre tan fácil, pero, ¿qué puedo decir? Tú haces que sea más fácil que fácil."

Gareth entró de nuevo en la fragua, mirándolos como si la presencia de ambos allí parados le estuviera jodiendo la vida.

"Bueno, debería volver con mi familia," dijo Jesse, lanzándole una mirada ilegible al herrero.

"Sí, yo debería ir a prepararme parta mi espectáculo. ¿Estarás allí?"

Jesse sonrió. "¡No me lo perdería por nada del mundo!"

"Oh, y llevaré muffins de arándanos y bacon del Sombrero del Viajero. Entendido."

Jesse se despidió con la mano y se fue. Christopher vaciló por un momento, dudando entre saludar a Gareth o no, y luego simplemente giró sobre sus talones.

Capítulo Diez

JESSE MIRÓ EL RELOJ CATORCE veces la mañana del martes mientras que trataba de elegir en qué debería trabajar mientras que esperaba a que Christopher llegara con el desayuno. Había trabajado un poco en el medallón de su abuela la noche anterior, pero aún le estaba dando vueltas a la cabeza sobre lo que debería cobrar por ello. Parecía extraño aceptar dinero de un hombre con el que estaba follando, pero sabía que Christopher no iba a aceptarlo de ninguna manera gratis. Entonces se preguntó si estaría al tanto de cuánto podría costar un trabajo como ese y si tal vez pudiera descubrir que le estaba cobrando menos de lo indicado.

Finalmente, decidió trabajar en un collar de perlas para un cliente de toda la vida. Estaba perforando cuidadosamente un agujero en el nácar de una perla cuando sonó el timbre de la puerta trasera de la oficina. Su estómago dio un vuelco, su polla se puso gorda, y la emoción inundó sus venas.

"Shh," se dijo a sí mismo mientras que pasaba por delante del pequeño cuarto de baño que aún prevalecía desde que la tienda había funcionado como una residencia. Buscó las llaves en su bolsillo trasero para desbloquear los pestillos de la puerta de atrás, cerca del parking donde Christopher le estaba esperando. "No pienses en eso. Simplemente disfruta del rato que pases con él. No tienes por qué acabar desnudo siempre que lo veas."

Su libido había gritado de desesperación la última vez que había visto a Christopher desnudo, así que si lo desnudaba hoy aquí y lo inclinaba sobre su escritorio, sería perfectamente razonable y nada codicioso en absoluto. Jesse se rio de su propia urgencia y ansia, divertido e intrigado al mismo tiempo. Había pasado mucho tiempo desde la última vez que había deseado a alguien tanto como deseaba a Christopher Ryder; pero aún más tiempo desde que había estado dispuesto a apartar a un lado la necesidad de ver la sonrisa de un chico, de escuchar su voz, y simplemente estar juntos.

Hablando de sonrisas, Christopher parecía estar aún un poco adormilado, aunque guapísimo, cuando Jesse abrió la puerta y dio un paso a un lado para dejarlo entrar. El aroma vigorizante de café emanaba de los vasos de papel en el soporte de cartón entre sus manos. Jesse cerró la puerta detrás de él, echó la llave y pulsó las teclas en el cerrojo de seguridad, antes de quitarle el portavasos de cartón.

"Buenos días," dijo Christopher, levantando la bolsa de papel blanco del Sombrero del Viajero. "Muffins de arándanos, tal como pediste."

Jesse no pudo resistirse a la tentación de inclinarse y plantar un beso en la preciosa boca de Christopher. No fue un beso largo, sin embargo, más bien uno rápido para no perderse la chispa de alegría en sus ojos moteados de dorado. "Pasa, por favor."

Christopher lo siguió. Cuando Jesse miró por encima del hombro, se dio cuenta de que se había detenido momentáneamente en el resto de las fotos de sus viajes con Marcy alrededor de toda Europa cuando eran jóvenes. Era un alivio que hubiera asimilado tan bien la noticia sobre la condición en la que se encontraba Marcy. Jesse nunca se había preocupado porque los hombres con los que había follado tras el accidente supieran algo al respecto, y por supuesto, nunca había querido que conocieran a sus hijos ni a sus suegros. Pero su relación con Christopher era muy diferente en muchos sentidos; sentidos que lo aterrorizaban y le hacían estremecer hasta los dedos de los pies.

Mientras que Christopher examinaba una fotografía de la playa de Cannes, Jesse se preguntó cómo se le vería bajo el sol de la Riviera. Como el oro blanco, probablemente. Su piel era lo suficientemente clara como para quemarse al rojo vivo para posteriormente broncearse, y luego simplemente, *brillar*.

Jesse no hacía demasiadas joyas para hombres, pero pensó en las manos de Christopher e inmediatamente imaginó varias pulseras y anillos que podría hacer para que los modelase. Nunca había hecho nada así con Crete ni Israel. Quizás Christopher podría ser su musa. Jesse sacudió sus pensamientos. Era demasiado pronto. Necesitaba ralentizar su corazón y su mente. Todo era frágil y nuevo. Pensar en cosas a largo plazo no tenía cabida. Todavía no.

Aun así, no pudo evitarlo. Quería enseñarle a Christopher todo aquello que amaba. Verlo interactuar con Will y Brigid el domingo había sido gratificante en formas que no esperaba, pero tenía que usar la cabeza ahora—con cuidado—porque su corazón (y polla) querían avanzar a pasos agigantados. No se había sentido tan vivo, tan emocionado en años. Incluso parecía haberse vuelto mucho más sensible a todo. En este momento, era híper-consciente del roce de la tela de su camisa contra su espalda, y el soplo del aliento de Christopher sobre su cuello mientras que pasaba por su lado y entraba en la oficina.

"Apenas pude dormir anoche. Mi cabeza no dejaba de dar vueltas," dijo Christopher, dejándose caer en el asiento frente a la mesa de Jesse y frotándose su cansada cara. "Siento si parezco un poco distraído. Necesito ese café inmediatamente."

Jesse se sentó frente a él, deslizando la bandeja sobre el escritorio de vidrio. Christopher arrojó la bolsa con las magdalenas entre ellos y agarró el vaso de papel marcado con sus iniciales. Tomó un trago profundo mientras que Jesse observaba el movimiento de deglución de su garganta. Quería saltar por encima de la mesa, envolver la mano alrededor de su cuello y darle un largo beso en el que pudiera deleitarse con el sabor de su boca—café, saliva y pasta de dientes, estaba seguro. En cambio, le preguntó, "¿Estás preocupado por algo?"

Christopher rio suavemente y sacudió la cabeza. "No. Más bien se podría decir que estoy demasiado entusiasmado."

"Yo también. Me desperté antes de que la alarma sonara esta mañana. Pensé que nunca iba a conseguir llevar a Brigid y Will a la escuela y llegar hasta aquí. Luego, cuando lo hice, me di cuenta de que había cometido el clásico error de apresurarme solo para tener que esperar."

Christopher bajó y subió las pestañas seductoramente, y Jesse agarró su propia taza de café, tomando un gran sorbo para no caer de rodillas y arrastrarse hasta Christopher, mordisquear su entrepierna, y—

"¿En qué estás trabajando?" Preguntó Christopher, interrumpiendo su fantasía y asintiendo con la cabeza hacia la colección de artículos que Jesse había apartado a un lado de su escritorio.

"Un collar de perlas para un cliente."

Christopher inclinó la cabeza mientras que examinaba la bandeja de perlas sueltas y la perforadora. "¿Cuánto vale cada una de esas?"

Jesse sonrió. "Las perlas se venden por peso. Estas en concreto no son muy grandes, pero la forma que tienen es muy peculiar y su brillo, muy alto, por lo que valen mucho más que otras perlas del mismo tamaño." Tragó más café y giró en su silla, levantando una mano. "Mira esto." Abrió el cajón en el que había guardado las cuentas cuando una disgustada clienta le había devuelto su collar.

Christopher silbó cuando Jesse le tendió la cadena con unas perlas de gran tamaño. "Guau, es una maravilla," dijo mientras que Jesse terminaba de entregárselo. "Nunca jamás había tenido perlas reales en mis manos."

"Todavía no lo has hecho," contestó Jesse. "Son falsas."

"¿En serio?"

"Una clienta vino a mí a que lo comprobara después de haberse dejado un dineral en ellas en Turquía. Tuve que decirle que le habían timado."

"¿Te pasa con mucha frecuencia que tengas que decirle a algún cliente que ha adquirido una pieza falsa?"

"De vez en cuando. Nunca es agradable."

Christopher se acercó el collar más a los ojos, estudió las cuentas, y luego las comparó con las que Jesse tenía sobre la bandeja. "Parecen iguales."

"A simple vista, tal vez, pero siempre hay maneras de distinguirlas."

Jesse abrió un cajón y sacó una pequeña y sencilla pulsera de perlas que había hecho para un turista que pasaba para allí—y nunca había regresado a por ella. No era realmente un problema, ya que había hecho un diseño experimental de unos pendientes para otro de sus clientes y las perlas de la pulsera le irían de maravilla.

Se lo entregó a Christopher, quien dejó el collar falso sobre el escritorio para mirar la pulsera más de cerca. "¿Estas son reales?" Preguntó Christopher, pasando los dedos sobre las perlas.

"Sí. Te enseñaré cómo puede saberse. Es muy simple. Solo tienes que usar los dientes y la lengua."

Christopher lo miró, ruborizándose cuando captó el doble sentido de sus palabras. Jesse sonrió, encantado. Se puso de pie y caminó alrededor de la mesa, acercándose a Christopher y trasladando las tazas de café al armario donde guardaba sus archivadores.

Ayudó a Christopher a ponerse de pie y tomó las perlas verdaderas de su mano.

"Abre la boca."

Christopher se aclaró la garganta y se lamió los labios. Sus pupilas se dilataron inmediatamente y su pulso comenzó a latir visiblemente en la base de su cuello, lo cual envió una ola de excitación directa a la polla de Jesse. Este levantó la pulsera de perlas y dijo, "Las perlas de verdad están cubiertas de pequeñas plaquetas hechas de un carbonato de calcio conocido como nácar, el cual es un poco arenoso cuando lo frotas contra un diente."

Christopher abrió la boca ligeramente y Jesse se apoderó de su barbilla, sintiendo el ligero roce de su barba contra sus dedos. "Frota la superficie de una de las perlas contra la parte frontal de uno de tus dientes superiores." Él presionó su dedo índice contra la suave piel del labio de Christopher, lo que hizo que su polla se pusiera increíblemente dura. "Así." Deslizó una de las perlas de la pulsera contra el diente de Christopher, sintiendo la adherencia de la humedad de sus labios, y luego tocando su lengua tentativamente con el pulgar.

Jesse susurró, "¿Has sentido la arenilla?"

Christopher asintió; sus mejillas, sonrojadas; sus pupilas, increíblemente dilatadas; y su respiración, agitada y entrecortada. Jesse empujó las perlas más dentro en su boca, deslizándolas por el húmedo hueco bajo su lengua, sintiendo la suavidad de sus mejillas interiores con la yema de sus dedos y la ternura resbaladiza de sus labios. Se inclinó y respiró el aroma de su cuello, ahora emocionantemente familiar: champú con olor a almizcle perfumado con lo que parecía ser, posiblemente, bourbon y libros antiguos, un aftershave terroso con un toque de menta, y el dulce y único olor a lavanda de la casa de su abuela que se aferraba a su ropa y su piel.

"Dios," murmuró Jesse. "Eres simplemente delicioso."

Besó su boca, las perlas todavía colgando de sus labios, y mientras que sus lenguas se enredaban, Jesse tiró de la cadena, creando una sensación desconocida mientras que las perlas rozaban sus labios, e inesperadamente erótica. Él no rompió el beso en ningún momento mientras que lanzaba la pulsera sobre una mesa auxiliar y agarraba la camisa de Christopher, lo arrastraba más cerca, y saboreaba su saliva y hambre mientras que se arrancaban la ropa mutuamente, metiendo las manos por debajo de sus camisas, abriendo botones y bajando cremalleras.

"La puerta," murmuró Christopher.

"Lo tengo." Jesse la cerró de una patada y echó el pestillo antes de volverse hacia la cara roja, el cabello alborotado y la consumidora necesidad de Christopher, quien se había bajado los vaqueros hasta las rodillas y estaba ahora apoyado sobre el escritorio de Jesse con una orgullosa y tiesa polla en su mano. "Mierda. Joder, mírate. Maldita sea."

La boca de Christopher estaba llena de saliva mientras que se acariciaba la polla y sus ojos parpadeaban lánguidamente. Jesse no dudó ni un momento; se dejó caer de rodillas a los pies de su escritorio y devoró su polla ansiosamente. Christopher se arqueó debajo de él, jadeando y gimiendo. Jesse chupaba y bombeaba su cabeza mientras que le quitaba las deportivas y los calcetines, y luego hacía lo mismo con los vaqueros, arrojándolos al suelo y dejando a Christopher desnudo de la cintura para abajo sobre su mesa.

Él se echó hacia atrás y admiró la longitud enrojecida de su miembro cuando un hermoso anillo para testículos de oro con gaspaita cruzó por su mente. Se vería espectacular en Christopher; el oro reflejándose en su vello púbico rubio oscuro. Quería dárselo como regalo para ver cómo reaccionaba a ese tipo de joyería corporal.

Dios, ni siquiera sabía que quería probar algo así con alguien. No, no con alguien. Quería probarlo con Christopher. *Joder*.

Jesse se abalanzó y capturó la boca de Christopher de nuevo, besándolo con fuerza mientras que lo empujaba sobre la mesa, apartaba su camisa del medio y lo tocaba por todas partes, hambriento. Christopher entrelazó las piernas alrededor de su cintura mientras que se besaban y sus manos se apoderaban de mechones de su cabello, sosteniéndolo firmemente a la vez que varios bolígrafos y alicates caían al suelo con un gran estrépito. Jesse gimió y se separó, besando su camino por el cuello de Christopher siempre apartando la tela de su camisa a un lado.

"Joder, joder," susurró Christopher. "Por favor, chúpame o tócame, o… necesito sentir tu boca sobre mí."

Jesse se apartó lo suficiente como para poder deleitarse con la visión de Christopher brillando intensamente y medio desnudo sobre su escritorio, y luego le arrancó la camisa, revelando su estómago y unos pequeños pezones marrones que rogaban ser chupados. Él se dejó caer de nuevo, tomando uno la boca, sintiendo la sacudida de Christopher y el jadeo de su caliente aliento sobre la coronilla de su cabeza.

"Tú… desnúdate de una vez," gruñó Christopher mientras se retorcía, gimiendo cuando Jesse mordió suavemente su pezón y luego lo chupó de nuevo. "Quiero sentir tu piel y agarrarte el culo. Vamos, quítate la ropa."

Jesse resopló mientras que levantaba la parte superior de su cuerpo, resbalándose cuando apoyó las manos en el cristal de la superficie del escritorio y, a continuación, se sacó rápidamente su camiseta abotonada por la cabeza, se bajó la cremallera de los pantalones y liberó su polla. Recorrió a Christopher con los ojos mientras que se quitaba los zapatos y después deslizaba por sus piernas sus pantalones y bóxers. Luego su mirada se posó en el largo collar de perlas falsas todavía en la orilla del escritorio.

Se limpió la boca con el dorso de la mano y sintió una ardiente oleada de lujuria ante la idea que cruzó por su mente. "¿Quieres que haga que te corras?"

"Quiero que me toques. Estoy tan cachondo que voy a correrme en cuanto me pongas un dedo encima, pero, joder, ven aquí de una jodida vez. Quiero que lo hagas tú. Quiero que hagas que me corra con fuerza."

"¿Con fuerza?"

"Con mucha jodida fuerza." Christopher jadeaba de deseo y sus ojos se habían vuelto tan oscuros que Jesse apenas podía distinguir el iris de la pupila. "Estoy demasiado cerca."

Jesse tomó el collar de cuentas de perlas falsas. "Deja que te acerque un poco más, entonces."

Metió las manos por debajo de sus rodillas, las flexionó y las subió sobre su estómago. "Sujétate así."

Los brazos de Christopher temblaron cuando se agarró las piernas y tiró de sus muslos hasta que descansaron sobre su tripa. Jesse tragó saliva y lo miró, al descubierto, expuesto sobre su escritorio todo para él, y sin ninguna vacilación—solo confianza y entusiasmo en todos sus músculos, en cada ardiente mirada que le lanzaba por debajo de sus espesas pestañas.

"Joder," susurró Jesse antes de inclinarse para besarlo, morder su hombro, y posteriormente, chupar su tembloroso estómago hasta su polla—haciendo que se tensara con cada caricia y beso húmedo. Mientras que se arrastraba hacia abajo, deslizó las cuentas sobre la piel de Christopher, viendo la estela de temblor que dejaba a su paso.

La cabeza de la polla de Christopher brillaba con líquido preseminal y estaba hinchada, congestionada y excesivamente suave al tacto. Jesse pasó los dedos por su eje, siguiendo el rastro de una palpitante vena hasta sus pelotas apretadas y ligeramente peludas. Jesse había empezado a salivar y cuando terminó de recorrerlo con la mano, se deslizó sobre su polla y lo engulló hasta el fondo de su garganta.

"¡Joder!" Exclamó Christopher, encorvándose y gimiendo, pero todavía aferrándose a sus piernas, manteniéndose abierto y vulnerable para Jesse. Unos meneos más de la cabeza de este último lo tuvieron murmurando, "Me corro, me corro," y Jesse se apartó para que la húmeda polla de Christopher golpeara su vientre.

"No, no, no," gimió. "Oh Dios, por favor, por favor—"

"Shh. Voy a hacer que te corras, tal y como me has pedido, cariño. Solo dame un minuto. Te encantará."

Jesse se agachó, deleitándose con la perfección de las pelotas apretadas y tensas de Christopher, acercándose tanto a su polla que iba a correrse antes de que Jesse estuviera listo si no lo traía de vuelta desde la cima de su placer—o simplemente le ayudaba a pasar por encima, pero de una manera diferente. Besó cada testículo y luego se metió ambos en la boca y tiró de ellos. Entonces, bajó la cabeza y pasó la lengua por su apretado agujero.

Sonrió, examinando su culo por un momento—su pálida piel, sus magníficos músculos, su dulce ano fruncido y amoratado, y su vello púbico rubio oscuro que se detenía mucho antes de donde Jesse estaba poniendo su lengua. Justo como había hecho la otra noche en su casa, Christopher respondía maravillosamente al beso negro. Su cuerpo se contrajo, su voz subía y bajaba en gemidos que no podían ser frenados; y todo él era una masa temblorosa que se sacudía violentamente bajo las embestidas de placer.

"¡Dios, joder, nunca me he corrido de esta manera pero estoy a punto de—" Gritó mientras que sus piernas temblaban y su culo convulsionaba alrededor de la lengua de Jesse. "Por favor, Jesse, oh Dios mío, por favor, necesito, necesito, necesito—"

"Sé lo que necesitas." Jesse se puso de pie y se inclinó sobre Christopher. "Abre la boca."

Christopher, con sus ojos vidriosos, hizo lo que Jesse le pidió, y sus ojos se abrieron aún más cuando este último le metió las perlas del collar en la boca y le obligó a cerrarla alrededor de las cuentas mientras que sostenía el resto de la cadena.

"Mójalas."

Christopher gimió y cerró los ojos, humedeciendo las cuentas con los labios muy apretados, el rostro enrojecido y sus pezones a punto de estallar.

"Abre bien."

Jesse tiró de la cuerda con firmeza, sacando las perlas de su boca e inclinándose posteriormente sobre él. Lo miró fijamente a la cara; estudiando el temblor de sus pestañas y labios cuando lentamente y con cuidado, introdujo el collar de cuentas por su apretado y ansioso esfínter. La primera entró muy fácilmente, y la segunda más fácil aún. Christopher se movió y gimió mientras que su resbaladiza y húmeda polla se deslizaba por su estómago con cada aliento que contenía tras cada perla que entraba en él.

"¿Habías hecho esto alguna vez antes?"

Christopher negó con la cabeza mientras que el sudor corría por sus sienes.

"Por lo general, las cuentas tienen que ser más grandes, pero estas te darán una buena sacudida. Seré capaz de hacer que explotes si las saco en el momento justo."

Christopher gruñó y sus nudillos se volvieron blancos sobre sus muslos mientras que se agarraba con todas sus fuerzas y se mantenía ansiosamente expuesto. "Hazlo. No puedo esperar. Hazlo, Jesse."

"Shh, cariño. Solo un segundo. Voy a correrme primero."

Christopher gimió.

Jesse agarró su palpitante polla, acariciando su cabeza y extendiendo el líquido preseminal por ella con la yema de su pulgar. Después empezó a meneársela rápida y duramente, lo que hizo que sus bolas se apretaran automáticamente, y sus ojos recorrieran el cuerpo de Christopher con avidez, fijándose durante un largo rato en su polla y en los espasmos de su culo alrededor de las perlas con el broche de oro colgando hacia fuera. Su hermoso rostro no cesaba de implorarle mientras que gemía y gritaba con esa magnífica voz que tanto le *afectaba*. Extendió la mano para aferrarse a su cadera mientras que se corría de un modo deslumbrantemente bueno dejando que toda su viscosidad aterrizara sobre la polla y las pelotas de Christopher.

"¡Oh, Dios mío!" Christopher se quedó sin aliento, agarró su polla y se masturbó con rapidez usando el esperma de Jesse como lubricante. Este último casi se perdió el gran momento, todavía agitado tras su propio orgasmo, pero en el último segundo, mientras que Christopher gruñía y se sacudía sobre el escritorio, sacudiendo su polla violentamente y con su culo convulsionando poderosamente, tiró de la cadena de perlas y se la sacó del ano.

Christopher gritó, arqueó el cuerpo y disparó su carga con tanta fuerza que golpeó la pared detrás de él, y otro chorro golpeó a Christopher en su propia cara. "¡Dios bendito! ¡Dios *bendito*!" Gritó, y otro pequeño charco de semen corrió por su miembro. Christopher, temblando y cubierto de esperma, se sentó y tiró de Jesse en un inesperado beso.

"Oh, Dios mío," respiró contra su cuerpo cuando finalmente se separaron.

"¿Te ha gustado?"

"¿Es una pregunta trampa? Acabo de ganar la medalla de oro de los orgasmos. Jesús, ¿dónde has estado toda mi vida?"

Jesse lamió un poco de semen de la barbilla y nariz de Christopher, y chupó el lóbulo de su oreja, disfrutando del temblor de su cuerpo. "He estado aquí, esperándote," murmuró a la par que sus ojos vagaban hacia la foto de Viena manchada en la pared, sintiendo algo muy extraño mientras que abrazaba a Christopher. No era culpabilidad ni nada de eso, y tampoco esperanza, sino más bien una sensación de que ya había llegado la hora de pasar página, y tal vez incluso seguir adelante.

Capítulo Once

LOS PRIMEROS QUINCE MINUTOS DEL viaje de hora y media hasta Knoxville pasaron rápidamente mientras que Christopher le daba vueltas al estribillo de la nueva canción que estaba tratando de componer.

Había sido capaz de admitir para sí mismo que la canción hablaba indiscutiblemente *sobre* Jesse, pero no iba a indagar demasiado en ese hecho. Todavía era demasiado nuevo y demasiado propenso a desmoronarse en cualquier momento como para asumir que la llegada de Jesse a su vida era lo que le había devuelto su inspiración musical. Crear nuevas melodías, letras y acordes de guitarra era demasiado bueno como para estropearlo tratando de analizarlo y hacer conjeturas.

Sin embargo, sus pensamientos sobre Jesse eran demasiado emocionantes y poderosos como para apartarlos a un lado. Cuando llegó a Sevierville, se entregó a ellos por completo. Había visto a Jesse dos veces más desde el suceso con las perlas en su oficina. Eso había superado todas sus expectativas y experiencias hasta la fecha, haciendo que se sonrojara cada vez que lo recordaba.

No sabía que todavía podría reaccionar de esa manera. Siempre se había enorgullecido mucho de ser descarado y atrevido en la cama, pero al parecer aún existían actividades que nunca había considerado y que aún le sorprendían al mismo tiempo que le excitaban.

Mientras que se incorporaba al tráfico de la I-40, se preguntó qué otras ideas podría tener Jesse que él nunca se habría imaginado, lo cual fue suficiente para que su sangre saliera disparada directa a su entrepierna y su pulso latiera en sus oídos. Pero no iba a poder liberarse en estos momentos de su creciente excitación, por lo que optó por apartar sus pensamientos del día en que se corrió hasta quedarse seco sobre el escritorio de Jesse y centrarse en el desayuno menos intenso que habían compartido el jueves.

Amanda había estado con ellos porque Jesse le había insistido que se quedara, a pesar del evidente deseo de la chica por dejarlos solos. Christopher se había preguntado a qué habría venido tanta insistencia. Personalmente, se había quedado con las ganas de estar de nuevo con él a solas, y no había podido evitar preguntarse si tal vez Jesse estaría perdiendo interés.

Pero entonces Amanda había comenzado a hablar y Christopher captó sus intenciones desde la primera pregunta directa que hizo. ("Bueno, ¿de dónde eres?"). No se trataba de evitarlo sino más bien de una comprobación de antecedentes. Jesse estaba dejando que Amanda lo interrogara, lo cual decía mucho sobre sus intenciones. Muchas cosas buenas, esperaba—algo que le hiciera sentir menos idiota por haberle preguntado si quería ser su acompañante para ir a un evento para el cual aún quedaban varias semanas. Había entendido completamente que Jesse tenía que llevar a los niños a pedir caramelos por las casas y no podía asistir a una fiesta de Halloween. Había sido muy estúpido por su parte haberle preguntado en primer lugar.

Su desayuno con Amanda había sido bastante divertido, y había aprendido mucho sobre los dos hermanos a pesar de que la conversación se había centrado en un interrogatorio amable hacia su persona. Había descubierto que Amanda era muy perspicaz y le gustaba reírse a carcajadas. Había descubierto que Jesse admiraba mucho a su hermana y tenía muy en cuenta su valiosa opinión. Había descubierto que ambos hermanos se querían mucho y tenían una relación que Christopher prácticamente envidiaba. Él jamás había tenido nada parecido con Jackie. No es que pelaran mucho. Era más bien que Jackie no podía conciliar su homofobia con el amor que sentía por su hermano pequeño y por lo tanto, sus interacciones eran superficiales en el mejor de los casos, e hirientes en el peor de ellos.

Jesse había pasado el brazo alrededor de su hombro mientras caminaban hacia el estacionamiento, y Christopher había pensado que eso iba a ser todo. Pero tan pronto como entró en su Yaris, Jesse dio unos golpecitos en la ventanilla. Después de bajar el cristal a tope, Christopher no pudo evitar sonreír cuando Jesse se abalanzó y lo besó, haciendo que sus dientes chocaran ligeramente.

Jesse fue quien había roto el beso, acariciando la barbilla de Christopher y diciendo, "Nos vemos pronto, ¿de acuerdo?" Había sido una promesa, con una voz ronca y suave, baja y llena de significado.

Christopher asintió y se alejó, sacudido e incapaz de detener una risa histérica que brotó de sus labios cuando la alegría lo inundó. Se habían intercambiado mensajes de texto esporádicamente durante todo el viernes y sábado por la mañana, pero no habían materializado ningún plan en concreto. Habían hablado sobre las clases de baile de Brigid, ("hip hop para chicas: molesto a la vista," había sido la conclusión de Jesse); el resultado del partido de béisbol Will; la música de Fleetwood Mac, (la banda favorita de Jesse, y las canciones que Christopher asociaba con los supermercados a los que iba en su juventud); Ryan Adams, (ambos pensaban que tenía mucho talento pero que no era muy rentable como producto); y las mejores actuaciones del festival de bluegrass que SMH había patrocinado en Knoxville la primavera anterior.

Luego a última hora del sábado por la tarde, cuando Christopher salió del vestuario de los empleados, con la cara recién lavada y limpia de maquillaje, había girado la esquina del Jardín de la Cerveza del Oso Negro y había visto a Jesse apoyado en la barandilla.

Ahora, mientras que se mezclaba con el tráfico de la I-40 y aumentaba la velocidad hasta setenta como mucho, no pudo evitar sonreír ampliamente. Todo su cuerpo zumbaba con entusiasmo. Jesse estaba tan guapo que casi le había hecho daño a la vista verlo allí parado con sus pantalones vaqueros oscuros, su suéter a rayas negro y gris que le hacía parecer aún más moreno, y el brillo de sus ojos que le recordaba al chocolate caliente.

"Amanda insistió en llevar a los niños a ver la última película de Disney," le había dicho a modo de saludo. "Algo de combinar Halloween con las princesas, yo qué sé. Estoy seguro de que me enteraré muy pronto y no podré quitarme las canciones de la cabeza durante toda una semana. O tal vez no. Brigid aún no se ha aclarado sobre si es demasiado mayor ya para las princesas Disney, incluso si esta película en concreto es sobre una princesa esqueleto y un vampiro."

Christopher había sonreído. "¿Cuál es el plan?"

"¿Cuándo fue la última vez que subiste a la noria?" Le había preguntado. "He oído que es un plan muy romántico cuando estás con alguien que te gusta." Había movido las cejas seductoramente y se había echado a reír. "¿Qué dices?"

Christopher había dicho que sí, por supuesto, y habían montado en la noria, los platillos voladores, evitado la montaña rusa de fuego (ambos sintiéndose demasiado gallinas como para montar), y Jesse había perdido sesenta dólares tirando anillas en la verbena. Bueno, Jesse los había perdido mientras que Christopher se limitaba a observar porque hacía mucho tiempo que sabía que todos esos juegos estaban manipulados, desde que Meryl Quaid le había mostrado los mecanismos cuando empezó a trabajar en SMH.

Él se lo había dicho a Jesse, pero este se había encogido de hombros y había respondido, "Pienso ganar un oso negro de peluche para ti de todos modos. Ya lo verás." Al final, no lo había conseguido pero había sido bastante encantador verle intentarlo. Jesse se había tomado su fracaso con deportividad, riendo y guiñándole el ojo a Christopher cuando se rindió finalmente. "Te daré algo mucho mejor más tarde."

La insinuación había hecho reír a Christopher y el dueño de la caseta de las anillas se había mostrado un poco incómodo mientras que volvía a colocarlo todo. A Christopher no le había importado lo más mínimo. Había muchas parejas heterosexuales de la mano y besándose a cada pocos pasos, por lo que no tendría por qué preocuparse por flirtear un poco en público. Además, Melissa Mundy había incorporado hacía ya bastante tiempo las amistosas reglas LGBT en todos sus contratos. Probablemente podría besar a Jesse en ese mismo momento y su trabajo estaría a salvo. Simplemente no le parecía la mejor idea en medio de un parque temático lleno de buenos chicos Apalaches.

La noche había terminado muy bien, con una nueva visita al molino. Esta vez, ya que el parque no iba a cerrar aún y la panadería todavía estaba abierta, simplemente se agacharon por debajo del edificio, donde la rueda golpeaba incesantemente el agua, y se besaron en la oscuridad y entre las sombras, magreándose como si fueran dos adolescentes. Cuando habían estado a punto de llegar al orgasmo, se habían separado lo suficiente para liberar sus pollas y Jesse se había dejado caer de rodillas, haciéndose una paja y chupando la polla de Christopher hasta que se había tragado su placer. Christopher le había devuelto el favor, y habían salido de allí del mismo modo que llegaron, riendo y limpiándose sus respectivas bocas con el dorso de sus manos.

Christopher suspiró ensoñadoramente al recordar la forma en que se tomaron de la mano todo el tiempo hasta que salieron de los arbustos. Algún día, sería lo suficientemente valiente como para ir simplemente de la mano de un hombre por los Sueños en las Montañas Humeantes. Tal vez ese hombre sería Jesse. Por ahora era bastante increíble poder pasear con él en público, saber que podía tocarlo y *volvería* a tocarlo. Sospechar que tal vez, solo tal vez, ese maravilloso hombre tan guapo podría llegar a convertirse en su novio algún día.

La residencia de ancianos de Nana estaba en un pequeño campus verde al lado de un arroyo susurrante que ofrecía un precioso paseo por la naturaleza para los pacientes que todavía se valían por sí mismos para salir de sus habitaciones privadas y semi-privadas. Nana no era uno de ellos, ya que hacía mucho tiempo que no podía tenerse en pie y ahora vivía postrada a una silla de ruedas. A veces, las enfermeras le daban una vuelta por el patio o la sacaban a la terraza para que pudiera disfrutar del aire fresco y ver el cielo.

Christopher sabía que Jackie venía todos los martes después de su clase de jazz para asegurarse de que Nana estaba saliendo lo suficiente de su habitación y traerle un poco de comida para llevar del T.G.I. Friday's, su restaurante favorito. Tía Laurie Ann y sus hijos se habían trasladado a West Virginia hacía años, pero le habían enviado a Nana un iPad y hablaban por el chat casi todos los días. También sabía que su madre y Bob se pasaban varias veces a la semana a llevarle comida, dulces, o simplemente para saludarla.

Nana siempre se quejaba de sus visitas, alegando que desearía que ese memo se quedara en casa.

"Él hace que el nombre de Dios sea una blasfemia cada vez que lo usa con cada maldita cosa. Yo amo a Jesús, pero él hace de él alguien a quien no me gustaría conocer. Tu madre sabe lo mucho que me irrita. Me encantaría que Sammie Mae lo dejara en casa."

A Christopher le encantaría que su madre lo dejara, a secas, pero no lo iba a hacer. Había quedado más que claro en la década que se había tirado junto al hombre.

En retrospectiva, Christopher pensaba que Nana tenía una buena vida en la residencia de ancianos, mejor que muchas de las personas mayores que vivían allí, que como mucho tenían la suerte de ver a sus familias una vez al mes. Christopher trataba de pasarse cada dos semanas, tres a lo sumo, y su abuela siempre le hacía sentir como si fuera el mejor visitante que hubiera tenido en toda su vida. La sonrisa que mostraba su perfecta dentadura le llegaba directamente al corazón, y Christopher haría cualquier cosa por verla. Haría cualquier cosa por hacer a su abuela feliz.

"¡Hola, Nana!" Dijo, entrando en su habitación semi-privada, con las rosas rojas y amarillas en una mano y el tarro de mermelada en la otra.

Siempre era igual. Edna Miller, una mujer de ochenta y tres años de edad, que estaba medio sorda y sufría de demencia senil, estaba en la cama en su lado de la habitación vestida con una fina bata de color turquesa, escuchando a Amy Grant y divagando en voz baja con ella misma o para Nana sobre el caballo que había tenido cuando tenía trece años.

Christopher lo sabía todo acerca del animal. La señorita Edna, como él la llamaba, hablaba de él todo el tiempo. Era un ruano llamado Butterscotch, y la señorita Edna lo adoraba. Las historias de la mujer sobre su caballo eran innumerables, pero esta en concreto parecía ser una de sus favoritas.

"¡Ahí está!" Dijo Edna, notando su presencia y alzando la voz sobre el canto sincero de Amy respecto a Jesús. "¡Estuvo a punto de golpearnos a Scotchie y a mí! ¡Todo sucedió en un abrir y cerrar de ojos! ¡El coche! ¡Apareció de la nada! ¡Juro que ni siquiera lo vi!"

"Ya lo sabemos, Edna, cariño," dijo el Nana, girando su silla de ruedas desde donde estaba mirando por la ventana hacia la brillante luz otoñal que bañaba los árboles grises y la hierba. "Ya hemos escuchado esa historia antes. Miles de veces. ¡Christopher! ¡Me alegro mucho de verte, cariño!"

"Scotchie era una buena chica. Nunca jamás me tiró, pero—"

"Que Dios la guarde en su gloria," dijo Nana, volteando los ojos y haciéndole una señal a Christopher para que se acercara. "No ha parado de hablar de lo mismo durante todo el día. Si tuviera un poco más de fuerza, ya la hubiera asfixiado con la almohada. Ya ves lo que sucede cuando te haces mayor. Te vuelves demasiado viejo incluso para cometer un asesinato. Ahora, vamos, déjame que te dé un abrazo."

Christopher caminó más allá de las estanterías llenas de fotos de la familia de la señorita Edna y llegó al espacio que ocupaba Nana. También estaba lleno de fotos y de dibujos de sus primos más pequeños. La tía Laurie Ann se había mostrado muy decidida a fabricar bebés y había tenido cinco hijos a lo largo de trece años. Al lado de la cama de Nana, en un lugar privilegiado, había una foto de Christopher en el escenario de los Sueños en las Montañas Humeantes, con los ojos cerrados y la boca abierta; y al lado de esa, una de cuando tenía dieciséis años, agarrando una guitarra con una mano y abrazando a Nana con la otra. Ella le había regalado el instrumento por su cumpleaños.

Christopher le entregó las flores y la mermelada, y luego se inclinó hacia abajo y entró en su abrazo. La abuela olía a loción de mandarina y a pelo un poco sucio. Sabía que los estudiantes de la escuela de belleza se pasaban a arreglar el cabello de los pacientes los sábados, así que mañana recuperaría su aroma habitual a Aquanet y Head & Shoulders.

"¿Cómo te sientes, Nana?" Preguntó, alejándose unos pasos y agarrando una de las sillas de madera de la zona de recepción. Se sentó a su lado y tomó su mano. "Tienes buen aspecto."

"Podría tenerlo mucho mejor." La anciana se pasó las manos por el pelo y sonrió. "Pásame mi lápiz de labios, ¿quieres? Y ese pequeño espejo sobre mi cama."

Christopher se estiró hacia la mesita de noche y le entregó el espejito compacto y una barra de labios roja. Las manos de Nana temblaron un poco mientras se aplicaba el maquillaje. Luego se estudió a sí misma en el espejo y sonrió, satisfecha. Era demasiado chillón, a ojos de Christopher, pero era el color que siempre había llevado. Cuando era más joven, había sido más apropiado y bonito. Ese tipo de pensamientos siempre hacía que sintiera una punzada en su corazón y que sus ojos se llenaran de lágrimas.

"Entonces, ¿te apetece T.G.I. Friday's, Nana? ¿O tienes algún otro lugar en mente?"

"Me apetece ir al McDonalds, y quiero comer junto al arroyo para que pueda contemplar el agua."

"De acuerdo."

"¿Quieres algo del McDonalds, Edna?" Preguntó la abuela.

"A Scotchie le encantaban las zanahorias. Y los malvaviscos." La mujer se echó a reír. "Los inhalaba uno tras otro directamente de mi mano. Le hacían muy feliz. Qué chica tan adorable."

"Le traeremos unas patatas fritas," dijo Nana, agitando las manos hacia un suéter sobre la cómoda y tirando de él cuando Christopher se lo acercó. "Vamos."

Las enfermeras le desearon un buen día mientras que avanzaban por el pasillo. Nana se mostró orgullosa de que alguien se la estuviera llevando lejos de la residencia. Tal como Christopher tenía entendido, los pacientes se juzgaban a sí mismos y a los demás por el número de visitantes que recibían y las excursiones que hacían, lo cual le entristecía, aunque por otro lado, se alegraba de que Nana ocupara uno de los puestos más altos en el ranking.

"Necesitas un coche más grande," comentó la abuela una vez que Christopher le ayudó a acomodarse en el asiento del pasajero. Después, abrió el portón y condujo la silla de ruedas en su interior, haciendo un ruido evasivo ante la habitual queja de la anciana.

Nana extendió la mano y le acarició el cabello cuando se subió al asiento del conductor y encendió el motor. "Qué chico más guapo," dijo. "Qué carita más preciosa."

Christopher volteó los ojos, pero una sonrisa floreció en su corazón. "¿Seguro que no quieres que te corrompa, Nana? ¿Qué te parece si derrapamos por la carretera? ¿O que conduzcamos sin parar hasta York? ¿O que tal vez vayamos en avión hasta Hawaii?"

"No digas tonterías. Soy demasiado vieja para todo eso. Solo llévame hasta el arroyo y seré la mujer más feliz del mundo."

"Si estás segura…"

Ella se rio entre dientes. "Oh, estoy muy segura. Pero eso me recuerda—cuando me muera, habrá un poco de dinerillo para ti y quiero que hagas algo estúpido con él. Un viaje a Europa, Nueva York o Hawai. Hagas lo que hagas, *prométeme* que no será algo sensato. No te he criado para que seas un aburrido."

Christopher sonrió. Nana no le había criado en absoluto, de hecho, a pesar de que le hubiera gustado que así hubiera sido. Ella había estado siempre ahí para él y había hecho que su vida marginal mereciera la pena durante los horribles años de su adolescencia. Pero, para bien o para mal, era hijo de Sammie Mae, y ella y Bob eran quienes lo habían criado después de que su padre se hubiera largado.

"Te lo prometo, Nana. Algo estúpido. Trato hecho."

Mientras que se detenía en el tráfico, Christopher reflexionó sobre lo extraño que era el hecho de que no se considerase hijo de James Ryder, no del mismo modo en que se consideraba hijo de Sammie Mae. Supuso que era difícil sentir que un hombre era su padre cuando se había largado con otra mujer—otras mujeres, como se supo posteriormente. Christopher había tenido tres hermanastros de las posteriores relaciones de su padre, pero no tenía trato con ninguno de ellos. Si alguna vez venían a buscarlo, suponía que estaría abierto a conocerlos, pero a día de hoy, solo eran personas que compartían su mismo ADN.

"Tomaré un Bic Mac," dijo Nana cuando se detuvieron en la entrada. "No te olvides de las patatas fritas de Edna y pídele también una tarta de manzana. Necesita comer más. Está demasiado flaca."

Christopher hizo el pedido y trató de evitar que su abuela pagara, pero finalmente la dejó, sabiendo que se sentiría mejor si se encargaba de la factura.

Mientras que la abuela se guardaba el cambio en su monedero, dijo, "De acuerdo, una cosa hecha. Ahora, vayamos al arroyo. Y pon la radio alta. Algo bueno, por supuesto. No esa chatarra de hoy en día a la que llaman música."

Christopher se incorporó a la carretera, sintonizando la radio hasta que encontró una emisora en la que estaban reproduciendo una canción de Perry Como. Nana se recostó en su asiento, con el cinturón de seguridad a la altura de su cuello ya que estaba demasiado consumida, y cantó al unísono, sus gorjeos apenas manteniendo el ritmo de la canción.

Christopher dejó que disfrutara de la música mientras que conducía con cuidado por las sinuosas carreteras hasta que salió a la carretera principal que llevaba a la zona de aparcamiento cerca del arroyo. Se preguntó entonces si Jesse tendría alguna abuela con vida, y, si no era así, cómo habría sido su relación con ellas cuando todavía las tenía. Teniendo en cuenta lo que le había contado sobre sus padres, se imaginaba que tal vez no habría estado muy unido a sus abuelos, lo cual le parecía muy triste. Todo el mundo se merecía una Nana.

"Entonces, háblame de él," dijo la abuela varios minutos más tarde mientras que devoraba su Big Mac y miraba el agua desde el coche. Habían bajado las ventanillas, y una brisa fresca soplaba dentro del vehículo.

"¿De qué estás hablando?"

"Sabes muy bien de qué estoy hablando, Christopher Alan Ryder. No puedes engañar tan fácilmente a tu abuela. Se nota claramente que tienes un hombre en la cabeza."

"Nana, eso es ridículo. No puedes saber una cosa así con solo mirarme."

"¿Estás diciendo que tu Nana es una mentirosa?"

"Por supuesto que no."

"¿Entonces es solo sexo?"

Christopher se atragantó con su hamburguesa y trató de darle un sorbo a su refresco mientras farfullaba. "¡¿*Qué*?!"

"Ya me has oído. ¿Crees que no sé lo que os va a los chicos de hoy en día? Lo sé de sobra. Me veo todos los realities de la televisión."

"Nana, yo no soy uno de esos chicos y no, no se trata solo de eso." *Espero que no, al menos.* "Probablemente."

"¡Ja! ¿Cómo se llama?"

Christopher sintió cómo se calentaban sus mejillas y volteó los ojos, mostrando estar más molesto de como realmente se sentía. "Jesse."

"¿No es ese Gareth, entonces? ¿El herrero al que saludaste en los Sueños en las Montañas Humeantes la última vez que me llevaste?"

"No."

Los ojos de Nana se estrecharon y lo estudiaron. "Pasó algo entre vosotros, ¿no es así?"

"Estuvimos juntos una noche."

"¿Ves? Sé lo que os va a los chicos de hoy en día. Sexo y solo sexo."

"Yo quería tener algo más con él, pero él me dijo que quería volver con su ex así que, fin de la historia."

"Te mereces algo mejor de todos modos."

Christopher se echó a reír. "Gracias, Nana. Tú siempre pensarás eso esté con quién esté."

"¿Te mereces algo mejor que ese tal Jesse?"

"No creo. No lo sé."

"¿Cómo se apellida?"

"Birch. Jesse Birch."

Nana se quedó en silencio, con la boca abierta y los ojos como platos. "No puede ser verdad. Jesse Birch, ¿eh? Lo conozco desde que no era nada más que un mocoso. Él y su hermana solían venir a mi tienda. Terminó casado con Marcy McMillan. Una verdadera lástima lo que le ocurrió." Nana chasqueó la lengua, y Christopher estuvo a punto de preguntarle sobre los detalles más gores que nunca había querido preguntarle a Jesse cuando ella prosiguió, "Entonces, ¿vuelven a gustarle los hombres?"

Christopher se aclaró la garganta, mordió su hamburguesa y masticó un poco antes de contestar. "Creo que nunca han dejado de gustarle. Quiero decir que creo que le gustan las mujeres y los hombres por igual."

"Oh. Bueno, eso es muy conveniente. Debe hacer que todo sea más fácil."

"Yo no lo creo, Nana. Probablemente haga que todo sea mucho más confuso." Aunque Christopher no podía saberlo con seguridad. Nunca se había sentido atraído por ninguna mujer en toda su vida.

"Tal vez."

Christopher no estaba seguro de qué más que decir por lo que se quedó mirando el sol brillando sobre el lago gris, y se aclaró la garganta.

Nana continuó hablando, "Entonces, ¿cómo lo conociste?"

La mente de Christopher se deslizó por la grava y patinó mientras trataba de pensar en una respuesta adecuada. No podía decirle nada sobre su regalo y tampoco podía mentirle porque se le daba fatal y nunca nadie le creía, Nana en especial. "Viene mucho por los Sueños en las Montañas Humeantes. Es un gran fan de mi música, supongo. Siempre viene a ver los espectáculos."

Los ojos de Nana brillaron con orgullo mientras lo miraba. "¿Va a verte actuar a ti? ¿No a ese tal Látigo Hinkins?"

Christopher asintió. "Eso es lo que dice."

"Jesse Birch puede ser un montón de cosas, pero sin duda no es un mentiroso. Si dice que va al parque a verte, entonces, chico, es que va a verte." La voz de Nana vibró de alegría. "Obviamente, tiene buen gusto." Entonces frunció el ceño de nuevo. "Y tiene hijos. Eso hace que las cosas puedan ser mucho más serias de lo que realmente esperas."

"Lo sé. Nos lo estamos tomando con calma." Christopher se aclaró la garganta otra vez, pensando que la cantidad de sexo que habían tenido en las últimas dos semanas probablemente no contaría como "tomárselo con calma" en el libro de Nana.

Ella lo miró bruscamente.

"¿Qué?"

"¿Seguro que no es solo sexo?" Preguntó.

Christopher suspiró y dejó su hamburguesa de nuevo en la bolsa. "Esta es justo la conversación que jamás imaginaba tener contigo, Nana."

"Yo sé lo que es el sexo. ¿Cómo crees sino que tuve a tu madre, Rodney y Laurie Ann, jovencito? Y odio tener que decírtelo de esta manera, pero tu madre también ha tenido relaciones sexuales."

Christopher volteó los ojos. "Lo sé." Todavía estaba traumatizado tras haber escuchado más de una vez a su madre y Bob después de casarse a través de la fina pared que separaba sus dormitorios.

"Así que…" Nana movió su huesudo dedo hacia él. "Responde a mi pregunta. Sé que me estás ocultando algo, y 'tomártelo con calma' no significa lo que tú quieres que yo crea que significa, me apuesto lo que quieras. Más bien significa que estás haciendo todo lo posible para no involucrarte emocionalmente. ¿Solo existe una atracción física entre ambos?"

"No. No lo creo."

"Solo lo estoy preguntando porque hay niños de por medio, Christopher, y eso lo cambia todo."

"Lo sé. Quiero decir, nos hemos enrollado unas cuantas veces—"

"Enrollado," Nana susurró con cariño y desaprobación a la vez. "Como ese juego de los monos que tienes que sacudir en un barril y tienen que enrollarse por las colas y poco más. Ese es el problema de los chicos de hoy en día."

Christopher ignoró su comentario. "Pero realmente creo que ambos queremos ver si podría haber algo más allá. Esa es la impresión que me da al menos."

"No vamos a precipitarnos pero tampoco hay necesidad de actuar como si esto no pudiera convertirse en algo más. ¿De acuerdo?" Christopher recordó la expresión de Jesse cuando le había dicho esas palabras; sus ojos aún calientes tras el orgasmo que habían compartido sobre su escritorio y sus manos apretadas alrededor de la ventanilla del coche, sosteniéndole la mirada atentamente.

"¿Es un buen padre?"

"Creo que sí."

"Su propio padre era un hombre muy bruto y su madre era una inútil, pero igualmente, esos chicos salieron bastante bien. Tengo entendido que su hermana sigue siendo un amor, y él siempre ha sido un buen chico."

"Es un buen padre." Aunque Christopher no podía saberlo a ciencia cierta. Solo lo había visto con sus hijos durante unos minutos, pero tenía un buen presentimiento al respecto.

"Bien," dijo Nana, asintiendo con la cabeza. "¿Y dices que es fan de tu música?"

"Sí."

"Entonces yo soy un fan de *él*. Y no está de más que esté podrido de dinero. No puedo pensar en ninguna otra persona que pueda garantizarte un mejor estatus."

"Nana, nada de eso me importa."

Christopher no *creía* que importara en cualquier caso. Ni siquiera había ido a su casa todavía, ni había podido comprobar cómo era su vida realmente. Pero era obvio que Nana ya se los imaginaba caminando por el altar con esmóquines blancos mientras los niños bailaban bajo puñados de pétalos de rosa.

"Siempre he querido que conocieras a un buen médico, pero dado lo que está haciendo el gobierno con nuestro sistema, te irá mucho mejor con el heredero de la fortuna de unas galletas. Eso seguro. ¡Siempre supe que tenías una miel muy dulce para atraer a las abejas! ¡Solo tenías que tener un poco de paciencia!"

"Nana, tú y esa metáfora tuya de la miel vais a acabar conmigo."

Ella terminó su hamburguesa antes de preguntar, "¿Lo traerás a la cena de Acción de Gracias?"

"¡Dios, no!"

"¿Por qué no? ¿Te imaginas la cara que pondría Bob?"

"¡Y tanto! Le daría un infarto."

"Perfecto. Una forma fácil de deshacernos de él."

"¡Nana!"

"¿Qué?" Ella sonrió inocentemente. "Estoy vieja. Tengo demencia senil. Ni siquiera sé lo que acabo de decir."

Él resopló. "Tú no tienes demencia senil y sabes de sobra lo que has dicho. Y sí, puedo imaginarme su cara. Y la ambulancia. Y a mamá culpándome de su muerte solo por haberles querido demostrar lo que les he estado diciendo durante años—que soy homosexual de los pies a la cabeza. Creo que voy a pasar."

"Invítalo. Quiero conocerlo."

"Él tiene su propia familia, estoy seguro de que ya tendrá planes. Además, todavía no hemos llegado a ese punto, y solo queda un mes para Acción de Gracias. Nos conocemos desde hace solo un par de semanas."

"Tsk, tsk. ¿Quién quiere comprar una vaca si la leche es gratis?"

Christopher suspiró y se frotó los ojos. "Nana…"

Ella se echó a reír, sus arrugas se profundizaron y sus hombros convulsionaban. "¡Te diré quién compra una vaca cuando la leche es gratis! ¡Solo alguien a quien le gusta escuchar a esa vaca cantar!"

"Estoy tratando de decidir si debería sentirme insultado porque acabes de llamarme vaca, o feliz porque realmente pienses que le gusta mi forma de cantar."

"Bueno, un toro entonces. Un toro precioso que canta como los ángeles y da leche."

Christopher ignoró su broma y trató de comer de nuevo. Con suerte, Nana cambiaría de tema y él sería capaz de terminarse la hamburguesa. Le dio un gran bocado y se metió dos patatas fritas en la boca.

"Quiero decirte algo, Christopher. He estado pensando sobre el día en que me muera."

Christopher tragó con fuerza, suspiró y dejó su hamburguesa de nuevo. "Nana, no vas a morirte."

"No seas estúpido; todos vamos a morirnos. Y yo lo haré muy pronto."

"¿Qué? Ni siquiera estás enferma."

"Shh. Quiero decirte lo que quiero, ¿de acuerdo? Dado que tu madre y Bob son tontos y no harán nada como yo deseo, sé que al menos tú te encargarás de ello, al menos la parte que puedas controlar. Ya le he dicho a Jackie lo que estoy a punto de decirte, así que ella también está al tanto."

"De acuerdo, Nana."

"Quiero que te quedes con la casa."

"Está bien." Su pecho le dolía al pensar que un día la vivienda pasaría a ser toda suya.

"Y hay algo de dinero que tengo ahorrado para ambos. Jackie se llevará más que tú, no obstante, ya que tú te quedarás con la casa."

"Está bien."

"Ya le he dicho que no quiero que os peleéis por la casa y que no quiero que se enfade porque tú te quedes con más porque, sí, la casa vale más que la diferencia entre su cantidad de dinero y la tuya."

"Nana, no necesito—"

"Silencio. Le recordé que yo pagué todo cuando se divorció de ese hijo puta y pague su boda con Joe, y también voy a dejarle un poco de dinero a cada uno de los hijos de su nuevo marido. Así que al final, creo que es un trato bastante justo. Y entonces le dije que de todos modos eres mi favorito y se echó a reír. Creo que pensó que estaba hablando en broma."

Christopher resopló y luchó contra el nudo que se había instalado en su garganta. "Tú también eres mi favorita, Nana."

"Lo sé. Nosotros sabemos lo que hay." Ella le dio unas palmaditas en la rodilla. "Por lo tanto, quiero que te quedes la casa y hagas algo estúpido con el dinero, ¿de acuerdo? No quiero que hagas nada sensato con él."

"¿Como qué?"

"Tal vez intentar probar suerte en Nashville de nuevo. O hacer un viaje por Europa si no puedes soportar el riesgo de tratar de ser cantante de música country. No lo sé. Tu corazón te lo dirá."

Los ojos de Christopher se humedecieron y parpadeó rápidamente.

"Y cuida de tu hermana porque es una idiota. Joe va a tener mucho trabajo con ella. Y… bueno, sobre tu madre… te diría que también cuidases de ella pero…" Los ojos grises de Nana se llenaron de lágrimas y ella desvió la mirada hacia su ventanilla. "Me hubiera encantado que tu padre no hubiera sido un imbécil semejante. Ella fue muy feliz con él hasta que lo estropeó todo."

"Lo sé. Lo recuerdo."

"Pero las cosas son como son. Y ahora está casada con Bob."

"Sí."

"No puedo pedirte que hagas nada por tu madre, Christopher. Porque no pienso pedirte que malgastes un minuto de tu tiempo alrededor de ese indeseable de Bob. Sé de sobra todo el daño que te ha hecho."

"Nana—"

"Calla."

"Nana, ¿hay algo que no sepa? ¿Estás enferma?"

"No, es solo que ya soy muy vieja. Y las personas sabemos estas cosas. O al menos, yo las sé. Quería decirte todo esto cara a cara. Me siento mucho mejor sobre todo ahora que sé que tienes a alguien en tu vida. Jesse Birch—sí, es un buen partido. Pero si no te trata bien, cariño, no te conformes con él."

"No estamos siquiera cerca de ese punto, Nana."

"Recuerda mis palabras. Esto no será fácil. Pero valdrá la pena."

Christopher sacudió la cabeza, riendo suavemente entre dientes. "¿Qué más te dice tu bola de cristal?"

"Me dice que esa Edna necesita sus patatas fritas de inmediato para que deje de hablar de una vez de ese maldito Scotchie. Vamos, volvamos a la residencia."

Christopher dejó su hamburguesa y sus patatas fritas sin terminar de nuevo en la bolsa—no tenía más hambre de todos modos—y se dirigió de nuevo hacia la residencia de ancianos mientras que escuchaba a su abuela cantar "It Only Hurts for a Little While."

Capítulo Doce

LA CABAÑA QUE LA AMIGA CANTANTE DE CHRISTOPHER, Shannon y su novio de Drew habían alquilado para su fiesta de Halloween estaba llena de gente borracha. Christopher hizo una mueca mientras que se estrujaba para pasar entre dos chicos debatiendo sobre fútbol. Nunca se había sentido cómodo siendo avasallado por un montón de extraños, y las fiestas de Shannon por lo general siempre estaban abarrotadas de desconocidos. Claro, había algunas caras conocidas de SMH, pero la mayoría de los asistentes eran invitados de Drew.

Como trabajadores de mantenimiento de los jardines para la ciudad de Gatlinburg, los amigos de Drew—jóvenes musculosos, a menudo broceados, y despreocupados—eran por lo general uno de los principales atractivos de las fiestas de Shannon. Nunca había tenido nada con ninguno de ellos ya que solían estar muy bebidos, y Christopher prefería que sus polvos de una sola noche fueran sobrios, pero tampoco se dejaban ver en sucesivas fiestas. El negocio del mantenimiento de los jardines estaba en auge y Shannon le había dicho que se debía al rampante consumo de drogas.

Esta noche la música estaba muy alta, la compañía era demasiado vulgar, y la cerveza demasiado barata como para realmente llegar a achisparse. Christopher abandonó la sala llena de personas riéndose y salió al porche trasero. El aire de la noche era exactamente lo que necesitaba para despejar la cabeza. El oscuro bosque alrededor crepitaba con los ruidos de la noche—animales pequeños y más grandes abriéndose paso a través, y el crujido de las ramas de los árboles en la oscuridad otoñal. Se apoyó en la barandilla del porche, contemplando los puntitos de estrellas por encima de su cabeza, y tomó un trago de su cerveza.

Las dos últimas semanas habían sido un torbellino de sentimientos y emociones. Había desayunado con Jesse los martes y los jueves. La primera semana había consistido principalmente en sexo sobre el escritorio—mamadas el primer día, y relaciones completas el segundo. El polvo había sido demasiado rápido e intenso, dejando el culo de Christopher en carne viva y a ambos con el deseo de conseguir mayor privacidad y tiempo. Por desgracia, la vida parecía conspirar constantemente para evitar que pudieran pasar otra noche entera juntos o incluso un par de horas más para ir más lento.

En la segunda semana, sus encuentros habían sido más fugaces. El jueves, Jesse parecía distraído. Él había mencionado el nombre de un hombre a Amanda cuando ella había entrado, explicándole que tenía que reprogramar su cita de las diez en punto, diciendo en voz baja que si Ronnie no iba a presentarse al procedimiento, él lo haría sin lugar a dudas.

El procedimiento. Christopher no tenía idea de lo que significaba, pero no había sonado nada bien. Le había preguntado si todo estaba bien, pero Jesse se había limitado a encogerse de hombros.

"Me alegro de que estés aquí esta mañana. Me recuerda que aún tengo cosas en mi vida por las que ilusionarme."

Había sido una señal obvia de dejar atrás lo que fuera que le estuviera preocupando. Así que Christopher lo había dejado estar, feliz cuando su historia sobre algunas de las travesuras más sonadas protagonizadas por los bailarines sobre hielo masculino en SMH, hizo reír a Jesse de nuevo.

Se habían mandado mensajes de texto todos los días, y si Christopher no tenía que actuar por la noche, Jesse lo llamaba después de que los niños se fueran a la cama. No eran conversaciones intensas, por lo general solo hablaban de cómo les había ido el día y los planes que tenían para el siguiente, pero era una conexión que Christopher no había experimentado nunca antes. Era real, íntimo e importante, y parecía como si pudiera llegar a convertirse en una costumbre. Hacía que Christopher se sintiera bien, incluso si a veces parecía una locura—como si pudiera estallar de un momento a otro por su incapacidad para contener su esperanza y alegría.

Christopher suspiró, escuchando el viento de los árboles de la montaña por detrás de la casa de Shannon. Los ruidos de la fiesta se filtraban hacia el porche, y Christopher consideró la posibilidad de volver a entrar, pero se apoyó en la barandilla y tomó varias bocanadas de aire fresco.

Las cosas con Jesse iban muy bien, pero no podía evitar cuestionarse la velocidad a la que se estaban moviendo. En cierto modo, parecía demasiado rápido. Emocional y físicamente, estaba más involucrado con este hombre de lo que nunca había estado con nadie en toda su vida, pero no estaba seguro de si Jesse sentiría lo mismo y no había ninguna manera de preguntárselo sin mostrarse más vulnerable de lo que pretendía. Jesse había perdido a su esposa. Tenía dos hijos de los que hacerse cargo. Una tienda que dirigir. Su vida era más grande de lo que Christopher jamás podría llegar a ser.

Decidió que podría sentarse y esperar. Podría ser feliz siendo el hombre al que Jesse quisiera ver cuando sacara algo de tiempo. Y, en verdad, Jesse sacaba tiempo, ¿no?

A ese chico le interesa algo más que tu trasero, muchacho. Si eso fuera todo lo que quisiera de ti, no te llamaría simplemente para charlar, ¿no crees?

"Lo sé, Nana."

Una vibración extraña en el bolsillo delantero de sus pantalones vaqueros hizo que se sobresaltara y que posteriormente se riera de sí mismo. *Claro. El móvil.* Su estómago dio un salto mortal mientras que sacaba el dispositivo y abría el mensaje.

El recital de poesía/ versos/lo que sea, de ayer de Brigid me hizo desear que todo el mundo habláramos en pareado.

Christopher sonrió y escribió su respuesta.

¿Y qué diría su buen señor,

Si se viera forzado a hacer rimas con fervor?

La respuesta de Jesse llegó rápidamente y Christopher sonrió al ver que su respuesta también rimaba.

Yo diría que espero que tu fiesta esté siendo divertida

A pesar de no haber podido ser tu compañía

Christopher miró hacia las enormes ventanas de la casa tan bien iluminada en su interior, y vio a uno de los amigos fornidos de Drew de pie junto a la otomana, hablando y gesticulando con su cerveza mientras que las personas que lo rodeaban lo escuchaban y le animaban a seguir.

Está llena de gente ruidosa y borracha

No me tiraría a nadie de esta facha

La respuesta de Jesse tardó un rato y las palmas de las manos de Christopher empezaron a sudar. ¿Habría dicho algo malo? *En mis tiempos no contábamos con estos dispositivos tan modernos. O hablábamos cara a cara o nada en absoluto.* "Gracias, Nana," murmuró Christopher mientras que escribía rápidamente:

Perdóname por usar unas palabras tan obscenas

Y porque mis rimas no sean tan buenas

La respuesta de Jesse llegó inmediatamente después de que le hubiera dado a enviar y entonces quedó claro por qué había tardado tanto.

¿Es solo follar lo que quieres? Porque, maldita sea, no tengo ninguna rima para: "los niños no están aún en la cama, y no lo estarán en mucho tiempo porque Brigid y Will están celebrando una fiesta de pijamas en la que el objetivo es desmayarse de una subida de azúcar, pero si te apetece solo pasar el rato, me gustaría que vinieras."

Aliviado, Christopher tecleó con sus pulgares:

He escuchado de los chicos de hoy en día

Que eso de follar no es más que habladurías

Hablar de hecho es lo que más me apetecería

Una dirección, por favor, y jamás lo rechazaría

La respuesta de Jesse no se produjo tan rápido y Christopher se paseó por el porche mientras esperaba, con una sonrisa en sus labios y su corazón dando botes. Echar un polvo sería genial, sí, pero ver a Jesse, hablar con él, ver dónde vivía—sería lo suficientemente bueno. Su cuerpo se estremeció y una burbuja de risa se quedó atrapada en su pecho.

La respuesta de Jesse hizo que soltara las riendas de sus sentimientos y se echara a reír a carcajadas.

Dios, ¿quién iba a saber que los pareados

Podrían hacerme arder como un cochinillo ahumado?

Siento lo mal que rimo

Tengo muchas ganas de "hacerte mío"

En el sentido de "meterte la polla por el culo" como tanto ansío

¡Pero los niños están despiertos! ¡Menudo lío!

Solo sé que me encantaría follarte y hacer que goces

Vivo en la calle privada Sourwood, la casa a las dos y doce

Había sido lo suficientemente complicado organizar una fiesta de pijamas de Halloween. Y no porque los padres se hubieran mostrado un poco reticentes a dejar a sus hijos al cuidado de un hombre abiertamente declarado homosexual, aunque eso hubiera sido uno de los impedimentos más grandes en años pasados. Tampoco porque los padres no hubieran estado deseosos de quitarse a sus hijos con azúcar hasta el pelo de encima, sino porque Brigid no quería dejar de trabajar en su proyecto de papiroflexia para malgastar su tiempo "haciéndoles la pelota a chicas que no me comprenden." Jesse había pensado que todavía le quedaban varios años antes de llegar a la difícil tapa de la pre-adolescencia, pero Brigid le había mostrado de nuevo con su actitud lo equivocado que había estado.

Will, por su parte, estaba dispuesto a dejar que su hermana lo mangonease y le obligara a pasar otra noche plegando papeles sin fin, pero ahora que Charity y Meredith estaban aquí, y las pajaritas estaban guardadas con seguridad en la habitación de Jesse, Brigid se había soltado un poco y parecía estar divirtiéndose.

Después de los mensajes de texto que se había intercambiado con Christopher, Jesse se había asegurado de que tanto Brigid como sus amigas quisieran bajar al sótano para disfrutar de *Los Juegos del Hambre*, palomitas de maíz, y media docena de juegos de mesa. Luego había ido al piso de arriba para persuadir a Will y a su amigo Frankie-Jones de lo divertido que sería construir un fuerte en la habitación de este primero.

Ahora que ya lo tenía todo organizado y sabía que sus hijos estaban entretenidos, Jesse se dispuso a esperar a Christopher. Fue a la cocina, tomó una botella de Merry Edwards Sauvignon Blanc de la cubitera y se sirvió una copa. Cerró los ojos y separó el vino por capas, igual que había hecho con la casa de Christopher—cremoso, equilibrado, con una mezcla de pera Bartlett y melón verde suave. Dejaba un gusto seco y elegante, propio de un refinado vino.

Consideró los grandes ojos verdes de Christopher y su amplia sonrisa. Parecía el tipo de persona que guardaba una mejor opinión sobre las cervezas que el vino. Acogedoras, cálidas y agradables. Sureñas.

Jesse comprobó que tenía algunas birras en la nevera y luego se quedó mirando por la ventana de la cocina, fijándose en la calle y en la ladera por la que el coche de Christopher aparecería en cualquier momento.

"¿Papá?" La pequeña voz de Brigid vino desde detrás de él.

"¿Quieres más palomitas, cariño?"

"No."

Jesse se volvió hacia ella, observó su rostro pálido y vio que estaba sosteniendo un fajo de folios blancos. "Pensé que no íbamos a hacer pajaritas esta noche."

"Solo tres, ¿de acuerdo? Volveré abajo una vez que hagamos tres."

Jesse había llamado al doctor Charles a principios de semana para hablarle sobre las pajaritas, y el terapeuta le había dicho que no había nada de qué preocuparse. Solo era un mecanismo de defensa. Una manera de sentirse en control y lograr sus metas en un mundo que le había fallado. Aun así, Jesse deseaba que su profesora nunca le hubiera mandado leer ese libro. Las cosas se habían desmadrado desde que *Sadako y las Mil Pajaritas de Papel* se había convertido en una lectura obligada.

"De acuerdo." Jesse se sentó a la mesa de la cocina y Brigid se deslizó en el asiento de al lado. Él estudió su recién agrandada nariz y su barbilla de perfil mientras que ella contaba seis hojas y le entregaba tres para luego quedarse con otras tres.

"Espera," ordenó la joven, colocando su mano sobre la suya y cerrando los ojos. Tomó seis respiraciones profundas y lentas y, a continuación, abrió los ojos para mirarlo con una admiración calmada y resplandeciente. "Ahora."

Doblaron en silencio. Jesse terminó antes que su hija y tomó un sorbo de vino, viendo sus dedos, largos y delgados como los suyos, mientras que plegaban el papel y creaban tres pajaritas perfectas. Podía escuchar la música en crescendo de *Los Juegos del Hambre* a la deriva por las escaleras del sótano, y se preguntó si sus amigas se habrían dado siquiera cuenta de que habían sido abandonadas temporalmente.

"¿Una más?" Preguntó la niña mientras que realizaba la última curva de la cabeza de la pajarita.

"Ve abajo con tus amigas. Es importante que seas una buena anfitriona, ¿de acuerdo? Asegúrate de que todas tengan suficiente para beber y para comer. Hay más aperitivos y refrescos en la cocina, ¿vale?"

Tener una cocina en el sótano había sido idea de Marcy. Había pensado que en algún momento, llegaría el día en el que Nova y Tim tendrían que mudarse a vivir con ellos, y había querido asegurarse de que pudieran preparar sus comidas veganas en su propia cocina sin preocuparse de que pudieran verse contaminadas por algún resto de carne. Por supuesto, Nova y Tim ya no eran veganos y Jesse utilizaba la cocina del sótano para guardar la comida basura de los niños, desperdiciando así los electrodomésticos.

Mientras que Brigid bajaba a regañadientes para reunirse con las otras chicas, Jesse escuchó el timbre de la puerta y su corazón se apretó con tanta fuerza que la sangre retumbó en sus venas.

"Esto es ridículo," murmuró en voz baja, pero la sonrisa extendiéndose por todo su rostro y el sudor en las palmas de sus manos no se detuvieron ante sus palabras.

Tecleó el código de seguridad y abrió la puerta. Su corazón floreció al ver que lo que le esperaba al otro lado: Christopher con su pelo despeinado y enmarañado, sus mejillas rojas por el frío, sus labios rosados y húmedos, y sus largas y doradas pestañas que enmarcaban esos ojos verdes con sus brillantes manchas color oro. Llevaba un chaquetón azul marino y una bufanda roja sobre unos pantalones vaqueros que se ceñían a sus fornidas piernas hasta llegar a unas botas Timberland de cuero negro.

Maldición.

"Hola," dijo Christopher, casi con timidez. "Se te ve… cómodo."

Jesse miró sus pantalones de chándal color negro y su camiseta verde de la gira musical de Ryan Adams, *So Hot, So Cold.*

"Y bien. Quiero decir que tienes muy buen aspecto," aclaró.

Jesse sonrió y abrió la puerta de par en par. "Tú también," dijo, palmeándole en el brazo, dejando que su mano se deslizara hasta su hombro para darle un medio abrazo.

"Entra. Estaba en la cocina tomando un poco de vino."

Lideró a Christopher por el pasillo, más allá de algunas cajas de las decoraciones de Halloween que yacían medio vacías en el suelo. "Perdona el desorden. Los niños querían seguir poniendo cosas, pero luego se distrajeron."

Atravesaron el salón y entraron en la cocina. Jesse miró por encima del hombro y vio a Christopher observando con asombro el tamaño del lugar. Él mismo se olvidaba a veces de lo ridículamente grande que era la casa, probablemente porque solo era la mitad de grande que la casa donde había crecido. La gente bromeaba con él diciéndole que la casa de su padre era un palacio de montaña, en vez de una cabaña de montaña.

"Tengo algunas cervezas si lo prefieres." Jesse le hizo un gesto hacia la nevera.

"Un poco de vino me parece bien," contestó Christopher, quitándose la chaqueta y sosteniéndola en sus brazos, oscureciendo el azul profundo de su camisa de vestir.

"Cuelga la chaqueta en una de las sillas del bar si quieres," sugirió Jesse, sacando una copa del armario.

Christopher se detuvo junto a la mesa de la cocina y se fijó en las seis pajaritas completadas. Extendió la mano y tocó una.

"Son de Brigid."

"Yo hice un montón de toneladas de estas cosas en mi segundo curso de secundaria. Íbamos a hacer una obra de teatro y me tocó encargarme de la decoración."

"Ya tienes algo en común con ella entonces," dijo Jesse, agarrando la botella de vino. "Está obsesionada con estas cosas."

"¿Sí?"

"Está tratando de hacer dos mil antes de Navidad y recolectando toda la ayuda que pueda recibir de Will y de mí, así que como le digas que tú también sabes hacerlas, ya puedes dar por hecho que te pondrá a trabajar de inmediato." Jesse le sirvió una generosa copa.

Christopher tomó una de las pajaritas y enderezó su cabeza. "¿Está tratando de hacer dos mil?"

"Sí. Leyó un libro y supongo que lo encontró inspirador." No mencionó lo que el terapeuta le había dicho. "¿Te ha costado mucho encontrar mi casa?"

"No, el GPS de mi coche se conocía el camino."

Jesse le entregó la copa de vino a Christopher, quien empezó a darle un sorbo, y luego se echó hacia atrás a la par que un destello de vergüenza lavaba su cara.

Jesse continuó, fingiendo que no lo había notado. "A veces le indica a la gente que gire por Turtle Hollow, pero no hay ninguna calle con ese nombre. No sé de dónde sacan siquiera esa información."

"Eso solía pasarme a mí en las montañas," dijo Christopher. "Una vez el GPS insistió en que tenía que bajar por Hut Drive en Asheville, pero no existía tal lugar."

Parecía un poco nervioso mientras que giraba el vino, examinando conscientemente sus piernas—obviamente, no tenía ni idea de lo que estaba buscando en ellas—y luego tomó un sorbo. Frunció los labios y después, esa espléndida sonrisa que a Jesse tanto le gustaba se extendió por todo su rostro.

"Es bueno. Me gusta," dijo.

Me encantaría enseñarle todo lo que sé sobre vinos. Jesse se acercó para pasar sus dedos por un suave rizo en la sien de Christopher. Una chispa de deseo, junto con la ternura inesperada del gesto, ardió en su pecho y entrepierna. *Me encantaría enseñarle muchas cosas.*

El aliento de Christopher se quedó atrapado en su garganta, y sus mejillas se pusieron aún más rojas. Sus pupilas se dilataron. "Así que, eh, ¿has dicho que los niños estaban todavía despiertos?"

Jesse se echó a reír. "¿No decías que eso no eran más que habladurías? ¿Que conversar era lo que más te apetecería?"

"¿Puedes culparme por querer comprobarlo?"

"Diablos, no. Pero, por desgracia, tengo tres niñas en el sótano y dos chicos arriba."

Christopher sonrió. "Me parece bien hablar. O pasar el rato simplemente. Lo que sea."

"Vayamos a la sala de estar. Estaremos más cómodos allí. Podemos ver el partido."

"¿Hoy hay partido?"

"No, no estoy hablando de los Vols. Me refiero al partido de los Steelers del domingo pasado. Me lo perdí y quería ver un par de jugadas que hicieron. Pero no pasa nada si no te apetece, tampoco es que les preste demasiada atención."

"Ah. Estaba un poco confundido. Me estaba empezando a preguntar cómo Shannon habría sido capaz de celebrar una fiesta tan exitosa en una noche de partido sin perder a la mitad de sus invitados."

Jesse se rio mientras que Christopher le seguía hasta la sala de estar. Podía sentir el espacio entre ellos, y quería cerrarlo. Era tan caliente y tentador. Un beso estaría bien, ¿no? Tal vez ahora no, pero quizás más adelante. Definitivamente antes de que se fuera a casa. No había nada de malo en besar a un hombre en su propia casa. Era diferente, sin embargo. Lo sabía. Más íntimo. Nunca había invitado a un hombre con el que hubiera tenido relaciones sexuales a la casa que había compartido con Marcy. Sin embargo, Jesse se sentía alentado a pensar con la presencia de Christopher esta noche—y nada de sexo a la vista—que todo esto significaba algo más para él también.

Christopher se sentó en un extremo del sofá, y Jesse en el otro. No podía evitar notar lo bien que se le veía sentado en su propio sofá, con el pelo ligeramente despeinado por haberse pasado nerviosamente los dedos, y su delgado cuerpo llenando un espacio que había estado vacío demasiado tiempo. Luego estaba su cara—y sus ojos—que hacían algo en su estómago, algo agradable y horrible al mismo tiempo; algo que no había sucedido en tantos años que Jesse no sabía siquiera si alguna vez lo habría hecho.

Aun cuando se había enamorado de Marcy, lo había hecho tan a cámara lenta que ni siquiera se había dado cuenta de ello hasta que se estrelló contra sus sentimientos con fuerza. Esto era más bien como el ascenso hasta el pico más alto de una montaña rusa. Podía ver la caída que se avecinaba y era atemorizante y emocionante al mismo tiempo—y hacía que sintiera ganas de vomitar.

"Entonces, ¿cómo te hiciste fan de los Steelers?" Preguntó Christopher cuando Jesse apartó la vista, encontró el mando a distancia y bajó el volumen del partido.

"Mi tía Marge era una gran fan. Su 'compañera de piso,' Delia—y, sí, es una expresión irónica—era originaria de Pittsburgh. Se había mudado al sur para asistir a la universidad, donde conoció a la tía Marge y nunca más volvió a casa. Solían ver los partidos conmigo cuando yo era pequeño. Mi padre nunca tenía tiempo para esas tonterías."

"¿A tus padres les pareció mal que fuera… lesbiana?"

Jesse estudió la pregunta durante varios segundos. "Mi padre pensaba que la tía Marge era repugnante, pero era la única hermana de mi madre y aunque no estuvieran muy unidas, era la única persona que estaba dispuesta a cuidar de nosotros mientras que mis padres se ocupaban de sus fiestas corporativas e ignoraban sus responsabilidades como padres." Jesse dejó el mando sobre la mesita y tomó su copa de vino de nuevo. "No obstante, vivía en Knoxville, por lo que no la veíamos muy a menudo. La mayoría de las veces nuestros padres contrataban niñeras. O nos dejaban solos. Eran otros tiempos."

"Sí. Sé muy bien a qué te refieres. Mi hermana Jackie ya cuidaba de mí cuando tenía doce años. Solía encargarse de la cena y asegurarse de que hubiera hecho mis deberes. Mis padres se estaban divorciando por aquel entonces y no tenían tiempo que malgastar con sus hijos cuando podían emplearlo en lanzarse improperios y versículos de la Biblia como balas de cañón."

"Guau."

Christopher se encogió de hombros mientras que revivía aquella vieja herida. Jesse también pudo sentirla en su propia alma. Sus padres tampoco se habían ocupado de sus obligaciones. No entendían que la vida muchas veces no era como uno había planeado, lo cual dio lugar a un pasado cuyo recuerdo era aún peor que un dolor de muelas.

Christopher volvió la atención a la televisión y tomó un sorbo de vino antes de preguntar, "¿Quién lo está haciendo mejor? Quiero decir, sé cuál de los dos ganó pero, ¿qué equipo va despuntando en este momento?"

Jesse miró la pantalla y vio el marcador en la esquina inferior. "Los Steelers. 12-6. ¿Te gusta el fútbol?"

"No está mal. No obstante, creo que absorbí las normas por ósmosis o algo así. Nadie me enseñó," dijo Christopher. "Y solo Dios sabe que se me daba fatal practicarlo. Lo intenté, pero no soy ningún atleta."

"Eres músico."

Christopher le sonrió pero siguió hablando de fútbol. "El fanatismo por los Vols es un hecho muy extendido en este estado, ¿no es así? Y una de las únicas cosas que siempre prevalecieron tanto en la casa de mi madre como en la de mi padre una vez que se divorciaron. Si había partido, la televisión estaba encendida y la atención de todo el mundo, puesta en la pantalla." Sonrió. "Me resultaba muy fácil desaparecer. Ser invisible."

Jesse miró el televisor—los Jerseys, los fans, el verde del campo—y luego a Christopher. "¿Era tan importante?"

"¿Eh? ¡Oh! ¿Ser invisible? Bueno, depende. Supongo que sí, sí."

Christopher mantuvo sus ojos en la televisión, pero continuó hablando, y Jesse mantuvo sus ojos fijos en Christopher porque algo en su instinto le decía que esto era cumbre y requería de toda su atención. Christopher jamás podría ser invisible—no para él.

"Mi padrastro… bueno, es un predicador bautista. Así que, sí, a veces simplemente mantenerme alejado era una bendición para todos."

"¿Te resultó muy duro salir del armario?"

"Si te soy sincero, me siento como si todavía estuviera saliendo de él porque mi familia no termina de verme como un gay. Me ven como un pecador. Es como si ni siquiera me creyesen, ¿sabes lo que quiero decir? Es difícil de explicar. Pero es como si ser gay no existiera para ellos, solo ser pecador, y por lo tanto, fuera un pecador obstinado."

"Mi cuñada es así. La hermana mayor de Marcy—Ronnie. Auténtica fanática de la Biblia. Es algo realmente serio."

"Lo siento. ¿Ha sido siempre así? ¿O simplemente desde que tu esposa…"

Jesse se sintió alagado cuando Christopher renunció a mencionar aquello de lo que solo habían hablado aquella noche en el restaurante mexicano. Era totalmente adorable que no quisiera hacerle daño. "Todo comenzó antes, pero sin duda el accidente exacerbó el problema. Le dio una razón para cavar más profundo en sus creencias."

"Hay mucha gente que no sabe canalizar bien su dolor."

"Eso no es excusa para actuar como un—" Jesse se detuvo. "Lo siento. Ronnie es mi talón de Aquiles. Nada puede molestarme más que ella."

"Te entiendo. Ese sería mi padrastro en mi caso," suspiró Christopher. "A sus ojos, nunca hago nada bien, y encontrar un modo de perdonarle va a ser un hueso muy duro de roer."

Jesse se inclinó hacia delante y las rodillas de ambos chocaron, lo que hizo que Christopher esbozara una media sonrisa. "Entonces, ¿tu familia sigue viviendo en Knoxville?"

"Sí, aunque no he visto a mi padre en años. No nos hablamos.

Cuando se trata de mis padres, como he dicho, es mejor permanecer apartado."

Jesse asintió y tomó un sorbo de vino, viendo cómo Christopher se bebía el suyo. Deslizó su brazo en el respaldo del sofá y tocó su hombro.

Christopher volvió la cabeza y sonrió. Alzó la mano y deslizó los dedos sobre los nudillos de Jesse antes de dejarla caer de nuevo.

"Si no es demasiado personal… ¿qué pasaría si no permanecieras apartado de ellos?" Preguntó Jesse, acariciando suavemente su hombro.

Los labios de Christopher se torcieron en una sonrisa. "Se desataría un infierno."

El firme apretón del puño de Jesse fue un acto reflejo. El simple hecho de pensar que alguien pudiera hacerle daño…

Christopher sonrió y negó con la cabeza. "No te preocupes. Nunca me maltrataron ni nada por el estilo."

"Algunas cosas son tan malas, o incluso peores, que una paliza."

"Sí. Supongo. Que te digan que eres un asco y vas a quemarte en el infierno constantemente mientras que te acribillar a oraciones cuando estás sentado a la mesa para cenar y oyes suplicar a alguien para que aparezca una cura para tu 'enfermedad,' y una luz que me guíe por un camino que se desvíe de las diversas malas tentaciones de Satanás y busque la satisfacción única en Cristo, cuando lo único que yo quería era que me dejaran solo el tiempo suficiente para averiguar qué significaba que me gustara mi compañero de laboratorio de biología con el que me había besado… en fin, supongo que decir que fue un verdadero infierno no le hace justicia."

Jesse suspiró. "Lo siento."

"Bueno, por lo que me dijiste la otra noche, creo que tú tampoco lo tuviste nada fácil. Tal vez la próxima generación tenga más suerte. Tal vez sean aceptados y queridos por lo que son."

Casi en el momento justo hubo un grito y un golpe seco, y luego una puerta de arriba se abrió y cerró de golpe, y dos pares de pies bajaron en estampida por las escaleras. Will y Frankie-Jones casi se cayeron al llegar a la sala de estar, con sus pijamas y agitando sus flotadores para la piscina como espadas y usando almohadas como escudos. Christopher sonrió mientras que los muchachos luchaban entre sí frente a la televisión, gritando y riendo.

"¡Chicos! ¡Pensaba que estabais haciendo fuertes!" Gritó Jesse por encima del ruidoso caos.

"¡Fuimos atacados!" Respondió Will.

"¡Sí! ¡Nos hemos atacado mutuamente!" Añadió Frankie-Jones, mientras que su impresionante pelo a lo afro temblaba como una gelatina cuando su amigo usó su flotador como soga alrededor de su cuello.

"Ya lo veo." Jesse levantó las manos. "Será mejor que os tranquilicéis un poco antes de que rompáis algo."

Will se pasó una mano por su sudorosa cara y luego se detuvo, dándose cuenta por primera vez de que Christopher también estaba allí. "Oh, hola, señor… eh, me temo que he olvidado su nombre."

"Christopher. Llámame solo Christopher."

"Este es Frankie-Jones," dijo Will, golpeando su flotador azul contra el brazo de su amigo. "Tiene nueve años."

"Yo tengo veintiocho," contestó Christopher solemnemente. "Y es un placer conocerle, señor Jones."

"No, es Frankie-Jones," corrigió el niño. "Es un nombre compuesto separado por un guión. Bell es mi apellido, pero puedes llamarme FJ o Frankie-Jones. El señor Bell es solo para mi papá."

"Comprendido, FJ." Los ojos de Christopher brillaban. "Parece que estáis teniendo una fiesta de pijamas muy divertida."

"Hemos construido unos fuertes," ofreció Will. "Y estamos luchando por la toma del castillo. ¡Oye! Tal vez vosotros podríais ser los malos, para que así no tuviéramos que luchar entre nosotros dos."

"Christopher y yo estamos—" comenzó Jesse.

"A decir verdad, me parece una idea estupenda," dijo Christopher, desabrochándose las mangas de la camisa y enrollándoselas hacia arriba.

"¿Tenéis más flotadores? Y tal vez deberíamos trasladar la batalla a algún sitio donde nada corriese peligro. ¿Dónde podría ser?"

Jesse lo miró, observando el rubor de sus mejillas y el brillo en sus ojos. "No tienes que—quiero decir que no te he invitado para que entretengas a mis hijos."

"Lo sé, pero me gustan mucho los niños. Y no he tenido una buena guerra de flotadores en… bueno, nunca." Se puso de pie, agarró el flotador azul de Will, arrebatándoselo, y con una juguetona sonrisa dijo, "¡A por todas!"

Will chilló de la risa, despegando hacia las escaleras, gritando, "¡Esperad, esperad! ¡Tengo que conseguir más espadas! ¡No empecéis sin mí!"

Frankie-Jones se puso en cuclillas como un ninja, empuñando su flotador en una postura defensiva. Christopher imitó su posición, sacando su culo hacia afuera de una manera que Christopher tuvo que morderse el labio inferior para no reírse. Ambos combatientes se perforaron con la mirada.

Christopher dijo seriamente, "Que la fuerza te acompañe."

Jesse se rio cuando sus flotadores comenzaron a chocar entre sí en unos movimientos coordinados y limpios. No se movió del sofá, apartado mientras que sorbía su vino y mantenía una estrecha vigilancia para asegurarse de que nadie tirase la copa de Christopher y que las lámparas estuvieran a salvo. Se puso de pie cuando Will bajó por las escaleras con dos flotadores más. "Vayamos al porche trasero."

Después de que todos se hubieran puesto sus zapatos y abrigos, se dirigieron hacia la puerta de atrás. Las escaleras les llevaron a un pequeño jardín cercado en la ladera antes de que todo se hiciera bosque y montañas. Jesse hizo una pausa antes de seguirles para avisar a las chicas a través de la puerta del sótano, "¡Estamos en el patio trasero si nos necesitáis!"

Afuera, la luz de la puerta corredera de cristal del sótano iluminaba el campo de batalla. En el interior, se podían ver los tonos oro y marrón de la película y las cabezas brillantes de las chicas mientras la veían. Jesse hizo un gesto hacia el lado norte de la casa, diciendo, "La base de Frankie-Jones y mía será una de las mecedoras del patio. Will y Chris, vuestra base será la hamaca junto a la puerta del sótano."

"¿Cuáles son las reglas?" Preguntó Christopher.

"Podemos golpearnos solo con los flotadores, nada de manos, pies, codos ni rodillas."

"¿Quién ganará?"

"El primer equipo que le robe su base al otro se alzará con la victoria."

"Estoy listo," dijo Christopher, dando unos golpecitos en el suelo con el flotador para dar énfasis. "¿Estás listo, Will?"

"Listo, señor Chris."

"Genial. Vamos a por ellos."

Jesse no recordaba la última vez que se había reído tanto. La oscuridad y el frío de la noche los rodeaban mientras que corrían, se empujaban y forcejeaban, a la vez que los niños y Christopher chillaban, bromeaban y se reían. Los pequeños estaban todavía en pijama debajo de sus abrigos, pero incluso con sus bocanadas de aliento en la fría noche a su alrededor, nadie parecía estar pasando frío, más bien estaban luchando por hacerse con la victoria.

Al final, Jesse y Frankie-Jones les robaron a Will y a Christopher su hamaca, y entonces todo se volvió más salvaje cuando los cuatro saltaron sobre ella, cayéndose al suelo, gimiendo y riendo, y en el caso de Frankie-Jones, casi llorando cuando se golpeó el codo con una piedra. Christopher había aterrizado sobre Jesse, y en una fracción de segundo, cuando este había mirado su sonriente cara, teñida por las sombras de la oscuridad y sin embargo, iluminada de alegría, había estado a punto de agarrar un puñado de su pelo, tirar de él y darle un beso.

En su lugar, habían acabado separándose, compartiendo nada más que una mirada de complicidad que contenía la promesa de un futuro en el que sus labios se podrían tocar.

"Siempre que se juega a lo bruto, alguien acaba haciéndose daño," dijo Jesse mientras que guiaba a los niños hacia las escaleras del porche para poner un poco de hielo en el brazo de FJ.

"¡Ha sido *increíble*!" Exclamó Christopher entusiasmado mientras que seguía su estela. Rebotaba mientras caminaba, como si fuera un cachorrito expectante, con ganas de seguir jugando. Dios sabía que Jesse se moría por hacer algo al respecto—algo agotador y tremendamente divertido. Algo que sabía que a Christopher se le daba *muy* bien, y en lo que ambos resultarían ganadores.

Christopher seguía hablando, y Jesse sonrió mientras escuchaba. "En serio, la mejor y *única* guerra de flotadores que he tenido en toda mi vida."

Mientras caminaban por la sala de estar, Jesse se fijó detenidamente en Christopher. Tenía la cara roja por el vino, el frío y el esfuerzo, y sus ojos brillaban. Nunca había estado tan guapo. Excepto posiblemente la primera vez que lo vio sobre el escenario—la noche en la que había comprobado su nombre en el programa unas quince veces. O tal vez la noche que pasó en su casa, sonrojado y sudoroso en la cama, con sus ojos cerrados con fuerza por el placer y su boca—

No. No era el momento para pensamientos de ese tipo. Iba a volverse loco y no iba a poder hacer nada al respecto—excepto usar su propia mano de nuevo—durante días. Y días. Dios, tenía que idear algo para volver a ver a Christopher desnudo pronto. Muy pronto. Mañana.

Ayudó a Frankie-Jones a subirse sobre un taburete en la barra de la cocina y tomó una bolsa de hielo del congelador. "No pasa nada, es solo un moretón. Sobrevivirás."

Frankie-Jones asintió solemnemente, poniendo buena cara ahora que estaban en el interior y pudo ver que su brazo no estaba roto, y que no necesitaba que su mamá viniera corriendo en su ayuda.

"¿Podemos jugar a la Wii?" Preguntó Will.

"En el sótano, no. Las chicas están ahí abajo."

"¿En tu habitación, entonces? ¿Por favor? Te prometo que no tocaré tus cosas."

"Ya lo sé, colega. Me parece bien, pero tened cuidado, ¿de acuerdo? No juguéis a cosas con las que FJ pueda hacerse daño en el brazo."

"No pasa nada, señor Birch. Ya no me duele."

"Estos enanos tienen una capacidad admirable para recuperarse," le dijo Jesse a Christopher.

Frankie-Jones dejó caer su bolsa de hielo sobre el mostrador y se bajó del taburete. Asintió con la cabeza con tanta firmeza y una expresión tan solemne, que su afro volvió a sacudirse. "Gracias, señor Birch, por estar en mi equipo. Les hemos pateado el culo."

Jesse alzó la mano y chocó los cinco con el chico. "Desde luego que sí. Pero debemos comportarnos como unos buenos ganadores, ¿no te parece?" Se volvió hacia Will. "Buena jugada." Estrechó la mano de su hijo, sonriéndole. Luego se volvió hacia Christopher, que estaba de pie junto a la mesa, ruborizado y un poco sudoroso, mirando las pajaritas de nuevo.

"Oye," dijo, poniendo la mano sobre su brazo y atrayendo su atención. "Buena jugada."

Christopher sonrió suavemente. La luz de la lámpara sobre la mesita iluminaba el contorno de sus orejas, rosadas y delicadas. "Lo mismo digo. Creo que deberíamos tener una revancha, sin embargo. Will y yo os ganaríamos *de sobra* a la luz del día, cuando pueda ver a qué le estoy apuntando."

"¡Para nada!" Dijo FJ riendo, chocando los cinco con Jesse. "Perderíais de nuevo."

"¿Pensé que estábamos tratando de mantener un espíritu deportivo?" Dijo Jesse.

"Claro, por supuesto. Buena jugada." Christopher sonrió levemente, sus pestañas parpadeando lentamente, y Jesse deseó poder agarrarlo por el cuello de la camisa y frotar su cara contra los suaves rastrojos de su barba. *Maldita sea.*

"¡Gracias por jugar con nosotros, señor Chris!" Exclamó Will mientras que él y Frankie-Jones se dirigían escaleras arriba.

"No, ¡gracias a *vosotros* por jugar *conmigo*!" Christopher se remangó aún más y se abanicó con la mano. "¡Uf! ¿Podrías darme un vaso de agua? ¿Quién iba a decir que correr en el frío de la noche iba a hacerme sudar tanto? Es como si hubiera estado bajo unos focos o algo así."

Jesse tomó un vaso y sirvió un poco de agua de una botella helada de la nevera mientras que Christopher continuaba.

"A veces me entra tanto calor cuando estoy ahí arriba—en verano, sobre todo—que creo que simplemente voy a derretirme con la canción, ¿sabes? Fundirme con ella y solamente escapar."

"¿Escapar adónde?" Preguntó Jesse, entregándole su vaso y levantándose el dobladillo de su camiseta de algodón para avivar un poco de aire fresco antes de servirse su propio vaso.

"No lo sé. A algún lugar en el que ya debería haber estado. En algún lugar atemporal. Es como que, ¿nunca has sentido nostalgia por algo que nunca has tenido? Así es como me siento a veces cuando estoy cantando, como si pudiera encontrar mi camino de regreso a… alguna parte."

Jesse se bebió su vaso agua fría. Sus dedos y nariz estaban todavía helados de estar fuera, pero el agua se sentía de maravilla en su garganta. "¿Cantar tu camino de regreso a tu hogar?"

Christopher resopló. "Nunca he tenido un hogar. O nunca he tenido un lugar propio que haya sido como un hogar para *mí*, solo la casa en la que he vivido. La casa de Nana es lo más parecido a un hogar que he tenido jamás, pero aún así… bueno, la sigo considerando la casa de mi abuela. Así que creo que con eso lo digo todo."

"Sí."

"¿Qué hay de ti? ¿Sientes que estás en tu hogar cuando estás aquí?" Christopher hizo un gesto alrededor de la cocina, pero Jesse sabía que se refería a su casa de tres pisos.

"No." Jesse tomó otro sorbo de agua para detener la frase siguiente. Deseó haberse acercado a la mesita del salón y haber recuperado su copa de vino. "Siempre sentí que *podría* llegar a ser mi hogar, pero siempre me ha faltado algo."

"Tu esposa," susurró Christopher con empatía, como si quisiera asumir el dolor de su pérdida y apartarlo de Jesse.

"Sería muy fácil decir que sí y dejar que pensaras que es cierto," contestó Jesse. "Pero tampoco me parecía mi hogar cuando ella estaba aquí. Siempre me he sentido muy culpable por eso." Se encogió de hombros. "Bueno, a decir verdad, me he sentido culpable por un montón de cosas."

Christopher dejó el vaso sobre la mesa, y extendió la mano hacia él. "Lamento mucho tu pérdida. Lo siento muchísimo."

Jesse se mudó a los brazos de Christopher, sosteniendo el vaso, apretándolo para no ceder a la tentación de convertir el amistoso gesto en otra cosa. "Gracias," respondió, alejándose. "¿Qué te parece si nos trasladamos a la sala de estar? Estaremos más cómodos allí."

Christopher no soltó su mano, sin embargo, mientras que Jesse lideraba el camino—un gesto cálido y amable que hizo que sintiera mariposas en el estómago y que su mente pensara cosas como si fuera un adolescente, desesperado por memorizar la forma en que sus dedos encajaban entre sí para que pudiera pensar en ello más tarde, cuando se desmayara en su cama.

Capítulo Trece

JESSE NO TENÍA MÁS GANAS DE seguir viendo el partido que había grabado así que bajó el volumen del televisor a un nivel casi imperceptible antes de volver su atención a Christopher.

"Me alegro mucho de que hayas venido esta noche. Jamás hubiera tenido una guerra de flotadores con mi hijo y su amigo de no haber sido así."

"¿Por qué no?"

Jesse se encogió de hombros. "Honestamente, muchas veces me olvido de jugar con ellos. Ser padre soltero es muy duro. Es encargarte de las obligaciones, de las cosas importantes y poco más. Había empezado a aplaudirme a mí mismo por organizar fiestas de vez en cuando para que los chicos pudieran divertirse con sus amiguitos, pero hoy les has alegrado la noche a esos dos. Siento mucho que Brigid se lo haya perdido, aunque ella es cada vez más femenina y le gusta dedicarse a cosas más serias."

"¿Como a hacer pajaritas de papel?"

"Está obsesionada con eso."

Christopher ladeó la cabeza. "¿Por qué?"

"Es un libro que la profesora les mandó leer el mes pasado."

"Ah, *Sadako*; una historia muy triste."

"Desde que lo leyó, se marcó el objetivo de fabricar dos mil pajaritas de papel antes del primer día de Año Nuevo."

"¿Por qué no mil como en el libro?"

Con una pequeña sonrisa, Jesse se encogió de hombros. "Creo que pensará que así obtendrá un mérito adicional."

"¿Está haciendo todo esto para poder pedir un deseo?"

"No lo sé. ¿El libro trata de eso?"

"Sí. En realidad, la historia está muy relacionada con la obra de teatro que hice en secundaria. El interés del personaje principal por las pajaritas de papiroflexia proviene de una antigua leyenda japonesa: si consigues hacer mil pajaritas, se te concederá un deseo. ¿Qué es lo que crees que quiere?"

Jesse frunció el ceño. "No lo sé. ¿Un año sin deberes?" Él se rió en voz baja, pero su preocupación se quedó grabada en sus ojos.

"Ya sabes cómo son los niños, siempre se creen ese tipo de supersticiones. Solo espero que no se decepcione demasiado si es un deseo imposible de conceder, porque después de todo el trabajo que está haciendo para conseguirlo, sería algo aplastante."

Jesse frunció el ceño de nuevo, con las cejas bajas y la boca apretada. "Gracias por decirme todo esto. Veré lo que puedo averiguar. Debería haber leído el libro cuando todo esto empezó, pero he estado muy ocupado y… es una excusa pésima, lo sé."

"No, no lo es. Tienes muchísimas cosas entre manos."

La mente de Christopher derivó de nuevo al retrato de la familia colgado en la entrada de la casa, y la foto de la boda de Jesse y su esposa bajo los cerezos silvestres de la primavera. No la había mirado con detenimiento para que no fuera demasiado evidente que despertaba cierta curiosidad en él, pero no podía evitar preguntarse cómo se sentiría Brigid al pasar por delante de ella todos los días. ¿Sería un feliz recuerdo de la mujer que había sido su madre y que tanto le había querido? ¿O sería más bien un recuerdo amargo que le haría sentir el vacío que su pérdida había dejado?

Dios, pobre chica. Todo el mundo necesitaba a su madre después de todo. Christopher pensó en sí mismo y en su situación, y las dudas lo inundaron.

Sammie Mae es un desastre, pero es tu madre al fin y al cabo.

"Lo sé, Nana."

Las cejas de Jesse se dispararon y Christopher casi se dio un manotazo en la boca. Tal vez no debería haber aceptado una segunda copa de vino; se le estaba subiendo mucho más rápido que las cervezas. Sus mejillas ardían. "Yo, eh, a veces hablo con mi abuela. En mi cabeza. Y otras veces en voz alta. No estoy loco, lo juro."

Jesse se echó a reír. "La pregunta es: ¿alguna vez te contesta?"

"Por lo general, es ella la que siempre me habla primero."

Jesse se inclinó hacia adelante, con los ojos brillantes, su boca roja y exuberante, y de alguna manera peligrosa bajo las luces del techo. Christopher quería encontrarse con esos labios a mitad de camino, chuparlos y morderlos.

"Ya veo. ¿Qué tipo de cosas te dice?"

"Oh, esa mujer tiene su propia opinión respecto a todas las cosas del mundo, desde las manzanas hasta los imbéciles."

"¿Qué piensa de mí?"

"¿La verdadera Nana o la Nana en mi cabeza?"

"Ambas."

"La verdadera Nana se acuerda de cuando eras un niño que iba siempre a su tienda y te desea todo lo mejor." No quería mencionar la compasión de su abuela por la muerte de su esposa si podía evitarlo, y definitivamente no quería decirle que pensaba que era mucho mejor partido que un médico, por lo que enmascaró un poco la verdad. "La Nana de mi cabeza, en cambio… dice que te gusta mi miel."

Jesse echó la cabeza hacia atrás y se rio a carcajadas. "¿En serio?"

"Sí. Dice que te estás aficionando mucho a ella y que te gustaría probar más."

"Tu abuela tiene toda la razón del mundo." Los ojos de Jesse lo recorrieron de arriba abajo y su sonrisa se ensanchó mientras lo miraba lujuriosamente. "Me encantaría probar un poco más de esa miel en este preciso instante si pudiera."

"Pero los niños…"

"Cierto." Jesse inclinó la cabeza y consideró a Christopher un momento. "¿Te gustaría ver algo?"

"Claro."

"Está en el piso de arriba. Vamos."

Christopher siguió a Jesse mientras que observaba las fotos que cubrían la pared de las escaleras. Brigid de bebé, de niña, de niña sosteniendo a un bebé, y luego Brigid con su traje de baile, y Will en un esmoquin de niño, y posteriormente con su uniforme de béisbol. Luego, en la parte superior de las escaleras, justo antes de que Jesse girara a la izquierda, había una foto de una preciosa mujer de pelo rubio, ojos marrones claros, y varias pecas bailando sobre su nariz. Parecía feliz retozando sobre la hierba y las hojas de otoño con sus hijos.

Christopher no tenía intención de detenerse. En realidad, no quería que la noche tuviera nada más que ver con la esposa muerta de Jesse. Y sin embargo… allí estaba. Preciosa, alegre, colorida, y con una sonrisa que detuvo su aliento. Parecía tan *viva*.

"¿Chris?" Jesse se detuvo a mitad del pasillo. "Oh… sí. Esa foto fue tomada el otoño antes de su accidente. Will tenía cuatro años y Brigid, ocho. Marcy tenía veintisiete." Él inclinó la cabeza, mirando la foto con una expresión crítica. "Llevo mucho tiempo pensando en ponerla en un sitio un poco menos… prominente. Pero a Brigid le gusta verla aquí. Y, bueno, es una buena fotografía de un buen día."

"Es preciosa. Ella es preciosa. Los tres lo son."

Jesse hizo una mueca de tristeza y se encogió de hombros. "El tiempo nos arrebató todo eso. Mi mujer era mucho más bonita por dentro, lo que era más importante que cualquier otra cosa." Empezó a caminar de nuevo. "Vamos, está en el ático."

La casa era muy diferente a mayoría de las cabañas porque las paredes no estaban forradas de madera, sino que habían sido alisadas y pintadas. Había una puerta al final del pasillo que daba a otra que estaba cerrada y tenía un panel de seguridad a su lado. Jesse tecleó un código y la abrió.

"Este es mi estudio, por eso lo tengo cerrado con llave."

La habitación era muy distinta al resto de la casa. Casi femenina con paredes blancas, sillones color crema, un amplio diván al lado de la ventana lleno de cojines amarillos y beige, y unas cortinas de encaje blanco. A un lado había una mesa blanca con varias cajoneras y herramientas bañadas en plata y oro alineadas cuidadosamente contra la pared.

Fue solo cuando Christopher miró a Jesse otra vez cuando se dio cuenta de que su espalda y hombros se habían relajado. Incluso su rostro parecía menos tenso.

"Este es mi espacio. Sé que no encaja realmente con el resto de la casa. Eso es porque todo lo demás fue decorado con las aportaciones de ambos. Marcy quería líneas austeras y yo quería comodidad, y así combinamos ambas cosas en todas las demás salas de la casa. Pero esta es mi pequeña casa en la playa de las montañas. Hace años en Francia, me hospedé en una preciosa casa blanca con vistas al mar durante tres increíbles meses. Estudié con Bernard Boucher, el cual hizo que las joyas cobrasen vida para mí."

"Es preciosa."

"Es blanca y esponjosa, como una nube. Lo sé… eso ha sonado ridículo. Pero me hace pensar con claridad y me ayuda a concentrarme para hacer cosas hermosas." Jesse bordeó la mesa y abrió varios cajones. "¿Quieres ver un cajón lleno de amatistas?"

Christopher se acercó y miró en el cajón blanco lleno de piedras de color púrpura, algunas redondas, otras cuadradas, otras en forma de corazón, y otras sin pulir y escarpadas.

"Es un cuarzo," dijo Jesse. "Un dato curioso: los romanos solían hacer vasos para beber con estas piedras ya que creían que su magia podría prevenir todo tipo de intoxicaciones."

"Son bellísimas."

"No son tan valiosas como lo solían ser, pero a Brigid le encantan, y mira…" abrió otro cajón y sacó un pequeño anillo. "Voy a regalarle esto para Navidad."

Era una cosa muy pequeña, apenas lo suficientemente grande como para encajar en la punta del dedo índice de Christopher.

"Le va a encantar," declaró Jesse. "Con un poco de suerte, esto es lo que desea conseguir cuando termine de hacer esas pajaritas."

Christopher le devolvió el minúsculo anillo. El rostro de Jesse era suave y sus oscuros ojos brillaban con afecto mientras que examinaba de nuevo el anillo que había confeccionado para su hija. "El morado es su color favorito."

"Pensé que había dicho que era el amarillo," murmuró Christopher, mirando la mandíbula de Jesse y sus labios, la dulzura de su amor brillando a través de ellos.

"Solo estaba siendo un poco borde contigo. Lo siento mucho. Ahora le ha dado por hacer eso. Está a punto de cumplir trece años; solo espero que Dios nos pille confesados."

"Es un año duro para la mayoría de las niñas. La hija de mi primo tiene casi la misma edad, y me consta que ha sido una época muy complicada para ella."

Jesse devolvió el anillo al cajón y se giró hacia Christopher. "Voy a besarte ahora mismo porque lo he estado esperando toda la noche y no puedo esperar ni un segundo más."

Christopher agarró un puñado de su camiseta y lo atrajo hacia sí, la dureza y firmeza de su pecho y muslos rozándose contra él. "Entonces hazlo. Te desafío."

"¿Me desafías? ¿Qué más quieres desafiarme a hacerte?"

"¿Papá?" La voz de Brigid era apenas audible y excesivamente tensa.

Jesse se echó hacia atrás en cuanto Christopher lo soltó. Se aclaró la garganta y preguntó, "¿Ya ha acabado la película, cariño?"

"Hace rato. Queríamos alquilar *En Llamas*. iTunes dice que solo valdrá tres con noventa y nueve durante las próximas veinticuatro horas." Su petición era razonable, pero sus ojos estaban fijos sobre Christopher como si fuera una serpiente o algún otro tipo de criatura peligrosa que se hubiera abierto camino hasta su casa.

"Dile hola a Christopher, cariño."

No lo hizo. Christopher se limpió sus sudorosas manos en los vaqueros.

Jesse guió a Brigid por las escaleras y le indicó a Christopher que los siguiera. En la parte inferior, tecleó un código y bloqueó la habitación donde habían estado a punto de intimar y el afecto había fluido entre ellos minutos antes.

"¿Cómo está clasificada la película?" Preguntó Jesse.

"Vayamos abajo," dijo ella, tirando de su mano sin apartar los ojos de Christopher. "¿Por favor, papá? Solo ven al sótano conmigo, ¿de acuerdo?"

Jesse miró a Christopher por encima del hombro, frustrado y con ganas de disculparse, pero se limitó a asentir.

"Esperaré aquí," dijo Christopher cuando llegaron a la planta principal.

"Enseguida vuelvo," contestó Jesse.

"No te preocupes. Ayuda a las chicas. Estaré bien."

Brigid no parecía muy feliz ante el intento de Christopher por mostrarse lo más amable posible, pero no dijo nada más mientras que tiraba de Jesse hacia la puerta que conducía hasta el sótano. Christopher sintió curiosidad sobre lo que estaría ocurriendo ahí dentro, pero no quería inmiscuirse, y después de lo que Brigid había presenciado, sin duda Jesse tenía que hablar con ella a solas.

Entonces se dio la vuelta, sin estar muy seguro de si la sala de estar estaba a la derecha o a la izquierda, por lo que eligió un camino al azar y pronto se dio cuenta de que se había equivocado. Entró en una habitación más formal con un sofá que parecía como si nunca hubiera sido utilizado ni una sola vez, y un hermoso piano vertical antiguo.

Las paredes de la habitación estaban repletas de más marcos de fotos, y sin Jesse allí, Christopher se permitió detenerse en varias. Una era de Jesse como adolescente con el pelo teñido de rosa, delineador negro alrededor de los ojos, y una cadera hacia un lado en un gesto bastante femenino. Otra foto era de Jesse y Marcy, también en sus años de adolescencia, pero vestidos para el baile de graduación. Marcy llevaba un vestido negro y un ramillete del mismo color, y Jesse parecía un rockero gótico con un esmoquin adornado con cadenas, una rosa negra en la solapa y lápiz labial haciendo juego. Christopher sacudió la cabeza, asombrado de que el hombre que estaba empezando a conocer hubiera estado alguna vez tan desesperado por demostrarle algo a alguien. ¿Sería a su padre? ¿A sí mismo?

Cruzó hacia el piano lentamente, dándole la espalda al resto de las fotos—principalmente tomas al aire libre de una joven Marcy o Jesse, o a veces ambos por varios senderos de la zona—y levantó la tapa para tocar algunas teclas. El sonido de varias notas perfectamente afinadas se hizo eco en la sala, y él estuvo punto de bajar la tapa cuando Jesse habló a sus espaldas.

"Ya veo que has encontrado el piano."

"¿Sabes tocar?"

"Marcy estaba recibiendo clases."

"Oh."

"Se le daba fatal."

Christopher sonrió. "Oh, vaya, eso es muy duro."

"Dijiste que tocabas un poco, ¿no? Toma asiento. Toca algo para mí. Alguien debería desempolvar esta cosa. Dios, espero que todavía esté afinado."

"Ha pasado mucho tiempo. Podría estar un poco oxidado," mintió Christopher. Tocaba los pianos que había en SMH todo el tiempo durante los descansos de los ensayos, pero no era demasiado bueno. Se sentó en el banco y pasó los dedos sobre las teclas un poco más, haciendo algunas escalas para determinar su estado, solo para darse cuenta de que algunas sonaban un poco raro. No pasaba nada, sin embargo. "¿Qué te gustaría escuchar?"

Jesse se sentó en el sofá y apoyó los pies sobre su impecable mesa de café. "Algo tuyo."

"¿Mío?"

"Tienes canciones propias, ¿no es así? ¿De cuando estuviste en Nashville?"

Por supuesto que las tenía, pero no las había tocado en años, no desde que esas canciones se habían convertido precisamente en su propia humillación. "Déjame pensar. Ha pasado tanto tiempo que espero no meter la pata ni olvidarme de mis propias letras."

Los acordes iniciales sonaron más fuertes de lo que pretendía, por lo que retrocedió a algo más cálido y tierno. Miró por encima del hombro a Jesse, quien estaba sentado en el sofá con su dulce mirada fija en él, emocionado y expectante.

"Escribí esta canción para mi abuela cuando tenía diecisiete años. Se llama 'El Chico con un Corazón de Papel.'"

Christopher tocó las notas del comienzo un par de veces mientras que trataba de prepararse para exponerse de una forma que no había hecho en mucho tiempo. Finalmente, abrió la boca y las palabras salieron de ella como si las hubiera cantado ayer mismo en vez de tres años atrás, durante su último miserable espectáculo en un bar sin nombre donde las personas tiraban monedas en la jukebox para ahogar su canto.

La letra de la canción hablaba sobre el amor, las formas y los tamaños en que se puede encontrar, y la necesidad humana de poseerlo. A medida que avanzaba a través de los versos, Christopher cerró los ojos y dejó de intentar ocultarle sus sentimientos a Jesse. Ese era el efecto que la música tenía en él—le hacía visible, le hacía evidente—y había sido demasiado desgarrador en Nashville cuando nadie se había preocupado de ver lo que había revelado.

Finalmente llegando a su fin, levantó sus dedos de las teclas y las últimas notas se prolongaron en el silencio de la habitación. Esperaba que Jesse aplaudiera o dijera algo, pero no fue el caso. *Dios, ¿tan mal lo había hecho?* Cuando se volvió hacia él, se lo encontró con una tierna mirada y su boca ligeramente abierta. "Bueno, eso fue lo que escribí para Nana," murmuró con impotencia mientras que un sentimiento de vergüenza, o algo peor, se instalaba en su pecho.

"Tócala otra vez," dijo Jesse con voz ronca. "Por favor. Me gustaría escucharla de nuevo."

Christopher estuvo a punto de protestar o sugerir tocar algo diferente, pero Jesse parecía tan serio que simplemente se volvió hacia el teclado e hizo lo que le había pedido. Cuando la canción terminó, en lugar de detenerse por completo, tocó algunas melodías para las cuales no había escrito aún ninguna letra y, a continuación, pasó a otra canción—una nana que su hermana Jackie se había inventado para él cuando era pequeño.

Cuando terminó, respiró hondo y murmuró, "Y he escrito esto en las últimas semanas. Normalmente la toco con guitarra pero… vamos a ver…" Empezó a cantar.

"El cielo que veo a través de mi ventana
está floreciendo con el amanecer.
y eres tú sobre quien respiro cuando me despierto,
y Dios, eres tú a quien quiero."

El resto de la canción salió con bastante facilidad, llena de clichés y siempre muy lejos de ser algo verdaderamente bueno, pero Christopher se sentía bien cantándola para Jesse cuando era él quien le había inspirado—el que había traído la música de nuevo a su vida. Cuando terminó, levantó sus manos de las teclas y bajó la tapa. Su corazón martilleaba con ansiedad y vergüenza mortal. ¿Por qué tenía que haberse mostrado tan vulnerable tan pronto?

La vulnerabilidad es un regalo, cariño. Un regalo que no muchos son lo suficientemente valientes como para ofrecerlo.

Ahora no, Nana.

Se volvió hacia Jesse y descubrió que ahora estaba de rodillas cerca del piano, con los ojos cerrados, la cabeza inclinada hacia atrás, las palmas de sus manos boca arriba sobre sus muslos, y una expresión de absoluta entrega en su rostro. Christopher tragó el grueso nudo que se había instalado en su garganta, emocionado ante lo abierto y confiado que su amigo se estaba mostrando ante él.

"Escribí esa canción para ti," susurró.

Jesse tragó con fuerza, y Christopher pudo ver la sacudida de su nuez. Permaneció de rodillas durante un rato más, como si estuviera esperando algo más, que volviera a tocarla, o tal vez que tocara algo nuevo.

"¿Quieres escucharla de nuevo?"

Jesse asintió, y Christopher levantó la tapa una vez más y tiernamente, volvió a cantar la canción de Jesse—un buen título para la pieza.

Jesse y Christopher se besaron en la sala después de que este último terminara de tocar sus canciones. Jesse no era ingenuo. Sabía que no eran grandes éxitos y entendía por qué no habían triunfado en Nashville y nunca lo harían. Pero eran canciones maravillosas y cada una encerraba algo hermoso—algo que hacía que quisiera encerrarse en Christopher y no volver a salir nunca más.

Eran canciones seguras, sensibles y abiertas. Parecía como si estuvieran a punto de mostrar su lado más salvaje, pero fueran demasiado cohibidas como para desenfrenarse. Eran muy parecidas a la actitud de Christopher en la cama, solo que las canciones rezumaban menos confianza, lo que hacía que Jesse quisiera abrazarlas hasta amarlas por completo.

Tenía ganas de escucharlas de nuevo.

Christopher era muy maleable en sus brazos, ansioso y caliente, aunque el estruendo de los pies de los chicos corriendo escaleras abajo hizo que detuvieran su sesión de morreos. Jesse le dio un beso en la mejilla antes de salir al pasillo diciendo, "¿Qué necesitamos ahora? ¿Más palomitas? ¿Pizza?"

Él se dio cuenta, cuando Christopher no lo siguió inmediatamente, que necesitaba un momento para recuperar la compostura. Él mismo había tenido que colocarse bien sus partes mientras que se dirigía a la cocina, aliviado de tenerlo todo bajo control en el momento en que se encontró con FJ, Will, Brigid, Charity y Meredith, quienes estaban sacando diferentes botes de helado del congelador.

"¡Vamos a hacer sorbetes!" Exclamó Will, aceptando el bote de helado de crema y galletas y lanzándole el de nueces de macadamia a Frankie-Jones.

"Necesitamos más refrescos del garaje," dijo Brigid. "Para que los sorbetes floten."

"Sabes de sobra dónde están y tienes dos brazos, ve a cogerlos tú misma," dijo Jesse, abriendo un cajón de la cocina para sacar varias palas de helados y algunas cucharas grandes. Mientras que, sorprendentemente, su hija hacía lo que le había pedido, Jesse abrió uno de los armarios y bajó siete copas y siete vasos altos para posteriormente alinearlos todos sobre la mesa de la cocina.

Las pajaritas que había hecho con Brigid anteriormente todavía estaban a un lado de la mesa, junto a los refrescos y helados. Christopher apareció en la puerta de la cocina, con las mejillas sonrojadas y una tímida sonrisa en su rostro.

Saludó a Will alegremente, "¿Qué estáis haciendo, campeón de flotadores?"

Will sonrió. "Sorbetes de helado. Siéntate. Haz uno con nosotros."

Jesse se dio cuenta de que Brigid le disparó a su hermano una mirada asesina. Al parecer, su explicación de que Christopher era un gran amigo no había sido suficiente para que la joven se olvidase de que prácticamente les había pillado abrazándose cuando había entrado en su estudio. Aunque, ahora que lo pensaba, se había mostrado muy poco amable con Christopher desde el principio.

Jesse preguntó, "Chris, ¿qué helado te gusta más? ¿Chocolate, crema y galletas, menta con chocolate, vainilla—"

"¡Qué aburrido!" Interrumpió Will.

"¿No prefieres mejor sorbete de naranja, sorbete arco iris, o… eh, nueces de macadamia?"

"Es una difícil elección," contestó Christopher con los ojos muy abiertos y la risa derramándose de su boca—Dios, esa boca tan dulce y preciosa que estaba tan caliente, húmeda, suave y—*detente*, no era el momento para ese tipo de pensamientos.

"Los sorbetes son súper serios," dijo Will, retirando la tapa del helado de chocolate y cavando en él. "Tienes que tener todo tipo de sabores porque nunca sabes cuál es el que vas a preferir sorber. ¿Lo pillas? Sorber un sorbete."

"Tu hermano es adorable," dijo Charity.

Brigid volteó los ojos. "Es insoportable."

"Es mucho más mono que mi hermano pequeño," siguió Meredith mientras que extraía sus bolas de helado de menta.

"Entonces, puedes quedártelo."

"Sí, Meredith, puedes llevarme contigo a casa," dijo Will, batiendo sus pestañas y luego guiñándole un ojo. "Seré tu novio."

"¡Qué asco!" Exclamó Meredith. "Lo retiro."

"Te lo dije." Brigid negó con la cabeza.

Christopher se sentó entre Will y Frankie-Jones, tomando el bote de helado de chocolate cuando Will había acabado con él y sirviéndose varias bolas en su vaso.

El pequeño puso la mano en su muñeca. "¡Ey, colega! ¡Espera! ¿Estás seguro de que eso es lo que quieres? ¿No preferirías mezclar varios sabores?" El pequeño le indicó el bol donde estaba batiendo un poco de sorbete arco iris con helado de chocolate. "Los mezclas muy bien y *luego* lo sirves en la copa, y *después* añades Coca-Cola o lo que más te apetezca."

"Oh, bueno, creo que me voy a quedar con la forma aburrida," dijo Christopher. "Si os parece bien."

"Claro, tío, lo que más te guste," respondió Frankie-Jones, pero estaba claro por las miradas que Will y FJ intercambiaron entre sí, que estaban más que impresionados ante la falta de atrevimiento de Christopher.

Jesse se echó a reír y abrió otro cajón para sacar algunos trapos y servilletas de tela, arrojándolos sobre la mesa.

"¿Y tú?" Le preguntó Christopher a Jesse. "¿Vas a hacerte un sorbete?"

"Sí. Siempre me hago el más aburrido de todos. Vainilla y Coca-Cola."

"Mamá solía hacerse uno de menta con chocolate y Sprite," dijo Brigid, entrecerrando los ojos ante Christopher. "Ella nunca era aburrida."

Mierda. Jesse tuvo que admitir para sí mismo que era más que evidente que Brigid estaba sospechando algo. Si las cosas iban a continuar con Christopher, iba a tener que ser honesto con ella. Pronto.

Entonces sucedió.

Jesse no estaba seguro de cómo. Todo apuntaba a que había sido Will o Frankie-Jones, pero también podría haber sido Charity. Una botella de refresco de cola se volcó y se derramó por toda la mesa, empapando las seis pajaritas de papel que él y la niña habían hecho antes. No debería haber sido un gran problema, pero, de repente lo era.

"¡Lo has hecho a propósito!" Gritó Brigid mientras que su rostro usualmente pálido se ponía rojo como un tomate y sus furiosos ojos se oscurecían.

Jesse estuvo a punto de regañarla por culpar a su hermano de un simple accidente cuando se dio cuenta de que no se estaba dirigiendo a Will, sino a Christopher.

"¡Las has estropeado! ¡Las tirado toda la Coca-Cola sobre ellas y las has estropeado!"

Christopher se sobresaltó, no había duda, pero reaccionó rápidamente y puso una mano sobre el hombro de la joven. "Lo siento mucho. No tengo ni idea de cómo ha sucedido. Te ayudaré a hacer más."

"*¡De ninguna manera!*" Ella se puso de pie y señaló hacia la puerta. "¡Porque quiero que te marches *ya*! *¡Lárgate de una vez!*"

Jesse golpeó la mesa de la cocina con un trapo, cabreado y humillado por la actitud de su propia hija. Después, apuntó con su propio dedo hacia la puerta y ordenó fría y firmemente, "Vete a tu habitación ahora mismo y no te muevas de allí hasta que suba a hablar contigo."

Los demás niños miraban la escena boquiabiertos, y Christopher parecía estar en estado de shock. Pero aparentemente, Brigid pensaba que si estaba a punto de meterse en un buen lío, bien podría meterse en él por algo que realmente mereciera la pena, así que se volvió hacia Christopher, se inclinó sobre su sorbete y escupió en él antes de darse la vuelta para irse a su habitación y subir las escaleras.

"Madre mía," susurró Frankie-Jones.

Will se quedó mirando a su hermana en retirada con los ojos como platos, y las otras dos chicas exclamaron, "¡Oh, Dios mío!"

"Chicos," dijo Jesse. "Bajad al sótano. Llevaos vuestros sorbetes y tened mucho cuidado con ellos. Poneos a ver la televisión o a jugar a la consola. Todo se arreglará."

Los niños se fueron, todos ellos susurrando con entusiasmo mientras que bajaban las escaleras. Jesse miró a Christopher, quien tenía la mirada baja sobre su sorbete y una expresión de desconcierto. Pero había algo más debajo de todo eso.

"Mierda," susurró Christopher, riendo amargamente. "Creo que me odia."

"No te odia. Ni siquiera te conoce."

"No. Me odia de verdad." Christopher se echó a reír, pero no pudo ocultar el dolor en sus ojos. "Si te soy sincero, no lo entiendo muy bien. Suelo caerle bien a la mayoría de la gente."

"Está confundida. No debería—" Jesse se detuvo a media frase. ¿No debería qué? ¿Haber invitado a Christopher a casa? ¿Haberle presentado a sus hijos? "Está confundida sobre el motivo por el que estás aquí. Lo siento mucho."

"¿Sabe…?"

"Le he dicho que solo eres un buen amigo."

"No, quiero decir que, ¿sabe que eres bisexual?"

"Oh." Jesse dejó de limpiar el refresco derramado sobre la mesa y se quedó mirando hacia el horizonte. ¿Lo sabía? Tal vez sí. No estaba seguro. "No es algo de lo que haya querido hablar con mis hijos hasta que llegara el momento necesario, pero creo que sabe lo suficiente. Sabe cómo funciona la vida. Le he hablado de la homosexualidad, por supuesto, y también le he dicho que a algunas personas les gustan tanto los hombres como las mujeres. Le expliqué que su abuelo Tim y yo éramos así, pero no sé si lo entendió realmente."

Christopher asintió. "¿Y Will?"

"A él también se lo dije, pero no estoy seguro de que ni siquiera escuchara más allá del punto de '¡Qué asco! ¿Que hay que hacer *qué* para tener un bebé?' Tendré que refrescarle un montón de cosas cuando crezca un poco más."

"Ah, la niñez. Esos sí que eran buenos tiempos," murmuró Christopher mientras que tomaba otro tapo de cocina. "Deja que te ayude. ¿Dónde está el limpiador?"

Jesse le entregó la botella de debajo del fregadero. "No tienes por qué ayudarme."

"Lo sé, pero quiero hacerlo. Terminaré de limpiar todo este lío y después pondré todos los cacharros en el lavavajillas. ¿Los helados van en el congelador y las bebidas en la nevera?"

Jesse asintió.

"Bien. Ve a hablar con Brigid. Me marcharé en cuanto haya acabado aquí."

"No quiero que te vayas."

Christopher dejó de pulverizar jabón sobre la mesa de la cocina y sonrió. "Yo tampoco quiero, pero espero que algún día tu hija llegue a aceptarme y para eso, tengo que respetarla en estos momentos. Y como mi abuela diría, cuando se trata de niños, la paciencia no es solo una virtud, es una necesidad."

Jesse sintió cómo su garganta se apretaba mientras que veía a Christopher agachar la cabeza y volver a centrarse en el desorden. Ni siquiera sabía por qué se sentía así. No era por el hecho de que tuviera que irse; obviamente sabía que así era como iba a terminar la noche, sino más bien por el hecho de que estuviera siendo tan generoso con su hija.

"Lo siento, Christopher. No está bien que te trate de esa manera."

"No, pero dejará de hacerlo tan pronto como lo entienda. Al menos, espero que así sea." Christopher parecía pensativo cuando se detuvo en su tarea y miró hacia el techo. "A veces, algunas cosas que no son tan fáciles, ¿sabes? Y otras veces, distan mucho de ser perfectas. Es como mis canciones. Nunca son lo suficientemente buenas—nunca están del todo bien. No quiero que mi relación con Brigid sea de esa manera."

"Tus canciones son preciosas."

"Y *tú* quieres meterte en mis pantalones."

Jesse negó con la cabeza. "Ya sabes que ese no es el motivo por el que me gustan."

Christopher asintió y volvió a centrarse en la mesa. "Lo sé. Ha sido una buena noche. Tal vez… ¿podamos tener otra noche como esta algún otro día?" Él levantó la mirada como si no estuviera seguro de que Jesse así lo quisiera.

"¿Cuándo podre volver a verte?"

"Escríbeme."

Jesse lo observó unos segundos más antes de girarse para dirigirse a la habitación de su hija. Respiró hondo, decidido a mantener la calma, pero igualmente decidido a dejar las cosas muy claras: su comportamiento era inaceptable y tendría que asumir las consecuencias.

Cuando Christopher terminó de limpiar la cocina, se sentó a la mesa. Hacía mucho tiempo que no practicaba, pero todavía recordaba lo que tenía que hacer. A través de las tablas del suelo y el techo derivaba la voz de Brigid, chillona, suplicante, y los tonos más graves de Jesse, autoritarios e intransigentes. Habían estado hablando durante un rato, y Christopher esperaba que Jesse estuviera haciendo progresos, porque si no lo hacía…

Sus hijos siempre serían lo primero, y a Christopher no le gustaría que fuera de ninguna otra manera. Podía vivir siendo su segunda opción, pero aun así, su corazón se rompía ante la posibilidad de no volverlo nunca más. ¿Cómo se había unido a él tan rápidamente? ¿Y si… *no*. No tenía ningún sentido ir por ese camino. Podía oír a Nana cantando suavemente en su cabeza mientras que se concentraba en su tarea.

Qué será, será…

Seis pajaritas de papel más tarde, Christopher escribió una nota en otra hoja cuadrada de papel que encontró junto al mostrador.

Querida Brigid,

Siento mucho haber estropeado tus pajaritas. Sé que son muy importantes para ti así que he hecho esto con la intención de que se cumpla lo que quiera que desees. Espero que podamos ser amigos algún día pero si crees que no podremos serlo, no te preocupes. Siempre voy a desear que todos tus sueños se hagan realidad.

Atentamente,
Christopher

Capítulo Catorce

CADES COVE, LA ENSENADA entre las dos crestas que incluían la Montaña Trueno y Gregory Bald, estaba prácticamente desprovista de turistas; tal vez porque el tiempo no acompañaba demasiado. Era por la tarde y había un cielo típico de otoño—nublado con el sol asomando ocasionalmente—no lucía un azul brillante propio del verano, pero Jesse pensaba que era precioso.

La cala se extendía a lo largo de cinco kilómetros y estaba cercada en su totalidad por las montañas. Los campos y arroyos servían como refugio para los ciervos, osos, y pavos salvajes. Las hojas de otoño sobre las laderas ya habían pasado su mejor momento, pero una notable gama de ricos colores otoñales aún se propagaba por las elevaciones más bajas y en las partes ocultas de la cala, aportando una vista maravillosa junto a los árboles de hoja perenne.

Como siempre, las montañas ofrecían una belleza misteriosa, y Jesse y Christopher permanecieron callados mientras que conducían alrededor del bucle de la cala. A Marcy siempre le había encantado Cades Cove, y cuando Jesse había ido a visitarla antes ese día, con su habitual ramo de flores, le había contado todo sobre sus planes. "¿Crees que es excesivo?" Le había preguntado. Y entonces, se había contradicho a sí mismo, "Ya ha pasado un mes. ¿Crees que un picnic nocturno será lo suficientemente romántico?"

Por supuesto, Marcy le había contestado con su mirada perdida y ningún cambio de expresión. Ahora Jesse estaba aparcando en una zona de grava cerca de donde había llevado a Esperanza en su nefasta cita. Sinceramente, esperaba que esta fuera mucho mejor.

Christopher se desabrochó el cinturón de seguridad, miró hacia las montañas, y silbó por lo bajo. "Es una vista preciosa, ¿no te parece?"

"Por eso he elegido este lugar."

"Tiene un gusto excelente, señor." Christopher sonrió y abrió la puerta del pasajero. Una vez fuera, se estiró levantando los brazos sobre su cabeza, y Jesse pudo ver, todavía sentado al volante, la ristra de vello de color rubio oscuro que desaparecía bajo sus pantalones.

¿Una preciosa vista? ¡Y tanto!

Christopher se agachó. "¿No vienes?"

Jesse abrió el maletero de su Mercedes azul. Había empaquetado una cesta de picnic y había tomado una manta para que pudieran sentarse— una vieja colcha que Nova había cosido en su época hippy. Tal como Jesse lo veía, todos los hippies parecían estar obligados a pasar por una fase de coser y otra de tejer. Nova había pasado por ambas varias veces. Ahora sospechaba que el soplado de vidrio podría ser la próxima. O tal vez el enlatado.

"Me alegré mucho cuando me dijiste que querías que nos viéramos hoy," dijo Christopher mientras que extendían la colcha en la ladera de la montaña de un árbol de roble macizo para que los demás coches que pasaran por las sinuosas carreteras no pudieran verlos. "Especialmente después de lo que pasó con Brigid la otra noche."

Ninguno de los dos se quitó su chaqueta porque hacía demasiado frío, incluso bajo la luz del sol. Las mejillas de Christopher estaban muy coloradas, y Jesse no sabía si sería de las bajas temperaturas o de vergüenza por haber sacado a relucir la insolente actitud de su hija.

"Siento mucho lo que pasó."

"No pasa nada. ¿Cómo está? ¿Fue bien la conversación con ella?"

Jesse suspiró. "Le dije que su comportamiento era inaceptable, que me había avergonzado, y que me preocupaba que fuera tan cruel con alguien a quien ni siquiera conocía." No añadió que se había sentido muy aliviado de que su comportamiento no lo hubiera espantado.

"¿Cómo se lo tomó?"

"Principalmente me rogó que no le quitara el iPad, lo cual, tengo que admitir, me dejó también bastante decepcionado. Esperaba percibir cierto remordimiento por el modo tan horrible en que se había comportado contigo, y no estoy muy seguro de lo que obtuve a cambio. Le he quitado el iPad durante una semana y se supone que tiene que disculparse contigo la próxima vez que te vea."

"Eso no es… quiero decir que no hace falta que haga eso."

"Quiero que se convierta en alguien decente, y aprender a pedir perdón es parte de todo el proceso."

"Siento que haya visto algo en mí que le haya hecho comportarse de esa manera. ¿Crees que tiene que ver con el hecho de que nos pillara un poco acaramelados en el estudio?"

"Sí, pero tampoco fue muy amable contigo el día que te conoció. Supongo que se dio cuenta de que… bueno, no importa de qué se diera cuenta porque después de haberle dejado claro que no se podía comportar así y después de que sus amigos se fueran a casa, tuvimos una larga conversación."

Christopher comenzó a sacar las cosas de la cesta de picnic, y Jesse le ayudó. Pan francés, Nutella, mantequilla de almendras con sabor a calabaza, y cerdo asado relleno de manzana y arándanos.

"No fue una conversación fácil. Ahora me doy cuenta de que deberíamos haber hablado hace tiempo, y tengo la intención de decirle exactamente lo mismo a Will el fin de semana de Acción de Gracias."

Christopher asintió mientras que abría la mantequilla de almendras y ponía una poca sobre los platos que Jesse había preparado.

"Fundamentalmente le recordé que algunos hombres sentían una atracción romántica y física hacia otros hombres, y que yo era uno de ellos. No fue fácil conseguir que me escuchara porque ahora es más mayor y entiende perfectamente lo que eso significa. Lo asocia a la crueldad que sufren los niños de su colegio que son considerados maricas, y creo que tiene miedo de lo que podría significar para ella socialmente el hecho de que yo sea bisexual."

Christopher frunció el ceño ligeramente, pero asintió con la cabeza.

"No puedo culparla por eso. Creo que también está confundida sobre lo que significaría para nuestra familia. Lo que supondría que hubiera un hombre, en lugar de una mujer, en nuestras vidas. Traté de explicarle que no tiene por qué ser diferente, pero, ¿cómo podría siquiera yo saberlo? Nunca he tenido una relación seria con ningún chico. Somos, ¿qué? Llevamos un mes saliendo prácticamente, y aún no tengo ni idea de lo que esto puede llegar a ser."

"Entiendo."

"De todos modos, ella se limitó a preguntarme por qué no podía salir simplemente con una mujer, así que le expliqué que algunas veces me gustan las mujeres, pero que en este momento de mi vida me gustas tú—" se detuvo mientras que su corazón saltaba en su garganta. ¿Acababa de hablar demasiado? Seguramente Christopher sabía lo que sentía por él. Tenía que ser obvio.

Con una sonrisa, Christopher levantó la vista hacia él. "Tú también me gustas."

Uf, qué alivio. "Le dije que entendía que era algo difícil de comprender, pero que hacía mucho tiempo que su madre se había marchado y que estaba listo para… por lo menos considerar la idea de… bueno, comenzar una relación con alguien que realmente me guste."

Christopher tragó saliva. "¿Cómo reaccionó ante eso?"

Jesse suspiró. "Rompió a llorar."

Christopher dejó de meter lascas de carne de cerdo en sus rebanadas de pan francés, y miró a Jesse con un rostro compungido. "Oh, Dios mío. Lo siento mucho."

"Creo que fue su reacción a un montón de cosas distintas. No quería hablar conmigo al respecto. Estoy pensando en concertar más citas con el doctor Charles, el terapeuta que estuvo viendo a los niños después del accidente. Todavía los ve de vez en cuando."

Christopher apretó la muñeca de Jesse, tratando de transmitirle su apoyo, y este se llevo su mano a la boca para besarla. Sus dedos no eran delicados—como lo habían sido los de Marcy o incluso los de Esperanza. Eran masculinos, y un vello de color oro brillaba en sus nudillos y muñeca. Christopher apartó la mano para quitarle a Jesse una hoja que se había enredado en su pelo y luego le sonrió. "Continúa," dijo, volviendo la atención a su comida. "Te escucho."

Jesse se aclaró la garganta y contuvo las ganas de darle las gracias para seguir contándole por donde lo había dejado. "Creo que tal vez Brigid pensaba que si alguna vez volvía a salir con alguien, sería una mujer, y tal vez haya tenido una persistente esperanza de que de ese modo pudiera volver a tener…" Jesse no quiso terminar la frase.

"Pudiera volver a tener una madre."

Jesse asintió.

Christopher suspiró y miró hacia las montañas con las cejas fruncidas y una mezcla de pesar y empatía en su rostro. "Pobrecilla. Dios, es una situación demasiado dura."

"No es nada fácil."

"Quiero hacer que sea más fácil para ella." Christopher se volvió hacia él. "¿Cómo puedo hacer eso? ¿Debería mantenerme alejado? ¿Permanecer cerca? Quiero decir, en el supuesto que quieras tenerme cerca. Es solo que—hemos ido de cero a cien en cuestión de semanas y no quiero que ella sea la víctima de todo esto."

"No sé cómo frenar esto. ¿Tú sí?"

"¿Te refieres a dejar de vernos?" Sugirió Christopher a medias.

"Diablos, no. Me *encanta* verte." Jesse se preguntaba si Christopher habría caído en la cuenta de que esta excursión a Cades Cove era una forma de celebrar su primer mes desde que se habían conocido. Todavía no podía creer la suerte que había tenido de que Christopher hubiera recurrido a él para hacerle un medallón a su abuela. A veces parecía demasiado perfecto, lo que lo aterrorizaba y le hacía sentir bien al mismo tiempo.

Christopher pronunció sus siguientes palabras reticentemente. "Podríamos seguir enrollándonos si quieres."

"No. Dejando el sexo a un lado, eres un chico muy interesante y me haces sentir… esperanzado." Jesse sintió cómo sus mejillas se calentaban. Había querido decir feliz. Había querido decir que Christopher había hecho que se hubiera vuelto a enamorar después de muchos, muchos años. "¿He dejado de ser un hombre por haber confesado una cosa así?"

"Si expresar lo que quieres y tus sentimientos significa que no puedes ser un hombre, entonces, esta sociedad tiene una visión muy distorsionada de la masculinidad."

Jesse se rio entre dientes. "¿Le has echado un vistazo a nuestra sociedad? Solo hay que pasear por las calles de Gatlinburg para ver los principales ejemplos de masculinidad de nuestra cultura."

Christopher volteó los ojos. "¿Sabes lo que yo veo cuando camino por Gatlinburg? Veo un puñado de niños de mamá. Tiernos niños de mamá."

Jesse se echó a reír. "Eso también es verdad." Miró a Christopher más de cerca y sonrió cuando se dio cuenta de las manchas oscuras debajo de sus pestañas inferiores. "Todavía tienes restos de lápiz de ojos de tu espectáculo."

Christopher se frotó su ojo derecho con el pulgar. "Tenía un poco de prisa. Supongo que no me habré lavado bien la cara."

"Te queda muy bien."

Christopher se rio suavemente. "Gracias. ¿Te recuerda a tus desvergonzados años adolescentes como gótico?"

"Has visto esa foto, ¿verdad?"

"Sí. Eras adorable."

"Tú *eres* adorable."

Christopher se sonrojó y miró hacia donde el sol estaba bajando entre las montañas. "Me gusta cómo me siento cuando estoy contigo."

El corazón de Jesse dio un vuelco, todo su cuerpo se estremeció, y él quería reír, o darle un beso, o gritar sus sentimientos a los cuatro vientos hasta que se hicieran eco en las montañas. "A mí también."

"¿Sabes? Creo que nunca he estado con un chico bisexual anteriormente."

"¿Cómo te sientes al respecto?"

"Si te soy sincero, me preocupa un poco. Es difícil determinar cuál es mi competencia."

Jesse bajó los ojos lentamente y luego los levantó para encontrarse con los de Christopher. "Tal vez el problema es pensar en la competencia en general. O la hay o no la hay. Y nada puede cambiar eso."

"Es solo que… nunca nadie me ha elegido de primeras, ¿sabes lo que quiero decir? Siempre soy la segunda opción. Lo fui para mis padres; siempre era el sustituto en las obras de teatro; el chico al que la gente ignoraba cuando cantaba en los bares, acallando su música con las canciones de la jukebox; y al que le dieron calabazas en cuanto el ex regresó de Afganistán."

"¿Qué pasa con Afganistán?" Preguntó Jesse, esbozando una media sonrisa aunque sin sentirlo realmente.

Christopher ignoró su pregunta. "No estoy tratando de hacer que sientas lástima por mí, pero el hecho de que seas bi hace que me plantee que tal vez las pollas sean tu segunda opción, y por lo tanto, yo también lo sea."

"No funciona de esa manera." Salvo que sí funcionaba así. Al menos cuando se trataba de Jesse, con la diferencia de que era justamente al contrario, lo cual era su vergonzoso secreto que no estaba dispuesto a compartir todavía.

"No importa si funciona así o no. Es uno de mis temores y sentía que tenía que compartirlo contigo. Y luego están tus hijos, y *por supuesto*, ellos tienen que ser lo primero. No me gustaría estar con un hombre para el que sus hijos no fueran lo primero, porque como hijo, he sabido lo que es no ser lo primero para unos padres y es una auténtica mierda."

"Christopher—"

"Espera, deja que termine de avergonzarme, ¿de acuerdo? Entonces podremos comer, y podremos dirigir lo idiota que soy, y luego… ya veremos qué pasará después."

Jesse asintió, deseando tener lápiz y papel para que pudiera tomar nota sobre todas las cosas que quería explicarle a Christopher, y cómo todos sus temores no tenían sentido.

"Lo que estoy tratando de decirte es que estoy acostumbrado a ser la segunda opción de todo el mundo. No tienes que sentirte mal respecto a tus hijos. Y si las pollas también son tu segunda opción, bueno, esperemos que haya algo más entre los dos por lo que te merezca la pena estar conmigo. Creo que podría haberlo."

"Por supuesto."

"Está bien, porque lo que realmente quiero, más que ser la primera opción de alguien, es tener a alguien que pueda verme, que pueda verme de verdad." Christopher se aclaró la garganta, jugó un poco con el dobladillo de sus pantalones, y luego volvió a mirar a Jesse. "Se me ha dado muy bien ser invisible durante la mayor parte de mi vida. He perfeccionado el arte de ser soso, aburrido y modosito. Nunca he hecho nada para llamar la atención porque era demasiado peligroso."

"¿Con esos ojos? ¿Cómo podrías pasar desapercibido?"

"Es sorprendentemente fácil pasar inadvertido. La gente suele centrarse únicamente en sí misma. Yo lo prefería así porque así nadie tenía que preguntarse por qué no tenía novia, o cómo es que no sentía la llamada de la iglesia, o cómo podía ser gay de los pies a la cabeza."

"Entiendo. Yo también traté de esconderme a mi manera actuando como un marica exagerado para que nadie pudiera ver lo asustado que estaba por dentro."

Cuando empecé a actuar, prácticamente gritaba, '¡Miradme! ¡Miradme bien! ¡Yo también soy especial!' Juro por Dios, Jesse, que hasta que apareciste tú, no creo que alguien llegara a verme de verdad pero de alguna manera, tú lo hiciste."

"Lo hice desde la primera vez que te vi sobre el escenario."

Christopher se rio suavemente, casi como si hubiera lágrimas en algún lugar profundo de su ser. "Lo sé. Ahora te creo. Verte de rodillas junto al piano la otra noche—la expresión en tu rostro, y la forma en que me besaste después. Te creo."

Jesse sintió que su pecho se hinchaba. "Me afectas bastante, Christopher Ryder."

"Sí, bueno, tú también me afectas a mí."

Las nubes se habían disipado, y la puesta de sol dorada y rosada se reflejaba en los ojos de Christopher y en su pálida piel, encendiendo en ella el mismo brillo que Jesse siempre había visto en él cuando estaba sobre el escenario. Ambos se quedaron mirando mutuamente en silencio, mientras que lo que fuera que estaba creciendo entre ellos parecía bailar a su alrededor.

"Pero Brigid es lo primero. Y Will. Quiero hacer que todo esto sea más fácil para los dos, especialmente para ella. Si no podemos encontrar una manera de hacerlo, entiendo que eso pueda significar no volver a verte nunca más. Como he dicho, soy tu segunda opción. *Tengo* que serlo. Lo entiendo. No pasa nada."

"No. No tiene por qué ser así. No quiero que te sientas de esa manera." Jesse sentía que no podía respirar bien solo de pensar en ello.

Christopher levantó la mano. "Y nunca he tenido una relación seria antes. Creo que es justo que también lo sepas."

"No importa."

"Puede que sí." De pronto se sonrojó. "Quiero decir, eh, si es eso hacia donde nos estamos dirigiendo. ¿Tenemos una especie de relación seria?"

Jesse lo miró fijamente; las suaves líneas de su cuerpo, la forma en que los restos de su barba brillaban en el sol poniente, y la absoluta sinceridad en su rostro. "Espero que sí. Y tienes serios problemas de autoestima, ¿lo sabías?"

Christopher se rio. "He aprendido a vivir con ellos."

"¿Acaso no es algo que hemos hecho todos?"

"Sí." Christopher frunció el ceño. "Pero yo no quiero eso para Will y Brigid. Quiero que sepan que son alucinantes y que nunca duden de sí mismos."

El pecho de Jesse se hinchó de felicidad. "Me encantaría que nunca dudaran de sí mismos; que nadie les hiciera daño." Tocó la mejilla de Christopher de nuevo. "Pero es increíble la cantidad de dolor que una persona puede asimilar para luego seguir viviendo. Incluso a veces vuelves a encontrar un motivo por el que ser feliz. No es que quiera pasar por ello de nuevo. Creo que aprendí la lección lo suficientemente bien la primera vez."

Christopher parecía estar a punto de echarse a llorar, y Jesse acarició su labio inferior. "No seamos tan morbosos," dijo sellando sus labios suavemente. "Vamos a comer y a disfrutar de la puesta de sol."

Pero Jesse lo besó otra vez, y otra vez, y decidió que tal vez la comida podía esperar un poco más.

Saciado y satisfecho, Christopher se apoyó en el gran tronco de árbol. La cabeza de Jesse estaba sobre su regazo, y él se dedicó a peinar su cabello mientras que los dos observaban cómo las estrellas parpadeaban por encima de sus cabezas.

"Así que, ya sabes por qué me dedico a cantar. Háblame tú sobre tus joyas. ¿Cómo empezaste en el negocio?"

"Mi madre y yo siempre hemos tenido una relación muy tensa."

"Algo más que tenemos en común," murmuró Christopher.

"Pero si hay algo que siempre nos ha gustado a los dos por igual, han sido las joyas. A ella le encantaba coleccionarlas y yo siempre me quedaba fascinado por lo brillantes y preciosas que eran todas las piezas. Empecé a hacer las mías propias cuando tenía dieciséis años. Todas eran cosas burdas y grotescas. Tomé algunas clases en Arrowmont e hice las típicas piezas bastas de las que me sentí muy orgulloso. Ayudó bastante que estuvieran de moda por aquel entonces."

"Mi madre siempre llevaba joyas muy brillantes," dijo Christopher. "Quiero decir, antes de que el matrimonio con mi padre se viniera a pique. Una vez que nos unimos a la cofradía de Cristo Luz, dejó de ponérselas, a excepción de su anillo de matrimonio. Eran tentaciones del diablo, o una cosa así. Solo recuerdo que nunca la volví a ver tan hermosa una vez que mi padre nos abandonara para irse a la aventura. Supongo que se apagó una luz dentro de ella que Jesús nunca le trajo de vuelta."

Jesse agarró de la mano de Christopher y le besó los nudillos. "Mis padres nunca se divorciaron, pero no creo que llegaran a ser felices nunca."

"Lo siento, no era mi intención desviarnos del tema. Quiero saber más acerca de cómo te diste cuenta de que te encantaban las joyas."

"Bueno, ese fue el comienzo. Ayudó mucho el hecho de que mi madre lo apoyara en gran medida y a mi padre lo sacara de quicio. Luego, cuando me gradué de la escuela secundaria, me di cuenta de que no quería asistir a la universidad tradicional. Había un programa fantástico en Londres y mi padre estaba más que deseoso de perderme de vista en esos momentos. Ya le había avergonzado bastante en mi época escolar."

Christopher percibió el pesar en su voz producido por un recuerdo doloroso del pasado. Se inclinó y lo besó en la frente, respirando el aroma de su piel y los olores a campo dulce y terroso que se aferraban a su cabello y flotaban en la brisa de la tarde.

"Me fue bastante bien allí pero no me gradué. Decidí que era demasiado bueno para ese lugar, lo cual si miro atrás ahora, me doy cuenta de que fue excesivamente arrogante por mi parte y me da hasta vergüenza admitirlo. Solía echar mano a las conexiones de mi padre y al dinero que teníamos para poder viajar y formarme con los mayores joyeros de renombre de todo el mundo. Nunca llegué a China o Australia, pero creo que exceptuando esos dos, he estado en todos los países que quería visitar."

"Eso es increíble. Yo nunca he ido a ninguna parte. He visto la playa exactamente una vez en mi vida cuando tenía trece años."

"Alguien tiene que ponerle remedio a eso."

Christopher se encogió de hombros y volvió su mirada hacia las montañas, sin ganas de encontrarse con los ojos de Jesse con la esperanza de restarle un poco de importancia. "Ha sido una cuestión de dinero. Nunca hemos tenido mucho. Pero mi abuela mantuvo una conversación conmigo un poco desagradable el otro día…"

"¿Sí?"

"Me dijo que cuando se muriese, la casa sería para mí y también habría un poco de dinerillo ahorrado que me correspondería. Me ha pedido que haga algo irresponsable con él—como irme de viaje o algo así."

"¿Lo harás?"

"Jamás decepcionaría a mi Nana."

Ah, ese es mi chico.

"Parece una mujer maravillosa."

"Lo es. Me ha salvado más de una vez."

"¿Sabes? Recuerdo que me dijiste que era tu culpa que Libros y Caramelos de Dulce de Leche hubiera cerrado. ¿Qué pasó?"

Christopher suspiró. "Nana jamás diría que fue mi culpa, por supuesto. Diría que la 'culpa' no tuvo nada que ver. Pero cuando empecé mi primer año en la universidad pública, mis poderes para ser invisibles dejaron de funcionar, al menos en los que respectaba a un grupo de gilipollas que se dieron cuenta de que era gay. Jamás me hicieron daño físicamente, pero hicieron que mi vida fuera un auténtico infierno a base de amenazas y burlas. Me sentí como un completo marginado."

"Cabrones."

"Al mismo tiempo, mi madre se casó con Bob, y el acoso y derribo constante respecto a mi sexualidad también empezó en casa. Estuve a punto de hundirme en lo más hondo. No tenía recursos ni habilidades para hacer frente a esos ataques permanentes. Cuanto más trataba de hacerme invisible, más me intimidaban aquellos chicos. Nana vino una vez de visita y se dio cuenta de lo que estaba sucediendo. Habló con mi madre sobre ello, intentando convencerla de que debería ir a una universidad privada, donde estaría a salvo. Mi madre, por supuesto, dijo que no había dinero para eso y que simplemente debía aceptar a Jesús y mi problema desaparecería."

"¿Por qué las personas religiosas pervierten tantas cosas?"

"No lo sé. Pero no todos son así. Nana no lo es."

"Lo sé. Es solo que…" Jesse suspiró.

Christopher sonrió suavemente y continuó con su historia. Sabía lo que Jesse quería decir. "Nana se puso furiosa. Entonces recurrió a mi padre, creo que es la única vez que sé que ha acudido a él después del divorcio. Sabía que tendría dinero de sobra para enviarme a alguna parte. Pero su nueva esposa—la primera de las tres más que siguieron—era muy celosa, y quería que su dinero fuera solo para *sus* hijos, no para los hijos que había tenido de su primer matrimonio."

"Guau."

"Era una zorra. Me cayó bien porque era la única de todas a la que conocí. Jackie sigue en contacto con mi padre, pero cuando yo me enteré de que se negó a ayudarme, digamos que no se me ha dado muy bien mantener el contacto con él. De vez en cuando hablamos por teléfono, o aparece en SMH con sus hijos y quiere que les dé pases gratis."

"Menudo gilipollas."

"Nana vendió Libros y Caramelos de Dulce de Leche para que yo pudiera ir a la universidad privada. Era dueña de todo el edificio, lo que hizo que le dieran una buena cantidad de dinero por él, lo suficiente como para pagarme mis estudios, su residencia, la universidad de Jackie y sus dos bodas. También me mandó a Nashville durante dos años antes de que mi orgullo no pudiera soportarlo más."

"¿Paró el acoso escolar en la nueva universidad?"

"En su mayor parte. Siempre hubo chicos que se rieron de mí, pero no fue el infierno que había sido en el otro sitio."

"Entonces hizo lo correcto. Y parece que funcionó para todos, incluyéndola a ella."

"Pero le encantaba Libros y Caramelos de Dulce de Leche. Todo el mundo adoraba ese lugar."

"Claro, pero ahora todo el mundo adora Donuts Negros y Garras de Oso en su lugar. Y tú conseguiste salir de una situación inhumana."

"Eso es justo lo que diría Nana."

Eso es porque es un chico muy listo. Escúchalo, Christopher. Es el mejor partido que podrías haber encontrado jamás. Mucho mejor que un médico.

"Parece una señora muy inteligente."

Me encanta. Tienes que casarte con él. Mañana. Invita a Bob a la boda. Eso lo matará rápido.

"Es única," Christopher estuvo de acuerdo. "Has dicho que tu madre fue quien te inculcó el amor por las joyas. ¿Te sigue apoyando en tu carrera?"

"Oh, sí. Ella me exige varias piezas hechas a medida varias veces al año. Por lo general, para que vaya a juego con algún vestido escandalosamente caro para asistir a alguna fiesta de lujo en Miami. Tu familia no es la única que tiene esqueletos en el armario."

"¿En serio?"

"Mi madre… bueno, ella es la que me enseñó que las joyas guardan secretos que nunca revelarán. Es la única cosa tan mística en la que siempre ha creído y creo que solo lo ha hecho para calmar su conciencia. A veces se compraba una nueva pieza, se sentaba conmigo y me mostraba cómo estaba hecha. Entonces me decía, 'Esta joya guarda un secreto que es muy importante para mí, Jesse.' Yo le pedía que me lo dijera, se lo rogaba incluso, y ella se echaba a reír y me decía que solo la joya lo sabía y que así su secreto estaría a salvo."

"Eso es un poco cruel."

Jesse se rio. "Oh, es totalmente cruel. Pero estoy bastante seguro de que sé de sobra a qué secretos se refería. Ella siempre trataba de sentirse menos culpable por sus citas y rollos ocasionales que tenía con uno de los colegas casados de mi padre. Creo que siempre se compraba una joya después de estar con él; como una manera de conmemorar lo que había hecho y aceptarlo."

Christopher levantó las cejas.

"Mi madre y yo jamás hablaríamos de ese tipo de cosas. Ni en un millón de años. No tenemos ese tipo de relación. Apenas hablamos de nada en absoluto. Pero si miro hacia atrás, recuerdo muchas cosas que solo podrían explicarse de ese modo."

"¿Cómo cuáles?"

"Por ejemplo, cuando tenía unos nueve años, mamá, Amanda y yo fuimos en un viaje en velero por las Islas Vírgenes. Papá no vino. Tendría que trabajar probablemente. El capitán del buque era un chico joven y guapo llamado Don; era más joven que ella en aquel momento. Un día, me desperté en medio de la noche porque mi madre estaba haciendo unos ruiditos como si estuviera llorando. Salté de mi litera y me dirigí a la pequeña habitación en la que ella dormía, pero no estaba allí. Podía oír su llanto desde la sala donde Don se hospedaba, y cuando abrí la puerta, la vi con el camisón subido hasta la cintura y sus piernas abiertas de par en par sobre la cama. El capitán estaba de rodillas entre ellas, sin camiseta, y su cara estaba muy cerca de su…"

Christopher silbó. "Guau."

"En ese momento, no lo entendí. Le dije: 'Mamá, ¿estás bien?' O algo así, y mi madre se puso de pie de un salto, me agarró de la mano y me llevó de vuelta a mi cama. Me dijo que se había hecho daño en sus partes íntimas y que el capitán Don estaba tratando de curarla."

"Vaya."

"Fue entonces, en un momento de mi adolescencia, cuando todo hizo clic y entendí lo que había visto en realidad. Y también hubo mucho más hombres. Un tipo llamado Dabney con el que mi padre solía trabajar. Un distribuidor que siempre venía a la ciudad—a veces cuando mi padre no estaba—y siempre se quedaba en nuestra casa. Tenía quince años cuando los pillé follando en el porche trasero a las tres de la mañana. Yo estaba volviendo a escondidas después de haber hecho algunas travesuras sexuales propias así que no pude culpar a mi madre por eso. Y no quise de todos modos. Mi padre solo estaba enamorado de su negocio. Ella era solo la mujer que enseñaba colgada de su brazo cuando iban a alguna especie de evento social. Jamás estuvieron enamorados."

"De acuerdo entonces. Parece que nuestras familias han sido ambas un espectáculo de mierda. Qué… reconfortante."

Jesse se rio y se sentó. "Oh, hablando de familias, he traído algo para ti. Lo acabé hace semanas pero he querido esperar a estar haciendo algo especial juntos para dártelo. Esto es lo que nos ha unido después de todo. Espero que te guste."

Encendió una linterna en el crepúsculo de la noche, y hurgó en el bolsillo lateral de la cesta de picnic, sacando una cajita negra. "Debería habértelo dado antes de que se fuera el sol." Abrió el estuche y allí estaba el medallón.

"Matt tenía los dientes de ciervo que más se ajustaban a lo que necesitaba. Creo que el medallón estaba destinado a ser así."

Christopher lo tomó entre sus manos, examinó el corazón hecho con los dientes de ciervo en la parte frontal, las bellotas, y el broche tan perfecto que fácilmente se abrió bajo sus dedos, por lo que supo que Nana también sería capaz de abrirlo. Los pequeños marcos para las fotos estaban hermosamente afiligranados. Cada detalle era absolutamente perfecto.

"Esta sea muy probablemente la cosa más kitsch que has hecho desde que eras adolescente."

Jesse se quedó en silencio.

Christopher soltó una suave risa mientras que el corazón galopaba en su garganta. "Y a Nana le encantará. Es perfecto."

"Me alegro." Jesse suspiró audiblemente.

"Te agradezco mucho que hayas hecho esto por mí porque sé que no es tu estilo y—"

"Shh. Mi estilo es hacer a mis clientes felices. Y quiero hacerte feliz, Christopher." La voz de Jesse celebraba mucha rotundidad.

"Estoy increíblemente feliz—con el medallón, con el día que estoy pasando, y la compañía." Christopher frunció el ceño. "Pero, eh, ¿tienes una de esas cosas en tu teléfono o algo así para que pueda pagarte con tarjeta? No tengo dinero."

Jesse se encogió de hombros. "Creo que no quiero que me pagues."

Christopher lo miró boquiabierto y negó con la cabeza. "Esa idea no me gusta nada. Te encargué un trabajo que, por cierto, has hecho muy bien, y quiero pagarte por ello."

"De acuerdo. Le diré a Amanda que prepare la factura."

"Espero que me cobres lo mismo que le cobrarías a cualquier otra persona."

Los labios de Jesse se curvaron con picardía. "¿Soy tan obvio?"

"Sí."

Los dedos de Jesse estaban fríos cuando tocaron la cara de Christopher. "Ve aquí."

Christopher le dio un beso. Su boca era dulce y cálida, con un regustillo a calabaza y a la sidra que habían compartido. En la oscuridad más allá de la linterna, la hierba y las hojas susurraban en la brisa, y los sonidos de la noche en el bosque volvieron a la vida.

Jesse se puso de rodillas y tomó el rostro de Christopher entre sus manos, profundizando el beso hasta que este último comenzó a jadear y a temblar incontrolablemente con urgencia y afecto. Jesse se apartó, sus ojos brillando bajo la suave luz de la linterna, y sus sombras proyectadas sobre el campo.

"Acuéstate," susurró, empujando con ternura los hombros Christopher hasta que lo tuvo sentado sobre las raíces del árbol y el frío de la noche hacía que solo se vieran las bocanadas de aire entre sus bocas.

Jesse apagó la linterna y la luz de la luna se convirtió en su única fuente de visión, desapareciendo y reapareciendo de entre las oscuras nubes, moviéndose lentamente a través del cielo. Las manos de Christopher temblaban mientras que tocaban la cara de Jesse. Sus restos de barba áspera, menos arreglada de lo habitual, arañaron sus sensibles dedos. Él se inclinó para darle otro beso, deleitándose con su boca, agasajándolo con la suya propia, y gimiendo cuando el beso los volvió a poner a ambos a punto de caramelo.

El árbol se clavó en su espalda mientras que tiraba de Jesse hacia adelante, agarrando su chaqueta con ambas manos mientras que su saliva y aliento mojaban sus mejillas y barbilla en una dulce y conmovedora urgencia. Mientras que Jesse arrastraba su boca por el cuello de Christopher, este solo podía desear más y más—ahora, *por favor*—mientras que se fijaba en el cielo nocturno. Las estrellas y la luna por encima de las nubes y el contorno negro de las montañas eran el escenario íntimo de este pequeño valle para los dos. Solo para ellos dos.

Jesse arrastró sus manos por los muslos abiertos de Christopher, ahuecando su dureza, y él gruñó contra su cuello. "Quiero chupártela. Ahora."

Christopher gimió y apartó las manos de Jesse, "Espera, espera un momento." Él se levantó contra el árbol, rozándose con fuerza con la corteza mientras que trataba de posicionarse. Con dedos torpes, consiguió liberar su polla y se estremeció cuando vio la silueta de Jesse entre las sombras, de rodillas frente a él. Él lo agarró del pelo, y Jesse se apoyó en los muslos de Christopher, luego abrió la boca ampliamente y lo chupó hasta el fondo.

El contraste entre el aire frío y el calor de la boca y la garganta de

Jesse era intoxicante, por lo que Christopher echó la cabeza hacia atrás, gimiendo fuertemente—un sonido que se hizo eco por todas partes. Un canto de murciélagos o aves que salieron en estampida de un árbol rompió el silencio de la noche. Su chaqueta estaba amontonada a la altura de su cintura, donde se la estaba sujetando con una mano, y su ropa interior y sus vaqueros estaban tensamente estirados a la altura de sus rodillas, pero su polla estaba enterrada en la boca de Jesse, lo cual era suficiente para estar a punto de correrse ante tal visión. Había pasado más de una semana desde la última vez que habían hecho esto, y en base a la forma en que Jesse lo estaba chupando, anhelaba arrebatarle su orgasmo más de lo que anhelaba su próximo aliento; ambos estaban desesperados por ello.

La presión creció en las pelotas de Christopher, haciéndolas pesadas y tensas, lo que significaba que estaba a punto de correrse. Por supuesto que quería, pero todo estaba ocurriendo demasiado rápido y, ¿quién sabría cuándo iba a tener otro momento como este para tocar a Jesse de nuevo? Christopher intentó retirarse, pero ya era demasiado tarde. Se golpeó la cabeza y las manos contra el tronco del árbol, sintiendo la punzada de la corteza escarpada. Apenas sintió dolor cuando el placer lo sacudió, y su corazón temblando incesantemente y su salvaje alma quisieron emerger por su polla y hacer nido en el cuerpo de Jesse.

"Oh, cariño, joder, sí," gimió Jesse cuando se tragó su semen; luego se puso de pie y lo besó con fuerza. Las rodillas de Christopher habían cedido, y él se había quedado atrapado contra el árbol mientras que Jesse sacudía sus caderas con urgencia en su contra. Aturdido y todavía temblando, Christopher logró empujar los brazos de Jesse lo suficiente como para dejarse caer hacia abajo y abrir la boca. A la luz de la luna, Jesse debió ver lo que estaba a punto de hacer, porque gimió, se bajó la cremallera de los vaqueros y sacó su tiesa polla acompañada de restos brillantes del líquido preseminal que había mojado su ropa interior.

Christopher cayó directamente en la polla de Jesse, chupándola con avaricia. Jesse presionó sus manos contra el tronco del árbol sobre la cabeza de Christopher, rodando sus caderas mientras que Christopher lo succionaba. Finalmente se agarró de su pelo con una mano, folló su garganta, y luego se retiró para pajearse rápidamente. Christopher abrió su boca todo lo que pudo delante de él, dejando que Jesse se masturbara y pasando la lengua por debajo de su mano, lamiendo y tragándose las grandes cantidades de líquido preseminal que salían de su polla.

Entonces Jesse agarró de nuevo su cabeza, gritó en la noche, y se hundió en su boca. Christopher abrió la garganta y echó la cabeza más hacia atrás, listo para tomarle lo más profundamente posible. Cuando las piernas de Jesse, recubiertas de tela vaquera, empezaron a temblar bajo las manos de Christopher, y sus caderas se sacudieron, Christopher luchó para no ahogarse mientras que Jesse descargaba su liberación directamente en su garganta.

"¡Joder! Oh, cariño, *¡joder!*" Gritó Jesse mientras que sus manos tiraban espasmódicamente de mechones de su pelo, y su polla se sacudía incontrolablemente en su boca. "Cariño, oh, sí," murmuró, temblando, y luego trató de retirarse poco a poco de su boca, solo para silbar y empujarse en ella de nuevo, disparando otra gruesa masa de esperma.

"Oh, oh, creo que… oh, mierda," gimió.

Christopher se sacó la polla de Jesse de la boca y le ayudó a bajar al suelo, donde ambos se abrazaron mientras que seguían convulsionando y sus pollas, ahora flácidas, quedaban expuestas a la fuerte brisa del mes de noviembre.

Jesse comenzó a reír, y besó a Christopher en la cabeza. Luego gritó alta y claramente bajo el cielo nocturno, y Christopher comenzó a reírse también. "¿Qué es tan gracioso?" Logró finalmente decir por encima de sus propias carcajadas.

"Nada," contestó Jesse. "Estoy feliz. Tengo que admitir que me siento muy bien."

Después de arreglárselas para volver a colocarse sus pantalones y guardar todos los restos de su picnic en el maletero del Mercedes, Christopher se subió en el asiento del pasajero y apoyó la cabeza hacia atrás. Ladeó la mirada ligeramente para ver su reflejo en la ventanilla, y su estúpida sonrisa le hizo sonreír todavía más. Si esto era enamorarse, le estaba empezando a gustar.

Jesse subió al volante y dejó descansar su mano sobre la rodilla de Christopher durante todo el trayecto hasta casa. Christopher se sentía cálido y seguro sintiéndola ahí.

"Me gustaría poder entrar," dijo Jesse cuando se detuvo en el camino de entrada de la casa de Christopher. "Quitarte la ropa y jugar con esos pezones tan sensibles que tanto he echado de menos hoy por estar escondidos bajo tu chaqueta."

Christopher se rio y se desabrochó el cinturón de seguridad. "Sí, claro, tú haz que las cosas se pongan aún más duras, ¿por qué no?"

Jesse le lanzó una traviesa mirada. "¿Las he puesto más duras?"

"En todos los sentidos posibles, idiota."

"Bien. ¿Te vas a hacer una paja pensando en mí esta noche?"

Christopher sonrió. "Solo si tú te haces otra pensando en mí."

"¿Alguna vez lo has hecho estando al teléfono con la otra persona?"

"No. ¿Tú?"

"No. Bueno, a menos que cuenten los chats guarros de Grindr."

"Oh, yo también he hecho eso alguna vez. Cuando he estado muy cachondo y no quería realmente follar con nadie."

Jesse apagó el coche, y se volvió hacia Christopher, de repente muy interesado. "¿Con qué tipo de chicos solías hablar por Grindr? ¿Cómo es que nunca te he visto por allí?"

"Mi foto es una chorrada. No quería mostrar mis pectorales porque, bueno, ya los has visto. Y tampoco podía mostrar mi cara por razones de trabajo. Así que, eh, puse una foto de mis pies. Recibí mensajes de un montón de chicos fetichistas, lo cual no es lo mío, en absoluto."

Jesse se echó a reír y no podía parar. Se frotó los ojos con las manos para detener las lágrimas, y Christopher reaccionó al cabo de unos segundos de igual manera.

"Por Dios, tío—"

"¿Tío?"

"*Tío*. Tus pectorales están bien. No—son espectaculares. Puede que no estén muy inflados pero un chico como yo estaría más que encantado de dar con un chico como tú. Porque nos gusta ese tipo de personas. Y maldita sea, nunca he escuchado una historia tan graciosa sobre Grindr en toda mi vida, lo cual probablemente solo indica que no hablo tan abiertamente con muchas personas sobre Grindr, pero… bueno, si quieres puedo sacarte alguna foto caliente para que puedas tener una buena imagen en tu perfil—"

"¿Quieres que ponga una foto mía buena en mi perfil?" Su corazón dio un vuelco.

Jesse farfulló, abriendo y cerrando la boca. "Eh, ahora que lo pienso, no, en realidad, no, así que olvídate. Deja la foto de tus pies. Creo que es lo que tienes que hacer. Por supuesto."

"Espera—¿tú tienes puesta *tu* cara en Grindr?"

"No. Solo mi polla."

Christopher lo miró boquiabierto. "¿Lo dices en serio? Mierda. Bueno, la verdad es que es una polla increíble, por lo que no me extrañaría que estuvieras más que dispuesto a compartirla con el mundo."

"Nunca he buscado nada serio en esa cosa. Solo un orgasmo, pero contigo todo es muy distinto. Y a eso se le añaden también los orgasmos tan alucinantes que tenemos. La verdad es que me gustaría mucho si dejáramos de usar Grindr." Jesse tragó. "Lo que estoy tratando de decirte es que me gustaría que fuéramos exclusivos."

Christopher sabía que estaba sonriendo como un idiota, pero no le importó. "Eso es lo que yo también quiero."

"Bien. Genial."

Jesse se inclinó sobre la palanca de cambios y lo besó, apasionada y profundamente, hasta que golpeó la bocina con el codo y ambos se sobresaltaron.

"Mierda, son más de las siete. Tengo que pasar un poco de tiempo con los niños antes de que se acuesten. Especialmente con Brigid. Necesito… necesito centrarme en ella un poco más."

"Lo sé. Lo entiendo."

Jesse frunció el ceño y tomó la barbilla de Christopher en su mano. "Pero tú—*esto*—me encanta, y me hace sentir muy bien. No voy a descuidarte. No quiero que te sientas como un segundo plato, ¿de acuerdo? No quiero que lo veas así."

Christopher agachó la cabeza para besar los dedos de Jesse y no respondió. Siempre era el segundo plato y no le importaba. Christopher podía soportarlo, y esta cosa, lo que quiera que fuera, parecía estar convirtiéndose en algo verdaderamente alucinante. Podía sentirlo.

"¿Cuándo podré volver a verte?" Preguntó Jesse.

"Mándame un mensaje de texto guarro esta noche," respondió Christopher, sonriendo. "Y lo hablaremos después de que nos hayamos corrido."

Christopher oyó el gemido de Jesse mientras que cerraba la puerta del coche, y su corazón hizo una cosa extraña cuando se dio cuenta de que este no arrancó hasta que había abierto la puerta de casa y se había deslizado en su interior.

CAPÍTULO QUINCE

ANTES DE SU SHOW DE MEDIODÍA, CHRISTOPHER fue a Hasta El Calambre a por un desayuno gratis. Darla no estaba trabajando hoy y tuvo que esperar a que el chico nuevo averiguara la forma de introducir su código de empleado. Después, se sentó en la misma mesa que había compartido con Jesse mientras que su mente repetía la conversación que había tenido con Holly cuando se había detenido en su caseta de sombreros locos esa misma mañana para contarle la buena noticia acerca de su recientemente estrenada relación. Claro que, lo que ella le había dicho al respecto no le había alegrado tanto como había esperado en un principio.

"Obviamente, sus hijos siempre serán lo primero," había dicho Christopher. "Eso es bueno, ¿no? Significa que es muy consciente de cuáles deben de ser sus prioridades."

"*Y* significa que su prioridad nunca serás tú. Solo te estoy diciendo que los niños complican mucho las cosas."

Christopher se había encogido de hombros. "¿Desde cuándo he sido la prioridad de alguien?"

"Podrías ser la prioridad de Gareth," le había dicho canturreando medio en broma, aunque también seria de alguna manera.

"Tonterías. Seguiría siendo su segunda opción porque la primera no funcionó."

Christopher suspiró mientras se comía el desayuno, pensando en Jesse y su primera opción que había muerto en un accidente de coche. Era ridículo sentir lástima de sí mismo cuando la pobre mujer estaba muerta, pero a veces no podía evitarlo.

Pero Holly no comprendía la necesidad de una persona de encontrar paz y sentirse alegre y relajado siendo la segunda opción; de aceptar que nunca sería primero en nada. De asimilar la realidad. Claro, era una paz que nacía de la decepción y tal vez de una baja autoestima, pero era algo con lo que él siempre podría vivir, y ahora parecía que podría hasta compensarle de maneras inesperadas y sorprendentes.

Nunca te conformes con ser el segundo plato de nadie, Christopher.

"No pasa nada, Nana," murmuró. "Estoy acostumbrado. Será más fácil de esta manera. Ya lo verás."

"¿Interrumpo?" Preguntó Gareth.

El estómago de Christopher se desplomó mientras que este trataba de evitar voltear sus ojos y negó con la cabeza, con su boca llena de bacon y huevos, para después señalar la silla vacía frente a él, la misma silla en la que Jesse se había sentado cuando le había mostrado los bocetos del medallón que estaba preparando para Nana.

El plato de Gareth estaba lleno de galletas y salsa, y Christopher estaba dispuesto a apostar que eran galletas Birch, teniendo en cuenta la gran implicación de su familia con el parque.

"Hola," dijo Gareth. Su voz era igual de profunda que lo había sido el verano pasado, cuando Christopher la había sentido alrededor de su polla, vibrando en sus pelotas mientras que Gareth había gemido incesablemente, haciéndole cosquillas con su barba y frotando su sensible ano hasta que se había corrido con fuerza, gritando y pidiendo más. Había sido una noche tremendamente excitante. No había forma de negar la evidencia y, sí, tal vez Gareth había querido algo más aquel comienzo de otoño, cuando había acusado a Christopher de ser incapaz de olvidarse de él, lo cual había sido parcialmente cierto.

"¿Qué hay?" Respondió Christopher una vez tragó.

Gareth se relajó un poco. Sus ojos reflejaban los marrones profundos de su camisa de franela a cuadros. Hacía que su iris pareciera del mismo color que las montañas de invierno—una tierra salvaje llena de tonos marrones-grisáceos.

"Solo quería pedirte disculpas," dijo Gareth tan pronto como Christopher se metió otro bocado de huevos y pan en la boca. "Sobre todo por el modo en el que te traté después de que hiciéramos el amor el verano pasado."

¿Hacer el amor? Follasteis hasta estar casi a punto de dejarnos ciegos mutuamente, no hicisteis el amor. Yo soy una señora muy mayor ya y he hecho de todo en esta vida. Sé lo que es hacer el amor y eso no se le pareció ni de lejos.

¡Oh, Dios mío, Nana! ¡Sal de mi cabeza!

"Eh," Christopher tenía todavía la boca llena y no pudo decir nada más por un momento mientras masticaba y trataba de encontrar la manera de callar a la abuela en su cabeza tan pronto como pudiera. Gareth no le dio esa oportunidad.

"Fue un maldito error dejarte marchar. Rick y yo rompimos hace ya mucho tiempo por una buena razón en la que caí poco tiempo después de que volviera de Afganistán. Pensé que tenía que cuidar de él porque me sentía culpable. ¿Sabes lo que quiero decir? Pero no estábamos hechos el uno para el otro." Suspiró. "Escucha, Christopher, la verdad es que he pasado página hace cosa de un mes o así, y he estado lamentando enormemente la forma en la que te traté."

"Espera—"

"Te he tratado de un modo horrible mucho tiempo después. Lo sé. Fue muy cobarde por mi parte. Sé que no es una buena excusa, pero simplemente lo hice porque estaba muy cabreado conmigo mismo por haber cometido un error tan grave, y me sentía avergonzado por haberte dejado marchar y no saber cómo poder recuperarte."

Christopher tragó desesperadamente su comida. "Escucha, no estoy enfadado—"

"¿No lo estás?"

"Está bien, *estuve* enfadado y tal vez lo siga estando un poco. Principalmente por cómo me trataste, no por el modo en que acabó todo."

"No puedo decirte cuánto lo siento, Christopher. Lo siento muchísimo, más de lo que jamás puedas llegar a creer. Siempre has sido muy bueno conmigo, desde que empezaste a trabajar aquí. Echo de menos lo bien que solíamos llevarnos. ¿Tú no?"

"Claro, Gareth, pero lo que sucede es que—"

"Eso no era todo lo que tenía que decirte. ¿Puedes escucharme?"

Christopher se pasó una servilleta por los labios nerviosamente y trató de decidir si quería escucharlo o no. Finalmente, asintió, y tomó otro bocado de comida. Aunque apenas había empezado a masticar, dudaba de su propios motivos para querer saber lo que Gareth tenía que decirle—¿no sería más amable decirle simplemente que se estaba viendo con alguien y que la cosa se estaba poniendo seria? ¿Dejarle marchar con un poco de dignidad intacta?

¿Te refieres a esa misma dignidad con la que te trató aquella noche?

¿Acaso el amor no es generoso, Nana? ¿No dijiste que los frutos del espíritu de Cristo son—

Deje de usar mi religión en mi contra, jovencito. Ese hombre le hizo daño a mi bebé y no hay perdón en mí para él.

Christopher estaba bastante seguro de que las palabras en su cabeza significaban que él tampoco estaba verdaderamente dispuesto a perdonar a Gareth. Así que tal vez no estaría de más dejarle alimentar un poco su ego—oírle decir lo bueno que era en la cama y lo mucho que lamentaba haberle dejado y que ahora quería recuperarlo.

"Christopher, he oído a Darla decir algo y creo que podría ser cierto." Gareth lo miró con esos ojos heridos, torturados, que tanto le habían afectado el verano pasado. ¿Qué le habría hecho pensar que un beso sería una buena manera de acabar con esa mirada perturbada? No lo había sido. Y tampoco lo habían sido la mamada, o el polvo, o ninguna de las otras cosas que hicieron esa noche. Pero había algo tan convincente en ese dolor que Christopher hubiera estado dispuesto a seguir intentándolo de todas las maneras posibles. Si Gareth también hubiera querido.

"¿Qué has oído de Darla?" Preguntó Christopher, a pesar de que sabía exactamente a qué se refería.

"He oído que te has estado viendo con ese tal Jesse Birch. El rico. El de la mujer que tuvo ese accidente."

"Gareth—"

"Espera, por favor. Déjame terminar. Holly dice que no estás con él, pero os vi juntos el pasado fin de semana con mis propios ojos y vi cómo te miraba. Me sentó como una patada en el estómago pensar que podría tenerte. Sé que eso me convierte en un absoluto cretino pero—"

"Eh, sí."

"Pero me he dado cuenta de que no podía esperar a hablar contigo y ver si tal vez podría haber alguna manera de intentarlo de nuevo." Se agachó en el saco de lona sucia que siempre llevaba consigo y sacó una rosa de hierro.

¡Nana! Oh, Dios mío, ¿estás viendo esto?

Claro que sí, ¿acaso no es un gilipollas totalmente predecible?

"He hecho esto para ti." Gareth se la ofreció. Cuando Christopher no hizo intención de tomarla, él la puso sobre la mesa entre ellos. "Me llevó toda mi día libre de esta semana, pero valió la pena. Fue difícil conseguir que los pétalos se vieran delicados de esta manera, pero seguí pensando en tu cara y en tu boca; en lo dulce que eres pero cómo luego en la cama te transformas y eres salvaje y fuerte." Él tocó la flor de hierro y sonrió a Christopher, ladeando la cabeza y mirándolo tiernamente. "Dime que has experimentado algo mejor en el dormitorio antes o después, y te dejaré en paz."

Christopher se había tragado la comida hacía tiempo, y se quedó mirando el dedo de Gareth trazando el hierro, fijándose en el pequeño tatuaje en su índice—un lobo corriendo entre su segundo y tercer nudillo—y se estremeció al recordar la noche que habían pasado juntos. Entonces pensó en todo el sexo tan reciente que había tenido con Jesse, y los sentimientos que había entre ellos que habían hecho que todo fuera mucho mejor.

Sí, el cuerpo de Christopher podría reaccionar ante los ojos heridos de Gareth, su barba espesa que tan deliciosamente lo había arañado cuando se habían besado, y su desvergonzada manera de actuar en la cama, pero la lujuria no era todo. Christopher nunca podría tener nada serio con un hombre que le había tratado tan descuidadamente. No cuando tenía mucho más con Jesse.

"Gareth, es una rosa preciosa."

La cara de Gareth enrojeció de placer y él se acercó para tomar la mano de Christopher, pero Christopher la retiró.

"Me estoy viendo con Jesse Birch y... ahora somos exclusivos. Pero lo que realmente importa es que aunque Jesse no formara parte de mi vida, tampoco estaría interesado en ti, Gareth. Lo siento. No puedo aceptar tu regalo."

Gareth bajó la cabeza como si estuviera tratando de ocultar su reacción. Finalmente, levantó la vista y dijo, "Bueno, él es rico y yo soy pobre. Supongo que entiendo lo difícil que tiene que ser alejarte de todo lo que tiene por ofrecerte."

Christopher se mordió el interior de la mejilla mientras que el destello de rabia hacia Gareth que había reprimido a lo largo de tanto tiempo, pulsaba a través de él. "No pienso siquiera molestarme en responderte a eso."

Gareth parpadeó, sorprendido. "No he querido decir nada malo. Solo quiero decir que—"

Christopher se levantó, recogió sus platos, y dijo, "Tengo un espectáculo en cuarenta minutos y espero que después pueda ver a mi novio.

Puedes pensar lo que quieras al respecto. No quiero herir tus sentimientos, pero la respuesta es no. Y seguiría siendo no aunque Jesse fuera pobre y estuviera durmiendo en mi sofá."

"Él tiene hijos," dijo Gareth lentamente. "Eres muy bueno con los niños. Serías un gran padre."

Christopher se detuvo un momento y consideró la fría mirada de Brigid y el escupitinajo que había echado en su sorbete. "Gracias, Gareth. Siento que todo haya terminado así."

"Buena suerte, Christopher. Espero que te haga feliz."

Yo también lo espero, pensó Christopher mientras que se apresuraba para prepararse para su primer show del día.

Jesse se sacudió con furia. Apenas podía respirar, solo podía golpear el volante con las dos manos una y otra vez hasta que tocó accidentalmente la bocina y se sobresaltó, sorprendiéndose a sí mismo en silencio. Se retorció las manos, sin importarle que pudieran salirle moretones, aunque sabía que le costaría mucho más hacer su trabajo si sus dedos se hinchaban.

"Qué la jodan," dijo entre dientes. "¡A la mierda esa jodida perra!"

Se suponía que la finalidad de la mediación era *ayudar* a esta situación, pero Jesse estaba tan cabreado ahora mismo que ni siquiera podía ver con claridad. Había perdido los estribos en medio de la reunión y había gritado, "¡¿Por qué tus creencias religiosas no te permiten ver que lo que estás proponiendo no tiene *nada* que ver con lo que querría tu hermana?!"

Ronnie siempre sabía cómo ponerlo contra las cuerdas. Ella le había dicho que iba a rezar por él—que haría que toda su *Iglesia* orase por él. Le había explicado que Dios *quería* que ella tuviera ese tipo de control sobre la vida de su hermana y su muerte, de lo contrario Él habría hecho que Marcy hubiera cambiado las cláusulas de quién debía ocuparse de ella y su salud después de haberse casado, en lugar de haber dejado las decisiones en manos de su hermana.

Su petulante actitud había sacado lo mejor de él. No podía soportar verla tan jodidamente calmada mientras que prolongaba la muerte de su hermana durante años y años, manteniéndola encadenada a una cama; sin ser una esposa, ni una madre, ni una hermana nunca más. Ni siquiera una persona.

Su teléfono vibró y él lo sacó de su bolsillo con la tentación de tirarlo contra el parabrisas, aunque eso sería algo muy estúpido.

Acabo de volver de SMH. ¿Ha acabado ya la reunión? ¿Te apetece que tomemos algo en Puckers?

Se suponía que Jesse debía ir a casa después de la mediación y relevar a Amanda en el cuidado de sus hijos, pero joder, ahora mismo no estaba preparado en absoluto para hacerles frente. No necesitaba pagar su mal humor con ellos. Tampoco necesitaba pagarlo con Christopher, pero unas bebidas lo calmarían un poco, y ver a Christopher podría hacerle sentir humano de nuevo. Se habían mensajeado mucho a lo largo de la semana desde el día del picnic en Cades Cove, pero no se habían vuelto a ver. Joder, echaba mucho de menos su preciosa cara.

Envió una respuesta rápida a Christopher y luego llamó a Amanda. "Sé que te dije que estaría de vuelta antes de la hora de acostarse, pero Ronnie ha estado a punto de hacerme perder la cabeza. He quedado con Christopher para tomarnos un par de copas. Tengo que salir de este estado de permanente rabia. ¿Te supondría demasiados problemas?"

"Me los supondría hasta que has dicho el nombre de Christopher; ahora puedes pasar toda la noche fuera si quieres en lo que a mí respecta. Puedo llevar a los niños al colegio mañana. Mi marido podrá arreglárselas sin mí esta noche."

Por supuesto, Jesse sabía que esa era exactamente la respuesta que iba a darle su hermana, por eso mismo ya le había dicho a Christopher que sí, y por eso mismo había mencionado expresamente que no iba a cualquier parte sino a pasar el rato con Christopher. Amanda jugaba en el equipo de Conseguir un novio para mi Hermano, y Christopher era su candidato favorito, aunque fuera el único.

El camino hasta Puckers no le ayudó a calmar los nervios. Todos los conductores parecían idiotas conduciendo a lo loco, lo que lo enfureció aún más. Finalmente, encontró aparcamiento y saludo lo más amablemente que pudo a la supervisora del parking para luego avanzar entre la multitud aglutinada en la acera. Su nariz y sus dedos estaban congelados ya que se había olvidado sus guantes y bufanda con las prisas de reunirse con Christopher lo más pronto posible.

En ese momento, Christopher le mandó un mensaje de texto para hacerle saber que ya había llegado y que estaba sentado en un reservado en la parte posterior del local. También decía:

¿Has notado que toda esta ciudad huele a tortitas, cerveza y donuts?

Eso, al fin, hizo que Jesse sonriera. Y *eso* era exactamente por lo que estaba ansioso por reunirse con él.

Sí, Puckers era un antro situado en el sótano de uno de los edificios que albergaban varios negocios en Parkway. Mientras que Jesse caminaba hacia el bar lleno de gente, varios televisores brillaban con los partidos de fútbol que estaban reproduciendo—en ninguno jugaban los Vols, o no hubiera habido siquiera espacio para poder estar allí.

De alguna manera, por encima de todas las voces y el abucheo ocasional, el piano y la tierna voz de Bette Midler cantando "The Rose" se disparaba a través de la espesa atmósfera. Jesse podía oír la música en crescendo sobre el tintineo de vasos y botellas, y el murmullo de los clientes.

Recordaba con toda claridad el verano anterior cuando Christopher había cantado esa misma canción a dúo con una mujer alta en los Sueños en las Montañas Humeantes. Había sido la canción culminante del espectáculo. Nunca le había dicho que lo vio cantar en esa ocasión, pero había sido una de sus actuaciones favoritas, hasta el punto de acabar con los ojos llenos de lágrimas. Christopher había intensificado y llenado la noche con su voz, llevando la canción a su fin con la nota más prolongada y tierna que Jesse jamás había oído. En ese momento, se había empezado a enamorar del hombre sobre el escenario, y ahora, después de conocer a Christopher como lo conocía—su bondad, generosidad y entusiasmo—el recuerdo del espectáculo era mucho más intenso.

Aun así, Jesse estaba tan cabreado tras la mediación que la pulsante letra de la canción le estaba molestando. De alguna manera, quiso hacer un esfuerzo por salir de ese estado de rebeldía y solo acabó con ganas de vomitar. El ambiente de la sala no ayudaba. Todo era licor, cerveza, alimentos fritos y queso—capas de desesperación, aburrimiento, esperanza y sudor, lo cual erizó su piel aún más.

Cuando vio la cabeza rubia de Christopher inclinada sobre su teléfono, escribiendo algo y sonriendo, un poco de su tensión se disipó. Solo verlo era un alivio, y quería agarrarlo y besarlo, enterrar la nariz en la suavidad de su pelo y reemplazar los olores de la habitación con ese aroma a bourbon, libros y menta tan característico de Christopher. Pero Puckers no era el lugar más adecuado para ese tipo de demostración. Maldita sea, Gatlinburg necesitaba un bar gay.

"Ey," dijo Jesse mientras que se sentaba frente a Christopher y reprimía su imperiosa necesidad de tirar de él sobre la mesa y degustar su hermosa boca. Eso lo calmaría, estaba seguro. Algo tendría que hacerle sentir mejor.

"Ey, tú," sonrió Christopher, mostrando sus brillantes dientes bajo la luz tenue y una reconfortante alegría que se extendió por todo su rostro. "¿Adivina qué?"

"¿Qué?"

"He conseguido la parte principal—bueno, después de Látigo, quiero decir." Jesse debía haberse mostrado tan confundido como se sentía, porque Christopher continuó, "Ya sabes, ¿la parte principal en el gran show que tendrá comienzo a principios de primavera? Te envié un mensaje ayer sobre las audiciones."

"Cierto. Es genial. Pensé que tardarían más en darte una contestación."

"Ni siquiera me han hecho esperar."

"Enhorabuena. Claro que no me sorprende. Dado que soy tu fan número uno, sabía que lo conseguirías."

Christopher sonrió. "Gracias."

Jesse le devolvió una sonrisa forzada. Deseó poder sacudirse la persistente sensación de impotencia que siempre se apoderaba de él cuando se reunía con Ronnie. "Tengo una idea, pidamos una copa y brindemos por ello."

"Ya he pedido una para los dos. Espero que no te importe."

"No, siempre y cuando hayas pedido algo fuerte."

"Bourbon y Coca-Cola para ti."

"Perfecto. Espero que se den prisa en traerlo. Lo necesito."

Christopher bajó la mirada y se inclinó hacia delante, deslizando una mano por el antebrazo de Jesse en un gesto cálido y tranquilizador. "¿Qué te pasa?"

La camarera se detuvo en su reservado, le entregó una cerveza a Christopher y colocó el bourbon frente a Jesse.

"¿Puedo ofreceros alguna cosa más, monadas?" Preguntó, chascando las encías y mostrando varios huecos oscuros entre sus escasos dientes.

"Traiga también dos chupitos de bourbon, por favor," dijo Jesse.

Los ojos de Christopher se suavizaron cuando volvió a agarrar a Jesse del antebrazo y apretó antes de liberarlo para darle un trago a su cerveza.

"¿Puedo ofrecerte algo de cenar, cariño? ¿O va a ser una cerna líquida?

"No, por ahora no, gracias," respondió Jesse. Por lo general, le gustaban mucho las hamburguesas de Puckers, pero no tenía ganas de comer. Tal vez cuando Christopher hubiera trabajado su magia en su estado de ánimo, estaría lo suficientemente relajado como para poder ingerir algo. O tal vez podrían ir simplemente a casa de Christopher y comer otro tipo de carne.

"¿Qué hay de ti, encanto?"

Christopher le sonrió y negó con la cabeza, arrugando su frente con preocupación mientras que la camarera se alejaba.

Jesse no quería fastidiar las buenas noticias de Christopher con su mal humor, y hablar de Ronnie nunca le hacía bien, de todos modos. "Quiero saber todo sobre tu audición. ¿Contra quién competiste? ¿Alguien a quien haya podido ver sobre el escenario?" Sonaba brusco, pero se sentía como un nervio expuesto y no podía conseguir evitar que pareciera como si le estuviera dando órdenes a Christopher para que le hablara de sus cosas con tal de no tener que preguntarle por las suyas.

"Martin Delroy y Shane Cruz, principalmente. Había otros, pero esos dos son mi verdadera competencia para ser los sustitutos de Látigo en sus días libres." Christopher contestó con cautela, como si le estuviera hablando a un animal salvaje que pudiera atacar en cualquier momento.

Jesse empinó la bebida y se la terminó prácticamente de un trago. El fuego del licor abrasó su ira. Dejó la copa vacía sobre la mesa al mismo tiempo que la camarera volvía con sus chupitos. La mujer arqueó una ceja, pero no dijo nada—simplemente tomó la copa y se alejó.

"Esto está mucho mejor," dijo Jesse después de haber derribado los dos chupitos por su garganta, cerrando los ojos brevemente mientras que el licor lo recorría y vibraba a través de su organismo para tranquilizarlo. Entonces, abrió los ojos de nuevo para ver el hermoso rostro de Christopher. Le gustaba mucho el modo en que sobresalía su barbilla, haciendo que su cara tuviera forma de corazón. Mirarlo era justo lo que necesitaba. "Me alegro tanto de verte."

Christopher sonrió y tomó otro trago de su cerveza antes de decir, "Yo también. Pero me gustaría saber qué está pasando. ¿Estás bien? ¿Se trata de Brigid y Will?"

"Los chicos están bien. Brigid está tratando todavía de recuperar su iPad después del incidente con el sorbete, pero está bien."

"¿Sus pajaritas? ¿Van bien?"

"Sí. Ha hecho muchas más. Oye, la nota que dejaste para ella era preciosa, cariño. Lo siento—quise decírtelo antes."

Christopher se mostró sorprendido y Jesse se tomó un momento para preguntarse cuál sería el motivo antes de darse cuenta de que lo había llamado "cariño." Lo había hecho antes durante las relaciones sexuales, pero mucha gente dice cosas de ese estilo durante el acto sexual—aunque él no lo había hecho nunca antes con nadie. Pero no se podía negar que la palabra tenía una connotación amorosa cuando se decía en cualquier otro contexto. Era por eso que se llamaban apelativos cariñosos, después de todo.

Jesse podía *sentir* que alcohol se le estaba subiendo a la cabeza, pero no tenía nada que ver con eso. Quería llamar a Christopher "cariño" cuando y donde le diera la gana, y quería que Christopher *fuera* su cariño, y tal vez llamarle cosas estúpidas de ese estilo. Había llegado a ese punto demasiado rápido, y ni siquiera le preocupaba.

Christopher se aclaró la garganta. "Parece bastante claro que no quieres hablar de ello, pero tengo que saberlo. Me estás asustando. *¿Estás* bien?"

"Sí. Estoy bien."

Christopher inclinó la cabeza y le lanzó una mirada dudosa.

"Mierda. De acuerdo—no. No estoy bien."

"¿Qué te sucede? ¿Cómo puedo ayudarte?"

"¿Ayudarme? ¡Ja! No, no puedes. Nadie puede ayudarme, o eso creo." Los ojos de Christopher se abrieron aún más. "Mierda, la estoy cagando. No se trata siquiera de ayudarme *a mí*. Se trata de ayudar a Mar—" Su voz se desvaneció y Jesse golpeó la mesa con un puño, haciendo traquetear la botella de Christopher. "Dios, es solo la puta de mi cuñada y esta maldita mierda de demanda eterna. Todo va bien hasta que tengo reunión de mediación con ella y tengo que hacerle frente a su actitud de listilla y santurrona. Pienso ir adelante con la apelación. No estaba seguro de querer hacerlo antes porque no sé cómo van a tomárselo

Nova y Tim, pero ahora me importa una mierda. No puede salirse con la suya para siempre."

Christopher lo miró desconcertado. "De acuerdo, está claro que estás muy molesto, pero me temo que no he entendido nada de lo que has dicho, y creo que ayudaría si pudiera. ¿Hay una demanda?"

"Sí. Bueno, la habrá si sigo adelante con la apelación."

"Entiendo. ¿Y sobre qué es?"

"Sobre Marcy. Sobre desenchufar a Marcy. Siento ser tan grosero al respecto. Es solo que… no tengo ninguna delicadeza en mi interior en este momento. No después de haberme tenido que ver la cara con *esa*."

"¿Desenchufar…? Espera, ¿estás hablando de tu esposa? ¿Te refieres a *desenchufarla*?" Christopher sacudió la cabeza, entrecerrando los ojos como si estuviera tratando de desentrañar algo escrito en ruso. "Pensé que habías dicho que tu esposa estaba muerta."

Jesse parpadeó, fijándose en la boca abierta y los ojos como platos de Christopher. *Oh, Dios.* Su estómago vacío se revolvió con ácido y su pulso se aceleró. No, Christopher lo sabía. ¡Por supuesto que lo sabía! ¡Habían hablado de ello! Jesse pensó en los días que habían pasado juntos. Sí, definitivamente lo sabía—se lo había dicho aquella noche en la azotea.

"Prefiero que lo escuches de mí antes que de cualquier otra persona."

Él le había hablado sobre el accidente y el coma, pero… joder. *Mierda*. ¿Le había contado explícitamente cuál era la situación de Marcy? Estaba acostumbrado a que la gente simplemente lo *supiera*. Y Christopher no le estaba siguiendo en estos momentos. Estaba claro que no lo sabía.

"Dios mío," Jesse cerró los ojos y tomó un largo trago de su segunda copa. "Joder. ¿Podría ir el día a peor?"

Christopher permaneció callado, y Jesse finalmente lo miró para evaluar los daños causados. Christopher se frotó los ojos, después se irguió, tomó su cerveza, y se bebió la mitad de un trago.

"Lo siento mucho, Chris. Pensé que lo sabías. Te juro por Dios que creía que habías entendido cuando te dije que había tenido un accidente, que—"

"Para. Por favor, deja de hablar," dijo Christopher mientras se pasaba la mano por la cara. Jesse habría dado cualquier cosa con tal de ser capaz de leer su mente; de saber lo que estaba pensando mientras que una lluvia de emociones teñía su expresivo rostro, haciéndolo más vulnerable ante él.

"Vaya. De acuerdo, tu mujer no está muerta. ¿Qué está entonces? Has hablado de desenchufarla… ¿qué significa eso? Supongo que necesito ayuda para comprenderlo."

La voz de Christopher era temblorosa, y Jesse solo quería agarrar su mano, consolarlo y aliviar su confusión. *¿Cómo he podido joderlo todo de esta manera?* Respiró hondo. Tenía la garganta seca, y quería otro chupito de bourbon, pero probablemente sería lo menos indicado en estos momentos. Notó que sus manos estaban temblando incontrolablemente, por lo que las dejó caer sobre su regazo y entrelazó los dedos.

"Marcy está en un estado vegetativo permanente. En algún lugar entre el nivel uno y el dos en la escala de Rancho Los Amigos, la cual, no, no—lo sé. Sé que eso no te dice nada. Básicamente, es la forma en que miden la función cognitiva, y efectivamente, no tiene ninguna. Cero. No hay esperanza de que se recupere. No hay actividad cerebral. Es solamente una carcasa. Su corteza cerebral ha sido reemplazada prácticamente en su totalidad por el líquido cefalorraquídeo. La Marcy a la que conocía y amaba se ha ido. No es más que un cuerpo que respira, se despierta, duerme, y existe. Es una absoluta tortura."

"Dios mío." Christopher sacudió la cabeza.

El estómago de Jesse se anudó aún más. ¿Sería esto el final? Todo había ido condenadamente bien desde el principio. No quería perder a este hombre. Quería sentarse con él, beber, hablar, invitarle a casa y pedirle que tocara esa canción "Corazón de Papel" para él una vez más. Solo pensar en su melodía hacia que le doliera el pecho.

Si eso no sucedía—si Christopher decidía que esto era demasiado para poder soportarlo y se alejaba—Jesse no podría culparlo. Tal vez podría culpar a Ronnie. Ella estaría más que encantada si su mierda religiosa le arrebatara esta fresca, nueva y bonita casi-relación, algo que encontraría pecaminoso y feo. *Y podré culparme a mí mismo.* Jesse se clavó las uñas en las palmas de sus manos.

"Oh, Dios mío." Christopher soltó el aliento que había estado conteniendo, tomó otro trago de cerveza, y se quedó mirando ciegamente a través del cuarto.

Jesse podía ver el pulso latiendo en su cuello, rápido como el de un conejo, y quiso tocarlo, sentirlo contra su dedo, besarlo y suplicarle que no se fuera. Aún no. Juraría que nada había cambiado. Pero para Christopher muy probablemente, sí lo había hecho.

"A ver si lo he entendido bien. ¿Todavía estás casado?"

"Sí."

"Bueno. Vale, guau. Así que, técnicamente, hemos estado cometiendo adulterio." Él parpadeó y tragó, negó con la cabeza, y jugueteó con la etiqueta de su cerveza, mirando hacia cualquier parte salvo la cara de Jesse. "No es que no lo haya hecho antes, probablemente lo hice con la mayoría de los chicos con los que me acosté en Nashville, pero esto es diferente. Es algo de lo que me estoy enterando ahora."

"Ella no está en su cuerpo. Está muerta a todos los efectos." Jesse hizo una mueca. Todavía sentía una especie de puñetazo en el estómago cada vez que decía eso. "No es adulterio para mí. Mi esposa murió hace cinco años. Tuve que seguir adelante."

"De acuerdo, pero legalmente, todavía estás casado."

"Sí."

"Es solo qué… no sé."

"Pensaba que lo sabías. Pensaba que—escucha, lo entiendo. Es demasiado, y probablemente mucho más de lo que esperabas encontrar. Sé que esto no es lo que estás buscando." Apenas pudo pronunciar las siguientes palabras. Parecían astillas de vidrio en su lengua. "Lo entenderé si no quieres seguir con esto."

Christopher lo miró bruscamente. "Oye, espera un minuto. Estoy sorprendido y tengo todo el derecho del mundo a estarlo. Pensé que entendía la situación, pero no la entendía. No estoy seguro de cómo me siento al respecto, y creo que tengo derecho a sentirme como *yo quiera*, aunque eso no signifique nada sobre nuestro futuro. No pongas palabras en mi boca que yo no he dicho."

"Tienes razón. Lo siento."

"Entonces, para un poco y deja que asimile todo esto."

Jesse gruñó y vació su copa. "Lo estoy haciendo todo mal. Lo estoy jodiendo todo."

Christopher parpadeó con molestia, mostrando sus profundidades verdes salpicadas de dorado entre sus espesas pestañas rubias oscuras y sus ojos, tan grandes y preciosos como siempre. Sacudió la cabeza, miró hacia otro lado, y suspiró.

"¿Qué?" Preguntó Jesse tímidamente.

"Creo que necesito algo más que una cerveza."

"Sé donde podríamos lanzar unos cuantos gritos."

Christopher resopló. "Eso no es muy bueno para las cuerdas vocales. Además, no es algo que me ayude realmente."

"A mí tampoco. Mi familia política, sin embargo, es otro cantar."

Los labios de Christopher se curvaron en una socarrona sonrisa mientras que él buscaba en su cartera y lanzaba sobre la mesa más que suficiente dinero para pagar su consumición. "Larguémonos de aquí. Aquí no se puede hablar bien."

Jesse hizo una nota mental para asegurarse de devolverle ese dinero a Christopher en algún momento. Él podía derrochar de esa manera si quería, pero sabía que el caso de Christopher era muy distinto. Las palmas de sus manos comenzaron a sudar mientras que se ponía de pie y seguía la espalda rígida de Christopher hacia la barra, por las escaleras, y fuera en la acera plagada de turistas. No trató de alcanzarlo hasta que Christopher se dio la vuelta para esperarlo en el paso de peatones.

"Iremos a mi casa. Y después de toda la cantidad de bourbon que has bebido, pienso conducir yo," fue todo lo que dijo.

Jesse lo siguió hasta el aparcamiento al otro lado del Museo Cristo de Smokies, y se metió en el coche de Christopher. Apenas intercambiaron un par de palabras durante todo el trayecto mientras que su mente corría en mil direcciones opuestas y su corazón se anudaba con el miedo de haberlo estropeado para siempre.

Capítulo Dieciséis

Christopher le entregó a Jesse un vaso de agua y le hizo un gesto hacia el sofá antes de regresar a la cocina. Él se sirvió uno para él y volvió a llenar la jarra Brita colocándola bajo el grifo. Estaba apretando el mango de plástico con tanta fuerza que se sorprendió de no agrietarlo. Una oleada de ira calentó su piel. *¿Cómo es posible que no me lo haya dicho?*

La voz de Nana llenó su mente. *Actuar como un padre enfadado no servirá de nada. Simplemente empeorará las cosas, muchacho.*

Suspirando, Christopher devolvió el agua a la nevera. *Estado vegetativo permanente.* Recordaba haber visto una vez en las noticias cuando era joven, el caso de una mujer en Florida cuya situación había provocado una gran protesta nacional. Pero más allá del hecho de que su marido, finalmente, hubiera conseguido que le quitaran el tubo gástrico, Christopher no supo más sobre el diagnóstico. Parecía una situación muy dolorosa y desesperada para todos, sin embargo. Se estremeció con el impulso de ir a buscar a Jesse y darle un abrazo. Su garganta se espesó al imaginar el dolor por el que debería haber pasado, por el que *todavía* debería estar pasando. Le asustaba lo mucho que sentía por este hombre, y lo poco que al parecer sabía de él.

El dolor volvió, y el calor en sus mejillas viajó a sus oídos, los cuales picaban con humillación. Había estado dando vueltas alrededor de esta gama de emociones desde que la verdad lo había golpeado como un muro de ladrillos y ahora tenía que recomponerse.

Ahora que Jesse estaba allí en casa con él, no estaba muy seguro de por dónde debería empezar a hablar, pero tendría que hacerlo por alguna parte. Regresó a la sala y se sentó en la silla frente al sofá, donde Jesse estaba esperando, sentado en el borde y con un aspecto como si estuviera a punto de vomitar.

Christopher tenía que hacer algo, así que cogió su guitarra y comenzó a tocar suavemente, dejando que sus dedos vagaran mientras que su mente recorría todos los hechos acontecidos esa misma noche. Jesse estaba casado. Su esposa no estaba muerta, estaba en una especie de espera. Estaban teniendo una aventura. Más o menos.

"Bueno…" dijo Jesse. "Como ya sabes, tengo una situación muy complicada en mi vida. Niños; una mujer en un estado vegetativo permanente. Y no hay ni un solo día en el que pueda librarme de ello."

Christopher tocaba suavemente, buscando una manera de digerir su confusión.

"Sé que una situación de este tipo no era precisamente lo que buscabas la primera vez que nos enrollamos. Lo entiendo, pero no quiero que esto termine, Chris. Si crees que podría resultarte más fácil, sin embargo, podemos mantener una relación casual, suponiendo que aún quieras seguir viéndome."

Los dedos de Christopher se detuvieron en las cuerdas. "Estoy bastante seguro de que si la otra noche en Cades Cove no nos llevó muy por encima de una relación casual, entonces esta conversación acaba de hacerlo."

"Sí. Lo siento."

"¿En serio? ¿Por qué lo sientes?"

"Tal vez esa no sea la palabra. Es solo que no quiero que—"

Christopher sacudió la cabeza, interrumpiendo lo que fuera que Jesse iba a decir a continuación. Cerró los ojos y siguió tocando su guitarra, dejando que sus sentimientos se fueran ordenando al compás de la música. Preguntaría cuando estuviera listo—cuando hubiera descubierto qué era lo que quería preguntar primero. Cuando abrió los ojos de nuevo, Jesse estaba sentado en el sofá, con la cabeza apoyada contra el suave respaldo. Su respiración era lenta, al ritmo de la música, y sin embargo, su aliento salía en bocanadas de aire húmedas. Sus ojos estaban muy abiertos y mirando al techo, y la tensión corría en espiral por sus músculos.

Cuando Christopher finalmente habló después de tocar en silencio mientras que los minutos pasaban, la pregunta que le hizo lo sorprendió, pero pareció sorprender a Jesse aún más. "¿Fuiste feliz con ella?"

Jesse se sacudió y se encontró con la mirada de Christopher con una crudeza que hacía daño a la vista.

"La quise mucho. Feliz es una cosa totalmente distinta."

"¿Entonces no lo fuiste?"

"No es así de simple. Fuimos muy felices al principio pero con el tiempo, algo desapareció. No me sentía satisfecho." Jesse miró a Christopher, sus ojos parecían sombríos. "En algún momento después de que naciera Will, no podía seguir encontrando esa chispa que había entre nosotros. No era que ella hubiera hecho algo mal, y no era que no la quisiera, porque la amaba más de lo que nunca he amado a nadie en toda mi vida, excepto a mis hijos."

"He oído que a veces los niños cambian las cosas."

"No. Bueno, sí, pero ese no era el problema. No es que tener hijos la convirtiera en otra persona, ni que dejara de ser atractiva para mí ni nada de eso. Era tan preciosa como siempre. Divertida, inteligente… estaba cansada, claro, pero yo también lo estaba, y era muy buena madre. Su situación académica era un desastre, pero estoy seguro de que en algún momento, habría conseguido enderezarla. Quería volver a la universidad y estudiar ingeniería forestal. Quería trabajar en el parque nacional." Jesse suspiró. "Le encantaba el aire libre."

Hubo silencio durante unos segundos mientras que Jesse parecía considerar qué decir a continuación, y Christopher tocó los acordes de "El Chico con un Corazón de Papel." Finalmente, cuando parecía que Jesse no iba a decir nada más, preguntó, "¿Cómo era?" Él continuó tocando suavemente.

"Cuando éramos niños, era una temeraria. Una fiera. No tenía nada que ver con Nova y Tim, que se rigen por la paz, y el amor y la armonía. Y tampoco tenía nada que ver con su hermana Ronnie. Era una Marcy llena de vida. Hicimos un montón de estupideces juntos." Él sonrió. "La echo de menos, ¿sabes?"

Christopher dejó de tocar, y se inclinó para darle un apretón en el brazo. Jesse pareció alentado por eso, y le lanzó una mirada de agradecimiento antes de continuar.

"Pero las cosas no iban bien entre nosotros, a pesar de que la amaba." Jesse cerró los ojos y negó con la cabeza, y luego los abrió de nuevo para mirar hacia el techo como si estuviera buscando la manera de decir las siguientes palabras. "Era el sexo."

"¿No disfrutabas del sexo con ella?"

"Sí, sí disfrutaba, pero antes de haberme enamorado de Marcy, yo siempre había jurado que era gay. Me acostaba con tíos y me gustaba. Nunca me había sentido atraído por ninguna mujer, pero tampoco había sentido amor por ningún hombre. Al menos, no esa clase de amor del que habla la gente que se basa en que tu vida gire en torno a la felicidad de la otra persona."

"Yo quiero tener esa clase de amor algún día." Las palabras salieron de su boca antes de que Christopher pudiera detenerlas. Su aliento se quedó atascado en su garganta.

Jesse lo miró con ojos tiernos. "Y yo quiero que lo tengas. Te lo mereces."

Christopher tragó saliva y empezó a tocar de nuevo, pero sin apartar los ojos de Jesse mientras preguntaba, "¿Podrías sentir esa clase de amor por un hombre? ¿O hay alguna especie de desconexión entre tu deseo sexual y tus inclinaciones románticas?"

"Podría enamorarme de un hombre. Ahora lo sé," respondió Jesse. "Es solo cuestión de encontrar al hombre adecuado."

Christopher susurró, "Continúa." La ira, el dolor y la humillación que había sentido antes habían desaparecido, siendo reemplazados por un sentimiento de preocupación y anhelo. Sabía en su corazón que Jesse no había tenido la intención de ocultarle nada, y lo que había entre ellos era demasiado bueno para tirarlo por la borda solo por un malentendido.

"Llegué a sentir ese amor por Marcy, me sentí completo con ella. Y cuando eso se convirtió en algo sexual también, nadie se sorprendió más que nosotros mismos."

"¿Entonces qué paso? ¿La atracción sexual desapareció simplemente?"

"No sé cómo describirlo. Con el tiempo, yo solo… deseaba a los hombres. Me dije que no importaba—que el sexo no importaba. Me considero bisexual, pero a veces creo que en realidad solo fui bisexual cuando se trataba de ella."

Christopher dejó la guitarra y se mudó al sofá. Ahora ya estaba preparado para tocarlo—preparado para mostrarse tan vulnerable como se sentía; tan vulnerable como Jesse estaba siendo. Se deslizó bajo el brazo de Jesse y lo dejó caer sobre su hombro, girándose un poco para poder mirarlo a la cara. Jesse se relajó a su lado, exhalando audiblemente, y antes de volver a hablar, se giró y le dio un beso a Christopher en la sien.

"¿Quieres que siga hablando?"

"Sí. Quiero saberlo todo. No más sorpresas."

Jesse asintió. "De verdad me crees cuando te digo que no era mi intención ocultarte cuál era la condición de Marcy, ¿verdad? Porque de veras, no lo era, Chris. Siento mucho lo que ha pasado."

Christopher acarició su mejilla. "Ya lo sé. Te creo."

Jesse suspiró de nuevo. "Gracias."

"Entonces, sigue. Estoy escuchando."

"Así que, no estaba satisfecho, pero ya tenía una familia y lo bueno compensaba lo malo. Me dije a mí mismo que debía ignorar lo que faltaba. Traté de creer que vivir sin tener relaciones sexuales con hombres era mejor que romper nuestro hogar."

"Eso es honorable."

"Puede ser. Pero tal como todo salió al final… bueno, joder. Me he sentido como un mierda durante los últimos años."

"No podías evitar sentirte así."

"No, pero no debí hacerle daño."

"Oh. ¿Ella lo sabía?"

"Sí, lo sabía. Habíamos hablado de ello. Siempre fuimos totalmente sinceros con el otro, para bien o para mal. Se lo dije cuando me di cuenta de lo que realmente me estaba pasando. Ella estaba herida, por supuesto, pero seguimos adelante como pudimos."

"Lo siento mucho, Jesse." Christopher se acurrucó más cerca, envolviendo los brazos a su alrededor, con ganas de ayudarlo a soportar su dolor.

"No pasa nada, Chris. De verdad. Ha pasado ya mucho tiempo." La voz de Jesse estaba agitada, como siempre lo estaba cuando no era del todo honesto.

"Cinco años no es tanto tiempo cuando se trata de algo de este estilo."

"No, creo que no." Él enterró la nariz en el cabello de Christopher, inhalando y exhalando lentamente. Cuando volvió a hablar, su voz seguía siendo tensa, pero parecía más tranquila.

"Todo cambió después del accidente. Yo cambié. Todos lo hicimos. Brigid solía ser una niña muy buena y fácil de tratar, pero ahora es muy nerviosa y muy desconfiada de los extraños. Sospecha de ti."

"Lo comprendo. No es su culpa. Echa de menos a su madre."

"Su muerte la destrozó. Le robó toda su infancia. Su corazón se rompió en mil pedazos."

La voz de Jesse salía a bocanadas calientes que acariciaron la cabeza de Christopher y la parte posterior de su cuello mientras que se apoyaba en el pecho de Jesse para escuchar los latidos de su corazón.

Jesse continuó, "A Will también, en cierto modo, pero era más pequeño y más resistente por naturaleza. Joder, haría cualquier cosa para devolverle a Brigid a su madre."

"Yo también," dijo Christopher, y su mente fue directamente a las pajaritas de papel. Los latidos del corazón de Jesse sonaban en sus oídos, cálidos, vivos y resonantes. Christopher imaginó esos pequeños dedos trabajando de manera fluida, doblando papel y plegando líneas. Sabía lo que conllevaba. Mucho *esfuerzo*. "Haría dos mil pajaritas de papel para ella," susurró, pero no estaba seguro de que Jesse le hubiera escuchado mientras que luchaba por recuperar su compostura.

Jesse se quedó en silencio por un momento, pero luego continuó, como si necesitara decirlo. Christopher se preguntaba si alguna vez le habría admitido estas cosas a alguien.

"Nos planteamos el divorcio. Nos planteamos incluso la posibilidad de tener un matrimonio abierto, pero ninguno de los dos queríamos realmente eso. Tampoco estábamos contentos con la vida que llevábamos. No importaba cuánto lo intentara, dejé de disfrutar del sexo con ella. No era otra cosa que no fuera reconfortante, lo cual era agradable, pero no convincente. No era como al principio, cuando los dos estábamos tan enamorados y nuestros cuerpos eran nuevos para el otro."

"¿Crees que te pasará lo mismo con un hombre? ¿Qué te aburrirás cuando la novedad haya desaparecido?"

"No lo sé. No lo creo. Como he dicho, nunca he estado enamorado de un hombre." Él levantó la cabeza de Christopher y examinó su rostro. Después de observarlo durante varios segundos, pareció tranquilizarse un poco, y pasó los dedos por su mejilla mientras decía, "El sexo con hombres siempre ha sido mucho más gratificante para mí. Creo que si me enamorase de un hombre, entonces no perdería su atractivo no importa el tiempo que estuviéramos juntos. O tal vez soy un gilipollas caprichoso. No lo sé.”

“No lo sabrás hasta que pase.” *Y quiero que pase conmigo.* Christopher intentó mantener una voz casual. “De lo contrario, todo es especulación.”

“Exactamente. Pero me he torturado a mí mismo con este tipo de preguntas durante meses y meses, tratando de averiguar qué hacer. Entonces, al final del todo, tal como las cosas sucedieron, descubrí que nada de eso importaba.”

“Jesse…” Christopher acarició su cuello, aspirando su masculino aroma mezclado con licor. “Lo siento mucho.”

“Una de las últimas cosas que me dijo fue que debería habérselo pensado mejor antes de haberse casado con un hombre gay.”

“Por Dios, Jesse.”

“No pasa nada. Sé que no lo dijo para hacerme daño. No fue una declaración con doble intención. Solo fue real. Quiero decir que, ella estaba aceptando de corazón parte de la culpa por haber llegado hasta donde habíamos llegado, a pesar de que todo giraba en torno a mí.”

“No puedes evitar ser quien eres.”

Jesse no se detuvo ante eso. “No fue lo *ultimísimo* que me dijo, sin embargo. Eso fue: ‘¿Podrías ir a buscar Brigid a la clase de baile? Yo me voy a acercar a la farmacia para comprar la medicina para la alergia de Will.’” Él sonrió irónicamente y luego dejó escapar otro pesado suspiro. “Will estaba con Nova, gracias a Dios.”

“Estuvo muy cerca.” Christopher pensó en Will, su risa, lo simpático que era, y se sintió muy agradecido de haber tenido la oportunidad de conocerlo.

La voz de Jesse era suave cuando dijo lo siguiente, aunque quebrada por la emoción. “Todavía la quiero. Era mi chica. Mi primer amor. Yo le fallé en nuestro matrimonio, pero no pienso fallarle en esto.”

Christopher lo abrazó con fuerza y se tragó la pregunta que sabía que preguntaría más tarde. Por ahora, solo quería estar con Jesse; dejar que el silencio de la habitación y los latidos de sus corazones los ayudaran a pasar por esto juntos.

"Cuéntame más sobre ella," le pidió Christopher finalmente, trazando la mejilla de Jesse con sus dedos. Su piel estaba fría, por lo que se acurrucó un poco más cerca. "¿Cómo era? ¿Qué hizo que te enamoraras de ella?"

Jesse sonrió. "Cuando éramos niños, era toda una tigresa, no buscaba líos por su cuenta, pero siempre fue capaz de mantenerse al ritmo con los míos."

Christopher lo besó en el cuello y aspiró su olor. "¿Qué tipo de cosas hacíais?"

"Oh, vaya, muchísimas. Una vez fuimos hasta los acantilados en Knoxville. Empezamos saltando por el de ocho metros, y acabamos atreviéndonos por el de veinte." Jesse resopló suavemente. "Nunca olvidaré su grito cuando se precipitó al vacío. Bajamos juntos, y cuando salimos a la superficie, se estaba riendo."

"Guau. Eso es más atrevido de lo que yo jamás llegaré a ser. Solamente ver a la gente saltar de esa manera hace que se me revuelva el estómago," dijo Christopher.

Jesse le dio un apretón en los hombros. "Prométeme que mantendrás los pies en tierra firme."

"¿No quieres que te siga el ritmo?"

Jesse negó con la cabeza. "Ya no soy tan salvaje. La montaña rusa de fuego hace que me den ganas de vomitar. La idea de saltar de los acantilados me marea. Supongo que en algún momento a lo largo del camino, maduré y ella también. Probablemente fue cuando tuvimos a los niños; dejamos de ser tan imprudentes y no es algo que eche de menos."

"Yo nunca he sido imprudente. Eso habría suscitado demasiada atención. Solo traté de permanecer apartado del camino de todo el mundo."

Jesse pasó una mano por el pelo de Christopher. "Ahora suscitas muchas atención cuando estás sobre ese escenario. Supongo que era algo que anhelabas después de haber estado entre las sombras durante tanto tiempo."

Christopher se movió contra el cálido cuerpo de Jesse. "No quiero hablar de eso. Quiero saber más sobre vuestra época de adolescentes."

Jesse se quedó en silencio durante unos segundos, y luego se echó a reír en voz baja. "Recuerdo una vez cuando teníamos diecisiete años aproximadamente, que hicimos senderismo por las montañas y trepamos por una pared de roca sin ningún tipo de sujeción. No sé qué demonios estábamos pensando. Probablemente no subimos tanto como para matarnos si nos caíamos, pero de un cuello roto no nos hubiera librado nadie."

"¿Todavía te gusta hacer senderismo?"

Jesse se encogió de hombros. "A veces camino con los niños hasta ahí arriba. Nada demasiado extenuante. Hemos acampado varias veces, pero a Brigid no le entusiasma demasiado. Dice que es aterrador. Creo que la noche es demasiado grande para ella. Es una chica asustadiza. A Will, sin embargo, le canta."

"Will no es asustadizo, de eso no hay duda."

"Para nada. Probablemente saltaría de un avión sin paracaídas si alguien le asegura que es divertidísimo. Tengo que tener mucho cuidado con ese chico."

"¿Fue siempre así? ¿Solo buscabais una emoción imprudente? ¿Bebíais? ¿Os drogabais?"

"Oh, bebíamos bastante. Respecto a las drogas—bueno, supongo que probamos más bien de todo cuando viajamos a Europa. Pero nunca fue algo que me entusiasmara. Yo estaba haciendo las prácticas con joyeros de renombre por aquel entonces y necesitaba mantener la mente despejada. Mi metabolismo era lo suficientemente rápido en aquellos tiempos como para digerir el alcohol sin que me afectase demasiado, pero la mayoría de las drogas que probé me hicieron sentir fatal. Marcy odiaba la forma en que la marihuana ralentizaba todo a su alrededor, y la cocaína tampoco solía hacerle sentir mucho mejor. Probamos los alucinógenos una vez con un tipo al que me estaba follando en París, pero fue muy raro. A ninguno de los dos nos gustó. Después de que naciera Brigid, sin embargo, no volvimos a tontear con ninguna de esas cosas. Nunca lo he echado de menos."

"Háblame de Europa."

"Oh, Dios, fue increíble. Éramos jóvenes, alocados y estábamos dispuestos a lanzarnos a la vida. Fue fantástico ver el mundo."

"¿Lo echas de menos?"

"Sí. Bueno, no. Quiero decir que, me gustaría llevar a los niños en algún momento o… bueno, el otro día estaba pensando lo mucho que me gustaría verte en la playa de la Riviera."

Christopher sintió un hormigueo en las palmas de las manos. "¿En serio?"

"Lo sé—es demasiado pronto para tener pensamientos de ese tipo. Pero quiero darte cosas, llevarte a sitios, y escucharte cantar todo el tiempo si me dejas. ¿Parece demasiado?"

"No, porque eso es justo lo que yo también quiero. Quiero llevarte a conocer a mi abuela, viajar contigo y cantarte todas mis canciones," susurró Christopher mientras que su corazón latía con fuerza. "Quiero estar ahí para ti y tus hijos. Y es demasiado pronto, lo sé, pero lo quiero de todos modos."

Jesse acarició su barbilla lentamente mientras inclinaba la cabeza para darle un beso. Fue lento y dulce, con sus labios suaves y tiernos, y no avanzó a nada más, como si estuviera simplemente disfrutando del sabor de su boca y acariciando su rostro.

Cuando se apartó, Christopher volvió a apoyar la cabeza contra su pecho, escuchando su corazón de nuevo. "¿Qué hizo que quisieras salir al mundo de ahí afuera de esa manera?"

"Creo que mi padre estaba en lo cierto cuando dijo que me estaba rebelando contra él. Una vez que le vendí mi parte del negocio a Paul, y que me casé con Marcy y llegaron los niños, dejó de parecerme importante. Por irónico que parezca, hace un año o dos, mi padre me dijo que ya no le importaba que me gustara chupar pollas. Así que no creo que me queden motivos para tratar de sacarle de sus casillas si eso es cierto. Y, ¿quién tiene tiempo para rebelarse estos días? Estoy bastante ocupado con mis labores como padre, el taller, y asegurarme que Marcy reciba los mejores cuidados."

"Lo más emocionante que haces en la actualidad es montar en la montaña rusa de fuego, ¿eh?"

"Bueno, mi trabajo tiene sus momentos," respondió Jesse. Luego se incorporó un poco, agarró a Christopher y lo empujó sobre su espalda. "Y esto es muy intenso." Los ojos de Jesse irradiaban calor y concentración, y la polla de Christopher se engordó y su culo se contrajo en reacción. "Tú y yo. Esto."

Christopher tragó con fuerza. *Era* intenso. Supuso que emocionante no era la palabra adecuada. "Entonces… ¿esto es un gran riesgo para ti?"

"Sí. Lo es. Tengo mucho que perder, y admitir eso solo eleva la apuesta."

"¿Crees que podrás hacerle frente?"

"Supongo que estoy preparado para ello. Hice puenting desde las Cataratas Victoria, después de todo."

Christopher se echó a reír. "Ex chiflado en busca de la emoción."

"¿Por qué eres tan comprensivo respecto a todo esto?" Preguntó Jesse.

"¿Por qué no habría de serlo? Me ha sorprendido, pero pienso estar aquí para ti, ¿de acuerdo? Quiero estarlo."

Jesse lo miró fijamente mientras que le apartaba el pelo de la cara. "¿Por qué?"

"Porque cuando me miras, siento que me ves realmente. Nunca nadie me ha visto, pero tú sí lo haces. Creo que siempre lo has hecho." En ese momento, con el peso de Jesse sobre él, Christopher se sentía con los pies más en la tierra y más *visto* que tal vez nunca.

"La gente te ve todas las noches sobre ese escenario."

"No, no es verdad. Ven a alguien que intenta hacer su trabajo perfecto. Tú me ves *a mí*. Además, nada acerca de la idea de apoyarte en todo esto me asusta, Jesse. Bueno, no en el mal sentido.”

"Te asusta en el buen sentido, ¿eh?”

"Me asusta como la montaña rusa de fuego.”

Jesse sonrió. "A mí me asusta como hacer puenting.”

"Me asusta como actuar frente a una audiencia que prefiere ver a Látigo Hinkins.”

Jesse frotó sus narices juntas. "Me asusta como desear a Christopher Ryder,” susurró.

El corazón de Christopher se disparó mientras que enganchaba la pierna por encima de la cadera de Jesse como si pudiera anclarlo allí para siempre. "Me asusta como enamorarme de Jesse Birch.”

"¿Sí?” La sonrisa de Jesse iluminó todo su rostro.

"Sí.”

"Guau.”

"Entonces, ¿estamos de acuerdo?”

"Eso creo.”

Christopher tomó la mano de Jesse, acarició sus nudillos y sus ojos se demoraron en sus manos unidas. Aspiró profundamente la menta y los cítricos de su champú y el olor a granada de su aftershave, los cuales trajeron unos recuerdos muy vívidos de sus últimos encuentros a su mente. Cuando se besaron, Jesse lo agarró por el pelo y tiró de su cabeza hacia atrás para meter la lengua más profundamente dentro de su boca y chupar sus labios.

"Vamos a mi habitación,” murmuró Christopher cuando se apartó para recuperar el aliento. "*Ahora.*”

Capítulo Diecisiete

ENTRE BESOS HAMBRIENTOS EN LA BOCA, cuello, y cualquier parte de la piel, ambos consiguieron desnudarse en la fría habitación. Se zambulleron en la cama, deslizándose bajo las sábanas y tiritando. Jesse se puso encima de Christopher, frotando sus pollas y sonriéndole con una expresión tan esperanzada que hizo que Christopher ansiara darle más esperanzas aún.

"Uff," murmuró Jesse contra el cuello de Christopher, haciéndole temblar tanto de la sensación como del frío. "Hace mucha rasca aquí, cariño."

"Sí, suelo tener esta habitación cerrada durante el día para no gastar mucha calefacción," susurró contra su suave hombro, y luego siguió hablando mientras que se abría camino por sus clavículas. "Lo siento."

"No pasa nada. Solo significa que tendremos que acurrucarnos más," respondió Jesse, metiendo la mano por debajo de su cuerpo, agarrando su culo y alineando sus pelvis juntas. "Me encanta sentirte."

Christopher no podía estar más de acuerdo en eso por lo que abrió las piernas, dejando que Jesse pudiera arrimarse más.

Jesse gimió y enterró la cara en el cuello de Christopher. "Hueles increíble. Me encanta tu champú. Y tu piel. Quiero llevarme un par de tus bóxers a casa para poder olerte todo el tiempo."

"Tal vez los bóxers no huelan demasiado bien."

"Los limpios, sí. Pero también me valdría una camiseta. Incluso me encanta cómo te huelen las axilas." Él se agachó y tomó una bocanada, y luego se echó a reír. "¿Qué desodorante utilizas? Es tu champú o tu jabón, algo huele a alguien bebiendo bourbon en una antigua biblioteca después de haber rodado por campos de menta."

"¿Estás seguro de que te gusta? Parece como si te estuvieras quejando."

"Diablos, no, cariño. Me gusta muchísimo. Me pone muy cachondo."

"El aftershave es Miner's Mint, y los jabones son los que consigo gratis en SMH. Supongo que seguiré usándolos."

Jesse gimió, levantó el brazo de Christopher en al aire y hundió la nariz en su axila. Entonces, se movió hacia abajo para mordisquear su caja torácica, lo que le hizo reír. "¡Tengo muchas cosquillas!" Exclamó.

Jesse siguió avanzando hacia el sur, mordisqueando y besando el tierno costado de Christopher, y luego se alternó para succionar sus pezones, tiró de las sábanas sobre su cabeza y siguió bajando hasta que Christopher tiró de su pelo y le instó a que se encontrara con sus labios para darse otro beso.

"Déjate de tonterías y chúpamela de una vez," susurró Christopher.

Jesse sonrió y se sentó, agarrando la almohada del otro lado de la cama y metiéndola detrás de la espalda de Christopher. "Quiero que me mires todo el tiempo." Se inclinó y lo besó, chupando su labio inferior y pellizcando suavemente su barbilla mientras lo recorría de vuelta, esta vez apartando las sábanas a su paso.

Cada beso o mordedura fue puntuado con una mirada hacia Christopher para evaluar su respuesta. A medida que Jesse se iba acercando a su polla, desviándose hacia sus pezones, costados, huesos de la pelvis, y luego sus muslos, su expresión se fue volviendo más y más necesitada. El hambre y otra emoción, una que Christopher nunca había visto en la cara de un amante, brillaban en su rostro y sus ojos, y salían de su cuerpo con urgencia.

Eso es amor, cariño.

Mierda, Nana. Fuera. Estoy teniendo sexo.

Está enamorado de ti hasta las trancas.

¡FUERA!

Christopher cerró los ojos para liberarse de la voz en su cabeza, y cuando volvió a mirar a Jesse, también pudo verlo y sentirlo mientras que su pecho se hinchaba. Era una sensación atronadora, una aceleración, una agitación y una abertura como si todo su ser hubiera sido completamente inundado por una alegría vibrante que hacía que tuviera ganas de reír y llorar, y de tirar del pelo de Jesse y darle más besos.

Jesse agarró sus manos y lo miró con los ojos muy abiertos, y luego se inclinó para lamer sus pelotas. Su rostro sin afeitar contra esa piel tan sensible hizo estremecer a Christopher antes de que Jesse soltara una de sus manos para envolverla alrededor de su pene y la otra para acariciar sus bolas.

"¿Ves esto?" Preguntó con la voz ronca. "¿Este liquido que te sale cuando te toco? Pienso tragármelo todo."

Christopher gimió y empujó sus caderas hacia arriba. "Métetela en la boca, idiota."

"Bueno, bueno, eso no ha sido muy amable."

Christopher abrió los ojos y suavizó su mirada. "Por favor, ¿podrías metértela en la boca? Lo estoy deseando, cariño."

"Ah, mierda, dilo otra vez."

"¿Cariño?"

"Sí." Jesse lo pajeó lentamente. "Dilo como si de verdad fuera tu cariño."

"¿Es que acaso no eres mi cariño?" Susurró Christopher con los dedos enroscados en su cabello.

"Quiero serlo."

"Chúpame, cariño. Muéstrame que eres mío."

Jesse cerró los ojos y abrió la boca, tomando la cabeza de la polla de Christopher entre sus labios suaves y húmedos, y fue alucinante. Tan alucinante que Christopher no pudo evitar gemir y empujar sus caderas hacia arriba, deslizándose más profundamente dentro de la boca de Jesse hasta que este tomó el control y comenzó a subir la cabeza arriba y abajo, liberando una sola mano para masturbarse. La otra buscó la mano de Christopher y entrelazó sus dedos.

Las lágrimas brotaron de los ojos de Christopher mientras que sostenía la mano de Jesse y lo miraba mientras que este le hacía una mamada. Sus ojos se encontraron y todas las emociones tácitas y salvajes—fuertes y demasiado rápidas—fluyeron entre ellos.

Jesse zumbaba, y Christopher pasó su mano libre por sus rizos. "Me pone muy cachondo verte ahí, con mi polla en tu boca."

Jesse cerró los ojos y dobló sus esfuerzos. Christopher comenzó a hiperventilar mientras que el placer iba creciendo cada vez más, junto con el amor que sentía y entonces, en su mente, se dio cuenta de algo inevitable.

Al final iba a resultar que, el sexo con alguien que realmente lo *veía* y tenía *verdaderos* sentimientos hacia él era tan aterrador como increíble. La boca de Jesse era deliciosa en su polla y pelotas, chupando, lamiendo, besando, y la parte que más sacudió a Christopher era darse cuenta de que era como estar montado en la montaña rusa de fuego—solo que peor, porque en lugar de llegar a la cima y caer a toda velocidad, sintiendo cómo el estómago te abandona y volviendo a subir a toda velocidad por otra pendiente, en este caso solo iba subiendo cada vez más y más alto y no sobreviviría a la caída al otro lado. Moriría en el descenso, gritando, asustado, lleno de júbilo y más feliz de lo que nunca había estado.

Jesse mantuvo los ojos abiertos, observando cada uno de sus escalofríos y suspiros, respondiendo a cada una de sus reacciones succionando más o menos fuerte y añadiendo más o menos lengua. Christopher hincó las plantas de los pies en el colchón, tratando de aferrarse a algo que no fuera Jesse, porque sus manos entrelazadas eran parte del problema; parte de la perfección.

Tumbado sobre su vientre, Jesse frotó su pene contra el colchón desesperadamente, con sus expresivos ojos mientras trabajaba sobre la polla de Christopher y este podía leer su hambre. El afecto entre ellos que había florecido tan violentamente, su entusiasmo y su poderosa atracción, era evidente en cada movimiento de su cuerpo.

A medida que aumentaba su placer, las caderas de Christopher comenzaron a temblar. "Oh mierda, no voy a durar mucho."

Jesse gimió alrededor de su pene y Christopher sintió la vibración en sus pelotas, pero no podía mirarlo. Tuvo que cerrar los ojos, porque ese intercambio de necesidad, esperanza y nuevos y frágiles sentimientos, era demasiado cercano, demasiado íntimo. Pero entonces los dedos de Jesse se apretaron alrededor de los suyos mientras que su boca seguía lamiéndole ávidamente, y Christopher se estremeció con fuerza, aferrándose a él. Abrió los ojos de nuevo, de alguna manera sorprendido al darse cuenta de que realmente estaba cogido de su mano, y le miró fijamente a los ojos mientras que era llevado tan determinadamente hasta el borde de su orgasmo. No se podía comparar a lo que una aventura de una noche le había aportado—o jamás le aportaría—sin importar cuán intenso fuera el sexo. Nadie había sujetado su mano ni le había observado mientras que llegaba al orgasmo.

"Jesse," murmuró. "Estoy a punto de correrme."

Jesse lo chupó con más fuerza, y Christopher trató de coger aire y concentrarse para mantener el control, pero no pudo. Sus rodillas se flexionaron, su abdomen se contrajo, y él gritó, sacudiéndose mientras disparaba su semen en la ansiosa boca de Jesse. Su respiración se hizo cada vez más superficial mientras que convulsionaba y se retorcía a la par que Jesse amparaba cada sacudida de placer con su boca.

Entonces, Christopher tiró de Jesse hacia arriba y lo besó en los labios, compartiendo su sabor y prácticamente llorando mientras que esa cosa tan terrible que parecía amor rugía a través de él con una ferocidad que no podía soportar. Christopher sostuvo a Jesse más cerca, lo besó con más fuerza, y le rogó por favor que le follase.

Jesse tenía las piernas de Christopher envueltas alrededor de su espalda baja y su apretado culo alrededor de su pene. No podía dejar de besar su cara—sus ojos, nariz, barbilla, y esos hermosos y húmedos labios que le devolvían los besos con esa misma intensidad urgente que hacía que su cabeza diera vueltas.

Christopher estaba haciendo un gran esfuerzo por tomar todo el grosor de Jesse, y este se sintió momentáneamente molesto consigo mismo por no haber sido capaz de hacer que se abriera lo suficiente primero. Pero, de nuevo, no podía culparse a sí mismo—Christopher le había rogado que lo follara desde el momento en que había disparado su carga en su garganta, y Jesse había estado tan dolorosamente tieso por ese entonces, que un poco de lubricante y unos cuantos dedos habían sido suficiente preparación antes de enfundar su miembro en un condón. Hasta que había visto las lágrimas en los ojos de Christopher.

"No. Continúa. Es solo que me siento muy lleno ahora mismo. No pares." Christopher envolvió los brazos a su alrededor y le clavó los talones en el culo. "No te atrevas a parar."

Jesse quería tomarse las cosas con calma, exprimir cada pedacito de su placer, pero no pudo evitar embestirle duro, no cuando Christopher le estaba rogando que lo hiciera y pateándole el culo para alentarlo.

"¡Por favor! ¡Más! ¡Más fuerte!"

Finalmente, sus pelotas se apretaron y supo que estaba a punto de correrse. "Dios, voy a—"

"Hazlo. Córrete. Muéstrame el efecto que tengo en ti."

Jesse gruñó y metió la mano por debajo del culo de Christopher y tiró de él hacia arriba para penetrarlo más profundamente de lo que realmente necesitaba, absorto en cada expresión que cruzaba su rostro. Alegría salvaje, miedo, amor, y una especie de placer agonizante parecían reclamarle en oleadas; y Jesse llegó entre ellos y agarró su polla, dura y resbaladiza. Estaba muy cerca, pero Christopher también lo estaba por lo que no pensaba dejarse llevar hasta que estuviera también ahí con él.

"¿Qué tengo que hacer para que te corras otra vez, cariño?" Susurró, besando su pezón y luego mordiéndolo suavemente. "Dime lo que tengo que hacer."

"Solo… oh, Dios… solo… oh, *joder*, Jesse."

Jesse mordió su pezón de nuevo, esta vez más fuerte. Christopher se arqueó, y un pequeño chorro de esperma brotó entre sus cuerpos, pero Jesse sabía que no era el final. Christopher estaba cada vez más cerca y claramente le gusta que le mordieran, pero faltaba algo más.

"Dímelo," instó Jesse.

"No puedo."

"Sí, sí puedes," ordenó, ralentizando sus caderas y embistiéndole cada vez más lentamente, lo que hizo que Christopher le pateara el culo con sus talones.

"Joder, estaba muy cerca y necesito—"

"Dime lo que necesitas."

"Necesito que me folles duro. Por favor, cariño, dame duro."

"De acuerdo pero, ¿qué más?" Jesse mantuvo su ritmo pausado y Christopher se *retorció* debajo de él como si fuera casi doloroso que le estuviera penetrando con tanta lentitud. "¿Que más necesitas?"

"Que me veas. Necesito que me veas."

"¿Quieres que te vea mientras te corres?"

"Quiero que veas… todo. Que me veas. Que veas todo sobre mí."

"Mmm." Jesse besó su hombro y le susurró al oído. "Te veo. Veo como te retuerces alrededor de mi polla, y cómo tu polla está ansiosa por disparar su carga."

Christopher gimió.

"Veo tu corazón latiendo tan fuerte que tu pecho está temblando, y el pulso en tu garganta, que es terriblemente tentador." Jesse lo mordió suavemente, y luego lo lamió, sintiendo el pequeño trueno en su lengua.

"Jesse, ¡*dame duro*!" Dijo Christopher, alcanzando entre ellos para pajearse con urgencia.

Jesse comenzó a follarle salvajemente, azotando su sudoroso culo con sus pelotas, haciendo un ruido similar al de la rueda del molino golpeando el agua.

"Veo tu culo alrededor de mi polla, estrujándome, tratando de hacer que me corra."

Christopher gruñó, y su mano comenzó a volar más rápido alrededor de su polla.

"Veo tu cara arrugada—no, no trates de suavizarla—me gusta verla así. Justo así. Significa que quieres dármelo todo, ¿verdad, Christopher? Quieres ser mi cariño. Puedo verlo."

Christopher gritó, echó la cabeza hacia atrás, y las venas de su cuello parecían a punto de estallar cuando se corrió por segunda vez y su semen golpeó el cabecero de la cama, aterrizando en su cabello y corriendo por su rostro.

"Te veo, cariño. Veo cómo me montas. Veo todo de ti."

Christopher se sacudió debajo de él, convulsionando, sus pelotas elevándose y apretándose, y su polla sacudiéndose aunque ya no salía nada más mientras que seguía corriéndose.

"Abre los ojos. Quiero que tú también me veas. Quiero que veas cómo yo también me estoy enamorando de ti."

Era demasiado pronto y absurdo, pero Jesse Birch se estaba enamorando locamente de Christopher Ryder, y quería que también lo observara mientras se corría para él.

Christopher se sacudió y tembló, maldiciendo y masturbándose mientras que Jesse estaba cada vez más seguro de que iba a perderse su orgasmo. Pero cuando comenzó a tensarse, maldiciendo y murmurando, "Cariño, cariño, *joder*, voy a correrme por ti," Christopher abrió los ojos para ver cómo Jesse llegaba al punto sin retorno, el cual alcanzó con una deslumbrante fuerza. Jesse no podía saber si estaba manteniendo sus ojos abiertos para Christopher; no tenía ni idea de qué cara estaba poniendo cuando el placer emergió de él en oleadas de gran alcance. Todo trataba sobre las sensaciones, las emociones, y la conexión entre ellos que los unía dura y fuertemente. Jesse se desplomó sobre el pecho de Christopher con el cuerpo temblando, sus caderas todavía bombeando, y sus bolas latiendo por la fuerza de su orgasmo.

Christopher lo abrazó y lo besó en la cabeza, en ocasiones masturbándose debajo de él según su propio placer parecía hacerse eco a través de su cuerpo.

"Te he visto," susurró Jesse finalmente contra su cuello.

"Oh, cariño, *te he visto*," repitió con más énfasis, y Christopher se aferró a él con más fuerza.

"De acuerdo," dijo Christopher mientras extendía la mermelada en la tostada llevando solo su ropa interior porque prefiero galantemente, a ojos de Jesse, cederle su bata. "Ahora echa agua hasta que llegue al número dos. Eso será suficiente para hacernos dos tazas."

Jesse jugueteó con la máquina de café. Ya era tarde para tomar cafeína, pero Jesse sabía que iba a ser una larga noche, y no porque fueran a quedarse hasta altas horas de la madrugada haciendo algo divertido precisamente, sino por lo que les iba a costar tratar de averiguar qué habían comenzado juntos. Y eso significaba hacer que Christopher entendiera el estado en el que se encontraba Marcy.

Christopher le entregó el plato con las tostadas, y luego sacó una silla de la cocina, se desplomó en ella y se apartó el pelo de sus cansados ojos. "Entonces, creo que ya entiendo lo que le ha pasado a Marcy. Entiendo que está conectada a unas máquinas y que está, para todos los efectos, muerta, pero técnicamente aún sigue viva. Y tú todavía estás casado con ella. Ahora solo tengo que entender el resto. Las cosas por las que estabas tan molesto antes—lo de Ronnie y la demanda."

Jesse suspiró y sirvió el café recién hecho en las tazas. Se sentó junto a Christopher y le pasó una. "Yo quiero dejarla ir y Ronnie, no."

"Pero tú eres su marido. ¿No deberías tener la última palabra? ¿No ha habido ninguna batalla legal que dejara eso claro?"

"Ese fue el caso de Terri Schiavo. Sí, pero nuestra situación es diferente. La cosa es que Ronnie tiene un documento con validez notarial sobre la salud de Marcy que le da el poder de tomar todas las decisiones médicas e invalidar las mías como su marido."

Christopher frunció el ceño. "¿Por qué haría Marcy una cosa así? ¿Fue por vuestros problemas matrimoniales? ¿No confiaba en ti?"

"Sí, por supuesto que confiaba en mí. Siempre confiamos en el otro." Jesse se frotó la cara. "El problema está en que se trata de una cláusula que data de mucho tiempo antes de nuestro matrimonio. Marcy lo firmó cuando le quitaron un quiste de un ovario cuando tenía diecinueve años. El médico insistió en que firmara antes de someterse a la cirugía por los peligros que conlleva la anestesia general, supongo. En ese momento, Ronnie no era la fanática de la Biblia en la que se convirtió posteriormente, y realmente creo que si a Marcy le hubiera ocurrido algo durante la operación, habría dictaminado que la desconectaran."

"¿Por qué no se lo pidió a sus padres?"

"Son solo conjeturas, pero creo que no quería poner a sus padres en esa tesitura si algo salía mal. En cualquier caso, no creo que nunca hubiera firmado ese papel si hubiera sabido que Ronnie la mantendría enchufada a esas máquinas de forma indefinida y a toda costa."

"¿Y entonces qué?"

"Supongo que simplemente se olvidaría de ese papel. Yo no sabía nada al respecto hasta meses después del accidente cuando Ronnie se presentó con él justo en el momento en que yo estaba dispuesto a aceptar el pronóstico de los médicos y dejarla ir."

"¿Qué solía decir Marcy sobre ese tipo de cosas? ¿Lo sabías?"

"Claro. Marcy y yo hablamos más de una vez sobre lo que nos gustaría hacer en caso de que alguno de los dos dejara esta vida de un modo inesperado, sobre todo cuando estaban hablando de ese caso Schiavo todo el tiempo en las noticias. Ella no quería un funeral, no quería que se le enterrase, y no quería que ninguna máquina la mantuviera con vida."

"¿Era creyente?"

"No mucho. Nunca íbamos a misa. Ronnie siempre fue muy activa en la iglesia a la que asistían Nova y Tim, pero cuando empezó la universidad, descarriló un poco."

"¿Cómo pasa una cosa así?"

"Ella se quedó embarazada por accidente y el chico le convenció de que abortara. Sé que muchas mujeres interrumpen sus embarazos y no sienten nada al respecto, o tal vez tienen remordimientos con los que pueden vivir perfectamente, pero no fue así para Ronnie. Ella empezó a ir a una iglesia fundamentalista que fue donde conoció a su marido. Supongo que también encontró lo que necesitaba. Ahí es también donde lleva a sus hijos."

Christopher dio un mordisco a su tostada con mermelada, masticó pensativo, y después dijo, "Parece que nuestras familias tienen más cosas en común de lo que pensaba."

"Ronnie es un caso atípico en mi familia, pero es un miembro muy influyente. Ella no siempre fue… digamos que no es mala persona," admitió. "Supongo que a veces incluso es agradable. Pero nunca vamos a estar de acuerdo con esto. Nunca."

Christopher sacudió la cabeza. "Entonces, ¿me estás diciendo que debido a que tu esposa firmó un papel hace siglos y luego se olvidó de él, todo lo que ella te había dicho que quería respecto a su muerte no vale nada frente a las creencias religiosas de su hermana?

"Sí. Así es como funciona legalmente."

"Pero estás luchando contra eso, ¿verdad? Sobre todo porque eres conocedor de lo que realmente quería."

"Así es. O mejor dicho, así era," Jesse tomó un sorbo de café y le dio un bocado a su pan tostado. La mermelada estaba deliciosa—una especie de mezcla de moras y otras frutas que no podía identificar muy bien. Entonces saboreó el pequeño consuelo que su dulzura le dio. "Pero todo el mundo, desde el juez hasta mi abogado, siempre me ha dicho que no tengo pruebas que me abalen."

"¿Qué pasa con tus suegros? ¿Nova y Tim? ¿Están con Ronnie en esto?"

Jesse negó con la cabeza, masticando otro bocado de pan tostado. Christopher tenía una mancha de mermelada en el labio inferior, y Jesse sonrió, deseando poder inclinarse y pasar la lengua por él, pero al instante, Christopher lo hizo por él. "Es complicado. Nova y Tim no creen que haya solo una solución. Les parece bien dejarla ir si milagrosamente consigo ganar en los tribunales, y les parece bien no dejarla ir si no lo hago."

"¿Les da igual?" La expresión de Christopher dejaba en evidencia que no podía creer lo que estaba oyendo.

"No es que les dé igual. Es más bien que creen que la resistencia es la fuente de todo dolor. Son budistas. Más o menos. Todavía asisten a una iglesia cristiana de vez en cuando, pero es la iglesia más liberal y no confesional que te puedas imaginar. Hay como veinte miembros."

"En esta zona, me parecen incluso demasiado."

Jesse se rio por lo bajo. "Son unos hippies. Ex artistas de Arrowmont. Ese tipo de cosas."

"Pero si no les importa lo que pueda sucederle a su propia hija, ¿tampoco les importa lo que os está afectando a ti y a los niños verla encadenada a esa cama?"

"Sé que se preocupan por nosotros. Es solo que piensan que lo estoy haciendo todo mal. Por eso accedí a participar en las reuniones de mediación con Ronnie antes de apelar el veredicto."

"¿Cómo piensan que deberías manejar la situación?"

"Ellos quieren que siga adelante. Quieren que sea 'feliz' y que 'viva la vida que tengo hoy.' Quieren que pida el divorcio y delegue la responsabilidad de cuidar de Marcy en ellos y Ronnie. Me prometieron que seguirían trabajando con un mediador para tratar de convencer a Ronnie de que lo mejor era dejarla descansar de una vez. Pero son pacifistas y Ronnie es una imbécil y ellos también saben, al igual que yo, que si alguna vez tomo esa determinación, Marcy estará enchufada a esos tubos y máquinas de por vida."

"Pero cuando estuviste de acuerdo con la mediación, ¿no tenías alguna esperanza de poder convencer a Ronnie?"

"Diablos, no. Lo hice por Nova y Tim, porque me pidieron que lo hiciera y les debo mucho. Ellos también han pasado por un infierno. Era su hija. Y Ronnie también lo es. La tensión entre nosotros dos es demasiado palpable."

"¿Y en eso es donde has estado hoy? ¿En una de esas reuniones de mediación?"

"Sí. No van nada bien. Nova y Tim dicen que es porque en realidad no me estoy esforzando por comprometerme, que solo quiero ganar."

"¿Es cierto?"

"¿En qué me podría comprometer en realidad? No hay ningún compromiso entre dejarla atada a esas máquinas y tubos y liberarla de ellos. Lo más parecido a un compromiso es decidir que no la mediquen en caso de que aparezca cualquier otra enfermedad—desde una infección de orina hasta una neumonía. Sería fácil pensar que Ronnie podría estar a favor de una cosa así, dada su ferviente creencia en que Dios puede hacer todas las cosas; sanar todas las cosas. Pero no. No quiere ni oír hablar de ello. Siempre cuenta la historia de un hombre al que Dios le envió un helicóptero en una inundación. No suelo escuchar muchas de las cosas que dice, pero opina que está de la mano y la voluntad de Dios proporcionar medicamentos a la gente. Incluso si es gente que ha dejado de estar viva hace ya mucho tiempo."

"¿Cómo creen entonces que puedes comprometerte?"

"No me importa ni siquiera averiguarlo, si te soy sincero. Como ceda solo un poco, el resultado final va a ser que Marcy va a estar enchufada a esas máquinas durante los restos. ¡*No* hay término medio! ¿Por qué no lo pueden ver?"

"No lo sé."

Christopher apoyó la cabeza entre sus manos, mirando con apatía sus tostadas con mermelada restantes. Jesse podía ver cómo el chupetón que le había hecho en el cuello mientras que hacían el amor estaba cada vez más grande, y le dieron ganas de llevarlo de vuelta a la habitación y hacerlo todo de nuevo. A la mierda con todo esto.

"¿Qué estás pensando?" Finalmente preguntó en voz baja. Esperaba que no se estuviera arrepintiendo de su decisión. Jesse se había sentido muy optimista cuando Christopher le había asegurado que estaban juntos en esto.

"Que tengo que averiguar en quién puedo confiar para que tome por mí este tipo de decisiones en caso de que me sucediera algo. No creo que pudiera confiar en nadie de mi familia. Tal vez en Joe, mi cuñado. A todos los demás no les importaría lo que realmente quisiera y terminarían haciendo lo que fuera mejor para ellos. Y no tengo ni idea de lo que podría ser." Christopher se echó hacia atrás y tomó un sorbo de café. "Voy a estar despierto toda la noche."

La idea de que algo le sucediera a Christopher hizo que Jesse sintiera unas punzadas en el corazón y la boca se le secara. Trató de coger aire y forzó una pequeña sonrisa. "Amanda va a ocuparse de los niños. Podríamos pasar la noche despiertos juntos."

Christopher le devolvió la sonrisa; las bolsas bajo sus ojos parecían cada vez más magulladas. "Me parece un buen plan."

"¿A qué hora tienes que estar en SMH mañana?"

"No tengo que ir. Látigo tiene actuaciones programadas durante todo el día. Suponiendo que no esté demasiado borracho, y si lo está, bueno, será el día de suerte de Martin Delroy."

"Fue mi día de suerte cuando viniste a encargarme ese medallón para tu abuela," declaró Jesse. "Yo solo…" se inclinó sobre la mesa y le apretó la mano. "Gracias."

Christopher levantó su mano y besó la palma. "Tal vez la suerte de ambos esté cambiando."

Más tarde, mientras que Christopher dormía seguro y cálido en los brazos de Jesse, este observaba las parpadeantes sombras del árbol fuera de la ventana y sus ramas bailando en el viento. Abrazó a Christopher con fuerza y esperó que esta nueva racha de buena suerte jamás lo abandonara.

PARTE II

Capítulo Dieciocho

ACCIÓN DE GRACIAS COMENZÓ COMO siempre. Christopher recogió a Nana y la llevó hasta casa de su madre y Bob. Sammie Mae, rubia y delgada, abrió la puerta con una sonrisa y un abrazo, vestida con un par de pantalones vaqueros y una camisa azul clara de Talbot. Bob estaba detrás de ella con una camisa blanca almidonada y sus pantalones de domingo de predicador. Sus carrillos flácidos descansaban plegados en su cuello, y sus ojos eran pequeños y de alguna manera, parecían porcinos. Fue un hombre guapo en sus buenos tiempos. Christopher había visto las fotografías—cabello negro, ojos azules, cuerpo robusto y firme—pero todo eso había pasado mucho antes de incluso conocerle. Christopher nunca había entendido lo que su madre había visto en él, pero fuera lo que fuese, iba más allá de su físico, eso seguro. Tal vez era ese encanto que tenía para condenar a los demás.

Después de haberse quitado los abrigos y haberlos colgado en el armario frontal, Bob les dedicó una oración de bienvenida y Christopher incluso cerró los ojos para él. Sospechaba que Nana no lo habría hecho, sin embargo, porque no paró de pellizcarle todo el tiempo tratando de hacerle reír.

La oración fue larga, como lo eran todas las oraciones de Bob, y estuvo salpicada de comentarios como: "Gracias, Jesucristo, por tu misericordia este año y por traer a Christopher hasta nuestro hogar sano y salvo a pesar de que insista en alejarse de tu amoroso abrazo." Esto, por supuesto, cabreó a Christopher, pero no había mucho que pudiera hacer al respecto. No a menos que simplemente quisiera dejar de venir a la celebración de Acción de Gracias de su familia, y no le podía hacer una cosa así a Nana.

O eso era lo que se decía a sí mismo. A pesar de todo, Jackie y su madre seguían siendo su familia, y la idea de no verlas en Acción de Gracias ni Navidad hacía que su estómago se retorciese; se sentía igual que cuando era niño, antes del divorcio, y se perdió en un centro comercial: aterrorizado, solo y abandonado.

Entonces Bob lo llevó hasta la sala de estar y le indicó que se sentara en el sofá, mientras que su madre acompañaba a Nana hasta la cocina, y comenzó a hacerle preguntas sobre su vida. No había ninguna pretensión de que estaba interesado en Christopher por su propio bien.

"¿Has encontrado alguna iglesia cerca de donde vives, Christopher?"

"No, señor."

"Algunas personas podrían encontrarse muy solas en esa montaña."

Bob siempre hablaba como si la casa de Nana estuviera en medio de la nada en lugar de unas pocas calles por encima de un pueblo muy turístico.

"Estoy bien, señor."

"Rezamos mucho por ti, Christopher. Nos encantaría saber que Dios está obrando en tu vida."

Por un momento, Christopher estuvo a punto de mencionar a Jesse y a sus hijos. Si Bob quería seguir rezando por él, podía sentirse libre de hacerlo, porque de hecho muchas cosas buenas estaban llegando a su vida. Pero por suerte, Jackie apareció en ese momento con su esposo Joe y sus tres hijos, Lee, Sarah Beth, y Aarón, que iban desde los dieciséis a los seis años.

Jackie estaba preciosa con su suéter navideño rojo y verde, lo que hizo que Nana comentara algo sobre la manía de adelantar demasiado los acontecimientos, pero Christopher pensaba que le iba muy bien con su cabello castaño oscuro, casi tan oscuro como el de Jesse, y sus ojos color avellana. Joe era alto, musculoso, y parecía como si acabara de haberse dado una ducha tras un día arreglando coches y motos en su garaje. Esa era su principal fuente de ingresos, a pesar de que tenía un trabajo a tiempo completo también en el Home Depot. Los niños, incluso Sarah Beth, la única chica, eran pequeñas versiones de Joe—pelo rubio rojizo, ojos azules y cuerpos robustos. Eran una familia muy atractiva, pensó Christopher, aunque evidentemente no podía ser del todo objetivo.

Todos se reunieron para recibir otra de las oraciones de bienvenida de Bob, en la que este alabó a Dios por haber traído a Joe a la vida de Jackie, y ofreció súplicas sinceras para la continua salud de su matrimonio.

"Sabemos que Joe ha tenido problemas en el pasado, oh, Señor, en su intento por mantener sus votos matrimoniales. Y Jackie ha hecho lo mismo. Señor, perdónalos por sus pecados pasados y lleva tu paz y amor duradero a su matrimonio."

Los fervientes, "¡Alabado sea!" Y "¡Dios es bueno!" de Sammie Mae animaron a Bob a prolongar la plegaria y en el momento en que terminó, los hijos de Joe parecían a punto de morir de una mezcla entre horror y aburrimiento, y Jackie estaba totalmente roja de la vergüenza.

Christopher tuvo que admitir que se alegraba un poco del mal ajeno por no ser el único objetivo de esas oraciones tan horripilantes.

Después de que Bob cerrara la boca finalmente, las llamadas festividades pudieron comenzar. Jackie y Sammie Mae comenzaron a volar por la cocina, mientras que Nana daba órdenes desde la distancia, descansando en la mecedora junto a la mesa y diciéndoles que lo estaban preparando todo mal. En la sala de estar, Bob puso el partido de fútbol. Los niños más pequeños discutían sobre si debían ver una película cristiana en la antigua habitación de Christopher—ahora una oficina con una televisión extra—o salir a la calle y jugar en el columpio medio oxidado que ya estaba allí cuando Bob compró la casa.

El más mayor, Lee, se sentó en el sillón de la esquina, donde Christopher solía esconderse siempre antes de que Lee lo hubiera reclamado. El chico se puso sus grandes auriculares y desconectó del resto del mundo. Christopher deseaba poder ser un adolescente rebelde y hacer lo mismo. Joe se sentó en el sofá y Bob se afincó en la gran silla junto a la chimenea, preparándose para ver el partido. Mientras tanto, Christopher intentó hacer su familiar acto de desaparición.

Al principio se quedó en un rincón, apoyado en la pared, viendo el partido. Se sentía seguro entre el rugido de la multitud y el zumbido de los comentaristas, porque significaba que nadie iba a mirarlo, ni hacerle más preguntas, ni poner la mano sobre su cabeza para espantar a los demonios.

Con el tiempo, a medida que el partido se acercaba a su mitad, Christopher se atrevió a sentarse en la silla junto a la ventana delantera donde todavía podía ver la pantalla. Hizo contacto visual de nuevo con Lee, un chico guapo como su padre quien le mostró el pulgar hacia arriba y luego miró a Bob para hacer una mueca. Christopher le sonrió y se encogió de hombros. Lee volteó los ojos otra vez y luego se concentró en su teléfono, acurrucándose en la silla.

El partido estaba siendo muy aburrido, y la mente de Christopher comenzó a divagar. Había visto a Jesse un par de noches antes, cuando habían tenido una cita y luego habían vuelto a su casa mientras que los suegros de Jesse cuidaban a los niños. Había sido genial estar de nuevo a solas con él ya que el fin de semana anterior, Christopher había pasado su domingo libre en casa de Jesse, jugando a los videojuegos con Will y tratando de conseguir de alguna manera ganarse la simpatía de Brigid.

No había ido demasiado bien pero tampoco había sido un fracaso total ya que Brigid había estado muy ocupada con un proyecto de la escuela de electricidad. Christopher había observado muy atentamente cómo Jesse le había ayudado a crear su póster y cómo le había animado cuando había cometido errores. Había hecho que sus entrañas ardieran con ternura y su corazón se elevase con el efecto vertiginoso solo de presenciar el cuidado y la paciencia que Jesse se tomaba en ser padre.

Cuando Brigid terminó su proyecto, murmuró un adiós a regañadientes y huyó a su habitación. Había sido una tarde agradable y Christopher esperaba estar haciendo progresos con los niños porque no era idiota. Había visto cómo funcionaba con Jackie y Joe. Si ella no hubiera logrado al menos llevarse bien con sus hijos, su relación nunca habría funcionado. Y lo mismo ocurriría con Jesse y sus hijos. No importaba lo que Jesse sentía por él, si sus hijos no aceptaban su relación, todo terminaría tarde o temprano.

En el fondo, a Christopher no le gustaría que fuera de ningún otro modo. Después de todo, esos niños ya habían sufrido bastante. No necesitaban que la presencia de alguien como él les causara más dolor. Solo esperaba que Brigid terminara por aceptarlo algún día. Will parecía no preocuparse demasiado, pero tal vez eso cambiaría a medida que se fuera haciendo más mayor y entendiese lo que una relación entre dos hombres significaba para el resto del mundo.

Aburrido por la lentitud del partido, Christopher consideró la posibilidad de ir al piso de arriba, pero su ausencia total llamaría la atención. Mientras que estuviera callado y en la sala de estar, y mientras que pareciera estar prestando atención al juego, estaría a salvo. Entonces pensó que tal vez podría sentarse al lado de Joe. Podría ser agradable entablar conversación con su cuñado, pero ese tipo de proximidad aumentaría las probabilidades de que Bob hiciera algún tipo de comentario o pregunta directa durante el descanso. Así que se quedó junto a la ventana y miró hacia fuera cada vez que pudo, dejando que Joe llevara la voz cantante sobre las distintas proezas de los jugadores.

Un anuncio de seguros de vida llamó su atención. Christopher se fijó en la familia feliz que salía caminando cogida de la mano mientras que la voz en off explicaba que los miembros del clan podían sentirse seguros y tranquilos porque estaban protegidos por el seguro de vida MassMutual en caso de muerte prematura. Christopher se preguntó qué sucedería en el caso de que se tratara de un estado de muerte vegetativa prematura. Suspiró, lo cual hizo que Bob girara la cabeza, pero Christopher reaccionó rápidamente y señaló hacia la pantalla.

"La cosa va un poco lenta, ¿eh?" Dijo Bob. "Ya espabilarán. Ten un poco de paciencia, muchacho."

Christopher asintió y deseó que el partido comenzara de nuevo lo antes posible. No importaba cuán aburrido fuera, Bob sería totalmente absorbido por él. Cuando los jugadores llenaron de nuevo la pantalla, el verde del campo y el gris del cielo le hicieron pensar en el jueves anterior cuando Jesse le había convencido de conducir hasta Maryville para comprar un poco de sushi en Anaba para el almuerzo.

Christopher no había comido sushi nunca antes y le pareció que estaba bien, pero probablemente algo por lo que no conduciría una hora solo para conseguirlo, salvo tal vez por el hecho de que ver a Jesse comerlo y explicar lo que era cada pequeño bocado había sido bastante embriagador. Eso probablemente hizo que valiera la pena hacer un viaje tan raro solo para comprar pescado crudo.

En vez de dirigirse directamente al restaurante, Jesse había dicho, "Tengo que hacer algo. Solo me llevará unos minutos, ¿de acuerdo?" Y entonces se había detenido en una especie de residencia en Sevierville.

"¿Dónde estamos?"

"Eh… tengo que entrar ahí para recoger y dejar algunas cosas. Para Marcy."

"Oh," el corazón de Christopher se había disparado. La simple idea de entrar en ese lugar y ver a la esposa de Jesse era aterradora. ¿Cómo sería? ¿Qué aspecto tendría? Pero antes de que pudiera procesar todas sus preguntas plenamente, Jesse había interrumpido sus pensamientos.

"Espérame aquí. No tardaré mucho."

Christopher se había sentido aliviado, aunque esa sensación se había transformado rápidamente en una extraña decepción y dolor. "No, no pasa nada. Iré contigo."

Jesse le había clavado entonces con su mirada; una expresión mordaz, diferente a cualquier cosa que Christopher hubiera visto anteriormente en su rostro. "*Quiero* que te quedes aquí."

"Oh." Christopher se había sentido abofeteado mientras que un frío calaba sus entrañas y Jesse se bajaba del coche y abría el maletero. Entonces, se quedó sentado en su asiento, viendo cómo Jesse se detenía en la puerta para marcar un código, y luego entraba en el interior del edificio con una bolsa de lavandería.

Christopher había considerado salir del vehículo y seguirle, pero Jesse había sido claro, y Christopher no quería discutir con él—su primera discusión a menos que contara la noche en la que se había enterado de lo de Marcy—por una cosa así. Si Jesse no quería que entrase con él, tal vez había una buena razón. Tal vez ella estaba enferma o—no, si estuviera enferma, ¿no necesitaría un poco más de tiempo para estar con ella? ¿Pensaría tal vez que no podría manejar la situación? ¿O que no le importaría?

Menos de diez minutos más tarde, Jesse regresó. Permaneció callado y parecía un poco agitado mientras que volvía a encender el motor del coche y salía a carretera. "Bueno," le había dicho. "Todo listo."

"¿Todo bien?"

Jesse se había echado a reír, un sonido apesadumbrado que sonó más bien como un ladrido. "No. Siempre que la veo recuerdo una vez más que *nada* está bien."

"Lo siento."

Jesse suspiró y puso una mano en la rodilla de Christopher. "No, soy yo el que lo siente. Escucha, en este momento quiero estar contigo, no en esa habitación con ella. Así que, ¿podemos hablar de cualquier otra cosa? ¿Por favor?"

Christopher había asentido en señal de aprobación, pero ambos habían permanecido en silencio hasta que Jesse había empezado a hablarle sobre los diferentes tipos de sushi que había, explicándole cuáles eran sus favoritos, y sugiriéndole a Christopher cuáles debería probar primero.

No, la pérdida de un cónyuge o un padre no era en absoluto como un anuncio. Ni toda la protección del mundo que pudiera garantizar cualquier compañía de seguros haría que todo estuviera bien; ciertamente no para Jesse ni para sus hijos.

"Bueno, ya ha acabado la primera parte," dijo Bob, golpeando sus rodillas.

Christopher sintió cómo se le cerraba la garganta. Durante el partido era importante permanecer callado y tranquilo, pero durante el descanso, las reglas opuestas entraban en vigor. La mejor manera para evitar ser el centro de atención era encontrar una buena razón para apartarse del medio, al menos durante un rato. Y, por el sonido y el olor provenientes de la cocina, no parecía que la cena fuera a salvarle el culo.

"Voy a estirar las piernas," dijo, asintiendo con la cabeza hacia el pasillo que conducía a la puerta trasera y el patio. "Ha sido un largo viaje."

"Pero si acabas de sentarte," declaró Bob con impaciencia.

"Uno tiene que usar las piernas que Dios le ha dado," dijo Joe, mirando a Christopher y guiñándole un ojo. "Te diré algo, Christopher, te acompañaré." Joe levantó su musculoso cuerpo del sofá. "Será mejor hacer un poco de ejercicio antes de ingerir toda esa comida."

Bob les despidió con la mano y se levantó para ver cómo iba todo en la cocina. Christopher sospechaba que podría decir una oración por la comida a medio hacer, y se rio en voz baja solo de pensar que Jackie se vería obligada a tener que soportarla. Probablemente sería algo como, "*¡Oh, Señor, sabemos que Jackie ha quemado varios pasteles en el pasado, pero te pedimos que le des el sentido necesario para que hoy los saque del horno con la suficiente antelación antes de echarlos a perder!*"

En el patio trasero, Joe le hizo señas hacia el cobertizo al lado de la valla donde Bob guardaba su cortadora de césped y algunas otras herramientas menos costosas.

"¿Quieres ver algo que va a hacer que tu día dé un giro de trescientos sesenta grados?" Preguntó Joe, abriendo la puerta de la cabaña.

"¿Acaso tienes el poder de hacer una cosa así?"

"Por el amor de Dios, sí." Joe metió la mano en la oscuridad del cobertizo, empujó a un lado un tanque de gasolina vacío, y sacó una botella de Southern Comfort. "No me subestimes nunca, Christopher."

"¿Bob sabe que eso está ahí?"

"Diablos, no. El Señor Fuego y Azufre lo llamaría brebaje del diablo y se comportaría como un idiota al respecto delante de mis hijos. Por suerte para mí, me he estado encargando de cuidar su jardín desde su último amago de infarto, por lo que no ha puesto un pie en este cobertizo en más de un año." Desenroscó la parte superior y tomó un abundante trago. "Tengo que tener algún recurso para sobrevivir en esta familia, Christopher, o pronto celebraré mi tercer divorcio, y aún me queda un *poco* de orgullo para eso. Por no hablar de que quiero mucho a Jackie. Es la mejor de todas las esposas que he tenido."

"Como su hermano, tengo que decir que me alegro mucho de escuchar eso, Joe. Muy romántico."

Joe le pasó la botella y sonrió. "Solo soy realista, colega. El matrimonio no es todo felicidad, risas, dicha, y alegría. Es un maldito día tras otro y a veces no es tan divertido. Pero la quiero mucho. Es la definitiva. La quiero más que a cualquier otra mujer con la que jamás haya estado y lo tengo más que claro. Es por eso que estoy aquí, ¿no? El motivo por el que vengo a este show de mierda familiar y le sujeto la mano todo el tiempo. Porque es mi muñeca."

"Ah, y eso que solo has empezado a beber," dijo Christopher, tomando un buen trago ardiente. "Hablas como si la quisieras de verdad."

"La quiero de verdad. Pero seamos realistas, he estado bebiendo un poco desde esta mañana. Hace falta bastante alcohol para sobrevivir a una celebración de Acción de Gracias con Bob y Sammie Mae. La mierda que esos dos echan por la boca podría hacer que cualquier persona quisiera rechazar la voluntad de Dios solo para no tener nada que ver con ellos. Siempre con el nombre de Jesús y las bendiciones en su boca, y '¡Nada de hablar sobre la suerte en esta casa, jovencito! ¡La suerte se lleva la gloria de Dios de donde le pertenece estar!' Tu madre le dijo eso a Lee la última vez que estuvo aquí, porque dijo que había tenido mucha suerte haciendo un bloqueo en su partido."

"Lee es un suertudo," dijo Christopher, tomando otro sorbo, sintiendo cómo sus nervios se aflojaban un poco.

"Yo también lo creo." Joe se rio y cogió la botella. "Esto es todo lo que puedo hacer para conservar mi fe a veces cuando estoy cerca de ellos."

"Te entiendo perfectamente." Christopher supuso que lo entendía, pero era un punto discutible, en realidad, cuando pensaba que seguramente no habría ninguna iglesia en Gatlinburg que lo acogiera. Tal vez la que Jesse había mencionado anteriormente, a la que asistían Nova y Tim. Pero la verdad era que simplemente pisar una iglesia hacía que tuviera ganas de vomitar, recordando todo el miedo y el dolor que había experimentado durante los años que había asistido a Cristo Luz. Cuando sentía un extraño impulso, prefería orar por su cuenta, viendo un amanecer mientras se tomaba una taza de café, o simplemente en la tranquilidad de su mente.

"Ya fue bastante malo de por sí para Jackie, pero siempre me he preguntado—¿cómo pudiste soportar la escuela secundaria con los demás chicos, Christopher? Ya sabes, ¿siendo maricón y todo eso? ¿Les dabas palizas en tus sueños?"

Christopher sonrió, pero en alguna parte dentro de su pecho, pudo sentir un pinchazo de dolor bajo la agradable niebla que el alcohol había dejado caer dentro de su cuerpo. "No, nunca quise hacerles daño. Lo más triste de todo es que llegué a pensar en *suicidarme*."

Joe se detuvo a medio trago y bajó la botella. "Amigo… hermano… me alegro muchísimo de que no optaras por eso." Él lo golpeó en el hombro y apretó, y luego tiró de él en un breve pero fuerte abrazo antes de empujarlo hacia atrás. "No seguirás pensando así, ¿verdad?"

"No. No lo he hecho en mucho tiempo."

"Nunca te plantees una cosa así, Christopher. Llámame. O llama a Jackie. O simplemente… ven a nosotros. Siempre estaremos ahí para ti. En cualquier momento, día o noche. Puede que Jackie no termine de entenderlo, ya sabes, el hecho de que ser gay simplemente vaya con la condición de algunas personas, pero yo sí. Y quiero que vengas a nuestra casa en *cualquier* momento que lo necesites. Y ella te *quiere*, hermano. Recuerda siempre que te quiere. ¿De acuerdo?"

Christopher forzó una sonrisa sobre el oleaje de emoción que se elevó en su garganta. "Por Dios, Joe, estoy bien. Cálmate."

Joe lo miró y asintió, limpiándose la boca con el dorso de la mano. "De acuerdo."

"Pero gracias… yo también os quiero mucho a los dos."

"Genial."

Ambos se movieron incómodamente hasta que Joe volvió a hablar. "¿Has sabido algo de tu padre últimamente?" Metió la botella de whisky de nuevo en el cobertizo y cerró la puerta. La quemadura del whisky realmente le había calentado, y Christopher sintió que sus músculos se relajaban mientras que buscaba una respuesta en su cabeza.

"Parece que va a 'dejar' la iglesia."

Las cejas de Christopher se dispararon hacia arriba. "No puede ser."

"Parece que sí puede ser, colega. Aparentemente, 'ha visto la luz' según sus palabras, y 'ha sido embaucado una vez más por los poderes de Satanás' según las palabras de tu madre."

"Es una amargada."

"Es casi lógico pensar que si es tan feliz con Bob no tendría por qué importarle; verlo como la mano de Dios en su vida o alguna otra mierda por ese estilo, pero se ha puesto como una perra furiosa al respecto." Joe se aclaró la garganta. "Eh, lo siento. Sé que es tu madre. Debería cerrar el pico."

"No te preocupes. Ahora eres de la familia. Puedes decir lo que te dé la gana."

Joe sonrió. "Bueno, aparentemente tu padre se estaba tirando a la hija universitaria del director del coro, una chica que su última esposa solía cuidar cuando era niña. Parece que la mujer se ha enterado, ya sabemos que tu padre no es muy bueno ocultando este tipo de asuntos, y se lo ha dicho a toda la congregación, la cual no ha parado de avergonzarles desde entonces. Aunque la joven no asiste a esa iglesia y no lo ha hecho en años, sus feligreses salieron a la calle y empezaron a hacer vigilias de oración por su alma a la puertas de su apartamento, con pancartas que ponían cosas como 'Jesús te perdona' y gilipolleces sobre el adulterio."

"Joder."

"Sí, esas personas están jodidamente chifladas."

"Tienes una gran boca, Joe." Christopher sintió cómo el whisky reposando en su estómago calentaba sus mejillas. "No he querido decir que… joder, solo quería decir que maldices como un marinero."

"No te preocupes por eso, hermano. Sé que no soy tu tipo. ¿Sabes por qué lo sé?"

"¿Por qué?"

"Porque me gustan los coños. El coño de tu hermana para ser más exactos."

"¡Oh, Dios!" Christopher se golpeó la boca con la mano y sacudió la cabeza con violencia. "¡No vuelvas a decir eso nunca más! ¡Es repugnante!"

"¿Ves? Nos entendemos. De todos modos, tu jodido padre, ¡madre mía! Quiero decir que sabe cómo echarle un buen par de pelotas. Se enfrentó a esos bastardos, les dijo que dejaran a la chica en paz, y terminó todo con un gran discurso en la iglesia durante el servicio del domingo antes de marcharse. Por lo que sé, el discurso podría resumirse como: "A la mierda con todo este lío que se ha armado, me largo." Entonces salió de la mano con su nuevo amorcito, como si estuviera reviviendo sus años de universidad o algo así."

"Estaría avergonzado, pero no puedo saberlo con seguridad. No hay nada seguro cuando se trata de él y su polla."

"Eso me han contado. De todos modos, esta es la parte que creo que vas a encontrar más interesante. Al parecer, su nueva jovencita es una liberal de mierda. Asiste a una iglesia unitaria y ha convencido a tu padre que ha estado equivocado todos estos años sobre los ho-mo-sex-uales. También conocidos como: tú."

"¿Estás de broma? ¿Es que acaso necesito una mierda de este tipo?"

"Te comprendo, colega, pero te estoy diciendo todo esto para que no te sorprenda si tu padre decide ponerse en contacto contigo. Es probable que esté tratando de reunir el valor para hacerlo. Según palabras de Jackie, haría cualquier cosa con tal de ganar puntos con su nueva cosita. Al parecer, la chica no ha parado de recriminarle que se haya alejado de ti; dice que mientras que no haga las paces contigo, no habrá aceptado realmente que Dios es amor."

"Joder. ¿En serio? No quiero tener nada que ver con esto ahora. O nunca."

"Lo sé."

"Tal vez no llame." Unas conflictivas olas de emoción se estrellaron en el pecho de Christopher y le hicieron sentir un poco nauseabundo bajo la capa de Southern Comfort.

"Tal vez no. Al menos, podemos esperar que no lo haga." Joe se inclinó como si alguien pudiera escucharlos. "La chica es mucho más joven que Jackie, ya sabes."

"Apuesto que está echando espuma por la boca."

"Diablos, sí. Siempre está diciendo cosas como que es un pedófilo y que no va a permitir que se acerque jamás a sus hijos. A pesar de que no son sus hijos y su madre no va a permitir que se olvide de ello." Él se rio entre dientes y una mezcla de admiración y repulsa en su mirada. Era una mirada que Christopher ya había visto anteriormente siempre que Joe mencionaba a su ex mujer. "Es una zorra sin escrúpulos, pero sin duda quiere mucho a sus hijos."

Christopher se preguntaba cómo se sentiría Jackie acerca de eso.

Parecía que su hermana quería ser *algo* para esos chicos. Tal vez no su madre, pero sí *alguien* importante en sus vidas.

"Entonces, ¿no son hijos de Jackie en absoluto? ¿Qué les haría ser sus hijos?" Christopher estaba bastante seguro de que estaba haciendo esa pregunta por el bien de Jackie—no porque pudiera tener cierta curiosidad sobre cómo podría encajar en la familia de otra persona.

Joe se encogió de hombros. "Si su mamá muriese, tal vez. Pero no lo sé. Especialmente en lo que respecta a Lee, porque ella llegó a su vida cuando ya era mayor. Supongo que será mejor darle unos hijos propios."

"Oh."

Joe estrechó su mirada. "¿Por qué lo preguntas?"

"El tipo con los que estoy saliendo tiene dos hijos."

Joe levantó las cejas hasta que casi golpearon la línea de su cabello, y puso su mano sobre el hombro de Christopher. "Joder, Christopher, ¡tienes novio!"

"¿Sí? ¿Acaso es tan difícil de creer?"

"Nunca has tenido novio. No creo que lo hayas tenido. Jackie dice que solo te vas acostando por ahí con tíos."

"¡¿Qué?!" Vociferó. "No me voy acostando por ahí con tíos."

"Ella no puede saberlo, hermano. Solo ve cosas en las noticias sobre el estilo de vida de los gays y se hace sus propias suposiciones."

"El estilo de vida de los gays es querer la igualdad de los derechos matrimoniales y poder adoptar y cuidar niños." Declaró Christopher. "Estoy bastante seguro de que esa es la noticia principal sobre los gays estos días."

"Nos estamos desviando del tema, colega. Puedes enfadarte sobre el estereotipo de homosexuales que tiene tu hermana más tarde. En este momento tengo que decirte que estoy muy orgulloso de ti. Te has echado novio. Brindemos." Joe abrió la puerta de la caseta de nuevo y volvió a sacar el whisky. Entonces, mantuvo la botella en alto. "Por el novio de Christopher; con el deseo de que chupe la polla igual de bien que Jackie."

Riendo, Christopher lo empujó cuando Joe estaba a punto de llevarse la botella a la boca, lo que hizo que parte del líquido se derramase por la parte delantera de su camisa.

"Vaya, vaya. Ahora voy a ir oliendo a licor y Bob orará por mi alma de un modo especial mientras que el pavo se enfría."

"Vamos a oler a licor de todos modos," dijo Christopher, arrebatándole la botella y dándole un buen trago para lavar la idea de su hermana haciéndole una mamada a cualquier persona, y sobre todo a Joe, a pesar de tener un buen cuerpo y ser guapo. Joe podría no ser un hombre de éxito, y podría no ser perfecto, pero Christopher podía admitir que su hermana había encontrado un buen partido en muchos aspectos.

Joe tomó la botella y empezó otro brindis. "Que tu relación dure más tiempo que mi primer matri—"

"¡Christopher! ¡Joe!" La voz de Jackie se escuchó desde el porche. "¿Dónde estáis? ¡La cena está lista!"

"¡Ya vamos, muñeca! ¡Enseguida estamos!" Joe tomó otro trago y le dio a Christopher la botella. "Vamos allá, hermano." Ambos hombres chocaron sus puños antes de que el primero de los dos entonara en serio, "Que Dios nos ayude. Amén."

Antes de volver a guardar la botella, Christopher bebió por eso.

"Hola, Mar-Mar."

El hecho de que fuera Acción de Gracias no quería decir que no fuera jueves, y Jesse visitaba a Marcy *todos* los jueves. Años atrás, siempre traía a los niños, pero el doctor Charles le había aconsejado que dejara de hacerlo. Solo servía para asustarlos y confundirlos, y Marcy no podía saber ni siquiera que estaban allí, así que antes de dirigirse a la residencia, Jesse los había dejado en casa de Nova y Tim. Brigid se había llevado un fajo de folios para hacer pajaritas de papel mientras esperaba, y Will estaba muy emocionado de poder ayudar a Nova a preparar la masa para el pastel.

"Estás igual que siempre." Jesse se sorprendió al escuchar su propia voz. Parecía crítica, como si tal vez, en algún lugar profundo dentro de él, estuviera molesto por este hecho. "Esto te sorprenderá probablemente, pero desde tu accidente, no he sido muy aficionado a los cambios. He llevado una vida bastante tranquila. Pero el cambio está sucediendo ahora, Marcy. Es emocionante pero aterrador al mismo tiempo. No es que tú fueras a decir algo así si vieras el modo en el que me estoy zambullendo en esto con él," susurró mientras colocaba bien sus manos en garras, le apartaba el pelo de la cara, y luego se dirigía a ajustar las cortinas. Igual que siempre, fingiendo que a ella le importaban todas esas cosas.

"Supongo que debería decirte que la cita que te mencioné que iba a tener con ese chico, se ha convertido en algo *grande*, Mar-Mar, y estoy sintiendo cosas que no había sentido en *años*. No desde que te conocí y nunca antes de eso."

Se sentó junto a ella. Sus ojos abiertos parecieron encontrarse con los suyos por un momento, pero como siempre, no le sostuvieron la mirada. No había conciencia detrás de ellos.

"Es cantante y me encanta su voz. Yo solía ir a los Sueños en las Montañas Humeantes solo para verlo. A veces incluso iba solo. Y cuando apareció en el taller… Bueno, no necesitas que te cuente toda la historia, ¿verdad? Tú… donde quiera que tu verdadero ser esté, supongo que ya lo sabe."

Sin embargo, quería decir las palabras delante de ella. Necesitaba confesarse.

"Creo que me estoy enamorando de él. Puedo oírte riéndote de mí por ser tan imprudente con mis emociones. No me siento imprudente, sin embargo."

Jesse apoyó la cabeza en el lado de la cama donde Marcy estaba acurrucada y trató de ver si aún podía olerla más allá de los aromas propios de la residencia. Algunos días podía y otros, no. Hoy pensaba haber captado un ligero tufillo, justo en su axila, donde se acumulaba el sudor.

"Solo nos hemos estado viendo durante mes y medio y creo que ya podría afirmar que estoy enamorado de este tipo. ¿Es realmente algo sorprendente? Tal vez lo sea. Contigo sentí como si me hubiera caído de un árbol y me hubiera enamorado de golpe. Ahora me siento más bien como si estuviera trepando por la ladera de una montaña rusa—no demasiado lento, pero moviéndome constantemente hacia adelante. Estoy en la parte superior y puedo verlo todo, y luego voy a caer en picado, y zas. Voy a ser un fracasado. ¿A quién pretendo engañar? *Soy* un fracasado."

Marcy se sacudió y un hilillo de baba asomó por la comisura de su boca. Jesse se incorporó y le limpió la barbilla con un pañuelo de papel.

"Marcy, ¿cómo ha ocurrido esto? ¿Cómo lo detenemos?" Sonrió suavemente. "Tiene unos ojos preciosos. Verdes. Y su risa es… hace que mi estómago de vueltas y que solo quiera abrazarle. También es muy dulce. Y se lleva muy bien con Will por el momento. También quiere llevarse bien con Brigid, pero ella no le deja."

Suspiró. "Tiene que hacer un esfuerzo porque no pienso dejarle marchar."

Recordó la expresión contraída de Brigid cuando había ido a recogerla a la escuela el día anterior, y había escuchado la rabia y el dolor en su voz.

"*¿Por qué te fuiste anoche? ¿Acaso estabas con él? ¿Es que vas a empezar a dejarnos con la tía Amanda o la abuela para que puedas estar con él?*"

¿No podía tener esto sin dejar de hacerle daño? ¿Tenía que ser la felicidad de su hija o la suya? ¿Es que acaso Brigid no podía ver el chico tan estupendo que había conocido? Por supuesto que no. No era más que una niña. No podía esperar que fuera a entenderlo, pero tal vez podría poner las cosas un poco más fáciles. Sin duda, Christopher lo estaba intentando. Incluso le había comprado un papel precioso en

SMH para hacer pajaritas, y le había dicho que podía ayudarla a hacer un montón el sábado después de Acción de Gracias ya que no tenía que trabajar.

"Si te parece buena idea," había añadido con timidez; obviamente, con la intención de no fastidiarlo todo.

"Creo que es una idea genial," había dicho Jesse, y había estado encantado de presentarse en casa esa noche con el papel para Brigid, con la esperanza de que su hija se diera cuenta de lo mucho que Christopher quería ser su amigo.

Jesse suspiró, recordando cómo Brigid se había quedado mirando el papel antes de haber declarado que era feo. Solo cuando Jesse le había dicho que de cualquier manera, debía darle las gracias a Christopher y ser amable con él o de lo contrario, pasaría un día entero sin hacer ni una sola pajarita, había conseguido al menos que fingiera ser agradable. Era muy doloroso para él verla actuar de esa manera, aunque Christopher no estuviera cerca para presenciarlo.

"Marcy, no he sido honesto contigo acerca de Brigid. No quiero tener que decir esto en voz alta. Sé que no estás ahí, pero me resulta muy complicado decirte que nuestra hija no es feliz. Es muy cruel con Will. Actuó de un modo completamente horrible con Christopher en Halloween. No quiere pasar tiempo con sus amigas. Está obsesionada con hacer pajaritas de papel todo el día. Ha decidido encerrarse en sí misma. Y es muy inmadura. Está muy por detrás que las otras chicas de su misma edad. Tengo miedo de estarlo haciendo todo mal con ella."

Marcy hizo un gemido, y si hubiera sido otra persona, Ronnie, por ejemplo, podría haberlo interpretado como una señal de que podía oírle—que estaba preocupada por el dolor de su hija. Pero no era nada. Ya lo había hecho anteriormente, y todos los escáneres cerebrales eran iguales. No había actividad cerebral.

"La verdad es que está muy enfadada, Marcy. Jodidamente cabreada conmigo por… no sé. ¿Será porque soy bisexual, gay, o lo que sea? ¿Tal vez porque estoy vivo y tú no lo estás? No de manera significativa, al menos. ¿Será porque el hecho de que esté saliendo con él hace que sea más real para ella que nunca vas a volver a casa?"

Jesse se frotó los ojos. "He hablado con Nova sobre ello y me ha dicho que simplemente la quiera y que todo irá bien. Pero no puedo dejar de educarla, ¿no crees? No puedo hacer la vista gorda con las decisiones que está tomando, o las cosas que hace y dice. Me *preocupo* por cómo la verá el resto de la gente. Por lo que pensarán de ella."

Jesse se detuvo y escuchó de nuevo sus palabras. "Oh, Dios mío, me estoy convirtiendo en mi padre."

Las máquinas pitando y el sonido de la orina llenado de la bolsa que colgaba de la cama de Marcy eran los únicos ruidos de la habitación.

"Ayer por la noche, después de mensajearme con Christopher, me quedé un buen rato tirado en la cama imaginando cómo podría ser todo. Imaginándonos como una familia—yo, él y los niños. Quiero algo así, Marcy. Echo de menos ser parte de un todo, y tener a alguien que me quiera; alguien que discuta conmigo. Alguien a quien poder pedirle consejo. Echo de menos tener a alguien conmigo en la cama cada noche.

"Y por favor, Mar, perdóname, pero cuando estoy con él, ¿recuerdas esa sensación horrible que empecé a tener a los años de habernos casado? Ha desaparecido. Me siento muy satisfecho sexualmente y eso es algo que me hace sentir condenadamente *bien*. No tengo dudas. No se me pasa nada por la mente como, '¿Funciona realmente?' Porque lo único que puedo pensar es, 'Por supuesto que funciona. Es perfecto. Lo es todo.'

"Fui un marido de mierda al final, Marcy. Lo siento mucho. Aunque sin duda, hicimos unos niños preciosos juntos. Niños a los que ahora no sé criar como debería. Bueno, Will está bien. Es un chico feliz. Brigid, por el contrario… ¿qué voy a hacer con Brigid?"

Ella no se movió, y él cerró los ojos. "Concertaré más citas con el Charles para ella. Llamaré el lunes."

Jesse jugueteó con el borde de la sábana y pensó en el próximo fin de semana. Christopher estaba en Knoxville con su familia, pero apenas podía evitar vibrar de emoción cada vez que pensaba en el sábado. Estaba ansioso por volver a tener a Christopher en sus brazos, besar su cuello, escuchar los ruiditos que hacía cuando le chupaba la lengua, y—

Dios, se estaba poniendo duro mientras que estaba sentado junto a la cama de su esposa solo de pensar en su nuevo amante.

Jesse se aclaró la garganta. "Me pone mucho, Marcy. Me pone cachondo como… tal vez nunca nadie haya hecho." Él la miró para ver si se inmutaba, aunque sabía que no lo haría. No podía. "Cuando estoy follando—no, cuando estoy *haciendo el amor* con él, porque ahí es donde quiero llegar con todo esto—digo las cosas más estúpidas y se corre. Y luego él me dice cosas por ese estilo y me corro con tanta fuerza que veo las estrellas."

Jesse sabía que no debería estarle hablando a su esposa vegetativa sobre el sexo que mantenía con su recién estrenado novio. No debería. No debería.

"Me encanta la forma en que camina, canta, se mueve, ríe, folla, y, bueno, básicamente me estoy enamorando profundamente de él. Me estoy enamorando hasta mis pelotas."

Las máquinas zumbaban y pitaban, y más orina goteaba en la bolsa.

"¿Te acuerdas de antes de que fuéramos pareja, cómo solía contarte todas las guarrerías que hacía con los chicos, y tú te reías y me animabas, incitándome a ir a por más? No hago nada desagradable con él, Mar-Mar, porque todo lo que hago con él se siente como…"

Amor.

"Como lo que nosotros tuvimos al principio. Ese tipo de admiración y alucinación. Ese tipo de diversión y travesuras. Siento mucho que nunca vayas a sentir nada de eso de nuevo. Siento que lo hayamos perdido todo." Él acarició su brazo hasta llegar a sus dedos y apretó. Entonces respiró alrededor del nudo en su garganta. "Te merecías *mucho* más que esto."

"Sin duda."

La voz de Ronnie era lo ultimísimo que Jesse esperaba oír en este momento. Se dio la vuelta en su asiento, rabioso y humillado porque su cuñada hubiera violado ese momento de intimidad con su esposa.

"¿Cuánto tiempo llevas ahí?"

"Solo un par de segundos."

"A menos que hayas venido a comunicarme que se ha producido un milagro de Acción de Gracias y estás decidida a dejarla descansar, no quiero ver tu cara en este momento."

Ronnie sonrió con tristeza. "Estoy aquí para ver a mi hermana. Es Acción de Gracias y me siento agradecida por tenerla."

Jesse se irguió un poco para poder ver por detrás de ella. "¿Qué? ¿Has venido sin la televisión? ¿No has traído fotógrafos ni periodistas que puedan retratar el pésimo y horrible marido que—"

"Nunca he querido nada de eso."

"¡Ja!"

"Eso fue idea del pastor. Él pensó que tal vez haría que… bueno, ahora ya no importa."

Jesse parpadeó. Ella nunca había admitido eso con anterioridad. Con sus manos en puños, observó a Ronnie entrar en la habitación y acercar otra silla al otro lado de la cama.

Ella dejó escapar un largo suspiro. "Esta es la verdad y lo que pienso decir delante de cualquier tribunal de justicia: eres un marido bueno y cariñoso con mi hermana, Jesse. Siempre lo he sabido."

¿Qué cojones? Jesse no estaba seguro de a qué juego estaba jugando Ronnie, pero sin duda, no iba a caer en su trampa. Esperó en silencio, con su corazón desbocado y la sangre bombeando fuertemente en sus oídos.

"No tenía ni idea de que iban a darle un giro radical a todo este asunto. No quería que sacaran a relucir tus relaciones anteriores con otros hombres. Yo solo quería que se escuchara la palabra del Señor y que la situación de Marcy pudiera acercar a más gente a Dios."

"A la mierda todas esas pamplinas."

"Cree lo que quieras, Jesse, pero yo sé cómo la tratas. Sé que te presentas aquí todas las semanas como un reloj. Las enfermeras me lo dicen. Sé que siempre le traes flores." Ronnie asintió hacia las rosas rojas y amarillas que había traído esta vez. "Hablas con ella. Y le proporcionas la mejor atención médica que el dinero puede comprar."

"Porque se te ha metido en la cabeza que lo mejor que podríamos hacer por ella es dejarla aquí encadenada." Ronnie estaba tramando algo, sin duda. Una pequeña voz en su cabeza le recordó que ella estaría más que dispuesta a decir cualquier cosa con tal de conseguir lo que quisiera. *No.* No iba a picar tan fácilmente. "No voy a permitir que se le falte el respeto a su cuerpo."

"Lo sé."

"Y obviamente, soy el único que me preocupo por ello. Siempre lo he tenido que hacer yo todo. Y ella jamás ha tenido nunca ni una sola escara."

"Eres una persona muy dedicada." Ella pasó una mano por el pelo de Marcy.

¡Deja de estar de acuerdo conmigo! Era una de las cosas de Ronnie que más lo sacaban de quicio. Mientras que él salía de sus sesiones de mediación echando humo por las orejas, ella ni siquiera levantaba la voz. "Pero que esté en buenas condiciones no quiere decir que esto sea lo que ella querría, o que de alguna manera, yo todavía crea para mis adentros que sigue viva."

"Lo sé. Ya hemos hablado de todo esto en la mediación." Ella lo miró con sus ojos grises, tan tranquilos como siempre. "Pero, ¿acaso no es parte de la vida reconocer que esta no consiste en lo que *nosotros* queramos? Consiste en lo que el Señor quiera. Ni la vanidad de Marcy ni siquiera su dignidad es lo importante, Jesse. Lo único que importa es la voluntad de Dios."

"En ese caso, la voluntad de Dios solo existe gracias a *mi* dinero."

"No, su buena atención médica existe solo gracias a tu dinero. Si dejaras de pagar para que estuviera atendida por los mejores médicos, ella seguiría atendida igualmente hasta que Dios decidiera llevarla a su casa.

A tu modo, Jesse, estás contribuyendo a que tenga lo mejor posible durante el tiempo que le quede en esta tierra."

Jesse bufó mientras que la furia en su interior iba creciendo cada vez más. "Estás muy mal de la cabeza."

"Solo estoy tratando de decirte que tu apego a su cuerpo terrenal es… algo que tal vez deberías considerar hacértelo mirar."

"Me estás dando mucho poder en este área, Ronnie. Pensé que tu Dios era el único que tenía que decir algo respecto a la vida de tu hermana."

Ronnie ignoró su comentario. "Mamá, papá y yo podemos ocuparnos de Marcy, Jesse. Puedes dejarla ir. Tienes permiso."

"*No* tengo permiso."

"¿Por qué no?" Ronnie parecía genuinamente perpleja.

"¿Es que acaso ahora de repente tu Dios cree en el divorcio?"

Ronnie suspiró, se metió un rizo rojizo detrás de su oreja, se inclinó sobre su hermana y besó su mejilla. "Ey, hermanita. Me encanta tu corte de pelo. Más que ninguno de los que hayas llevado anteriormente. ¿Es que ha pagado Jesse a alguien para que viniera a arreglártelo?" Sonrió como si Marcy le hubiera contestado. "Lo sé. Sé que *es* un buen marido para ti. Tienes razón. Pero, Marcy, él no se está portando muy bien consigo mismo. Debería dejarte ir."

Jesse gruñó. "No le hables sobre mí, y menos cuando tú eres la única que la mantiene atrapada aquí."

"No puede oírme. O eso es lo que tú alegas."

"No *alego*. Los médicos lo *saben*. Sus neurólogos—los mejores del mundo."

"La estás estresando," dijo Ronnie, frotando el brazo de Marcy para relajar su mano en garra. "Está muy tensa."

Jesse la miró pero no se molestó en decirle que la mano estaba así desde hacía meses. Sabía cuánto tiempo había pasado desde la última vez que Ronnie había venido a verla. Las enfermeras también lo mantenían informado a él.

"Mamá dice que has encontrado a alguien. Un hombre."

Jesse frunció el ceño. Todavía no había hablado con Nova o Tim sobre sus sentimientos por Christopher aunque sabían que se estaba viendo con alguien—había sido bastante evidente desde el momento en el que les había pedido ayuda para cuidar de sus hijos—pero no había sido explícito sobre quién se trataba o de qué sexo era. No sabía cómo abordar el tema, pero… suponía que tal vez lo habrían escuchado de Brigid o Will, o posiblemente de Amanda. Y ya habían conocido a Christopher aquel día en SMH. No es que les hubiera pedido a los niños que mantuvieran el secreto ni nada parecido. Aun así, deseaba que la noticia no hubiera llegado a oídos de Ronnie. Solo serviría para añadir combustible a su fuego.

"¿Qué pasa con eso?"

Ella se encogió de hombros. "Nada en realidad. Siempre pensé que al final terminarías con un hombre. Querías a Marcy pero te volvían locas las… bueno, los pollos hembra."

"¿Pollos hembra?"

"Ya sabes…"

"¿*Las pollas*? ¿Me volvían locas las pollas? ¿De verdad estás hablando en serio en este momento?"

Ronnie parecía ligeramente decepcionada por su vocabulario soez pero dijo, "Mi pastor dice que las personas homosexuales son emocionalmente y sexualmente adictas al pecado. A veces ni siquiera pueden ser ellos mismos sin pecar."

"Estás pisando una línea muy fina en este preciso instante." Christopher se sentó rígido al borde de la silla, recordándose que lanzarse a través de Marcy y estrangular a su hermana no sería la mejor opción.

"Pero no me creo todo lo que dice mi pastor, Jesse. Mamá dice que ese chico te hace feliz."

Jesse no podía entender lo que Ronnie estaba intentando conseguir mostrándose relativamente razonable. "Como utilices eso en mi contra en el proceso de apelación, Ronnie, te juro por Dios que—"

"Calla un momento. No pienso hacer nada de eso." Ella pasó sus nudillos sobre la mejilla de Marcy y luego le sonrió; una ligera amabilidad brillaba en sus ojos. Jesse sintió escalofríos. "Las inclinaciones budistas de mamá me recordaron que el espíritu de Cristo se muestra en los frutos que las personas tienen que soportar. Has oído hablar de eso, ¿verdad? ¿Sobre los frutos del espíritu?"

"Sí."

"La felicidad, la esperanza, la alegría—son frutos de la obra de Cristo en la vida de una persona. La desesperación, la ira y la tristeza son la cosecha del diablo."

Jesse apretó los dientes, decidido a esperar a ver a dónde les llevaba todo esto.

"Y eso tiene mucho sentido para mí. Mucho más que lo que piensa mi pastor. Tú has tenido tristeza, desesperación e ira en tu vida durante demasiado tiempo, Jesse. Si este hombre te trae alegría, esperanza y felicidad, si se te da los frutos de Cristo—bueno, ¿quién soy yo para juzgarlo? Yo también soy pecadora. Todos lo somos."

"¿Ah sí? ¿Cuál es tu pecado?"

"Soy un ser humano, así que tengo un montón. ¿Por cuál empiezo?"

"¿Qué tal por tu egoísmo? ¿Tu afán por ser tan egoísta que te ha hecho desear mantener el cuerpo sin vida de tu hermana enchufado a estas máquinas durante cinco años?"

"Bueno, eso puede funcionar en ambos sentidos. Tal vez tú eres el egoísta por querer desconectarla. Tal vez solo estás pensando en ti. Si lo que *tú* dices es cierto—que ella ya no tiene ninguna conciencia ni actividad cerebral—entonces ciertamente no estás pensando en ella."

"Zorra." Fue todo lo que se le ocurrió en ese momento. Jesse no había venido preparado para un encuentro con Ronnie, y ciertamente no con una Ronnie que estaba tratando de calmarlo.

Ronnie suspiró. "Solo te estoy pidiendo que analices bien tus motivaciones."

"Para eso tenemos nuestras reuniones de mediación."

Ella sacudió la cabeza; su pelo rojo brillaba en la fría luz que entraba a través de las ventanas. Entonces entrelazó sus dedos con los de Marcy. "He pasado mucho tiempo de rodillas rezando por ti, Jesse, tratando de entender por qué estás tan enfadado conmigo; por qué interpretas tan erróneamente mis intenciones y creencias, pero sobre todo, por qué luchas con tanta fuerza por lo que dices ver en nombre de ella. He rezado para que Dios me revelara la verdad, e incluso le pedí que cambiara los impulsos de mi corazón si era posible que tuvieras razón."

"¿Y de qué sirvieron tus oraciones exactamente?"

"Respecto a mis directivas sobre el cuidado de mi hermana, todavía creo fuertemente, en el fondo de mi corazón y de mi alma, que Dios la llamará a su casa por sus propios medios cuando esté listo para recibirla. No voy a tener que hacer absolutamente nada para ayudarle si Él la quiere tener entre sus brazos."

Jesse negó con la cabeza. "Le habría 'llamado a su casa' la noche del accidente si no hubiera sido por la intervención médica."

Ronnie ignoró su comentario mientras que se fijaba pensativamente en el rostro de Marcy, y su dulzura y amor bañaba sus rasgos a la par que acariciaba el cabello de su hermana. "Pero también pude sentir otra cosa agitándose en mi alma cuando oré por ti, Jesse. Escuché algo muy triste en mi corazón—"

"Los corazones no tienen oídos." Él sabía que estaba siendo petulante, pero no podía contenerse.

"Cuando estás escuchando a Dios, tu corazón tiene los oídos más grandes que existen. Lo que mi corazón escuchó fue tu deseo de *negar* desesperadamente la realidad."

"Eres tú la que estás negando la realidad, Ronnie, manteniendo viva la esperanza de que ocurra un milagro."

"Los milagros ocurren todos los días."

"No este tipo de milagro. Es imposible. Lo han confirmado todos los médicos. Todos y cada uno de sus especialistas."

"Los poderes de Dios son ilimitados. Él no es incapaz de hacer esto.

Pero… reconozco que *es* un milagro improbable." Ella sonrió con tristeza, manteniendo los ojos fijos en su hermana.

"No estoy negando ninguna realidad. ¿Qué pasa? ¿Acaso crees que estoy negando a tu Dios o algo así?"

"No puedo decir cuál es tu relación con Dios. Y no, no es eso lo que he querido decir en absoluto. Quiero decir que te niegas a reconocer que *tú no puedes solucionar este problema*. Esto es mucho más grande de lo que puedes asumir. Y con esto me refiero a la Marcy de ahora, y a la Marcy de hace años, y a vuestro matrimonio, y a todas las formas en las que sientes que le has fallado."

El corazón de Jesse se contrajo y su aliento se quedó atascado en su garganta.

"Cuando mamá me habló sobre tu nuevo novio, las respuestas que mi corazón podía oír sonaron más alto. Me di cuenta de que quieres arreglarlo por Marcy—arreglarlo *todo*. El ahora. El pasado. Y crees que si puedes conseguir dejarla marchar, entonces lo habrás solucionado todo. Serás libre de toda la culpa que soportas sobre tus hombros por todo el daño que le hiciste; porque le hiciste daño, ¿verdad Jesse?"

Ella levantó la vista y sus ojos estaban llenos de tanta empatía y amor que Jesse sintió que el estómago se le subía a la garganta. Una parte de él quería tirarse al suelo y admitirlo. Sí, le había hecho muchísimo daño y haría cualquier *cosa*—se enfrentaría a *cualquiera*—durante el tiempo que hiciera falta con tal de compensárselo.

Otra parte de él quería estrellar a Ronnie contra la habitación contigua por atreverse a analizarlo, y esa es la parte que finalmente venció, "Estás jodidamente loca."

Ronnie parecía aturdida, herida, y luego volvió a su pacífico, tranquilo y cariñoso estado que arañaba los nervios de Jesse hasta el punto de no poder soportarlo. ¿Cómo podía estar tan *segura*? ¿Y cómo podía tener la osadía de pensar que estaba en lo *cierto*?

"Por lo tanto, realmente no estás haciendo esto por Marcy, Jesse. Lo estás haciendo por ti. Por aliviar tu conciencia; por ser el marido que deberías haber sido una última vez. Pero al hacer eso, estás negando la realidad de todo el daño que le hiciste antes del accidente, y la realidad de su vida actual en esta cama, ya que solo quieres centrarte en hacer cosas en lugar de sentarte y dejarlo estar. Mientras que no pares de luchar, no serás capaz de aceptar y hacer frente a la agonía terrible y verdadera de lo que os ha sucedido a ella y a ti. Y a tus hijos."

"No menciones a mis hijos." Su voz comenzó a temblar. *Joder, joder, joder.* Tenía que sacarla de allí.

Ronnie continuó como si él no hubiera hablado. "Y entonces cuando todo esto haya terminado, te golpeará como una tonelada de ladrillos, cariño—porque nadie vive para siempre y ella seguirá adelante finalmente, con o sin tus esfuerzos de que ocurra cuanto antes."

"¿Te ha enseñado tu predicador todas esas palabras bonitas? ¿Piensas que van a impedir que presente la apelación? Sé lo Marcy quería. Ella no quería nada de esto."

"Como he dicho, esto es lo que vino a mí cuando estaba rezando con el afán de poder entenderte mejor. Dios siempre nos da lo que necesitamos, Jesse. Solo pídeselo y Él también te ayudará."

Ella se puso de pie, mirando el reloj en la pared. "Tenemos que estar en casa de los padres de Milton en Townsend a las tres. Están ansiosos por ver a los niños. Si deseas presentar esa apelación, adelante, hazlo. Los dos sabemos cuál será el resultado legal. Sería un gran desperdicio de energía, Jesse. Y de dinero. Tu dinero y el dinero de mi iglesia. Dinero que podría destinarse a muchas otras causas mejores, como ayudar a las personas sin hogar, o para mujeres maltratadas y refugios infantiles. O para prevenir los suicidios de adolescentes homosexuales."

"Oh, ahórrate toda esa mierda. Podría ir a todas esas causas si no le pidieras a tu iglesia que pagara tus cuentas legales para que puedas seguir peleando contra mí."

"Pero no soy yo quien me he enfrentado a ti. Eres tú el que te has enfrentado a *mí*." Ella besó a Marcy en la frente y la miró. "Te quiero, hermanita. Todavía recuerdo cuando te sostuve en mis brazos por primera vez el día que naciste. Me fascinó tu vida por aquel entonces y me sigue fascinando a día de hoy. Eres preciosa. En el nombre de Jesucristo, que tu alma sea bendecida en este día de Acción de Gracias."

Ella sonrió tímidamente a Jesse. "¿No creo que quieras un abrazo para felicitarte las fiestas?"

"Diablos, no."

Ronnie asintió con tristeza. "Entonces, feliz Acción de Gracias, Jesse. Te quiero. Espero que algún día podamos volver a ser los amigos que un día fuimos. Que la paz de Dios sea contigo."

Ella salió por la puerta y se despidió de las enfermeras. Jesse se derrumbó contra la cama de Marcy, hundiendo la nariz en su axila, en busca de su olor, con lágrimas en los ojos e ira ardiendo en su corazón.

Capítulo Diecinueve

"CHRISTOPHER TIENE NOVIO." LEE soltó la noticia en medio de la cena como una granada y se sentó allí con una sonrisa en su rostro, esperando a ver lo grande que sería la explosión.

Christopher no podía entender cómo el crío habría descubierto tal información. Joe debería habérselo dicho a Jackie cuando se estaban lavando las manos en el servicio de invitados antes de sentarse a la mesa del comedor para la cena.

Ahora ya no importaba. Lo único que importaba era que su madre, Bob y Nana estaban mirándole, cada uno con expresiones completamente diferentes en sus rostros. Para su vergüenza, sabía que si tendría algún escándalo sucio sobre Jackie, algo que supiera que había hecho mal como cuando eran niños, lo confesaría en ese mismo instante y trataría de zafarse de esta horrible mierda. Pero por lo que sabía, ella mantenía ahora un comportamiento bastante puro y ejemplar, por lo que se había quedado con el culo al aire.

Joe se sirvió una segunda ración de pavo. "¿Podría alguien pasarme la salsa? Y los rollos. Me encantan estos rollos."

"Shh, Joe," dijo Jackie, golpeando la mesa y desviando su nerviosa mirada hacia Christopher. "¿Es eso cierto?"

Al parecer no era Joe quien se lo había dicho a Jackie después de todo. Eso dejaba a Nana como la única posible fuente de información de Lee. Christopher la miró de reojo, pero su expresión alegre solo se iluminó aún más. Sus ojos vagaban entre Jackie, Bob y Sammie Mae con más interés que los de Lee.

"¿Qué es todo esto?" Preguntó Bob con una voz tranquila y pausada. Era el tono que normalmente utilizaba para empezar a rezar y pedirle a Dios que reparase el alma malvada de Christopher. Christopher pudo sentir cómo sus pelos se ponían de punta de inmediato, y pudo ver que Jackie también se erizaba.

"Sí, es cierto. Tengo novio," dijo finalmente con indiferencia, como si no fuera la cosa más maravillosa en su vida. "Eh, ¿podría pasarme alguien el guiso de judías verdes, por favor?"

"Porque es gay," añadió Lee. "Y eso quiere decir que le gustan los hombres."

Los más pequeños miraban a Christopher como si de repente se hubiera convertido en alguien fascinante, y no solo porque si se lo rogaban, podría llevarles a caballito durante horas.

"Espera, ¿quieres decir que te gusta besar a *chicos* y esas cosas?" Preguntó Aaron, arrugando su carita de elfo. "¿Tiene permiso para hacer eso?"

"¡No!" Vociferó Bob. "No, *no* tiene permiso para hacer eso."

Joe le dio un codazo a Aarón y dijo, "No me importa si a ti también te gusta."

El escupitinajo de indignación de Bob solamente se vio ensombrecido por la risita de Nana.

"A decir verdad, *sí* tengo permiso para hacer eso, Aaron. Sí. No es ilegal en ninguno de los Estados." ¿En otros países, sin embargo? Bueno, tendría que saltarse esa pequeña lección cívica por ahora.

"¡Es ilegal por la ley de Dios!" Respondió Bob, golpeando la mesa con su regordeta mano.

"Se llama Jesse Birch," intervino Nana con una maliciosa sonrisa en su rostro, y sus ojos destellando hacia Bob con un gozo odioso. "Es el heredero de Galletas y Panaderías Birch. Rico como un *pecado*. Guapísimo como el *diablo*. Y exitoso también."

"Nana, *no*," susurró Christopher.

"Felicidades, hermano. ¡Bien hecho!" Joe levantó el puño para que Christopher chocara con él.

Christopher sacudió la cabeza ante Joe. No era el momento. Ni siquiera de cerca. Así que Joe chocó puños con Lee en su lugar y volvió a centrarse en su comida, cortando el pavo a toda prisa con la sensación de que o se apresuraba, o no conseguiría siquiera llegar al relleno.

"Espera un minuto. ¿Qué es esto?" La temblorosa voz de Sammie Mae se hizo eco alrededor de la sala. "¿Has hablado con Nana acerca de este… este… hombre con el que estás en plan *amistoso*, pero lo has mantenido en secreto de cara a tu propia madre?"

Christopher le disparó a Nana una fulminante mirada. "Mamá, es algo muy reciente."

"Por supuesto, se avergüenza de confesarnos cómo insulta la palabra de Dios y hace alarde de su mandamientos—"

"Oh, que Dios nos pille confesados," murmuró Nana.

"Prefiriendo rodar en sus lujurias y pecados como un cerdo en los excrementos. Un sodomita sucio. Un puerco en la *inmundicia*," terminó Bob.

Los niños se quedaron con la boca abierta mirando a Bob, quien estaba más y más rojo a cada segundo que pasaba; el sudor corría por su frente y sus ojos saltones. Luego miraron de nuevo a Christopher y esperaron, y él se dio cuenta de que estaban esperando una respuesta. Y también se dio cuenta de que en el fondo, *quería* responder, porque *no* pensaba dejar que Bob hablara así delante de los niños.

"*No* me avergüenzo de lo que quiero ni de cómo expreso mi amor," dijo Christopher, apretando los puños y sintiendo el hormigueo de su calor emergiendo de él en capas de sudor mientras que luchaba por mantener la compostura. "Simplemente no tenía en mente sacar este tema en la cena *especial* de la familia." Fulminó a Lee con la mirada. "Gracias, chico. Pensé que teníamos un trato."

Lee se encogió de hombros y sonrió una disculpa, pero era evidente que aún estaba bastante expectante y emocionado de ver lo que iba a ocurrir a continuación.

"¿Un *trato*?" Dijo Bob. "¿Acaso ahora le guardas sus secretos, Lee?"

"¿Qué? No, señor." Lee vio atónito cómo ahora la rabia que Bob escupía por su espumosa boca iba dirigida a él.

"Muchacho, es un pecador."

"¿Es que no lo somos todos, abuelo Bob?" Preguntó Lee.

"Un sodomita no es cualquier pecador. ¿Sabes lo que significa esa palabra? Significa que él—"

"Bob, cállate." Dijo Joe. "Lee es mi hijo y yo le explicaré lo que significa esa palabra."

"Debería saberlo ya a estas alturas, porque claramente el diablo está al acecho en esta familia," despotricó.

Joe hizo caso omiso a su comentario. "Pero déjame empezar explicando lo que esa palabra no significa. No significa que Christopher sea un hombre malo, y por supuesto no significa que no le queramos."

Bob gruñó a Lee, "Si está tratando de tentarte para que pruebes su estilo de vida—"

"¡Oh, por el amor de Dios, Bob! ¡Soy gay, no un pedófilo!" Exclamó Christopher.

El jadeo multitudinario que rodeó la mesa bien podría haber sido gracioso, excepto que no lo fue, porque Christopher no había querido maldecir ni gritar. Solo quería escabullirse debajo de la mesa y encontrar la manera de que la cena pudiera seguir adelante sin más altercados.

"Mamá, Bob, creo que ambos necesitáis un respiro." La voz de Jackie era inestable mientras que cubría la mano de su hermano con la suya. "Christopher sigue siendo hijo de Dios, y el mandamiento más importante del Señor es que hay que *amarlo*."

"¡Yo no tengo por qué amarlo mientras que esté pecando delante de mis narices!" Vociferó Bob.

"¡No está pecando delante de tus narices, ignorante de mierda! ¡Está comiendo pavo!" Exclamó Jackie.

Christopher parpadeó y luego miró a Joe, quien estaba mirando a su mujer con los ojos llenos de corazones y una expresión de orgullo.

"Sí, pavo," dijo la pequeña Sarah Beth.

Lee asintió. "Pavo. Y guiso de judías verdes."

"Quiero pastel de calabaza," Aaron, el más joven, elevó la voz.

"¡Todas las oraciones que he enviado por su alma! ¿Y se atreve a venir a mi casa para comer en mi mesa lleno de pecados? Viene aquí y sonríe como un lobo con piel de cordero para seducir a estos niños en la creencia de que—"

"Me largo. No he bebido suficiente whisky para aguantar esta mierda." Joe se puso de pie y arrojó su servilleta sobre la silla. "Ya he tenido suficiente. Jackie, podemos volver a por las sobras mañana. Christopher, no permanezcas aquí sentado ni un segundo más, hermano. Levántate y sal de aquí echando ostias."

La cara de Bob se puso más roja aún; su cuello estaba abultado con las venas que parecían a punto de estallar, y el sudor corría por su frente. "Tráeme mi aspirina," jadeó, llevándose las manos al cuello y empezando a jadear.

"¿No te has tomado hoy tu aspirina? El médico dijo que tenías que tomártela todas las mañanas," murmuró Sammie Mae mientras que se apresuraba al cuarto de baño.

Bob miró a Christopher. "*Tú*. Tú eres el culpable de todo esto." Su esposa regresó y dejó el bote abierto entre sus temblorosas manos antes de que Bob se tragara dos pastillas de golpe con un sorbo de agua. "Tú has venido a esta casa y has traído el caos y el infierno contigo. ¡Sabía desde el día que te conocí que pasarías la eternidad ardiendo en el infierno y me casé con tu madre de todos modos! ¡La he salvado de una vida de miseria y pecado! ¡Pero tú! ¡*Tú*!"

Los niños habían empezado a llorar. Aaron ordenó de nuevo que le pasaran el pastel de calabaza, y Jackie trató de conseguir que Sarah Beth fuese a buscar su chaqueta, pero la pequeña estaba demasiado asustada como para levantarse de la mesa. Christopher se acercó y cubrió su mano con la suya, y cuando sus ojos brillantes de lágrimas se encontraron con los suyos, susurró, "Todo se va a arreglar, Sarah Beth. Te lo prometo."

"¡¿De qué sirve la promesa de un pervertido que va a ir derecho al infierno?!" Exclamó Bob.

La barbilla de Sarah Bet empezó a temblar, y Christopher sacudió la cabeza, volteó los ojos y luego dio vueltas a su dedo a la altura de su cabeza para indicarle a la niña que Bob estaba como una cabra. Pero ella no sonrió en absoluto.

"Jackie, no te preocupes por la chaqueta," dijo Joe. "Vendremos mañana a por ella. No quiero oír ni un segundo más de esta mierda. Yo me encargo de Aaron, tú encárgate de ella y todo listo. Lee, vamos, hijo, ve a por tu chisme de música y tus cascos. Date prisa. Y Christopher, creo que tú también deberías marcharte. Deja que Sammie Mae lleve a Nana de vuelta a la residencia más tarde, cuando todo esto haya terminado. Creo que la mujer ya he tenido suficiente castigo escuchando todas las gilipolleces de Bob, ¿no crees?"

Nana rio y negó con el dedo. "Oh, que pillín eres, Joe. Y eso es por lo que te quiero tanto. Eres un hombre muy bueno."

Bob seguía jadeando y echando espuma por la boca, y bien estuviera tratando de seguir despotricando u orando, parecía tener serios problemas para respirar.

"Bob, cariño, ¡cálmate!" Sammie Mae corrió al fregadero y humedeció un trapo. Volvió a los pocos segundos y empezó a pasárselo por su frente mientras que él trataba de quitárselo de encima batiendo su mano. Hubiera sido una situación grotescamente cómica si Christopher no hubiera estado preocupado de que al hombre fuera a estallarle realmente un vaso sanguíneo y fuera a morirse allí mismo.

Bob gritó y se agarró la cabeza. Su cara se puso totalmente morada.

"Que alguien llame al nueve, uno, uno," ordenó Nana con calma.

"¡Bob!" Sammie Mae cayó de rodillas y se quedó mirando la cara de su marido. "¿Qué te pasa? ¿Qué te duele, cariño?"

Bob gimió y gimió, meciéndose hacia atrás y hacia adelante en su asiento.

Joe, Jackie, y los niños se detuvieron en sus prisas por salir de la casa para mirar lo que estaba sucediendo con los ojos muy abiertos. Jackie susurró atemorizada, "¿Qué le pasa? ¿Qué está haciendo?"

Nana suspiró. "Creo que le está dando un infarto."

Christopher sacó el móvil de su bolsillo y llamó a una ambulancia. Dios, Nana podría haber estado a punto de matar a Bob después de todo.

"Jesse, cariño, antes de que te marches, hay algo de lo que me gustaría hablar contigo."

"De acuerdo, pero estamos a punto de sentarnos a cenar," dijo Jesse por el teléfono. "Ya has hablado con los niños, ¿no podríamos ocuparnos de esto más tarde?"

Su madre siguió como si no hubiera hablado. "Nova llamó hace unos días para organizar lo de los regalos de Navidad de los niños. Ella siempre saben lo que quieren y yo no tengo ni idea, por lo que los compra por mí y yo luego le doy el dinero."

"Lo sé." Solía hacer lo mismo con Marcy.

"Bueno, estábamos hablando y mencionó que estabas saliendo con alguien. Un hombre joven."

Jesse se recostó de nuevo en el sillón de gran tamaño y volvió la cabeza hacia la cocina, donde podía oír a Nova y a Tim explicándoles a los niños lo complicado que podía ser trinchar un pavo.

"¿Cariño?"

Jesse suspiró. Quizá lo mejor era pasar por ello de una vez por todas. "Su nombre es Christopher. Iba a decírtelo cuando fuera el momento adecuado."

"Lo entiendo, querido. No estoy molesta por eso. ¿Le quieres?"

"Sí. Es un hombre maravilloso."

"Me alegro. Te mereces ser feliz, cielo."

"Gracias mamá. Tú también." Jesse esperó con inquietud. Tal vez eso era todo lo que su madre quería decirle.

Ella se aclaró la garganta, incómoda. "Me alegro mucho por ti. La verdad es que he estado pensando…"

El estómago de Jesse se contrajo. "¿En qué?"

"¿Qué tal si dejas que Nova y Tim se encarguen del cuidado diario de Marcy a partir d ahora? Tu padre y yo… bueno, creemos que ha llegado el momento de que consideres la posibilidad de divorciarte de ella. Por supuesto, nosotros seguiremos pagando por sus atenciones médicas—las mejores, te lo prometo, durante el tiempo que sea necesario. No es necesario que recurras a tus fondos para hacerlo cuando nosotros podríamos encargarnos sin problemas."

"Yo también puedo encargarme sin problemas," dijo entre dientes. "No es un asunto de dinero. Ya lo sabes."

"Pero, Jesse, cariño, si has encontrado alguien que te gusta, ¿no crees que lo más justo sería seguir adelante y darle a esa persona todo el afecto y la atención que se merece? ¿Cómo podría ser algo menos que eso justo para él? Ya bastante tiene con asumir que tienes hijos. No querrás poner la responsabilidad de Marcy también por delante de él, ¿verdad? Por no hablar de la presión de una posible demanda si continuases con la apelación."

Jesse recordó los colores del atardecer en la cara de Christopher y la paz de la cala que les había rodeado mientras que este último había vuelto a repetir, "*Como he dicho, sé que soy la segunda opción. Tengo que serlo. Lo entiendo perfectamente y me parece bien.*" Si Jesse permanecía casado con Marcy, si finalmente presentaba esa apelación, ¿estaría convirtiendo a Christopher en su *tercera* opción? Merecía algo mucho mejor.

"¿Qué piensas, cariño?"

"No sé, mamá. Gracias por tu generosidad."

"Haríamos cualquier cosa por nuestros hijos. Ya lo sabes."

Jesse estuvo a punto de resoplar, pero no había necesidad de destapar la caja de pandora sacando a relucir agravios de su infancia. "La cena está lista. Feliz día de Acción de Gracias."

Después de la cena, Jesse se quedó en la mesa dándole vueltas a su pedazo de pastel de calabaza, incapaz de sacarse el encuentro con Ronnie ni la conversación que había mantenido con Ronnie de la cabeza. Ella se había mostrado tan insufrible como de costumbre y había conseguido meterse bajo su piel. Él sabía que no debía dejarla, pero aun así, se sentía inquieto y juzgado—como si estuviera otra vez en el estrado defendiendo sus motivos para querer tener el control en la toma de decisiones médicas de Marcy. Solo que ahora no sabía a quién estaba tratando de convencer. No había ningún jurado ni juez. Solo un hormigueo en su cerebro que no le dejaba en paz.

Sentado solo en la mesa del comedor, Jesse miró a Tim recostado en su sillón, leyéndoles a Brigid y Will un libro hippie sobre cómo la historia de Acción de Gracias fue una gran mentira que se inventó muchísmos años atrás y que los blancos eran una plaga que destruyeron las culturas de los nativos americanos. Brigid estaba plegando pajaritas, por supuesto. Jesse miró a Nova, quien tenía un brazo alrededor de Will en el sofá mientras que este ignoraba a Tim y ponía todos sus sentidos en el partido—con su pequeño casco y sudadera—animando a los Rams con todas sus fuerzas. Jesse no había notado que sus suegros se hubieran mostrado especialmente culpables durante la cena, pero no podía evitar preguntárselo. ¿Tal vez habrían decidido contarle a su madre lo que estaba pasando para que ella pudiera convencerle de dar marcha atrás respecto a la demanda?

¿De verdad pensaban que eso iba a funcionar?

Aun así, entre la aparición sorpresa de Ronnie y la llamada telefónica de su madre, Jesse se estaba cuestionando por primera vez sus verdaderas motivaciones para seguir casado con Marcy. ¿Le estaba haciendo a alguien—a sí mismo, a los niños, a su familia, y ahora a Christopher— algún bien? Tal vez ni siquiera le estaba haciendo ningún bien a Marcy.

"Si ya has terminado de acuchillar ese pobre pastel, ¿por qué no pones tu plato en el lavavajillas?" Dijo Nova en voz alta mientras que pasaba los dedos por el cabello de Will. "Y después, ¿por qué no llamas a tu novio? Es Acción de Gracias después de todo. Querrás hablar con él para desearle una feliz noche."

Brigid levantó la mirada bruscamente de sus pajaritas, palideciendo aún más que de costumbre mientras miraba entre Nova y su padre. Jesse agarró su tenedor con fuerza.

Will apartó la mirada de la televisión. "¿Tienes novio, papá?"

"Eso parece. ¿Te acuerdas de Christopher?"

"¿El mismo Christopher con el que hicimos la guerra de flotadores?"

"Sí."

"Guay. Es genial. Debería venir a casa a jugar de nuevo."

Jesse exhaló un tembloroso suspiro. "Tal vez el sábado. Va a venir a ayudar a tu hermana con las pajaritas."

Brigid miró a su hermano, que estaba distraído, sus ojos de nuevo en el partido. Luego lanzó una mirada ansiosa a Jesse, obviamente preocupada de que la hubiera visto. Parecía ligeramente avergonzada, y agachó la cabeza, volviendo a sus pajaritas, como si retomara el trabajo con una renovada concentración.

Will levantó los brazos en el aire. "¡Touchdown! ¡Sí!" Nova sonrió y lo besó en el casco. El pequeño se inclinó hacia adelante, totalmente emocionado y concentrado en la pantalla. "Vamos, chicos, ya es vuestro," murmuró.

Jesse sonrió y negó con la cabeza. La pasión de Will por los Rams era inexplicable. Nova pensaba que podría deberse a que sus colores eran el azul marino y el oro, y a Will le encantaba todo lo que fuera de color oro. Jesse también pensaba que esa podría ser la razón. A él no le importaba el equipo en absoluto. No como podían importarle los Steelers. O los Vols.

Nova le dio unos golpecitos a Tim en el hombro mientras cruzaba la habitación y se dirigía a la cocina. Tim la siguió con una cara un poco tensa, y Jesse sintió que su estómago se desplomaba. Era evidente que este Acción de Gracias no iba a terminar con una nota feliz.

"¿Por qué no vienes con nosotros al porche trasero un minuto?" Preguntó Nova. "Tim ha visto un nido de halcón por ahí y está ansioso por mostrártelo."

Brigid levantó la vista de sus pajaritas, a sabiendas claramente de que su abuela acababa de inventarse una pésima excusa, tal como delataba el pequeño ceño de preocupación en el rostro de su padre.

Jesse salió con ellos y cerró la puerta corredera de cristal. El aire era ligero y refrescante después de la pesada comida, y tomó una respiración profunda antes de apoyarse en la barandilla. "Está bien, ¿qué es lo que no queréis que escuchen los niños?"

"No voy a andarme con rodeos," dijo Nova. "La verdad es que nos gustaría invitar a Ronnie y a Milton a pasar la Navidad con nosotros."

Jesse parpadeó.

"No hemos pasado unas vacaciones con nuestros nietos desde el accidente de Marcy. En un primer momento nos pareció la decisión más acertada porque tú, Brigid y Will nos necesitabais más."

"Y tú estabas demasiado enfadado por aquel entonces como para celebrar una Navidad conjunta," añadió Tim.

"Ronnie se sintió mal en ese momento y pensó que nos estábamos poniendo de tu parte," dijo Nova. "Pero creo que ahora entiende que solo queríamos proporcionaros cierta estabilidad a ti y a los niños para que pudierais volver sobre vuestros propios pies."

"Ya han pasado cinco años, hijo."

"Sé cuánto tiempo ha pasado, Tim," espetó Jesse.

"Sé que ahora ya no necesitáis tanto nuestro apoyo." Nova sonrió ampliamente. "Ahora eres mucho más fuerte. Has conseguido pasar página y te estás viendo con alguien. No te imaginas lo felices que eso nos hace."

Tim añadió, "Tenemos ganas de verle de nuevo. Nova y yo sospechábamos que habría algo por ahí, pero yo pensé que tal vez se trataría de algo casual. Nova estaba en lo cierto, sin embargo. Ella dijo que había visto algo más."

Jesse se pasó las manos por el pelo. Las montañas se desvanecían en la distancia con sus suaves crestas, como las articulaciones desgastadas de la mano de una abuela. Jesse deseaba poder llegar a una de ellas, arrancarla de la tierra, y acurrucarse como una pelota en su palma— seguro, pequeño y protegido.

Nova continuó, "Naomi, Paul y Mark están creciendo muy rápido, tan rápido como Will y Brigid, y queremos que vuelvan a ser parte de nuestras celebraciones familiares. Ya se lo he comentado a Ronnie y—"

Jesse la interrumpió. "Me parece muy bien. Los niños y yo encontraremos algo que hacer este año. Me parece bien. No necesitamos que os sigáis ocupando de nosotros."

"Bueno, no tiene por qué ser de esa manera," dijo Tim levantando la mano. "Es Navidad—un día de esperanza; la celebración del nacimiento de Jesús o del sol, según creencias. Estoy seguro de que todos podemos dejar de lado nuestras diferencias durante un día, ¿no crees?"

Una parte de él quería llegar a un acuerdo. Sería muy fácil desmoronarse y ceder, levantar las manos en el aire y decir: *De acuerdo, decidle que venga, y ya de paso decidle que puede quedarse a Marcy para ella solita.*

Estoy harto." Todos serían mucho más felices si lo hacía. Probablemente incluso Christopher.

Pero no podía hacerlo. Simplemente no podía.

Jesse dejó escapar un lento suspiro. "Tim, no estamos hablando de pequeñas diferencias como si alguien hubiera dicho algo desafortunado en la última reunión familiar. Ella está manteniendo a mi esposa cautiva, ¿y esperáis que haga un esfuerzo por llevarme bien con ella? ¿Estáis hablando en serio?"

"Jesse, está en tus manos," respondió Tim. "Todo lo que tienes que hacer es elegir ir por el camino pacífico. Ronnie dice que está dispuesta a compartir las festividades contigo si tú estás dispuesto a compartirlas con ella."

Nova añadió, "Yo incluso le dije que era posible que quisieras traerte a un amigo, y prometió que no montaría ningún escándalo. Creo que podría estar entrando en razón respecto a ese tema. Dijo algo muy agradable sobre ti y tu nuevo novio, en realidad. Dijo que os deseaba paz y la mayor felicidad."

"Os agradecería mucho que no le hablarais más a Ronnie sobre mi vida personal."

Nova le dirigió una mirada decepcionada. "Nos gustaría que vinieras. La Navidad no sería lo mismo sin ti, Will y Brigid. Somos una familia. Si vamos a intentar llegar a un acuerdo amistoso sobre el cuidado de Marcy, tendremos que encontrar la manera de hacer las paces con los demás."

Frustrado, Jesse se apartó de la barandilla. "¿Cómo podéis sugerirme una cosa así? Hasta que ella renuncie a su control sobre la salud de Marcy, no habrá ninguna paz entre nosotros. Así que los niños y yo buscaremos otro plan para Navidad. Iremos con mi familia o simplemente la pasaremos por nuestra cuenta. Ya es hora de que aprendamos a hacer eso de todos modos."

"Piénsalo un poco, Jesse," dijo Tim, tan tranquilo como siempre. "Podría ser una verdadera oportunidad para tratar de cambiar el parecer de Ronnie desde una posición amorosa, pacífica y sin tanta ira."

Jesse bufó. "Por favor, Tim. Sé lo mucho que quieres a Ronnie. Es tu hija y lo comprendo, pero es una imbécil."

"Eso no es justo," insistió Nova. "No es ninguna imbécil. Solo es creyente."

"En lo que a mí respecta, ambas cosas significan lo mismo, sobre todo cuando se trata de fanáticos como ella dispuestos a mantener a otras personas encadenadas dentro de sus propios cuerpos porque *sus* creencias les dicen que eso es lo que deberían hacer. Y cuando se trata de equidad, no, no es equitativo, Nova. No es justo que Marcy se haya ido y su cuerpo siga aquí causando conflictos y discordia dentro de su propia familia. No es justo que hayáis perdido a una hija en un accidente de coche y a la otra por la amargura que existe entre ella y yo. Lo siento, y mi respuesta es sí, *por favor*, decidle que venga para Navidad. Disfrutad de la única hija que os queda. Los niños y yo estaremos bien. Pasaremos una Navidad tranquila en casa. Solos nosotros tres."

Y tal vez Christopher.

Jesse iba a echar de menos la casa de los McMillan en Navidad. Había celebrado las pascuas en ella todos los años desde que tenía quince años, y le parecía muy injusto ser apartado de ese ritual. Iba a extrañar mucho el ambiente festivo de la casa; el olor habitual del pachuli que caía sobre los sentimientos de amor y aceptación emperifollados con el brillo de las luces, el aroma a pino y un montón de risas. Jesse tragó saliva ante la idea de perder todo eso y se acercó hasta el final del patio, mirando el atardecer mientras que Nova y Tim permanecían en silencio.

Pero podría esforzarse para ambientar su casa—poner el árbol de Navidad, luces y guirnaldas. Podía conseguir que los niños le ayudaran a hacer cadenas de papel para decorar las paredes como él y Marcy solían hacer juntos mientras que comían palomitas y veían el Grinch. Sería divertido.

Entonces, ¿por qué se sentía como si le acabaran de decir que no era bienvenido en su propia casa para pasar la Navidad? ¿Como si le hubieran largado de una patada a pesar de que sabía que había sido su elección?

¿Era así como se habría sentido Ronnie todos estos años?

Probablemente. Pero probablemente habría rezado al respecto y esa sensación se habría disipado gracias a algunas respuestas de mierda de Dios que habría escuchado con su corazón. Jesse frunció el ceño, pensando en la triste sonrisa que había visto en su rostro esa misma tarde. No le gustaba ser tan poco caritativo. Ronnie simplemente sabía cómo sacarle de sus casillas.

Todo esto que le está haciendo a Marcy saca lo peor de mí.

Nova suspiró y dijo en voz baja, "Ya sabes que te quiero como si fueras mi hijo, pero, Jesse, a veces en esta situación eres tú el que te comportas como un imbécil." Ella volvió a entrar.

Jesse sintió frío y calor por todas partes; la vergüenza y el dolor bañándolo de la cabeza a los pies.

Tim se pasó el dorso de la mano por la boca con nerviosismo. "Piénsalo, por favor. Es todo lo que te pedimos." Entonces, siguió a su esposa.

Jesse podía ver el partido de fútbol en la pantalla del televisor a través de la puerta de cristal, y distinguir a Brigid mirando hacia él mientras que sus dedos plegaban, plegaban, y plegaban sin parar. *¿Por qué* plegaban tanto? Y, ¿por qué no se lo preguntaba?

Porque me da pánico escuchar la respuesta.

Jesse se dio la vuelta y miró hacia el brumoso cielo. Los árboles crujían sobre su cabeza, y la mano de la abuela en los picos de las montañas quedó firmemente enterrada en el suelo, mostrando sus nudillos de un modo muy visible, celebrando la promesa de que si Jesse estiraba su mano, podría alcanzarlos. Podría, pero no lo haría.

Él sacó el móvil de su bolsillo. Se moría por escuchar la voz de Christopher pero no quería interrumpir su Acción de Gracias. Entonces, le envió un mensaje de texto en su lugar con unas ansias desesperadas de entrar en casa y decirles a Tim y a Nova lo que querían oír, aunque se quedó clavado en el suelo.

"Nana." Christopher se sentó en una silla incómoda y dura del hospital junto a su silla de ruedas. Su madre acababa de entrar al cuarto de baño. "Nana, ¿por qué has hecho eso?"

"Sin duda, ahora parecerá una mala idea, ¿verdad? Por mucho que no me guste ese hombre, no pensé que en realidad pudiera darle un infarto."

"Nana, estoy hablando en serio."

La mujer cruzó sus nudosas manos y suspiró. "De acuerdo. Pensé que podría darle un ataque al corazón pero me parecía muy improbable. Supongo que, en algún lugar en el fondo, solo quería torturarlo un poco por todo el infierno que te ha hecho a pasar."

"Pero todo ha terminado volviéndose en mi contra, Nana. Pensé que me querías. Pensé que era tu favorito, pero me has lanzado debajo de un autobús para desquiciar a un imbécil. Has estropeado Acción de Gracias no solo para Bob, sino para mí, los niños, Jackie y mamá. ¿Por qué?"

Nana bajó la mirada y sus mejillas se sonrosaron. "Lo siento, cariño. No pensé bien en sus posibles consecuencias y me equivoqué, lo cual es absurdo porque en esa residencia de ancianos, además de tener que escuchar las estúpidas historias de Edna, tengo todo el tiempo del mundo para pensar. Me pareció que podía ser algo divertido. Darle vidilla al día." Ella tomó sus manos entre las suyas. "Estaba totalmente equivocada."

"Darle vidilla al día, ¿eh? Pero si casi salimos en los periódicos."

"Shh. No digas eso. Se pondrá bien. Ya lo verás. Aún le quedan un montón de años por delante para decirte cosas horribles y tratarte mal." Suspiró. "El fracaso más grande de mi vida es no haber sido capaz de haber hecho de tu madre una mujer lo suficientemente fuerte como para ver el pedazo de escoria que es y defender a su hijo por encima de cualquier otra cosa en este mundo. Si pudiera retroceder en el tiempo, sin duda intentaría hacerlo mejor."

"Las decisiones que tome mamá no son culpa tuya."

"Supongo que no estaría de más tratar de averiguar en qué me he podido equivocar. No sabes las horas que he pasado buscando en mi memoria, Christopher, tratando de averiguar exactamente qué hice mal para hacer de ella un ser tan débil de mente—tan fácilmente persuadida por el miedo." Nana dejó de hablar cuando sus ojos color avellana se llenaron de lágrimas. "Ojalá lo supiera. Me encantaría saberlo."

"Ah, Nana…"

Sammie Mae regresó del baño, con los ojos enrojecidos y las mejillas encendidas por las lágrimas. Era evidente que se había echado un poco de agua en la cara, porque el pelo alrededor de sus sienes estaba mojado.

Ella se detuvo delante de Christopher con las manos en sus estrechas caderas y nuevas lágrimas brotando de sus ojos. "Quiero hablar contigo." Miró a su madre y luego asintió con la cabeza un poco más abajo por el pasillo. "A solas."

Christopher apretó la mano de Nana y luego siguió a su madre hasta que llegaron a un pasillo con máquinas expendedoras. Miró de nuevo hacia la sala de espera, donde Jackie se había sentado junto a Nana. Joe había ido a dejar a los niños a casa de su ex mujer. Su móvil zumbó en su bolsillo, sobresaltándolo. Rápidamente miró la pantalla.

Mi Acción de Gracias ha sido una verdadera mierda. ¿Qué hay del tuyo?

Señor, deseaba poder estar con Jesse en este preciso momento. Le contestaría en un minuto, pero primero tenía que encargarse de esto. "¿Sí, mamá?" Preguntó Christopher cuando Sammie Mae se dio la vuelta con su rostro temblando, frágil y feroz a la vez.

"Christopher, me siento muy avergonzada da ti."

La declaración lo golpeó como un puñetazo en el estómago. ¿Cómo era posible que en realidad hubiera esperado—algo que solo ahora que se había ido toda su esperanza, podía entender—que fuera a decirle que le quería? ¿Que sentía mucho todo lo que Bob había dicho? No. Sammie Mae jamás diría una cosa así.

"¿Por qué has hecho *esto*? ¿Es que acaso Satanás ha deformado tanto tu corazón?"

Christopher se quedó mirando a su madre con la boca abierta. Ella también había estado allí cuando Lee había lanzado la bomba en la mesa. Había visto la expresión de Nana, y tenía que saber que ella había sido cómplice sino la cabeza pensante detrás de todo el asunto pero, *¿su culpa?*

"Si no puedes dejar de pecar, ¿no podrías al menos hacerlo en privado?"

"¿Privado?"

"En tu dormitorio. Con la puerta cerrada y las persianas bajadas. Nadie necesita saber sobre tus… tus… 'asuntos personales' o como quiera que te guste llamar a lo que haces. ¿No podrías mantener esas cosas para *ti mismo*? ¿Qué esperabas que surgiera de un alarde de pecado semejante? *Nada* bueno, Christopher. ¡Nada bueno puede salir de un pecado! ¡Cuándo vas a *aprender*?"

"Mamá…"

"Vete. No quiero verte aquí. Cuando encuentres la manera de hacer las paces con el Señor y vivir de acuerdo a sus mandamientos, entonces podrás volver a mi casa." Ella sollozó. "Hasta entonces, no serás bienvenido."

La madre de Christopher se dio la vuelta y se alejó sin mirar atrás.

CAPÍTULO VEINTE

CUANDO JESSE ABRIÓ LA PUERTA y se encontró a Christopher en el porche, pálido y al borde de las lágrimas, lo tomó en sus brazos y lo llevó adentro.

"Ha sido el peor Acción de Gracias de toda mi vida," murmuró Jesse contra su cuello. Los niños habían dicho que querían pasar la noche con Nova y Tim. El hecho de que Christopher aparentemente lo necesitara en estos momentos, era lo único que iba a evitar que se bebiera media botella de whisky y se fuera a la cama temprano.

"Ni siquiera sé por dónde empezar a contarte lo terrible que ha sido mi día," murmuró Christopher. "Tal vez debería empezar diciendo que la cosa menos terrible de todas es que parece que mi padre está buscando el modo de reconciliarse conmigo, y, cualquier otro día, eso habría hecho que me dieran ganas de clavarme cuchillos en los ojos con tal de no tener que presenciar una cosa así."

"Oh, cariño." Jesse lo guió hasta el salón, donde había encendido la chimenea, se había servido una copa de vino, y había empezado a hacer una lista de mierda con las cosas que tendría que comprar y hacer para celebrar Navidad en casa. "Siéntate. Bebe esto."

Christopher se sentó en el sofá junto a Jesse, aceptó la copa de vino, y no se molestó en beber con decoro. Tomó un trago gigante y suspiró antes de tomar otros tres tragos seguidos y eructar. Se cubrió la boca y se echó a reír. "Uy, lo siento. Me he tomado un refresco en mi camino hacia aquí."

Jesse se rio entre dientes y el ambiente se aligeró un poco, dando lugar a un momento más que agradable en un día tan difícil. "¿Quieres contarme lo que ha pasado?"

Christopher dejó la copa de vino. "Acabo de volver del hospital."

El estómago de Jesse se contrajo y sus ojos recorrieron a Christopher de arriba abajo mientras lo tocaba por todas partes frenéticamente. "¿Estás bien?"

"No, sí." Christopher sonrió suavemente y apretó sus labios. "No soy yo. Es mi padrastro." Respiró hondo y le contó toda la historia.

Jesse apenas podía creer lo que estaba escuchando. Había estado pensando que no habría habido ninguna otra celebración de Acción de Gracias más horrible que la suya, pero la de Christopher había sido mucho peor. Apretó los puños, inseguro de qué hacer con lo enfadado que estaba con la familia de Christopher por haberle hecho tanto daño.

"¿Qué ve tu madre en ese tipo, de todos modos?"

"Llevo años preguntándome lo mismo."

"Déjame adivinar, ¿Bob se mudó a vivir con vosotros justo después de que tu padre se largara? ¿Cuando tu madre estaba deprimida y en su momento más bajo?"

"Sí. Más o menos. No me sé muy bien los detalles. En ese momento, yo era solo un niño absorto en mí mismo y en mi dolor, con miedo de que iba a arder en el infierno por ser maricón, y pánico de haber cometido un gran error al haberle confesado a mi madre mis sentimientos." Christopher sopló aire y parpadeó rápidamente antes de aclararse la garganta. "Y puedo afirmar de manera concluyente que cometí un gravísimo error al haberlo hecho."

"¿Qué te dijo ella?"

"Me dijo que el Pastor Bob podría ayudarme. Y justo antes de que empezaran a salir, o a cortejarse, como a Bob le gusta llamarlo, empecé a verle dos veces por semana para que me asesorara, lo que básicamente significa que me dijo todo tipo de cosas repugnantes y horribles que me ocurrirían en el infierno a menos que aceptara a Jesús en mi corazón. ¡Pensaba que ya lo había hecho! Con el tiempo me di cuenta de que el hombre no estaba bien de la cabeza y que preferiría dejarle acceso a mi bragueta a cualquier miembro de N-Sync antes de tener algo que ver con su idea de Jesucristo."

Jesse aligeró su tono de voz. "Justin Timberlake era una auténtica monada." Cuando Christopher sonrió suavemente, Jesse le dio un beso en la mejilla y lo abrazó con más fuerza. "Siento mucho que hayas pasado por ese infierno mientras crecías y que todavía no haya parado de atormentarte. ¿Crees que tu padrastro se recuperará?" Jesse no sabía en realidad qué tipo de respuesta deseaba escuchar.

"No tengo ni idea. Supongo que mi Nana me lo dirá cuando vaya a visitarla la próxima semana. O tal vez me llame mi hermana." Christopher miró hacia otro lado, tomó un sorbo de vino, y se aclaró la garganta. "Mi madre me ha echado." Frunció el ceño. "No, eso no es del todo así. Ya no vivo con ella, así que… eso no es exactamente lo que ha pasado." Su voz se quebró un poco por lo que tuvo que aclararse la garganta otra vez tomando otro trago. "Supongo que me ha repudiado hasta que aprenda a ser mejor cristiano. O tal vez deje de ser gay. O ambos. Ni siquiera estoy seguro de cuál es el requisito para volver a ser aceptado en su hogar, pero sea el que sea, no va a suceder. Así que nunca voy a volver a ser bienvenido."

Jesse dejó la copa de vino sobre la mesita de café y tiró de Christopher contra su cuerpo. "Oh, Chris. Lo siento. Lo siento muchísimo." Jesse no tenía ni idea de cómo debía estarse sintiendo. Si él mismo se había sentido rechazado por Tim y Nova por querer invitar a Ronnie a pasar la Navidad con ellos, esto debía ser diez veces peor. Frotó la espalda de

Christopher y sintió el momento en que su resistencia fue vencida por sus ganas de llorar. Jesse lo envolvió con sus brazos mientras que Christopher trataba de contenerse.

Finalmente, este se apartó y se rascó los ojos. "Lo siento. Solamente ha sido un mal día."

"No te preocupes. Todos lloramos a veces. Yo lo he hecho mucho en los últimos cinco años."

La boca de Christopher se curvó en una media sonrisa antes de dejarse caer hacia adelante, con los codos sobre sus rodillas y la cara enterrada entre sus manos. Jesse le frotó la espalda, esperando mientras que su respiración volvía a la normalidad.

"Chris, ¿no crees que es posible que todo esto no sea nada más que un malentendido? Si tu padrastro está en el hospital y tú y tu abuela habéis tenido algo que ver con ello, quizás tu madre haya dicho cosas que no sienta de verdad. Suele pasar. El dolor nos hace decir y hacer cosas terribles. Nos convierte en malas personas. Créeme."

Christopher sacudió la cabeza, sin levantar la cara de sus manos. "No me importa si mañana lo retira todo. Lo ha dicho y sé que lo ha dicho de corazón. Ella lo eligió hace mucho tiempo. Yo solo he permanecido siempre cerca por Nana. Y Jackie. No sabes el modo en que mi madre le permite hablarme—hablar sobre mí. Me humilla."

Jesse envolvió los brazos alrededor de los temblorosos hombros de Christopher y lo besó en la nuca, rozando el suave algodón del cuello de su camisa con los labios. Entonces besó la zona de su cuello que se había puesto roja por la vergüenza y los efectos del bourbon.

"Así que no importa, Jesse. Joe me dijo que me levantara de la mesa y que me fuera y… cuando dijo eso—"

"¿Joe?"

"Mi cuñado."

"¿Dijo que te fueras?"

"Para protegerme. Bueno, también para proteger a sus hijos; para que no tuvieran que ver lo que Bob me estaba haciendo. Y cuando dijo eso, fue como… joder, ¿qué me está pasando? ¿Por qué me quedé sentado ahí y permití que dijera todas esas cosas? ¿Por qué hago todo lo que está en mis manos para no provocarle, y luego, cuando sucede, tan solo me quedo allí sentado y me *aguanto*, Jesse?"

Jesse no sabía qué responder a eso por lo que siguió escuchando.

"Y mi abuela. Dios, ya sabes lo mucho que la quiero, pero hoy se ha pasado de la raya. Era como si fuese una niña inconsciente de las posibles consecuencias de sus actos. ¿Estará demente? O tal vez… ¿por qué hizo eso, Jesse?"

"No lo sé, Chris. Ojalá lo supiera."

"Creo que lo ha hecho porque le odia. Yo también le odio pero no quiero que se muera." Christopher permaneció sentado mirando hacia la pantalla de la televisión como si allí fuera a encontrar todas sus respuestas. "No creo que ella quiera verlo muerto tampoco. De verdad que no lo creo. No importa cuántas veces bromee sobre ello."

"Estoy seguro de que no quiere que ocurra una cosa así."

Christopher relajó sus hombros, como si eso fuera justo lo que necesitaba oír. "Sí. Yo también lo estoy. Solo ha sido una broma que se le ha ido de las manos." Él frunció el ceño. "Pero, ¿qué clase de broma implica utilizar a tu nieto para provocar una catarsis en la mesa de Acción de Gracias?"

"Una muy mal planeada."

"¡Ja! Y que lo digas."

"Ven aquí," dijo Jesse. "Respira tranquilo. Deja que te abrace."

Christopher se acurrucó en el hueco entre el brazo de Jesse y su cuerpo, apoyando la cabeza en su pecho. Respiró larga y profundamente, y giró su rostro de lado para frotarse contra su camisa, como un niño limpiando sus mejillas manchadas de lágrimas.

"Me siento mejor. Gracias."

Jesse apoyó la cabeza en su nuca. Aspiró su aroma y besó su suave piel. "Me alegro de que estés aquí. Conmigo."

Christopher levantó la cabeza; con los ojos todavía brillando por sus lágrimas contenidas. Jesse pasó un dedo por su mejilla, sintiendo apenas los rastrojos de su barba. La barbilla de Christopher encajaba perfectamente entre sus dedos, y Jesse la elevó tiernamente para darle un beso. Comenzó como una simple necesidad de consuelo, de presionar sus labios contra la húmeda boca de Christopher, pero rápidamente se convirtió en mucho más. A Jesse le encantaba el sabor de su boca mezclada con el gusto a vino.

Christopher se sentó sobre su regazo, enredó los dedos en varios mechones de su cabello y tiró suavemente, profundizando el beso mientras que restregaba su culo contra la polla de Jesse. Pero las cosas no fueron a más. Christopher gruñó y se deslizó a un lado del sofá, abrazando a Jesse y dejando descansar la cabeza de nuevo sobre su pecho. "Esto es genial. Estar aquí contigo. Gracias."

"Siempre estaré aquí cuando me necesites." *Siempre.*

"¿Donde están los niños?"

"Decidieron pasar la noche con sus abuelos. Sus primos vendrán de visita mañana muy temprano y quieren verlos."

"¿No le ha importado a Brigid no trabajar por una noche en su proyecto de las pajaritas?"

"Oh, se ha llevado un montón de papel. Ha hecho una tonelada de ellas durante el partido. Aún le queda mucho para alcanzar su meta, pero no creo que sea insuperable a estas alturas."

"¿Quién ha ganado el partido? He visto el principio pero… bueno, luego tuvimos que salir corriendo para el hospital."

"No lo sé. Yo también me lo he perdido. ¿Quieres que pongamos el canal de deportes y lo averigüemos?"

"No." Christopher suspiró. "Entonces, tú también has tenido un mal día. ¿Qué ha pasado?"

"¿Sabes? Ahora mismo ya no me importa. Prefiero estar aquí contigo. Es la única paz que he tenido en todo el día."

El teléfono de Christopher vibró sobre la mesita de café. "Es un mensaje de Jackie. No ha sido un infarto, gracias a Dios. Su tensión estaba por las nubes al parecer. Ya han conseguido estabilizarla."

"Es una buena noticia, ¿no?" Preguntó Jesse a medias.

Christopher tecleó una respuesta para Jackie y luego inclinó la cabeza hacia atrás en el sofá, ladeándose ligeramente. "Supongo. Bueno, sí, claro que lo es. Pero—de acuerdo, seré franco. Durante unos terribles minutos durante al viaje hacia el hospital, realmente pensé que se iba a morir y me sentí jodidamente aliviado. Pensé que toda esta jodida mierda acabaría de una puta vez."

"Lo entiendo. Yo…" Jesse tomó una respiración profunda. "Tengo pensamientos parecidos respecto a Marcy todo el tiempo. Con cada infección nueva que aparece me siento culpable cuando mantengo la esperanza de que el tratamiento deje de funcionar."

Christopher frotó su muslo. "Me permití imaginar cómo sería, ¿sabes? Que Bob se fuera para siempre. Mamá estaría… bueno, devastada, estoy seguro, pero sanaría eventualmente. Y aquí es donde pienso algo terrible y muy triste a la vez—" Christopher soltó una carcajada. "Como si no fuera suficiente lo que he dicho hasta ahora. Lo que viene a continuación es… un poco humillante."

"Nada de lo que digas podría sorprenderme. Estás hablando con alguien con un doctorado en no saber qué hacer cuando se trata de la vida de otra persona."

Christopher tragó convulsivamente y tensó sus hombros, como si estuviera preparándose para admitir algo grande. "Me imaginaba que una vez que él se hubiera ido, y mi madre hubiera tenido la oportunidad de llorar por él, vendría a mí, llorando, y me pediría disculpas por haberse casado con él; por haber dejado que me tratara así. Me diría que se había equivocado, me abrazaría, nos pondríamos a llorar juntos, y yo finalmente recuperaría a mi madre."

"Chris…"

"Pero la realidad es que nunca voy a recuperar a mi madre porque nunca la he tenido, para empezar. ¿Recuerdas lo que te dije sobre que la música me hace sentir como si pudiera viajar a un mundo desconocido todos los días, uno en el que nunca he estado? Creo que ese lugar es donde tengo una familia. Una que me quiere y me protege."

"Oh, cariño," Jesse tiró de él con más fuerza y lo besó en la cabeza, casi dejándose llevar por el impulso de declararle que él se ocuparía de él, que lo protegería y se aseguraría de que nadie volviera a hacerle daño jamás.

Christopher suspiró contra el pecho de Jesse. "No estoy seguro de qué hacer a continuación. Respecto a mi familia. Sé que todavía tengo a Nana… y, probablemente, a Jackie, Joe, y los niños, pero no puedo volver a ca… En fin. Iba a decir 'casa' pero nunca fue realmente mi casa. Siempre fue la casa de Bob. Y ahora vivo en casa de mi abuela. Supongo que no tengo un hogar."

Tienes un hogar aquí conmigo. Jesse tragó saliva mientras que esas palabras se aferraban a la punta de su lengua. Sabía que no podía decirlas. Aún no. Se conformaría por el momento con abrazar a Christopher con todas sus fuerzas, deseando poder quitarle ese sentimiento de dolor y pérdida. Pero él sabía mejor que nadie que tenía que pasar por un duelo, por lo que solo podía tener paciencia suficiente para esperar.

Jesse estaba de pie junto a la cama con un pie sobre el colchón y Christopher de rodillas delante de él con su polla completamente tiesa mientras se masturbaba y Jesse follaba su boca. La caliente, resbaladiza y suave lengua de Christopher se deslizaba a lo largo de su longitud mientras que empujaba su miembro más allá de su paladar hasta tocar su garganta.

"Joder," susurró Jesse, mirando las pestañas bajadas de Christopher, sus mejillas mojadas y sonrosadas, y sus labios rojos que se cerraban alrededor de la base de su pene. "Me pone muy cachondo verte así, cariño."

Christopher sujetó sus caderas con más fuerza a medida que se retiraba y engullía su polla una vez más, gimiendo, con sus hombros sonrojados, y su pecho y cuello rojos mientras trabajaba. Líquido, un calor increíble, presión y una estrechez rodeaban la cabeza de la polla de Jesse mientras que la garganta de Christopher se apretaba a su alrededor.

"Sí," murmuró Jesse, agarrando el cabello de Christopher con las dos manos para rodar sus caderas y bombear su polla dentro y fuera de su boca con cuidado. Sus pezones se estremecieron y deseó poder llegar a los de Christopher y pellizcarlos, pero quería seguir justo donde estaba, justo en ese ángulo mientras que follaba el dulce y resplandeciente rostro de Christopher. "Lo haces muy bien. Dios, mira tu boca. Mira todo lo que estás babeando por mí."

Chorros de saliva se deslizaron por todo el miembro de Jesse y la barbilla de Christopher, goteando sobre la alfombra y mojando las pelotas de Jesse en oleadas que hacían que su contacto rítmico contra la mandíbula áspera de Christopher sonara perversamente húmedo y maravilloso. Jesse echó la cabeza hacia atrás y cerró los ojos con fuerza mientras que balanceaba sus caderas y Christopher deslizaba sus dedos por la raja de su culo.

Él gruñó mientras que Christopher lo acariciaba por encima de su agujero. "Sí. Méteme dos dedos. Frota mi próstata," murmuró.

Christopher se sacó la polla de la boca y utilizó la saliva que se había acumulado en su boca para humedecer sus dedos con una sonrisa casi tímida mientras los lamía. "¿Quieres que te folle yo esta noche?" Preguntó con voz ronca y los ojos vidriosos.

Jesse negó con la cabeza. Tendría que explicárselo más tarde, pero simplemente era algo que no le iba mucho. Prefería follar a Christopher, a quien le *encantaba,* en cualquier momento. "Tengo otras cosas en mente."

Los ojos de Christopher brillaron con anticipación y Jesse se sintió aliviado al comprobar que no estaba decepcionado. "¿Sí? ¿Qué cosas?"

Jesse sonrió. "Nada demasiado elaborado. Solo comerte el culo y follarte hasta que te corras por mí."

Christopher sonrió. "Me parece un buen plan."

Ambos se habían duchado después de haberse dado un baño en la bañera hidromasaje de la terraza. Habían pasado cerca de una hora mirando las estrellas, hablando y besándose como dos adolescentes. Jesse aún podía oler los débiles restos de cloro en la piel de Christopher y quería reemplazar ese aroma con la dulzura del sudor de Christopher y el fuerte olor de su esperma mezclado.

"Métete en la cama."

Christopher rio y negó con la cabeza. "No he acabado todavía." Agarró la polla de Jesse, la succionó hasta el fondo y se la sacó de la boca de golpe. "No me he mojado estos dedos para nada. Voy a hacer que te retuerzas alrededor de ellos," dijo, separando con ellos las nalgas de Jesse.

Jesse sonrió mientras que Christopher tomaba su polla de nuevo en su boca, y jadeó suavemente cuando sintió la quemazón de un dedo en su interior. Movió su pie todavía sobre el colchón, ensanchando su postura. "Joder, ha pasado mucho tiempo."

Christopher parpadeó, sin renunciar a su polla para hacer ningún comentario, y Jesse cerró los ojos cuando el segundo dedo entró por su ano—quemando, apretado, y un poco raro—pero entonces gruñó cuando Christopher los dobló para tocar su próstata.

"Sí", dijo Jesse, agarrando el cabello de Christopher de nuevo, empujando dentro de su boca mientras que Christopher trabajaba su glándula. "Qué bien lo haces, cariño. Has dado justo en—¡ah! Sí, justo en el punto. Justo ahí. Joder."

Christopher cerró los ojos y Jesse lo miró fijamente mientras que el ardor en su culo por la fricción del dedo de Christopher en su agujero se fue propagando por toda su piel, lo que hizo que se sintiera cómo si estuviera siendo succionado o le estuvieran follando por todas partes. Y cuando sintió escalofríos en su próstata, sintió en su cerebro, pezones y hasta las plantas de los pies como si fuera a explotar de un orgasmo.

"Quiero follarte," dijo Jesse, sacando su polla de la boca de Christopher. "Súbete a la cama."

Christopher sacó los dedos de su culo, y la quemadura residual desapareció rápidamente, dejando su ano, pezones y próstata agitados mientras que las corrientes de aire de la habitación sacudían sus sensibles pezones y polla. Sus pelotas estaban ansiosas por correrse.

Christopher se arrastró sobre la cama, sacudiendo su culo delante de Jesse con cada movimiento a través de las sábanas, y mirando por encima de su hombro con una pícara sonrisa. "¿Me parece recordar que has dicho algo sobre comerme el culo?" Lo meneó de nuevo. "Ven a por él."

Jesse sonrió y se lanzó sobre la cama. Christopher se zafó de él, riendo y deslizándose hacia el otro lado del colchón.

"Si quieres comérmelo, tendrás que currártelo un poco más."

Jesse se abalanzó sobre Christopher y lo arrastró sobre la cama mientras que se besaban, reían, forcejeaban y se empujaban entre sí. Sus pollas y pelotas chocaron contra la piel del otro y el colchón, y sus brazos, piernas, codos y rodillas no pararon de enredarse. La risa se hizo eco en la habitación cuando Christopher fue capaz de liberarse de las garras de Jesse y lo inmovilizó boca abajo.

"¿Qué tal si saboreo yo tu culo primero?"

Jesse gimió. Había pasado demasiado tiempo. Marcy nunca había sido escrupulosa pero no había dejado que nadie le hiciera el beso negro en mucho tiempo. Christopher no esperó a que le diera permiso, sin embargo. Simplemente separó sus nalgas y se zambulló en su culo.

"¡Jesús! ¡Dios!" Gruñó Jesse. Era demasiado intenso. Casi se había olvidado cómo se sentía, por lo que tomó una almohada y enterró la cara en ella mientras que se ponía de rodillas para abrirse aún más para Christopher.

"Sí, sé que te gusta," murmuró Christopher. "Dame tu agujero."

Jesse gimió mientras que Christopher le comía el ano con gusto, lamiendo, mordiendo, chupando y penetrándolo con su lengua—

caliente, resbaladiza y juguetona. Jesse mordió la almohada y frotó la cabeza de su pene contra las sábanas, sintiendo la dulce tensión y el chorro de líquido preseminal que salía de ella. Echó un brazo hacia atrás, cogió la cabeza de Christopher, y lo mantuvo en su lugar, gritando en la almohada mientras que Christopher continuaba trabajando en su culo con su lengua y sus dientes.

Finalmente Christopher se apartó de Jesse y le dio la vuelta, gateando hasta darle un beso para después chuparle el cuello mientras que Jesse trataba de recomponerse, jadeando a través de los abrumadores estremecimientos que lo sacudían. Él enredó las manos en el pelo de Christopher, tirando de los extremos, para acercárselo y besarlo—tocando el brillo de sus dientes con la lengua y succionando su dulce y regordete labio inferior para después liberarlo con un pop.

"Me toca," dijo Christopher, dejándose caer boca abajo junto a Jesse y levantando su culo en el aire. "Estoy tan cachondo que voy a correrme en cuanto me toques la polla, así que ten cuidado."

Jesse empujó a Christopher contra el colchón, riéndose, y lo inmovilizó mientras que este último se estremecía.

"¡Maldita sea! ¡Estoy hablando en serio, Jesse!"

Jesse se rio y soltó las caderas de Christopher, pero lo hizo rodar sobre su espalda. "Sujétate las rodillas contra tu pecho. Ábrete para mí."

Jesse se sentó sobre sus talones, y miró a Christopher con sus rodillas sostenidas, expuesto totalmente a él con su pecho sonrojado, sus pezones duros y necesitados, y los ojos muy abiertos. "Joder, sí. Estás jodidamente caliente." Jesse se zambulló para chupar sus pezones, lamiendo las protuberancias y luego mordiéndolas suavemente, chupando la derecha y luego la izquierda antes de volver a la derecha. Su polla acarició su cuerpo. El calor aterciopelado rozando su piel hizo que su cabeza comenzara a dar vueltas, y él se apartó, besando el sendero de pelo rubio dorado hasta enterrar la nariz en su vello púbico. Entonces, empujó las caderas de Christopher y separó sus cachetes todo lo que pudo hasta que pudo ver su agujero.

"Jodidamente precioso."

Se inclinó y sopló en él primero, viendo cómo se contraía. "¿Esto es lo que quieres?"

"Por favor, sí. Jesse, por favor."

"Mmm, eres delicioso, Chris. Quiero lamerte y morderte hasta que te corras por mí."

"Entonces hazlo, maldita sea." Christopher se retorció y golpeó suavemente a Jesse en la cabeza cuando una de las rodillas cedió. "Joder, no paras de torturarme."

"¿Yo? Creo que eres tú el que ha empezado con esta tortura obligándome a perseguirte para hacer esto."

"Ahora no te estoy obligando a que me persigas."

"Hmm." Jesse besó la parte regordeta de una de las mejillas de su trasero, y luego acaricio su muslo con la cara, restregándose contra el vello de sus piernas, deleitándose con su raspadura por sus párpados, cuello y orejas.

"Por favor."

"¿Tienes un agujero necesitado?"

"Sí, sí, tengo un agujero muy necesitado," susurró Christopher.

Jesse vio cómo Christopher estaba tan abrumado que hasta sus muslos estaban de un color rojo ardiente y su sonrosado ano se había oscurecido. Jesse no pudo resistirse y se sumergió en él sin ninguna clase de delicadeza, más bien, dándole absolutamente todo—su lengua, boca, humedad, dientes—y deleitándose con los ruiditos que Christopher hacía, con la manera en que sus caderas se retorcían, la forma en que su culo se cerraba alrededor de su afilada lengua, y el modo tan desesperado y urgente en que sus piernas se estremecían y temblaban a la vez que los dedos de sus pies se curvaban y sus gritos iban en aumento.

Jesse abofeteó sus cachetes, haciéndole gruñir y sacudirse contra su boca.

"Por favor." Christopher se agarró la polla como si estuviera decidido a corrserse de inmediato. "Fóllame de una vez. *Fóllame*."

Las manos de Jesse estaban temblando tanto que estaba siendo demasiado frustrante conseguir ponerse el condón y echarse lubricante en su polla, pero de pronto estaba empujando las piernas de Christopher más hacia arriba y penetrándolo tan sólidamente que sintió cómo todo su cuerpo estaba ardiendo; su piel picaba; tenía un hormigueo en los pezones; sus pelotas estaban cada vez más apretadas y los ojos le escocían.

"Jesse," Christopher se quedó sin aliento, y tiró de sus piernas más hacia sí mismo, empujando sus caderas para encontrarse con sus embestidas. "Oh, sí."

Jesse deslizó sus manos por los temblorosos muslos de Christopher y agarró sus caderas. Entonces empezó a follarle duro y constantemente, con la cabeza echada hacia atrás y sin ningún miramiento—sin decoro, necesitado, y tratando de penetrarle más profundamente, hasta el fondo de Christopher, quien no paraba de retorcerse y parecía estar tratando de hacer lo mismo.

Jesse vio cómo la mano de Christopher volaba alrededor de su polla mientras que su aliento salía en bocanadas cada vez más cortas y superficiales. Christopher se encorvó y sus ojos se abrieron como platos a la vez que un grito brotó de su pecho. Luego vino el silencio lleno de tensión que indicaba que se iba a correr, y sus ojos se encontraron con los de Jesse—salvajes y desperados.

Jesse sintió cómo el culo de Christopher le exprimía la polla con los fuertes y rítmicos espasmos de su orgasmo mientras que el semen bañaba su pecho; sus pezones se volvían duros y brillantes, sus mejillas se sonrojaban, y los gritos de placer llenaban la sala mientras que Christopher se estremecía y convulsionaba con la fuerza de su clímax. Jesse se sumergió hasta el fondo de su culo y se corrió de golpe y con tanta intensidad que sintió como si el orgasmo le hubiera recorrido de los pies a la cabeza, y sus pezones y culo se hubieran unido al pulsante placer.

Jesse se desplomó contra Christopher, empujando su polla tan profundamente como pudo y quedándose quieto mientras se estremecía en los temblorosos brazos de Christopher.

Finalmente, riendo y todavía temblando, Jesse sacó la polla de su culo, desechó el condón y se acurrucó en sus brazos. "Ha sido muy divertido."

"Mmm," murmuró Christopher, tumbándose boca abajo a un lado de la cama. Jesse se acurrucó junto a él y pasó un brazo a su alrededor mientras que yacían con sus respectivas piernas enredadas. A medida que la energía en la habitación se enfriaba, Jesse empezó a acariciarle, pasando los dedos por su pelo y sonriendo tontamente.

Christopher parecía a punto de quedarse dormido, pero Jesse quería hablarle de algo antes de que se fuera a la deriva. "Me has preguntado antes si quería que me follaras."

"¿Mmm-hmm?"

Si iba a ser un problema, sería mejor tratar el tema lo más pronto posible. "No es algo que me guste."

Christopher se apoyó en un codo. Su expresión era dulce pero llena de preocupación al mismo tiempo. "No tiene por qué doler," murmuró, extendiendo la mano para tocar su cara.

Jesse sonrió, tomó los dedos de Christopher y los besó. "Lo sé. Lo he hecho un par de veces cuando era más joven con chicos más mayores que sabían lo que estaban haciendo y querían hacerme pasar un buen rato. No me hicieron daño. No se trata de eso. Es solo que no tiene ningún efecto en mí. No me pone cachondo. Ni siquiera lo veo como sexo porque cuando pienso en echar un buen polvo, pienso en follar a alguien." Él sonrió, tocando el labio inferior de Christopher. "Follarte a *ti*. Pero sé que a algunos chicos les gusta cambiar. *Necesitan* cambiar, incluso. Y si tú también lo necesitas, bueno, me preocupo por ti lo suficiente como para que—"

"No. No pasa nada. Me encanta que me follen. No tienes por qué preocuparte. Quiero decir que, me gusta dar por culo pero… el último chico con el que lo hice fue Gareth y cambiamos varias veces durante la noche. Fue genial, en realidad, y me gustó mucho, pero aún así terminé con él follándome a mí."

Jesse sintió una punzada de celos y trató de apisonarla. Parecía casi ridículo ahora *querer* que Christopher le diera por culo solo para que *él* fuera la última persona a la que se hubiera follado. Y era más ridículo aún pensar que estaba en sus manos hacer precisamente eso, aunque suponía que no tenía mucho sentido hacer algo que no le agradase demasiado solo para demostrarle algo al hombre cavernario en su interior.

"No es que sea inflexible," dijo Jesse. "Estoy dispuesto a experimentar si es importante para ti."

"No te preocupes," dijo Christopher, bostezando. "Me alegro de que me lo hayas dicho. De este modo no me sentiré como si tuviera que ofrecértelo más a menudo." Sonrió. "No quería parecer demasiado avaricioso. Ahora puedo ser como un niño en una tienda de dulces y tener *toda la polla que quiera*. Joder, Jesse, eso es increíble."

Jesse se rio, besó su nariz y tiró de él contra su pecho. "De verdad que lo haría si realmente quisieras que lo intentara."

"Shh. No es nada que necesite," susurró Christopher, dibujando círculos alrededor de sus pezones y jugando con el vello en su pecho. "Soy feliz así."

Jesse gruñó mientras que su palpitante polla se iba quedando cada vez más flácida. Estaba cansado, pero tal vez podría ir a por una ronda más. "Túmbate boca abajo," murmuró. "Tengo que estar dentro de ti una vez más."

Christopher se rio entre dientes, bostezó y se apartó de Jesse para tumbarse de espaldas a él, con las piernas abiertas y una almohada por debajo de sus caderas para quedar más suspendido en el aire. "No estoy seguro de que pueda volver a correrme," dijo Christopher mientras que Jesse se deslizaba otro condón y se arrastraba sobre él.

"No pasa nada. Solo quiero—oh, mierda, estás muy caliente," gruñó Jesse, colapsando en la espalda de Christopher y deslizando la polla en su apretado agujero. Se balanceó hacia él lentamente, sobre su cuerpo, sintiendo su respiración superficial y la forma en que su cuerpo se iba relajando debajo del suyo, aceptándolo más y más con cada embestida.

"Mmm," murmuró Christopher, empujándose hacia arriba de manera que los cachetes de ambos entraron en contacto y Jesse pudo sentir las bocanadas de aire caliente de Christopher mezcladas con las suyas. "Fóllame hasta que me duerma."

Jesse enterró la nariz en la suave pelusa en la parte posterior del cuello Christopher, y la apartó un poco para besar su sudorosa piel. "Descansa," susurró.

Christopher se relajó, suave y flexible debajo de él, y Jesse se maravilló de lo sensual e íntimo que era follar a Christopher mientras que este estaba a la deriva entre el estado de consciencia y semi-inconsciencia. Exploró su cuerpo con la boca, besando su cuello, sus hombros, y succionando los lóbulos de sus orejas, lo que arrancó una risita de Christopher e hizo que sus músculos interiores se tensaran alrededor de su polla.

Jesse continuó, besando su mejilla, su pelo, y el vulnerable pulso en su garganta, bombeando todo el tiempo con sus caderas lenta y constantemente, disfrutando del ano tan caliente y estrecho de Christopher.

"Más," murmuró Christopher casi veinte minutos después de ese polvo lento. "Más duro." Él movió su mano hacia abajo entre su cuerpo y el colchón, y Jesse supo que iba a agarrarse la polla. "Quiero correrme."

Jesse se incorporó y se apoyó sobre sus rodillas, lo que hizo que la polla se saliera del culo de Christopher. Ambos gimieron. Jesse sintió cómo su pecho y estómago se enfriaron en el aire fresco de la habitación tras perder el contacto con la sudorosa espalda de Christopher, y pudo ver cómo la piel de este también se había erizado.

"He dicho que me folles más duro," se quejó Christopher, cambiando de postura y arrastrando a Jesse sobre la cama. Su pene estaba duro y la punta, brillante con líquido preseminal mientras se colocaba sobre el cuerpo de Jesse y bajaba sobre el eje de su polla, montándolo salvajemente.

"Joder," gruñó Jesse, agarrando sus caderas y tratando de reducir la velocidad.

Pero no había nada que pudiera detener a Christopher cuando echó la cabeza hacia atrás y folló su agujero con la polla de Jesse, ruborizado, atractivo y hermoso desde su dorado vello público, pasando por su pecho y hombros, hasta su cuello y brillantes mejillas. Christopher se lanzó hacia atrás y giró sus caderas, apretando la polla de Jesse con cada rebote arriba y abajo.

"Cariño, vas a hacer que me corra," dijo Jesse, tratando de aferrarse a su cuerpo pero incapaz de mantenerlo quieto. "Estoy muy cerca. Voy a correrme por ti si sigues—me corro—joder, joder, *¡joder*!"

Las pelotas de Jesse se contrajeron y él gimió cuando su placer estalló por todo su cuerpo, su estómago apretándose mientras que embestía el culo de Christopher y disparaba su carga. Gritó con la cabeza echada hacia atrás mientras que Christopher le ordeñaba implacablemente y extraía de él un orgasmo brutal.

"Sí, sí, sí," dijo Christopher, pajeándose a toda velocidad con sus pupilas totalmente dilatadas, y su boca, roja, abierta y húmeda. "Uf, joder, tengo solo… necesito un poco… oh, Jesse, joder, sí—"

Jesse se sacudió con sorpresa cuando varios chorros densos de esperma aterrizaron sobre su pecho y estómago mientras que Christopher gemía y temblaba sobre él, jadeando y enrojecido con los ojos vidriosos y sus muslos y estómago convulsionando. Era la cosa más excitante que Jesse había visto en toda su vida. Aunque si lo pensaba bien, podía recordar una docena de momentos tremendamente cachondos con Christopher, todos tan buenos que era muy difícil escoger uno.

"Oh, Jesse," gimió Christopher cuando se desplomó sobre el pecho de Jesse con el culo todavía apretado alrededor de su hiper-sensibilizada polla. "Yo… eso ha sido… demasiado bueno."

"Sí." Jesse pasó los brazos alrededor de sus hombros y lo besó en su mejilla con restos de barba. "Demasiado bueno."

"¿Puedes meterme los dedos…?"

Jesse rodó a Christopher sobre su espalda y deslizó su mano hacia abajo para insertar un par de dedos en su culo.

Christopher suspiró de placer y susurró. "Me encanta. Me ayuda a calmarme."

"Sí," Jesse lo sabía y siempre lo había hecho con los chicos con los que había follado hacía años. Lo había hecho antes con Christopher, pero el hecho de que ahora se lo hubiera pedido había tocado algo profundamente enterrado en su interior. El afecto que estaba floreciendo en su pecho era tan desbocado que tuvo que enterrar su rostro en el cuello de Christopher, respirando su dulce aroma mientras que sus dedos se movían con suavidad dentro de su cuerpo.

Capítulo Veintiuno

CHRISTOPHER ESTABA HUNDIDO PROFUNDAMENTE EN EL suave colchón mientras que estudiaba la habitación de un exhausto Jesse que no paraba de roncar. Las paredes estaban pintadas de granate, del color del vino aguado, y crema, y decoradas con pinturas salvajes de animales y paisajes de la selva. No parecía el gusto de Jesse en absoluto. Christopher se preguntaba si tal vez Marcy habría elegido la decoración. Tal vez ese había sido el trato—que el dormitorio fuera más acorde a su personalidad, y la oficina de trabajo de Jesse, a la suya.

Era un poco espeluznante cada vez que pensaba que había invadido su espacio y no podía evitar preguntarse si a Jesse se le habría pasado esa idea por la mente en algún momento durante o después de las relaciones sexuales, ya que esta era la habitación en la que había dormido con Marcy—en este mismo colchón probablemente. Probablemente habían concebido a sus bebés en esta misma habitación, y después los habrían tenido en sus respectivas cunas junto a su cama. Aquí se habrían acurrucado, habrían reído juntos; y ahora Christopher estaba en esa misma cama, desnudo, y todavía con la sensación fantasma de tener la polla del marido de Marcy dentro de su culo.

Christopher tragó con fuerza contra la sensación de que, de alguna manera, ella podía verlo—que estaba mirando y juzgándolo. Cerrando los ojos y buscando la intimidad que habían compartido hacía no mucho tiempo, Christopher se movió bajo las sábanas y se acercó a Jesse para pasar los dedos por el vello en su pecho, sonriendo cuando él suspiró mientras dormía y cubrió su mano con la suya, presionándola contra su corazón. El ritmo constante era tranquilizador bajo su palma.

Cerrando los ojos, Christopher dejó que los latidos se instalaran en su conciencia, acabando con su miedo y superponiéndolo con un sentimiento de amor. Una canción empezó a sonar en su cabeza, algo tierno e íntimo que trataba sobre la posibilidad de amar a dos personas a la vez, pero la letra permanecía lejos de su alcance, aunque la melodía estaba descendiendo sobre él como un suave murmullo.

Christopher retiró su mano lentamente y salió de la cama con cautela. Se puso los pantalones de Jesse, los cuales habían aterrizado a los pies de la cama cuando se habían despojado de sus ropas anteriormente en el momento de pasión que habían compartido, y descubrió que le quedaban perfectamente a pesar de que el estómago de Jesse era duro y firme mientras que el suyo tenía una apariencia más blanda. Volvió a mirar a Jesse en la cama cuando llegó a la puerta, su dulce rostro suavizado por el sueño, y la oscuridad de sus restos de barba que parecían aún más oscuros entre las sombras.

Con cuidado, Christopher bajó por las escaleras y una vez más, escogió el camino equivocado, terminando en la sala de estar. Volvió sobre sus talones y encontró el pasillo que le llevó hasta la sala del piano, como le gustaba llamarla en su cabeza. Se sentó en el banco y destapó las teclas con la sensación de los latidos del corazón de Jesse golpeando todavía las terminaciones nerviosas de su mano mientras que cerraba los ojos y dejaba que la melodía viniera a él.

Y luego, *pianissimo*, comenzó a tocar pasando los dedos suavemente sobre las teclas. Necesitaba sentir cómo la música venía a sus manos;

confiar en su memoria muscular. Su mente era demasiado poco fiable. Muchas melodías habían acudido a él durante su fase entre el sueño y la vigilia, algunas habían sido tan fuertes que podía haber jurado que nunca las olvidaría, solo para despertarse a la mañana siguiente y descubrir que las había perdido.

La melodía fue ganando consistencia, y Christopher cerró los ojos, dejándose guiar a través de varias improvisaciones de coro y puente, en busca de las notas perfectas que lo llevaran al lugar donde las palabras cobrarían sentido como bendiciones. Con el tiempo, las primeras frases llegaron a él, y las cantó en voz baja una y otra vez: algo sobre un fantasma y un corazón vivo, atados para siempre, condenados a vivir juntos.

Cuando Christopher estaba seguro de haber memorizado la melodía, sus dedos tocaron las notas de forma automática, y cuando se dio cuenta de que no podía imaginar más letra, se sentó erguido de nuevo y se llevó la palma de su mano a los labios para comprobar si todavía podía sentir los latidos del corazón de Jesse haciendo eco en su piel.

Cuando escuchó el carraspeo de una garganta detrás de él, Christopher se sobresaltó y golpeó el órgano con la rodilla, provocando un estruendo de sonido musical. Entonces se dio la vuelta para ver a Jesse apoyado desnudo contra el pomo de la puerta, con sus ojos somnolientos y oscuros, y una suave sonrisa en su rostro.

"Lo siento. No era mi intención asustarte."

Christopher se frotó la rodilla y negó con la cabeza, riendo con voz temblorosa y su corazón latiendo galopantemente. "¡Joder! ¡Pensé que estabas dormido!"

"Lo estaba, pero olvidas que soy padre. Mis oídos están sintonizados para escuchar cada pequeño ruido, golpe, crujido o tos. Nunca se sabe cuándo te van a requerir en mitad de la noche cuando tienes hijos."

"No había pensado en eso. Es solo que… he tenido una inspiración y no quería que callera en saco roto."

"Me alegro. Sonaba precioso. ¿Necesitas un poco de papel para escribirlo?"

"No, ya lo tengo." Sintiéndose un poco avergonzado por haber sido observado durante su proceso creativo, Christopher volvió a tapar las teclas y se puso de pie, bostezando. "Creo que ya puedo volver a la cama."

"Sí, claro," dijo Jesse, burlándose. "Despierta a un chico, ponle todo cachondo mientras que te ve tocar el piano sin camiseta, y luego dile que te vas a la cama. Eres realmente cruel."

Christopher se acercó a él con una sonrisa y susurró, "Mira quién habla, apoyándote contra las puertas completamente desnudo. Además, soy muy facilón y no me gusta andarme con rodeos. Pensé que ya lo sabrías a estas alturas."

Jesse sonrió y tomó su mano. "¿Qué tal si nos vamos a la cama?"

Christopher se acordó de las paredes de color vino tinto, las pinturas vibrantes, y la sensación de que la habitación le pertenecía más a Marcy que a Jesse. Vaciló, y su garganta hizo un ruido raro al tragar.

"¿Qué pasa?" Preguntó Jesse. "No habré sido demasiado brusco antes, ¿verdad?"

Christopher no había sabido cómo explicarle anteriormente, cuando habían estado teniendo sexo, que su habitación no parecía realmente… bueno, *suya*. Y no sabía cómo explicárselo ahora que le había echado un buen vistazo y no quería tener relaciones sexuales allí nunca más. Era como tener relaciones en el vientre de Marcy—todo rojo y femenino.

"Claro que no. Estoy bien. Es solo que…" Christopher forzó una sonrisa, decidido a no decir nada en absoluto. "No puedo dejar de pensar en mi madre y Bob. Pero tú también has tenido un mal día y me sabe muy mal no haberte preguntado al respecto."

Jesse parpadeó, y luego tiró de él contra su cuerpo. "Hmm. ¿Estás seguro que es eso?"

"Claro."

Jesse buscó en su cara y, a continuación, miró por el pasillo hacia la escalera y dejó escapar un lento suspiro. "¿No será que tal vez te sientes incómodo en esa habitación?"

Christopher se desplomó contra él. "Lo siento," susurró. "No quería que lo supieras. Simplemente fue algo que me golpeó mientras que estábamos en la cama; pensé que la habitación sería el espacio de ella y me sentía muy raro estando allí."

La garganta de Jesse se contrajo contra el hombro desnudo de Christopher. Este añadió, "No te preocupes. Es una cama cómoda. No pasa nada."

"No, sí que pasa," dijo Jesse, apartándose pero aún sujetando su mano. "Vayamos a la cocina a tomar algo. Tengo que mirarte a los ojos para contarte esto."

Christopher no estaba acostumbrado a comer tan tarde por la noche, pero vio cómo Jesse, todavía desnudo, abrió un armario por encima de la nevera.

"Mi escondite secreto. Díselo a Brigid o Will y te arrepentirás de por vida. Y no porque vaya a enfadarme, sino porque se lo comerán todo del golpe y se convertirán en los monstruos del azúcar recién salidos del infierno."

Las cajas de pastelitos que Jesse había sacado del gabinete eran de una amplia variedad, aunque ambos estuvieron de acuerdo y eligieron las tartas cebra.

Jesse le indicó a Christopher que se sentara en un taburete en el mostrador. "Vuelvo en un minuto," dijo, desapareciendo por una puerta en una de las paredes de la cocina que Christopher supuso que sería la lavandería cuando Jesse emergió de ella llevando unos pantalones de chándal. "¿Te gustaría tomar un poco de vino con tus tartas cebra?" Preguntó, bostezando y dirigiéndose a la mini nevera para el vino sobre la repisa de la ventana. "Están sorprendentemente buenas con un poco de moscato medianamente decente."

Christopher asintió, aunque la idea de beber vino con unos pastelitos infantiles le parecía totalmente absurda. Jesse agarró una botella y la destapó rápidamente, vertiendo el alcohol en dos copas y ofreciéndole una a Christopher.

"Feliz Viernes Negro," murmuró chocando sus copas.

El sabor era afrutado y tenía un aroma vagamente almizclado. De hecho, sabía bastante bien acompañado de los bollitos pegajosos.

"Entonces," dijo Jesse, aclarándose la garganta. "Creo que debería explicarme."

"No necesitas dar explicaciones. Ni tu dormitorio. Tú nunca me has pedido explicaciones sobre el lugar donde vivo." Christopher acarició el hombro de Jesse con ternura. "Era tu esposa y la amabas. Y no importa lo que pasó o cómo iban las cosas en el momento del accidente, sería difícil cambiar algo tan íntimo como un dormitorio."

Los labios de Jesse se curvaron en una pequeña sonrisa autocrítica. "No, no es eso en absoluto." Negó con la cabeza y le dio un gran bocado a la tarta cebra, tragándolo con un buen sorbo de vino. "Siempre he odiado esa habitación. Todo acerca de ella no soy… yo. Y tampoco era Marcy, en realidad." Jesse resopló. "Es una historia un poco rara. Verás, después del nacimiento de Will, mi madre contrató a un decorador para ayudar a Marcy a terminar la casa. Lo hizo como un favor, como un regalo por el nacimiento del bebé. Esa era la idea que tenía mi madre de un buen regalo para el bebé." Jesse se rio de nuevo, sus dientes blancos destellando en la oscuridad en contraste con su barba negra. "Decidimos dejar nuestra habitación para el final porque no acabábamos de llegar a un acuerdo. Yo quería algo cómodo y reconfortante; ella quería líneas austeras y minimalismo."

Christopher bebió un poco de vino y vio que los ojos de Jesse brillaban mientras recordaba algo, y se alegró. Quería que Jesse pensara en Marcy con alegría, no con pesar, y se preguntó si sería egoísta por eso. Extrañamente, deseaba poder tener también recuerdos sobre ella para poder compartirlos con Jesse y tener así algo juntos; que su vida pasada no estuviera tan distanciada de la suya.

Aunque Christopher suponía que su vida también había estado alejada de la de Jesse—Nashville, la escuela privada, y su familia. Esas eran las cosas de las que Jesse nunca podría ser parte plenamente. Tal vez las relaciones eran una fuerza motriz hacia adelante para crear algo nuevo a partir del presente y el futuro, hasta que finalmente se convirtiera en un pasado compartido por dos personas.

Jesse masticó y tragó el último pedazo de su tarta de cebra. Saco la segunda del papel de celofán, y siguió hablando mientras mordisqueaba la capa superior de chocolate blanco, y luego tomaba un sorbo de vino. "Así que el diseñador vino a ayudarnos con nuestro dormitorio. Te juro por Dios que fue la cosa más extraña que he visto en mi vida." Él se rio y lamió parte del relleno entre las dos capas de bizcocho con su lengua rosa que brillaba bajo las luces del mostrador. "Como ya te he dicho anteriormente, Marcy siempre fue muy cabezota y obstinada, pero este diseñador debía ser un maestro vudú o algo así. Tuvo algún tipo de influencia mágica sobre ella, te lo juro, porque cualquier cosa que sugería, ella se limitaba a asentir y a estar de acuerdo."

"¿Era guapo?"

"Sí, pero también tenía setenta y tres años. Y no, a Marcy no le ponían los maduritos."

"¿Qué fue entonces?"

"¡No tengo ni idea!" Los ojos de Jesse se abrieron como platos. "Fue una auténtica locura. Yo me quedé atrás y lo presencié todo con asombro porque nunca había visto a Marcy tan dócil en toda su vida."

Christopher se rio y tomó un sorbo de vino.

"De todos modos, cuando todo estaba dicho y hecho, acabamos con esa habitación en la que has estado. Yo la odiaba y ella también, y nos gustaba simplemente tumbarnos en la cama por las noches fingiendo que las paredes nos daban náuseas, y luego riéndonos del desastre que habíamos originado en nuestra propia casa." Jesse suspiró feliz. "Lo considero una de las experiencias más extrañas de mi vida, lo cual es decir mucho."

Christopher se deleitó observando las mejillas sonrosadas de Jesse, y cómo sus largos dedos se rascaron su barba de tres días, para luego cubrirse la boca y enmascarar un bostezo. Era tan guapo que Christopher sentía ganas de reír y tal vez gritar cada vez que pensaba que era todo suyo.

"Vamos," dijo Jesse sonriendo pícaramente. "Haz la pregunta obvia."

Christopher sonrió. "Claro. ¿Por qué no lo cambiasteis?"

"Bueno, al principio nos hizo demasiado gracia como para querer cambiarlo, y a mi madre le encantaba, cosa que aún sigo sin entender. Will era un bebé. Éramos dos personas privadas de sueño y prácticamente zombis todo el día. No teníamos la capacidad mental de saber siquiera cómo empezar a cambiarla." Jesse suspiró, y la sonrisa que había estado centelleando en sus ojos se desvaneció. "Entonces empezaron nuestros problemas matrimoniales y lo último que queríamos hacer era iniciar un nuevo proyecto para mejorar nuestro hogar; o pensar en nuestra habitación, ya que era la fuente de todos nuestros conflictos como pareja. Tiempo después, la habitación dejó de existir en mi mente. Era simplemente el lugar en el que dormíamos y en el que tratábamos de no hacerle demasiado daño al otro con lo que queríamos y no teníamos."

Christopher se terminó su primera tartita y empezó a comerse la segunda sin encontrarse con los ojos de Jesse.

"Después del accidente, había demasiadas cosas que considerar como para pensar en una estúpida habitación. Ya bastante tiempo me costó asimilar que ella no iba a volver. Y luego estaban los niños y su dolor. Mi miedo. Mi sentimiento de culpabilidad. Solo estaba tratando de mantener mi cabeza fuera del agua como un padre soltero."

"Hiciste un gran trabajo. Lo mejor que podías haber hecho," murmuró Christopher. "Los pusiste a ellos en primer lugar."

Jesse asintió, y se pasó la yema del pulgar por la ceja, al parecer, de acuerdo con Christopher, pero luego dijo, "Durante mucho tiempo, no me he permitido pensar en lo que yo quería hacer realmente." Miró a Christopher con intensidad y seriedad. "¿Entiendes lo que quiero decir? Esto, tú y yo, es la primera vez que me permito desear algo… a alguien… desde el accidente. Por primera vez estoy pensando en lo que la vida podría tener preparado para mí, y para Will y Brigid, si me permito… seguir adelante."

Christopher tragó con labios temblorosos y un aleteo en su corazón. "Yo… me alegro."

"Acerca de la habitación, no fue hasta que te tuve allí desnudo cuando de repente me di cuenta y pensé, '¿Qué demonios estoy haciendo? Esta ni siquiera es mi habitación. Es como si te estuviera follando en, no sé, alguna idea de un viejo gay sobre cómo deberían ser los aposentos de una mujer heterosexual.'"

"¿De veras?"

Jesse se echó a reír, lo que hizo que sus oscuros rizos se sacudieran. "Sí. Quiero decir, ¿qué demonios? ¿Paisajes de la jungla? ¿Tucanes? Tengo que hacer algo al respecto." Él dejó de reír y se fue poniendo cada vez más serio a medida que se acababa su pastel de cebra y abría otro paquete, sacando una tartita y entregándole a Christopher la otra, aunque este no se había terminado todavía su primer paquete. "Y me di cuenta de que así había sido básicamente toda mi vida. La idea que un hombre gay tiene de lo que debe ser una vida heterosexual. Esa habitación resumía casi en su totalidad, lo que estaba mal en nuestro matrimonio. No era yo. No éramos nosotros."

"¿El matrimonio no era algo que tuviera que ver contigo?"

"No, estar casado con una mujer—vivir esta vida y ser esta persona. No era como se suponía que tenía que ser. Quiero decir, no me malinterpretes, creo que Will y Brigid tenían que suceder. Pero creo que al final nos habríamos divorciado, habríamos quedado como amigos, y Brigid y Will habrían acabado con un par de padrastros."

"¿Padrastros?"

"El marido de Marcy y… el hombre del que me he enamorado." Jesse lo miró a los ojos. "Porque creo que estaba destinado a que ocurriese, ¿no crees? Tú y yo. Esto. Nosotros. Aquí y ahora en esta sala. Comiendo pasteles de cebra, bebiendo vino y hablando sobre el desastre de mi habitación. El desastre de mi vida."

El corazón de Christopher dio un vuelco. *Nosotros.* "¿Crees en ese tipo de cosas?"

Jesse pareció reflexionar sobre la cuestión. "Creo que hace no mucho tiempo las mejores cosas en el ambiente de esta casa aparecieron nada más ser construida: risas de bebé, amor y optimismo. Y entonces—" Jesse movió su mano para mostrar una zona en el centro de la habitación. "Surgió la ira, la decepción, el dolor y la humillación. Después del accidente, la casa se llenó de pérdida, lágrimas y mucha tristeza." Él negó con la cabeza. "Will fue capaz finalmente de sanar lo suficiente como para añadir una dosis decente de felicidad y despreocupación que se llevó parte de la miseria que reinaba en este lugar, gracias a Dios. Pero Brigid y yo no hicimos grandes progresos para mejorar el ambiente. Entonces apareciste tú, y aunque solo hayas venido un par de veces, de alguna manera has añadido música, un sexo increíble y guerras de flotadores. Has hecho que el ambiente sea mucho más acogedor que antes. Y eso es gracias a ti."

"Jesse…" el pecho de Christopher dolía maravillosamente.

"Lo sé—es demasiado pronto."

"No, no lo es. Yo también me preocupo por ti. Haces que me sienta importante."

"Eres importante."

"Y tú me has mostrado eso desde el principio, sacando siempre tiempo para mí." Christopher sonrió con tristeza. "Me hubiera conformado con haber sido un rollo más, ¿sabes? Hubiera sido feliz quedando contigo para follar una y otra vez y nada más. Pero me has dado mucho más que eso—mensajes, llamadas, citas."

Jesse tomó su mano y la acarició suavemente con el pulgar. "Chris, te estás subestimando demasiado, como de costumbre. No he hecho ninguna de esas cosas porque sintiera lástima o me compadeciera de ti. Las he hecho porque me gusta estar contigo."

"Lo sé, pero nunca he tenido a nadie que mostrara tanto interés y consideración. Nunca me he sentido importante para nadie—como si valoraran tenerme en sus vidas. Quiero decir, sí cuando se trata de Nana, pero nunca lo he sentido estando con un hombre."

"Valorémonos mutuamente, Chris. Hagámoslo. Valorémonos sin medidas."

Christopher se quedó mirándolo con la boca abierta y cada vez más seca. "¿Qué quieres decir?"

"Quiero decir que… seamos importantes el uno para el otro. Veamos a ver qué se siente. Quiero hacerte parte de esta casa. Parte de nuestras vidas."

"¿En serio?" Christopher se quedó sin aliento; su corazón latía con fuerza.

"Claro que sí. Quiero que pases mucho tiempo aquí; todo el tiempo. No te estoy pidiendo que te mudes con nosotros. Eso tal vez sería algo un poco precipitado, pero quiero despertarme sabiendo que serás lo primero que vea. Quizás no todos los días, pero sí la mayoría." Él apretó la mano de Christopher. "Chris, quiero que pases las fiestas con nosotros. Di que lo harás."

"¿Pasar la Navidad con vosotros?"

"Sí. Solo tú, yo, Brigid y Will. Será genial. Una verdadera Navidad hogareña. Una Navidad familiar."

"Yo… me gustaría decir que sí. No tengo otro sitio a donde ir que no sea la casa de mi madr…" Christopher frunció el ceño y apartó su mano de la de Jesse, agarrando su copa de vino y bebiendo de nuevo. El alcohol le estaba mareando un poco, casi tanto como la falta de sueño y el agotamiento físico y mental tras un día tan difícil. Una parte de él solo quería llegar a un acuerdo, arrojarse a los brazos de Jesse y precipitarse en esta promesa aparente de una familia, pero… Brigid.

"Creo que no deberíamos planear una cosa así sin preguntarle antes a tus hijos. Y a Brigid no va a gustarle, Jesse. No quiero que se sienta presionada. Creo que no es una buena idea. Ella tiene que aceptarme primero antes de planear algo de este estilo."

Los hombros de Jesse se desplomaron. "Pero, ¿qué vas a hacer?"

"Ya se me ocurrirá algo. Tal vez iré con mi amiga Shannon a cantar villancicos por las residencias de ancianos de la zona. Ella y su novio llevan años haciéndolo. Estoy segura de que le encantaría que me uniera a ellos. Sería muy divertido, ¿no crees?"

"Se nota que no has pasado mucho tiempo en ese tipo de residencias."

"Solo en la de mi abuela y por lo general, voy derecho a su habitación," aclaró. "Pero sería algo agradable, ¿no te parece? Y Shannon me pregunta si quiero ir con ellos todos los años. Al menos, así le haría feliz."

Las cejas de Jesse se juntaron mientras estudiaba su bebida. "¿Pero qué pasaría si a Brigid le pareciera bien? ¿Si se prestara a conocerte mejor y acabaras gustándole? ¿Si estuviera de acuerdo?"

"Si las cosas cambiaran respecto a ella, claro. Me encantaría pasar la Navidad con vosotros. Pero no me gustaría que se sintiera coaccionada. Eso no va a hacer que le guste más."

Jesse se quedó pensativo. "¿Cómo podría no aceptarte si llegara a conocerte mejor?"

Christopher se echó a reír. "Creo que ambos sabemos cuál es la respuesta a eso."

Jesse pasó el dedo por el borde de su copa, y dejó escapar un largo suspiro. "Sí."

"No soy su mamá y ni siquiera soy una mujer. Va a ser difícil para ella."

"Lo sé. Es solo que… me haces tan feliz, que sé que a ella también le harías muy feliz si tan solo te dejara."

Christopher no estaba tan seguro de eso. Hacer feliz a una niña estaba totalmente fuera de su rango de especialización, incluso después de todos los años que llevaba trabajando en SMH. Sin embargo, su corazón se agitó al oír a Jesse decir que le hacía muy feliz.

"Vamos," dijo Christopher. "Volvamos a la cama." Él arrugó los envoltorios de celofán de los pastelitos y los echó a la papelera en el armarito justo debajo del fregadero.

"Creo que será mejor que vayamos a la habitación de invitados," murmuró Jesse, tomando a Christopher en sus brazos y acariciando su espalda con sus calientes manos, evocando escalofríos y espasmos en su polla. "Creo que prefiero dormir contigo en una habitación con paredes verdes y un cuadro de una ninfa saliendo desnuda del agua sobre la cama que en una habitación que es como una vagina salvaje."

Christopher resopló. "Yo estaba pensando más bien en un útero—un útero salvaje."

"Nuestras mentes están sincronizadas."

Unos minutos más tarde, ambos yacían en la cama abrazados en la oscuridad de la habitación de invitados de Jesse, con las mantas y las sábanas a sus pies mientras se acurrucaban juntos, polla con polla, y cadera con cadera. "Tengo que traerme el colchón de la otra cama," murmuró Jesse contra los labios de Christopher. "Este no es tan cómodo."

"¿Vas a entrar en esa habitación?" Preguntó Christopher sin aliento.

Jesse se apoyó en uno de sus codos, con sus caderas todavía rozando las de Christopher, y su otra mano cerrada alrededor de su polla. "Solo cuando estés aquí y hasta que pueda redecorar el dormitorio principal. Estoy pensando en tonos blancos, cremas y azules."

"Unos tonos verdes también quedarían bien," murmuró Christopher.

Jesse clavó los dedos en su espalda, obligándole a subirse sobre él y separando las piernas para dejarle espacio entre ellas. "Lo tendré en cuenta."

"¿Por qué está él aquí?" Preguntó Brigid estrechando los ojos mientras miraba a Christopher dormido en el sofá.

Jesse se alegró de que al menos no hubiera levantado la voz. Christopher estaba exhausto después de su difícil día de Acción de Gracias y la noche que habían pasado hablando y follando. Will, sin embargo, estaba subiendo las escaleras con fuertes pisadas para ir a jugar a la Wii, ajeno a la persona que dormía en el sofá. Sin embargo, Chris no se inmutó. Debía haberle agotado realmente si podía dormir pese a todo ese estruendo.

"Es su día libre," contestó Jesse. "Los Sueños en las Montañas Humeantes permanecerá cerrado este fin de semana." El parque solo cerraba ocho días al año: el fin de semana de cuatro días de Acción de Gracias, en Nochebuena, Navidad, Fin de Año y el primer día del año nuevo. El resto de las fiestas, abría, incluso en Semana Santa.

"¿No debería estar con su propia familia?"

Jesse se preguntó cómo reaccionaría su hija al escuchar la verdad. ¿Habría criado a una niña compasiva? ¿O una a la que egoístamente no le importaría? "Su familia le ha abandonado; no quieren volver a verle."

Ella parpadeó. "¿Por qué? ¿Qué ha hecho?"

Jesse la miró y le dio el motivo simplificado. "Les dijo que es gay."

Brigid se quedó boquiabierta y miró a su padre con ojos desorbitados. "Eso no está nada bien."

"No lo está, ¿verdad?" Jesse pasó las manos por el pelo de su hija, sintiendo cómo el brillo se escapaba entre sus dedos. "Le pedí que viniera a pasar el fin de semana con nosotros."

"¿Todo el fin de semana?"

"Sí."

Su compasión pareció desvanecerse al escuchar eso. Ella apretó la mandíbula y miró a su padre.

"Espero que seas educada. No tiene por qué gustarte, pero…" suspiró y se frotó sus cansados ojos. "No estaría de más si le dieras una oportunidad."

Brigid resopló suavemente. "Eso es lo que dijo la abuela."

"¿De verdad?"

Brigid asintió. "Me dijo que debía ser amable con él porque te hace feliz." Ella cruzó los brazos sobre su pecho. "Pero, ¿por qué no podrías ser feliz con otra persona? ¿Qué pasa si mamá se despierta y podrías volver a ser feliz con ella?"

Jesse sintió que su garganta se cerraba cuando pasó un brazo alrededor de Brigid y trató de tirar de ella cerca, aunque la niña se zafó de su agarre. Él miró hacia Christopher en el sofá y tiró de la mano de la pequeña hasta que ella lo siguió y juntos entraron en la cocina.

"Brigid, siéntate a la mesa conmigo."

Parecía como si la cría fuera a negarse, pero luego se sentó, se fijó la pila de papel descansando en un extremo, y tomó la hoja superior. Antes de que pudiera comenzar a plegar, Jesse puso una mano sobre la suya.

"Para. Necesito que me escuches."

Brigid no soltó el papel, en cambio, pasó los dedos a los largo del borde, como desafiándolo a cortarle. Jesse se lo arrebató suavemente y lo dejó a un lado. "B, esto es serio. Necesito que me mires a los ojos y escuches muy atentamente lo que tengo que decirte, ¿de acuerdo?"

Brigid asintió, pero apretó su mandíbula de nuevo, y Jesse pudo ver la resistencia en sus hombros y la ira en sus ojos.

"Cielo, mamá no va a volver nunca. No va a despertar. Nunca."

"Lo sé. Ya lo has dicho antes," murmuró Brigid entre dientes. "Pero los milagros suceden, ¿no? Eso es lo que dice la tía Ronnie."

"¿Ronnie te ha hablado sobre esto?"

Brigid se encogió de hombros y bajó la mirada hacia sus dedos. "No. Ella solo me abraza, me dice lo mucho que me parezco a mamá y luego se echa a llorar. Nunca me cuenta nada sobre… los motivos por los que los dos estáis discutiendo siempre." Brigid lo miró fríamente a los ojos. "Pero no soy estúpida, ¿sabes? Sé que es porque la tía Ronnie no quiere permitir que mamá muera y tú la quieres ver muerta."

Las palabras de Brigid se estrellaron en Jesse como un puñetazo en su garganta que le impidió tragar y respirar durante varios segundos.

Finalmente, cuando consiguió jadear a través del dolor, se las arregló para decir, "No, Brigid. No. Yo *no* quiero ver a tu madre muerta. Yo haría *cualquier* cosa para tenerla de vuelta aquí con nosotros."

"¿Entonces por qué está *él* aquí?"

Jesse negó con la cabeza mientras aplicaba presión a sus ojos con las yemas de sus dedos y sus pensamientos corrían por su mente a mil por hora. "Vamos a dejar de hablar de Christopher durante un minuto, ¿de acuerdo? Vamos a centrarnos en tu madre primero."

Brigid lo miró fijamente con unos ojos desafiantes. "¡Quiero hablar de él!" Exclamó. "Quiero saber la verdad. Si mamá regresara, ¿desaparecería de tu vida? ¿Querrías seguir siendo su novio?"

"Sí," susurró Jesse. "Quiero estar con Christopher."

"¿Ves? *Sí* quieres que se muera. Quieres que se muera para poder estar con *él.*"

"No." Jesse negó con la cabeza. "No se trata de eso, Brigid. Si tu madre no hubiera tenido ese accidente… escucha, esta no es una conversación apropiada porque no podemos pensar en lo que podríamos haber hecho, habríamos hecho, o deberíamos haber hecho. Ya nada de eso importa. Tu mamá no va a volver a casa, cariño. No va a regresar, y todos tenemos que seguir adelante."

"Yo voy a hacer que vuelva."

Jesse sintió un pinchazo en su corazón. "No puedes hacer nada para ayudar a tu madre a curarse. Nadie puede hacer nada. Yo mismo me encargué de que la vieran los mejores médicos del mundo. El abuelo Birch hizo que vinieran desde Europa. He visto todos sus escáneres. Cielo mío, tienes que entender que—"

"Yo no necesito ningún médico. Tengo mi deseo. Dos deseos. Uno para mí y otro para Will." Sus ojos se estrecharon otra vez y su labio inferior empezó a temblar. "Iba a pedir otro para ti, pero tú ya no lo quieres."

"¿Deseos?" Jesse recordó el momento en el que Christopher le preguntó qué era lo que Brigid pretendía lograr, y de repente, todo se despejó en su cabeza como un rayo de luz rompiendo a través de una espesa masa de nubes. *Las pajaritas.*

"Brigid, los deseos no pueden… no harán que…"

"Funcionarán. Pero tienes que desear que se cumplan. Desear que se cumplan *de verdad*," dijo la niña con una mirada firme.

"Cielo, si eso fuera cierto, ella estaría bien. No sabes la de veces que he deseado y la de veces que he rezado para que se pusiera bien. Lo he deseado con todas mis fuerzas y todo mi corazón, al igual que tú. Y la abuela y el abuelo. Incluso la tía Ronnie."

"No, porque ya no la quieres. Ahora le quieres más a él, ¿no es así?"

"No hay ningún 'más' aquí, Brigid. Solo existe… la realidad. El cerebro de tu madre se ha ido. No hay ninguna forma de volver a hacer de ella la persona que era."

"Tú tiraste la toalla demasiado pronto. En el libro, la chica nunca se da por vencida. Ella hace pajaritas hasta que cae en coma y muere. Si le hubiera dado tiempo a terminarlas, tal vez se habría curado."

Jesse miró a su hija. Era demasiado joven para tener ese tipo de pensamientos mágicos, ¿no? Sin embargo, parecía creer tener la respuesta a la enfermedad de su madre en sus manos.

La puerta de la cocina crujió, y Jesse levantó la mirada para ver a Christopher con la cara arrugada, y una expresión de tristeza en su rostro.

"Hola," murmuró. "Lamento interrum—"

"Lo siento, estamos teniendo una conversación importante," dijo Jesse. "¿Podrías esperar en la sala de estar?"

"Yo…" Christopher parecía avergonzado, pero continuó. "He escuchado algo de lo que estabais hablando, y sé que no debería meterme en vuestros asuntos…"

Jesse lo miró fijamente y estuvo a punto de decirle que era mejor que no lo hiciera, pero antes de que pudiera pronunciar palabra, Christopher continuó.

"Pero creo que tengo que decir esto. Brigid, siento mucho lo que le ha pasado a tu madre y sé lo mucho que te gustaría recuperarla."

Ella lo miró. "No, eso no es verdad. Si ella volviera, entonces no tendrías a papá para ti nunca más."

Christopher tragó saliva. "Yo no creo en muchas cosas, pero creo en tu padre, y creo en el amor, y yo creo que cuando quieres mucho a alguien, has de concederle el beneficio de la duda. ¿Sabes lo que significa eso?"

Brigid parecía confundida, como si no pudiera decidir si quería pedirle que se fuera o si prefería escuchar lo que iba a decir a continuación. Christopher no le dio la oportunidad de responder.

"En este caso, creo que significa que si la persona a la que quieres dice tener algo con lo que piensa que podría ser capaz de curar a otra persona, entonces tienes que ser capaz de encontrar el modo de ayudar a esa persona a hacerlo posible. Incluso si no tiene ningún sentido para ti. Y por eso mismo, sin necesitas hacer esas pajaritas, Brigid, entonces yo estoy dispuesto a mover cielo y tierra para asegurarme de que las termines a tiempo para poder probar tu deseo."

"¿Por qué?" Susurró.

"Porque es lo que necesitas hacer. Y si yo voy a estar con tu papá, entonces, una de las cosas más importantes de mi vida será asegurarme de que tanto tú como Will tengáis siempre todo lo que necesitéis."

"Necesitar algo significa que te morirás si no lo tienes. Desear algo es querer algo que no hará que te mueras si no lo consigues."

"Bueno, creo que una parte de ti murió cuando tu mamá se fue, y si crees que hacer estas pajaritas y pedir tu deseo, despertará esa parte de ti de nuevo a la vida, entonces, quiero ayudarte."

"Chris," murmuró Jesse con la garganta seca. "Las promesas son cosas muy peligrosas."

"No prometo que vaya a funcionar, Jesse. Solo estoy prometiendo que voy a ayudarla a intentarlo." Se volvió hacia Brigid. "Te diré algo, trabajaré contigo en esas pajaritas si así lo deseas. Me dejaré la piel en tratar de conseguir lo que más necesitas. Y creo que lo obtendrás finalmente, incluso si no es lo que quieres."

Brigid miró entre Christopher y Jesse como si no supiera que decir.

Christopher siguió hablando, "En otras palabras, haré todo lo que esté en mis manos para ayudarte. Si quieres que te ayude a doblar pajaritas, lo haré. Si quieres que me vaya, también lo haré."

Jesse sacudió la cabeza ante eso, pero Christopher prosiguió.

"Pero antes de que decidas, quiero que sepas que soy muy bueno haciendo pajaritas y que se me da muy bien ayudar."

Brigid se le quedó mirando. "Ya no me quedan muchas para acabar. Puedo hacerlas yo sola."

Christopher asintió. "De acuerdo."

"Pero, ¿me ayudarás? ¿A pesar de que eso signifique que si mi mamá regresa, tú tendrás que irte?"

Jesse escuchó las palabras y su corazón empezó a dolerle de muchas maneras, y reconoció, una vez más, que su hija estaba emocionalmente muy por detrás que el resto de sus compañeros.

"No tendría por qué irme. Me encantaría conocerla y decirle lo afortunada que es de tener una hija como tú. Y un hijo como Will. Y me encantaría saber un montón de cosas sobre ella, como por ejemplo, cómo es su risa y qué cosas le resultan graciosas. Me encantaría saber todas esas cosas sobre la mujer a la que tu padre quería tanto."

"Ya no recuerdo su risa," susurró Brigid.

El corazón de Jesse se retorció, y él sintió una imperiosa necesidad de tirar de ella sobre su regazo y no soltarla nunca, a pesar de lo grande que era ya. Pero esperó.

Christopher se sentó junto a Brigid. "Me gustaría que pudiéramos aprender todas esas cosas juntos. Me gustaría poder llegar a conocerla. Me gustaría guartarle ya que me gusta tu papá y a él le gusto yo, y Will es un chico súper guay, probablemente el chico más guay que he conocido nunca. Y tú… bueno, me gustaría poder llegar a gustarte cuando te muestre que hablo en serio al decirte que quiero que seas feliz."

Jesse sentía cada vez más ganas de llorar, y trató de atrapar la mirada de Christopher, pero este parecía tener ojos solo para su hija.

"Pero, tengo que ser sincero contigo, Brigid," susurró Christopher. "No te estoy prometiendo que esto vaya a funcionar tal y como tú deseas. Por mucho que me gustaría llegar a conocer todas esas cosas de tu madre, no creo realmente que vaya a tener esa oportunidad. Pero te prometo que, si quieres, te ayudaré a completar tu objetivo. Y, si quieres, tu padre y yo estaremos allí cuando estés realizando la última pajarita para ayudarte a decidir qué es lo que quieres hacer." Christopher tocó su mano pero ella la retiró rápidamente. "No tienes que hacer esto sola, Brigid. Los dos te apoyamos. Aunque la experiencia de vida nos diga que los milagros ocurren muy pocas veces."

Jesse deslizó su mano sobre la mesa y la dejó descansar encima de la de su hija. Le dolía mucho el pecho y sus ojos se llenaron de lágrimas. No estaba seguro de que Christopher estuviera haciendo lo correcto, pero Brigid parecía estarse ablandando, y su corazón estaba en el lugar correcto. Era magnífico tener a otra persona aquí con él, ayudándole a navegar por esta situación con Brigid. Otra mano al volante para calmar las cosas o tirar por otra dirección totalmente diferente.

"¿Por qué estás siendo tan amable conmigo?" Susurró Brigid. "Escupí en tu sorbete."

"Lo sé. Y fue algo que definitivamente me puso muy triste pero también me dijo mucho sobre ti. Como que eres una chica valiente, decidida y dispuesta a hacer cualquier cosa para conseguir lo que deseas o necesitas. Me dijo lo leal que eres a tu padre y a tu hermano—lo mucho que quieres protegerlos, y protegerte a ti misma, para que ninguno tengáis que sufrir nunca más. Incluso si eso significa meterte en problemas para lograrlo. Y ahora que sabemos por qué quieres hacer tantas pajaritas y cuáles son tus deseos, se también lo fuerte que eres; lo devota y fiel que te muestras. Eres una fuente inagotable, Brigid, y vas a crecer y a convertirte en una gran mujer con toda esa fuerza que te mueve hacia adelante."

"Yo solo estaba tratando de hacer que te fueras." La pequeña no parecía estar muy convencida de la evaluación de Christopher, pero sus ojos parecían albergar cierta esperanza, como si quisiera que fuera verdad.

"Lo sé. Pero eso fue también algo bastante leal, y creo que si me dieras una oportunidad, podríamos ser un gran equipo. ¿Te ha contado tu padre por qué voy a pasar aquí el fin de semana?"

Brigid asintió, frunciendo el ceño.

"He sido repudiado por mi madre—me ha echado de casa y me ha dicho que no vuelva. Y supongo que estoy averiguando algo en lo que nunca antes había caído, Brigid. ¿Puedo decirte de qué se trata?"

"Sí."

Jesse contuvo el aliento. Su mano permaneció inmóvil sobre la de Brigid, y no movió ni un solo músculo.

"Mi madre también se fue hace mucho tiempo," dijo Christopher. "No solo por lo que pasó ayer. Ella se marchó hace muchos, muchos años. La perdí cuando era solo un niño. Como tú. Así que sé la clase de estratagemas que un niño puede llegar a idear para volver a tener a su madre en su vida. El tipo de cosas desesperadas que un niño puede aceptar y hacer solo con la esperanza de que vuelva en algún momento."

Las fosas nasales de Jesse se encendieron; la furia que el recuerdo de lo que la madre de Christopher le había hecho ardía en su estómago.

"Ahora soy un adulto, Brigid." Sus ojos estaban llenos de empatía. Los de Brigid, muy abiertos mientras lo estudiaba, obviamente tratando de medir su sinceridad; y también brillando con un poco de inmadurez. Jesse se preguntaba cuánto habría llegado a afectarle realmente la pérdida de su madre. Sabía que algunos niños crecían demasiado rápido después de un trauma, y otros, como Brigid, se estancaban.

"Y ya no puedo seguir haciendo esas travesuras. No son saludables. Supongo que quiero ayudar a tu padre a llevarte de la mano a través de este propósito con la esperanza de que sea el último para ti. Con la esperanza de que un día tengas veintiocho años y no sigas tratando de buscar la manera de traer a tu madre de vuelta." Se mordió el labio. "Quiero ayudarte a decir adiós. Tal vez si tú puedes enseñarme cómo se hace, yo también pueda hacerlo."

Ella apartó la mano de la de Jesse. "Todavía no estoy lista. Es mi mamá."

"Lo sé," susurró Christopher. "Créeme que lo sé."

Brigid pareció derrumbarse con una combinación de agotamiento y alivio. Ella se puso de pie y corrió hacia Jesse, quien pasó los brazos a su alrededor y le dio un beso en la cabeza.

"¿Quieres que sigamos doblando algunas pajaritas ahora?" Preguntó Christopher.

Brigid negó con la cabeza, ocultando su rostro en el hombro de su padre. "No. Estoy cansada," susurró.

Christopher se encontró con los ojos de Jesse por primera vez desde que había empezado a hablar con ella. "Has estado trabajando muy duro durante mucho tiempo, Brigid."

Ella asintió con la cabeza y cerró los ojos mientras que su respiración iba volviendo a la normalidad y su rostro se teñía con una expresión de alivio. "No puedo decepcionarla."

Jesse la meció suavemente, tirando de su cuerpo en su regazo. "No pasa nada, cariño."

"Nunca podrías decepcionarla," murmuró Christopher, acariciando su pelo tentativamente. "Cuando estés lista, te ayudaremos, ¿verdad, Jesse?"

"Por supuesto." Jesse no podía soportar la obstrucción en su garganta, y enterró su rostro en el cabello de Brigid, respirando su dulce aroma. "Christopher y yo siempre te ayudaremos."

Capítulo Veintidós

ESTABA EMPEZANDO A SER un sábado mágico en lo que se refería a Christopher. Bostezó y se desperezó, disfrutando de las suaves sábanas que eran sin duda, mucho más gordas de lo que él jamás podría permitirse. Jesse se había quejado de la cama de la habitación de invitados, pero Christopher pensaba que estaba bastante bien.

Había ido a casa el viernes por la tarde para conseguir algo de ropa y regar las plantas, pero había regresado a pasar la noche con Jesse y los niños, hacer la cena y ver películas juntos. Brigid se había mostrado bastante callada, pero no hostil. Incluso le había dado las buenas noches antes de irse a la cama. Algo habían progresado, desde luego.

Jesse había planeado una concurrido sábado de preparativos navideños—elegir el árbol, los adornos y poner las luces en casa. Porque conseguir todo eso significaba empezar las festividades temprano—y porque ninguno de ellos parecía ser capaz de encontrar un solo motivo para pasar más tiempo del que ya habían pasado, separados. Christopher se había quedado otra vez en la habitación de invitados. Una vez que los niños se habían dormido, Jesse se unió a él, hicieron el amor y durmieron abrazados hasta que la alarma del teléfono de Jesse empezó a sonar.

Jesse estaba ahora en la planta baja, empezando a preparar el desayuno antes de que los niños se levantasen. Christopher se sentía cálido y relajado, y su cuerpo estaba tan satisfecho de la noche de placer que había experimentado, que se dejó llevar a la deriva unos minutos más, aferrándose a la almohada que Jesse había utilizado, incluso oliéndola como si fuera un adolescente enamorado. Eventualmente, los sonidos de Jesse moviéndose por la cocina y el golpeteó de dos pares de pies bajando por las escaleras, lo despertaron lo suficiente como para levantarse.

Para cuando Christopher había terminado de ducharse y vestirse, los niños estaban abajo masticando las crujientes tiras de delicioso bacon y echando sirope sobre las tortitas que Jesse había preparado y que olían tan increíblemente bien.

"¡Ya era hora de que te despertaras, dormilón!" Canturreó Jesse, colocando un plato lleno de bacon en medio de la mesa. "Sírvete tú mismo. ¿Cómo te gustan los huevos?"

"Fuera del cascarón," contestó Christopher mientras se rascaba sus adormilados ojos. Jesse parecía confundido y Christopher se echó a reír. "Me encanta el pollo pero odio los huevos."

"¡Choca esos cinco, tío!" Exclamó Will levantando su pegajosa mano, con un cacho de bacon asomando por su boca y goteando sirope. Christopher chocó los cinco con él y sonrió.

"Estás siendo un mal ejemplo para mis hijos." Jesse chasqueó la lengua antes de guiñarle un ojo. "El café y la leche están sobre la mesa. También hay zumo de naranja en la nevera si lo prefieres."

"Una taza de café sería genial," contestó Christopher solemnemente. Mientras que se lo vertía, rompió a cantar, una cancioncilla espontánea inspirada en la alegría de su corazón.

"*Oh, Café. Ella es todo lo que necesito, mi dulce Café. La chica de mis sueños.*"

Will bufó, y Brigid sonrió ligeramente. Jesse se rio mientras que hacía otra tortita a la plancha.

Animado, Christopher continuó.

"Oh, Café, ella es tan bonita.
Mi Café, tan inteligente e ingeniosa.
¡Oh espera!
¡Ese es el efecto que el café tiene en míiiiii!
Así que aquí estoy de rodillas, diciendo,
Oh, por favor, por favor.
Querida Café, ¿quieres casarte conmigo?"

La canción terminó con un suave redoble de tambor sobre la mesa mientras que Will vitoreaba. Brigid se rio en voz baja, pero luego bajó la cabeza.

Jesse dejó un plato de tortitas en el medio de la mesa antes de aplaudir. "Esta noche tendrás que tocar algo para nosotros en el piano mientras que estamos trabajando."

"Villancicos. Por supuesto. Me sé un montón."

"De acuerdo. Pero también algunas de tus propias canciones," dijo Jesse. "Me gustan mucho."

Christopher se detuvo mientras que vertía sirope sobre sus tortitas. Quería tocar su música para Jesse otra vez, pero no para los niños. Era algo especial entre ellos, íntimo y casi sexual en su comunión espiritual. No creía que pudiera reproducir las canciones con los niños alrededor. No cuando todo lo que podía pensar cuando lo hacía era en Jesse de rodillas junto al piano, con los ojos cerrados, las palmas de sus manos hacia arriba y redención en su cara, o a Jesse en sus brazos, lamiendo su boca mientras que las notas finales todavía vibraban en el piano.

"¿Y bien?" Preguntó Jesse.

"Solo toco para una audiencia privada."

Los ojos de Jesse destellaron con picardía cuando este cayó en la cuenta de lo que Christopher estaba tratando de decirle, y sus labios se curvaron en una sonrisa de complicidad. "Yo puedo arreglar eso."

"Entonces tenemos un trato. Villancicos para la decoración."

Brigid terminó de comer y se movió en su silla con inquietud. "No sé qué hacer," dijo finalmente.

"¿A qué te refieres?" Preguntó Jesse mientras atacaba sus tortitas.

"Ya casi he terminado. Solo me quedan ochenta pajaritas por hacer y ya tendré dos mil." Sus ojos se abrieron como platos. "Todavía no estoy lista para pedir mi deseo." Ella tragó con nerviosismo.

"Dos mil," murmuró Will. "Y todas sobre la mesa del comedor. Ya no puedo jugar a NASCAR con mis coches nunca más."

Jesse ignoró el comentario de su hijo. "No pasa nada. Puedes esperar todo el tiempo que desees para terminar las últimas pajaritas, Brigid. No hay ninguna presión."

"No, tengo que hacerlas antes de Navidad. Ese era el plan."

"Entonces, te queda aún mucho tiempo."

Brigid miró entre Jesse y Christopher. "Bueno. ¿Estás seguro?"

Christopher esperó a que Jesse contestara pero este parecía un poco inseguro sobre qué decir a continuación.

Ella entrecerró los ojos. "¿Es ese un verdadero 'no pasa nada si no te gusta,' o un 'no pasa nada si no te gusta' al estilo abuela Birch?"

Christopher miró a Jesse, quien estaba tratando de ocultar su sonrisa llenándose la boca de huevos. "Uno verdadero."

"Escuchémoslo de una vez para que podamos decir que no, y podamos seguir adelante con nuestro día."

"Brigid…" El tono de Jesse sostenía una nota de advertencia.

Christopher no quería que la mañana comenzase con un rifirrafe entre padre e hija. Iban a pasar un día muy divertido juntos. Como una familia. Bueno, *ellos* ya eran una familia, y Christopher… Christopher iba a formar parte de su aventura.

Y ahora, con todos ustedes, auditando para el papel de potencial futuro miembro de la familia, ¡el Sr. Christopher Ryder!

Christopher tomó un largo trago de café, nervioso antes su intrusiva idea. ¿Realmente iba a embarcarse en ese tipo de compromiso? Sí, así era, empezando desde ayer. Una nueva realización lo golpeó de repente—la voz en su cabeza no había sido la de Nana. A decir verdad, no había vuelto a escucharla desde el día de Acción de Gracias. Un frío gélido lo recorrió; una sensación muy parecida al pánico, por lo que dio unos cuantos sorbos más de café para calentarse antes de dirigirse a Brigid.

"¿Sabes que algunos niños hacen cadenas de papel para decorar sus árboles?"

"Eso era justo lo que yo iba a sugerir que hiciéramos," dijo Jesse.

"Bueno, si Brigid quiere—y solo si ella quiere—estaba pensando que tal vez podríamos hacer una cadena con sus pajaritas. Si tenemos cuidado con ellas, tal vez ella podría utilizarla todos los años, o hasta que las pajaritas se rompieran."

Brigid se quedó evaluando lo que Christopher acababa de decir, parpadeando rápidamente mientras consideraba la sugerencia. "Hay un montón. No podríamos utilizar todas."

"Pero podríamos usar algunas. Y tal vez, encadenar el resto también, y podrías colgarlas alrededor de la casa en otras festividades, o quizás solo como decoración."

Ella reflexionó por un momento. "Vale. Me gusta la idea."

Jesse miró a Christopher con gratitud en sus ojos. "Me parece un plan perfecto. ¿Qué necesitáis para hacer todo eso?"

Christopher y Brigid hablaron sobre todos los materiales y herramientas que iban a necesitar mientras que Will movía los tarritos de sal y pimienta alrededor de la mesa, murmurando comentarios de fútbol en voz baja, y Jesse se recostaba en su asiento, sonriendo. Un nuevo pensamiento cruzó por la mente de Christopher, y una vez más, no se trataba de la voz de Nana.

Así es como se comporta una familia.

Tal vez la audición estaba yendo bien después de todo. Tal vez Christopher podría tener esta familia y esta vida si decía las cosas correctas y abría su corazón a estos niños heridos y su padre. Si los apoyaba en todo lo que pudiera, y se permitía enamorarse tan rápido y fuerte como inevitablemente sucedería. Enamorarse de todos ellos.

Con un poco de suerte, Brigid y Will habrían heredado los ojos de su padre. Christopher esperaba fervientemente que ellos también fueran capaces de verlo, y que tal vez encontraran algo en él a lo que amar y llamar suyo.

La Granja de Árboles de Navidad Wilson Glyn era perfecta, como una página de un libro de cuentos. Jesse había dejado que Brigid cuidara de Will mientras que este bailaba junto a los músicos de bluegrass en el área del granero. La banda estaba tocando villancicos, pisoteando la hierba con sus pies y balanceándose con sus cuerpos mientras que sus dedos trabajaban sobre el cuello de sus violines o acariciando sus arcos. Will estaba bailando con todas sus ganas, obviamente más embelesado por eso que por la elección del árbol. "La diversión empieza cuando llegas con él a casa," había declarado.

Brigid se había quedado fascinada con las piezas de decoración de madera a la venta. Jesse sospechaba que iba a recibir uno de esos pequeños abalorios como regalo de Navidad a juzgar por lo ansiosa que la niña se había mostrado al afirmar que se quedaría vigilando a Will después de echar a su padre y a Christopher de allí para que pudieran ir a elegir un árbol de Navidad sin ella.

"Bueno, parece que las cosas van un poco mejor con Brigid," dijo Jesse, refiriéndose al modo en que la joven se estaba portando con Christopher, aunque este lo interpretó mal.

"Sí, está llegando al final de su proyecto. Tiene que ser un enorme alivio saber que va a alcanzar su objetivo, incluso si no está segura de querer terminar todavía."

"¿Crees que todavía piensa que va a curar a Marcy?"

Christopher chocó cariñosamente con el hombro de Jesse mientras caminaban. "No lo sé. Solo tendremos que esperar y ver qué pasa. Creo que tiene miedo de que no vaya a funcionar."

"*No* va a funcionar."

"Lo sé." Christopher se aclaró la garganta. "Me gustaría que su corazón no se rompiera al comprobarlo, pero creo que no habrá ningún modo de evitarlo. Tal vez en esta ocasión, su corazón se rompa cuando descubra la realidad de los hechos por sí misma. Al contrario que me ha pasado a mí."

"Su corazón lleva mucho tiempo roto. Tal vez esto le ayudará a sanar. No la decepción, sino darse cuenta de que tiene nuestro apoyo." Jesse miró a su alrededor y no vio a nadie cerca, por lo que tomó la mano de Christopher y la apretó antes de soltarla.

"A veces tenemos que dejar de lado el último resquicio de falsa esperanza para encontrar por nosotros mismos el camino a la verdadera esperanza," dijo Christopher con la voz tensa por la emoción. "Mi madre me ha repudiado, y renunciar a ella—renunciar a todos ellos—me ha traído aquí contigo en vez de estar de vuelta en Knoxville caminando sobre cáscaras de huevo alrededor de gente que no trago."

Jesse tiró de él cerca y lo besó. "Dejar de lado a tu madre no significa que tengas que dejar de lado también a tu Nana, ya lo sabes."

"Lo sé. Hablaré con ella pronto." Suspiró. "Jackie volvió a mandarme un mensaje de texto. Me dijo que a Bob le han dado en alta y que mi madre sigue convencida de lo que me dijo en el hospital. Al parecer, cree que Dios ha aprobado su decisión y que es por eso precisamente por lo que Bob se está curando."

Jesse pensó en Ronnie y en la conversación que habían mantenido el día de Acción de Gracias. Ella creía cosas sobre Dios y los milagros que él nunca haría, pero incluso su cuñada parecía menos desquiciada que la familia de Christopher, sobre todo si lo que dijo acerca de aceptar su homosexualidad era cierto. Deseaba saber qué hacer con eso.

"Lo siento, Christopher."

"Yo no. Como le dije a Brigid, perdí a mi madre hace mucho tiempo. Solo tengo que aceptarlo y seguir adelante. Tal vez todavía pueda conservar a Jackie, Joe y los niños. Pero tal vez no. Jackie siempre ha sido la niña de mamá." Christopher asintió por delante de ellos. "Mira, ahí hay un buen árbol. ¿O es demasiado alto? Creo que encajaría en el hueco que hay bajo el gran ventanal de la cabaña, ¿no crees?"

Jesse entiendió que Christopher no quería seguir hablando de su familia, por lo que estudió el árbol de arriba abajo, declarando que sería perfecto para su sala de estar.

"Ahora solo tenemos que conseguir que nos lo cargue en la parte posterior de la minivan," dijo Jesse varios minutos después, arrastrando el árbol detrás de él. "Entonces podremos elegir algunas guirnaldas y regresar a casa."

Las mejillas de Christopher brillaban bajo las frescas temperaturas de la mañana. Probablemente era demasiado pedir teniendo en cuenta que quedaba mucho para enero, pero a Jesse le encantaría verlo rodeado de nieve. Podía imaginárselo en el patio trasero construyendo un fuerte con Will, o haciendo una guerra de bolas de nieve con Will y Frankie-Jones. Jesse sintió cómo su corazón de hinchaba de amor ante esa simple idea, y acarició el brazo de Christopher en su camino de vuelta hacia la granja.

Brigid corrió hacia ellos con una sonrisa en su rostro y una bolsa en la mano. Will seguía bailando junto a la banda de bluegrass, levantando las piernas como si hubiera visto Riverdance demasiadas veces. Christopher escuchó a Brigid hablar de sus compras mientras que Jesse la observaba con alegría. No esperaba que la niña hubiera olvidado tan pronto su resentimiento de la noche anterior, pero parecía habérsela ganado un poco al ofrecerse para ayudarle con sus pajaritas.

Mientras que Jsse supervisaba el modo en que el abeto era atado a la parte superior de su camioneta, se dio cuenta de que Christopher estaba un poco apartado, hablando con un hombre guapo y con barba que solo tardó unos segundos en reconocer como el herrero de los Sueños en las Montañas Humeantes. Más alto que Christopher y más robusto, con mucho, el herrero le hablaba con seriedad, las mejillas sonrojadas y los ojos bajos.

Christopher se movió incómodo mientras que miraba de reojo a Brigid y Will, quienes estaban viendo cómo otros niños montaban en un tren decorado. Jesse trató de leer los labios de Christopher mientras que este hablaba, pero no podía entender lo que estaba diciendo.

El herrero sacudió la cabeza y puso un par de dedos bajo la barbilla de Christopher para inclinar su cabeza hacia arriba e instarle a mirarlo a los ojos. La ira brilló en Jesse, caliente y consumidora. Entonces, abandonó la supervisión de la carga del árbol para acechar al hombre que estaba tocando a Christopher con una ternura tan inapropiada.

"…sé que no me vas a perdonar, lo sé," dijo el hombre antes de quedarse en silencio cuando vio a Jesse acercándose.

"Ahora soy feliz, ¿de acuerdo?" Declaró Christopher, apartándose la mano de Gareth de encima. "No se trata solo de que esperases demasiado tiempo. No habríamos llegado a ninguna parte juntos, Gareth."

¡Gareth! Ese era el nombre del tipo. Jesse se aclaró la garganta. "¿Todo bien por aquí?"

Christopher asintió, pero parecía triste, y volvió a bajar la mirada. "Jesse, este es Gareth Winston, del trabajo. No estoy seguro de que os hayáis conocido anteriormente. Fue mi… fuimos…" Los ojos de Christopher sostenían una especie de súplica. "También ha venido a comprar un árbol."

"Buena suerte con eso," dijo Jesse. "¿Supongo que Christopher te estaba contando sobre nuestros planes para regresar a casa, decorar el árbol y pasar una agradable noche juntos como una *familia*?"

Las mejillas de Christopher se encendieron antes de encontrarse con los ojos de Jesse con una extraña combinación entre vergüenza y emoción. Sí, acababa de decirlo. *Familia.*

"Ya nos veremos en el trabajo," le dijo Christopher a Gareth.

Gareth gruñó, dio un paso atrás y miró a Christopher nuevamente. "Si la cosa no funciona o tal vez necesitas un amigo, llámame." Entonces se alejó sin ni siquiera volver a mirar a Jesse.

"No tenías por qué habérselo restregado," dijo Christopher en voz baja mientras veía cómo Gareth se alejaba.

"Solo estaba tratando de dejar las cosas claras."

Christopher se rio por lo bajo. "¿Le estabas dejando claro que no estoy disponible?"

"Exacto."

"Bueno, eso es algo que podría haber hecho yo mismo. De hecho, era *justo* lo que estaba haciendo."

"Parece como si te sintieras culpable por ello," dijo Jesse, metiéndose las manos en los bolsillos de la chaqueta y mirando a Christopher a la cara con los ojos entrecerrados. "¿Por qué es eso?"

"Porque no es un mal tipo, y porque si no me hubiera rechazado después de esa primera noche, probablemente habríamos tenido algo juntos. Porque creo que realmente se preocupa por mí, a pesar de lo mal que me lo demostró cuando aún podía. Supongo que sus posibilidades de encontrar a alguien y decir las cosas correctas en el momento oportuno son bastante escasas. No parece que se le dan demasiado bien estos asuntos."

Jesse no dijo nada. La verdad es que quería decir que no sentía ninguna lástima al respecto. Al contrario, estaba agradecido. Porque la simple idea de imaginarse a Christopher con él le repudiaba tanto que le daban ganas de hincar una rodilla en el suelo y proponerle matrimonio en este preciso momento solo para segurarse que Christopher era realmente suyo y no iba a irse a ninguna parte.

"Vamos," dijo Christopher, golpeando el hombro de Jesse. "Vámonos a casa. El árbol ya está en la camioneta y todo está pagado. Creo que los niños también están listos. Demos comienzo a esta fiesta de decoración." Él sonrió entonces y sus ojos se iluminaron de nuevo. "Como una *familia*."

Horas más tarde, el árbol estaba puesto y decorado, los villancicos habían sido cantados, y los niños estaban tan agotados que habían optado por bajar al sótano para ver la última temporada de *La Leyenda de Korra*. Jesse había arrastrado a Christopher por las escaleras hasta su estudio en el ático, donde se habían encerrado.

El sofá junto a la ventana era más ancho que una cama doble, y Christopher, con sus pantalones bajados, camisa arrugada, y culo suspendido en el aire, sospechaba que Jesse habría pedido que lo construyeran de esa manera con la idea de usarlo para follar. Jesse estaba detrás de él sentado en una silla, y había pasado los últimos diez preciosos minutos lamiendo su culo como si tuviera todo el tiempo del mundo.

"Oh Dios, tienes un trasero perfecto," gruñó cuando se echó hacia atrás para comprobar de nuevo la elasticidad del ano de Christopher al meterle su pulgar mojado de saliva.

Christopher, con la cabeza hundida en la almohada, esperó, respirando con dificultad y frotando su dolorida polla. "Joder, estoy chorreando sobre el sofá," susurró, deslizando los dedos sobre la cabeza de su pene para extender el líquido preseminal con la esperanza de poder evitar manchar la tela.

"No te preocupes por eso. Solo déjate llevar y diviértete, Chris. Abre tu agujero para mí."

Christopher gimió cuando Jesse se zambulló de nuevo en su ano, chupándolo y mordiéndolo implacablemente. Su agujero se contrajo y se estremeció bajo el asalto y Christopher empujó hacia atrás en busca de más. No podía parar de gemir mientras que una capa de sudor brotaba de su piel y sus pezones comenzaban a vibrar. Era tan bueno, tan delicioso, que finalmente tuvo que llegar detrás de él para tirar del pelo de Jesse y hacerle parar, temeroso de que fuera a gritar tan alto que los niños pudieran oírle.

"Están en el sótano," susurró Jesse húmedamente contra la piel de su culo, como si hubiera leído sus pensamientos. "Estamos en el ático. Quiero escuchar tus ruiditos."

Jesse deslizó sus manos por la espalda de Christopher con dulzura, y Christopher oyó el sonido revelador de la envoltura de un condón abriéndose. Mantuvo la cabeza hacia abajo hasta que Jesse extendió un poco de lubricante por su agujero, y luego la levantó lo suficiente para susurrar, "Voy a ser muy escandaloso si me follas. No voy a ser capaz de contenerme."

"Lo sé. Me encanta eso." Jesse se posicionó detrás de Christopher. "Ah, y una última cosa antes de empezar." Agarró un puñado de su cabello y levantó su cabeza. Podría haberle hecho daño al haberle pillado desprevenido pero Jesse fue totalmente gentil en sus movimientos. Agarró la barbilla de Christopher y le instó a girar la cabeza hacia la ventana.

El sol se estaba poniendo, y tonos rosas y naranjas estaban inundando el cielo sobre las montañas. La vista era impresionante. Podía ver a Trueno y Leconte y la bruma habitual que suavizaba sus bordes. Era como una visión sacada de un sueño.

Jesse mantuvo la cabeza baja, y luego pasó las manos por los brazos de Christopher, colocándolos a ambos lados de sus costados y ejerciendo un poco de presión en sus muñecas. "No los muevas. No te harán falta hasta más tarde. Y mantener los ojos abiertos. Quiero que veas la puesta de sol. Esta es la mejor vista de toda la casa."

Christopher gimió cuando Jesse volvió a meterle el dedo en el culo— el sonido mojado de su agujero lubricado siendo ensanchado era jodidamente sexy—y luego Jesse posicionó la gruesa y caliente cabeza de su polla en su estirada entrada, haciéndole gemir y cerrar los ojos con fuerza mientras que su cuerpo estallaba en otra oleada de sudor. De rodillas con su culo en el aire y su mejilla aplastada contra el sofá de la ventana, Christopher se sentía deliciosamente expuesto.

"Mmm," gimió Jesse. "Estás tan sensible, tan condenadamente ansioso. Quiero que permanezcas quieto. Nada de trucos salvajes en los que no pueda averiguar si eres tú el que me está follando a mí o yo a ti. No esta noche de todos modos. Esta noche, quiero comprobar cuánto puedes tomar."

"¿Cuánto puedo—?" Gruñó Christopher, interrumpiendo su frase cuando Jesse agarró sus antebrazos y se impulsó en ellos para penetrarlo.

"Te voy a follar hasta que me supliques que deje que te corras."

"Oh, Dios."

"Me encanta cómo me estrujas con tu culo. Está muy apretado. Dios bendito, Christopher. No hay palabras para describirlo."

"¿Entonces por qué estás hablando?"

Jesse se echó a reír. "Oh, te arrepentirás de eso."

Jesse empezó a follarle tan dura y rápidamente que Christopher no pudo parar de gritar mientras que su culo convulsionaba alrededor de la palpitante polla de Jesse y su próstata era estimulada de una manera tan agresiva que estaba peligrosamente cerca de disparar toda su carga en el sofá sin ni siquiera tocarse la polla.

"He estado pensando en tomarte justo aquí cada vez que he intentado trabajar. No he conseguido sacar nada adelante. No he logrado concentrarme. Solo quería tenerte aquí desnudo y retorciéndote sobre mi polla, y ahora que realmente estás aquí, es *jodidamente increíble*. Maldita sea, por favor, dime que está siendo increíble para ti también."

Christopher no pudo contestar. Cada embestida en su culo provocaba que el aire saliera despedido de sus pulmones, pero no podía mencionar palabra. Para eso debería ser capaz de pensar, y todo lo que podía sentir era el calor y la fricción de su agujero, los escalofríos explotando en su próstata y las incontrolables convulsiones de su culo tratando de mantener el ritmo de la polla de Jesse. Él gimió y se retorció; sus caderas empezaron a temblar y su voz solo salía en gemidos prolongados que culminaban en gritos.

El teléfono sonó.

"¡Joder!" Jesse desaceleró sus embestidas y soltó los brazos de Christopher para tomar su móvil de la pila de almohadas a sus pies. "Shh."

Christopher se tapó la boca con la mano mientras que Jesse rodaba sus caderas y lo follaba lentamente a la vez que usaba el software de reconocimiento de voz para contestar al mensaje que le había entrado.

"Hay más de Doritos en la cocina del sótano."

Gimió y dijo, "Do-ri-tos. Jodida Siri."

Lanzó el teléfono donde lo había dejado previamente. "Ahora, ¿dónde estábamos?"

"Oh, Dios," logró decir Christopher antes de que Jesse comenzara a follarle salvajemente de nuevo. Podía sentir un hormigueo en los dedos de las manos y los pies; los cachetes de su trasero se habían quedado entumecidos; todo su cuerpo temblaba, y sus pelotas estaban cada vez más levantadas y apretadas. "Voy a correrme como sigas jodiéndome así," murmuró.

Jesse desaceleró sus embestidas, y Christopher no sabía si sentirse aliviado o echarse a llorar. Había estado demasiado cerca, pero no quería poner fin todavía a este espectacular polvo.

"¿Qué ves?" Preguntó Jesse.

"Montañas. Árboles. La puesta de sol." Realmente era un espectáculo alucinante, incluso mirándolo de lado.

"Yo veo el culo con forma de corazón más bonito y dulce que existe, y el agujero más caliente en el mundo entero. Mi vista es aún mejor."

Christopher se echó a reír. "Tienes un don de palabra."

"Lo sé. Supongo que eso significa que debería llevar este pequeño juego al siguiente nivel." Jesse jadeó. "Solo dime si no puedes soportarlo. ¿Todavía puedes hablar?"

El cerebro de Christopher zumbaba y su cuerpo ardía de necesidad, pero aún podría apañárselas para decir una frase o dos si era necesario.

"Sí."

"Bien. Solo di 'no puedo' si voy demasiado lejos."

Los empujes duros y rápidos estaban de vuelta y Christopher no pudo mantener los ojos abiertos por más tiempo. Las montañas, la puesta del sol, nada podía ser tan impresionante como el placer de ser follado. Jesse se derrumbó sobre él, empujando las caderas de Christopher sobre la rugosa tela del sofá. Entonces pasó el brazo por debajo de su torso, lo cual no era demasiado cómodo, pero a este último no le importó. Estaba en los brazos de Jesse y tenía el culo lleno de su polla. Eso era todo lo que importaba. El aliento de Jesse en su oído y el rasguño de su barba lo largo de su nuca eran enloquecedores, y Christopher sintió de nuevo por un momento, que estaba a punto de correrse. Meneó sus caderas hacia adelante para separarse un poco y luego se echó hacia atrás para volver a engullir la polla de Jesse.

"Mmm," murmuró Jesse. "Eso es. Mi chico del agujero ansioso. Dámelo todo. Te voy a llenar con mi leche hasta que gotee de tu culo."

Christopher se estremeció ante esas palabras tan sucias y deliciosamente sonantes al mismo tiempo, avergonzado por una parte y tremendamente excitado por lo guarras que eran. Sabía que Jesse llevaba un condón puesto, pero se imaginó qué sentiría si Jesse se corriese realmente dentro de él hasta el punto de desbordar su ano con su leche. Christopher siguió sacudiendo desesperadamente su culo hacia atrás y hacia adelante, follándose a sí mismo en la polla de Jesse y frotando su pene contra el sofá, hasta que Jesse lo inmovilizó sentándose sobre él y usó sus muslos para separar sus piernas todo lo que pudo y poder así follarle hasta el fondo.

"¿Te gusta eso? ¿Te gusta que te llame mi chico del agujero ansioso? Porque eso es lo que eres esta noche, ¿verdad, cariño? Un chico ansioso."

"Sí," siseó Christopher.

"Mm-hmm. Ese es mi chico. Abre tu dulce agujero para mi polla. Mira cómo te retuerces sobre ella; cómo me tragas con tu culo, rogándome que te dé más y más."

"Por favor, fóllame más duro, por favor."

"Oh, lo haré, cariño. Lo haré. Porque necesitas tener mi polla en ese agujero pegajoso y resbaladizo tuyo, ¿no es cierto?"

"¡Joder!" Maldijo Christopher mientras que sus muslos temblaban cada vez más incontrolablemente y su culo estrujaba la polla de Jesse.

"Hmm. Interesante."

"Jesse," gimió Christopher con una voz irreconociblemente áspera y profunda.

"Sí, ¿te gusta mi polla gorda en tu agujero cachondo?"

"Oh, Dios mío," Christopher se estremeció, ruborizándose por completo. La vergüenza y la lujuria corrían bajo su piel en oleadas tan fuertes que sentía como si todo su cuerpo fuera a estallar en un poderoso orgasmo.

"Canta para ella. Canta para mi polla dentro de tu agujero hambriento."

Christopher se quedó sin palabras mientras que su cuerpo vibraba. Un orgasmo inminente se aproximaba cada vez más inevitablemente. Jesse desaceleró y luego se retiró para deslizar dos dedos por su culo y tocar directamente la próstata de Christopher mientras que este se retorcía y se resistía. Su mente y los latidos de su corazón estaban cada vez más acelerados. Dios, ¿qué le pasaba? ¿Por qué le estaba resultando esto tan jodidamente caliente?

"Canta, Chris. Canta la canción que habla sobre mí."

"No puedo," gruñó.

"Estoy esperando." Jesse masajeó su próstata de nuevo, y Christopher se puso de rodillas, empujando su culo en el aire. Los dedos de Jesse lo follaban sin parar.

"Por favor," rogó. "Oh, Dios, lo necesito desesperadamente."

"Canta el estribillo."

Christopher gimió y lo cantó susurrando mientras que su cuerpo se iba calentando más y y más con cada caricia de los dedos de Jesse.

"Precioso. Ha sido muy bonito."

La polla de Christopher seguía goteando en el sofá sin que este pudiera hacer nada al respecto mientras que arqueaba la espalda y apretaba su agujero alrededor de los dedos de Jesse. "Di algo guarro. Por favor."

Jesse frotó su próstata, y cuando Christopher habló, su voz sonó tan entrecortada y tan brutal al mismo tiempo, que retorció las sábanas y gritó de necesidad contra la almohada.

"Canta para mi polla con esa boca sucia come-pollas."

Christopher no tenía ni idea de si estaba diciendo las palabras correctas o si se estaba desviando de la melodía, ya que Jesse comenzó a estrellarse contra su trasero con toda su fuerza tan pronto como empezó a canturrear, y su culo se contrajo violentamente alrededor de la invasión. Se imaginó su culo chupando la polla de Jesse con avidez, agarrándolo, ansioso por no dejarlo ir. Su canción se desvaneció en gemidos y ruiditos de placer.

"¿Todavía puedes hablar, cariño?"

"Sí," gimió Christopher. "Por favor, di algo guarro. Por favor. Dios, esto es jodidamente impresionante."

Jesse se inclinó sobre él, le agarró del pelo, y tiró de él para susurrarle al oído, "Me encanta lo apretado y caliente que está tu agujero mientras que devora mi gran polla gorda."

"Llámame algo sucio."

"Puta."

"Zorra," Christopher murmuró.

"Mmm. Puta cachonda con un agujero tan húmedo y pegajoso como si fuera un coño."

"Mierda. Dime…" Christopher se sintió arder por todas partes, y casi no pudo pronunciar las siguientes palabras. "Dime que voy a arder en el infierno porque me encanta sentir tu enorme, *oh, Dios,* y gorda polla en mi trasero." Gimió. "Por favor, llámame… llámame maricón; llámame sodomita asqueroso. Pervertido de Satanás. Por favor. Necesito… lo necesito. Por favor, Jesse, di que voy a arder." Christopher se estremeció y casi se corrió diciendo esas palabras él mismo, pero necesitaba oírlas de la boca de Jesse.

Jesse no dejó de menear sus caderas frenéticamente, y Christopher estuvo a punto de caer mortificado por lo que acababa de decir, pero Jesse pasó una mano por su espalda.

"Oh, Chris. Eres tan dulce. Eres muy dulce y muy guarro al mismo tiempo; un ángel guarro, y no hay sitio en el infierno para un tragón de pollas tan cachondo como tú," Gimió Jesse. "Córrete ahora. Quiero sentirte."

No había vuelta atrás. Una explosión atravesó su cuerpo con un insoportable placer que bombeó su palpitante polla y pelvis hasta hacerle colapsar sobre el sofá con temblores, escalofríos, y vagamente consciente de que Jesse parecía haberse corrido también, basándose en los latidos de su polla profundamente enterrada en su culo.

Varios minutos después, Christopher comenzó a descender del pico más alto de su orgasmo, sintiéndose avergonzado. Jesse seguía encima de él, y se preguntó si tal vez podría fingir no haber dicho nunca ese tipo de cosas. De ese modo, no tendría que admitir nunca que Jesse lo había visto—que había visto su parte más sucia, desvergonzada y trastornada.

"Eso ha sido toda una sorpresa," dijo Jesse, tumbándose a su lado sobre su costado. "¿Sabías que iba a gustarte?"

Así que, al parecer, iban a hablar de ello.

Christopher sacudió la cabeza mientras que la ansiedad iba creciendo en sus entrañas, y cuando Jesse se quitó el condón y lo arrojó a un lado sin decir nada más, se preguntó exactamente qué debería decir para acabar con ello lo antes posible.

Jesse se sentó junto a él y pasó la mano por su espalda. "¿Estás bien?"

Christopher asintió y se sentó sin encontrarse con su mirada. "He estropeado la almohada."

"A la mierda la almohada." Jesse tocó el ceño de Christopher con el dedo índice, rozando las arrugas en su frente. Fue un gesto que le hizo sentir mejor, y le recordó a cuando Jackie solía hacerle eso cuando los dos eran pequeños y dormían en la misma cama. Entonces, se giró un poco más hacia el otro lado.

"Vienes de una familia jodidamente fundamentalista. Es normal que te excites con esas cosas. Yo también me excito de verte a ti excitada. Todo el mundo quiere sentirse cachondo y sucio a veces. No tienes por qué avergonzarte."

Christopher sintió un pinchazo en el estómago. No creía que fuera por lo salvaje que había sido el polvo, sino más bien por lo que había pasado después. "Entonces, ¿crees que estoy mal de la cabeza porque todos en mi familia son unos fanáticos religiosos?"

"No. No he querido decir eso." Jesse acarició su hombro. "Quiero decir que todos estamos mal de la cabeza. Es solo que… te ha gustado, y no hay nada de qué avergonzarse. No eres ninguna puta, ni ninguna zorra, y por supuesto no vas a ir al infierno—"

"Ni siquiera has dicho eso."

"No podía mirarte, tan jodidamente precioso y a punto de correrte para mí, y decir algo como eso. ¿Llamarte puta cachonda o zorra? Eso, sí. Porque en ese momento, eras *mi* puta cachonda y mi zorra. Pero solo en ese momento."

"No sé si deberíamos volver a jugar a esto." Christopher se frotó los brazos y luego tomó su camisa. "Me siento… un poco sucio."

Jesse tomó a Christopher entre sus brazos y lo besó en las mejillas, los párpados, la boca y la barbilla. "Lo siento mucho. ¿Estás bien?"

"Sí."

Jesse acarició tu espalda. "¿Qué podría hacer para que te sintieras mejor?"

Decirme que me quieres.

"Solo abrázame durante unos minutos."

"Todo el tiempo que necesites," murmuró Jesse.

"O hasta que suene el teléfono," dijo Christopher, logrando esbozar media sonrisa.

Jesse lo estrujó con más fuerza.

"Espero que no… pienses de mí… quiero decir, que no pienses

menos de mí después de esto que ha pasado."

"No. Creo que solo pienso menos de mí mismo por haberlo hecho sin haberme cerciorado previamente que estaba bien. Por haber ido demasiado lejos con ello."

"Me he corrido con muchísima fuerza, sin embargo."

Jesse se encogió de hombros. "Yo también. Estábamos muy cachondos. Ahora no lo estamos y las cosas se ven diferentes."

Christopher mordisqueó el cuello de Jesse, oliendo su piel. "Tal vez quiera volver a hacerlo en algún otro momento. Pedirte que me llames cosas guarras. Cuando lo hayamos planeado de antemano."

"Es algo que dependerá de ti. Yo lo he disfrutado mucho pero no quiero que—"

"Yo también lo he disfrutado. Algún día quizás. No demasiado pronto." Christopher se dio cuenta de la implicación de ese comentario— permanecer cerca de Jesse durante el suficiente tiempo como para hacer planes a largo plazo sobre su vida sexual.

"Claro. En unos pocos meses. O tal vez el próximo año. O nunca. Cuando quieras."

Y Jesse parecía haberlo asumido igualmente. Christopher se acurrucó en sus brazos, cálido, seguro y protegido.

Capítulo Veintitrés

LAS MANOS DE JESSE ESTABAN SUDOROSAS CUANDO Nova abrió la puerta para él y Christopher. Llevaba una de sus largas y anticuadas faldas de tela vaquera y una camiseta de manga larga que proclamaba que el amor era la fuerza que tenía que guiarnos a todos. Christopher llevaba unos pantalones vaqueros y el jersey verde que resaltaba sus ojos. Jesse abrazó nerviosamente a la mujer y dijo, "Hola, gracias por ocuparos de los niños."

Nova había ido a buscarles a la escuela ese día, para que él pudiera recoger a Christopher y traerlo a la cena. Eran un poco más tarde de lo previsto porque Christopher se había cambiado tres veces de camisa, incapaz de encontrar una que les conveniese a ambos, hasta que Jesse le dijo que ser pusiera ese suéter en concreto porque nadie podría resistirse a él.

A pesar de que Nova había sido quien le había sugerido que invitara a Christopher, Jesse no podía evitar preguntarse si sería capaz de verlo con otra persona y aceptarlo. Por supuesto, ella prácticamente le había rogado durante los últimos años que dejara el cuidado de Marcy a su cargo y que siguiera adelante, pero tal vez era una de esas cosas cuya teoría era mejor que la práctica.

Jesse suspiró de alivio cuando Nova le dio a Christopher un cálido abrazo de bienvenida.

"Me alegro mucho de verte de nuevo, Christopher. Entra y siéntete como si estuvieras en tu propia casa." La mujer se colgó de su brazo y lo guió por el pasillo hacia la sala de estar y la cocina, diciendo, "Tim se ha llevado a los niños por el sendero de atrás para hacer un poco de montañísmo, pero estarán de vuelta muy pronto. ¿Quieres un poco de agua o un vaso de Kombucha? Acabo de sacarlo de la parte de atrás de mi armario y tiene que estar gaseoso y delicioso. ¡Es muy bueno también para la salud!"

Christopher miró por encima del hombro a Jesse con la frente arrugada. "¿Kombucha?"

"¿Nunca lo has probado?" Nova le guió hasta una silla y le sentó.

Jesse tomó la silla de enfrente y apoyó el codo sobre la mesa, guiñándole un ojo y sonriendo cuando Christopher lo miró en busca de ayuda.

"No, señora, nunca lo he probado."

"¡Oh, querido! No me llames señora, cariño. Nova estará bien, y por favor, llama a Tim también por su nombre. Nos disgustaría que no nos tutearas." Ella metió la mano en el armario y sacó tres vasos. "Tú también vas a beber un poco, Jesse," dijo con un poco de severidad, negándose a recibir un no por respuesta.

"Si no hay más remedio…"

Christopher parecía un poco nervioso mientras que Nova dejaba los vasos sobre la mesa.

"Es té," dijo. "Un té muy maravilloso y saludable que fortalecerá tu sistema inmunológico y limpiará tu hígado."

"Ella lo fermenta en su armario," añadió Jesse.

"¿El té fermanta en su armario?" Preguntó Christopher con los ojos abiertos como platos.

"No, cultiva el hongo, una torta resbaladiza y correosa a la que también se conoce como SCOBY, en su armario. Es increíblemente curativo."

"Shh, Jesse Birch, vas a asustarle. Es perfectamente seguro." Nova tomó una jarra con un líquido de color oro de la nevera. "Además no sirvo el SCOBY con el té. Lo uso para iniciar una nueva remesa."

"¿SCOBY?" Murmuró Christopher mientras que la mujer se acercaba.

Jesse apoyó la barbilla en su puño y miró a Nova mientras que esta cruzaba la cocina con la jarra en su mano. "Sí, es una torta muy viscosa que hay que dejar fermentar durante meses."

"¿Torta viscosa?" Preguntó Christopher con la voz un poco más débil, aunque sonriendo a la mujer ya que deseaba gustarle desesperadamente, a pesar de su falta de conocimiento sobre la Kombucha.

"Parece una placenta."

Nova dejó la jarra sobre la mesa y le dio un puñetazo a Jesse en el hombro juguetonamente.

"Vaya, vaya, pensé que los budistas estabáis en contra de la violencia de cualquier tipo," Jesse se echó a reír.

Nova también se rio mientras servía el té. "Supongo que debo advertirte de que no tiene un sabor afrutado en absoluto. Es más bien avinagrado y también he añadido una pizca de jengibre, por lo que puede que esté un poco picante."

Christopher asintió y miró el vaso con un poco de desconfianza, pero luego lo levantó y tomó un buen trago. Sus ojos se iluminaron y sonrió. "Oh, vaya, es bastante… extraño. Pero está bueno. Me gusta."

Nova estaba claramente encantada y rápidamente volvió a llenar su vaso hasta arriba. "Bébetelo todo. Tu hígado te lo agradecerá."

Christopher tomó otro trago y asintió alegremente mientras que ella volvía a dejar la jarra en la nevera. Él llamó la atención de Jesse y sonrió tímidamente. Jesse volvió a guiñarle un ojo.

"Christopher, ¿cómo va el trabajo?" Preguntó Nova.

"¡Bien! Me han dado la parte principal como sustituto en el show de

Navidad. Hemos hecho hoy dos y la audiencia ha estado genial. Muy entusiasmada. Siempre me hacen sentir muy bien cuando cantan a coro y después aplauden."

"Bueno, eres todo un artista." Sonrió. "Siempre me has gustado."

"Gracias, se—Nova."

Jesse levantó su copa para hacer un brindis por eso y tomó un trago. Entonces tosió ligeramente. "Mierda, Nova, ¿qué demonios? ¡Sabe a vinagre caliente con gas!"

"Lo dejé fermentar un poco más de lo habitual. Así es más saludable."

"Sabe horrible. Christopher, no tienes por qué bebértelo."

Christopher se encogió de hombros y bebió otro sorbo. "Supongo que me gusta el vinagre."

Jesse se rio entre dientes. "Pelota."

Nova volteó los ojos. "No es ningún pelota. Está delicioso." Se volvió hacia Christopher y le dijo en tono de broma, "A ti también te gustaría si no hubieras echado a perder ese paladar tuyo con tanto vino caro."

Jesse soltó una carcajada y Nova soltó otra. Christopher se rio, aunque no entendía muy bien el contexto de la broma familiar. A Nova solo le gustaba el vino barato. No importaba las veces que Jesse hubiera tratado de educar su paladar para saber apreciar las cosas buenas.

"Pero volvamos de nuevo a ti, Christopher." Ella sonrió. "¿Tienes alguna aspiración respecto a tu carrera? ¿Tal vez reemplazar a Látigo cuando le dé un coma etílico?"

Christopher palideció un poco y luego se sonrojó. Se aclaró la garganta, miró su vaso en lugar de encontrarse con los ojos de Jesse o los de Nova, y se encogió de hombros. "Bueno, he estado dándole vueltas a la cabeza últimamente." Miró a Jesse y luego volvió a bajar la mirada. "No creo que pueda llegar a ser el remplazo permanente de Látigo si este deseapareciera en algún momento. Creo que podría continuar siendo su principal sustituto, pero sé que Melissa probablemente se encargaría de encontrar a alguien tan bueno como él. Pero, recientemente, he estado escribiendo mi propia música de nuevo por primera vez en mucho tiempo, y eso me ha hecho recordar el motivo por el que empecé en el mundo de la música en primer lugar." Él miró a Jesse de nuevo. "Para expresarme y hacer algo hermoso de mis sentimientos y experiencias. O tan hermoso como mi talento me lo permitiera."

"No te subestimes tanto," dijo Nova. "No es bueno para la digestión de tu energía vital. No querrás tener reflujos."

Christopher se rio. "Tomo nota. Nada de reflujos."

"Continúa—¿qué es lo que harías con esas nuevas canciones?"

"Últimamente he estado pensando en crear mi propio canal de YouTube para mostrar mi música. Llevo siguiendo a algunos músicos en YouTube desde hace algún tiempo, y algunos no son mucho mejores que yo. Sería una buena plataforma para empezar. Y tal vez algún día, si pudiera ahorrar algo de dinero, me gustaría tener mi propio estudio de grabación en el que poder crear mis propios discos y grabar la música de mis amigos en los Sueños en las Montañas Humeantes. Hay un montón de artistas allí que se dedican a componer su propia música y me encantaría ser capaz de sacarla al mercado. Tendría que aprender a mezclar música, o contratar a alguien que supiera, pero—bueno, es una idea muy a largo plazo. De cara al futuro."

Jesse no creía que tuviera que estar tan lejos. Siempre y cuando Christopher quisiera aceptar un préstamo de él. Aunque, tal vez eso era algo que considerar en un año o así. Solo para asegurarse de que esta conexión entre ambos era realmente algo que podría durar y superar cualquier tipo de tormenta. Jesse no estaba seguro de que hubieran tenido siquiera su primera pelea. ¿Contaría el malentendido respecto a Marcy?

"Esos me parecen unos objetivos muy admirables y realistas," dijo Nova mientras le palmeaba la mano.

La puerta de la cubierta se abrió en ese momento y Will la atravesó con una velocidad vertiginosa, las mejillas sonrojadas y el pelo todo revuelto.

"¡Señor Chris!" Dijo, corriendo derecho hacia Christopher. "¡Adivina lo que hemos visto! ¡Un oso! ¡En el bosque! Brigid gritó al verlo y el abuelo dijo, 'Solo la calma atrae a la calma' o algo así, no sé, ¡pero luego nos pidió que hiciéramos mucho ruido y que retrocediéramos, aunque muy *lentamente*, y el oso se subió a un *árbol*!"

Tim entró entonces por la puerta, con una Brigid llorando silenciosamente y aferrada a su abuelo con todas sus fuerzas, impidiendo que el hombre pudiera caminar con normalidad.

"No te preocupes," le dijo a Jesse. "Era solo un oso."

"¿Estás bien, B?" Preguntó Jesse mientras se dirigía hacia su hija. La niña se encogió de hombros y soltó a su abuelo para abrazarse a su padre, enganchándose a él con fuerza mientras que Jesse acariciaba su espalda.

"Era una bestia hermosa," dijo Tim mientras pasaba la mano por el pelo de la pequeña. "Preciosa."

"¿No parecía agresiva?" Preguntó Jesse.

"Para nada. Se batió en retirada."

"No pasa nada, B. Hiciste bien al hacer un montón de ruido y retroceder."

Ella asintió con la cabeza y luego se apartó de sus brazos. Se secó los ojos con el dorso de sus manos y pareció aspirar una bocanada de dignidad antes de enderezar los hombros y sacudir su pelo hacia atrás. Entonces, se dirigió a Christopher. "¿Quieres hacer algunas pajaritas conmigo?" Preguntó.

"Claro," respondió él, mirando a Jesse mientras que se ponía de pie. Dejando la Kombucha detrás, Christopher siguió a Brigid hasta la sala de estar. Will les pisó los talones, parloteando sobre el oso y cómo Tim había sido capaz de mantener una mente fría.

"Parece que Brigid ha superado los problemas que tenía con él," dijo Nova, tomando un sorbo de su té.

Jesse permaneció sentado mientras veía cómo su hija y Christopher se sentaban en el suelo al lado de la mesita de café y empezaban a doblar papel. El árbol de Navidad de los McMillan estaba en una esquina detrás de ellos y las luces brillaban contra la pálida piel de Christopher, iluminándola suavemente. Los montones de regalos se habían ido acumulando debajo del árbol, y Jesse se preguntaba cuándo debería abordar el tema del intercambio de los mismos, ya que él y los niños no pasarían el día de Navidad con ellos. Su corazón dio un vuelco al pensar en eso, pero logró ignorarlo.

"Sí. Las cosas han mejorado mucho en el último par de semanas desde Acción de Gracias. Parece que han encontrado el modo de llevarse bien."

"Eso es genial. Me alegro de que no la forzaras."

Jesse asintió, admirando los dedos de Christopher mientras que plegaba el papel con el que estaba construyendo la pajarita.

"Y Will parece encantado con él."

"A Will le gustó desde el principio."

Tim asintió, dejándose caer en la silla junto a Jesse. "Es un chico muy fácil de contentar."

"Eso es cierto."

Nova suspiró. "Entonces, ¿eres feliz?"

Jesse no pudo detener la sonrisa que estalló en su rostro. "Sí, lo soy."

"Bien. Eso es todo lo que siempre hemos querido para ti," dijo Tim, agarrándolo del brazo.

"¿Va a pasar la Navidad contigo?" Preguntó Nova.

Jesse asintió. "Eso creo. Ese es el plan de todos modos."

"Entonces todo está saliendo según lo previsto."

Jesse tomó otro sorbo de Kombucha. "Sí, eso parece," admitió.

"¡Papá!" Exclamó Brigid. "¡Ven aquí! ¡Christopher puede hacerlas súper rápido!"

Todos ellos se mudaron a la sala de estar y se sentaron alrededor para ver a Christopher y a Brigid trabajar.

"Supongo que es algo que nunca se olvida. Como montar en bicicleta," dijo Christopher con orgullo.

Jesse sonrió. Christopher estaba adorable sentado en el suelo junto a su hija, sonriendo y riéndose de los comentarios de Will, y luego hablando seriamente con Nova y Tim. Jesse podía imaginar todo un futuro compuesto de momentos como este, y esa imagen mental lo llenó de alegría.

Podría tener un futuro con alguien que le importaba. Era algo que podría alcanzar y no soltar jamás. Tiró de Will en su regazo y se acurrucó con él, satisfecho de una manera que no había experimentado en años.

"¡Vaya! ¡Mira quién está aquí!" Dijo Nana, inclinándose hacia adelante en su silla de ruedas y extendiendo los brazos hacia él. "Ven aquí y dame un poco de amorcito."

La residencia de ancianos, incluyendo la habitación de Nana, había sido decorada para la Navidad. Había varios árboles en las zonas comunes, y su habitación estaba llena de lazos de colores chillones y adornos varios. Había una gran corona de flores sobre la ventana, un belen de papel colgando de la pared junto a la puerta, y el broche de oro: el sonido del álbum de Navidad de Amy Grant procedente de los altavoces junto a su cama.

Edna no estaba en la habitación, y después de que Christopher hubiera contentado a Nana con un beso, miró inquisitivamente hacia su cama.

"Oh, acaba de marcharse con el inútil de su hijo. Al parecer, iba a llevarle a Cracker Barrel. Dadas las fechas que son, debería haberle traído algún regalo. Además, no le viene nada bien estar cogiendo tanta humedad y frío."

Christopher sonrió y acercó una silla para sentarse frente a ella. Él tomó su nudosa mano entre las suyas, trazando las hinchadas líneas de sus venas mientras que trataba de decidir qué decir a continuación.

"Te debo una disculpa," dijo Nana suavemente.

Christopher esbozó una triste sonrisa. "No, Nana. No he venido por eso."

Ella continuó como si no le hubiera escuchado. "Lo siento mucho. No debería haberlo hecho. Ahora lo sé. Pero lo que yo quería era provocar una situación tan desquiciantes que tú mismo pudieras poner fin a todo ello. O tu madre. Quería que todo se desmadrara horriblemente para que Bob se mostrase como el enfermo que es. Pero, más que nada, quería hacerte entender que no puedes seguir yendo allí, Christopher." Ella agarró su mentón, obligándolo a encontrarse con sus nublados ojos color avellana. "Quería que Joe también lo viera; quería que te enseñara a levantarte y salir de allí. Y así lo hizo. Así que, al menos esa parte salió bien. Sin embargo, jamás pensé que tu madre pudiera renunciar a su hijo de esa manera."

"Ella renunció a mí hace mucho tiempo, Nana." Todavía le resultaba muy difícil decir esas palabras en voz alta, pero su estómago le dolía menos cada vez que lo hacía.

Ella chasqueó la lengua y sus ojos se volvieron tristes y tormentosos. "Supongo que sí, cariño. Supongo que sí. Siempre ha sido una estúpida, débil de mente."

"Gracias por disculparte, Nana, pero en realidad, he venido aquí para darte las gracias."

Nana parpadeó repetidamente como si se hubiera vuelto loco.

"Si Lee y tú no hubiérais preparado todo eso, creo que nunca habría sido lo suficientemente valiente como para hacer lo que tenía que hacer. Bueno, supongo que lo hizo mamá, en realidad. Pero a la larga, el hecho de que me haya echado de su vida es probablemente lo mejor que me podía haber pasado."

Nana apretó su mano y asintió con la cabeza. "Aún así, lo siento mucho, cariño."

"Todo irá bien, Nana. Tal vez algún día yo tenga mi propia familia."

Los ojos de la anciana brillaron con picardía. "Ese Jesse Birch y sus hijos, ¿tal vez? Ellos te necesitan y tú serías muy bueno para ellos."

Christopher le guiñó un ojo. "Tal vez así sea, Nana."

Ella movió un dedo. "Ahora, confiesa, jovencito. Las cosas se están poniendo más serias entre vosotros, ¿no es cierto?"

"Sí, así es. Cené con él, los niños y sus suegros la otra noche. Ellos son más padres para él que sus verdaderos padres, al parecer."

"¿Y te aceptaron?"

"Con los brazos abiertos. Fue una cena muy agradable y todos parecían felices. Incluso yo."

"¡Por supuesto que estaban felices de tenerte allí!"

"Ya sabes que la situación tampoco es fácil para ellos, Nana."

"Yo solo sé que conozco a Tim y Nova McMillan lo suficiente como para afirmar que serían tontos si no se enamorasen completamente de alguien como tú."

"Bueno, no sé si se enamoraron de mí o no, pero les gusté, de eso estoy bastante seguro."

Nana miró hacia el techo, murmurando un suave: "Gracias, Dios." Entonces, le sonrió. "Y tú pensabas que nadie podría quererte. Que nadie iba a necesitarte."

"No quiero que alguien me necesite," respondió—aunque eso no era del todo cierto. "Solo quiero a alguien que me vea, que vea todo sobre mí, y que todavía quiera permanecer a mi alrededor. Solo quiero una familia."

"Bueno, parece que te encuentras en el camino correcto para conseguir una."

"Eso espero." Por lo menos, parecía estar experimentando algo similar. Tim y Nova le habían tratado como si estuviera destinado a estar allí, y después había vuelto a casa con Jesse y los niños también esa noche. Casa. En su cabeza, había empezado a imaginarse la casa de Jesse como su propio hogar.

"Y hasta la vista a ese despreciable Bob y tu madre."

"Nana…"

"Shh." Ella tiró de su chaqueta. "¿Qué? ¿Es que acaso tienes prisa? ¿No vas a quedarte un rato más?"

"No hay ningún otro lugar en el mundo donde preferiría estar en este momento."

"Entonces, vamos. Quítate el abrigo y ponte cómodo."

Christopher se quitó la chaqueta y la colgó en el pequeño estante de clavijas atornilladas a la pared, el cual mostraba una gran variedad de suéteres de su abuela, así como su largo abrigo de invierno de lana. Su chaquetón azul marino parecía enorme al lado de sus pequeñas prendas.

"¿Sabes lo que pienso, Christopher?"

Él se sentó de nuevo. "Vas a decírmelo quiera o no."

"Creo que tal vez Dios quiso que fracasaras en Nashville para que Jesse pudiera verte sobre ese encenario, brillando toda tu luz hacia él."

"Nana, eso es como decir que Dios quería que Marcy sufriera muerte cerebral para que yo pudiera estar con Jesse. No puedo creer en un Dios así."

Nana pasó los dedos por el cabello de Christopher con una expresión pensativa en su rostro. "¿En qué clase de Dios crees entonces, Christopher?"

Christopher se quedó callado un largo rato antes de encogerse de hombros. "Supongo que en un Dios que nos da esperanza y alegría para poder hacer frente al dolor que el mundo reparte."

"Escribe una canción sobre eso, cariño, y cántamela la próxima vez que vengas. ¿Trato?"

Christopher sonrió. "¿Cómo sabes que estoy escribiendo música de nuevo?"

"Puedo verlo en tu cara." Ella tocó las comisuras de sus ojos y luego los bordes de sus labios. "Pareces estar inspirado. Por primera vez en años."

Christopher le tomó las manos y besó sus dedos. Luego se levantó y se dirigió de nuevo hacia la percha de clavos. "También he venido hoy porque tengo algo para ti." Él buscó en el bolsillo de su abrigo hasta que sacó una cajita envuelta en tonos verdes y rojos. "Dado que no voy a pasar Navidad con vosotros este año y voy a estar muy liado durante lás próximas semanas con todos los espectáculos que tengo programados en SMH, quería dártelo ahora."

Él acercó su silla y le entregó el pequeño regalo. "Antes de abrirlo, hay una historia detrás que creo que te gustará—probablemente más que el propio regalo."

Christopher relató cómo había ido al taller de Jesse para pedir que le hiciera el medallón, y cómo eso había sido el origen de todo. "En cierto modo, Nana, la felicidad que comparto ahora con Jesse y la que espero seguir compartiendo con él en el futuro, es gracias a ti."

Nana chasqueó la lengua y volteó los ojos ojos mientras que sus nudosos dedos jugaban con la cinta verde, deslizándola sobre el suave papel rojo. "No, no. Si has encontrado la felicidad, lo has hecho solo por tus propios méritos, muchacho."

Ella abrió el envoltorio con cuidado, como siempre había hecho, asegurándose de preservar el papel para su uso posterior. La cajita en la que Jesse había puesto el medallón era de terciopelo negro, y cuando ella la destapó, se quedó sin aliento y se llevó una mano al pecho. "¡Por Dios, cariño! ¡Es una belleza!"

"¡Por supuesto que lo es! ¡Lo ha hecho Jesse!" Christopher le mostró cómo se abría y cómo podía contener fotos en su interior. Incluso él ya había puesto cuatro—una suya, otra de Jackie, y dos más de cada uno de sus primos.

"Bueno, puedo declarar oficialmente que esto es lo más especial que he tenido nunca."

Christopher sonrió.

Nana se inclinó bruscamente y le dio una bofetada. No con demasiado fuerza, pero la suficiente como para que doliera.

"¡Ay!" Christopher se echó mano a la mejilla pero no pudo parar de reír al mismo tiempo. Más o menos, se esperaba una reacción semejante.

"Te lo mereces, muchacho. ¡Sabes de sobra que no debes comprarme cosas caras! Ya casi tengo un pie en la tumba y deberías ahorrar tu dinero para cosas más importantes."

"Como ya he dicho, Nana, si no hubiera encargado que te hicieran una cosa así, tal vez Jesse y yo no nos hubiéramos conocido nunca."

Ella sacudió la cabeza y miró el medallón. "Bueno… entonces solo me sentiré medio culptable. Vamos, pónmelo."

Christopher tomó el medallón y lo cerró alrededor de su cuello. La joya caía hasta la mitad de su pecho, y ella la cogió, estudiando su parte frontal con una sonrisa. No importaba lo que Nana dijera, Christopher sabía que le había encantado, y también sabía lo mucho que lo quería. Teniendo en cuenta este momento aquí y ahora con ella, y su relación con Jesse, no podía arrepentirse en absoluto. Sabía que había obrado bien.

Capítulo Veinticuatro

"¡OH, GRACIAS A DIOS! ¡TE NECESITO, RYDER!"

La forma en que Shannon sostuvo a Christopher del brazo no dejaba lugar a dudas de que no iba a dejarle a escapar, y la mirada salvaje en sus ojos dejaba también en evidencia que Christopher iba a tener que ayudarle con *algo*. Casi hizo una broma tonta, pero en cambio le preguntó, "¿Qué pasa?"

"No tengo que estar aquí hoy pero Corey se ha ido a Virginia Occidental para visitar a su madre en el hospital, y cuando Jeanette se quedó sin voz, ¿adivina a quién llamaron en su día libre?" Ella se apartó su pelo largo y liso de los ojos. "Tengo que ir a maquillarme y prepararme rápidamente, pero tengo un problema, y me debes una."

"¿De veras?" Mierda. Hoy también era el día libre de Christopher y solo se había dejado caer por el parque para recoger su horario. Se había dejado una copia en casa de Jesse sin haberlo guardado antes en la agenda de su teléfono como este le había enseñado, y tampoco lo había añadido al calendario que tenía colgando de la pared en casa porque aún no se había pasado por allí.

"Sí. ¿Recuerdas aquella vez que te cubrí cuando tuviste que ir a Knoxville para la boda de tu hermana?"

"En realidad, fue Látigo quien me cubrió."

"Cierto, pero estaba tan borracho que se olvidó de la mitad de las frases y tuve que cantar por él y luego, en el backstage, estaba a punto de meterme mano cuando vomitó en mis zapatos. Me encantaban esos zapatos, Ryder."

"De acuerdo. Soy todo oídos." Él se preparó.

"Se supone que debo estar en Sevierville para cantar el recital de Navidad en la residencia de ancianos. Las personas mayores necesitan sus villancicos, Christopher, y tú vas a cantar para ellos."

"¿Yo?" Claro, Christopher había contemplado pasar la Navidad con Shannon cantando villancicos en las residencias de ancianos, pero ese no era su plan para hoy. Tenía pensado ir a casa para crear nuevas canciones y tal vez grabar un par de temas en su vieja grabadora portátil. Por mucho que él y Jesse quisieran pasar todas las noches juntos, no era justo obligar a los niños a aceptar un cambio semejante en tan poco tiempo, así que Christopher había planeado refugiarse en casa durante un tiempo y concentrarse en la música dando vueltas en su cabeza.

Sin embargo, tenía que admitir que dos días seguidos en casa de Nana iban a resultarle muy fríos y solitarios después de casi una semana en casa de Jesse con los niños siempre moviéndose por todas partes, hablando, riendo, jugando e invitando a sus amigos. Su casa le iba a parecer ahora un lugar muy vacío.

"Te encantará. Las ancianas van a pensar que eres adorable y los viejos maricas te invitarán a que vuelvas a pasarte por su habitación." Ella lo miró de reojo. "Solo riéte como si te lo tomases a broma o sígueles el rollo—lo que más te apetezca en ese momento."

"Ja, ja, Shannon. La verdad es que ya tenía planes."

Ella parpadeó y sus ojos se oscurecieron peligrosamente. "Vómito en mis mejores zapatos, Christopher Ryder. Si no hubiera estado aquí esta noche, aún los conservaría intactos. ¿Me entiendes?"

"Te entiendo. De acuerdo. ¿A dónde tengo que ir y qué es lo que se supone que debo hacer?"

Shannon pasó un brazo a su alrededor y sonrió. "Ese es mi chico."

El exterior de la residencia de Marcy no había cambiado nada desde la última vez que Christopher había estado estacionado en su parking. *Por supuesto*, ahí era justo donde Shannon iba a cantar esa tarde. El corazón de Christopher había estado a punto de pararse cuando Shannon le había dado el nombre y la dirección, pero había accedido a venir, y ahora estaba tratando de convencerse a sí mismo de que no era para tanto. Claro, la esposa no-completamente-muerta de Jesse estaba dentro, pero no era como si la pobre mujer fuese a ser capaz de disfrutar de los villancicos.

Apagó el motor y examinó el edificio. No tenía nada que ver con la escena pastoral que reflejaba la residencia de ancianos de Nana, pero esta era claramente, una instalación mucho más costosa. Christopher se bajó de su coche con las manos sudorosas y su corazón latiendo cada vez más rápido a medida que recuperaba su guitarra del maletero. Esta vez iba a entrar, y no estaba muy seguro de lo que Jesse pensaría al respecto.

Había pasado por el están del Sombrero Loco de su amiga Holly según iba saliendo de SMH, pero hoy también era el día libre de su amiga. Había querido pedirle consejo sobre si debía contarle o no a Jesse a dónde iba. Finalmente había decidido que no era algo estrictamente necesario. Solo tenía que ir a esa residencia para cantarles a los ancianos que estaban conscientes. No iba a ver a Marcy en ansoluto. Aun así…

No podía negar su curiosidad. Recordaba la intensidad y la severidad con la que Jesse le había ordenado que permaneciera en el coche el día que había venido a visitarla. Confiaba en él. Sabía que Marcy se había ido realmente. Sin embargo, había una parte de él que quería ver a la mujer. Si iba a estar durmiendo con su marido, conviviendo con sus hijos, ayudando a Jesse a elegir los colores para pintar la habitación, y, básicamente, tratando de apropiarse de su casa y su familia, entonces sentía que le debía la dignidad de verla al menos una vez. Verla cara a cara y, si era posible, mirarla a los ojos.

Había estado dispuesto a esperar. A decir verdad, nunca se había dado cuenta realmente de lo mucho que le gustaría visitar a Marcy hasta que Shannon le había dicho a dónde iba, y la comprensión de que estaría en el mismo edificio que ella lo había bañado de los pies a la cabeza como un cubo de agua fría. Ahora sabía que las ganas siempre habían estado ahí, en el fondo de su ser, mostrándose levemente en forma de cosquilleo cada vez que veía el retrato de Marcy en el pasillo, llamándole cuando se había despertado esa noche dentro de su vientre color rojo, y tirando de él cuando Jesse le había negado el acceso a ella ese día en el coche.

Sería mejor que esperase, se dijo a sí mismo mientras que se echaba la correa de su guitarra al hombro y se dirigía a la puerta principal de la instalación. Cantaría a los ancianos, les ayudaría a entrar en el espíritu de la Navidad, y luego se iría. Eso sería todo. Le contaría a Jesse todo sobre su día más tarde, y tal vez le diría dónde había cantado, o tal vez no. Si era algo que iba a causarle dolor, entonces no necesitaba saberlo. Ahora, sin embargo, Christopher solo necesitaba captar la atención de la enfermera detrás de recepción para que lo dejara entrar.

Monique le saludó después de una corta espera en la zona de recepción. Su brillante cabello negro y piel oscura revelaban su herencia india, y Christopher admiró sus hermosos ojos oscuros, tan cálidos y líquidos. Él supo en cuanto la chica habló que había sido criada en Tennessee, sin embargo. Ese acento nasal era inconfundible.

"Te agradecemos mucho que hayas venido a sustituir a Shannon. Los residentes anhelan mucho sus visitas, sobre todo en Navidad. Espero que no te ofendas demasiado si percibes su decepción en un primer momento. Son grandes fans de Shannon."

"No hay problema. Estoy acostumbrado a sentir la decepción de la gente cuando salgo al escenario," contestó Christopher de buen humor, continuando cuando Monique se mostró sorprendida. "Soy el sustituto de Látigo Hinkin en sus días libres."

"Oh," suspiró ella con entendimiento. "Tiene que ser duro."

"Pero la parte divertida es cuando me los gano de todos modos," aclaró él con una arrogante sonrisa.

Ella se rio entre dientes. "Estoy segura de que entonces podrás encargarte de nuestros pacientes sin problemas." Ella lo guió hasta la sala, donde los residentes se habían sentado en los sofás de alrededor, sillas de apariencia confortable y otras plegables, así como en algunas sillas de ruedas.

Christopher no estaba nada seguro de esto, a decir verdad. Todos lo miraron con caras impacientes, prácticamente hambrientas.

Un hombre en una silla de ruedas lo estudió de arriba abajo, con lo que parecía un hilillo de saliva goteando de su barbilla, y dijo, "Ah, a la mierda. No necesito que ningún maricón cante para mí. Solo he venido para ver las tetas de la chica negra." El anciano se levantó y salió vacilantemente de la habitación con la ayuda de su andador.

Hubo un poco más de quejas por parte del resto de la multitud, pero no hubo más desertores mientras que Christopher dejaba que Monique hiciera las presentaciones. Ella lo agarró del codo cuando él se estaba acercando a la zona despejada que se suponía que iba a hacer de escenario.

"Cuando hayas terminado aquí, nos encantaría que pasaras por algunas de nuestras habitaciones privadas para cantarles a algunos de nuestros residentes encamados. No nos gusta que ninguno de nuestros pacientes se pierda el espectáculo. Es muy bueno para ellos escuchar música en vivo. Hace que sus cerebros se activen mínimamente."

La garganta de Christopher se secó un poco mientras se preguntaba si la habitación de Marcy sería una donde le pedirían que cantara. Otro trabajador del edificio le entregó una botella de agua mientras que él se volvía hacia las personas mayores que se habían reunido para escucharlo. Christopher tomó un sorbo antes de presentarse. Abrió con una entradilla de la versión de Sara Bareilles e Ingrid Michaelson de "Canción de Invierno." Era una melodía tierna que se preguntaba si habría luz y amor incluso en la muerte más oscura de invierno. Las personas mayores tosían y se movían inquietamente, como si estuvieran impacientes por escuchar algo más familiar, así que cuando Christopher dio la canción por acabada, pasó a tocar algo mucho más tradicional como "Frosty the Snowman," que deleitó al público femenino, sobre todo.

Más de una hora después, Christopher podía considerar su espectáculo de Navidad en la residencia de ancianos, todo un éxito. Finalmente se había ganado hasta a la audiencia más escéptica, incluyendo un caballeroso anciano que había arrastrado los pies hacia el piano en un rincón de la habitación y se había sumado a la actuación como acompañamiento. Sus improvisaciones habían sido divertidas y habían sonado muy bien junto a los acordes de la guitarra, y Christopher le había permitido tomar la iniciativa con algunos de los puentes musicales. Algunos de los residentes con mayor movilidad, se habían levantado a bailar y la mayoría había cantado al unísono con él las estrofas más conocidas. Cierto era que una señora se había quedado dormida en su silla de ruedas, y otro hombre había pasado todo el rato mirando un punto fijo sobre el hombro izquierdo de Christopher, pero en el momento en que concluyó todo su show, la mayoría de los ancianos se habían visto lo suficientemente motivados como para participar de él.

Monique estaba claramente complacida. "Muchas gracias," dijo mientras que le llevaba por un pasillo con olor a antiséptico que conducía a lo que ella había denominado anteriormente, "las habitaciones privadas." "Lo que has hecho hoy significa mucho para todos nuestros pacientes. Shannon estará de vuelta la semana que viene para el día de Navidad, por supuesto, pero hoy has conseguido que todas esas personas se hayan abierto paso en el espíritu de la Navidad. Las festividades son los momentos más complicados para la mayoría de nuestros residentes." Ella hizo una pausa y puso su mano en el brazo de Christopher. "Debo advertirte que las habitaciones a las que te estoy llevando ahora no serán tan gratificantes para ti, pero tratamos de darles a todos los residentes la oportunidad de participar de nuestros voluntarios y artistas."

"Entiendo," dijo Christopher, trabándose ligeramente al pasar junto a una puerta con una etiqueta con el nombre del paciente en su interior impresa en él: *Birch, Marcy.* Su corazón latía con fuerza contra sus costillas, y se aclaró la garganta.

"Algunos de estos residentes están conscientes y otros no, pero—" Su teléfono sonó, y ella lo miró. "Oh, maldita sea," susurró, y luego le sonrió. "Parece que hay algún problema de vuelta en la sala. El señor Feeney está siendo un poco difícil hoy. Christopher, ¿te importaría comenzar sin mí? Solo será unos minutos."

Él asintió con la cabeza pero la boca se le iba secando más en más en cuestión de segundos.

Ella se apresuró a explicarse, "En estas tres primeras habitaciones están los pacientes que se encuentran en lo que podríamos llamar coma o estado vegetativo permanente. A veces pueden parecer un poco espeluznantes, si uno no está familiarizado con el comportamiento que este tipo de lesiones puede provocar." Monique sonrió tranquilizadoramente. "En ocasiones, pueden abrir los ojos y hasta vocalizar, pero te aseguro que—" Su teléfono sonó de nuevo. "Oh, diablos. Por favor, elige una habitación y entra. Deja la puerta abierta, por supuesto. Natalie y Jason están aquí mismo, en la estación de enfermería por si necesitas algo."

La mujer se marchó por el mismo pasillo por el que habían venido después de agitar su mano a un par de enfermeros jóvenes. Tanto Jason como Natalie levantaron la vista al oír su nombre y alzaron la barbilla hacia él en señal de saludo. Christopher se pasó la guitarra de una mano a otra y les sonrió, aunque forzadamente.

"Um, ¿por dónde debería empezar?" Preguntó con una voz un tanto extraña incluso para sus propios oídos. En cualquier segundo se le iba a escapar que era novio de Jesse Birch y que este ni siquiera sabía que estaba aquí en estos momentos. El impulso de confesar que estaba enamorado del marido de una de las pacientes era demasiado fuerte, así como la necesidad de admitir sin rodeos que el susodicho marido no querría que estuviera allí en absoluto.

"La habitación treinta y dos estaría bien," dijo Jason, mirando algunos monitores. "Parece que Marcy está despierta. Pero debo advertirte que, incluso si ves que sus ojos están abiertos, en realidad no podrá oírte, amigo. Por lo tanto, no te asustes si de repente hace algún ruido o algo por el estilo. No sé por qué Monique insiste en que los artistas toquen para estos pacientes, pero…" Se encogió de hombros.

"¿Algún ruido?" Preguntó Christopher débilmente.

"Vocalizaciones," aclaró Natalie, estudiando también una especie de monitor. "A veces parece como si estuviera tratando de hablar pero no puede. Es todo instinto, básicamente, y nada más. Aunque puede resultarte algo muy extraño si no lo estás esperando." La guapa enfermera lo miró y sonrió. "Así que no te asustes."

Christopher asintió y se volvió hacia la habitación cuya etiqueta ya había leído previamente. Vaciló mientras que una pesada y opresiva duda se hundía en su pecho cada vez más.

"¿Quieres que entre contigo?" Preguntó Jason con una nota de simpatía en su voz. "No deberíamos habértelo pintado tan mal. Es inofensiva. Te lo prometo."

Christopher le lanzó una amplia sonrisa y dio un paso hacia la puerta abierta, con el estómago revuelto y su pulso corriendo a gritos en sus oídos. Y entonces estaba en la habitación. La mujer en la cama no se parecía nada a la preciosa mujer riendo en la fotografía del pasillo de Jesse. Estaba terriblemente delgada al mismo tiempo que su cuerpo parecía una masa deforme que Christopher no podía llegar a entender.

Tenía los ojos abiertos.

No había absolutamente nada en ellos.

Christopher se estremeció y casi dejó caer su guitarra al suelo cuando sus manos se volvieron resbaladizas por su creciente sudoración. Tragó saliva y se acercó, tratando de catalogar lo que sus ojos aún podían reconocer de la mujer de la foto. Podía ver los ojos marrones de Brigid. Podía ver que una vez tuvo el pelo rubio y brillante. Podía ver que su boca seguía conservando la misma forma. Pero eso era todo. La mujer era solo un cuerpo. Una cáscara.

Christopher se sentó en la silla junto a su cama y luchó contra la extraña sensación fraguándose en su interior. Quería llorar y vomitar. Quería regresar en el tiempo y no entrar nunca en esa habitación, porque no debería estar viendo lo que estaba viendo sin el permiso de Jesse. Ahora sabía lo que no había sabido antes: exactamente el motivo por el cual Jesse no le había invitado anteriormente a venir con él. Era como ver a una persona desnuda sin su consentimiento, solo que peor. Él la estaba viendo, pero ella no lo estaba viendo a él. Él la conocía y sabía cómo encajaba en su vida, mientras que ella no sabía absolutamente nada de él. Él se estaba follando a su marido y ella no era nada más que un cadáver que respiraba.

Christopher se pasó una mano por la cara y trató de averiguar qué hacer a continuación. Había sido enviado aquí para cantar, ¿no era así? ¿Cómo iba a cantar sin vomitar o echarse a llorar? Pero de alguna manera consiguió colocar la guitarra, y sus dedos se movieron mientras que buscaba en su cabeza los acordes iniciales de "Vi Tres Barcos." Después de cerrar los ojos, se las arregló para cantar la letra, aunque la esperanza en ella apenas podía ser sostenida por el dolor en su voz, sangrando y estendiendo su confusión por toda la habitación.

A medida que la canción iba llegando a su fin, él volvió a buscar en su mente, tratando de averiguar qué cantar después. Antes de saber lo que estaba haciendo, comenzó una lenta transición a la canción que había escrito para Jesse, casi como si la confesión que había querido hacerles a los enfermeros, no pudiese ser negada a la mujer atada a esa cama. Cambió a un tono menor, sin embargo, incapaz de poder cantarle con alegría a la cara de alguien a quien ya conocía, por lo que la canción sonó miserable y deprimente mientras que las lágrimas brotaban de sus ojos.

Joder, ¿cómo debía sentirse Jesse cada vez que venía a visitarla si solo estar en su presencia lo estaba rompiendo por dentro? Esta mujer había sido la mujer de Jesse—la chica a la que había amado, la madre de sus hijos—y a pesar de que su matrimonio había sido muy inestable, él nunca había dejado de quererla.

Christopher empezó a tocar una nueva melodía tan pronto como acabó la canción anterior, y fue cuando se encontró en busca de las palabras adecuadas, que se dio cuenta de que era algo nuevo, algo que estaba componiendo en el acto. Algo que tenía que ver con Marcy y su dolor por todo lo que se había perdido.

"Sentada en la esquina entre la vida y la muerte, y en todo lo que nos mantiene calientes y lo que nos congela como estatuas."

"¿Qué coño estás haciendo aquí?"

Los ojos de Christopher se abrieron de golpe y su control sobre la guitarra se deslizó, lo que hizo que un acorde sonara disonante cuando él se apresuró a coger el instrumento. Jesse se había detenido en el umbral de la puerta, llevando unos pantalones vaqueros, una camisa azul clarito, un ramo de flores en la mano, y una expresión de pura rabia. Christopher nunca había visto su cara tan pálida ni sus ojos tan oscuros.

"¿Cómo has conseguido entrar aquí?" Preguntó otra vez en apenas un susurro. Las flores temblaban en su agarre. "¿Quién te ha dejado entrar? Tú no estás en la lista."

"Yo—he venido a cantarles a los pacientes," contestó Christopher con la garganta tan apretada que su voz salió como un chillido aterrorizado. "Shannon no podía y yo—por favor, Jesse, no te enfades."

"No tienes ningún derecho a estar aquí." Las fosas nasales de Jesse se ensanchaban y cerraban repetidamente. "Ella no tiene nada que ver contigo, ¿entiendes? Nada respecto a ella tendrá que ver *jamás* contigo."

Christopher parpadeó ante él; sus dedos se deslizaron de nuevo sobre las cuerdas y unos ruidos agudos y molestos vibraron de la guitarra. Sabía que debía levantarse, pero se sentía como un ciervo delante de unos faros. "Jesse, escucha, yo no pretendía—solo quería que—"

"Vete." La mandíbula de Jesse se apretó con tanta fuerza que las palabras salieron de él como un gruñido.

"¿Qué está pasando aquí?" Preguntó Jason cuando apareció por detrás del hombro de Jesse. "El señor Ryder ha venido a cantarles a los pacientes. La señora VanHook siempre ha querido que Marcy tenga las mismas experiencias que los demás residentes."

"Él no es igual que los demás voluntarios," espetó Jesse. "No debería estar aquí."

Jason miró a Christopher como si de pronto fuera un ser peligroso y se abrió paso para agarrarlo o contenerlo físicamente. Christopher no podía creer que lo estaba viendo cuando se dio cuenta de que Jesse no parecía tener siquiera intención de detenerlo.

"Señor Birch, lo sentímos muchísimo. ¡No teníamos ni idea!" Exclamó Natalie, apareciendo por detrás de él. "¿Quiere que llamemos a la policía?"

Jesse pareció darse cuenta de las intenciones de Jason en ese momento y se sacudió de su evidente furia para decir, "¿La policía? No. Eso no será necesario." Él se pasó una mano por la cara, agotado y furioso. "Solo… será mejor que nos dejéis a solas. No pasa nada. Todo está bien."

"Pero, señor, ¿no acaba de decirnos que él no debería estar aquí?" Natalie parecía tan confundida como Jason.

Christopher se sacudió con dolor e ira mientras se levantaba de la silla. Se sentía como si le hubieran dado un puñetazo. Le dolía todo. Su estómago, su corazón, incluso sus jodidas pelotas—y su garganta estaba tan constringida que apenas podía respirar. "Solo se trata de un malentendido," se obligó a decir. "Me iré. No pasa nada."

"No," dijo Jesse, mirándolo. "Siéntate."

Jason y Natalie se miraron, y Natalie dijo, "Iré a buscar a Monique."

"¡No!" Vociferó Jesse y luego suspiró. "Podéis iros. La señora Birch está bien. Solo tengo que hablar con el señor Ryder un minuto."

¿El señor Ryder? Christopher sintió como si alguien lo hubiera arrancado de su cuerpo y estuviera subiendo más y más arriba, desconectando de su ser, incluso mientras que sentía cada atronador latido de su corazón y el sudor frío que había estallado sobre su piel cuando vio lo furioso que estaba Jesse.

Jason parecía inseguro. "Si la señora Birch no está a salvo, señor, entonces—"

"Lo está." Jesse los fulminó con la mirada. "El señor Ryder está en lo cierto. Se trata solo de un malentendido. No le hará daño. Será mejor que se marchen. Todo está en orden."

Ninguno de los dos enfermeros parecía convencido, pero ambos salieron de la habitación, hablando frenéticamente en un susurro. Christopher estaba seguro de que irían a buscar a Monique a pesar de que Jesse les hubiera pedido que no lo hicieran.

"Has sobrepasado completamente tus límites," dijo Jesse tranquilamente. "No tienes ningún derecho a estar aquí."

"Estoy aquí para sustituir a mi amiga Shannon, la cual—"

"Sabías de sobra que no quería que la vieras. No tenías ningún derecho en absoluto a mirarla."

"¡Esto no trata de *mirarla*!" Gritó Christopher, cada vez más enfadado. "¡Se trata de que he venido a cantar mis jodidas canciones a los jodidos pacientes de esta jodida residencia!"

"¡Modera tu lenguaje! Hay gente mayor aquí. Muestra un poco de jodido respeto."

Christopher farfulló. "¿Me estás vacilando?"

"Para nada. No te estoy vacilando en absoluto." Jesse se aferró a las flores con tanta fuerza que dobló los tallos. "Quiero que te largues de aquí y no vuelvas nunca más."

Christopher giró la cabeza como si le hubieran dado una bofetada. El aire salió de sus pulmones de golpe mientras que se volvía para mirar a

Jesse. "¿Por qué? ¿Porque le he hecho un favor a una amiga al venir a cantar para estos ancianos y una paciente que resulta ser tu esposa?"

"Porque *sabías* que no quería que vinieras. Has violado a mi esposa presentándote aquí."

"Eso no es verdad." Mentira. Christopher también sentía que le había violado, pero no lo había hecho a propósito, por el amor de Dios.

"Lo has hecho. Y lo sabes. ¿Ya has satisfecho tu curiosidad? ¿Estás contento? ¿Es que te da placer verla de esta manera?"

Placer. ¿Eso era lo que Jesse pensaba de él? ¿Que le había encantado ver a Marcy en este estado? "No," susurró. "No estoy contento en absoluto."

Jesse resopló y sacudió la cabeza. "Los únicos visitantes en su lista son familia. Eso debería decirte algo."

Christopher sintió cómo la bilis trepaba por su garganta y por un momento pensó que iba a vomitar inevitablemente. "Pensé que estaba empezando a ser parte de la familia."

"Tú no eres parte de *esta* familia," contestó Jesse con frialdad. "Vete. No quiero volver a verte hasta que no haya tenido oportunidad de calmarme. No quiero decir algo de lo que pueda arrepentirme más tarde."

"¿Como que no soy parte de esta familia? Demasiado tarde."

Jesse lanzó las flores sobre la cama, decorando las piernas cubiertas de Marcy con pétalos rosas y amarillos. "No he dicho eso. He dicho que no eres parte de *su* familia. No tenías derecho a venir aquí. No tenías ningún derecho a verla así."

"No era mi intención. Ni siquiera quería hacerlo."

"¡Gilipolleces!"

Christopher tragó con fuerza. "¿Por qué?" Se las arregló para decir alrededor del nudo de dolor, rabia, y las lágrimas que se estaban acumulando en su garganta. "¿Por qué estás actuando así? ¿Por qué te enfurece tanto verme aquí?" Aunque lo sabía. Lo supo desde el momento en que la vio. Porque aún no merecía ver una cosa así. Tal vez nunca lo haría.

"Si no sabes la respuesta a eso, entonces…" Jesse cerró los ojos, y luego negó con la cabeza. "Vete de una puta vez. No quiero verte aquí y no voy a repetirlo. Lárgate."

Esta vez, Christopher obedeció. Ni siquiera se detuvo en el salón para recuperar el estuche de su guitarra. Ya pasaría a por él otro día o le pediría a Shannon que se encargara de ello. Todo lo que podía pensar era que tenía que salir de allí antes de que ocurriera algo peor—antes de que hubiera gritos, o una ruptura definitiva, o Jesse dijera algo por lo que Christopher no podría perdonarle nunca. Ya había tenido suficiente. Ya le dolía como si alguien le hubiera arrancado el alma.

El coche de Jesse estaba al lado de su Yaris de color rojo, y Christopher se dio cuenta de que Jesse probablemente se habría hecho sus propias suposiciones sobre su presencia en el hogar de ancianos desde el momento en que aparcó. Arrancó y salió escopetado del parking, con un dolor en el pecho como si tuviera una piedra en el corazón ejerciendo una presión que no le dejaba respirar—como si alguien estuviera agrietando y partiéndole las costillas.

Christopher no podía recordar el camino a casa.

Capítulo Veinticinco

JESSE APENAS HABÍA SIDO CAPAZ de contestar a las preguntas de Monique cuando ella había llegado minutos después de que Christopher se hubiera ido finalmente. Él le había asegurado que Christopher no era ningún peligro para ninguno de los residentes, y que su reacción había sido puramente personal. Monique se había mostrado muy confundida, pero había sido lo suficientemente inteligente como para retirarse y dejar a Jesse a solas con su esposa. Él pudo oír los susurros de la joven cuando se dirigió a Jason y Natalie, pero no le importó una mierda. Cuando por fin se fue, no se despidió de ninguno de ellos.

Necesitaba un trago.

Después de detenerse en el aparcamiento al otro lado del Cristo en el Smokies de vuelta en Gatlinburg, Jesse abrió sus mensajes de texto. El último era de Christopher de esa misma mañana en el que le decía que le llamaría después de grabar algunas canciones. ¿Cómo habría terminado en la habitación de Marcy? El recuerdo de su precioso rostro junto al cuerpo hinchado y amorfo de su mujer hizo que cerrara el puño alrededor de su móvil y sintiera ganas de estrellarlo contra el limpiaparabrisas. En su lugar, respiró profundamente varias veces y se calmó lo suficiente como para mandarle un mensaje de texto a su hermana y pedirle que se reuniera con él en Puckers.

Jesse supo desde el momento que entró al bar que no debería haber elegido un lugar al que hubiera ido con Christopher. Bastó una mirada alrededor de la sala para recordar la noche en la que Christopher descubrió que Marcy no estaba muerta, y la situación tan emocional que ese descubrimiento había generado.

Y él ha sido tan generoso contigo, siempre dándolo todo, cuando podría haberse enfadado muchísimo. Podría haber sido vuestro fin como pareja y hubiera estado más que justificado. ¿Dónde está ahora tu generosidad, Jesse?

La voz en su cabeza era la de Marcy, y él cerró los ojos, tratando de acallarla para no tener que oírla tan claramente como cuando aún estaba viva y junto a él.

Fueron los veinte minutos más largos y solitarios antes de que Amanda hiciera por fin su aparición en el pub. Ella lo vio nada más entrar y levantó la mano, aunque su sonrisa fue desvaneciéndose a medida que se acercaba.

"Uh-oh. Conozco esa mirada. ¿Qué has hecho?" Preguntó a modo de saludo, deslizándose en la cabina y rodando su carísimo bolso verde a un lado.

"Yo no he hecho nada. Es él quien ha hecho algo que no debería haber hecho." Era fácil reconocer que estaba rabioso. ¿Que era culpable? No tanto.

"Uh-huh. ¿Y qué es eso? A menos que me digas que se ha estado viendo con alguien más, me temo que voy a pensar que eres tú el que está equivocado. Te lo digo como anticipo."

Jesse la miró antes de ponerse a juguetear con el posavasos de papel que la camarera había colocado bajo su bourbon con Coca-cola. Eso había sido después de haber pedido dos chupitos. No iba a andarse con tonterías esta noche.

Amanda estaba convencida de que Christopher era el hombre perfecto para Jesse, y había llegado a sugerirle que le propusiera matrimonio en Navidad. La sugerencia había parecido risible cuando llevaban poco tiempo saliendo. Ahora parecía una broma de mal gusto cada vez que Jesse pensaba que probablemente se había cargado todas las probabilidades de tener un futuro junto a Christopher.

"Necesito que le mandes un mensaje de texto a Nova. Pídele que se quede con los niños en su casa esta noche," dijo Jesse.

"¿Porque vas a ir a su casa a pedirle perdón y tener un montón de sexo reconciliador?"

"No, porque voy a beberme al menos tres copas más como esta y voy a necesitar que me lleves a casa y me metas en la cama."

Amanda suspiró, sacó su teléfono y tecleó el mensaje. Esperó, asintió con la cabeza y dijo, "Nova dice que no te preocupes pero sabes de sobra que querrá enterarse de qué ha pasado mañana. Incluso ha añadido una carita preocupada. Creo que Will ha debido enseñarle cómo usar los emoticonos."

"No es asunto suyo."

"Oh, claro, por supuesto. 'Hacedme un favor, suegros, y quedaros con mis hijos.' 'Claro, pero, ¿por qué, Jesse?' 'Eso no es asunto vuestro.' Por supuesto. Así es como funciona."

Jesse volteó los ojos y tomó un largo trago de vino caliente que aplacó parte de su ira. "Tuvo la puta osadía de ir a verla."

"¿Ir a ver a quién?"

Jesse la miró fijamente.

"Ohhh. Fue a ver a Marcy." Ella frunció el ceño. "¿Cómo consiguió entrar? Él no está en la lista."

"Él se hizo pasar por un cantante voluntario que estaba sustituyendo a una amiga suya para realizar el recital de Navidad."

El ceño de Amanda se profundizó. "¿Se hizo pasar por un voluntario? ¿O era realmente un voluntario sustituyendo a una amiga?"

Jesse gruñó y se pasó una mano por su sudorosa frente. Sentía ganas de llorar, pero le dio otro trago a su bebida. "Lo era en realidad, supongo."

"Ya veo," contestó Amanda remilgadamente. Ella levantó la mano hacia la barra, tratando de llamar la atención de la camarera. "Entonces, emborrachémonos, ¿de acuerdo? Pongámonos como cubas por haberte *cargado* la mejor relación que has tenido nunca. Por haberte quedado sin el tipo que más feliz te ha hecho *en años*—y todo porque estaba ayudando a una amiga. Es maravilloso. Creo que tenemos que brindar por eso."

"Que te follen, Amanda."

"Es por eso por lo que me enviaste ese mensaje, ¿no? Porque querías mi comprensión y apoyo."

"No… sabía lo que ibas a decir."

"Entonces tal vez querías escucharlo."

La camarera se detuvo junto a la mesa y Amanda pidió un Negroni antes de llamar a su marido. "Sí, te llamaré si necesito que vengas a recogernos, cariño," dijo. "No voy a conducir borracha. Te doy mi palabra de honor." Ella colgó y se bebió su cóctel. "Paul está preocupado de que me ponga tan pedo que vaya a estrellarme contra una montaña." Ella miró a su hermano con los ojos entrecerrados. "Y sí, puedo decir esas cosas tan horribles como hermana tuya que soy. Tendremos que pedir otra copa más para enmascarar el dolor que provocan."

Jesse suspiró y se pasó las manos por el pelo. "No tenía nada que hacer allí."

"Bueno, parece como si le estuviera haciendo un favor a una amiga."

"Entonces, ¿qué estaba haciendo en su habitación?"

"Sabes tan bien como yo que todos los percusionistas, lectores de libros, e incluso jodidos bailarines de claqué se pasan por las habitaciones después de acabar su actuación en la sala principal. Pero incluso si hubiera alguna otra razón por la que estuviera allí—*incluso* si hubiera entrado exclusivamente para verla—¿realmente puedes culparlo?"

"Claro que sí, por supuesto que puedo culparlo. Ella no es de su incumbencia. Ella no es nada suyo."

"Oh, por favor, hermano mayor. ¡Ella es la mujer con la que está casado su novio! Ella es la madre de los niños de los que, sin duda, se está enamorando, ¡porque por supuesto que lo está haciendo! Mi sobrinos son adorables."

Jesse negó con la cabeza. No quería hablar del tema de los niños. Ahora no. Y sí, los artistas voluntarios solían pasarse por todas las habitaciones, pero... Jesse tomó otro trago obstinadamente. Esto era diferente.

"En otras palabras, Jesse, ¡Marcy es totalmente su incumbencia! Si las leyes de este estado cambiaran y os concedieran la posibilidad legal de casaros, ella sería la razón por la que no podríais hacerlo. Ella es la mujer a la que todavía quieres, incluso si ya no estás *enamorado*. Ella es el motivo por el que vas a Sevierville todos los jueves, y la razón por la que muy posiblemente volverás a pelearte en los tribunales—¡lo cual, si lo hicieras, afectaría sin duda a tu novio! Ella es la mujer de las fotos en tu pasillo; ¡la mujer que ha condicionado gran parte de lo que dices y haces! El misterio sobre ella debe ser abrumador, ¿no te parece? ¿Tú no sentirías curiosidad, Jesse? Si la cosa fuera al revés, ¿no te gustaría verla? ¿No te gustaría conocerla?"

Sí. Soy un jodido imbécil, ¿no es cierto? Sin embargo, él se encogió de hombros. "Podría habérmelo pedido."

"¿Lo habrás llevado?"

"¡No! ¡Ella no *querría* que nadie la viera de esa manera! Absolutamente nadie. Ni siquiera es ella, Amanda. Ni siquiera es Marcy la persona que está en esa cama."

"¿Entonces por qué no quieres que vea su cuerpo?"

"¡Porque ella lo hubiera detestado!"

"Eres tú el que lo detesta."

Jesse tragó su saliva espesa. "Por supuesto que lo detesto. No me gusta verla de esa manera. Él no debería haberlo hecho jamás. No debería pensar en ella como cualquier otra cosa que no sea lo que le he contado yo. Solo debe pensar en las fotos que le he mostrado."

Amanda inclinó la cabeza. "¿Por qué?"

"Porque no habría otra opción si estuviera realmente muerta, ¿no crees? Eso es dignidad. Verla en ese estado no es digno de ella. No es digno de quién era."

"Oh, Jesse."

Ambos bebieron en silencio por un tiempo. Jesse sentía cada vez más pinchazos en el corazón a medida que el alcohol aflojaba su agarre en el presente y el pasado se abría paso, clavando sus garras de tristeza en su piel, trayendo de vuelta esa familiar e insoportable sensación que lo dejaba sin aliento y con una imperiosa necesidad de romperse.

"*Tienes* que dejar de negar la realidad, Jesse," dijo Amanda tranquilamente. "No puedes separar ambas cosas. O la dejas ir por completo y te dedicas a construir algo nuevo con Christopher, o tendrás que darle a él también su espacio en todo esto. No puede ser que él sea tu escape de tu 'vida real' como el marido de Marcy."

"Esa no es mi vida real. Es mi jodida pesadilla de la que él no debe ser parte."

"Tal vez él te ayudaría a hacer de esa jodida pesadilla algo más llevadero si le dejaras."

"Gilipolleces, Marcy."

Las cejas de Amanda se dispararon. "¿Perdona?"

Jesse se mordió la mejilla, sintiendo un pánico salvaje florecer en su pecho cuando se dio cuenta de que había llamado a su hermana por el nombre de su esposa. "Nada." Él se tragó el resto de su bebida y pidió otra con la mano.

"¿Era eso… algo que diría Marcy?" Preguntó ella con suavidad.

Jesse se tragó los mocos que estaban obstruyendo su garganta mientras que luchaba por no echarse a llorar en un estúpido bar de deportes. Y, *a la puta mierda* con esa jodida canción vieja que había elegido el mejor momento para hacer su aparición: "La Rosa," de Bette Midler, la cual le hizo temblar de rabia mientras que el dolor de su letra lo recorría. El amor que sobrevive al invierno. Un nuevo amor que viene después de haber superado algo pasado. "Que te follen," susurró a nadie en concreto, a todo el mundo, al Dios en el que Ronnie creía, que de alguna manera era responsable de las canciones que sonaban en el bar.

"Bueno, Marcy nunca dejaba que dijeras esas estupideces, ¿verdad? Entonces, si te estaba recordando a ella con lo que estaba diciendo, lo considero todo un cumplido."

"Solo quiero estar enfadado con él. ¿Por qué no dejas que me enfade?"

"Bueno, creo que has llamado a la persona equivocada para eso, hermano. Deberías haber llamado a… hmm, no estoy muy segura de a quién dado que te estás comportando como un completo idiota." Amanda terminó su Negroni y le indicó a la camarera que le trajera otro. "Creo que no vas a poder librarte de mí."

Jesse quería que Christopher estuviera sentado frente a él. Pensaba que muy probablemente, él sabría qué decirle exactamente para que no estuviera tan herido y cabreado. Solo que esta vez, era Christopher quien le había hecho daño.

O tal vez era hora de admitir que él era el único que les había hecho daño a Christopher y a sí mismo.

"Parece que mi acosador ha llegado." Christopher suspiró y asintió con la cabeza hacia una gran figura abriéndose paso entre la miltitud y dirigiéndose hacia el reservado en la parte posterior del festivamente decorado Three Jimmy's. Había convencido a Holly de que se reuniera allí con él porque el restaurante no estaba en la calle principal y nunca había estado allí con Jesse.

Los ojos de Christopher ardían y estaban hinchados por las lágrimas de dolor y rabia que se había permitido derramar al principio del día. Él le dio un trago brutal a su gin tonic. Después de la pelea con Jesse, no quería nada más que estar borracho como una cuba. "Qué extraño el modo en que las cosas se dan la vuelta, ¿no crees?"

Mientras que Gareth se aproximaba a ellos con arrogancia, Christopher preguntó entre dientes, "¿Le has mandado un mensaje de texto para decirle que Jesse me ha dejado?" A pesar de que ni siquiera estaba seguro de que le *hubiera* dejado. ¿Lo había hecho? Todo había sucedido demasiado rápido.

Holly lo miró. "No. Ya he entendido que no quieres nada con Gareth. He intentado convencerle de que lo deje estar, pero está *así* de loco por ti. A diferencia de tu rico ex novio, al parecer."

Eso fue todo lo que ella tuvo tiempo de decir porque Gareth ya estaba allí, deslizándose en el reservado junto a Christopher con una expresión de preocupación en su rostro.

"Ey," dijo con su profunda voz que vibraba con amabilidad e inquietud. "Te he visto por aquí y me parecía que estabas tremendamente triste, lo cual es algo que no puedo sorportar. ¿Estás bien?"

Christopher quería preguntarle qué demonios le importaba y pedirle que se marchara, pero era agradable sentir que le importaba a alguien. Había intentado llamar a Nana, pero ella no había respondido al teléfono, lo cual era un poco preocupante, aunque no demasiado inusual ya que a menudo apagaba su móvil y se olvidaba de volver a encenderlo.

Gareth le apartó el pelo de la frente y luego miró a Holly cuando Christopher simplemente tomó otro trago de su tónica.

"Se está emborrachando," dijo Holly. "Y yo me largo." Ella se levantó y agarró su bolso vaquero, lanzándolo sobre su hombro. "Asegúrate de que llegue bien a casa." Entonces, miró a Christopher fijamente. "Lo siento. A veces no te entiendo. O tal vez estoy celosa. No sé, pero te mereces algo mejor que alguien que te deja solo porque te hayas ofrecido a cantar en una residencia de ancianos." Luego se dio la vuelta y lo dejó a solas con un Gareth muy confundido.

"¿Es eso cierto?" Preguntó Gareth, y Christopher pudo oír el hilo de esperanza en su voz. Sabía que lo mejor era dar su encuentro por acabado, pero parte de él sentía emoción por el continuo interés de Gareth, especialmente cuando se sentía tan herido.

"No lo sé. No creo que en realidad haya roto conmigo, pero tal vez lo haya hecho." Christopher se pasó la mano por los ojos.

"Deberías preguntarle."

"Creo que voy a darle un poco de tiempo para calmarse."

"Entiendo." Gareth le hizo señas a la camarera y pidió una cerveza sin alcohol, lo que hizo que Christopher resoplara un poco, recordando la forma en que Jesse había derribado sus bebidas por su garganta en Puckers aquella noche cuando la verdad sobre Marcy había salido a la luz.

"¿Quieres hablar de ello?" Preguntó Gareth.

"No lo sé. Es una larga historia."

¿Cómo podría explicar la situación con Marcy? No sabía ni por dónde empezar. Suponía que así era como Jesse tenía que haberse sentido en su primera cita cuando se dio cuenta de que Christopher no sabía nada sobre el accidente. Pero Gareth llevaba viviendo aquí mucho tiempo. Tal vez ya lo sabía.

"Él tenía… bueno, *tiene* una esposa."

"Sí," contestó Gareth haciendo una mueca. "Sus padres solían comprarnos leña a mi padre y a mí cuando llegaba el otoño."

"¿De veras?"

"Dejaron de hacerlo un par de años después de que ella sufriera el accidente, pero antes de eso, mi padre y yo solíamos pasarnos por su casa para hacerles entrega de los troncos, y Nova siempre se quedaba charlando un rato con nosotros sobre los pavos de papá. También era muy generosa con las propinas."

"¿La conocías, entonces? A Marcy, quiero decir, no a Nova." Christopher sintió una inyección de entusiasmo. Por fin podría preguntarle a alguien sobre ella sin sentirse culpable.

"No, solo la vi un par de veces. Era una chica muy agradable. Fue una lástima lo que le ocurrió."

"¿Así que sabías que seguía viva? ¿Que todavía estaban casados?"

"Sí, lo sabía. El juicio por el caso fue muy sonado hace unos años. Supongo que todo terminó justo antes de que tú aparacieras. ¿Por qué? ¿No lo sabías?"

"No. Bueno, quiero decir, sí. Ahora ya lo sé."

"¿Te lo ocultó?"

"No, en realidad no. No fue así."

"Jesse Birch siempre ha sido un tipo raro," dijo Gareth pensativo.

Christopher se quedó en silencio por un momento, reflexionando sobre sus palabras. "Es extraño. Nunca se me ocurrió pensar que tal vez lo sabías. Pero has crecido aquí, y todo el mundo se sabe la vida de todo el mundo en esta ciudad."

"No éramos amigos. Dudo que él me recuerde siquiera de aquellos años, pero cuando yo era pequeño lo admiraba," afirmó Gareth tranquilamente, aceptando la cerveza de la camarera con una sonrisa. Entonces, se rascó la barba mientras que ella se alejaba. "Fue el primer hombre que salió del armario en Gatlinburg cuando yo solo era un pueblerino tonto y pobre que estaba muerto de miedo por lo que sentía. La verdad es que eso tengo que concedérselo a Jesse Birch—el hecho de que pasara de ser un patito feo escondido entre las ramas a un elegante cisne maricón hizo que al menos me diera cuenta de que no estaba totalmente solo." Gareth resopló. "Entonces se casó con esa chica, confundiéndome por completo. Nunca lo entendí."

"Él dice que es bisexual."

Gareth se encogió de hombros. "Sea lo que sea, yo volví a esconderme en mi guarida, hasta que decidí que no importaba lo que él hiciera con su vida, solo lo que yo quisiera hacer con la mía."

Christopher sintió la necesidad de defender a Jesse contra el juicio de Gareth, pero apisonó esa sensación y le dio un sorbo a su bebida. Iba a necesitar otra a este ritmo.

"Entonces, ¿qué ha pasado?" Preguntó Gareth. "¿O prefieres que simplemente nos tomemos algo aquí juntos? ¿Que tal vez hablemos sobre algo del trabajo? ¿O algo aburrido, quizás?" Él chocó hombros con Christopher. "Lo que tú prefieras."

Christopher no sabía cómo explicarle a Gareth lo que había pasado sin decir cosas que no eran de su incumbencia. Así que, se frotó la ceja con el pulgar y finalmente dijo, "He pasado el peor Acción de Gracias de toda mi vida."

"¿Sí?"

Christopher se encogió de hombros. "Mi familia me ha repudiado."

"Mierda," suspiró Gareth. "Supongo que no tengo que preguntar por qué, ¿verdad?"

"No."

"Bueno, que los follen."

"Lo sé. Es solo que… al principio pensé que iba a estar bien, porque tenía a Jesse. Pero parece que tampoco le tengo a él después de todo. Por lo tanto, no tengo básicamente a nadie. Solo a mi abuela, pero es una mujer muy mayor. Un día se marchará y yo me quedaré solo."

Gareth permaneció en silencio durante un largo tiempo, bebiendo su cerveza y manteniendo los ojos fijos en la mesa. "No tienes por qué estar solo, Christopher."

Joder, eso no era lo que había pretendido conseguir. Christopher se quedó en silencio.

Finalmente, Gareth se aclaró la garganta. "Holly ha dicho algo sobre que estuviste cantando en una residencia de ancianos, ¿es verdad?"

"Sí. Shannon tuvo que trabajar hoy debido a la ausencia de Corey y Jeanette, así que yo la reemplacé en el hogar de ancianos. Resulta que Shannon trabaja como voluntaria en la residencia donde está la esposa de Jesse." Christopher tomó un largo trago. "Todo iba muy bien. Canté para todos los ancianos y me divertí bastante. Me las había arreglado para convencerme de que, no importaba lo curioso que me sintiera, iba a marcharme de ese lugar sin pasarme a ver a Marcy. Me iría y punto. Entonces, la directora me pidió que me pasara por algunas de las habitaciones de los residentes que no pueden levantarse de la cama. ¡Y la primera puta habitación a la que me llevó fue la de Marcy! ¡Joder!" Christopher negó con la cabeza mientras que su garganta se cerraba cada vez más.

"La cosa fue mal, ¿no?"

Christopher tragó su licor violentamente, tratando de no pensar en el horror íntimo de ver a Marcy. Después de unos momentos de silencio, los sonidos provenientes de la barra llenaron el ambiente, y Christopher susurró, "Sí, fue muy mal. Entré y la vi. Después, Jesse apareció y no le hizo ninguna gracia verme allí."

"Ya." Gareth tomó un sorbo de su cerveza y puso un brazo alrededor del hombro de Christopher, apretando antes de soltarle.

Christopher todavía podía sentir el calor de su brazo donde le había tocado. Sentía como si tuviera que explicar la reacción de Jesse. "Es muy protector con ella."

"No ibas a hacerle daño."

"No. Por supuesto que no. Pero creo que Jesse no se refería a hacerle daño físicamente, sino a… lastimar de alguna manera su memoria."

Era obvio que Gareth no le estaba entendiendo, por lo que se limitó a asentir y tomó otro trago, antes de apretar el hombro de Christopher de nuevo.

"No puedo explicarlo. Sé que no tiene sentido."

"Es no es necesario que tenga sentido. Solo desahógate," dijo Gareth. "No tengo por qué comprenderlo. Solo tengo que escucharte."

Christopher no pudo evitar sentir un nudo en la garganta al oír eso. Anhelaba ser visto, ser escuchado, y Gareth le estaba ofreciendo precisamente eso. "Creo que se trata de dignidad," susurró Christopher. "Simplemente no había nada de dignidad en lo que vi. Creo que Jesse quiere dársela y yo se la arrebaté sin ni siquiera pedírsela."

"Lo superará," dijo Gareth con una voz tierna, muy cerca de la oreja de Christopher.

"No lo sé. Nunca lo he visto tan enfadado."

"Recuerda mis palabras: lo superará a menos que sea estúpido. Y ese hombre es cualquier cosa menos estúpido. No va a cometer el error que hice yo al dejarte marchar."

Christopher le sonrió, sintiendo cómo su labio inferior temblaba por el efecto de la bebida y la emoción. "¿Sí?"

"Claro."

Christopher suspiró, recordando la furia helada que había visto en la cara de Jesse. "Todo esto es demasiado, ¿sabes? Acción de Gracias. Mi familia. Jesse enfadado conmigo. Tal vez una ruptura. Solo quiero a alguien que esté orgulloso de llamarme suyo. Tengo a Nana, pero…" Suspiró, a sabiendas de que su abuela no iba a estar ahí para siempre. "Pero yo quiero una familia, ¿sabes? El tipo de familia con la que te sientas a celebrar Acción de Gracias y todo el mundo está feliz de que estés allí."

"Lo normal que queremos todo el mundo," dijo Gareth, tragando cerveza.

"Pero yo no tengo nada de eso. Desde luego no tengo una familia. Y ahora tampoco tengo a Jesse."

Christopher pidió otra bebida y ambos bebieron en silencio durante unos minutos antes de que este empezara a hablar de nuevo. "Cuando hoy la vi con mis propios ojos, me di cuenta de que era muy diferente a como me la había imaginado."

"¿Fea?"

"No… bueno, sí. Simplemente, bueno, fue algo realmente triste. Fue como verla desnuda, no físicamente desnuda, pero como si hubiera sido despojada de todo y yo lo estuviera presenciando. Fue horrible. Jodidamente horrible."

"Pobre bastardo," dijo Gareth. "Tener que lidiar con eso."

Christopher asintió. El recuerdo de Marcy lo perseguía. "Cuando él entró y me vio allí. Joder, no le pareció *nada* bien. Me dejó muy claro que no tenía nada que hacer allí, que no era parte de la familia." Se volvió a Gareth. "*Ella* es su familia y yo no lo soy. En absoluto."

"La verdad es que todavía no te lo has ganado."

Christopher resopló una risita amarga. "Sí, supongo que no. Quién sabe ahora si podré llegar a hacerlo."

"Yo no entiendo mucho sobre relaciones. Yo mismo la cagué bastante con Rick, no una, sino dos veces."

"¿Que pasó?"

"Bueno, la primera vez rompimos porque lo enviaron fuera. Pensé que no se había ganado que yo me quedara aquí esperándolo. Y tal vez no lo había hecho."

Christopher reunió el valor de preguntarle lo que había querido saber desde hacía mucho tiempo. "Entonces, ¿por qué volviste con él? Esa noche que pasamos juntos… yo pensé que… me hiciste mucho daño cuando le pusiste fin a todo."

Gareth gruñó y se pasó una mano por la barba. "Desearía que no dijeras nada de eso, Christopher, ya que solo hace que me den ganas de embestir mi propia cabeza contra una pared cuando pienso que ahora ya no hay ninguna posibilidad de recuperarte." Suspiró. "Sé que parezco un tipo muy duro, pero podrías hacerme tuyo con solo una palabra."

"No digas eso."

"Es cierto. Y volví con él porque me asustaste demasiado."

"¿Cómo? ¿Qué hice?" *¿Habré asustado también a Jesse de la misma manera?*

"Nunca me había sentido así antes. Ni con Rick, ni con mi primer novio. Con nadie. Nunca había querido lanzarme en los brazos de alguien y no dejarlo ir nunca. Estaba muerto de miedo. Así que cuando Rick llamó, me resultó muy fácil volver con él. Mucho más fácil que admitir lo que sentía por ti. Nunca pensé que podría ser tan cobarde hasta ese entonces. Pero supongo que lo soy."

"Gareth…" Christopher tragó saliva y su corazón se aceleró al ver la vulnerabilidad en la expresión de Gareth y el dolor en esos ojos que con tanta fuerza le habían atraído desde el principio. "Lo siento."

"Yo tambien lo siento. Y hablaba muy en serio cuando me dirigí a ti en esa granja de árboles de Navidad. Si todo ha terminado con él, me gustaría que me dieras otra oportunidad. Pero aún no, Christopher. Todavía estás enamorado de él y lo entiendo. Así que, será mejor que primero compruebes si puedes arreglar esto. Me importas demasiado como para dejar que rompas tu propio corazón."

"Joder," susurró Christopher con su garganta apretada. Forzó otro trago, y se frotó los ojos con las palmas de sus manos.

El calor de la presencia de Gareth junto a él era una agradable distracción. Podría inclinarse y besarlo. Podría pasar los dedos por su cabello, susurrar algo contra su boca, pedirle salir pitando de allí para poder follar en alguna parte, y olvidar por unos minutos lo mucho que deseaba que Jesse le mandara un mensaje, o le llamara, o entrara por la puerta del bar, lo tomara entre sus brazos y lo llevara hasta su casa para declarar que eran una familia. Para declararle su amor. Lo cual, ahora que lo pensaba, nunca había hecho. Jesse le había dicho muchas cosas, pero nunca que lo quería. ¿Y si era porque no lo hacía, no podía, o no lo haría?

No seas obtuso, muchacho.

Era la voz de Nana en su cabeza por primera vez en semanas. Christopher se rio en voz baja mientras que los ojos le ardían por las lágrimas contenidas, y bebió más ginebra a la par que Gareth le acariciaba la espalda.

"Todo irá bien," canturreó el herrero. "Vi cómo te miraba. Sabe de sobra lo que tiene. Hará las paces contigo."

Christopher se preguntó cómo se sentiría realmente Gareth estando aquí con él, consolándole y animándole a tener fe en el amor de otro hombre. Si Gareth había sido un cobarde, sin duda ahora lo estaba compensando. Se estaba comportando de un modo valiente y cariñoso. Como un buen hombre. Christopher sería un completo canalla si se aprovechaba de su afecto solo para calmar su dolor.

"Debería irme a casa," dijo. "Beber no va a hacer que me sienta mejor. Debería irme a la cama, ¿y tal vez cuando me despierte mañana será un día mejor?" Terminó la frase con una pregunta, con la esperanza de que Gareth le asegurara que así sería.

"No creo que debas conducir." Gareth se deslizó fuera del reservado.

"Estoy bien." Christopher se puso de pie pero sus pies se enredaron debajo de él, haciendo que se tambalease hacia Gareth. "Mierda. Bueno, tal vez no."

"Te llevaré." Gareth dejó caer algo de dinero sobre la mesa. Christopher hizo lo mismo, dándose cuenta de que beber tanto por sentirse miserable podía ser bastante caro.

"No sé—tal vez debería quedarme un rato más aquí hasta que se me pase el efecto del alcohol."

"Sí, tal vez. Lo que tú quieras."

Christopher recordó la última vez que Gareth había estado en su casa y se puso duro, sus pezones se pusieron tiesos y su polla se infló. Volvió a sentarse. "Creo que prefiero esperar." No quería decir que era demasiado peligroso que Gareth lo llevara a casa, pero esa era la verdad. Christopher sabía lo que quería y no era a Gareth, pero estar borracho y con el corazón roto había hecho que muchos hombres cometieran errores en el pasado y Christopher estaba decidido a no ser uno de ellos.

"Agua," dijo Gareth cuando llamó a la camarera, señalándolos a los dos. "Entonces será mejor que recuperemos nuestra sobriedad cuando antes."

Christopher se acomodó, comprobando su móvil de nuevo. Suspiró en su vaso recién servido. No tenía nada de Jesse.

Solo un mensaje nuevo de Jackie.

CAPÍTULO VEINTISÉIS

JESSE SE DESPERTÓ A LA MAÑANA SIGUIENTE con resaca y la boca empalagosa. Se dio la vuelta y se quedó mirando las paredes color burdeos del dormitorio principal y el espacio vacío junto a él donde Marcy siempre había dormido. Gimiendo, se estiró y se levantó para hacer pis, agarrando su móvil de camino al cuarto de baño. No tenía nada de Christopher. No es que se mereciese sus mensajes o llamadas.

Caminó por el pasillo hacia la habitación de invitados en la que había pasado casi todas las noches de atrás con él. Había decidido, sin embargo, contratar a un nuevo diseñador para que volviera a decorar el dormitorio principal a principios de año.

Jesse se fijó en la copia de *Dioses Americanos* sobre la mesita de noche, y recordó el momento en que Christopher la sacó de su estantería abajo y se la llevó con él a la habitación. Tenía un aspecto adorable metido en la cama con ella en la mano, con su cara todavía congestionada por la ducha que habían compartido previamente, fijándose en las fotos de la revista afanosamente mientras se mordía el labio inferior. Y entonces había sonreído cuando se había dado cuenta de que Jesse estaba en la puerta: radiante, tímido, sensual, emocionado. Muchas cosas. Pero sobre todo feliz.

Joder. ¿Lo habría estropeado todo? Sentía ganas de vomitar. No iba a ir hoy al trabajo—iba a pasarse por casa de Christopher a solucionar las cosas.

Una ducha, un poco de ropa y su café matutino, y Jesse salió pitando, recorriendo los sinuosos senderos de la montaña hasta la avenida principal, solo para bordear su estudio de joyería cerrado y dirigirse hacia casa de Christopher.

Cuando llegó, el pequeño Yaris rojo no estaba por ninguna parte, en cambio, había un Chevy Avalanche de color azul aparcado donde Christopher solía dejar su coche. Las manos de Jesse empezaron a sudar. Apagó el motor y tragó con fuerza, imaginándose la posibilidad de que Christopher hubiera… pero no, él no haría una cosa semejante. Era la camioneta de un amigo. O tal vez el marido de su hermana había venido desde Knoxville. No había nada de qué preocuparse. ¿Entonces por qué le dolía tanto el pecho y la sangre bombeaba fuertemente en sus oídos?

La puerta principal se abrió, agitando la solitaria corona navideña con un lazo rojo que Christopher debía haber colgado el fin de semana anterior, después de haber mencionado que no solía decorar su apartamento en absoluto. El herrero, Gareth, salió con una bolsa de papel en la mano y el pelo mojado de la ducha. El corazón de Jesse se detuvo y su sangre se heló. Jesse miró a Gareth y pensó dar marcha atrás y marcharse de allí, pero un hilo de ira tiró de él junto con una afilada aguja de dolor.

No tenía ninguna intención de hablar con ese hombre. No tenía nada que ver con él. Pero no hubo manera de evitarlo cuando se cruzaron en la acera. Jesse lo empujó un poco con el hombro al pasar por su lado, mirando hacia la puerta abierta de Christopher, pero Gareth lo agarró del brazo.

Jesse se sacudió de su agarre. "Vete a la mierda."

"No está en casa."

"¿Qué?"

"Él no está en casa, y esto no es lo que parece."

"¿Ah, no?" Jesse apretó los puños, tratando de mantener la calma.

Gareth asintió y señaló con la barbilla hacia la carretera de abajo. "Se fue hace un rato. Y como ya he dicho, esto no es lo que parece."

"Entonces, ¿qué coño es?"

Gareth pareció molesto por un instante, pero luego dijo habló en voz baja, con un poco de ternura áspera en su tono de voz que hizo que Jesse pudiera entender lo que Christopher debió ver una vez en el hombre, "Su Nana ha muerto. Yo lo traje a casa desde el bar, le ayudé a preparar las cosas que necesitaba, y me aseguré de que estuviera lo suficientemente sobrio como para conducir hasta Knoxville cuando salió el sol. Eso es todo. No pasó nada más."

El estómago de Jesse se desplomó. Él miró hacia la casa y luego de vuelta a Gareth. Tragó su saliva espesa. "¿Su Nana ha muerto?" Jesse recordaba aquella noche acurrucado con Christopher en el sofá mientras que este le preguntaba por qué su Nana le habría lanzado debajo de un autobús en Acción de Gracias. Recordaba todas las veces que Christopher le había hablado de ella. Solo quería encontrarlo y abrazarlo con todas sus fuerzas.

"Sí. Parece que ha sido aldo de repente. Inesperado."

"Bueno, era bastante mayor, así que no sé si podría considerarse como inesperado." Jesse sabía que estaba comportándose como un cretino, pero no le había gustado en absoluto ver a Gareth salir de casa de Christopher como si fuera suya, y compartir con él una información que debería haberle llegado directamente de Christopher.

"Estaba muy impactado." Gareth lo miró de arriba abajo. "Deberías haber estado aquí para él. Te necesitaba."

Jesse quería defenderse diciendo que Christopher podría haberle llamado o mandado algún mensaje de texto, pero sabía que después de cómo había actuado con él, no le debía nada. "Estoy seguro de que cuidaste muy bien de él." No pudo evitar burlarse.

"Puede ser. Pero quería tenerte a *ti*."

Su garganta se puso tan seca que Jesse solo pudo graznar, "¿En serio?" Tal vez no la había cagado para siempre. Dios, *Christopher*. Quería tantísimo a su Nana. Tenía que estar devastado. "¿Está yendo para Knoxville?"

"Va a quedarse en un Comfort Inn cuando llegue allí. Su hermana le ha estado mandando mensajes de texto toda la noche. Ahora tienen que encargarse de muchas cosas. Y estaba bastante destrozado por lo que había pasado entre vosotros, desde luego, pero cuando recibió la noticia del fallecimiento de su Nana, se vino abajo completamente. Lloró y todo. Nunca le había visto llorar antes."

Jesse empezó a sentir mucha presión en el pecho, y apretó los dientes ante la imagen de un Gareth consolándolo mientras que Christopher lloraba. Joder, lo había estropeado todo, ¿verdad? Si no le hubiera dicho todas esas cosas, Christopher le habría llamado a *él*, y él hubiera estado allí. Diablos, probablemente ni siquiera habrían estado separados. Jesse hubiera estado con él cuando recibió la noticia, y podría haberlo abrazado cuando más lo necesitaba.

Jesse se había odiado mucho a sí mismo a lo largo de toda su vida, pero en este momento, no podía recordar ninguna otra ocasión en la que se hubiera odiado más.

"No es demasiado tarde para arreglar las cosas, ya lo sabes." Los oscuros ojos color avellana de Gareth parecían tristes y afligidos.

Jesse se esforzó por mantener un tono de voz casual. "Dije algunas cosas horribles. Tal vez él ya no se sienta así."

"Llámalo." Gareth tragó saliva y miró hacia la montaña por detrás del hombro de Jesse. "Te responderá." Luego pasó por su lado y se metió en la camioneta. Sacó el vehículo lentamente y Jesse pudo jurar que le había visto secarse los ojos con las manos mientras que se alejaba.

Con su corazón latiendo salvajemente, Jesse corrió hacia su coche mientras que le enviaba un mensaje a Nova y otro a Amanda para ver quién podría hacerse cargo de los niños.

Christopher utilizó la tarjeta de acceso al hotel para entrar por la puerta lateral del Comfort Inn. Su habitación estaba en la planta baja y mientras se acercaba a ella, podía oír el tintineo de los anuncios navideños que se filtraba por debajo de las puertas de alrededor. Todo su cuerpo le dolía como si alguien le hubiera dado una paliza, y cuando finalmente entró en la habitación, tiró el abrigo en una silla y dejó sus zapatos en el centro de la sala antes de dejarse caer boca abajo sobre la cama.

Había sido un día muy duro, sobre todo teniendo en cuenta que había estado en la misma habitación con Sammie Mae y Bob por primera vez desde Acción de Gracias. Ni siquiera había tenido la certeza de que fueran a dejarle participar de los preparativos del funeral hasta que escuchó a su hermana hablando con Joe.

Ella le había dicho con voz temblorosa, "Christopher era el favorito de Nana así que tiene que estar aquí. No sería justo de ninguna otra manera, y no pienso permitir que lo excluyan de todo esto."

Así que habían dejado que se quedara en la habitación, pero su madre y Bob le habían ignorado por completo. Él mismo se había dado cuenta que tenía muy poco que decir o aportar de todos modos. Aparentemente, Nana había dejado instrucciones hacía años sobre qué hacer respecto a la funeraria, por lo que no había nada que deliberar sobre la elección del ataúd o el propio servicio. Hasta que Bob había dicho que él se encargaría de dar el sermón, y Christopher había susurrado, "No. De ninguna manera."

Todas las cabezas se habían vuelto hacia él, y él sé había encontrado con los ojos del director de la funeraria con una ferocidad que ni siquiera sabía que poseía. "O se encarga el capellán de su residencia de ancianos o tendrá que ser algún miembro de su personal. Pero Bob es inaceptable."

La habitación se había cargado de tensión en ese momento, pero Jackie había partido el hielo diciendo, "Estoy de acuerdo. Nana tenían diferentes valores a los de Bob. No sería lo que ella querría. ¿No crees, Joe?" Cuando Joe manifestó con brusquedad que estaba de acuerdo, ella se volvió hacia Sammie Mae y se dirigió a ella con una voz chillona que Christopher no había escuchado nunca antes, "*¿Mamá?*"

Sammie Mae se había movido con nerviosismo; su largo cabello lacio y rubio lucía tan miserable como el resto de su cara, toda roja y húmeda. "Tal vez deberíamos esperar a que llegue Laurie Ann," había susurrado.

"Mamá, eso no será hasta el lunes," había contestado Jackie con los dientes apretados. "No podemos dejar esto de lado a la espera de que la tía Laurie Ann haga su aparición. Ya nos ha dicho que le parecerá bien lo que queramos elegir, así que hay que decidir ahora."

Bob abrió la boca y Christopher se preparó para cualquier vómito de rabia que estuviera a punto de derramar.

"Los chicos tienen razón. Violet nunca ha creído mucho en los hombres de fuerte fe como yo," dijo con la cara roja y una temblorosa doble barbilla. "Si el Capellán Peters de su residencia da el consentimiento para hablar, será un buen sermón."

Jackie lo había mirado tan sorprendida como Christopher se había sentido. Después, todos se habían ido por caminos separados. Christopher fue a la habitación de la abuela en el asilo para recoger sus pertenencias personales. Sammie Mae y Jackie habían tomado todo lo que querían de Nana antes de que se mudara a la residencia en primer lugar, por lo que le dijeron que hiciera lo que quisiera con lo que aún tuviera en el hogar de ancianos. Bueno, Jackie fue quien se lo dijo. Sammie Mae ni siquiera lo miró ni le mostró ningún apoyo cuando había aparecido en el tanatorio hecho un mar de lágrimas. Había sido Joe quien había tirado de él en un enorme abrazo de oso, y Jackie quien había llorado con él durante unos minutos antes de que ambos hubieran recuperado la compostura y hubieran pasado a hablar de los asuntos a tratar más inminentes e importantes.

Christopher agarró la almohada y se abrazó a ella, escuchando los cascabeles de otra canción navideña que se filtraba por debajo de su puerta cerrada, la cual lindaba con otra habitación de algún desconocido. Deseaba que Jesse estuviera con él. Había estado a punto de llamarle una docena de veces desde que había amanecido, pero hubiera sido una mala idea. Estaba haciendo lo correcto al no permitirse caer rendido a sus pies después de la escena tan horrible que había tenido lugar en la habitación de Marcy. ¿No era cierto?

Como si fuera una señal, su teléfono vibró con la llegada de un nuevo mensaje entrante. El corazón de Christopher estuvo a punto de pararse cuando vio el nombre de Jesse en la pantalla.

Me he enterado de lo de Nana. ¿Te apetece un poco de compañía?

Christopher no sabía qué decir. Por un lado, quería verlo desesperadamente, pero también quería estar solo. Suspiró y respondió con:

Ha sido un día muy duro. No tienes por qué venir hasta aquí. Estaré bien.

Su estómago se contrajo cuando la respuesta de Jesse llegó inmediatamente después.

Estoy en el vestíbulo. ¿Cuál es el número de la habitación?

Christopher no tenía energía para luchar, pero joder, estaba ansioso por ver a Jesse. Tecleó los números.

106

Menos de un minuto después, alguien llamó a la puerta. Christopher, esperando junto a ella, la abrió. Jesse parecía agotado, con unas bolsas oscuras bajo sus ojos y su rostro pálido. Su suéter azul abrazaba su pecho, sus vaqueros le quedaban un poco sueltos, y su expresión denotaba preocupación, vergüenza, ternura, y un poco de miedo.

"Me he equivocado," espetó. "He sido un total cretino. Lo siento. ¿Puedes perdonarme?"

Christopher quería arrojarse a sus brazos, pero se contuvo y le indicó que pasara. Después de cerrar la puerta, se apoyó contra la pared con los brazos cruzados y lo estudió desde donde estaba, moviéndose con ansiedad y cambiando el peso de su cuerpo de un pie a otro.

"¿Cómo has averiguado dónde estaba?"

"Busqué todos los Comfort Inns en Knoxville y empecé a llamar."

"He pasado un par de días horribles," susurró Christopher con la garganta apretada.

"Lo sé. Lo siento mucho. Siento haberte hecho daño. Y siento mucho lo de tu Nana."

Christopher asintió mientras que sus ojos se llenaban de lágrimas. Apretó los dientes, deseando poder aguantarse las ganas, porque no quería llorar delante de Jesse cuando ya lo había hecho delante de Gareth. Había sido demasiado vergonzoso, y ni siquiera estaba enamorado de ese hombre.

"Oh, cariño," murmuró Jesse, tirando de él.

Christopher se dejó caer contra él, apoyó la cabeza en su hombro y permitió que sus lágrimas fueran absorbidas por la suave tela de su suéter. "Ya no tengo a nadie. Estoy solo."

"No. Me tienes a mí. Te lo juro, me tienes a mí." Jesse le frotó la espalda.

Christopher negó con la cabeza. Su corazón le dolía cada vez más. "Yo no soy tu familia. No soy la familia de nadie."

Los brazos de Jesse se apretaron a su alrededor, y Christopher dejó que lo siguiera abrazando mucho tiempo antes de separarse.

"Lo siento," dijo, haciendo un gesto hacia la cama. "Puedes quedarte si quieres o irte si lo prefieres. No voy a ser capaz de proporcionar mucha diversión en este momento."

Jesse dirigió a Christopher hasta la cama, lo sentó en el borde, y luego se arrodilló en la alfombra. Apretó sus manos y lo miró fijamente.

"He venido para estar contigo." Él tomó su barbilla para obligarle a encontrarse con sus ojos. "Te quiero, Christopher Ryder. Tal vez aún no seamos familia, pero si podemos amarnos y perdonarnos mutuamente, creo que un día podríamos llegar a serlo. Lo *seremos*."

El corazón de Christopher dio un vuelco. *¿Me quiere de verdad?* "Mi Nana no ha llegado a conocerte," murmuró. "Bueno, no conmigo… como parte de mí y de mi futuro." Se encontró con los ojos de Jesse. "Me siento como una mierda en este momento. No puedo prometer nada ni estar seguro de que vaya a poder olvidar lo ocurrido, aunque quiero hacerlo. No quiero que te preocupes por lo que me dijiste en la habitación de Marcy."

"Por supuesto que me preocupo. Estaba equivocado." Él agarró las manos de Christopher de nuevo.

"Sí, estabas equivocado, pero yo también lo estaba. No sabía… te juro por Dios que no sabía lo que significaba estar ahí. Fue…" Christopher estaba tan emocionado que tuvo que dejar de hablar. "Mierda. No me gusta estar tan sensible. Joder."

"No pasa nada. Te lo prometo, Christopher. No pasa nada. Todo está bien. Si me perdonas por ser un idiota, te prometo que no volverá a suceder. Bueno, respecto a Marcy. Todas las personas somos un poco idiotas a veces. Yo lo soy definitivamente, pero me esforzaré todo lo que pueda para no volver a mostrarme así. Ahora entiendo que tú… que debería haberme ofrecido a llevarte. Christopher, te quiero."

Christopher se dio cuenta de que él no había dicho esas palabras de vuelta, pero no quería hacerlo en este momento. No cuando estaba tan devastado por la pérdida de Nana y tan dolido por su pelea con Jesse.

Eso es todo lo que ha sido, dijo la voz de Nana en su cabeza. *Vuestra primera pelea de verdad. Eso no quiere decir que todo haya terminado, cariño, porque tú también le quieres demasiado.*

"¿Jesse?"

"¿Sí?" Él miró a Christopher con una esperanza vulnerable brillando en sus ojos.

"¿Será nuestra segunda pelea tan horrible como la primera?"

Jesse se rio y pasó los brazos alrededor de su cintura, tirando de él y acariciando su pecho con su mejilla. "Espero que no. En mi experiencia, todas son horribles, aunque no tanto como esta. No son tan malas una vez que estás seguro de la otra persona."

"¿Crees que puedo estar seguro de ti?"

"Creo que no tienes nada de qué preocuparte." Jesse se sentó sobre sus talones y lo miró. "Creo que nunca he sentido por nadie lo que siento por ti."

"Yo tampoco," susurró Christopher. "Y siento mucho lo que ocurrió en la residencia. Debería habértelo dicho en cuanto me enteré que iba a ir."

"No hiciste nada malo. Toda la culpa es mía."

"No. Bueno, tal vez la mayor parte, pero no toda." Christopher sonrió suavemente.

Devolviéndole la sonrisa, Jesse levantó la mano y la pasó por su pelo. "Necesitas echarte un rato. ¿Has dormido algo?"

Christopher negó con la cabeza y dejó que Jesse lo ayudara a tumbarse sobre la colcha mientras que las piernas de ambos cubiertas de tela vaquera se enredaban entre sí, y la cabeza de Christopher aterrizaba sobre el hombro de Jesse. Ambos permanecieron en silencio cuando el calentador de habitación empezó a funcionar con demasiado entusiasmo, arrojando una nube de calor denso por toda la habitación.

"Solo queda el funeral," murmuró Christopher. "Y podré volver a casa."

"¿Cuándo es?"

"El lunes. Sé que no puedes quedarte. Faltan tres días y tienes que ocuparte de los niños."

"Puedo quedarme. Nova y Tim se quedarán con los niños durante el fin de semana. Quiero estar aquí contigo. ¿Cuáles son tus planes?"

"Ahora que todo está hablado respecto a los preparativos del funeral, supongo que no tengo ninguno. Iba a, no sé… espera. O sí. ¿Qué se supone que debo hacer, Jesse? En realidad, no he pasado por nada parecido a esto anteriormente."

Jesse le pasó los dedos por su cabello. "Lo mejor es que te mantengas ocupado. Y que intentes estar ahí para otros miembros de tu familia si puedes."

"Mamá y yo hemos acabado. Esto no cambia nada. Jackie podría necesitarme, pero seguramente no lo haga. Ella y Nana no estaban tan unidas."

"Entonces tal vez sea necesario que dejes que Jackie esté ahí para ti."

Christopher se encogió de hombros. Ella nunca había estado allí para él hasta hacía muy poco. ¿Cómo podía explicar que no creía siquiera que el apoyo de su hermana fuera a durar? Aunque era muy probable que la influencia de Joe durara tanto como su matrimonio, y parecía bastante sólido. Christopher cerró los ojos, bloqueando las feas cortinas de la habitación del hotel, y la luz del sol menguante que se deslizaba a través de ellas. "¿Podrías apagar las luces? Me gustaría echarme una siesta."

"Lo que necesites." Jesse lo besó en la sien y se levantó de la cama. "Te lo prometo," dijo, después de haber apagado las luces, juntado las cortinas, y haberse acurrucado a su lado. "Haré cualquier cosa que necesites."

Capítulo Veintisiete

CHRISTOPHER SE DETUVO EN SECO mientras que él y Jesse se abrían paso en la capilla donde se iba a celebrar el funeral de Nana. "Uh-oh," murmuró.

"¿Qué pasa?" Preguntó Jesse.

"Mi padre y su nueva—y vaya, muy joven y, supongo, preciosa—novia." Miró a su madre. Christopher había imaginado que Sammie Mae montaría un espectáculo lamentable si su padre se presentara allí con su nueva jovencita, que el servicio se retrasaría y posiblemente incluso sería cancelado. Pero ella estaba sentada en primera fila y su padre, cerca de la parte trasera. Christopher se apostaría cualquier cosa a que su madre no lo había visto todavía, y si lo habría hecho, habría decidido dejarlo estar.

Christopher pensaba que Nana hubiera estado un poco decepcionada si hubiera estado allí para presenciar lo civilmente que se estaba comportando todo el mundo.

Por supuesto, las miradas que él y Jesse habían cosechado cuando entraron juntos no habían tenido ningún desperdicio. Ninguno. Los feligreses los miraron de arriba abajo, susurraron a través de los bancos, y Bob se mostró perplejo e indignado. Pero, sorprendentemente, no montó ningún alboroto, y aunque tanto él como Sammie Mae habían renegado de Christopher completamente, no les negaron ni a él ni a Jesse el acceso a los bancos en la parte delantera de la capilla.

El Capellán Peters pronunció una agradable y distendida charla sobre Nana y sus contribuciones en la residencia de ancianos, y expresó que su compañera de cuarto, Edna, la echaba de menos desesperadamente. Christopher no sabía por qué ese fue el comentario que le hizo derrumbarse, pero se puso rígido en su asiento, luchando por contener las lágrimas mientras que Jesse agarraba su mano y apretaba.

La tía Laurie Ann se había mostrado muy fría con él ese fin de semana, lo cual no era muy propio de ella. Christopher lo había achacado al dolor por la muerte de Nana, salvo que pronto se dio cuenta por la forma en que Jackie no dejaba de mirarlos nerviosamente, que la noticia de su homosexualidad por fin se había propagado por toda la familia. Dolía, pero no tanto como el hecho de que su abuela estuviera en esa caja en la parte frontal de la capilla y nunca, nunca, nunca más fuera a tener la oportunidad de hablar con ella. Nunca volvería a sostener su mano. Nunca volvería a reírse de sus tonterías. Ella nunca volvería a regañarle.

No me eches de esa manera, muchacho. Pienso regañarte hasta el día que te mueras.

Christopher se llevó una mano a la boca para contener un sollozo, volviendo la cabeza lejos de la vista de Lee, Joe, y otros tres hombres fuertes que estaban levantando el ataúd. Nadie le había pedido que ayudara, por lo que estaba bastante agradecido. Sabía que habría llorado delante de todo el mundo si lo hubiera intentado. Jesse apretó su mano.

Entonces todo había acabado, y lo único que quedaba era salir de la capilla y volver al coche de Jesse. Christopher sabía que debería hablar con su padre, pero no creía que fuera el momento más oportuno. No iba a haber ningún acto especial mientras que el féretro era puesto bajo tierra, así que ya no tenía mucho más que hacer allí. Podría visitar su tumba más tarde cuando Nana estuviera descansando en ella, y suponía que eso era precisamente lo que haría. Podría cantarle en privado su versión de "En el jardín," solo para ella. Pero ahora necesitaba escapar con Jesse y alejarse de todos y de todo. Quizás llorar, o tal vez simplemente encontrar la manera de reír, porque no iba a permanecer en ese estado depresivo por más tiempo.

A Nana no le hubiera gustado.

"No ha ido tan mal como me había imaginado en base a lo que me has contado sobre tu familia," susurró Jesse cuando salieron por la puerta de la iglesia y fueron rodeados por el gélido frío de una tarde de diciembre.

"¡Christopher! ¡Espera!"

Era Jackie.

"No tienes por qué quedarte a hablar si no quieres. No tienes que hacer nada," dijo Jesse.

"No te preocupes."

Jackie se apresuró a través del estacionamiento hacia ellos, sus talones haciendo clic en el pavimento, y su negro y sedoso vestido balanceándose en el viento. Christopher podía ver la carne de gallina en sus brazos y a Joe corriendo detrás de ella con su abrigo y sus tres hijos.

"Oye, Jackie, lo siento," dijo Christopher cuando ella tiró de él en un abrazo. "Solo tengo que salir de aquí." Él miró por encima del hombro de su hermana hacia donde Sammie Mae y Bob se habían detenido en las escaleras de la capilla, estrechando la mano de la gente y mostrándose lo suficientemente afligidos. Christopher sabía que al menos, su madre no estaba fingiendo.

"Es solo que… oh, Christopher," Jackie suspiró y lo abrazó de nuevo con fuerza. Ella se apartó y tomó su cara entre sus frías manos, examinándolo de cerca. "¿Estarás bien?"

"Sí, estaré bien."

Jackie tragó saliva. "¿Sabes lo que mamá dijo sobre que no eras bienvenid—"

"No sigas, Jackie."

"Bueno, no me importa lo que ella dijera. Siempre serás bienvenido en mi casa. ¿Me has entendido?"

Christopher miró hacia abajo y luego se encontró con su mirada. "¿Lo soy?"

"Por supuesto que sí. Y tu... ¿cómo debería llamarlo? ¿Compañero? ¿Novio? Él también es bienvenido." Ella lanzó una mirada tímida hacia Jesse. "¿Sabes? Todavía no nos has presentado adecuadamente."

Joe se detuvo entre el corrillo que habían formado y el coche de Jesse, y Jackie soltó la cara de su hermano para recuperar su abrigo.

"Joe, Jackie, este es mi... ¿novio?" Christopher captó la sonrisa de Jesse y se sintió un poco más envalentonado a medida que avanzaba. "Este es mi novio, Jesse." Se volvió a Jesse. "Estos son mi hermana, Jackie, y su marido, Joe. Y ya has oído hablar de mis sobrinos, Lee y Aaron, y mi sobrina, Sarah Beth."

"Es un placer conoceros a todos," dijo Jesse, tomando la mano de Jackie primero. "Me gustaría que fuera en otras circunstancias, sin embargo. Siento mucho lo de tu abuela."

Jackie sonrió un poco forzadamente, pero Christopher se dio cuenta de que realmente estaba intentando ser amable.

"Encantado de conocerte, amigo," dijo Joe, estrechando la mano de Jesse y luego pasando el brazo alrededor de Christopher. "Nuestro Christopher solo se merece lo mejor."

Sarah Beth miró a Jesse un poco dudosa, pero le estrechó la mano, y Lee hizo lo mismo. Aaron se limitó a decir, "Jackie dice que habrá tarta en casa de la abuela Sammie."

"Ven a casa de mamá con nosotros. Estoy segura de que no siente de verdad nada de lo que dijo. No bajo estas circunstancias, al menos."

"No, Jackie." Christopher sacudió la cabeza. "No puedo volver allí. Nunca iré allí de nuevo. Nuestra relación ha terminado."

Jackie suspiró. "Vamos, Christopher. No puede ser verdad que no vayas a venir ni siquiera en Navidad."

"Ella me dijo que no volviera hasta que dejara de ser gay." Hizo un gesto hacia Jesse. "Todavía soy gay. Así que no soy bienvenido. Y sinceramente, no iría aunque lo fuera."

"Pero tío Christopher, si no vienes, entonces el abuelo Bob se meterá con Lee," dijo Sara Beth.

"No, este año, no," contestó Joe. "No se meterá con nadie este año."

Jackie no estaba dispuesta a tirar la toalla tan rápidamente. "Mamá lo está pasando fatal con todo esto. Está a punto de perder la cabeza. Escucha, Nana está muerta y mamá nos necesita—*te necesita*. Si no hoy, en Navidad al menos."

"¿Cómo es que me necesita? Jackie, sabes de sobra lo que me dijo. Me dijo que no volviera."

Joe le hizo un gesto con la cabeza a Lee, quien volteó los ojos antes de dirigirse a sus hermanos pequeños.

"Vamos, vayamos a ver si podemos ver el ataúd de Nana en el coche fúnebre antes de que se aleje. ¿Queréis ver si podemos mirar en su interior?" Los chicos salieron corriendo tras él, aparentemente encanta-dos con la idea, y Joe gruñó por lo bajo.

Jackie siguió dándole vueltas al tema. "Mamá se ha comportado como una idiota. Estaba asustada y enfadada. Pero ahora, Nana se ha marchado, y ella necesita a sus hijos más que nunca."

"Ya tiene a Bob. Y, Jackie, seamos realistas, yo no soy su hijo. Soy su desastre. Su cabeza de turco."

"No."

"Sí. Escucha, me encantaría volver a casa, abrazarla, y decirle que todo va a estar bien. De verdad que me encantaría, ¿de acuerdo? Pero ella dejó que él me abusara durante años y—"

"¡Jamás te puso una mano encima!"

"Vamos, Jackie. Eres enfermera. Eres más inteligente que todo eso. Sabes que no hace falta dejar moretones para considerarse un abuso. Si alguien en el hospital hablara a su hijo de la forma en la que tú escuchaste a Bob hablarme a mí durante años, estarías obligada a informar sobre ello o no estarías haciendo bien tu trabajo."

Jackie miró hacia abajo y abrió la boca, pero Christopher no tuvo oportunidad de escuchar lo que iba a decir.

"¡Aquí están! ¡Mis dos hijos mayores juntos! Cariño, ven aquí. He encontrado a Christopher y a Jackie." La voz de su padre retumbó a través del estacionamiento.

Christopher sintió una oleada caliente de pánico, y se volvió hacia Jesse con una sensación frenética en su pecho, preguntándose si podrían simplemente subirse al coche y largarse. Pero estaban rodeados por Joe, Jackie, y otros vehículos saliendo y entrando.

Jackie se apartó de Christopher casi a cámara lenta, con una expresión de disgusto y los ojos abiertos como platos.

"¿Christopher?" Preguntó Jesse, agarrándolo del codo. "¿Estás bien?"

"Joder," murmuró Jackie.

Eso lo resumía todo bastante bien pero aun así, Christopher estaba impresionado porque su hermana hubiera dicho esa palabra. Nunca le había escuchado usarla con anterioridad. "Es mi padre," le dijo a Jesse.

Antes de que Christopher pudiera decir algo más, fue devorado por unos grandes brazos y el aroma de la colonia Brut. Hubo un momento de liberación y, a continuación, Jackie fue aplastada contra su costado y su padre los estrujó a ambos.

"Chicos, siento mucho lo de Violet. Ella os quería muchísimo. Era una mujer muy buena."

"Suéltame," murmuró Jackie entre dientes.

"Oh, cariño, ¿te he apretado demasiado fuerte?"

Christopher empujó a su padre y consiguió liberarse de él. El hombre no había cambiado nada desde la última vez que lo había visto un par de años antes: tenía el pelo rubio, sin canas aparentemente; sus arrugas era prácticamente imperceptibles gracias a las inyecciones de grasa, y seguía teniendo un cuerpo fornido en su metro ochenta de altura, aunque en lugar de ir vestido con su traje de "negocios," hoy iba más informal con un traje azul marino oscuro. Sus ojos marrones brillaban alegremente mientras miraba a Jackie y Christopher de arriba abajo, recordándole a este último el día que conoció a su hermanastra, Memphis Jay. La niña apenas tenía dos años y su padre había aparecido por SMH con ella a cuestas, junto con la madre—joven, afroamericana, y alguien a quien Christopher no había vuelto a ver nunca más.

Los ojos de su padre habían brillado de la misma manera cuando le había dado un poco de su helado a Memphis Jay y la pequeña había gritado de alegría. Christopher se preguntó con qué frecuencia vería su padre a Memphis Jay ahora. Después de todo, ella sería un problema más añadido cuando llegara el momento de pasar a la siguiente mujer. Esperaba que su padre, al menos, pagara su manutención.

Christopher se estaba quedando sin aire, abrumado y mareado por el dolor y el shock, justo cuando la joven rubia se animó también a pasar los brazos a su alrededor. Su voz acampanada retumbó junto a su oreja.

"¡Christopher! ¡Tu padre me ha hablado mucho sobre ti! Soy Kristin. Voy a ser vuestra nueva madrastra."

"*¿Disculpa?*" Vociferó Jackie.

Kristin se alejó lo suficiente como para incluir a Jackie en el abrazo, pero ella no se dejó. "O una amiga. Por lo menos una amiga, ¿no?"

La chica era menudita y estúpidamente joven, pero Christopher se sintió impotente con sus brazos a su alrededor. Miró hacia Jesse, que estaba de pie, con las llaves en la mano, los ojos muy abiertos y una expresión de terror y confusión en su rostro. La rubita—*Kristin*—llevaba un vestido negro de manga larga, que su pecho no llenaba todo lo que debía. No se podía negar, sin embargo, que era bastante mona, con su nariz respingona, cara simétrica, y brillantes ojos verdes. La joven podría encontrar a alguien mucho mejor que un hombre que le doblaba la edad. Christopher quería advertirle que echara a correr lejos y rápido.

"Papá, ¿no te habrás traído a tu… tu…" Christopher pensó honestamente que Jackie iba a decir puta, pero terminó, "…tu nuevo *juguetito* al funeral de la abuela?"

"Esta es mi prometida, Kristin Massey, y Kristin, estas caras patidifusas de aquí pertenecen a mis dos hijos mayores." Él se volvió hacia Joe y le dio una palmadita en el hombro. "Me alegro de verte, Joe. Bonito traje. ¿Y quién es este?"

"Jesse Birch."

Christopher vio cómo Jesse se presentaba y le tendía la mano. Quería decirle que no se molestara en ser amable porque iban a salir de allí en cuestión de segundos, pero su padre tiró de él en un abrazo y le dijo, "Soy James Ryder. Encantado de conocerte. ¿Supongo entonces que eres el amante de Christopher?"

"Oh, Dios mío," murmuró Jackie. "¿Amante? *¿Amante?*"

Su padre soltó a Jesse. "¿No es así como los jóvenes lo llamáis hoy en día?"

"No, conejito," Kristin se echó a reír. "Eso es muy de los años setenta. Creo que sería mejor llamarlo… ¿Cómo preferís? ¿Compañero? ¿Novio?"

"¿Prometido?" Dijo Joe.

"*No*, prometido, no," respondió Christopher, extendiendo la mano para sujetarse al techo del coche de Jesse y poder así mantener el equilibrio. El funeral había transcurrido sin indicentes. Tendría que haber escapado cuando tuvo la oportunidad.

"¿Conejito, tal vez?" Preguntó Joe. Jesse resopló, pero Jackie lo golpeó en el brazo con fuerza. "Ay, muñeca," murmuró.

"¡Tú! ¡*Hijo de la gran puta*!" La voz de Sammie Mae resonó por todo el aparcamiento.

"Oh, Dios," murmuró Joe. "Que alguien vaya a buscar… no sé. Alguien."

Christopher pasó junto a Jackie y agarró a su madre del brazo. "Mamá, cálmate. No montes una escena."

"Él no tiene nada que hacer aquí." Sammie Mae lo señaló con el dedo. "Chulo-putas. Cabrón. *Pecador*. Él es la razón por la que eres un alma perdida, Christopher. ¡Es su *semilla* lo que dañó tu corazón en el mismo proceso de tu creación!"

Christopher no soltó el brazo de su madre, ya que si lo hacía, estaba bastante seguro de que saltaría sobre su padre, y sus uñas parecían preparadas para arañarle la cara.

"Conejito, ¿esta es Sammie Mae?" Preguntó Kristin, sin aliento, como si no estuviera segura de tener ganas de echarse a reír o gritar.

Pero entonces Bob llegó bordeando el coche junto al suyo, con la cara roja, y el cuerpo agitado por el esfuerzo, y apuntó con su regordete dedo a la cara del padre de Christopher. "James, no tiene sentido asistir a los servicios de una mujer a cuya hija no dejaste de traicionar una y otra vez."

"¿Traicionar? ¡Ella jamás estaba disponible! ¿Qué se supone que debe hacer un hombre? Estoy seguro de que tú no necesitas echar un polvo de vez en cuando, ya tienes suficiente con la palabra de Dios, pero yo necesito que una mujer me dé afecto físico y—"

"¡Te di todo mi cariño! ¡Te di los mejores años de mi vida! ¡Pero tú! ¡Tú no podías mantener la polla dentro de tus pantalones!"

"Sammie Mae, cielo, no permitas que te lleven por el pecado de la ira," le reprendió Bob. "Eso solo hará que te rebajes a su nivel y te dejes revolcar en la inmundicia, alejándote cogida de la mano de Satanás."

Sammie Mae tiró del agarre de Christopher.

"No me jodas," gimió Joe, desviando su mirada hacia los escalones de la iglesia, donde sus hijos estaban ahora sentados, observando. El coche fúnebre estaba saliendo del estacionamiento con Nana en su interior. "Bob, *cállate*."

Bob no le hizo caso. "Y pensar que traté de daros consejo a ti y a tu hijo infectado por el mal del diablo—"

"¡No!" Gritó Joe, levantando las manos y dando una palmada. "¡Me niego! ¡Todo el mundo a su casa!" Agitó sus grandes brazos, y Sammie Mae, Bob, y James con su pequeña Kristin, retrocedieron. Christopher prácticamente deseaba que un coche cruzara el parking en ese momento y los atropellara a los cuatro, pero entonces se sintió culpable, porque probablemente Kristin no se lo mereciera.

Jesse abrió su coche y tomó a Christopher por el brazo, susurrando, "Vamos, cariño. Vámonos. Deja que resuelvan sus diferencias entre ellos. No es responsabilidad tuya."

Christopher parpadeó. Su madre forcejeó con la intención de zafarse de Bob, todavía con ganas de lanzarse sobre su padre. Él se fijo en la expresión de sorpresa en el rostro de Kristin; los ojos de Jackie entrecerrados por la rabia y la humillación; las mejillas rojas de Joe y su cara de: "*harto, harto, estoy muy harto*," y no pudo encontrarse con los ojos de Jesse.

"¿Christopher?" Preguntó este sosegadamente.

"Sí, hemos terminado aquí. *Yo* he terminado. Joe, Jackie, ya os escribiré. Al resto…" hizo un gesto con la mano para englobar a todos los demás. "Iros… iros al infierno. Ahí es donde pertenecéis." Su voz temblaba mientras que sentía como si su pecho se estuviera partiendo en dos y su corazón estuviera emergiendo entre las grietas. Esto era todo. Había acabado definitivamente con su madre. De una vez por todas. Y *dolía* insoportablemente.

Christopher pasó junto a su madre, quien no podía dejar de mirarlo anonadada, y un Bob farfullando constantemente mientras que se acercaba al coche de Jesse para subir por el lado del pasajero. Cuando oyó la puerta del conductor cerrarse y sintió el calor de Jesse a su lado, no pudo soportar mirarlo, así que mantuvo sus ojos sobre el asfalto, las montañas y el cielo gris desde el cual su Nana estaría mirando muy probablemente en este momento y despotricando porque su familia no hubiera sido capaz de celebrar su funeral sin ningún altercado.

Las luces de Navidad brillaban desde los escaparates de las tiendas por las que pasaban, y los árboles eléctricos en la parte superior de los edificios parecían triángulos de alambre en la oscuridad de la tarde. Christopher permaneció en silencio mientras que Jesse conducía hacia el Comfort Inn, a la espera de recibir sus preguntas, su indignación, risa, o algún tipo de piedad. No lo sabía. Solo sabía que su familia era un desastre y que estar cerca de ellos era algo que no quería experimentar nunca más. Al menos, no de esa manera. No quería volver a ver a su padre ni a su madre, y a Bob desde luego que tampoco. A Jackie y Joe, sí, pero solo si no le recriminaban que no hubiera intentado hacer las paces con Sammie Mae.

Christopher se frotó el pecho donde tanto le dolía.

"Oye," dijo Jesse mientras que aparcaba en una plaza cerca de la entrada principal del hotel. "Mírame."

Christopher suspiró y se volvió lentamente en su asiento.

"Dime lo que estás pensando," murmuró. "Porque si estás pensando que lo que se ha dicho ahí tiene algún sentido, o si estás pensando que de alguna manera eres—"

"No, no es eso." Christopher esbozó una media sonrisa ante la preo-cupación de Jesse respecto a que fuera a considerarse realmente el engendro del pecador de su padre. "Es que desearía que no hubieras visto eso nunca. Que no los hubieras visto. Que no hubieras visto cómo soy con ellos a través de sus ojos."

"Oh." Jesse tragó saliva y luego asintió lentamente. "Entiendo." Jesse agachó la cabeza para atrapar su mirada y la sostuvo de manera significa-tiva. "Supongo que ambos teníamos aspectos de nuestras vidas que aún no estábamos preparados para compartir con el otro, pero el mundo no se acaba por eso."

Christopher sacudió la cabeza. "Es humillante."

"¿Por qué, cariño? Son… detestables. Bueno, Jackie y tu cuñado están bien, pero los demás… uff. Aunque esa Kristin parecía una poco ligerita de cascos. Pero tu madre…" Jesse se quedó en silencio durante un minuto, mirando por la ventanilla frontal. Su voz era suave cuando se dio la vuelta. "Como bien dijiste, la perdiste hace mucho tiempo en su papel de madre."

Christopher resopló suavemente. "Y mi padre, bueno, él nunca trató de comportarse como un verdadero padre después de que nos abandona-ra. Bob lo intentó mucho más que él."

"Bob es un monstruo."

"Bob está influenciado por sus torcidas creencias."

"Eso es… muy generoso por tu parte, Chris." Jesse sonrió y negó con la cabeza. "Eres demasiado generoso con la gente."

"¿Como quién?"

"Bueno, Bob, obviamente. Tu madre. Gareth. Y, bueno, también has sido muy generoso conmigo cuando no me lo merecía."

Christopher se rio en voz baja y después sintió algo pesado en su pecho. "¿Qué quieres decir con eso? ¿Preferirías que fuera un poco más duro contigo?"

"No. Solo creo que necesitas aprender a protegerte mejor." Jesse sonrió. "Pero si no lo haces, entonces, yo te ayudaré a protegerte. Debería haber intervenido mucho antes y habernos ido antes de que la cosa se hubiera salido de madre, pero… bueno, la verdad es que no sabía muy bien qué hacer."

"Nadie lo sabía. Era imposible que lo hubieras sabido a menos que los hubieras visto en acción anteriormente."

"Joe tuvo la mejor idea. Tiene una buena cabeza sobre sus hombros."

"Y también es muy guapo. Jackie ha elegido bien esta vez."

Jesse se rio entre dientes. "Sí, buenas manos. Grandes brazos. Un culo en el que podría rebotar monedas. Menos mal que no es mi tipo, o podría haberme sentido tentado a comprobar si tiene algún pelo de bisexual en su cuerpo."

Los labios de Christopher se curvaron suavemente. "Estoy bastante seguro de que es totalmente heterosexual, pero me alegro de que no sea tu tipo ya que mis probabilidades de tener un cuerpo como el suyo algún día son prácticamente cero."

"Prácticamente cero, ¿eh? Unos días cerca de tu familia, y ya puedo ver al chico apalache emergiendo."

Christopher sonrió y se recostó en el asiento, mirando hacia el cielo gris de invierno y los árboles crepitando en el estacionamiento. "¿Crees en Dios, Jesse?"

"Solía."

"¿Pero ya no?"

"La verdad es que no."

"¿Desde que pasó lo de Marcy?"

"Fue antes de eso. No sé. Sucedió en algún momento cuando Brigid tenía cuatro o cinco años. Estaba haciendo una explicación muy lógica y completamente errónea acerca de la procedencia del viento. Había aprendido en alguna parte que la luz venía del sol y que viajaba por el espacio hasta la tierra. También había aprendido que Neptuno es aparentemente el planeta más ventoso. Así que había decidido que el viento venía de Neptuno, a través del espacio, hasta la Tierra. Era una brillante premisa pero obviamente, incorrecta."

"Menuda sabelotodo."

"A veces todavía lo es. Definitivamente sigue siendo una pensadora mágica."

"Sí." Christopher sonrió con cariño. "Es muy especial. Quiero decir que… es dura y fuerte, y al mismo tiempo tan… solo quiero quererla hasta que esté bien del todo, ¿sabes lo que quiero decir?"

"Sí. Es algo que realmente admiro de ti, porque no te lo ha puesto nada fácil."

"Tal vez me gusten los desafíos."

"Bueno, entonces estamos condenados, porque los dos éramos un par de facilones cuando empezamos."

Christopher resopló. "No, nuestra situación es bastante desafiante. Créeme."

Jesse asintió y se inclinó para entrelazar los dedos con los suyos. "No lo dudo. De todos modos, después de la explicación de Neptuno, fue como si explotara mi burbuja. Pensé, 'Eso es lo que pasó. Alguien estaba tratando de explicar la vida y se inventaron toda la historia. Hasta el último pedacito de ella.'"

Christopher se quedó reflexionando por un momento sobre las palabras de Jesse. Las consideró seriamente, pero eso no quería decir que fuera a dejar de creer también. "Eso tiene sentido. Yo sí creo en Dios. Y en Jesús. Creo en un Dios cuyo mayor mandamiento es amar a tu prójimo como a ti mismo. No creo que tenga que ir a la iglesia, o no ser gay, o hacer cualquier cosa que no sea tratar de amar a mi prójimo como a mí mismo."

"Esa es una buena filosofía."

"No creo que quiera a Bob, sin embargo."

Jesse le apretó los dedos. "Bueno, si yo creyera en Dios y Jesús, creo que tendría que decir que la Biblia parece implicar que la única persona que amaba con éxito a todo el mundo era Jesús, ¿no? Así que, me imagino que basta con que trates de hacerlo lo mejor que puedas. Jesús lo entenderá. Especialmente cuando se trata de Bob."

Christopher se rio, pero aún le dolía el pecho. Ambos permanecieron sentados en silencio durante unos minutos hasta que Christopher se apoyó en el hombro de Jesse. "Estoy cansado. ¿Podemos recoger las cosas del hotel e irnos? ¿Me llevarás a casa?"

"Claro. Los niños te han echado de menos. Iremos a casa y pediremos unas pizzas. Quizás hasta podríamos ver una película con ellos. Algo divertido."

Christopher se había referido a la casa de su abuela, pero la idea de que Jesse lo llevara de vuelta al lugar donde podrían construir una vida juntos era todo lo que necesitaba. Era la casa donde quería estar.

"Ey, ¿Jesse?" Christopher se quedó ahí sin soltar su mano.

Los cálidos ojos marrones de Jesse se encontraron con los suyos. "¿Sí?"

"Te quiero."

Una sonrisa a corazón abierto y una dulce expresión llena de vulnerabilidad bañaron el rostro de Jesse mientras que este se inclinaba sobre Christopher y enmarcaba su cara con las manos, "Yo también te quiero, cariño. Yo también te quiero."

Capítulo Veintiocho

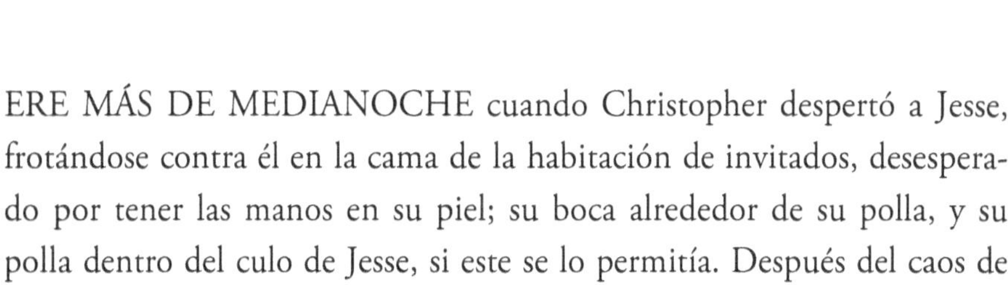

ERE MÁS DE MEDIANOCHE cuando Christopher despertó a Jesse, frotándose contra él en la cama de la habitación de invitados, desesperado por tener las manos en su piel; su boca alrededor de su polla, y su polla dentro del culo de Jesse, si este se lo permitía. Después del caos de la funeraria, no quería ser tomado—quería ser él quien estuviera al mando.

Jesse parpadeó sus legañosos ojos. "¿Christopher?"

"¿Puedo follarte?" Susurró. "¿Te gustaría?"

Jesse vaciló. "Si eso es lo que necesitas, sí. Tendremos que hacerlo en silencio, sin embargo."

"¿Tanto lo odias?"

"No, shh. No hables de esa manera. Solo hazme el amor, házmelo como necesites. Hazme lo que tú quieras. Estoy dispuesto a probarlo todo."

Christopher gruñó y negó con la cabeza. "No. No puedo hacer una cosa así cuando sé que no te gusta."

"Podría intentarlo. Haría cualquier cosa por ti, cariño. Lo que necesitases."

Christopher lo besó de nuevo, sintiendo el aumento de su excitación y urgencia. No iba a poder ser gentil, nunca le había dado por culo anteriormente y… no, no iba a follarle, pero él tampoco iba a ser follado. Hoy iba a estar al mando de *algo*.

"Quiero que te desnudes."

Jesse se quitó rápidamente el pantalón del pijama y su ropa interior, y Christopher hizo lo mismo antes de colocarse encima de él.

"No voy a follarte," murmuró cuando sintió que su cuerpo se tensaba. "No me lleves la contraria al respecto, ¿de acuerdo? Solo haz lo que yo te diga."

Jesse sonrió y asintió con la cabeza. "A la orden, mi sargento."

Christopher quería sentir su piel contra la de Jesse; quería sentir dolor, placer, y quería sentirlo ahora. Agarró el bote de lubricante y un condón de la mesita auxiliar. No quería pensar en nada, solo quería vivir con Jesse aquí y ahora, al menos por un rato.

Besar a Jesse hizo que su mente volviera a donde quería tenerla—sexo caliente, resbaladizo, dulce y ansioso. Abrió el condón mientras que se deslizaba sobre Jesse, chupando su boca. Jesse lo guió mientras que Christopher enfundaba su miembro.

Sin ningún preámbulo, Christopher se retiró y se sentó a horcajadas sobrer sus caderas. Se pajeó un par de veces, estremeciéndose de placer, y entonces vertió un chorro de lubricante sobre la polla de Jesse y se untó un poco en su agujero.

Jesse puso los brazos sobre su cabeza, cruzándolos, claramente mostrando su redención. Christopher lo quería un poco más por ello. Deslizó una mano por su garganta y apretó suavemente. Fue un poco incómodo al principio, pero después agarró su polla con su mano pringosa y se sentó sobre ella, obligándolo a entrar en su cuerpo, gimiendo como su grosor pasaba junto a su esfínter y un escalofrío ardiente recorría su cuerpo.

Los ojos de Jesse brillaban a la luz de la luna. "¿Vamos a hacerlo así esta noche?" Su voz era tan ronca que Christopher casi tuvo que inclinarse hacia adelante para poder escuchar lo que acacaba de decir.

"Lo necesito."

Jesse se humedeció los labios y llevó su mano hasta donde Christopher le estaba agarrando del cuello para empujar su palma con más fuerza contra su garganta. "Tómalo entonces. Continúa."

Christopher gruñó, flexionando los dedos ligeramente—lo suficiente como para sentir que estaba inmovilizando a Jesse, pero no tanto como para cortarle la respiración—y lo cabalgó salvajemente. El contrapunto perfecto de las bofetadas de su polla contra el estómago de Jesse y las bofetadas contra el suyo propio cuando el miembro rebotaba, y la polla enorme y gruesa de Jesse estrellándose contra él más allá de su próstata, lo hizo estremecer a lo largo de toda su columna vertebral y por sus extremidades.

"Sí, cariño, sí," le alentó Jesse, y Christopher empezó a moverse más rápido y más fuerte, girando sus caderas y cerrando los ojos, tomando su placer como si fuera algo que Jesse le debiese. Jesse apretó más los dedos sobre los de Christopher alrededor de su garganta, y este último apartó su mano para agarrar su pelo con ambas manos, inclinándose para arrebatarle un beso necesitado y salvaje. Jesse levantó los brazos por encima de su cabeza, agarrándose de la cabecera.

"Eso es," gruñó. "Vas a hacer que me corra, Chris."

Christopher gimió. No estaba lo suficientemente cerca del orgasmo pero no quería parar. Cabalgó más duro, más rápido, su polla le dolía por no estar recibiendo ninguna fricción, pero no quería soltar los mechones del pelo de Jesse. Quería besar su boca, sus orejas, su cuello. Quería morder sus hombros, sus lóbulos, y lamer sus cejas y el hoyito por encima de su labio superior.

"Me corro… me corro," gruñó Jesse, y sus caderas se estrellaron contra el culo de Christopher mientras que sus manos agarraban sus caderas para mantenerlo firme y quieto, y su polla descargaba en su interior.

"¡Dios!" Gritó antes de apretar sus labios, temblando, convulsionando y retorciendo las piernas sobre la cama.

Christopher lo observó mientras se corría, deleitándose con la manera en que su rostro siempre se torcía y disfrutando de los espasmos de los músculos de su estómago y sus muslos mientras bombeaba su carga. Era casi suficiente para correrse también, aunque no del todo.

Él se apartó de Jesse y se arrastró hasta presionar su pene contra la jadeante boca de este último. Con ojos vidriosos y todavía temblando, Jesse se sentó contra la cabecera y abrió todo lo que pudo para tomarlo hasta su garganta mientras que sus dedos encontraban inmediatamente el camino hasta su ano y se deslizaban en su interior, follándolo con tanta urgencia que sus muslos comenzaran a temblar y su flujo sanguíneo corrió en estampida por sus oídos.

"Sí," susurró Christopher. "Esto es lo que quiero." Deslizó una mano detrás del cuello de Jesse e inclinó su cabeza en un ángulo ligeramente mejor. Él folló su boca, sintiendo la mordaza cuando la penetró demasiado profundo y demasiado rápido.

Después de unas cuantas embestidas desesperadas, se quedó quieto, empujando su culo sobre los dedos de Jesse, dejando que rozaran su próstata hasta que su polla explotó sobre la lengua de Jesse y llenó su boca. Christopher se estremeció, inclinándose hacia adelante para agarrarse a la cabecera de la cama con su mano libre y apoderándose de la parte posterior del cuello de Jesse con la otra.

"Oh, mierda," susurró mientras que un torrente embriagador de placer lo sacudía y su orgasmo entumecía su cerebro durante un glorioso momento.

Cuando sacó su polla flácida de la boca de Jesse, y mientras se dejaba caer en su lado de la cama, la horrible tristeza y la ira que había intentado enmascarar echando un polvo, volvieron a acecharlo, haciendo que se rompiera inevitablemente sobre el hombro de su novio.

"Shh," Jesse lo tranquilizó frotando su espalda. "Todo irá bien, cariño. Te quiero. Y sé que duele, pero te juro que todo irá bien."

Christopher no sabía cómo podría ir todo bien cuando Nana se había ido y su familia era una película de terror o una farsa repugnante y ridícula, pero quería creer que era verdad. Cuando se acurrucó desnudo contra Jesse, con sus cuerpos pegajosos por el sudor, llorando de pena, dolor y humillación, Christopher se abrazó a Jesse y a sus promesas como si se tratara de un bote salvavidas.

"Tenemos que hablar de Marcy," dijo Jesse, con la esperanza de no parecer tan nervioso como realmente se sentía por dentro. Esa era la verdadera razón por la que había dejado a los niños con Amanda, para que él y Christopher pudieran desayunar a solas.

Christopher levantó la vista de las tortitas con trocitos de chocolate que había estado devorando, y luego miró alrededor del comedor de Cracker Barrel. "¿En serio?"

"Te debo una disculpa enorme por decir todas esas cosas que dije. No tengo excusa. Y decir que no eras parte de la familia fue lo peor de todo."

"¿Estás seguro de que quieres hablar aquí de esto? Además, ya te has disculpado."

"Todavía tenemos que hablar más en profundidad. He intentado apartar el tema todo el fin de semana por miedo a cómo fueras a reaccionar si lo sacaba."

Christopher se echó a reír con una evidente incredulidad. "¿Qué pasa? ¿Acaso pensabas que me habría olvidado de lo idiota que habías sido en la bruma de mi tristeza por el fallecimiento de Nana o algo así?"

"Tal vez."

Christopher se encogió de hombros. "Nop. Me temo que no has tenido tanta suerte. Pero todos decimos cosas cuando nos enfadamos o tenemos miedo. Y sé lo protector que eres con ella."

"No es ninguna excusa."

"No, tal vez no. Pero la verdad es que no pintaba nada allí. Ambos lo sabemos."

"Por supuesto que sí. Estabas allí como cantante. *Y* como mi novio."

"Puede ser. Pero no tenía tu permiso."

"Ahora, sí. Te quiero en mi vida y eso quiere decir que también tienes cabida en la de Marcy." Jesse se aclaró la garganta antes de decir la parte más difícil. "Bueno, a menos que… la dejé ir."

Christopher inclinó la cabeza. "¿Qué quieres decir? ¿Pensé que era tu hermana la que quería mantenerla de esa manera?"

"Lo es. Quiero decir que, tal vez podría dejar de visitarla todas las semanas. Dejar su cuidado en manos de Tim y Nova." Jesse vaciló. "Puedo hacer eso, si quieres. Si tengo que elegir entre seguir cuidando de Marcy o tenerte a ti, me quedo contigo."

Christopher parpadeó un poco y tomó otro bocado de sus tortitas, masticando despacio y tragando. "¿Qué clase de cretino sería si te pidiera una cosa así?" Preguntó finalmente.

"¿Uno honesto? Sé que a mí no me gustaría tener que compartirte con ninguna otra persona. No con alguien que perteneciese a tu pasado, y podría entender que—"

Christopher le tendió la mano. "Estamos hablando de la madre de Brigid y Will. Se trata de tu esposa. No puedo… jamás voy a pedirte que te alejes de algo que creas que debes hacer. Si fuera yo quien estuviera en esa cama…" Él miró hacia otro lado y se estremeció, y Jesse supo que estaba recordando lo que había visto en esa habitación. "Supongo que si fuera yo, me gustaría que pasaras página y no vinieras a verme nunca más porque no me gustaría que me recordaras de esa manera. Me gustaría que me recordases como soy ahora."

Empujando a un lado las garras del miedo irracional de que el hombre al que se había permitido amar pudiera terminar como Marcy, Jesse le aseguró, "Christopher, jamás podría abandonarte."

"No, pero a mí me gustaría que lo hicieras." Christopher sonrió con tristeza. "Pero ella no soy yo y no sé lo que hubiera querido. Todo lo que sé es lo que tú quieres y lo respeto."

Jesse se aclaró la garganta. Sabía que Marcy pensaría igual que Christopher. No querría que pasara tanto tiempo en la residencia. ¿Querría que siguiera luchando para que la desconectaran? Posiblemente. Pero no querría que fuera a visitar su cuerpo vacío.

"Por lo tanto, no te preocupes más, Jesse. Creo que fue bueno que viera el gran imbécil que puedes llegar a ser cuando te sientes amenazado. Ahora ya sé lo que puedo esperar de ti si alguien intenta hacernos daño a mí o a los niños." Sonrió. "Eres un imbécil cuando te comportas como una mamá oso."

Jesse resopló. "Soy un imbécil a secas."

"No, en realidad, no. Solo cuando estás protegiendo a alguien a quien quieres."

Jesse suspiró y se echó más sirope en su bacon. Tomó un pedazo sabroso y lo mordió.

"No quiero hablar más de esto," dijo Christopher. "Ya hemos tratado el tema y ahora pertenece al pasado. Solo quiero seguir adelante contigo."

"No me merezco tu perdón—"

"Tonterías. Por supuesto que sí."

"No tan rapido. No he terminado. Iba a decir que no me merezco tu perdón, pero lo acepto de igual manera."

"Bien." Christopher sonrió, sus ojos verdes brillando suavemente. "La vida es demasiado corta como para desperdiciarla discutiendo sobre si estás o no lo suficientemente arrepentido por algo que sé que lamentas profundamente haber hecho." Se encogió de hombros. "Hablemos de algo que realmente sea una emergencia."

Jesse levantó las cejas. "¿Tu familia?"

Christopher se burló. "Muy gracioso. Eso es un desastre, no una emergencia. Yo estaba pensando más bien en tu regalo de Navidad. Solo faltan tres días y no tengo nada preparado. A los niños los tengo cubiertos pero, ¿a ti? No tengo ni idea."

"No hace falta que me compres nada. Tú eres todo lo que necesito."

"Pero tú me has comprado algo."

Jesse se encogió de hombros. "Tal vez sí o tal vez no."

"Sé que sí."

"¿A quién le importa? No malgastes tu dinero comprándome cosas. Todo lo que quiero es tenerte en mi cama la noche de Navidad y lo consideraré el mejor regalo que he tenido en toda mi vida."

"Jesse Birch, ¿quién iba a saber que podías ser tan tonto? En ese caso, ¿te apetece probar mis tortitas?"

Jesse movió las cejas sugerentemente. "Claro que sí."

Ambos rieron y compartieron sus desayunos, y Jesse supo entonces que la generosidad y el perdón de Christopher eran su verdadero regalo de Navidad.

La residencia de ancianos no era precisamente el sitio donde Jesse había pensado que pasarían su primera Navidad juntos. Christopher colocó la flor de pascua en la bandeja donde los enfermeros pudieran verla desde su puesto, mientras que Brigid se quedaba un poco merodeando en la puerta, obviamente temerosa de entrar.

"No tienes que hacer esto, B," murmuró Jesse. "Podemos irnos."

Brigid sacudió la cabeza con firmeza y apretó los labios. "Quiero estar aquí. Me lo prometiste."

"Y tu papá no va a retirar su promesa, Brigid," dijo Christopher tranquilamente. "Él solo quiere asegurarse de que estás realmente lista para esto. Recuerda que ella ya no tiene el mismo aspecto que en las fotos y en los vídeos. Puede ser difícil ver eso."

Brigid se estremeció. Ella miró el pedazo de papel de color oro que había traído desde el coche. Lo había cortado en la forma que necesitaba y se lo había enseñado a Jesse después del desayuno, diciendo, "Papá, estoy lista para hacer mi última pajarita."

Al final resultó que, la cosa era un poco más complicada que todo eso. Quería hacer la pajarita junto a la cama de Marcy para poder presenciar el momento en que su deseo se hiciera realidad. Jesse había intentado disuadirla, pero Christopher le había recordado que habían prometido hacerlo cómo y dónde ella quisiese, y que era importante mantener esa promesa.

Habían hablado sobre si las dos mil pajaritas tenían que estar presentes, y Brigid había decidido que el poder de las mismas radicaba en su fabricación, no en donde se encontraran en el momento de formular su deseo. Y por eso habían viajado juntos, como una nueva familia de cuatro, desde Gatlinburg hasta Sevierville, y habían entrado en el edificio juntos, Jesse de la mano de sus dos hijos. El personal había parpadeado en sorpresa ante la presencia de Christopher, pero se habían limitado a desearles una feliz Navidad.

Will se quedó congelado en el pasillo. "No quiero verla. No quiero ver a mamá."

No le había llamado así desde hacía mucho tiempo. Jesse bordeó a Brigid en la puerta y se arrodilló junto a él. "No tienes por qué entrar si no quieres, colega. Christopher te puede llevar a la sala de estar. Creo que allí hay un piano. Él podría cantar para los residentes y tú podrías bailar mientras. Sería un regalo de Navidad muy agradable para todos ellos."

"No." Brigid extendió su mano y tomó la de Christopher. "Quiero que Christopher también esté ahí dentro. Quiero que todos lo estemos."

Jesse sintió el amor que se sentía por su hija florecer en su pecho. "Will no quiere entrar, B. No es justo obligarlo y no podemos dejarlo solo."

Natalie apareció entonces, sonriendo amablemente. "¿Ha traído a los niños a ver a la señora Birch?"

"Bueno, solo a uno por lo que se ve." Jesse se dio cuenta de que la joven enfermera estaba mirando a Christopher con el ceño fruncido y dijo, "Natalie, este es mi novio, Christopher Ryder. Creo que ya os conocéis."

Las cejas de Natalie desaparecieron en el nacimiento de su pelo, pero la chica se las arregló para reaccionar rápidamente. "Sí, el señor Ryder, el músico. Ya veo. Hola."

Jesse le preguntó a la joven si podría encargarse de Will y llevarlo al salón. Natalie estuvo de acuerdo, y Will parecía increíblemente aliviado mientras que echaba a correr tras ella.

"Brigid, podemos irnos," murmuró Christopher suavemente. "No tienes por qué hacer esto."

"No, puedo hacerlo," insistió. "Quiero hacerlo." Ella levantó su barbilla, sacudió su cabello oscuro hacia atrás, y dio un paso en la habitación con valentía.

Jesse había tratado de prepararla, realmente lo había hecho, pero no había manera de preparar a un niño ni a nadie para presenciar una cosa así. Brigid aspiró bruscamente y se quedó inmóvil mientras que sus manos arrugaban el papel que con tanto cuidado había traído consigo.

Marcy estaba dormida, lo cual Jesse consideraba una bendición, y parecía estar descansando en paz, pero era obvio que había cambiado considerablemente desde la última vez que la niña le había visto.

"Brigid, cielo," dijo Jesse, pasando un brazo alrededor de su hombro. No sabía qué más decir. Si ella no salía huyendo de la habitación, entonces, ¿quién era él para sugerir que se fueran? ¿Quién era él para sugerirle hacer nada en absoluto? Esta era su elección y solo tenía que estar ahí para apoyarla.

"Oh." Su voz era muy pequeña.

Christopher pasó su brazo por encima del de Jesse y abrazó a la pequeña desde el otro lado. Los tres se quedaron en silencio durante un largo tiempo hasta que Brigid tomó aire profundamente.

"De acuerdo," dijo, dando un paso adelante y alisando el papel sobre las sábanas que cubrían las piernas de su madre. Dobló la pajarita con sus temblorosos dedos, sin cometer errores, como si sus manos supieran lo que estaban haciendo mecánicamente.

Cuando terminó, sostuvo la pajarita de oro brillante en su mano. Cerró los ojos y tomó aire lenta y suavemente antes de dejarlo escapar.

"Mamá," susurró, "Will y yo queremos…" Hizo una pausa, y un profundo silencio llenó la habitación.

Jesse tuvo que hacer un gran esfuerzo por contener las lágrimas que amenazaban con vencerle en cualquier momento.

"Queremos que seas libre," terminó. "Deseamos tu libertad."

La niña dejó la pajarita en el pecho de su madre, que se movía arriba y abajo en un ritmo constante sin fin. Brigid giró sobre sus talones y pasó junto a Jesse y Christopher en su camino hacia la puerta.

Mientras se dirigían a casa en silencio, Christopher no podía dejar de mirar a Jesse desde el asiento del pasajero, preguntándose qué debería decir o hacer. En la parte posterior, Will estaba jugando a algo en el iPad y Brigid iba mirando por la ventanilla con una expresión calmada, como si no acabara de completar la última tarea en su hercúleo esfuerzo de meses de duración para traer mágicamente de vuelta a su madre.

Jesse se encontró con su mirada con el ceño fruncido y miró a Brigid por el espejo retrovisor antes de volver a mirar a Christopher con preocupación.

"¿Estás bien, B?" Preguntó de repente, rompiendo el silencio del ambiente.

"Sí," contestó.

"¿Funcionó?"

"No."

"Me lo fuguraba."

"Sí," respondió ella. "Papá, ¿cuánto tiempo vais a estar la tía Ronnie y tú peleando por mamá?"

Jesse dejó escapar un largo suspiro y apretó las manos alrededor del volante. "No lo sé, cariño. Espero que no por mucho más tiempo. Supongo que tendremos que esperar a ver qué nos depara el nuevo año—"

Brigid se quedó pensativa durante un instante. "Está bien." Después de unos segundos, volvió a preguntar, "Papá, ¿has envuelto mi regalo especial para Christopher?"

Ella pronunció su nombre tan fácilmente y con tanto carino que Christopher no estaba preparado para experimentar esa oleada de emoción en una mañana tan decepcionante. Sus ojos le empezaron a escocer.

Jesse se aclaró la garganta. "Claro."

"¿Utilizaste el papel de plata y le pusiste un lazo rojo tal y como te indiqué?"

"Por supuesto."

Christopher sintió mucho calor floreciendo en su pecho. "No tenías que haberme comprado nada especial."

Brigid bufó. "¿Qué clase de Navidad sería sin algo especial?"

"Sí," añadió Will, sin apartar los ojos del iPad.

Jesse dijo suavemente, "B, ¿hay algún lugar donde te gustaría ir? ¿Alguna cosa especial que te gustaría hacer?"

"No. Solo quiero ir a casa contigo, Will y Christopher. Solo quiero estar con mi familia. Ella le arrebató el iPad a su hermano.

"¡Oye!" Gritó él.

Mientras que los chicos forcejeaban, Christopher tragó con fuerza. *Casa. Con su familia. Él era su familia.* Pensó en Nana y sonrió. Podía sentir como si su abuela estuviera sentada en el asiento de atrás entre los dos niños, sonriendo.

Jesse suspiró. "Brigid, devuélvele el iPad a tu hermano."

"¡Se ha cargado todo el juego!" Gritó Will.

"Bueno, no te cargues tú toda la Navidad comportándote como un bebé llorica al respecto," dijo Brigid.

Jesse suspiró más enfáticamente. "Chicos, vamos a tratar a los demás con respeto, ¿de acuerdo?"

"Claro," dijo Brigid.

Will volvió a refunfuñar, "¡Entonces, devuélveme mi iPad!"

"¡Vale! ¡Aquí tienes!"

Jesse tomó la mano de Christopher y apretó, manteniendo sus ojos en la carretera.

El silencio reinó por unos momentos hasta que Brigid volvió a hablar. "Bueno, ya está hecho."

"Sí, así es," respondió Jesse.

"No sé lo que debería hacer ahora."

"No tienes que hacer nada."

"Quiero hacer algo. El doctor Charles dice que cuando una puerta se cierra, se abre una ventana. Sé que mamá no va a volver nunca a casa, pero no quiero olvidarla."

La primera nevada de invierno empezó a caer mientras que recorrían las sinuosas carreteras de montaña hacia su casa. Christopher observó los grandes copos, sintiendo como si bajaran directamente desde el cielo.

Jesse se aclaró la garganta. "Nos aseguraremos de que eso no suceda, B."

"¿Cómo?"

"Bueno," añadió Christopher en voz baja, "Podríamos celebrar el Día de Marcy. ¿Tal vez en su cumpleaños? ¿Podría ser un momento para ver sus fotos y hablar sobre vuestra madre?"

Brigid permaneció callada, y Jesse le apretó la mano, soltándola brevemente para cambiar de marcha cuando empezaron a subir la montaña, y luego tomándola de nuevo.

"Aun así, podéis hablar de ella en cualquier otro momento," agregó

Christopher. Tal vez no debería haber dicho nada.

"¿Tú también serás parte del Día de Marcy, Christopher?" Preguntó Brigid. "Dijiste que querías aprender cosas sobre mi madre."

Su corazón dio un vuelco. "Eso me gustaría mucho."

"Sí. Deberías estar allí. Vas a quedarte con nosotros mucho tiempo, ¿verdad?" Ella dio una patada al respaldo del asiento de su padre como si estuviera tratando de llamar su atención. "¿Para siempre?"

La expresión de Jesse se volvió un poco tímida. "Espero que sí, Brigid. Nos queremos, y queremos que sea algo que dure para siempre." Jesse miró a Christopher con un brillo en sus ojos. "¿No es cierto?"

"Absolutamente. Nos queremos—y también os queremos a vosotros—y queremos hacer que funcione, como una familia."

Parecía una promesa. Un voto.

"Vale, genial," contestó Brigid.

"¿Podemos tomar tarta cuando lleguemos?" Preguntó Will.

"Solo después de la cena," respondió Jesse con una voz llena de emoción. "¡Y todavía tenemos que abrir todos los regalos!"

Will empezó a dar saltos en su asiento. "¡Sí! ¡Regalos! ¡Qué ganas tengo de llegar a casa!"

Christopher apretó la mano de Jesse de nuevo mientras que Will parloteaba sin parar sobre lo que esperaba encontrar debajo del árbol. La última canción que Christopher había compuesto cruzó por su mente, y comenzó a tararearla en voz baja.

Allí estaban, todos ellos, viviendo en la esquina entre la vida y la muerte y aferrándose a la esperanza de los sueños en las Montañas Humeantes.

NOTA DE LA AUTORA

PRIMERO, ME GUSTARÍA DAROS LAS GRACIAS a todos mis maravillosos lectores que habéis leído y disfrutado con mis otros libros—por inspirarme, apoyarme, y en general hacer que mis sueños como escritora se hayan hecho realidad. Ningún libro está completo sin un lector, y todos vosotros tenéis un lugar muy especial en mi corazón. ¡Gracias!

Gracias a la inspiración que surge en los lugares más inesperados. Gracias a Gatlinburg, Dollywood y Dolly Parton, especialmente.

Gracias a mis lectores beta por vuestra excelente ayuda: Darrah, Keira, Ajax e Indra. Y gracias a Alice por leer una versión muy incipiente de este libro y recordarme que debía terminarlo.

Gracias a Keira Andrews por un trabajo magnífico de edición y por su dedicada amistad.

Gracias a Dar por su preciosa portada, y a Annie por el fantástico y rápido trabajo que realizó formateando el libro.

Gracias a Jed, Kim, Liza, Rachel y Jacyn por vuestros años de amistad y amor.

Gracias a mis padres y a mis suegros por absolutamente todo. Y gracias a mi hija por ser siempre tan comprensiva cuando personas imaginarias exigen la atención de su mamá. Gracias por siempre y para siempre a mi marido por su amor, fe, y apoyo constante.

Con mis mejores deseos,
Leta Blake

SOBRE LA AUTORA

La formación académica y profesional de Leta está centrada en el campo de la Psicología y las finanzas, respectivamente, pero su pasión siempre ha sido la escritura. Lo que más le gusta hacer es crear las historias de amor que más le gustaría leer. En casa, al sur de los EE.UU; Leta trabaja incesablemente para lograr encontrar el equilibrio entre su trabajo diario, su escritura y su familia.

Puedes encontrar más información sobre ella siguiéndola en Internet:
En la web: letablake.wordpress.com/
En Facebook: www.facebook.com/letablake
En Twitter: twitter.com/LetaBlake

Otros libros por Leta Blake
Temporada de Entrenamiento
El Río Leith

Lecturas Sueltas
Sueños Acosadores

Cuentos Irresistibles con Keira Andrews
Deseos Terrenales
Corazones Ascendentes
Nido de Amor